À PROPOS DE L'AUTRICE

Depuis la publication de son premier livre, Kristan Higgins a vu ses romans classés sur les listes de best-sellers de *USA Today* et du *New York Times*. De grands magazines américains l'ont élue « meilleur écrivain de l'année » à plusieurs reprises. Autrice de comédies romantiques piquantes et pleines de charme, elle possède le don de savoir faire (vraiment) rire autant que d'émouvoir (aux larmes).

Le temps d'un été

DE LA MÊME AUTRICE

Le temps d'un été
Toutes ces choses qu'on n'a jamais faites
Si seulement… la vie s'apprenait dans les romans d'amour
La vérité sur l'amour (et autres petits mensonges)
Maintenant que tu le dis…
C'est toi que j'attendais
Trop beau pour être vrai

Dans la série « Blue Heron »

À un détail près
Sans plus attendre
Repartis pour un tour
N'y pense même pas !
Ton âme sœur (ou presque)

KRISTAN HIGGINS

Le temps d'un été

Traduit de l'anglais (États-Unis) par
MARIE LAUZERAL

Harper
Collins
POCHE

Titre original :
LIFE AND OTHER INCONVENIENCES

Ce livre est publié avec l'aimable autorisation de Maria Carvainis Agency, Inc.
1ère édition aux États-Unis par Berkley, un label de Penguin Random House LLC.

HARPERCOLLINS FRANCE

83-85, boulevard Vincent-Auriol, 75646 PARIS CEDEX 13
Tél. : 01 42 16 63 63

www.harpercollins.fr

ISBN 979-1-0339-0891-3

Je dédie ce livre à Heidi Gulbronson,
depuis de longues années ma merveilleuse amie,
chaleureuse et si cruellement drôle.
Pour toutes tes blagues à deux balles,
tu es pardonnée.

1

Emma

— Tu n'as pas de tumeur au cerveau, m'annonça ma meilleure amie, qui se trouvait être neurologue.

— Tu en es sûre ? insistai-je.

— Oui, Emma. Ne prends pas cet air déçu.

— Non, non ! C'est juste que… tu comprends, je voyais flou hier soir. Et en venant en ville ce matin, j'étais complètement paumée.

Bon, certes, la veille je m'étais, sans le faire exprès, mis une lampe torche surpuissante en plein dans les yeux, mais quand même… Ma rétine avait eu du mal à s'en remettre. Et pour ce qui était d'être paumée, comme je faisais la route pour Chicago plusieurs fois par semaine, ça n'avait rien d'anormal que je ne fasse pas attention à tous les détails pendant les quarante-cinq minutes que durait le trajet. Pour autant, je ne pus m'empêcher de lui demander si elle était certaine que je ne souffrais pas d'hypnagogie.

— Arrête d'aller sur Internet, me répondit Calista. Tu vas bien. Tu n'es pas en train de mourir. Riley ne grandira pas privée de mère. En plus, elle a seize ans et, si tu mourais, je l'adopterais et l'élèverais comme ma propre enfant. Son immature de père pourra repasser !

— Il est passé une fois, ça c'est sûr. Sinon elle ne serait pas là. Je vais m'arranger pour que tu aies la garde. Elle te préfère toi.

— Évidemment qu'elle me préfère, répondit Calista en souriant. On sort toujours boire un verre jeudi ?

— Bien sûr ! Merci pour cette consultation.

— Et arrête de te fourrer des lampes torches dans les yeux.

— Dit comme ça, c'est complètement idiot, en effet.

— Je ne te le fais pas dire. Maintenant vas-y, j'ai de vrais patients à voir.

Je l'embrassai et sortis de son cabinet. Oui, j'étais hypocondriaque. Mais j'étais aussi mère célibataire, et du coup préoccupée par l'idée de mourir. En tant que psychothérapeute, je savais que cette crainte était normale : laisser ma fille seule, et le bouleversement que cela engendrerait pour elle. Elle serait forcée d'aller vivre avec son père dans le Connecticut, alors qu'il avait deux autres enfants (et une femme). Et qu'arriverait-il à mon grand-père, lui qui m'avait recueillie quand je m'étais retrouvée en cloque à l'adolescence ? Nous habitions toujours chez lui et je ne voulais pas le laisser seul. Moi-même, j'avais perdu ma mère jeune… Est-ce que Riley allait en baver autant que moi ?

Calista avait raison. Il fallait que je me raisonne. Je savais que tout allait bien et pourtant je m'inventais toutes sortes de maladies horribles. C'était une manie chez moi. Après tout, Internet n'avait pas été inventé pour rien.

Malgré tout, je faisais confiance à mon amie Calista, qui était brillante. Euphorique, je sortis sur Michigan Avenue, éblouie par le soleil printanier. Le Magnificent Mile scintillait, après deux jours d'une pluie glaciale plus tôt dans la semaine et, comme souvent dans la région, on avait soudain l'impression d'être en plein été, alors qu'on n'était qu'en mai.

Pas de tumeur au cerveau. Hip, hip, hip, hourra ! Et une sortie entre filles avec Calista. On avait beau avoir trente-cinq ans, je m'étonnais encore de pouvoir faire des choses comme ça, des trucs de grandes. Calista, elle, était célibataire et sans enfant, et s'assumait complètement, tandis que j'avais encore l'impression de faire semblant d'être adulte.

Sauf quand il était question de Riley. J'étais une bonne mère, je le savais. D'ailleurs elle n'était pas très bien en ce moment et je veillais au grain. J'étais présente. J'espionnais ses comptes sur les réseaux sociaux et je lisais ses textos. (Oui… et alors ? Elle était mineure, après tout.) Ce soir, c'était soirée nachos à la maison, et comme elle avait été un peu déprimée ces derniers temps, ça allait sûrement la dérider.

À l'horizon, la silhouette dentelée de la cité brillait dans l'air vif. J'adorais venir en ville. Ce jour-là, avant mon examen du cerveau, j'avais vu un patient en consultation dans le cabinet que je louais avec un groupe de psychothérapeutes. J'étais nouvelle dans la profession et reconnaissante de pouvoir exercer dans un endroit aussi chic. La plupart du temps, je travaillais de la maison et donnais à distance des consultations à des gens qui ne voulaient pas qu'on les voie se rendre chez un psy. Le logiciel sécurisé qui me permettait de dialoguer avec mes patients en ligne n'était pas l'idéal mais ça allait. Je trouvais mieux de garder une certaine distance avec les gens dont les problèmes étaient sérieux.

C'était toujours plus difficile d'être confrontée à la souffrance de près. Si j'avais envie de pleurer ou bien de gifler un patient, c'était plus facile à cacher comme ça.

Mais en me rendant au cabinet j'avais plus l'impression d'être une vraie psychothérapeute, et ma patiente du jour, Blaine, n'était pas un cas lourd. Elle avait des troubles du comportement, un diagnostic un peu vague qui me permettait de me faire payer par sa caisse d'assurance. Blaine ne s'était jamais entendue avec sa belle-famille et aimait vider son sac chez moi. Je lui suggérais des moyens de leur répondre autrement que par des insultes ou des bouteilles lancées au visage, ce qui était son fantasme. Elle acquiesçait et revenait le mois suivant avec une nouvelle anecdote. C'était plutôt distrayant et pas bien compliqué pour moi. Son vrai problème, c'était qu'elle manquait de confiance en elle pour pouvoir tenir tête à sa belle-mère, mais on progressait.

J'allais peut-être faire un saut chez Ghirardelli prendre de la glace. Mais à vrai dire, on en avait déjà à la maison, à moins que Pop ait tout mangé. Aucune excuse, donc, pour aller dépenser 6 dollars.

Je passai devant une vitrine vide, avant de m'arrêter brusquement et de me retourner pour regarder de plus près. Avant même de réaliser, je sentis des fourmillements dans mes mains et mes pieds.

Voilà qui n'annonçait rien de bon !

Pour un œil non exercé, il ne s'agissait que d'un sac en cuir rose, adorablement rétro, orné d'un gland bleu vif qui le rendait un peu plus fantaisie. Mais moi, je savais exactement de quoi il retournait.

Merde, merde, merde.

Instantanément je me sentis transportée ailleurs, dans mon enfance, du temps où je me sentais toujours rejetée, comme une gosse stupide et non désirée, et où le simple fait de respirer me donnait tort.

GENEVIÈVE LONDON DESIGN

OUVERTURE PROCHAINE

ACCESSOIRES MODE ET OBJETS DÉCO
POUR CLIENTÈLE EXIGEANTE

La vitrine me renvoyait le reflet de ce que j'étais réellement : non pas une cliente exigeante, non pas une femme à la mode, juste une personne ordinaire, ses cheveux blond foncé relevés en un banal chignon, vêtue d'un pantalon et d'une chemise noirs, tous deux en polyester. Pourtant, le matin je m'étais trouvée jolie, séduisante, professionnelle.

Et là, j'avais l'air abattue, j'étais en nage et… en panique.

Geneviève aurait désapprouvé.

Depuis des années, je m'escrimais à oublier que c'était ma grand-mère et qu'elle m'avait élevée jusqu'à mes dix-huit ans. Pas difficile vu qu'on ne s'était pas parlé depuis dix-sept ans.

Riley allait évidemment voir cette vitrine. Elle savait que cette Geneviève London était son arrière-grand-mère, même si elles ne s'étaient jamais rencontrées. Certaines de ses amies avaient des chaussures et des sacs à main Geneviève London. L'ouverture de cette boutique ne lui ferait pas plaisir. Du haut de ses seize ans, Riley allait sûrement y trouver à redire d'une manière ou d'une autre. Et vu son mal-être depuis quelques mois, on pouvait être pessimiste.

Ouverture prochaine.

Au moins j'étais prévenue. Mon Dieu ! Dire que j'aurais pu passer devant la boutique le jour de l'inauguration et me retrouver face à face avec la gorgone après toutes ces années ! Le trajet du retour allait me permettre de réfléchir à ce que j'allais dire à ma fille et comment répondre à l'éventualité que Geneviève veuille nous voir.

Les copines de Riley se baladaient tout le temps sur Michigan Avenue maintenant qu'elles avaient seize ans, et l'une d'elles ne manquerait pas de voir la boutique et de lui en parler… et Riley ne manquerait pas de leur dire qu'elle était l'arrière-petite-fille de Geneviève. Est-ce que ses amies la croiraient seulement ? La marque Geneviève London avait une renommée internationale, tandis que Riley, Pop et moi étions des gens tout ce qu'il y a de plus ordinaire.

Je me pressai jusqu'à ma voiture, de la sueur glissant le long de mon dos. Je m'étais habillée ce matin pour avoir l'air pro mais je le regrettais à présent. Ces chaussures que je n'avais pas l'habitude de porter me faisaient très mal aux pieds.

Toutes ces années sans une boutique Geneviève London à Chicago ! Bien sûr, la marque était représentée dans les grands magasins de la ville mais elle n'avait jusque-là pas de magasin dédié. Et j'avais été assez naïve pour croire qu'elle renoncerait à Chicago parce que nous y vivions. Mais non. Son empire ne cessait de s'étendre.

Je refusais de faire des pronostics sur la manière dont Riley le prendrait. Mais je ne souhaitais pas lui laisser voir que ça me contrariait. Je ne voulais pas qu'elle se sente rejetée mais je ne voulais pas non plus qu'elle espère des choses, pas plus que je ne voulais que cela fausse la réalité, ni qu'elle pense ne pas pouvoir s'en confier à moi, ni qu'elle croie *devoir* s'en confier à moi si elle n'en avait pas envie.

Bref, être mère célibataire *et* psy, c'était compliqué.

Quelques années plus tôt, je lui avais parlé de tout ça : la Geneviève London des adorables sacs à main était ma grand-mère et j'avais vécu avec elle pendant dix ans après la mort de ma mère, parce que mon père ne pouvait pas s'occuper de moi. Je lui avais expliqué que ce n'était pas une personne gentille et que c'était la raison pour laquelle nous ne nous parlions plus. Étant donné que mon père ne venait jamais nous voir, il fut ensuite facile de ne plus jamais évoquer la branche London de la famille.

Je lui avais raconté tout cela uniquement parce que mon grand-père (côté maternel évidemment) me l'avait conseillé, et qu'il avait rarement tort. On ne peut pas éternellement cacher la vérité, disait-il. Ce à quoi je répondais qu'il n'était pas question de la cacher mais plutôt de l'ignorer, mais pour lui ça revenait au même.

À ma connaissance, Riley n'avait rien dit à ses amies de sa parenté avec Geneviève. Ses copines, les mêmes trois filles qu'elle fréquentait depuis des années, n'en parlaient jamais lorsqu'elles venaient chez nous.

Mais, à seize ans, on a envie d'impressionner ses amies, et combien étaient-elles à pouvoir raconter que leur arrière-grand-mère avait dessiné les sacs d'Adèle, de la première dame ou bien d'Oprah Winfrey, et avait droit à une double page dans le numéro de *Vogue* du printemps ? J'imaginais Riley et ses amies entrant dans la boutique où un vendeur prétentieux toiserait ma fille du regard avant de la casser d'une remarque cinglante, parce que, connaissant ma grand-mère, elle était bien du genre à avoir donné des instructions à ses équipes. Elle les aurait écrites de sa main afin que son personnel les applique. « Madame London n'a pas d'arrière-petite-fille, lui aurait-il dit. Maintenant, que puis-je faire pour vous ? »

Ma grand-mère m'avait bousillée. Je ne voulais pas qu'elle s'approche de ma fille.

Je mis du temps à rentrer car il y avait du monde sur la 290. Il faisait une chaleur étouffante dans ma Honda et, lorsque je me garai devant la modeste maison de Pope située à Downers Grove, j'étais en nage. Je vis dans le rétroviseur que j'étais rouge comme une tomate et que j'avais les cheveux collés sur le front, la mâchoire crispée et une expression paniquée dans les yeux. L'air d'une folle, en fait.

Je respirai un grand coup.

— Salut ma chérie, dis-je pour m'exercer. Tu as passé une bonne journée ?… Salut ma puce…

Non, pas ma puce.

— Salut mon cœur, comment ça va ? Est-ce que tu as passé une bonne journée ?

Mon grand-père n'était pas rentré. Bien qu'à la retraite depuis un an après avoir été technicien d'ascenseur, il faisait toujours des petits travaux d'électricité ici et là. Ma deuxième grand-mère, la gentille, était morte lorsque j'avais dix-sept ans, environ un an avant que je vienne vivre avec Pop.

Les chaussures de Riley, des Converse montantes vertes, traînaient au milieu du salon, et il y avait sur le bord de l'évier un verre qui n'y était pas lorsque j'étais partie le matin.

— Salut ma chérie ! C'est moi ! m'exclamai-je.

Pas de réponse. Je tendis l'oreille, mais pas un bruit.

Je montai à l'étage, en me retenant de courir, tout en me demandant si je faisais bien, et si je n'aurais pas dû courir ce jour-là, il y avait si longtemps. Cela aurait peut-être tout changé.

Je frappai à sa porte une fois, plus fort que je n'aurais voulu, et j'entrai.

Ma fille était couchée sur son lit, des écouteurs dans les oreilles et les yeux rivés sur son ordinateur, et je défaillis presque de soulagement. On ne peut pas le comprendre avant d'être enceinte ou de tenir un bébé dans ses bras, mais à partir de ce moment on ne s'appartient plus tout à fait. Ces êtres minuscules vous prennent en otage avant même de venir au monde et on ferait n'importe quoi pour eux. N'importe quoi.

— Qu'est-ce qu'il y a ? me demanda-t-elle en retirant un de ses écouteurs.

— Coucou ! Tu as passé une bonne journée ? demandai-je d'un ton trop enjoué.

— Oui, oui, répondit-elle d'une voix qui signifiait l'inverse.

Pas grave. Elle était là, et elle était vivante même si ce n'était visiblement pas la grande forme. Une journée sans. Une journée normale pour une ado, avec les hormones, tout ça… Elle allait avoir ses règles trois jours plus tard (oui, je tenais le compte), donc c'était sûrement juste ça.

Elle était vraiment belle, ma fille, avec ses cheveux bouclés et épais, d'un roux flamboyant, jusqu'aux épaules, sa peau laiteuse parsemée de taches de rousseur et ses yeux : bleus, si bleus, et clairs comme un ciel de septembre.

Il ne me parut pas judicieux de lui parler de la boutique Geneviève London maintenant (OK, c'était en partie par lâcheté). Je m'assis sur le bord de son lit et posai la main sur sa jambe, ne pouvant m'empêcher de la toucher.

— C'était comment le déjeuner aujourd'hui ?

— Dégueu.

Elle détourna un instant les yeux vers moi puis retourna à son écran.

— Ils avaient dit qu'il y aurait du pain perdu, et on a eu des burgers, avec de la viande toute grise.

— Dégueu, en effet. Et si je faisais du pain perdu pour le dîner ?

— T'es pas obligée.

— Mais tu en veux ?

Elle haussa les épaules.

— Tu vas chez Mikayla ce soir ?

Nouveau haussement d'épaules, ce qui n'était pas bon signe.

— OK. Bon, pain perdu pour le dîner et double ration de sirop d'érable pour ma fifille.

Je déposai un baiser sur son front et elle me fit un petit sourire. Comme à chaque fois, je me sentis alors envahie d'une bouffée d'amour pour elle, mon unique enfant. *Merci. Merci pour ce sourire. Merci de me parler, d'être la personne qui compte le plus pour moi, mon plus grand amour.*

Me sentant un peu bête, complètement rétrograde mais heureuse malgré tout, je redescendis.

Ma fille était vivante, elle n'était pas loin de sourire et elle était d'accord pour manger mon pain perdu. Je me dis que tout allait bien.

Cette vague inquiétude à son égard était quelque chose de nouveau pour moi. Jusqu'à l'année précédente, Riley était une ado heureuse et douce. Petite fille, elle s'amusait des heures durant avec des cartons, ou jouait à la coiffeuse ou à la serveuse. Il n'y avait pas si longtemps, elle s'amusait encore avec Josefina, sa poupée. Elle adorait lire et faire du baby-sitting. Alors que, selon les statistiques, la plupart des jeunes de son âge avaient des relations sexuelles ou s'essayaient à l'alcool et à la drogue, Riley lisait encore la série des *Warrior Cats* et dormait avec Blue Bunny, sa peluche de bébé. Je remerciais le ciel… pas de crise d'ado pour le moment. Jason, son père, avait eu une adolescence heureuse. Moi pas tant que ça, mais j'aimais à penser que le tempérament joyeux de ma fille était le résultat de la bonne éducation que je lui prodiguais.

Physiquement, elle n'avait pas été précoce : athlétique comme son papa, mince, réglée juste avant ses quinze ans, et ne portant de soutien-gorge que depuis peu. Au début, ça n'avait pas été un problème : elle était un peu tristounette tous les vingt-neuf jours, mais une soirée toutes les deux à manger du brie et de la confiture d'abricot sur des crackers devant les documentaires de National Geographic suffisait à la consoler.

Lorsque j'avais seize ans et que je vivais à Stoningham, ma situation hors norme me pesait considérablement : j'étais la pupille d'une femme riche et puissante mais j'avais été abandonnée par mes parents et aurais tout donné pour être comme les autres. Dieu merci, Riley m'avait toujours semblé mieux dans sa peau, plus sûre d'elle que je ne le serais jamais. Elle ne regrettait pas d'avoir échappé aux amourettes malheureuses, avait les mêmes amies depuis ses huit ans et n'était pas pressée de passer son permis de conduire. Sa vie sociale se résumait à aller dormir chez des amies de toujours. C'était une enfant heureuse, vraiment.

Et puis l'hiver était arrivé et tout avait changé.

Le brie et les documentaires sur l'Alaska n'avaient plus suffi. L'angoisse réprimée au fond de moi resurgit soudain, malgré tous les efforts que je faisais pour me convaincre sans cesse qu'elle était, disons, normale. Pas dépressive au sens médical. Que les dieux de la génétique ne l'avaient pas condamnée aux mêmes maux que ma mère.

En fait, tout ce qui jusque-là paraissait normal, voire positif, avait pris un tour sombre depuis l'hiver dernier. Pourquoi ne voulait-elle pas sortir danser ? Tous ses amis y allaient bien, non ? Est-ce qu'elle s'accrochait maladivement à son enfance ? Et si oui, pourquoi ? Avait-elle peur de grandir ? Est-ce que quelque chose s'était passé ? Avait-elle été violée, harcelée ? Se droguait-elle ? Y avait-il quelque chose que je n'avais pas vu ? Une peine de cœur avec un garçon ? Ou une fille ? Ou les deux ? Était-elle lesbienne, ou trans, ou non-binaire ? Rien de tout ça ne changerait quoi que ce soit à l'amour que je lui portais, mais elle avait peut-être besoin de m'en parler. Fallait-il que je lui pose des questions ? Ou bien serait-ce intrusif de ma part ?

La psy que j'étais scrutait ses moindres changements d'humeur, et tentait de glisser quelques questions ciblées sans éveiller ses soupçons. Lors de sa visite de contrôle annuelle, la pédiatre l'avait déclarée « complètement normale, et super sympa », mais tout de même. Quand vous savez que la dépression peut être d'origine génétique et quand votre propre mère s'est suicidée, vous êtes sur le qui-vive.

Cette boutique Geneviève London ultra-chère et élitiste était susceptible de causer chez ma fille toutes sortes de réactions imprévisibles. Et après dix-sept ans sans voir ma grand-mère, j'avais eu, en passant devant sa vitrine, ma dose de Geneviève London pour la journée.

Je pressentais au fond de moi que le danger n'était pas loin.

Je mangeai un des cookies à l'avoine que j'avais faits la veille. J'avais un rendez-vous en ligne avec un patient qui préférait échanger des messages plutôt que faire la consultation par vidéo, ce qui ne me dérangeait pas. Il avait un problème costaud – un stress post-traumatique résultant d'une enfance pourrie –, et le délai de réponse permis par les messages me laissait le temps de la réflexion.

Au même instant, le téléphone fixe sonna et je sursautai, plus habituée à ce qu'on utilise cette ligne. L'appareil de Pop qui datait des années 1970 avait une sonnerie atrocement forte et je décrochai immédiatement. Sans doute une offre commerciale. Le téléphone était trop ancien pour afficher l'identité de l'interlocuteur ou être équipé d'un répondeur.

— Allô ?

Il y eut un blanc, et au moment où je m'apprêtais à reposer le combiné, une voix se fit entendre.

— C'est toi, Emma ?

Cette voix me fit l'effet d'un coup de poing dans l'estomac. C'était le ton glacial, reconnaissable entre tous, même après dix-sept ans, de Geneviève la gorgone en personne.

Je raccrochai.

Presque aussitôt le téléphone sonna de nouveau. Je l'ignorai et la sonnerie déchira le silence de la maison. Deux fois, trois, quatre.

— Maman ? Tu réponds ? cria Riley depuis l'étage.

— Oui, oui, ma chérie ! lançai-je en décrochant de nouveau.

— Ne fais pas l'enfant, Emma, dit Geneviève, de cette voix si hautaine et glaciale, toujours un peu triste.

La boutique. Elle appelait sûrement pour me parler de la boutique.

— Qu'est-ce que tu veux ?

— Je vois que nous avons perdu tout sens des convenances.

— Pourquoi le gaspillerais-je avec toi ?

— Je vois, répondit-elle avec un soupir. Dans ce cas, je ne vais pas tourner autour du pot. J'ai un cancer. Je vais mourir. Il faut donc que tu rentres à la maison remplir ton devoir familial. Emmène ton enfant.

Je restai bouche bée. A) Le cancer n'en viendrait pas à bout, elle était bien trop méchante. B) Même sous la menace, je ne rentrerais pas à la « maison ». C) Elle m'en avait chassée dix-sept ans plus tôt, et ses dernières paroles n'avaient pas exactement été bienveillantes.

— C'est drôle, dis-je, que tu me parles aujourd'hui de devoir familial. Oh mince, il est tard, dis donc ! Il faut que je file ! Je te souhaite une bonne mort !

— Pour l'amour du ciel, Emma, ne raccroche pas ! Je reconnais bien là ton tempérament hystérique.

— Je ne suis pas hystérique, répondis-je, la mâchoire crispée. Et je ne rentrerai pas à la maison, puisque j'y suis déjà.

— Très bien. Alors reviens dans le Connecticut, Emma, pour me dire au revoir avant que je m'en aille.

— Tu ne m'as jamais appelée depuis que je suis partie, Geneviève. Pourquoi est-ce que je viendrais te dire au revoir ?

Il y eut un silence.

— Nous avons eu quelques différends, c'est vrai.

— Tu m'as jetée dehors au moment où j'avais le plus besoin de toi. Qu'est-ce que tu veux que ça me fasse que tu aies besoin de moi maintenant ?

Son ton glacial se réchauffa très légèrement.

— Tu étais irresponsable.

— Et enceinte. Et j'avais dix-huit ans.

— C'est bien ce que je dis, irresponsable. De toute manière je n'en ai plus que pour quelques mois.

J'émis un petit grognement ironique.

— Voilà qui ne manque pas de raffinement !

— Désolée, Geneviève, mais je ne me soucie pas assez de ton sort pour déraciner ma fille, puisque c'est une fille, au fait, tout ça pour pouvoir changer tes couches quand tu seras gâteuse.

— Ce n'est pas ce que je te demande, Emma. Je te demande juste de revenir afin que je puisse voir ma petite-fille et mon arrière-petite-fille avant de mourir.

— Tu as loupé le coche avec nous il y a des années. Et puis tu as un fils, non ? Demande-lui.

Comme si mon père s'était déjà préoccupé de qui que ce soit.

— Ce n'est pas à un homme de faire ça, répondit Geneviève.

— Pas à moi non plus.

— Emma, ce n'est pas ma faute si tu avais le feu aux fesses et si tu as fichu ta vie en l'air.

— Gigi, tes amabilités n'y changeront rien, répondis-je en usant du seul surnom qu'elle tolérait à l'époque – jamais au grand jamais n'aurais-je pu l'appeler mamie. Sinon, tu es sûre de vouloir qu'une traînée comme moi s'occupe de toi ?

— Je prends en charge ton voyage et je te dédommagerai tout le temps que tu seras là.

— Non, merci. Bon, je vais raccrocher.

— Jason s'est séparé de sa femme, tu sais. Oh ! mais j'oubliais que vous êtes très proches, lui et toi. Il a dû te le dire.

D'un coup, j'eus une boule au ventre. La gorgone avait fait mouche. Jason ne m'avait rien dit. Et vu que c'était le père de mon enfant, le seul homme que j'aie jamais aimé et mon ami masculin le plus proche, ça faisait mal.

Mais Geneviève savait comment s'y prendre pour faire mal. C'était une garce, point barre.

J'enroulai le fil du téléphone autour de mon doigt.

— Peu importe, c'est non. Et inutile de rappeler.

— Très bien, dit-elle. Et si je te faisais du chantage ? Reviens à la maison et je ferai de ton enfant mon héritière.

(Elle s'interrompit un instant.) Ma seule héritière, malgré ce prénom ridicule.

Riley était le nom de famille de mon grand-père, le nom de jeune fille de ma mère. Encore un coup bas de la reine des garces.

— Et Hope alors ? demandai-je. Tu la retires de ton testament ?

Hope était ma demi-sœur cadette, née du très bref second mariage de mon père. Elle ne vivait pas loin du tout de chez Geneviève, dans un institut pour les enfants dont les besoins médicaux sont trop complexes pour que leur famille s'en charge seule.

— Hope possède un fonds qui subviendra à ses besoins toute sa vie.

— Parfait. Dans ce cas, fais de moi sa tutrice. À part ça, on n'a plus rien à se dire. Au revoir, Geneviève.

— Réfléchis bien. On en reparle bientôt.

— Certainement pas.

Mais elle avait déjà raccroché.

J'allai m'asseoir à la table de la cuisine, la tête vide et trop pleine à la fois.

Geneviève était en train de mourir. J'attendais de voir si je ressentais une quelconque émotion : rage, satisfaction, chagrin. Mais rien. Mon ventre gargouilla et je mangeai un autre cookie.

Autrefois, j'avais aimé ma grand-mère, et j'avais désespérément voulu me faire aimer d'elle. En vain. Tenter de se faire aimer de quelqu'un pendant dix ans sans y parvenir, ça laissait des traces.

Donc, elle était en train de mourir. Je me dis que ça m'était égal. Et Hope, ma sœur ? En serait-elle affectée ? D'après le personnel de son institut, Geneviève lui rendait visite plusieurs fois par mois. Lui manquerait-elle ? Difficile à dire. Ma sœur ne parlait pas du tout. C'était une fille adorable, souriante et affectueuse lorsqu'elle n'était pas en crise plusieurs jours durant ni sous le coup d'une de ses colères. Elle était atteinte d'une forme grave dc sclérose tubéreuse, avec toutes les complications que cela impliquait.

Au moins, de ce côté-là, Geneviève avait fait ce qu'il fallait.

J'eus un flash et vis ma grand-mère sur la terrasse en été avec Donelle, sa domestique et dame de compagnie. Comme chaque soir à l'heure de l'apéritif, elles riaient dans la brise de Long Island. Ma chambre aux murs d'un rose délicat, mon énorme lit à l'édredon blanc moelleux, mes jolis coussins, et la fenêtre sur le bord de laquelle je m'asseyais, surplombant la vaste étendue de pelouse, les murs de pierre qui bordaient le parc et l'érable géant. Et la baignoire si gigantesque et si profonde que je pouvais y flotter.

Je me souvins aussi qu'on ne m'autorisait pas à afficher des posters ni des autocollants humoristiques dans ma chambre, pas plus que d'y mettre l'oreiller que j'avais teint avec Beth, ma meilleure amie au lycée, ni le poisson rouge gagné à la foire de Ledyard. On ne m'autorisait rien de ce que Geneviève jugeait « vulgaire ». Comme un tableau d'affichage pour épingler des petits mots et des souvenirs. J'étais obligée de faire mon lit et de replacer les coussins exactement comme le voulait Geneviève, et sitôt mes chaussures enlevées, elles devaient être rangées dans le placard. Oh ! bien sûr, ce n'était pas une prison, mais pas une chambre non plus. Plutôt une page du catalogue Geneviève London Design, et je n'étais pas invitée à y exprimer ma personnalité.

Je me souvins de sa rage lorsque je lui avais annoncé que j'étais enceinte. Comment elle m'avait dit d'avorter ou de donner mon bébé à l'adoption. Et voilà qu'aujourd'hui elle proposait de laisser des millions à ce même enfant.

Comme si cela pouvait réparer quoi que ce soit ! Je m'étais construit une vie avec mon bébé : j'avais fait des études tout en travaillant le soir dans une épicerie, tandis que Pop gardait Riley, ce qui impliquait que j'avais toujours du mal à rester éveillée en cours.

L'argent ne pouvait pas changer le passé.

Et pourtant… Riley serait bientôt étudiante, car, futée comme tout, elle était rentrée à la maternelle avec un an d'avance. On avait commencé à regarder les facs sur Internet et on était allées visiter l'université de Chicago en avril. Je n'avais pas mis grand-chose de côté pour ses études. Un peu chaque mois depuis sa naissance… mais vraiment pas beaucoup. Une goutte d'eau dans la mer. J'espérais que Jason contribuerait, je comptais dessus, à vrai dire, même si la loi ne l'obligeait à rien. Il avait une autre famille dans l'Est et même s'il n'oubliait jamais de me verser la pension, il ne m'avait jamais donné un centime de plus. Il travaillait dans le bâtiment et sa femme était à mi-temps.

Geneviève, en revanche, était pleine aux as. Son entreprise était cotée à la Bourse de New York. Sheerwater, sa maison dans le Connecticut, devait valoir au moins 15 millions de dollars.

Cela ne changeait rien. Riley s'en sortirait très bien. Je prendrais un emprunt supplémentaire, même si je croulais déjà sous les dettes. Elle ferait un emprunt elle aussi. Peut-être obtiendrait-elle une de ces bourses délivrées par les meilleures universités du pays pour les élèves brillants. Ou qu'elle ferait deux ans dans une fac gratuite. Peut-être que Jason prendrait tout en charge.

Je n'allais pas vendre mon âme, même pour ma fille.

Cela n'en valait pas la peine. Nous ne pouvions pas y aller. Il ne *fallait pas* y aller.

Nous n'irions pas.

2

Geneviève

Voici ce que vieillir veut dire, en quelques phrases :

Vous détestez les jeunes parce que leurs manières, leurs vêtements et leur façon de parler, tout comme leurs goûts en matière de littérature, de musique, de cinéma et de télévision sont forcément mauvais.

Vous avez des fuites lorsque vous riez, toussez, avez le hoquet ou éternuez.

Mettre un soutien-gorge devient presque impossible, parce que vos bras ne sont plus assez souples. Pire encore pour les collants parce que vous perdez l'équilibre et vous tombez.

Vous traversez une seconde puberté, avec des poils qui vous sortent des oreilles et des narines alors que vos sourcils et vos cils s'étiolent et que vous poussent des poils épais et drus comme du crin au-dessus de la lèvre supérieure.

Vous évitez de boire la journée.

Vous vous assoupissez quand il ne faudrait pas et ne parvenez pas à trouver le sommeil quand il le faudrait.

Vous avez des regrets. Autrefois, vous les balayiez en vous disant que c'était une perte de temps, mais ils resurgissent sournoisement avec l'âge.

J'ai toujours été une jolie femme. Une vraie beauté, même. Les gens disaient que Grace Kelly et moi aurions pu être sœurs. Et c'était vrai. Mes parents étaient beaux.

J'ai toujours pensé que les gens beaux s'attirent. Alors bien sûr, il y a des couples aberrants comme Beyoncé et son mari si commun. (Oui, je connais Beyoncé. Je vis au XXIe siècle, quand même !) Mais la plupart du temps, les gens beaux se marient avec des gens beaux. Et si on est assez commun ou même moche… mais aussi extrêmement riche comme le prince William, par exemple, on peut épouser une beauté comme Kate Middleton, et bonifier sa descendance.

Moi j'étais belle *et* riche *et* j'avais fréquenté une université prestigieuse. J'étais soucieuse de mon apparence et de ma garde-robe, faisais attention à ma manière de parler et étais consciente de l'image que je renvoyais. Garrison disait qu'il avait su que je deviendrais sa femme dès la première minute où il m'avait vue, et c'était exactement ce que j'espérais : que le jeune homme le plus beau, issu de la meilleure famille, promis au plus bel avenir, et, bien sûr, le plus gentil, me repérerait et saurait immédiatement que j'étais la femme de sa vie.

Je ne l'avais pas déçu.

D'ailleurs, après sa mort, je ne m'étais pas effondrée, ni ne m'étais mise à errer dans la rue en peignoir, le cheveu négligé. Est-ce que Jacqueline Kennedy avait fait cela ? Ou Coretta Scott King ? Ou Joan Didion ? Je ne pense pas, non.

Non seulement avais-je sauvé les apparences, mais j'avais bluffé tout le monde. J'étais devenue une icône du style et un capitaine d'industrie. À la quarantaine bien sonnée, je faisais encore se retourner les hommes sur mon passage dans Madison Avenue. J'étais racée, chic, grande et mince, et je portais des talons de dix centimètres tous les jours. Même si je n'avais pas de liaison officielle, je finis par voir quelques amis… des amants, si vous voulez tout savoir. Mon conseiller financier. Un expert en art de chez Christie's. J'étais bien décidée à ne pas me remarier, mais je ne disais pas non à une invitation au restaurant, ou une nuit au Mandarin Oriental ou au Baccarat (le Plaza, jamais, les chambres sont trop vulgaires).

Et puis soudain je devins invisible.

Ce fut le premier signe que je devenais vieille.

Oh ! je restais élégante et séduisante, mais tout à coup j'étais devenue une vieille femme. On ne se retournait plus sur mon passage, malgré ma silhouette impeccable et mes cheveux luxuriants. On ne me tenait plus la porte. Le regard des jeunes hommes me traversait sans me voir et il leur arrivait de me bousculer, comme si j'étais un fantôme.

Et ce n'était pas juste les hommes qui avaient cessé de me voir. Les femmes aussi : les groupes d'adolescentes qui piaillaient et m'ignoraient dans la rue, à rire trop fort et à pousser des cris, totalement centrées sur elles-mêmes. Elles étaient trop occupées à regarder leur téléphone, se recoiffer ou bien replacer leurs seins dans leur soutien-gorge push-up.

Les hommes de mon âge, qui autrefois posaient sur moi un regard admiratif, cessèrent de me voir, pour se concentrer sur des femmes plus jeunes. Et je me mis à détester ces rivales. Je les trouvais trop bruyantes, trop autocentrées, trop exigeantes, et toujours à réclamer l'attention générale.

J'eus l'impression que le changement s'était produit du jour au lendemain. Autrefois un barman aurait flirté avec moi, me félicitant sur mes connaissances en matière d'alcools car je précisais toujours de la vodka Chopin ou du gin Hendrick. Il m'aurait dit : « J'aime les femmes qui savent se faire du bien », avec un sourire entendu. Désormais, ça se résumait à : « Ça marche ! » Ou pire encore : « Tout de suite, madame. »

Depuis des décennies, j'avais mes habitudes dans le même hôtel-restaurant de New York. C'était l'endroit où Garrison préférait amener ses clients. Depuis sa mort, je restais fidèle à cette tradition et y emmenais mes relations professionnelles, acheteurs, journalistes et éditeurs. Le patron m'appelait par mon nom, ce que j'appréciais. C'était la moindre des choses de reconnaître une bonne cliente, d'autant plus que je commençais à avoir de l'influence. Je donnais mes interviews dans cet hôtel, refusant d'accueillir des gens chez moi, ce qui aurait rendu les choses trop personnelles. Souvent je réservais une chambre pour mes invités professionnels ou bien recommandais l'établissement à des amis. Il était normal que l'on me soit reconnaissant pour cette publicité gratuite et cet apport de clientèle. *Assise dans le bar au dernier étage de l'hôtel Lyon, Geneviève London sirote son gin martini en admirant la ville.*

Jusqu'au jour où j'entrai et le maître d'hôtel me dit :

— Que puis-je faire pour vous ?

Et pas : « Madame London ! Quel plaisir de vous revoir ! James, veuillez accompagner Mme London jusqu'à sa table. »

Lorsque je lui donnai mon nom, la jeune femme n'eut pas la moindre réaction.

— Bonne dégustation, me dit-elle en tendant la carte à un sous-fifre.

Je ne mouftai pas.

— Vous savez qu'on peut se faire réaligner les dents, lui déclarai-je. Demandez à votre dentiste. Vous pourriez être assez jolie. Et veuillez appeler votre supérieur, je vous prie. Dites-lui que Geneviève London est là et qu'elle s'est plainte du service.

Bien sûr, c'était cruel. Mais sérieusement, est-ce que Helen Mirren avait été traitée de la sorte ? Certainement pas.

Les jeunes femmes ne lorgnaient plus avec envie sur mes chaussures… mais portaient des chaussons appelés UGGS. Évidemment, chez moi, à Stoningham, on me reconnaissait encore, mais quelquefois, l'été, il me fallait faire la queue chez le caviste ou au marché fermier, comme si j'étais tout simplement invisible. Les serveuses passaient à côté de moi sans même prendre ma commande. À Rose Hill, où vivait Hope, on ne me prenait plus jamais pour sa mère. Mes amis hommes m'invitaient moins souvent au restaurant, ce qui ne me dérangeait pas vu qu'ils prenaient tous des médicaments pour soulager leur sciatique ou encore la petite pilule bleue. Lors de ce qui fut mon ultime interlude avec l'expert de chez Christie's, j'entraperçus son scrotum pendouillant, semblable à la peau du cou d'une dinde et je pris la décision de mettre fin à ma vie sexuelle.

J'avais lu des articles sur les femmes qui détestent leur cou devenu ridé et le manque d'attention masculine, mais je ne m'attendais pas à ce que cela m'arrive à *moi*.

Pourtant je vieillissais bien. J'avais toujours eu une peau parfaite et j'en prenais soin, ne cédant jamais à la mode du bronzage, portant toujours un chapeau dehors, tout comme du maquillage et de la crème solaire de grande qualité. Mon cou était fripé mais un petit traitement dermatologique au laser limitait les dégâts. Mes rides ne me gênaient pas, car j'en avais peu : quelques pattes d'oie à la Audrey Hepburn et un léger affaissement dans les joues.

Les poils, c'était une autre affaire. Chaque matin, au moment où je me passais le fil dentaire, me brossais les cheveux et me maquillais, je m'inspectais dans mon miroir – le miroir grossissant qui décuplait la taille de chaque cil – à la recherche de poils, avant même qu'ils aient le temps de pousser. Et le soir, lorsque je me nettoyais le visage avec de douces lotions et m'hydratais à l'aide de sérums à base d'acide hyaluronique et de vitamine C, je recommençais. Malgré cela, le jour vint où, dans les toilettes d'un restaurant, je me découvris un poil de sourcil de deux centimètres et demi de long. Deux centimètres et demi ! Je jure que, la veille au soir, il n'y était pas.

Des poils sur la lèvre supérieure, des poils sur le menton comme une chèvre, et des poils dans le nez ! Je ne me souviens pas avoir vu ma mère se couper les poils de nez, et pourtant c'était un fait : j'avais une touffe dans la cavité nasale, comme si un petit animal y avait élu domicile. Il fallait que je vérifie chaque grain de beauté car c'était un terrain de prédilection pour les poils. Chaque jour, j'avais besoin de plus de temps pour me préparer.

Il fallait que je soigne au mieux mon apparence. C'était une question de discipline. Si je lâchais ça, quelle serait la prochaine étape ? Moi dans la rue, en peignoir, couverte de poils de chien ?

Autre calamité : les bruits. Mes grognements et mes soupirs intempestifs lorsque je m'asseyais ou m'extrayais d'un fauteuil. Le craquement de mes articulations lorsque je montais l'escalier, ou si je m'agenouillais. Quand je m'assouplissais la nuque, mon cartilage bruissait et crissait comme un vieux moulin à vent. En dépit de mes cours de yoga quotidiens, mon corps faiblissait, s'affaissait et déclinait toujours plus.

J'appris à ne plus attendre pour aller faire pipi car, à la seconde où j'apercevais les toilettes, ma vessie menaçait de se vider. Il me fallait désormais limer mes ongles de pied car ils devenaient jaunes, trop épais et difficiles à couper. Même si j'avais des soupçons sur l'hygiène qui régnait au salon d'esthétique, je me résolus à y aller régulièrement pour la simple raison que je ne pouvais plus me pencher dans la douche afin de faire le nécessaire. Donelle n'essayait même plus et ses pieds à elle ressemblaient davantage à des serres déformées qu'à quoi que ce soit d'humain.

Avec l'âge, les amis vous téléphonent moins souvent. Ou bien s'ils le font, c'est pour vous réciter la litanie de leurs douleurs et de leurs maladies. « Mes polypes ! Mes oignons ! Mon irritation du colon ! » Je ne tombai pas aussi bas – ma mère se retournerait dans sa tombe – mais ces coups de téléphone étaient désormais plus fréquents que les invitations. C'est la raison pour laquelle je tins à préserver mes cocktails du vendredi soir. Certaines semaines, c'était ça qui m'empêchait de devenir folle. J'invitais Miller Finlay, qui avait fait des travaux à Sheerwater il y a quelques années, et les Smith, mes voisins de la rue. En juillet et août, je rajoutais certains estivants sympathiques : les Dr Vikram et Saanvi Talwar, respectivement cardiologue et chirurgienne thoracique, ainsi qu'Alesia et Anne, un couple de lesbiennes, toutes deux vétérinaires.

Cela me donnait… une raison d'être. C'était vital. Je n'étais pas invisible, pas à Sheerwater, pas alors que j'avais tout fait, si ce n'est vendre mon âme, afin de m'assurer que, oui, je vivrais bien, avec dignité, grâce et style. On ne se souviendrait pas de moi comme d'une petite chose rabougrie dans des draps vulgaires de maison de retraite, le regard effrayé et des couches répugnantes collées au postérieur. Non. Je mourrais comme je l'entendais, résolument et avec grâce, à l'image de la vie que j'avais vécue.

Et je m'assurerais moi-même que mes poils de nez ne dépassent pas, merci beaucoup.

3

Emma

Le soir de ce coup de téléphone funeste, après avoir prudemment attendu que Riley soit remontée dans sa chambre et entendu sa musique, je parlai à Pop de la proposition de Geneviève.

— Je serais toi, je ne ferais pas confiance à cette vieille menteuse, me dit-il, ses sourcils broussailleux froncés dans une expression grave.

— Je sais.

— Est-ce qu'elle a essayé de t'acheter ?

— Oui. Elle a dit qu'elle allait faire de Riley son héritière.

— Ne la crois pas. (Il marqua une pause.) À combien s'élève sa fortune ?

— Aucune idée. Mais la maison vaut… euh… pas mal.

— Elle va sans doute la vendre au bénéfice de ta sœur, grogna-t-il.

— Hope possède un fonds qui subviendra à ses besoins à vie.

— Au moins, ça, c'est fait. Écoute, Riley n'a pas besoin de l'argent de cette vieille peau de vache. Tu y es bien arrivée, toi ! dit-il en me regardant et en lissant sa chemise.

— J'ai mis onze ans à finir mes études, Pop.

— Oui, mais tu avais un bébé ! Ce n'est pas son cas. Et elle est plus brillante que toi, sans vouloir te vexer.

— Ça ne me vexe pas. Mais je t'avais toi, Pop. Sans toi, on aurait été à la rue.

Son visage buriné se durcit.

— Vous n'auriez pas risqué de vous retrouver à la rue sans cette femme qui aujourd'hui essaie de vous acheter pour vous ramener dans son nid de vipères.

— Pour être honnête, il n'y a qu'une seule vipère : elle.

Donelle, la domestique, avait beau être incompétente, elle avait toujours été plutôt gentille. Soudain je me demandai si elle était toujours vivante. Geneviève me l'aurait dit si elle était morte, non ?

— Cette femme a autant de venin en elle qu'un nid entier, s'offusqua Pop.

Il n'avait pas tort.

— Je vais marcher un peu, dis-je.

La soirée était douce et cela m'apaisait toujours de faire un tour dans notre joli quartier, de jeter un œil par la fenêtre de nos voisins, de saluer de la main ceux qui rentraient du travail ou étaient assis sous leur porche, de sentir les bonnes odeurs de cuisine à l'heure du dîner.

Tout était si normal, ici. Pop était l'homme du Midwest typique : stoïque et gentil, mesuré en toutes choses mais plein de bienveillance, travailleur et honnête. Les maisons étaient petites et bien entretenues, les jardins soignés, les arbres robustes sans être remarquables. On se sentait tellement en sécurité.

Stoningham n'avait rien de normal. On ne s'y sentait pas à l'aise. Le petit quartier épousait la côte sinueuse et rocheuse du détroit de Long Island, chaque maison plus belle que la précédente, chaque centimètre carré de jardin savamment composé et aménagé, des équipes de jardiniers hispanophones désherbant brin par brin, traquant chaque fleur fanée. Il était normal d'avoir des nounous et des femmes de ménage à demeure. Les habitants de Stoningham étaient ultrachics au volant de leur Mercedes ou de leur Audi, leurs enfants fréquentaient les meilleures universités. Si l'un d'eux avait des problèmes d'argent, il le cachait bien.

Là-bas, la compétition était de mise et Geneviève régnait sans partage.

Je me demandais si les choses avaient changé. Après tout, je n'y étais pas retournée depuis dix-sept ans. Jason y habitait toujours, mais nous ne discutions pas de ça. Il voyait rarement Geneviève et, à coup sûr, lui parlait moins souvent encore car ils évoluaient dans des cercles différents et elle le détestait.

L'argent. C'était tout sauf anodin. L'argent rendait les gens malheureux, soit par excès, soit par manque. Ici, nous mangions à notre faim et nous avions un toit solide au-dessus de la tête, et je mesurais notre chance. Tandis que mon grand-père avait travaillé sans relâche depuis ses dix-sept ans. L'assurance santé de ma grand-mère avait cessé de l'indemniser trois ans avant sa mort d'une sclérose latérale amyotrophique, et leurs économies de toute une vie avaient été englouties dans ce trou noir. Lorsque j'avais emménagé chez lui, Pop m'avait accueillie à bras ouverts mais n'avait pas été en mesure de m'aider à financer mes études. Même si j'avais travaillé, la montagne de ma dette étudiante s'apparentait toujours au Kilimanjaro.

Le rêve de devenir propriétaire d'une maison passait après celui de payer les études de Riley. Ma carrière commençait à peine et je n'avais quitté mon travail à mi-temps dans une épicerie que l'année précédente. La moitié de mes patients évoquaient la dette liée à leur prêt étudiant, leurs craintes financières, leur incapacité à faire face et l'angoisse que cela causait, la façon dont cela retardait mariage, enfants, accession à la propriété, ou déménagement. Nombre d'entre eux doutaient même de pouvoir un jour en venir à bout.

Du coup, la carotte agitée par Geneviève était tentante, même si je n'ignorais pas qu'elle voulait m'acheter. Avant ma grossesse, elle avait été tout à fait disposée à payer mes études et je me demandais si elle serait prête à en faire de même pour Riley. Si ma fille pouvait démarrer sa vie adulte, sa vie professionnelle, sans aucune dette, ça changerait tout. En ce moment elle voulait devenir médecin et j'avais déjà fait le calcul. En comptant les intérêts de l'emprunt étudiant, il était plus que probable qu'elle aurait un demi-million de dollars à rembourser avant même de commencer à travailler.

Et puis il y avait Hope. Il *fallait* que Geneviève fasse de moi sa tutrice. On ne pouvait rien attendre de mon père, Clark, aussi invisible et absent de ma vie que du papier de cuisson. Il avait de l'argent, mais c'était celui de Geneviève. Lorsque le diagnostic avait été posé pour Hope et que sa mère l'avait abandonnée, Geneviève avait assuré la tutelle et payé les factures astronomiques. Peu probable que mon père décide soudain de s'occuper de sa fille.

Depuis que Clark m'avait laissée chez Geneviève un mois après le suicide de ma mère, je ne le voyais qu'à Noël, lorsque avait lieu le traditionnel échange financier entre lui et Gigi. Pendant ces premières années, je n'avais cessé de le supplier pour retourner vivre avec lui. Il me répondait que j'étais mieux chez ma grand-mère et que si je voulais un poney elle serait sûrement d'accord. Alors évidemment que je me sentais mal aimée et abandonnée. Et c'était toujours le cas, même si je reconnaissais aujourd'hui qu'il avait ses propres problèmes, voire que c'était ce qu'il pouvait faire de mieux pour moi. Pour autant que je sache, il n'allait jamais voir Hope. J'avais interrogé le personnel sur les gens qui lui rendaient visite. Apparemment personne, à part Geneviève et moi.

Hope était venue au monde un an après Riley. Je n'avais été au courant de sa naissance que trois ans plus tard. J'ignorais jusque-là que j'avais une sœur. J'avais appelé mon père, en caressant encore l'espoir qu'il sauterait de joie en apprenant qu'il était grand-père. Après tout, j'étais moi-même folle de ma fille et ne comprenais pas qu'on puisse réagir différemment. C'est là que j'avais appris que j'avais une petite sœur.

Elle était née avec une sclérose tubéreuse, une maladie rare qui causait des tumeurs non cancéreuses. Pour certains, cela se résumait à une forme légère de maladie de peau. Quelquefois les malades souffraient de crises d'épilepsie à cause de tumeurs bénignes dans le cerveau. Souvent, cela s'accompagnait d'autisme. Si la sclérose était traitée à temps, les résultats étaient bons. Mais Hope était un cas extrême, ellc avait des tumeurs dans le cerveau, dans le cœur et les reins. Elle avait des crises violentes, des difficultés motrices et des défaillances cognitives. Il lui arrivait parfois d'entrer dans une rage terrible et de mettre une pièce à sac en quelques secondes ou de se blesser en se cognant la tête. Lorsque j'avais appris son existence, elle vivait déjà à Rose Hill.

J'avais pris l'avion pour rencontrer cette petite sœur, plus jeune que ma fille. Elle était jolie, petite pour son âge, ne parlait pas encore et boitait légèrement. « Salut », lui avais-je dit en me penchant pour la regarder dans les yeux. Des yeux marron comme les miens. « Je m'appelle Emma. Je suis ta sœur. »

Ça avait été le coup de foudre. Si j'avais pu me le permettre, si Geneviève ou mon père l'avaient autorisé, je l'aurais adoptée ou accueillie chez moi. Mais Rose Hill était un endroit magnifique et le personnel gentil, compétent et aimable. À partir de ce jour, Pop m'a offert un billet d'avion tous les ans à Noël pour aller la voir. Je m'arrangeais la plupart du temps pour y aller aussi l'été.

Elle n'avait jamais appris à parler, mais j'aimais croire qu'elle me reconnaissait. Elle se lovait contre moi et me laissait lui brosser les cheveux et lui chanter des chansons. Aux dix ans de Riley, je l'avais amenée avec moi. Sa tante avait un an de moins qu'elle.

Je ne vis jamais Geneviève à l'occasion de ces voyages. Parfois Jason nous rejoignait pour dîner, car Rose Hill n'était qu'à une demi-heure de voiture de Stoningham, mais il n'avait jamais emmené ses fils pour nous les présenter.

Si jamais je décidais de partir dans le Connecticut cet été – ça n'arriverait pas, mais si jamais – je pourrais m'assurer d'obtenir la garde de Hope. Sa mère était une fêtarde que je n'avais jamais rencontrée mais je savais qu'elle avait officiellement renoncé à ses droits parentaux lorsque le diagnostic avait été posé. Quant à Clark, il était loin d'être à la hauteur. Geneviève n'était pas un monstre, elle verrait bien que j'étais la seule capable de m'occuper de Hope. Savoir si je devais me rendre dans le Connecticut pour ça était un autre problème.

— Coucou, Emma !

Plongée dans mes pensées, je sursautai. Marjorie Pierce, une voisine, sortait de sa voiture. C'était une gentille dame d'une cinquantaine d'années qui m'avait cuisiné des plats l'année qui avait suivi la naissance de Riley.

— Salut, Marjorie !

— Comment va notre magnifique Riley ?

— Super ! répondis-je en souriant.

— Vous avez commencé à parler de ses études ?

— On commence, oui.

Je ne pensais qu'à ça, en fait.

— Ça ne va pas être facile pour toi, hein ? dit-elle en prenant un air désolé.

— Oh ! tu sais comment c'est… On a envie qu'ils grandissent, même si ça veut dire les voir nous quitter.

Ma réponse ne pouvait pas sonner plus faux et j'avais une boule dans l'estomac.

— C'est l'horreur, répondit-elle. Pas la peine de te la raconter. Bonne soirée, ma grande !

Là-dessus, je rentrai.

Nous n'irions pas dans le Connecticut. Je ne présenterais pas son arrière-petite-fille à Geneviève juste pour que cette vieille égoïste se sente mieux. Je n'allais pas vendre mon âme pour de l'argent qui reviendrait à ma fille. Même si ça devait faciliter son avenir. Même si une part de moi-même avait envie de mettre ma merveilleuse fille sous le nez de Geneviève et de dire : « Tu vois ce que tu as loupé ? Tu vois cette incroyable personne que tu as abandonnée ? Je l'ai mise au monde sans aucune aide de ta part, vieille peau. »

— On n'ira pas, me répétai-je tout haut.

Et pourtant je sentis l'air du soir peser lourdement sur mes épaules.

Trois jours plus tard, j'étais dans mon bureau, un minuscule réduit au rez-de-chaussée, à conseiller Jim qui me racontait que, pour réussir sa vie, il lui fallait impérativement une femme de grande taille. Il faisait une fixation sur les femmes de plus d'un mètre quatre-vingts.

— Si seulement la Géante de Nouvelle-Écosse était toujours vivante, soupira-t-il.

Je connaissais l'histoire d'Anna Swan, cette femme qui mesurait deux mètres quarante et un. Mais ce n'était pas le genre de choses qu'on vous apprenait à l'école !

— Lors de notre dernière séance, Jim, vous m'avez dit que les grandes femmes étaient plus gentilles. Vous pensez vraiment que le caractère a quelque chose à voir avec la taille ?

Lui-même mesurait un mètre soixante-cinq.

— Oui, répondit-il, songeur. Sur ce site…

— Vous y avez passé combien d'heures ?

Il m'avait confié qu'il passait la plupart de son temps libre sur des sites pornos ou des sites de rencontre, à chercher des femmes grandes.

— Sept. Aujourd'hui, je veux dire.

— Et est-ce que vous avez vu des gens cette semaine ?

— À part Natacha ?

— Natacha du site porno ?

— Oui. Elle est si gentille ! Et immense ! Un mètre quatre-vingt-douze !

— C'est ce qu'elle vous dit. Jim, tout ce temps passé sur Internet vous empêche de rencontrer des gens dans la vraie vie. Natacha est payée pour être gentille avec vous. Et elle est payée pour vous dire qu'elle est grande.

— Mais elle avait les pieds qui dépassaient du lit.

Il marquait un point.

— OK, d'accord. Mais ce qui m'intéresse ici c'est que vous n'interagissez qu'avec des gens que vous ne pouvez pas rencontrer en vrai. Peut-être que, en décidant qu'une femme doit mesurer plus d'un mètre quatre-vingts pour vous plaire, vous justifiez le fait d'être seul.

Il souffrait de phobie sociale. Il n'y avait rien de mal à ce qu'il aime les femmes grandes, mais ça lui donnait une excuse pour éviter toutes les autres.

— Anna Swan, répéta-t-il, songeur. Même son nom était beau.

— Quand êtes-vous sorti pour la dernière fois, Jim ?

— Oh ! il y a une semaine à peu près, je pense.

— La dernière fois, on a évoqué le fait que vous deviez prendre soin de vous, vous doucher, vous nourrir correctement, prendre l'air.

Il avait les cheveux gras et ne s'était pas rasé depuis plusieurs jours.

— La séance est terminée. Voici ce que vous allez faire pour la prochaine fois : prendre une douche, aller faire des courses et acheter des légumes, OK ? Vous avez besoin de soleil et d'air frais.

Il commença à se lever et j'aperçus un bout de fesse.

— Jim ! Vous n'avez pas de pantalon ! m'écriai-je en me cachant les yeux.

Il se rassit aussitôt.

— Désolé.

— Vous ne pouvez pas vous exhiber comme ça. Ce n'est pas convenable.

— Je sais. Désolé encore.

Je pris un air très professionnel : sourire bienveillant et impassible, comme si de rien n'était.

— Écoutez, Jim, vous êtes un homme sympathique et vous avez bon cœur. Les gens vont vous apprécier, et pas seulement les femmes sur Internet. Faites-moi confiance.

— Merci, docteur.

— À la semaine prochaine.

Il sourit et commença à se lever. Je me déconnectai prudemment.

Il fallait que je prenne plus de patients en chair et en os. C'était plus rémunérateur. Mais je persistais à me sentir illégitime, assise dans ce bureau chic, à opiner du chef d'un air entendu. Et puis je voulais être à la maison quand Riley rentrait du lycée. Une fois qu'elle serait à la fac (l'année prochaine ! horreur !), je pourrais travailler plus et gagner plus, mais, pour l'heure, c'était important d'être là. Spécialement alors qu'elle traversait cette période difficile.

Je vérifiai mes mails : Jason.

Salut ! Comment ça va ? Et comment va notre magnifique fille ? Je me demandais si tu venais voir Hope cet été et si on pouvait se voir. J'adorerais que Riley vienne rencontrer les garçons. Et aussi, pour que tu saches, Jamilah et moi sommes séparés. Les garçons le prennent bien. Je t'embrasse fort. J.

C'était le moment d'appeler Beth, la seule personne à Stoningham à part Jason à qui je parlais encore, la seule de notre groupe qui avait fait en sorte de rester en contact. Mais il faut dire qu'on avait dix-huit ans, et qu'on s'apprêtait tous à partir à la fac et à découvrir la vie, alors je ne leur en avais pas (trop) voulu.

— Tu m'appelles pour savoir pour Jason ? dit-elle en décrochant.

— Absolument.

— C'est vrai. Il est retourné chez ses parents. Tout le monde prend le parti de Jamilah, vu que… eh bien, vu qu'elle est super. Désolée, mais je la vénère, littéralement, c'est comme ça.

— Pas grave, dis-je en soupirant. Je suis psy, je sais maîtriser ma jalousie.

Beth rit.

— Il l'a trompée ? demandai-je, inquiète.

Je détestais l'infidélité. Mon père avait trompé ma mère. J'avais mis des années à le réaliser. Tous ces « voyages d'affaires »…

— Je ne pense pas. C'est plutôt elle à mon avis, vu qu'elle pourrait se faire Derek Jeter si elle voulait. Elle est tellement belle, tu verrais ça !

— Je sais. Je reçois leur carte de Noël chaque année.

J'entendis un bruit de verres dans le fond. Beth travaillait à temps partiel au Noah, le bar du coin qui servait aussi du chou kale local et du fromage de chèvre. Autant dire qu'elle connaissait tout sur tout le monde. Et même si on ne se voyait que de temps en temps, c'était toujours l'une de mes amies les plus proches. Tous les deux ou trois ans, elle venait à Chicago et, avec Calista, on sortait, on dormait dans l'appartement fabuleux de cette dernière et on faisait les folles. Quand je rendais visite à Hope, je passais la voir aussi. Mais jamais à Stoningham. J'avais tellement peur de croiser Geneviève et que, comme la méchante reine dans un film de Disney, elle mette en pièces les dix-sept dernières années de ma vie.

Un peu ce qu'elle était en train de faire aujourd'hui.

J'allais raconter à Beth le coup de téléphone de ma grand-mère quand j'entendis claquer la porte d'entrée et

Riley foncer à l'étage, les yeux rouges, le visage bouffi, et la tête dans les épaules.

— Il faut que j'y aille, dis-je alors.

— À bientôt, ma grande !

Je montai l'escalier derrière Riley.

— Salut, ma puce !

— Pas maintenant, dit-elle en claquant la porte de sa chambre.

Un enfant capable d'exprimer sa colère se sent en sécurité et aimé, dit la thérapeute en moi. Mais la mère que j'étais s'en foutait. J'ouvris la porte.

— Premièrement, ce n'est pas une façon de répondre à sa mère. Tu ne me claques pas la porte au nez.

— Désolée, marmonna-t-elle.

— Et deuxièmement, qu'est-ce qui se passe, ma puce ?

Elle fondit en larmes.

— Je déteste tout le monde ! déclara-t-elle.

Bouleversée et paniquée, je la pris dans mes bras et caressai ses épais cheveux roux. Pendant une minute je la laissai pleurer, en savourant égoïstement le fait que ma fille vienne chercher du réconfort auprès de sa maman, et que je pouvais la serrer contre moi et respirer son odeur.

Puis elle se recula et mit son bras en travers de ses yeux.

— Qu'est-ce qui s'est passé ?

— C'est toutes des garces, maman. Voilà, c'est tout.

— Qui ?

— Annabeth et Jenna et Mikayla, répondit-elle, de nouveau en larmes.

C'était ses trois meilleures amies depuis qu'elles étaient toutes petites. Ses trois *seules* amies, pour autant que je sache. Les amitiés à cet âge n'étaient pas toujours faciles. C'était génial quand on faisait partie du groupe, l'enfer quand on en était exclu.

— Qu'est-ce qu'elles t'ont fait ?

Elle secoua la tête et s'essuya les yeux avec sa peluche.

— Apparemment, elles sont toutes allées à une fête

ce week-end. Une fête où je n'étais pas invitée. Et elles ont toutes…

Elle me regarda d'un air entendu.

— Elles sont toutes sorties avec des garçons de la fac ! Et elles étaient soûles ! Et là, c'est comme si je ne les reconnaissais plus. Elles étaient là, assises à la cantine, hyper complices parce qu'elles ne sont plus vierges.

— Tu plaisantes ?

Tout comme Riley, Mikayla avait démarré l'école avec un an d'avance. Elle n'avait même pas seize ans et, dans l'Illinois, l'âge de la majorité sexuelle était dix-sept ans. Si elle avait couché avec un étudiant, il était potentiellement coupable de détournement de mineure… et si les parents de Mikayla étaient au courant, on pouvait les accuser de négligence ou de maltraitance.

— Elles m'ont dit qu'elles l'avaient fait. Ou presque fait. Je n'en sais rien. Ce n'est pas le problème. Le problème, c'est qu'elles ont complètement changé !

— Qu'est-ce que tu leur as dit ?

— J'ai dit : « Mais pourquoi vous avez fait ça ? », et elles m'ont regardée comme si j'étais une gamine débile.

Il fallait que j'appelle leurs mères. Ça n'allait pas jouer en faveur de Riley mais, mon Dieu, si on avait fait boire ma fille et abusé d'elle dans une soirée étudiante, si on l'avait violée, appelons un chat un chat, je ferais arrêter ces jeunes et je les traînerais dans les rues, avant de les pendre, de les éviscérer et de les brûler.

— Je ne comprends pas pourquoi elles font ça, dit Riley.

— Pourquoi elles couchent, tu veux dire ?

— Oui, tout ça ! Déjà, je ne comprenais pas pourquoi elles voulaient avoir des petits copains ! Là, tout d'un coup, plus personne veut me parler et on me rejette complètement.

Elle éclata de nouveau en sanglots.

— Elles couchent, tu te rends compte ! Mais elles

sont trop jeunes ! Et elles boivent ? Dans une soirée étudiante ? Comment elles se la pétaient ! Elles sont débiles ou quoi ?

— Oui, murmurai-je. Comme la plupart des ados à un moment donné.

— La semaine dernière, on était amies. On rigolait tellement au café que le patron nous a demandé de nous calmer un peu ! Et aujourd'hui elles m'ont juste ignorée, à parler de ce qu'elles allaient faire ce week-end sans même me regarder. Et quand j'ai dit qu'on avait prévu d'aller au ciné et qu'elles pourraient dormir ici, elles ont continué à discuter comme si de rien n'était. J'ai eu envie de me lever et de partir mais je suis restée là, comme une idiote.

— Oh ! ma chérie, fis-je en passant mon bras autour de ses épaules. Ça a dû être horrible.

Est-ce qu'elle n'était pas invitée parce que les autres savaient que je ne la laisserais pas sortir ? Parce que les garçons ne l'intéressaient pas encore, ou ne l'intéresseraient jamais ? Est-ce que c'était ma faute ?

— Je pensais qu'on était pareilles, tu comprends ? dit-elle en haussant les épaules. Qu'on avait le temps avant les garçons, l'alcool, la drogue et tout. Annabeth voulait juste essayer la cigarette électronique. On avait fondé le Club des filles saines ! J'imagine qu'elles l'ont toutes quitté sans rien me dire. Oh ! maman, je me sens tellement nulle !

Mais bon sang, pourquoi fallait-il que les filles se fassent des coups pareils ? La part maternelle et viscérale en moi aurait voulu les avoir en face pour leur coller une bonne gifle. Visiblement, il fallait en passer par ce rejet du groupe pour vivre une adolescence normale.

— Non, Riley, tu n'es pas nulle, répondis-je en la serrant fort dans mes bras, tu es la fille la plus géniale que je connaisse.

— Dixit ma mère. Désolée, je sais que tu le penses, mais ça ne m'aide pas vraiment, là tout de suite.

Oups !

Quand votre enfant est jeune, vous êtes tout pour lui, et capable de résoudre n'importe quel problème, à l'aide d'un petit mot, d'un bisou ou d'un câlin. Là, j'étais impuissante.

Elle se redressa et s'essuya de nouveau les yeux.

— Du coup, maintenant tout le monde discute de cet été et devine quoi ! Mikayla ne travaille pas chez le glacier, cette année. Devine où elle s'est trouvé un boulot. Chez Geneviève London Design, ici même, sur Michigan Avenue ! Et quand je leur ai dit que c'était mon arrière-grand-mère, Jenna m'a regardée d'un air ! Ensuite elles se sont regardées toutes les trois et j'ai bien vu qu'elles ne me croyaient pas.

Visiblement, ce que je craignais s'était produit plus vite que prévu.

— Je peux leur parler si tu veux.

— Non ! Ça serait dix fois pire ! Mais, du coup, je vais passer l'été toute seule. Elles ont prévu d'aller visiter les facs de Purdue et de Notre-Dame, et devine quoi ! Elles ne m'ont pas invitée ! Dire que je suis celle qui avait le plus envie d'aller à Notre-Dame ! Mais pourquoi elles sont aussi méchantes ? Maman, qu'est-ce que j'ai fait de mal ?

Elle s'empara d'un Kleenex et se moucha.

Ce « maman » m'alla droit au cœur. Avec ses yeux gonflés et son nez rouge, elle avait l'air d'avoir quatre ans.

— Tu n'as rien fait de mal, ma chérie. C'est leur faute. Elles te traitent de cette façon parce que… (Oui, *pourquoi* au fait ? se demanda alors la psychothérapeute en moi.) Parce que parfois les gens ont besoin de faire du mal aux autres pour se sentir bien.

— Eh ben, ça marche. Je me sens super mal. J'ai juste envie de… partir. M'endormir et ne jamais me réveiller.

Elle posa la tête sur mes genoux et je caressai ses cheveux cuivrés mais, au fond de moi, j'étais terrorisée. Certes, j'avais tendance à tout surinterpréter, mais cette affirmation pouvait indirectement être un fantasme suicidaire. Ajoutez à cela un sentiment d'isolement, des événements stressants, un tempérament impulsif, et aussi l'augmentation du taux de suicides chez les adolescents...

Et mon histoire familiale.

Riley finit par se lever.

— Il faut que je bosse mes contrôles. On avait prévu d'aller réviser ensemble chez Jenna autour d'une pizza, mais j'imagine que ça se fera sans moi.

— Eh bien, elles ne savent pas ce qu'elles perdent. Tu es super bonne en chimie et elles pas.

Elle tourna vers moi son regard humide plein de reconnaissance.

— Ma puce, je suis vraiment désolée, mais il faut que j'appelle leurs mères.

Le regard plein de reconnaissance s'effaça aussitôt et fut remplacé par de nouveaux pleurs.

— Merci, maman. Comme si je n'étais pas déjà assez exclue. Vivement demain.

— Tu sais que je ne peux pas faire autrement, ma puce. Elles sont mineures.

— Je sais. Vas-y. Pourris-moi encore un peu plus la vie. Il faut que je révise maintenant.

Et elle sortit un gros livre de son sac à dos.

Une manière de me congédier.

Eh oui, il fut un temps où regarder Animal Planet en grignotant le soir, mon bras autour d'elle, pouvait suffire à chasser les idées noires de ma fille. J'étais terriblement nostalgique de ce temps où j'avais le pouvoir de la rendre heureuse.

Avec un grand soupir, je redescendis et j'appelai les parents des trois adolescentes qui, évidemment, répondirent tous : « Ma fille ? Impossible ! », avant d'être choqués puis de se mettre à craindre le pire. Tous me remercièrent. Nous nous connaissions depuis des années, mais à cause de ma situation atypique, moi qui vivais chez mon grand-père, travaillais dans le magasin où elles venaient faire leurs courses et, de surcroît, étais célibataire, je n'avais jamais fait partie de leur groupe.

Telle mère, telle fille.

J'envoyai un SMS à Jason pour lui dire que Riley traversait un moment difficile avec ses amies et il me répondit tout de suite, ce qui me consola un peu.

Je l'appelle ce soir. Dis-moi quand.

Je répondis :

OK pour ce soir. Merci.

De rien. Je l'adore, ma fille ! A+

C'était déjà ça. Riley adorait Jason, bien que, là aussi, les choses aient un peu changé cette année. Il venait tous les ans passer un peu de temps juste avec elle et ils faisaient ensemble tous les trucs sympas que je pouvais rarement me permettre : aller voir *Le Roi Lion*, faire du shopping, dîner dans des restaurants chics. Parfois j'étais de la partie, mais de moins en moins. Il n'oubliait jamais non plus son anniversaire et lui parlait par Skype plusieurs fois par mois.

Nous étions très amoureux, Jason et moi, lorsqu'elle avait été conçue. Elle n'avait pas été le fruit d'un coup d'un soir, ni d'une relation malheureuse. C'était déjà ça. Mais aujourd'hui sa vie était ailleurs, il avait deux autres enfants. Et une femme, même s'ils étaient séparés.

Les deux jours suivants, j'attendis de voir comment le psychodrame entre Riley et ses copines allait tourner. J'espionnai Mikayla, Jenna et Annabeth sur les réseaux sociaux. Exactement comme l'avait dit Riley, elles l'avaient zappée. Sur Snapchat, on les voyait toutes les trois avec le commentaire : *Meilleures cops pour la vie !!!* Et encore : *3 mousquetères.* (Même pas capables de l'écrire correctement.)

Puis vinrent les commentaires sur les roux.

Emma Watson est tellement plus belle sans ses cheveux roux débiles.

Les cheveux de Riley étaient magnifiques, même si elle portait une queue-de-cheval la plupart du temps. C'était le genre de cheveux que la nature seule était capable de produire.

LOL c'est vrai ! Je me suiciderais si j'étais rousse !

Oui hein ! Et si en plus t'avais une peau d'albinos et ces yeux chelous !!!

Ma fille, tout comme moi, avait le teint très clair. Et ses yeux, loin d'être chelous, étaient d'un bleu ciel. Ils étaient ravissants.

Et ces taches de rousseur ! Le laser ça existe, t'es au courant ?

Ma fille avait des taches de rousseur.

Ou sinon il y a toujours l'acide. LOL.

Si bien que je repris mon téléphone pour appeler les parents, et le proviseur. Cette fois, les parents se montrèrent moins bien disposés :

« Oh ! les filles entre elles, on sait bien ce que c'est », me dit le père de Mikayla.

« Elles ne parlaient pas spécialement de Riley », me répondit la mère de Jenna.

« Nous allons être vigilants », déclara le proviseur.

Chaque jour du reste de la semaine, Riley rentra à la maison les yeux rouges, la tête enfoncée dans les épaules et monta directement s'enfermer dans sa chambre.

En tant que psy, je savais qu'elle ne pouvait pas fuir ses difficultés. Il fallait les affronter, se faire de nouvelles amies, développer des mécanismes de défense. La plupart des adolescents faisaient face à ce genre de choses.

En tant que mère, j'étais furieuse et terrifiée.

Puis, le vendredi, je reçus un appel du lycée. Riley était à l'infirmerie. Mikayla l'avait coincée dans le vestiaire des filles, mise à terre et lui avait collé du chewing-gum dans les cheveux.

Mon sang ne fit qu'un tour. J'annulai mes consultations de l'après-midi, fonçai au lycée et la pris dans mes bras.

Elle se dégagea aussitôt.

— Pas ici, maman, protesta-t-elle, furieuse. C'est déjà assez lourd comme ça.

Le proviseur était là, avec un air de circonstance, très professionnel.

— Je suis désolé de ce qui est arrivé, Ri…

— Ne vous fatiguez pas, l'interrompis-je. Si on touche encore une fois à mon enfant, je ferai un procès à ce lycée et m'assurerai qu'on vous vire. C'est compris ?

— Il reste quatre jours avant la fin des cours. Les choses vont se calmer avec l'été.

— C'est tout ce que vous trouvez à répondre ? Vous aurez des nouvelles de mon avocat avant la fin de la semaine. Vous devriez avoir honte de ne pas avoir su empêcher ça, espèce de minable.

— Je comprends que vous soyez contrariée…

— Allez vous faire foutre, George ! répliquai-je. Vous avez été nul ! Alors à vous d'arranger les choses, maintenant !

Riley marcha jusqu'à la voiture, tête baissée.

— Ça va ? lui demandai-je.

— Oui.

Je l'emmenai direct au salon de coiffure le plus cher de toute la ville où on lui retira le chewing-gum et où on lui fit un shampooing et un brushing. Je leur dis d'envoyer la facture à Jane Freeman, la mère de Mikayla, qui était une bonne cliente. Puis je déposai ma fille à la maison et me rendis chez Mikayla. J'entrai en trombe dans l'allée.

Jane m'accueillit.

— Il paraît qu'il y a eu une dispute au lycée, me dit-elle.

— Je suis en train de porter plainte contre ta fille, lui dis-je. Qu'elle ne s'approche plus de Riley, ou elle finira en centre de détention. Tu crois que j'ignore comment marche le système ? Fais bien attention, Jane. Et pendant que tu y es, regarde-toi dans le miroir aussi. Cette saleté de gamine tient bien de quelqu'un.

Je remontai en voiture et fis demi-tour dans la pelouse impeccable en y laissant des traces de pneus.

Pop attendait dans la cuisine lorsque j'arrivai.

— Comment va-t-elle ? lui demandai-je.

— Elle va bien. Et toi ?

— Moi, non.

Nous nous regardâmes. Il passa une main dans ses cheveux blancs et soupira.

— J'imagine qu'on s'en va dans le Connecticut, dit-il alors. Je vais faire mes bagages.

Bien sûr qu'il allait venir avec nous.

— Merci, Pop, dis-je, la gorge nouée.

— Ne fais pas cette tête, grommela-t-il en desservant son assiette. Monte voir ta petite, je m'occupe de la vaisselle.

Riley était déjà en pyjama, le visage pâle et de grands cernes sous les yeux. Seuls ses cheveux brillaient de mille feux, encore plus doux et chatoyants que ce matin.

— Comment ça va, ma puce ?

— Ça va, murmura-t-elle, au bord des larmes, en portant sa main à ses cheveux. T'as été géniale, maman, de dire au proviseur d'aller se faire foutre.

Je souris. Un sourire forcé, parce que je n'avais pas décoléré.

— Dis donc, ma puce, j'ai reçu un coup de téléphone inattendu la semaine dernière, commençai-je à dire.

Elle ne réagit pas.

— De Geneviève, ajoutai-je.

Elle écarquilla ses grands yeux bleus.

— Ah bon ?

— Oui.

— Tu l'as appelée ? À cause de moi ? Parce que Mikayla travaille à la boutique ?

Son ton était lourd de reproches.

— En fait, non. Elle m'a dit qu'elle avait un cancer et elle veut qu'on aille passer l'été dans le Connecticut. Pour la voir avant qu'elle meure.

J'étais trop contrariée pour prendre des pincettes.

Riley ouvrit des yeux ronds comme des billes.

— Waouh. Elle est gonflée de te demander ça.

— C'est vrai.

J'attendis une seconde.

— Tu veux y aller ?

Elle avait l'air si étonnée que c'en était comique.

— T'es sérieuse ?

— Hum, oui.

— Tu veux vraiment aller t'occuper de cette vieille peau de vache ? Elle t'a fichue à la porte alors que t'étais enceinte, maman !

— Je n'y vais pas pour m'occuper d'elle. Mais… je veux qu'elle te connaisse. Qu'elle voie à côté de qui elle est passée.

Je pris une grande inspiration.

— C'est à toi de choisir. Décide.

— Alors oui. Je veux foutre le camp d'ici, maman !

Pour la première fois depuis des jours, ma fille avait le sourire.

— OK, mais qu'on soit bien d'accord, ce n'est pas la personne la plus agréable de la terre.

— Tu me l'as déjà dit.

— Je ne veux pas que tu te fasses des idées. Que tu imagines… qu'elle va t'apprécier.

— Parce que je suis ta fille illégitime ?

— Exactement.

— On n'est pas dans son testament, alors ?

Je mentis. Il valait mieux qu'elle soit surprise plutôt que déçue. Pop avait raison, je ne faisais pas la moindre confiance à Geneviève.

— Non.

— Et je verrai aussi papa ?

Je n'avais pas encore mis Jason au courant, mais il était grand temps que Riley fasse la connaissance de ses deux demi-frères. À quatre reprises, on avait organisé un voyage et, à quatre reprises, on l'avait annulé. Trois fois parce que ses garçons étaient malades, et une autre fois à cause d'une tempête qui avait paralysé toute la ville.

— Bien sûr, répondis-je.

— C'est génial, ça !

— Tu trouves ?

— Mais oui ! Je veux dire, OK, elle est méchante, mais est-ce qu'elle habite toujours dans cette maison… comment ça s'appelle, déjà ?

— Sheerwater. Et à ma connaissance, oui.

Je m'assis sur son lit.

Elle attrapa son ordinateur et lança une recherche sur Google.

— La vache ! C'est magnifique ! Il y a une piscine, et l'océan juste à côté. Incroyable ce truc !

— Oui.

— Sheerwater. C'est là qu'on habiterait ? Ça ne me dérangerait pas, perso.

— Ce serait seulement pour l'été, ma puce. Et je n'en suis pas sûre, mais je pense que oui.

Ma fille planta sur moi ses yeux bleus extraordinaires et si expressifs.

— Je suis désolée qu'elle soit malade. Tu es triste ?

Elle me prit la main et une boule se forma dans ma gorge. Dans quinze mois, ma fille n'habiterait plus ici et tout serait différent. Ces petits moments, ces minuscules et pourtant si grands gestes d'amour, deviendraient rares.

— Non, pas vraiment, répondis-je. Elle n'était pas… nous n'étions pas proches, tu sais. Elle faisait son devoir et s'assurait que je n'oublie pas que j'étais un poids pour elle.

— Ton père sera dans le coin ?

— J'en doute.

Elle avait rencontré mon père une fois, quand elle avait trois ans. Il était à Chicago pour un concert de Bruce Springsteen et avait décidé de venir nous voir. Il avait eu un choc lorsque j'avais ouvert la porte avec un petit enfant dans les bras. Honnêtement, je pense qu'il avait oublié que j'avais eu un bébé.

Riley s'était de nouveau allongée sur son lit.

— Alors comme ça, elle veut qu'on vienne. C'est plutôt cool. Je vais enfin voir la fameuse Geneviève London de près et habiter dans une maison avec des milliards de chambres face à l'océan.

— Tu es sûre que c'est ce que tu veux ?

— Carrément ! Ça va être sympa, maman !

Je fis mine d'être sceptique.

— Sympa, je n'en suis pas sûre.

— Oh ! allez ! Tu vas pouvoir lui mettre sous le nez ta merveilleuse fille, dit-elle, taquine.

Je lui rendis son sourire, et le poids que je ressentais s'allégea un peu.

— C'est la seule raison pour laquelle je veux y aller.

4

Geneviève

Cela avait le don de me mettre hors de moi lorsque les gens disaient que Garrison était mort de chagrin. Comme si, moi aussi, j'aurais dû réagir de la sorte et mourir lorsque nous avons perdu notre fils Sheppard.

Mais non.

Pourtant je le voulais.

Mais il fallait bien que quelqu'un élève Clark, celui qu'à l'époque je considérais comme *l'autre fils.* Clark que, à dire vrai, je n'avais jamais aimé autant que Sheppard. Une mère n'est pas censée dire cela, mais c'était la vérité.

Clark, qui n'avait jamais eu le charme, l'intelligence ni la beauté de son frère, était toujours là, de plus en plus grassouillet, pâle et triste après la mort de ce dernier. Encore que personne ne pouvait affirmer qu'il était mort, vu qu'on n'avait jamais retrouvé son corps. On ne pouvait pas non plus parler d'enlèvement, faute de preuves. Il s'était contenté de disparaître.

Clark, lui, était resté. Il traversa l'adolescence et ses abjections, puis fit des études, et nous allâmes de déception en déception. D'abord son parcours universitaire (il faut se donner beaucoup de mal pour être renvoyé de Dartmouth), puis son mariage avec cette femme consternante. Je me fis du souci pour ma petite-fille après sa mort. Emma (quel prénom vulgaire !) ressemblait trop à April, sa mère : elle cherchait sans arrêt l'approbation des autres, était d'humeur changeante et pas assez indépendante. Elle n'avait rien d'une vraie London. Ce n'était pas vraiment sa faute, avec un père comme Clark, mais tout de même. On espère toujours que les gènes supérieurs vont l'emporter.

Sheppard, lui, resterait parfait pour l'éternité. Mon fils, le vrai. Malgré mon désir d'aimer Clark autant que lui, j'en fus incapable. Le Manque – cette puissance obscure qui méritait bien une majuscule, croyez-moi –, le Manque m'en empêchait.

Je n'avais pas vu mon beau garçon depuis cinquante-cinq ans, mais je me rappelais encore nettement son visage : ses yeux clairs et brillants aux longs cils blonds, la fossette dans sa joue droite, ses cheveux si décolorés par le soleil qu'ils étaient presque blancs. Ses sept ans avaient été un âge magique, même si je pouvais en dire autant de chaque année de sa vie. À sept ans, il continuait de se blottir contre moi le soir lorsque je lui lisais une histoire, tandis que Clark, plus jeune de deux ans, jouait par terre et produisait toutes sortes de bruits de moteur agaçants en faisant rouler ses camions. La semaine avant la disparition de Sheppard, son institutrice m'avait prise à part pour me dire combien il était poli, gentil et intelligent.

Elle avait raison. C'était le cas. C'était le plus adorable garçon du monde.

Déjà à l'époque il avait des dispositions pour le sport, et ce pataud de Clark essayait de suivre le rythme. Sheppard attendait son petit frère, lui tendait la main, l'encourageait à grimper aux arbres et l'aidait à faire du vélo. Il était tellement gentil. Une des choses que j'aimais le plus chez lui, c'était sa générosité. Clark le vénérait et tout le monde s'accordait pour dire qu'il avait de la chance d'avoir un si gentil grand frère.

Le jour où Sheppard est parti, il avait une dent qui bougeait, sa première, en bas à droite. L'incisive centrale (j'ai vérifié plus tard, afin d'aider la police à l'identifier). Je ne verrais jamais cette dent de lait tomber, ni son sourire troué si mignon, ni la dent qui aurait poussé ensuite. Sheppard n'avait jamais eu besoin d'orthodontie, il n'avait jamais eu d'acné, et n'était pas devenu un ado grognon qui reste des heures devant la télé et répond à peine quand on lui parle.

Ou alors si. Et je priais Dieu pour qu'il ait vécu tout ça. Quelle était l'expression, déjà ? Ah oui, adoption forcée. De tous les scénarios, c'était le moins intolérable. Ces jours-ci, lorsque je me sens faible et que j'ai peur, je suis tentée de faire ce que je me suis juré de ne jamais faire : nous imaginer tous les deux réunis.

Il ne faut pas. C'est comme ça qu'on sombre dans le désespoir, paraît-il.

Quoi qu'il en soit, certains pensaient que j'avais trahi mon fils en ne mourant pas de chagrin, ce qui aurait été romantique. Mon mari avait choisi le chemin le plus facile. Il était mort, ou plutôt il s'était juste arrêté de vivre, assis dans le fauteuil Adirondack près du mur de pierre, notre endroit favori. Il était parti à peine trois ans après la disparition de Sheppard. Je l'avais trouvé là, les pieds posés sur le muret qui séparait Sheerwater de la plage de galets. Il souriait.

Autrefois, c'était notre endroit, celui où nous nous asseyions ensemble, une fois les garçons endormis. Nous buvions un verre, main dans la main, conscients de notre chance, avec un petit sentiment de supériorité pour tout dire. Nous étions heureux et la vie nous souriait. Nous étions riches et reconnaissants. Comblés par nos deux magnifiques fils – enfin, surtout par le premier, mais Clark finirait peut-être par ressembler davantage à son frère. Garrison me baisait la main et nous regardions le soleil se coucher, amoureux et sereins.

Ainsi, la mort de mon mari à cet endroit précis, la façon dont il m'avait abandonnée, seule face à cette montagne de chagrin, à laquelle il en rajoutait une autre, impossible à gravir… c'était brutal et injuste. Même si j'étais déchirée par la douleur, ma colère avait pris le dessus. *Comment oses-tu, Garrison ? Comment peux-tu me faire une chose pareille ?*

Mais c'était pourtant vrai. Clark et moi étions désormais seuls.

Je savais que je n'étais pas une bonne mère pour mon autre fils, mais il n'avait que moi. Et je n'avais que lui : mes parents étaient morts depuis longtemps, mon frère et ma sœur étaient incapables de comprendre mon chagrin. De toute façon, je les détestais, avec tous leurs enfants vivants dont ils profitaient plus encore parce que, *Dieu merci*, eux avaient été épargnés. *Dieu merci*, c'était moi que la tragédie avait frappée.

Un an après avoir enterré mon mari, je lançai mon entreprise, à la surprise générale. Comment y arrive-t-elle ? Comment peut-elle même sortir de son lit le matin ? D'abord son fils, ensuite son mari… Ou pire encore : Elle n'a pas de cœur, pour laisser ce pauvre petit avec une nounou toute la journée.

Franchement, j'avais envie de les tuer. Violemment. Je souriais et répondais gentiment alors qu'ils exprimaient leur surprise que je *travaille*, que je parvienne à *tenir bon*, assurant qu'ils pensaient à moi et à ce *cher* Sheppard tellement souvent, que j'étais dans leurs prières. Alors je m'imaginais en train de les poignarder encore et encore, d'enfoncer un pieu dans leurs yeux et jusque dans leur cerveau tandis qu'ils s'extasiaient sur mon tempérament de fer. *Meurs*, m'imaginais-je leur dire tout en plantant mon pieu dans leurs orbites, mon tailleur Chanel éclaboussé de leur sang.

Parce que j'étais censée faire quoi ? J'avais été tentée par l'idée de me coucher et de ne plus jamais me réveiller lorsque la police était venue m'annoncer qu'ils ne pouvaient plus se permettre de poursuivre les recherches. J'avais voulu mourir le jour où le cœur de mon mari s'était arrêté de battre tandis qu'il écoutait le bruit des vagues sur le rivage, tout en pensant sans doute à notre fils aîné. J'avais souhaité en finir le jour où la piste la plus prometteuse, un petit garçon correspondant à la description de Sheppard retrouvé à Boston, n'avait finalement pas abouti. Le jour où l'on m'avait annoncé cette nouvelle, j'avais quitté le poste de police sans un mot, étais remontée dans ma voiture et m'étais agrippée au volant en hurlant comme une bête. Oh oui, j'aurais adoré mourir ce jour-là, où je sentis comme jamais la morsure du Manque dans mon cœur et dans mes poumons, mc laissant à bout de souffle, et se riant de moi.

Mais j'avais survécu, et en avais été la première choquée. Aurais-je dû me suicider ? J'avais beau ne pas aimer autant mon second fils, je n'allais pas faire peser sur lui un tel héritage. Aurais-je dû me shooter, et avaler des médicaments pour calmer la douleur ? Ou sombrer dans l'alcool ? Aurais-je dû quitter cette ville que ma famille avait contribué à fonder, où avait vécu Sheppard ? *Non, vraiment, répondez-moi*, avais-je envie de dire à ces idiots désemparés qui croyaient bien faire. *Qu'est-ce que je pourrais bien faire d'autre ?*

« Merci, répondais-je. Après tout, il faut bien qu'on avance, Clark et moi. » Une façon de leur rappeler que j'avais un autre fils… et de me rafraîchir la mémoire à moi aussi car, franchement, j'avais tendance à l'oublier quelquefois. C'est que je m'en fichais un peu. Tant pis pour les mauvaises notes. Tant pis s'il ratait des entraînements. Tant pis s'il rentrait trop tard le soir. Le Manque et moi, nous l'attendions, moi agacée et les yeux secs, le Manque n'espérant qu'une chose : que mon armure se fissure afin qu'il puisse me dévorer.

Pour compenser, j'offris à Clark une voiture pour son dix-septième anniversaire. L'inscription en fac ne posa aucun problème : son grand-père avait donné son nom à l'un des bâtiments de Dartmouth. Je ne me souciais pas de son avenir. J'aurais voulu que ce soit le cas, mais Sheppard avait emporté mon cœur de mère avec lui ce jour-là.

Du coup… je vécus. Comme l'on vit lorsqu'on n'a pas d'autre choix, lorsque votre cœur refuse de s'arrêter, et que Dieu ne vous entend pas quand vous le suppliez de vous rendre votre fils probablement mort, de vous rendre votre mari qui, lui, l'est pour de bon, de mettre un terme à la souffrance de votre cœur sec et inutile. Très peu de gens comprirent. Miller Finlay, dont la famille possédait une entreprise de bâtiment et qui avait supervisé les travaux de rénovation à Sheerwater, me comprit, lui. Il avait perdu son épouse. Il savait ce que c'était de pleurer quelqu'un, même si nous n'en avions parlé qu'au décès de sa femme. La première fois où il était venu à Sheerwater après son deuil, nos regards s'étaient croisés et notre amitié était née. C'était le cousin de Jason, ce garçon qui avait fichu en l'air l'avenir d'Emma, mais lui était différent. Un homme bien. Et brisé, tout comme moi.

Je n'avais pas d'autre choix que de continuer à vivre. Toutes ces années, j'avais travaillé. Je m'étais nourrie, habillée. J'avais parlé aux gens. Et attendu que la vieillesse ou bien un accident m'emporte.

Pourtant à présent, avec ce que je sais, mon point de vue a changé. Je veux m'en aller tant que la vie est encore supportable. Oui, c'est bien de suicide que je parle. Il ne faut pas être naïf.

Le seul problème, c'est que je ne parviens pas à me résoudre à le faire toute seule.

5

Miller

Miller Finlay détestait être père célibataire.

Il détestait être père, point. Il était pratiquement sûr de détester sa fille 95 % du temps. Elle avait trois ans, mais l'âge n'y changeait rien. En gros, il la détestait depuis l'instant de sa naissance. Six minutes avant, pour être précis.

Tess n'était pas une adorable coquine pleine d'énergie et de culot. Elle était terrible. Malveillante. Ce n'était pas un terme habituel pour parler d'une petite fille, mais c'était le seul qui venait à son père pour décrire sa façon de hurler au supermarché, sa voix stridente lorsqu'elle criait qu'elle avait faim (parce qu'elle avait envoyé balader l'assiette de son petit déjeuner et exigé du sucré à la place des œufs), ou lorsqu'elle glapissait : « Pas faire mal à moi, papa ! » quand il insistait pour qu'elle reste attachée dans son siège auto. « Papa, l'a faim moi, si te plaît ! »

Les autres parents le regardaient d'un drôle d'œil et se tenaient à bonne distance de lui. Parfois ils proposaient d'acheter un muffin à la fillette, sans remarquer celui que Miller lui avait déjà donné et qu'elle venait de refuser avant de le mettre en miettes. Cela ne l'empêchait pas d'accepter la proposition de l'étranger, faisant passer son père pour un monstre qui ne nourrissait pas son enfant. Un jour, elle avait raconté dans un magasin de chaussures que son papa l'avait tapée, et quelqu'un avait appelé la police. Il s'était vu forcé d'expliquer à son vieux copain de classe, désormais chef de la police de Stoningham, que sa fille s'était fait un œil au beurre noir en se cognant contre le montant en fer de son lit sur lequel elle sautait après s'être enfermée à clé dans la chambre.

Elle était épuisante et jamais à court d'énergie. Toujours à pleurnicher, à faire des colères, souvent couchée par terre à se tortiller et à frapper le sol de ses pieds. Lorsqu'elle pleurait et qu'il tentait de la câliner et de la consoler, elle ne faisait que crier plus fort et s'arc-bouter comme s'il lui faisait mal, jusqu'à parvenir à s'extraire de ses bras.

Il voulait l'aimer, mais… il n'y arrivait pas.

Le pédiatre avait dit qu'elle n'avait aucun problème de santé et qu'elle était plus intelligente que la moyenne. Une psychologue l'avait confirmé, en ajoutant que les choses iraient mieux lorsqu'elle serait en mesure de verbaliser ses émotions.

Une fois qu'on avait dit ça…

Chaque soir, il passait des heures à essayer de l'endormir, ulcéré par ses hurlements, en attendant « qu'elle finisse par s'épuiser elle-même » comme avait dit le Dr Spock pour le rassurer. Au lieu de quoi, elle secouait les barreaux de son lit, qui était équipé d'un filet de sécurité. Ou bien il restait debout à attendre qu'elle se réveille, vu que Tess n'avait jamais dormi plus de trois heures consécutives dans sa courte vie. Chaque soirée depuis sa naissance avait été ponctuée de ses hurlements. Maux de ventre, de dents, ou simple colère. Il ne lui en voulait pas. Lui aussi, à sa place, aurait hurlé.

Lorsqu'elle finissait par s'endormir, en nage, Miller écoutait le silence. Même sachant qu'il fallait qu'il s'endorme aussitôt lui-même, qu'il en avait besoin, il se remémorait alors la vie avant elle. Le jour où les deux foutus traits étaient enfin apparus sur le test et où Ashley avait sangloté de joie. Ils s'étaient pris dans les bras, en pleurant et en riant à la fois. Après treize ans de mariage et de tentatives infructueuses, après quatre années de candidature à l'adoption, après la déception d'une adoption qui avait échoué au dernier moment, ils allaient enfin, enfin avoir un bébé.

Il se rappelait le jour de l'échographie et lorsque le médecin leur avait annoncé que c'était une fille. Il avait alors réalisé à quel point il espérait une fille (même s'il se serait dit le contraire si cela avait été un garçon). Il avait approché son visage du ventre d'Ashley et avait rendu grâce à Dieu pour tant de générosité. Il n'était pas du genre à prier mais ces mots lui étaient venus : *Merci, mon Dieu, pour ma fille.*

Il se rappelait le départ pour l'hôpital, lorsque, quatre jours après le terme, Ashley avait commencé à avoir des contractions. Il était fier, soucieux, excité : sa magnifique femme, si épanouie, si courageuse. Quelle connerie cet orgueil, cette excitation, toute cette stupidité ! Un jour et demi plus tard, sa vie serait foutue, sa femme morte et lui, le père d'un bébé enragé.

Cela s'était passé trois ans auparavant. Trois ans, un mois, une semaine et quatre jours.

Il jeta un œil à la pendule. 4 h 51. Il allait peut-être pouvoir dormir un peu. Il ferma les yeux et sentit ses pensées se dissiper, puis il s'endormit, flottant, en repos.

C'est alors que les pleurs déchirèrent le silence du petit matin gris.

Peut-être était-il temps de faire appel à un exorciste, s'il s'agissait juste d'un cas de possession démoniaque.

En tout cas, la nuit était terminée, même s'il n'avait pas dormi plus de dix minutes de suite.

Avec un soupir et les yeux brûlants du manque de sommeil, il se leva, enfila un T-shirt et pénétra dans la chambre maudite. Tess était debout, ses cheveux blonds en broussaille, la mine boudeuse, le visage baigné de larmes et couvert de morve. Il décrocha le filet de sécurité (l'étape suivante serait la camisole de force) et la sortit de son lit, prêt à affronter une nouvelle journée de paternité.

— Bonjour, mon trésor, lui dit-il.

— Non !

Au moins elle n'avait pas retiré sa couche et tapissé son mur comme la veille. Il lui avait mis un pyjama fermé dans le dos et, jusqu'ici, elle ne savait pas l'enlever. Mais elle y arriverait. Il la connaissait.

— Comment ça va aujourd'hui, ma Tess ?

— Non ! hurla-t-elle en se débattant.

— Doucement, ma puce, dit-il tandis qu'elle luttait toujours et lui transperçait les tympans. Papa est là et on va changer cette couche, d'accord ?

— Te déteste, rétorqua-t-elle.

Par malheur, elle parlait très bien pour son âge.

— Eh bien moi je t'aime, répliqua-t-il sans conviction.

Encore cent quatre-vingt-quatre minutes avant qu'il puisse la déposer chez la mère d'Ashley et partir travailler.

L'habiller s'apparentait à une séance de lutte avec un diable de Tasmanie.

Il tâchait de ne pas la blesser mais devait la maintenir fermement alors qu'elle se débattait, lui donnait des coups et s'agitait dans tous les sens. Il n'avait pas de table à langer. Elle ne serait jamais restée dessus. Il en avait fait l'expérience. Il n'y avait donc plus désormais qu'un petit tapis au sol. Tandis qu'il lui retirait son pyjama et s'apprêtait à la changer, elle se saisit de la couche trempée et la lui balança en pleine figure. Celle-ci explosa, libérant des centaines de petites billes gorgées de pipi dans ses cheveux, son nez, sa bouche, contre les murs, sur le tapis, les cheveux de Tess et son visage.

— Ce n'est pas très gentil, ça.

Il manqua s'étouffer, puis lui essuya le visage avec sa chemise, avant de s'essuyer aussi. Nom de Dieu !

Tess profita de ce moment de faiblesse pour se dégager et s'enfuir à la vitesse de l'éclair.

— Tess ! Reviens ! Reviens, ma puce !

Elle lui répondit par un cri de guerre qui lui glaça le sang. Miller resta une minute agenouillé là, avec l'impression d'avoir cent ans. Puis, il se releva péniblement au milieu des vapeurs d'urine pour aller la chercher.

Il régnait un silence inquiétant dans la maison.

— Tess ? Ma puce ? Tu veux ton petit déjeuner ?

Elle n'était pas sortie (la maison était équipée d'un système d'alarme, encore le fruit de l'expérience).

— Tess ? Papa va manger des gaufres. Tu en veux une ?

Pas de réponse.

Il chercha dans les meubles de la cuisine, dans la réserve, dans le placard à balais. Pas de Tess. Le salon, le bureau, sous le canapé, derrière le fauteuil, derrière les rideaux.

Ah ! Un bruit. Mais discret. Pas son genre.

Où était le chat ? Bon sang, où était-il ?

C'était une folie d'avoir un animal domestique quand votre enfant risquait de s'avérer être un sociopathe. Luigi était l'ennemi de Tess. Miller et Ashley s'étaient rendus au refuge après que l'adoption avait échoué. (La jeune mère de dix-sept ans avait changé d'avis et décidé de garder son enfant.) Encore un souvenir : tous les deux assis dans la voiture devant le refuge, se tenant la main, Ashley en pleurs, tellement belle même dans son chagrin, et Miller désarmé. Comme si un chat pouvait être d'une aide quelconque.

Mais elle avait choisi Luigi, qui n'était essentiellement qu'un tas de fourrure. C'était le chat le plus doux de la terre. Il se lovait contre les jambes d'Ashley et ronronnait des heures durant. Même si elle le méritait largement, il n'avait jamais griffé Tess. Un exemple de self-control, ce vieux Luigi.

Si l'adoption avait abouti, ils n'auraient pas pris de chat. Peut-être un chiot pour celui qui serait devenu leur fils.

Si l'adoption avait abouti, peut-être qu'ils n'auraient

jamais eu Tess. Ils se seraient consacrés entièrement à cet enfant tant attendu. Ils avaient parlé prénoms, pleins d'espoir, presque en chuchotant, pour ne pas attirer la malchance : Evan ou Morgan, et James en deuxième prénom, celui du père de Miller, décédé l'année précédente.

Si cette jeune crétine n'avait pas changé d'avis une heure après avoir accouché, Tess ne serait pas née et Ashley serait toujours en vie.

Ce fils aurait cinq ans aujourd'hui et serait en maternelle.

Au lieu de cela, Miller avait eu un bébé dont il ne savait pas s'occuper. Il avait honte du nombre de fois où il avait eu envie de donner Tess à l'adoption.

— Tess ? Ma puce ? Papa a envie de te voir.

Le bruit se fit de nouveau entendre. Oui, c'était bien ça, un miaulement de désespoir.

— Tu te souviens qu'on a dit qu'il fallait être gentille avec Luigi, hein, ma puce ?

Toujours pas de réponse. Elle n'était pas dans le placard de l'entrée.

Il ouvrit la porte des toilettes et sa fille était là, toute nue, en train de tartiner le chat de crème Desitin.

— Oh non !

— Oh non, répéta Tess.

Elle leva vers lui son visage souriant et il sentit poindre en lui l'espoir infime qu'il réussirait à l'aimer : ces petites dents, ces joues roses et ces yeux bruns, ces cheveux bouclés tout emmêlés qu'il ne parvenait jamais à coiffer.

— Minou très mignon maintenant. Va-t'en papa. Je veux pas toi.

L'espoir s'évanouit.

« Tu as tellement de chance, avaient dit les gens à l'enterrement. Au moins le bébé va bien. Sa mère est devenue un ange et elle veille sur sa fille depuis le ciel. C'est ce qu'elle aurait voulu. »

Quelles bêtises ! Non mais, sérieusement ?

Encore cent soixante-dix-huit minutes avant qu'il puisse la déposer chez Judith.

Il se baissa et éloigna d'elle le chat, provoquant un mugissement de protestation et une réaction furieuse qui la précipita par terre où elle se cogna la tête. Son hurlement de colère se mua en hurlement de douleur et s'intensifia.

— Désolé, mon pote, dit Miller à Luigi en le fourrant dans le cellier qu'il ferma à clé.

La pauvre bête attendrait. Au moins là, elle était en sécurité. Miller n'était pas loin de vouloir s'enfermer avec l'animal.

Il ramassa sa fille qui se débattait et lui inspecta la tête. Une bosse était en train de se former. Il alla chercher un sac de petits pois congelés dans la cuisine. Peine perdue, car elle déchira le sac et les pois se répandirent au sol. Comme elle était déjà furieuse, il la porta jusqu'à sa chambre où il l'habilla de force, la haïssant d'être déjà si forte, ce qui le contraignait à lui faire mal. Il essaya de lui laver la figure, car elle était pleine de Desitin, de larmes, de bouts de couche et de morve, sèche et humide. Puis il la mit dans le siège auto, qu'il rentrait toujours dans la maison parce qu'il pouvait l'y attacher. Il la posa dans la salle de bains, le siège coincé dans le placard à linge pour qu'elle ne puisse pas basculer.

Il se déshabilla et prit une douche. Elle ne cessa pas de pleurer. Lorsqu'il l'attacha sur la chaise haute et tenta de lui donner son petit déjeuner, elle étala ses gaufres au miel dans ses cheveux avant de les lui jeter dessus. Quand il lui proposa du lait dans sa tasse bleue, elle protesta encore : « Pas bleue ! », si bien qu'il alla chercher la verte, qu'elle jeta par terre aussitôt. Il alluma la télévision, avec l'espoir que Big Bird ferait des miracles, et prépara son déjeuner, ainsi qu'un paquet de Cheerios et une banane. Judith serait fâchée que Tess n'ait rien mangé, et aussi d'être obligée de lui donner son petit déjeuner en plus de tout ce qu'elle faisait déjà.

Il entendit un bruit et se retourna. Tess se hissait sur sa chaise et s'approchait du plan de travail. Avant qu'il ait pu l'atteindre, elle s'empara de son téléphone portable et le précipita par terre.

— On ne jette pas, Tess ! dit-il en remettant la chaise à sa place.

Puis il ramassa son téléphone. Son fond d'écran les représentait, Ashley et lui, le jour de leur dixième anniversaire de mariage. Il était désormais traversé par une longue fissure en plein milieu du visage d'Ashley.

Je déteste notre fille, dit-il en silence à sa femme. *Je la déteste. Tu n'avais qu'à pas mourir.*

Pendant ce temps, Tess piquait sa fourchette dans le coussin de sa chaise. Très bien. Qu'elle continue. Elle ne méritait pas d'avoir une jolie chaise. Qu'elle garde celle-ci, toute tachée, abîmée et déchirée. Comme le cœur de son père.

Encore cent treize minutes.

Il alla dans la salle à manger, où Tess ne le voyait pas, et se prit la tête entre les mains, dans un accès de rage impuissante.

Sa fille n'avait que trois ans. Elle n'avait jamais voulu tuer sa mère. Et puis, c'était la fille d'Ashley, et cette idée était la seule raison qui empêchait Miller de prendre la fuite à jamais.

Il la sortit de la chaise haute.

— Et maintenant on va brosser ces mignonnes petites dents.

Bien entendu, elle détestait ça et mordait toujours la brosse.

— Tu vas avoir mal aux dents si on ne les brosse pas, lui dit-il. Allez, viens. Moi je chante les lettres et toi tu frottes. Lâche ça et arrête de mordre, ma puce.

Il força sur la brosse au point d'avoir peur de lui

casser une dent. Bon. Puisque sa bouche était occupée à serrer cette brosse, il attrapa la sienne et parvint à frotter quelques quenottes avant qu'elle ne s'en rende compte et se mette à crier, ce qui lui facilita l'accès aux molaires.

— Ça suffit ! s'écria-t-il lorsqu'elle le mordit. OK, on arrête là.

Retour dans le siège auto, nouvelle crise de larmes. Lorsqu'ils avaient acheté cette maison avec Ashley, il avait fallu faire des travaux et, étant de la partie, Miller savait que l'isolation était un point crucial. Heureusement, parce que sinon ses voisins, les sympathiques Oliveras, auraient dû déménager.

De nouveau, il coinça le siège de Tess dans le placard à linge et alla voir Luigi, tout collant et piteux.

— Vraiment désolé, mon pote, dit Miller en remplissant le lavabo d'eau tiède.

Contrairement à Tess, Luigi ne détestait pas les bains. Miller le frotta à plusieurs reprises avec du shampooing pour bébé puis le brossa. Tess était silencieuse car elle s'était rendormie. C'était déjà ça.

Il essaya de ne pas se sentir coupable de préférer de loin le chat à sa fille. Donner ce bain au chat faisait remonter en lui des sentiments doux et paternels.

Dieu avait un humour tordu.

Une fois Luigi propre et satisfait, Tess se réveilla.

— Moi faim, papa !

— C'est parce que tu n'as pas voulu manger tes gaufres, répondit-il.

Hors de question qu'il cède à son caprice.

— Suffit ! Suffit ! Suffit ! hurla-t-elle alors.

Il savait qu'elle tenait ce mot de lui et se le reprocha. Elle avait faim, il ne pouvait pas lui en vouloir. Il lui fit une autre gaufre. Elle en mangea une bouchée puis la lança comme un frisbee à travers le salon où, évidemment, elle alla s'écraser contre la télévision, laissant sur l'écran une traînée de miel collante.

Une éternité plus tard, Miller attrapa le sac à dos de change et de couches, installa à grand-peine Tess dans le siège auto qu'il transporta dans la jeep, en s'arrachant les cheveux au passage, puis prit la direction de la maison de sa belle-mère.

Tess ne dit rien pendant le trajet. Il jeta un œil dans le rétroviseur. Elle avait son air de serial killer, bizarrement satisfaite et donc suspecte.

— Papa t'aime, lui dit-il en pensant à sa femme morte.

Elle l'ignora.

Lorsqu'il la sortit de la voiture, elle résista encore mais au moins elle ne lui donna pas de coup de boule comme à son habitude, leur faisant mal à tous les deux.

— Bonjour, Judith, dit-il à sa belle-mère qui lui ouvrait la porte.

— Bonjour, Tess, répondit-elle en soupirant.

Il posa sa fille à terre et elle se rua en criant vers son grand-père. On entendit un bruit de casse puis la voix fâchée de celui-ci.

Ashley avait été enfant unique. Judith n'avait que soixante-deux ans mais, ces derniers temps, elle en faisait quinze de plus. Miller avait espéré que, au bout de quelques mois après la naissance, ses beaux-parents le supplieraient de leur confier Tess.

Pas de chance. Elle avait été un bébé difficile. Après les maux de ventre étaient venus les maux de dents. Et maintenant que les molaires avaient poussé, c'était encore autre chose. Des douleurs de croissance. Une incapacité à verbaliser ses émotions. Ou alors, elle était possédée.

— Tu sais, Miller, lui dit alors Judith, je ne vais pas pouvoir continuer comme ça très longtemps. Je suis désolée. Nous n'en pouvons plus. Il faut que tu la mettes à la garderie ou que tu prennes une nounou.

Tess avait été renvoyée de cinq garderies et trois nounous avaient démissionné.

— Je comprends. Euh… bon, je vais voir.

— On te donne encore deux semaines mais on est trop fatigués.

Il pouvait lire dans ses yeux tous les reproches qu'il se faisait déjà. Pourquoi n'avait-il pas trouvé le moyen de sauver Ashley ? Comment n'avait-il pas perçu que quelque chose n'allait pas ? *C'est ta faute, pourquoi n'as-tu pas, tu aurais dû*... Miller se sentit plus désespéré encore.

— Je comprends. Merci pour tout ce que vous faites, vraiment. Je la reprends à 17 heures.

— Tâche de venir avant.

— J'essaierai.

Il remonta dans sa voiture et resta assis là quelques secondes. Il faudrait qu'il repasse chez lui à l'heure du déjeuner pour remettre en état la maison. Et peut-être faire une sieste. Mais, depuis la mort d'Ashley, il avait complètement perdu le sommeil. Pas seulement à cause de Tess. Il était obsédé par les derniers instants de sa femme. Et par la terreur qu'un jour il fasse du mal à sa fille dans un moment d'égarement ou d'épuisement, qu'il la secoue ou la gifle. Si cela arrivait, il faudrait qu'il renonce à elle. Il aurait alors trahi sa femme et serait devenu le genre d'homme qui blesse un enfant, son enfant. Il savait que cela le détruirait plus encore qu'il ne l'était déjà.

Enfin, il se sentait coupable parce qu'il soupçonnait que Tess lisait en lui. Au fond de lui, il était persuadé que, avec un père aimant, elle ne serait pas comme ça.

6

Geneviève

La première fois que j'ai compris qu'il y avait quelque chose qui clochait, c'était en janvier dernier.

C'était un vendredi, et le vendredi est le jour de mon apéritif hebdomadaire avec les Jameson et les Smith, mes voisins, et Miller. Donelle se plaignait une fois de plus d'un bobo à l'orteil, et donc il avait fallu que ce soit moi qui prépare les cocktails. En fait, ça m'était égal, je préparais le martini comme personne, donc ce bobo tombait à pic.

Minuet, mon adorable loulou de Poméranie, était couchée sur son coussin rouge sur le rebord de la fenêtre, à regarder tomber la neige, la tête dressée, son pelage brun et noir lustré et impeccable, un chien modèle. Les autres, Mac, Allegra, Carmen et Valkyrie, étaient plus gros et moins vifs et, pour mes réceptions, je préférais les enfermer dans leur salle de jeux à l'entresol, qui n'avait d'ailleurs rien d'une prison : de la moquette et sept couchages, des dizaines de jouets pour chien, une vue sur la pelouse et, la nuit, sur la lune qui se levait au-dessus du détroit.

Donelle avait enlevé les décorations de Noël la semaine précédente seulement, ou plutôt avait regardé les gens envoyés par Miller le faire. Miller, quant à lui, était resté le nez dans son scotch, car le pauvre homme n'aimait pas le martini.

Je me sentais plutôt d'humeur festive parce que, ironiquement, je me réjouissais toujours lorsqu'on enlevait ces décorations. Quatre sapins, des guirlandes sur les cheminées et les encadrements de portes, une couronne de Noël sur chaque ouverture, des bougies à foison et des guirlandes lumineuses sur les arbres de l'allée… le simple fait de superviser cela était un vrai travail. Et ces préparatifs saisonniers s'ajoutaient à mes obligations car, évidemment, les gens attendaient beaucoup de mes décorations de Noël. L'année précédente, il y avait eu un article sur Sheerwater dans *Martha Stewart Living*. (J'adorais Martha, même si j'avais du mal à comprendre qu'elle ait pu s'enticher de cet homme aux cheveux longs et au prénom ridicule. Sloopy ? Snoopy ?)

Sheerwater était une étape obligée lorsque avait lieu la traditionnelle marche de Noël : des dizaines d'habitants de Stoningham défilaient dans les rues en portant des bougies, s'arrêtant parfois pour chanter en chœur, et terminaient le parcours devant chez moi. Donelle servait alors des verres de cidre chaud et des beignets, et les gens étaient autorisés à s'extasier devant ma maison, qui, il faut le dire, était impressionnante.

Cette année, après cela, j'avais eu droit au redoutable dîner de Noël avec Clark et (comment s'appelait-elle déjà ?) sa dernière conquête. Il me l'avait présentée comme sa « petite amie », et j'avais répondu : « Enfin, Clark, tu n'as pas quinze ans et ce n'est plus une gamine. » Ambre. Non, Topaze. Oui, c'était ça. Le nom d'une pierre bon marché. Au moins ils n'étaient pas restés dormir, même si le dîner s'était éternisé. La soirée du nouvel an était pour moi une corvée, parce qu'elle marquait le passage d'une année de plus sans Sheppard et Garrison. Malgré tout, je me rendais à la soirée annuelle de la Société des amis du patrimoine, et bavardais en buvant du champagne comme si le fait de survivre était une chose à célébrer.

Mais, ce jour-là, la maison avait retrouvé son aspect

habituel et Minuet nous distrayait par sa seule présence. Les Smith, un couple plus jeune et sympathique qui avait l'élégance de ne se montrer ni trop curieux ni familiers, ce qui en avait fait des habitués de ma liste d'invités, s'étaient installés confortablement. Ils n'avaient pas connu Sheppard, et m'épargnaient donc leur compassion.

Mon petit garçon adorait Noël.

J'étais soulagée à un point indicible de ne plus être obligée de supporter des musiques de Noël. *Le Messie* de Haendel peut s'écouter indéfiniment, mais certainement pas repris par des pop stars mièvres, incapables de prononcer les paroles. Pour l'heure, les pièces pour trois pianos de Debussy s'échappaient de la sono (installée gentiment par Miller) et la maison était propre et accueillante.

Donelle régalait Kim et Mark de quelques potins locaux : les acheteurs de la maison de Josiah Green projetaient d'en démolir l'arrière pour y faire une aile tout en verre. Comme si j'allais donner mon autorisation ! J'étais présidente de la Société des amis du patrimoine de Stoningham et nous ne donnerions jamais notre accord pour une extension d'aussi mauvais goût. Anne et Alesia, les vétérinaires, arriveraient un peu plus tard, et les Talwar, qui passaient seulement les fêtes et l'été ici, étaient déjà repartis chez eux à New Haven, ce qui fait que nous étions moins nombreux que d'habitude.

— Comment ça se passe avec les martinis, Geneviève ? me demanda Mark. Besoin d'aide ?

— Non, non, mais merci quand même, cher Mark.

La confection d'un bon cocktail était un art, et même si Mark était plutôt gentil, il prenait des libertés, comme d'ajouter des jus de fruits et même, une fois, du marasquin à la cerise. Rien que d'y penser, j'en frémis.

Je jetai un œil dans le bar : gin (du Hendrick, le meilleur sans conteste), vermouth (du Noilly-Prat, évidemment) et un bol de citrons.

C'est alors que ça se produisit. Je tenais un glaçon

dans une main et une cuillère en argent au long manche dans l'autre. Un pichet était déjà à demi plein de glace, et soudain je ne sus plus très bien où j'en étais. Qui avait mis cette glace dans le pichet ? Moi ? Pourquoi donc ?

Le glaçon dans ma main commençait à me faire mal. Pourquoi le tenais-je ? Et les citrons… fallait-il les presser ? Faire une limonade ? Fallait-il les couper ? Il me semblait que non mais je n'avais aucune idée de la marche à suivre.

— Vous permettez ? demanda une voix.

C'était Miller, ce gentil Miller. Il me prit le glaçon de la main, le brisa à l'aide de la cuillère spéciale (voilà, c'était ça !) et ajouta les morceaux dans le pichet. Il renouvela l'opération plusieurs fois, puis versa le vermouth dans la… la… petite tasse à la forme bizarre. Le marqueur ? Le mesureur ? Non, le doseur, oui c'était ça, le doseur !

— Une dose pour quatre, si je me rappelle bien ?

— Je crois, oui, répondis-je, bien que n'ayant aucune idée de ce dont il parlait.

J'avais le cœur qui battait la chamade et, en me lissant les cheveux, je vis que ma main tremblait.

— Je fais ça à la louche, ajoutai-je.

Au moins ma voix, elle, n'avait pas changé.

Il me fit un petit sourire et je me souvins qu'il était triste, sans pouvoir me rappeler la raison.

— Je m'en doute, répondit-il en versant le gin dans le pichet.

Est-ce que c'était la recette ? Je ne me souvenais plus de rien. Rien ! L'humiliation commençait à empourprer mon visage.

— Comme c'est agréable de voir un homme qui sait faire un bon martini ! dis-je d'un ton léger. Les bonnes manières se sont tellement perdues de nos jours. N'oubliez pas d'enseigner à votre enfant l'art de réussir un cocktail parfait.

Avait-il seulement un enfant ? Dieu du ciel ! Et s'il

n'en avait pas ? Pourquoi ne parvenais-je pas à m'en souvenir ?

— Enfin bon, elle n'a que trois ans, mais je vais y penser pour plus tard.

— Il n'est jamais trop tôt pour bien faire, commentai-je d'une petite voix.

Il sourit de nouveau et secoua le mélange.

Soudain ma main se tendit vers le citron et le couteau, et je coupai un généreux morceau de peau parce que j'aimais le goût amer du citron dans mon martini.

J'avais retrouvé tous mes esprits. Nous étions le 10 janvier, un vendredi, et comme tous les vendredis, je recevais, avec Donelle, Miller et les voisins pour un apéritif. L'été, les Talwar étaient là le week-end, et j'invitais parfois les Bateman, mais ils préféraient passer l'hiver dans leur appartement au croisement de Park Avenue et de la 83e Rue. Oui, c'était bien au 970, Park Avenue, à New York, code postal 10028.

Si je parvenais à me rappeler cette adresse, que s'était-il donc passé ?

Miller servit les verres et, afin de dissimuler ma légère absence, je donnai la touche finale à l'aide du citron.

— Merci, mon cher, dis-je.

— Maintenant je connais le secret de votre délicieux martini, répondit-il en apportant leur verre aux Smith.

Il ne disait jamais un mot de trop, mais je voyais qu'il était triste, et ne me rappelais toujours pas pourquoi.

Tandis que les Smith nous parlaient de leurs charmants enfants – deux en pension et les deux autres encore à la maison, tous bien élevés et discrets – je finis par avoir un flash : Miller avait perdu sa femme. En fait, je l'avais toujours su. Comment peut-on oublier un détail pareil ? Bien sûr que je n'avais pas oublié.

J'avais déjà eu ce genre d'absence, naturellement. Çà et là, en particulier lorsque j'étais en train de penser à Sheppard. Des heures entières pouvaient s'écouler sans que je m'en aperçoive quand je pensais à mon fils. À l'occasion j'oubliais un nom, ce qui était complètement normal, étant donné que je rencontrais des milliers de personnes : des employés de mon entreprise, des gens de l'industrie de la mode, des habitants de la ville, des membres du conseil d'administration, des amis de l'école, et j'en passe.

Mais une amnésie pareille, non, jamais.

— Gen, tu m'en ferais un autre ? me demanda Donelle, en avançant son verre.

— Tu te souviens de l'époque où c'était toi qui travaillais pour moi ? répliquai-je pour la taquiner.

— Pas vraiment, non.

Tout le monde se mit à rire. Donelle la première. Après tout, elle était ma meilleure amie. Sans doute ma seule vraie amie. J'avais eu mille fois envie de la renvoyer les premières années : sa manière de poser sans arrêt des questions, de dépasser les limites, son affection pour Clark qui me renvoyait à ma propre négligence.

Mais Clark avait besoin que quelqu'un l'aime et, avec le temps, j'avais fini par accepter l'amitié que m'offrait Donelle. Si ma mère m'avait vue, moi, sa fille, en train de boire un verre avec la domestique, spécialement Donelle (une vraie plouc, pour dire les choses, qui avait abandonné le lycée et ne savait pas s'exprimer correctement), elle aurait totalement désapprouvé.

J'avais cessé de me préoccuper de ça. Donelle n'avait jamais été une employée modèle, mais elle était toujours restée à mes côtés, elle n'était jamais partie, enfin, sauf une fois. Et elle ne me réclamait jamais plus que le salaire généreux que je lui versais encore, même si nous faisions désormais appel à une société de nettoyage. Elle n'était plus très jeune, après tout. Elle vivait toujours dans l'aile des domestiques, avec Helga, notre cuisinière, et il lui arrivait de s'occuper un peu de la maison lorsqu'elle n'était pas en train de lire ou de regarder une de ses émissions vulgaires.

Clark lui avait offert une hideuse couverture au crochet rose et or qu'on enroulait autour de ses jambes, telle une queue de sirène. Elle l'avait adorée, s'extasiant sur les couleurs criardes. Elle avait serré Clark dans ses bras et l'avait embrassé comme du bon pain.

À moi, il avait offert une boîte de cartes de visite décorées d'un petit ananas, ce qui me consterna car mon entreprise en fabriquait déjà. J'avais depuis des décennies ma propre ligne de papeterie avec le symbole de ma marque : un brin de muguet sur fond vert pâle. On aurait pu penser qu'un fils serait au courant de ce genre de choses mais, chaque année depuis son entrée à la fac, Clark me faisait le même cadeau, ce qui trahissait un manque total de considération.

Le fait que je puisse me rappeler tous ces détails prouvait bien que ma confusion plus tôt ne signifiait rien du tout. En tout cas, c'est ce dont je me persuadai.

Mais plus tard, en mars, alors que je rentrais d'une visite à Hope, je m'arrêtai à l'épicerie Franklin. Donelle, qui faisait les courses à la va-vite, avait oublié d'acheter un bon fromage. Pendant que je choisissais un brie crémeux, le patron me salua par mon nom et, quelques minutes plus tard, une aimable jeune fille avec un badge du magasin s'approcha de moi.

— Excusez-moi, madame, vous êtes bien Geneviève London ?

— Oui, c'est bien moi.

— J'adore vos sacs ! s'exclama-t-elle. Mes parents m'ont offert un portefeuille pour mes seize ans et, pour mon diplôme, j'ai l'intention de demander un sac à main.

— Vous avez très bon goût.

— Est-ce que ce serait trop vous demander que de faire une photo ? dit-elle en fouillant déjà dans sa poche.

— Mais non, bien sûr, répondis-je, consciente que

l'instant d'après elle allait la poster sur Snapchat et Instagram.

J'avais la cote auprès des jeunes, ces temps-ci. La fille prit sa photo, me remercia encore et fila envoyer un SMS à ses copines.

J'achetai pour Donelle son insipide Lady Grey, son thé préféré, ainsi que des crackers à la farine complète et du chutney de mûres pour aller avec le brie. Je demandai discrètement au patron de m'envoyer le nom de son employée si enthousiaste, afin de lui faire parvenir un sac de la nouvelle collection de printemps. Elle serait ravie et cela inciterait ses copines à en acheter.

Et puis soudain, le brouillard total. Je ne savais plus pourquoi j'avais dans la main ce bout de papier avec le nom d'une inconnue. Ni si j'avais payé mes achats. Apparemment oui, car personne ne m'arrêta lorsque je quittai le magasin. Je reconnus ma voiture, parce qu'il était écrit *LONDON* sur la plaque. Je démarrai sans problème mais je n'avais plus aucune idée de ma destination.

Où étais-je allée plus tôt ? New York ? Non. Ou bien si ? Que faisais-je habituellement les jours de semaine ? Et à quelle période de l'année étions-nous ? En automne ? Non, mais il faisait frais et il n'y avait plus de feuilles aux arbres. J'étais allée rendre visite à quelqu'un, mais qui ? Ma mère ? Impossible !

Quelqu'un me regarda. Je souris et fis un petit signe, au cas où. Puis je tournai à droite, en espérant que c'était la bonne direction.

Il s'avéra que non et je mis des heures à rentrer chez moi. Lorsque j'arrivai, il faisait nuit et je pleurai presque de soulagement et de terreur. Je ne dis rien à Donelle et me contentai de me préparer un petit martini (sans aucune difficulté). Après l'avoir bu, je me sentis beaucoup mieux.

Quelques semaines plus tard, je perdis l'équilibre en traversant le palier du haut, si bien que je heurtai le mur avec mon épaule et faillis décrocher l'esquisse de Felrath Hines. Heureusement, je la rattrapai juste avant qu'elle ne s'écrase au sol. Je me mis à voir flou et la tête me tourna. Pendant quelques instants, je ne parvins pas à me redresser même en m'aidant du mur.

Rien d'étonnant chez une femme de quatre-vingt-cinq ans, mais très surprenant dans mon cas. Après tout, je prenais des cours de yoga à domicile quatre fois par semaine, bien avant que le yoga ne soit si en vogue. Je pouvais garder la position de l'arbre cinq minutes durant sans vaciller du tout. Je me tenais parfaitement droite. Ma mère avait insisté pour que je fasse de la danse classique rien que pour cette raison. « On reconnaît une vraie dame à la façon dont elle se tient », disait-elle, et c'était vrai.

Toujours sous le choc, je me rendis à mon bureau, dans la tourelle, et grimpai les marches sans aucune difficulté. Je me sentis alors en sécurité, comme à chaque fois que j'étais dans cette pièce, avec ses murs d'un bleu profond, ses rayonnages en chêne, ma table de travail sur mesure et le tableau représentant une mer déchaînée que Garrison m'avait offert en cadeau de mariage. Le canapé crème était moderne, sa forme arrondie épousait celle du mur, et des coussins bleus à motifs de ma marque étaient jetés dessus. Le tapis persan bleu et rouge était ancien, il avait de la valeur.

Ce bureau me rappelait qui j'étais, ou en tout cas qui j'avais été.

Sans plus attendre, je m'assis à ma table de travail et me rendis sur le site de la clinique Mayo. Je rentrai les symptômes : vertiges, vision floue, faiblesse. Au bout de quelques secondes d'hésitation, j'ajoutai amnésie et sentiment d'égarement. J'effacerais l'historique ensuite, au cas où Donelle viendrait y fourrer son nez.

J'attendis, puis consultai la liste de diagnostics possibles : commotion cérébrale, mais je ne m'étais pas cogné la tête ; maladie de Ménière, ça me plaisait assez à cause du nom en français, mais ça ne collait pas. Méningite… je me sentirais plus mal que ça.

Tumeur au cerveau.

Je réfléchis un moment, puis cliquai dessus. En plus des pertes d'équilibre, des vertiges et de l'amnésie, d'autres symptômes étaient répertoriés.

Nausées et vomissements inexpliqués. Dieu merci, non.

Maux de tête inédits. Ça, oui. J'avais eu un mal de tête atroce la semaine précédente, comme jamais. Et il avait fallu que je demande à Charles de me conduire à New York pour cette réunion ridicule, disons plutôt une séance photo dans les bureaux de la compagnie. En plus, Beverly, qui m'avait succédé à la tête de l'entreprise, était terriblement occupée et me l'avait fait savoir, ce qui m'avait contrariée. Je détestais me sentir insignifiante. J'avais mis mon mal de tête sur le compte de ma mauvaise humeur, mais c'était peut-être une tumeur au cerveau, en fait.

Altération du comportement ou de la personnalité. Celui-ci attira mon attention. Depuis quelque temps, je me sentais plutôt… bizarre. Nostalgique, et pas seulement à cause de mon fils et mon mari décédés, mais d'autres personnes aussi. Je me disais que j'avais peut-être… commis des erreurs.

Je cliquai pour revenir à la liste des maladies. Démence sénile. Par pitié, non. Je ne souffrais pas de démence sénile. Parkinson… non.

Du coup, c'était une tumeur au cerveau.

Je m'enfonçai dans mon fauteuil en cuir et regardai la photo de Garrison sur mon bureau. Je n'avais pas mis de photo de Sheppard car ç'aurait été trop difficile de voir son visage là chaque jour. Pas non plus de Clark, car cela ne m'aurait ni apporté de joie, ni rappelé de souvenir heureux de contempler un cliché de mon autre fils. J'avais une photo de Hope dans la bibliothèque et, bien sûr, son doux sourire illuminait mes journées, mais elle n'était pas sur mon bureau.

Mon mari, par contre…

La plupart du temps, je lui pardonnais d'être mort si jeune, mais ces dix, ou quinze, ou dix-sept dernières années, j'avais ressenti une douleur plus vive. Parfois, même si je ne l'avais jamais avoué, je lui parlais.

— On dirait bien que je ne vais pas tarder à te rejoindre, mon chéri, lui dis-je alors.

Et Sheppard ! Soudain mon cœur fit un bond dans ma poitrine. Si Sheppard était bel et bien mort, je le retrouverais enfin. Mon fils, le vrai. Mon enfant si parfait. Des larmes coulèrent de mes yeux à l'idée de le serrer de nouveau dans mes bras. Aurait-il toujours sept ans ? Tiendrait-il toujours entre mes bras, tout contre moi ? Est-ce que je sentirais toujours l'odeur de soleil et d'herbe fraîche dans les cheveux de mon fils adoré ?

Pour une fois, l'ombre du deuil ne vint pas assombrir l'image de mes retrouvailles avec mon bébé. Mon petit garçon.

Je détournai les yeux en direction du ciel d'un bleu vif, et du détroit scintillant. Le drapeau flottait et la corde claquait contre le mât tandis que le vent soufflait sur les toits de Sheerwater.

Je savais ce qu'il me restait à faire. Je n'allais pas finir mes jours avec des couches, incapable de reconnaître Donelle, les Talwar ou Minuet. Ou Clark.

Le suicide, c'était pour les faibles, m'avait toujours répété ma mère. Certes, c'était avant que la dépression soit reconnue comme une maladie mentale grave, mais j'étais forcée d'être de son avis, du moins en partie. Sinon, comment serais-je restée en vie toutes ces années ? C'était grâce à ma force de caractère.

J'irais voir le Dr Pinco, cet homme exquis, et lui demanderais d'estimer mon pronostic vital, et combien de temps il me restait avant de perdre la tête.

Même si j'avais attendu la mort pendant une bonne partie de mon existence, j'espérais avoir encore quelques mois. Pour me préparer. Faire les choses bien.

Un printemps de plus, un été de plus ici. Un peu de temps peut-être pour regarder en arrière. Quelques mois supplémentaires pour faire les choses que j'aimais le plus… et peut-être revoir quelques personnes perdues de vue.

Et ensuite, je mettrais fin à mes jours. Avec élégance, naturellement. Ce ne serait pas un carnage.

7

Emma

— Tu es inquiète ? Il ne faut pas, dis-je à ma fille en serrant sa main dans la mienne tandis que l'avion entamait sa descente vers Hartford.

— Elle le serait peut-être moins si tu arrêtais de lui poser la question, déclara Pop, assis à côté du hublot.

— Je ne suis pas inquiète, je suis surexcitée, répondit Riley.

— Bien ! Parfait ! Bien sûr que tu n'es pas inquiète. Pourquoi tu le serais ?

— Relax, maman, me dit ma fille en retirant sa main.

Nous étions en première classe. Geneviève avait frappé fort dès le départ. Sans oublier la limousine qui était passée nous prendre devant la modeste maison de Pop. Je crus une seconde qu'il n'allait pas monter dedans, mais il adorait Riley et était décidé à nous accompagner. En revanche, il avait tenu à payer son billet.

J'avais mal à la gorge. J'avais sûrement attrapé une angine, me dis-je alors tout en vérifiant distraitement l'état de mes glandes. Rien à signaler. Enfin, si. Peut-être un petit nodule ? Un lymphome ? Je soupirai. Calista me hurlerait dessus si elle m'entendait. J'avais la gorge nouée parce que j'étais nerveuse, et pas parce que j'avais un cancer, c'était évident !

Ma fille me regarda de travers. C'était la seule que ce voyage excitait, et pourtant notre billet de première classe ne nous avait jamais valu qu'un verre d'eau au décollage et un en-cas. N'empêche, elle avait regardé un film sur le minuscule écran et commandé un café juste pour le principe. Elle n'avait pas sorti son téléphone. Je n'étais pas sûre qu'elle ait gardé contact avec une seule de ses amies. J'imaginais bien que Mikayla gardait ses distances, mais les deux autres ? Et ceux de sa classe ? Le fait qu'elle évite les réseaux sociaux était-il sain ou malsain ? Dans les deux cas, je m'inquiétais, puis me calmais, puis m'inquiétais de nouveau. Dieu que c'était difficile d'être parent !

J'avais le ventre noué. (Légère occlusion intestinale ? Soudain j'imaginai le scénario : moi dans un lit d'hôpital, nourrie de liquides uniquement, Riley morte d'inquiétude, Geneviève avec son air hautain. Génial. Mais non, je n'avais rien du tout. Au diable Doctissimo !)

Quoi qu'il en soit, j'avais l'intuition que ce voyage était une erreur.

L'aéroport Bradley était minuscule comparé à O'Hare, mais plus grand que dans mon souvenir. Nous allâmes récupérer nos bagages et je le vis : Charles, le chauffeur de Geneviève, brandissant un iPad où était inscrit *LONDON*.

— Plus cool, tu meurs, commenta Riley.

— Bonjour, Charles, dis-je en l'embrassant.

C'était un homme massif, au service de Geneviève depuis avant ma naissance, et qui avait toujours été tellement gentil.

— Oh ! mon Dieu ! Mais regardez-moi ça, comme elle a grandi ! Quel plaisir de vous revoir, mademoiselle London, je veux dire, docteur London !

— Non, par pitié, appelez-moi Emma ! Voici mon grand-père, Paul Riley, et ma fille, Riley London.

Charles serra la main de Pop et se tourna vers Riley.

— Enchanté de faire votre connaissance, mademoiselle Riley.

— Ouh là là, vous pouvez m'appeler Riley !

— Je crains que non, mademoiselle London. Protocole oblige, dit-il avec un clin d'œil, avant de se saisir de nos valises sur le rail, de les poser sur un chariot et de nous accompagner jusqu'à la berline immatriculée *LONDON 3*.

Mon grand-père se tourna vers moi.

— Je suppose que la dragonne était trop occupée pour venir t'accueillir, marmonna-t-il.

Charles nous tint la portière avant de monter à l'avant.

Il y avait environ une heure de trajet jusqu'à Stoningham et l'autoroute fut sans intérêt jusqu'à ce qu'on dépasse Middletown. Puis le Connecticut commença à dévoiler son charme campagnard : collines et petites villes au nom pittoresque, Middle Haddam, Chester, Deep River, Old Lyme. Riley bombardait Charles de questions sur le coin, ce qu'il y avait à faire à Stoningham, et voulut savoir depuis combien de temps il travaillait pour Geneviève.

Les bienfaits de ce voyage sur son humeur se faisaient déjà sentir. D'abord parce qu'il n'y avait désormais plus aucun doute : Geneviève London faisait bien partie de la famille, aussi surprenant que cela puisse sembler à ses copines. Jenna l'avait même invitée un soir depuis mais Riley lui avait dit qu'elle avait d'autres projets (en l'occurrence, une soirée télé avec moi). J'avais été très fière qu'elle ne se laisse pas abuser par ce soudain regain d'intérêt. Ce départ pour le Connecticut et la perspective de passer tout l'été à Sheerwater (puisque j'étais de nouveau admise dans le saint des saints) avaient redonné à ma fille la confiance dont elle avait bien besoin.

Lorsque j'avais rappelé Geneviève pour lui dire que nous venions, accompagnées de Pop qui n'habiterait pas chez elle, il y avait eu un long silence. Puis elle m'avait remerciée.

— À une condition, Geneviève, avais-je précisé. Tu ne parles pas à Riley d'argent ni d'héritage. Pas un mot, pas une seule allusion. Je ne veux pas que tu fasses miroiter ton compte en banque devant ma fille pour ensuite changer d'avis si elle ne se sert pas de la bonne fourchette.

— Je suppose que tu fais allusion au fait que je n'ai pas voulu financer tes égarements de jeunesse.

— Mes égarements ? Tu veux parler de ton arrière-petite-fille ? Alors oui. Si je viens, ce n'est pas pour l'argent. C'est pour te donner une chance de te racheter et que tu me confies la tutelle de Hope.

— Quelle grandeur d'âme, ma chère, avait-elle répliqué, avant d'émettre un petit bruit de déglutition.

L'heure du thé, sans aucun doute.

Mais elle avait accepté et nous étions donc là.

Mes patients, ceux qui venaient consulter en personne, avaient accepté de me voir m'absenter deux mois. Pour la plupart, je pouvais les suivre à distance, et les autres avaient presque terminé leur thérapie de toute façon, ils m'appelleraient en cas de besoin. Il y avait tout de même la question de mon bureau en ville, mais un camarade de thèse avait accepté de le sous-louer. Il faudrait que j'en trouve un nouveau à mon retour, mais je verrais cela plus tard.

Pop s'était dégoté un petit appartement au-dessus d'un magasin d'antiquités sur Water Street. Je lui étais infiniment reconnaissante d'être tout près. Il avait toujours détesté Geneviève, qui considérait ma mère comme indigne de son pitoyable fils.

Là encore, elle n'avait pas tort, vu que ma mère s'était suicidée. Peut-être qu'à l'époque Geneviève l'avait pressenti. On pouvait lui reprocher beaucoup de choses, mais pas d'être bête.

Nous traversâmes la Connecticut River puis la Thames.

— Regarde, Pop, dis-je en lui montrant, c'est le centre de formation des gardes-côtes.

Lui-même avait été dans l'armée de l'air mais il opina du chef. Nous passâmes à Mystic, et je me souvins être allée un jour à l'aquarium avec Jason. Nous ne sortions pas encore ensemble mais nous nous étions donné la main et nous étions embrassés dans la pénombre, au milieu de myriades de poissons, et j'avais trouvé que c'était la chose la plus romantique au monde.

Bien sûr, il était au courant de notre arrivée et il m'avait dit qu'il s'en réjouissait au téléphone. On avait parlé de sa séparation et il m'avait avoué qu'il ne savait pas trop ce qui allait se passer. Ses garçons avaient très hâte de faire la connaissance de Riley pour de vrai, car ils ne lui avaient parlé que sur Skype ou au téléphone.

Mon cœur s'emballa au moment où nous quittâmes l'autoroute juste avant Rhode Island pour pénétrer dans le royaume des murets de pierre et des jolies maisons, des hauts chênes et des fermes bicentenaires. Les bois et les champs laissèrent la place aux routes étroites et nous traversâmes le pont qui conduisait à Stoningham.

Sur un panneau était inscrit : *Bienvenue à Stoningham.*

Je m'aperçus que je serrais le pouce de mon grand-père, comme lorsque, petite fille et avant la mort de ma mère, j'étais si heureuse de voir mes grands-parents. Il me pressa la main à son tour.

— Oh la vache, ce que c'est joli ici ! s'exclama Riley.

C'était vrai. Le ciel était bleu comme dans un tableau de Maxfield Parrish et, le long des rues, les lumières des maisons de style colonial brillaient comme pour nous accueillir. Les gens promenaient leurs chiens. Devant la bibliothèque, les enfants jouaient au ballon sur la pelouse. En arrivant dans Water Street, Riley poussa des cris de joie :

— Regarde, maman, un café ! Super ! Et un magasin de glaces ! Encore mieux !

Je souris mais eus de nouveau le ventre noué. J'avais l'impression de n'être jamais partie.

La ville n'avait pas beaucoup changé : toujours adorable, avec ses maisons colorées et ses rues tortueuses.

J'aperçus en passant le détroit de Long Island, sentis des odeurs d'ail et de fruits de mer. Geneviève aurait-elle prévu un dîner ? Allait-elle m'embrasser ? Je me jurai que, si elle faisait la moindre réflexion désagréable à Riley, je ne mettrais plus jamais les pieds dans le Connecticut.

Charles s'engagea dans Bleak Point Road, l'endroit où trônaient les plus belles demeures de la ville, élégantes et patinées. Chacune portait un nom que lut Riley en passant devant.

— Thrush Hill. Summerly. Wisteria Cottage. Cliff View. Pop, il faudra qu'on donne un nom à notre maison quand on rentrera !

— Un nom comme quoi ? Chiendent ? demanda mon grand-père.

— Exactement, murmurai-je, car je m'étais souvent battue contre les mauvaises herbes dans notre jardin.

— Oh ! Sheerwater ! C'est là !

Le gigantesque portail de fer s'ouvrit et nous nous engageâmes dans l'allée de brisures de coquillages. La propriété, au sommet de Bleak Point, comptait quatre hectares de terrain, qui avaient l'allure d'un parc. L'allée était bordée de magnifiques cornouillers, dont les branches noueuses s'entremêlaient pour former un tunnel de fleurs blanches. Le printemps était tardif, cette année-là.

Tandis que nous approchions, j'avais les mains moites.

— C'est dingue ! dit ma fille, estomaquée. C'est encore plus beau que sur les photos !

Je vis Charles sourire dans le rétroviseur, tandis que Pop, assis à côté de moi, se raidit. Il n'était bien sûr jamais venu.

Nous étions arrivés : c'était la demeure de ma grand-mère, élégante et immaculée, brillant de mille feux.

8

Geneviève

J'avais attendu leur arrivée toute la journée et m'étais inventé toutes sortes d'occupations. Ma version des faits était que je leur faisais une faveur en les accueillant tous les trois à Sheerwater, la plus belle maison du Connecticut, ou du moins une des dix plus belles.

Tous les trois, puisque Paul avait aussi daigné venir, ne me jugeant pas digne de confiance, malgré le fait que c'était moi qui avais recueilli Emma, je le rappelle.

Toute la journée je m'étais préparée, habillée avec soin, épilé le menton, avais mis plus de temps que d'habitude à me maquiller et me coiffer. Nous avions passé toute la maison en revue. Les chiens étaient insupportables, à laisser des poils partout ou à venir vomir de l'herbe ici ou là, à notre insu, si bien que j'avais exigé un ménage plus approfondi que d'habitude. J'avais donné une liste de choses à faire à Donelle, et elle avait relayé les consignes aux personnes concernées. D'une compétence modérée, elle oubliait toujours des tas de détails, mais j'avais eu un nouvel épisode d'amnésie il y a peu et ne pouvais pas me permettre de faillir devant les domestiques.

Oh ! cela n'avait pas été grand-chose. Nous avions regardé un film ensemble la semaine d'avant, Donelle et moi. Contrairement à elle, je ne tapotais pas sur mon ordinateur lorsque je regardais la télévision. Pourquoi regarder un film si on était parti pour s'acheter des faux cils en ligne, car c'était sa dernière lubie.

Quoi qu'il en soit, nous nous trouvions dans le bureau, une pièce lambrissée de chêne, avec des canapés en cuir et un énorme écran au mur. C'était là que Garrison et moi lisions le soir, à l'époque où la lecture était une activité agréable et non pas vouée à me fatiguer les yeux. Encore aujourd'hui, ce moment de la journée était celui que je préférais : j'avais fini de travailler, de dîner, et il n'y avait plus personne à la maison à l'exception de Helga, Donelle et moi. Charles avait son propre appartement au-dessus du garage, et Helga ne se joignait jamais à nous dans la maison principale, préférant son salon à elle, dans l'aile des domestiques.

Minuet, lovée sur mes genoux, se laissait adorer avec délice. Valkyrie occupait la moitié de l'autre canapé, à côté de Donelle, et se confondait avec le cuir. Maximilian, qui était légèrement sénile, aboyait doucement devant son reflet, se demandant qui pouvait être cet autre chien des Pyrénées aussi poilu que lui. Allegra, le carlin, s'était trouvé son coin à côté du canapé et ronflait légèrement, l'air s'échappant à grand-peine de ses narines pincées avec force bruits divers, si bien qu'on aurait cru un nageur qui tentait de traverser la Manche. Carmen, le caniche nain, boudait dans un coin car je venais de me fâcher en la voyant se soulager sur le tapis.

Je ne me souvenais plus exactement quand j'avais craqué et avais adopté tous ces chiens. On m'avait demandé un jour de prendre la parole lors d'une manifestation de charité au profit du refuge pour animaux de Stoningham et, le lendemain, j'avais trois chiens : Carmen, Valkyrie et Allegra, aucun que j'aimais particulièrement. Ensuite était arrivé Maximilian. (Mac était plutôt beau et altier à l'époque, mais cela n'avait malheureusement pas duré car son espèce vieillit vite.)

Minuet était mon acquisition la plus récente, et ma

préférée je dois dire. Elle était impeccablement dressée, contrairement aux autres, et avait un pelage divin. Même si j'avais le poignet raide et douloureux ces derniers temps, j'adorais la caresser et sentir l'incroyable douceur de son poil contre ma paume. Je m'arrêtai une seconde et elle leva sa minuscule tête pour me regarder avec ses ravissants yeux marron.

— Mais oui, mais oui, murmurai-je avant de retourner à mon film.

Je m'aperçus soudain que je n'avais aucune idée de ce dont il parlait, vraiment aucune. D'accord, Allegra venait d'éternuer et de tousser encore une fois, mais c'était comme si les quelques minutes passées n'avaient pas existé, dévorées par ma tumeur au cerveau. Je voyais des hommes à l'écran, qui avaient l'air de venir d'un autre temps. Un Afro-Américain et un Blanc qui semblaient très amis. Ils se trouvaient dans une… Je me creusai la cervelle pour trouver le mot. Comment appelait-on cet endroit ? Une maison ? Une cave ? Un cloître ? Je n'étais pas loin, mais ce n'était pas ça.

— Pourquoi est-ce qu'ils sont dans ce cloître ? demandai-je à Donelle, qui était bien sûr au courant de mon état.

— En prison, tu veux dire ? Parce qu'ils ont tué quelqu'un. Enfin, Andy est innocent, mais Red non. C'est quand même lui que je préfère.

Prison. Andy. Red. Red était un acteur célèbre. Dieu, il avait joué Dieu à un moment donné. Il avait un visage très doux. Pourvu que Dieu lui ressemble ! J'en aurais bientôt le cœur net.

— Tu as un blanc ? me demanda Donelle.

Valkyrie laissa échapper un gaz pestilentiel dans un long sifflement.

— Mais qu'est-ce que tu as donné à manger à ce chien ? répliquai-je alors d'un ton sec. Et la réponse à ta question est oui.

Je baissai les yeux vers Minuet. Et si ma tumeur m'empêchait de m'occuper d'elle ? Si je lui faisais du mal sans le vouloir ?

Donelle s'approcha de moi sur le canapé, dans son pyjama ridicule à motifs de singes.

— Ne t'inquiète pas, Gen, ça va passer.

À ma grande surprise, j'eus les larmes aux yeux. Mac aboya en direction de son reflet et donna un coup de patte sur la glace, me rappelant ce qui allait m'arriver si je laissais cette… cette *tumeur* prendre le contrôle.

— J'aimerais m'exercer un peu demain, dis-je.

— Bien sûr, ma grande.

Emma allait arriver et il fallait que je sois prête.

Les Évadés, c'était ça le titre. Avec Morgan Freeman et l'autre, là, comment s'appelait-il déjà ? Celui qui avait été le compagnon de Susan Sarandon. Je ne m'inquiétai pas vraiment d'avoir oublié son nom. Sa carrière n'avait pas duré très longtemps. Rien à voir avec Paul Newman.

Garrison avait un petit quelque chose de Paul Newman. Il était magnifiquement bien bâti.

Bref, cet épisode datait de quelques jours. Ce matin, je m'étais sentie un peu étourdie ; je n'avais pas bien dormi. Mais quoi d'étonnant à cela ? Après toutes ces années, Emma était de retour ! Sinon je me sentais bien. Pour l'heure, le dîner était prêt et une fille du coin, dont je ne savais pas du tout si elle allait se débrouiller, était venue pour faire le service et ranger. Nous l'avions peut-être déjà prise à Noël, mais je n'en avais aucun souvenir. Le service de nettoyage avait remis en état le tapis où Carmen s'était soulagée et tous les sols avaient été lessivés, la cuisine récurée, les lits faits, les serviettes changées dans les salles de bains, et des bouquets disposés dans toutes les pièces. Emma s'installerait dans l'ancienne chambre de son père. Je l'avais fait repeindre d'un jaune pâle des plus féminins pour le punir lorsqu'au bout de quatre ans il n'était toujours pas revenu à la maison. Du reste, j'étais assez connue pour ma déco intérieure. Une maison devait être rafraîchie tous les quatre ans.

Seule la chambre de Sheppard n'avait pas bougé.

Ni celle d'Emma, dans une moindre mesure.

Je pensais que sa fille serait contente de dormir dans l'ancienne chambre de sa mère.

Riley. Ce n'était pas un prénom ! Pourquoi pas Catherine ou Elizabeth ? Je savais bien que Riley était le nom de jeune fille de la mère d'Emma, mais quelle idée d'imposer à une enfant de porter le nom d'une femme qui s'est suicidée ! Visiblement, ça n'avait gêné personne.

J'avais fait réserver leur vol par mon agence de voyages pour qu'ils atterrissent dans la soirée. La perspective de passer une journée entière avec Emma et son regard plein de reproches était trop pour moi. Il faisait presque nuit et le ciel avait pris cette teinte bleue si particulière et si triste.

Garrison était mort dans les premiers jours d'un mois de juin par une soirée semblable à celle-ci.

Le Manque, toujours à l'affût d'une proie, se mit à montrer ses crocs. La vie aurait été si différente s'il avait été là, grand-père distingué dans son manteau de tweed, sentant bon la pipe et le whisky, impatient de faire la connaissance de sa descendance. J'aurais été une meilleure grand-mère, si je n'avais pas eu à tout faire seule. Seule et émotionnellement endurcie par toutes ces années.

Garrison avait été tellement plus qu'un mari pour moi. Il avait été la seule personne qui avait aimé Sheppard presque autant que moi. Et la seule personne qui ressentait le même manque.

Le bruit des graviers dans l'allée annonça leur arrivée. Contre toute attente, je me sentis soudain nerveuse.

— Va ouvrir, Donelle, tu veux bien ? dis-je, et elle leva les yeux au ciel. Pas tout de suite ! Quand ils sonneront.

— Bien, Votre Majesté, répondit-elle.

— Je suis désolée. Aurais-je abusé aujourd'hui ? Veux-tu que je te masse les pieds et que je te donne la becquée ?

— Ce n'est pas ça, mais je vois bien que tu meurs d'envie de les voir et que tu te retiens.

— Je ne meurs pas d'envie, je meurs tout court.

De nouveau, elle roula les yeux, me donnant furieusement envie de la renvoyer.

On sonna à la porte, et je pris Minuet sur son coussin pour aller me poster devant la cheminée, soudain soucieuse de mon apparence. Je portais une robe Vivienne Westwood en laine blanche légère pour l'été, gansée de noir, un collier vintage de chez Tiffany avec un cabochon en jadéite gravée ayant appartenu à ma mère, ainsi que ma montre Cartier au bracelet de cuir vert et mes ballerines noires Stuart Weitzman. Il fallait ce qu'il fallait et les choses de qualité vieillissaient bien.

Quel dommage qu'Emma n'ait eu aucun goût pour tout cela lorsqu'elle vivait ici ! Cela nous aurait peut-être rapprochées si elle avait montré de l'intérêt pour mon travail, mon empire, ma consolation.

Au lieu de quoi elle ne s'était intéressée qu'à ses malheurs et, plus tard, à ce garçon.

Ils entrèrent. Les chiens aboyaient tous, sauf l'irréprochable Minuet. Mac sortit en courant mais Charles le rattraperait, et puis la propriété était close. Aucun risque.

Tout le monde se tenait dans l'entrée à présent. Ce malheureux Paul, Emma et sa fille bâtarde. Donelle les embrassa, la traîtresse, gâchant ainsi ce moment où, pour être honnête, j'espérais imposer mon pouvoir. Je posai Minuet sur son coussin de velours rouge, où elle se lova en rond, puis considérai ce tableau dans l'entrée.

Pendant une seconde, j'eus du mal à respirer et éprouvai un vertige, comme un moment de flottement. Ce devait être une fois encore cette tumeur, quoi qu'en ait dit le Dr Pinco qui voulait gentiment me ménager.

Emma avait mûri. Ce n'était plus une jeune fille mais une femme, et elle était devenue, eh bien… plutôt jolie, même si un peu commune. Elle n'avait certes rien fait pour m'impressionner, et portait un jean et une chemise oxford blanche. Valkyrie lui lécha la main et elle lui caressa négligemment la tête, sans me quitter des yeux.

L'enfant à ses côtés était grande et élancée, avec des cheveux flamboyants. Elle me regarda et leva un sourcil.

— Vous devez être la fameuse Geneviève London, dit-elle en s'approchant.

— Et vous, mon arrière-petite-fille, répondis-je tout en l'observant de la tête aux pieds.

Juste ciel, un legging ! Un sweat-shirt *DePaul University*. Et une vague queue-de-cheval à moitié défaite, alors que ce n'était pas bien compliqué de mettre un élastique.

Elle me tendit la main et je la serrai. Au moins elle avait de la poigne et, étonnamment, je sentis quelque chose passer entre nous. Elle me sourit et ce fut alors que je remarquai ses yeux.

Ils étaient d'un bleu superbe.

Les mêmes que ceux de Sheppard. Leur forme, leur couleur, ce bleu d'une pureté parfaite, preuve de l'existence de Dieu, des yeux dans lesquels on pouvait se plonger des heures durant, en s'émerveillant de la beauté et de la profondeur de cette couleur à couper le souffle.

Je retirai ma main et tentai de me ressaisir. Pour masquer mon trouble, je lui dis alors :

— À l'évidence il va falloir que nous allions faire des courses. Vous venez d'une grande famille, et il n'y a aucune raison d'avoir l'air d'une pauvresse.

Elle se tourna vers sa mère.

— Je viens d'une grande famille, maman.

— Bien sûr, intervint le vieux. Tu es une Riley.

— Et une London, ajoutai-je.

— Sa grande famille ne s'est pas beaucoup souciée d'elle lorsqu'elle est née, fit remarquer Emma.

— Tu ressembles à ma mère, murmurai-je à l'attention de la jeune fille.

Hélas, Emma entendit et ne put s'empêcher d'ajouter : « Et à la mienne », avec un regard lourd de reproches évidemment. Mais, de fait, April avait les cheveux roux dans mon souvenir.

Je me tournai de nouveau vers la jeune fille, qui me regarda d'un air surpris, un petit sourire sur les lèvres. Riley London. Son nom représentait les deux côtés de la famille d'Emma et je ne pus m'empêcher d'éprouver du respect pour ma petite-fille qui, au moins, n'avait pas donné à sa fille le nom de Finlay. Pourquoi aurait-elle fait cet honneur au garçon qui l'avait engrossée avant de la laisser tomber ?

Jason Finlay était un bon à rien.

— Si tout le monde a fini d'exhiber ses titres de propriété, dit Donelle, je vous propose de prendre un verre. En tout cas, moi, j'en prends un. Monsieur Riley, qu'est-ce que je vous sers ?

— Une bière, s'il vous plaît, répondit-il après quelques instants.

— C'est parti ! Shaylee ! appela-t-elle. Viens donc !

Shaylee était notre jeune recrue. Donelle lui transmit nos commandes. On proposa un soda à Riley mais elle préféra de l'eau, ce que j'approuvais : meilleur pour le teint et zéro calorie.

— Shaylee, s'il te plaît, emmène les chiens dehors. Non, pas Minuet. Elle peut rester.

Muette comme une carpe, Shaylee s'exécuta.

— Combien avez-vous de chiens ? me demanda Riley.

— Cinq. J'ai été faible.

Personne ne réagit. J'avais récupéré la main et le moment était venu d'en profiter.

— C'est bien Riley, n'est-ce pas ? demandai-je, alors que j'avais engagé un détective privé un mois après le départ d'Emma et savais très bien qu'elle s'appelait Riley

Olivia London. Je suis ravie de faire ta connaissance, mon petit. Je vous présente Donelle, qui s'occupe de la maison.

— Et qui est sa meilleure amie, ajouta Donelle.

— Ma dame de compagnie et une amie chère, oui.

— Ravie de vous rencontrer toutes les deux, répondit Riley. Vous avez une maison magnifique.

Je souris. Au moins, elle avait bon goût.

— Alors, elle, c'est Minuet ? Salut, beauté ! Je peux la prendre ?

Puis-je.

— Mais bien sûr ! Elle a trois ans, elle est très gentille.

— Tu es trop chou, Minuet ! Regarde, maman, hein qu'elle est mignonne ? Petite boule de poils, va !

Emma fit un sourire crispé. Elle se tenait avec Paul quelques pas derrière sa fille, comme des gardes du corps en charge de la protéger de mes stratagèmes diaboliques.

— Voudrais-tu te rafraîchir un peu, Riley ? lui demandai-je. Te recoiffer ? Te changer pour le dîner ?

Elle me sourit, ayant saisi le message visiblement.

— Mais certainement. Où est-ce que je dors ?

— Je me suis dit que tu serais contente de dormir dans l'ancienne chambre de ta mère. Monte l'escalier de devant, ensuite à gauche et tout au fond du couloir. C'est la chambre rose pâle.

— Merci, dit-elle en reposant Minuet sur son coussin, puis elle quitta la pièce.

Très beau port de tête. Pas du tout la démarche avachie des ados de son âge. Elle était même gracieuse, et se déplaçait avec fluidité, comme un mannequin.

— Est-ce qu'elle fait de la danse classique ? demandai-je.

— Du foot, me répondit Emma.

— Je vois.

Je pris une grande inspiration puis m'adressai directement à ma petite-fille pour la première fois.

— Bonjour, Emma, tu as l'air en forme.

— Et toi aussi, pour quelqu'un en train de mourir d'un cancer. Comment vas-tu, puisqu'on en parle ?

Ça ne te regarde pas, eus-je envie de répondre.

— Je vais bien, merci, mais ne parlons pas de cela maintenant. Paul, vous pouvez tout à fait disposer d'une chambre d'invité si vous voulez vous rafraîchir un peu. À votre âge, vous devez être fatigué après un tel voyage.

J'étais plus âgée que lui mais une petite pique ne mangeait pas de pain.

— J'ai loué quelque chose en ville.

— Vraiment ? (*Dieu merci.*) J'espère que vous y serez bien. Charles se fera un plaisir de vous y accompagner après le dîner.

— Je n'ai pas besoin de votre limousine, Geneviève. Je ne passe l'été ici que pour avoir un œil sur mes petites et m'assurer que vous ne ferez pas de mal à Riley. C'est une chouette gamine, alors n'allez pas vous faire les griffes dessus.

— Mais pourquoi irais-je me faire les griffes sur qui que ce soit ? Je vais mourir, Paul.

— Alors, bon vent.

— Merci pour votre sollicitude.

— Je ne vais pas faire semblant.

Il était honnête. Cet homme m'avait détestée depuis le premier jour et, franchement, c'était réciproque. Lui et sa femme… Betty, ou Ellen, ou Joan, un prénom commun en tout cas… étaient tellement contents d'eux, tellement tendres l'un avec l'autre. D'accord, elle était en fauteuil roulant, à cause de sa maladie, mais tout de même. Ils me narguaient avec leur couple. Et cette façon de parler de leur fille (certes, avant sa mort), combien elle était *douée* et *créative*. Elle voulait devenir chef, si je me rappelle bien. Combien elle était ambitieuse, alors que Clark ne faisait rien d'autre qu'écrire ses romans (mais il ne savait rien faire de toute façon). April m'avait reçue à dîner une fois ou deux et c'était assez bon, mais pas de quoi prétendre à une étoile au Michelin ! En quoi cuisiner nécessitait-il d'être *créatif* ? Helga cuisinait, et je ne me rappelais pas que quiconque ait décrit sa cuisine comme étant *créative.*

À la vérité, je ne connaissais pas vraiment April lorsqu'elle est morte. Après, cela avait été difficile d'éprouver de la compassion pour quelqu'un qui avait abandonné son enfant, en particulier alors que mon enfant à moi m'avait été enlevé. Je n'ignorais pas que la dépression était une vraie maladie, mais il était difficile d'imaginer qu'on puisse se suicider lorsqu'on avait une fillette de huit ans.

Moi, je ne l'avais pas fait. Pourtant ce n'était pas l'envie qui m'avait manqué.

Lorsque j'eus la garde d'Emma, Paul se sentit autorisé à m'expliquer comment on élevait les enfants. Pourtant, il fallait voir ce que ça avait donné avec sa propre fille ! Cela ne l'empêchait pas de me faire la leçon à propos de ce dont avait besoin Emma, cette petite que je n'avais jamais réclamée, et dont ils avaient été plus que contents que je me charge, lui et son épouse. Des conseils, à moi ! Comme si je ne savais pas élever un enfant ! Comme si je n'avais pas été la mère de Sheppard ! Et puis cette douleur, ce chagrin qui dégoulinait d'eux à la face du monde. *Vous n'êtes pas les seuls à avoir perdu un enfant !* avais-je envie de leur crier. *Au moins le mien ne s'est pas suicidé !*

— On va rester là toute la nuit ? demanda alors Paul.

— Emma ? Veux-tu te rafraîchir ? Je t'ai installée dans la chambre de ton père, celle qui donne sur la glycine.

— Non, pas la peine.

Nous nous dévisageâmes quelques secondes et je restai impassible. Elle aussi. J'avais besoin de boire quelque chose.

— Qu'est-ce que cela fait de revenir ici ? lui demanda Donelle.

— C'est comme si je n'étais jamais partie, répondit-elle.

— Pas très agréable à entendre, commenta Paul.

Shayla, ou je ne sais plus son prénom, finit par m'apporter un martini. Je bus une gorgée et réprimai un soupir. Elle avait oublié le citron. Ces jeunes qui buvaient n'importe quoi ! Il faudrait que je lui explique plus tard.

— Juste pour rappel, Geneviève, dit Emma doucement, je ne veux pas que tu parles à Riley de cette histoire d'héritage.

Donelle faillit s'étouffer mais je l'ignorai.

— Mais bien sûr, ce serait beaucoup trop direct.

— Je tenais à être claire.

Elle se mit à me fixer et je vis un changement dans son regard. Une dureté. Non, une force. Oh ! elle pouvait me mépriser de l'avoir mise à la porte des années auparavant mais, à cette époque, elle était faible, trop influençable. Trop comme son père. Si cela n'avait pas été le cas, elle ne se serait jamais retrouvée enceinte.

Parfois on a besoin d'un bon coup de pied aux fesses, qu'on en ait conscience ou non.

Riley redescendit, vêtue d'une robe en tricot noire bon marché et bien trop courte. Au moins, elle avait essayé. Je l'emmènerais faire des emplettes. C'était une London, et il fallait que cela se remarque. Nous irions à mes bureaux et elle pourrait choisir dans le showroom. Elle s'était brossé les cheveux et ils étaient brillants. J'eus du mal à me retenir de les lui attacher. Elle avait un cou ravissant.

— Maman, tu verrais cette salle de bains ! s'exclama-t-elle en éclatant de rire. Enfin, tu la connais ! J'adore la baignoire. Elle est énorme. Et il y a une douche en plus. C'est presque aussi grand que ma chambre à la maison ! Le lit a la taille d'un bateau.

Elle jeta un œil à son arrière-grand-père.

— Ça ne veut pas dire que j'en veux un plus grand à la maison, Pop, tu sais que j'adore mon lit.

Il lui sourit et je compris que ce lit avait une histoire particulière. Il avait dû le lui fabriquer, comme Joseph avait fabriqué celui du petit Jésus, vu que c'était une famille de martyrs.

— Je suis heureuse que tu l'aimes, dis-je. Je te ferai visiter le reste de la maison demain pour que tu en connaisses toute l'histoire.

Emma ne disait rien et me regardait. Je bus une gorgée de mon martini sans citron, bénissant le gin qu'il contenait.

— Alors, Riley, parle-moi un peu de toi.

— Eh bien, répondit-elle avec insouciance, comme vous le savez, je suis l'enfant bâtarde d'une mère adolescente.

Donelle pouffa, Emma et Paul sourirent. Je ne trouvai pas cela drôle.

— Continue.

— Je rentre en terminale à la rentrée. J'ai eu les félicitations, je joue au foot et j'aime lire.

— Il y a une bibliothèque ici. Juste après l'entrée, à gauche.

— Cool. Et vous, Geneviève, parlez-moi de vous.

Comme c'était rafraîchissant ! Une enfant, tout au plus une adolescente, qui demandait à une adulte de lui raconter sa vie !

— Je suis la fondatrice et P-DG d'une entreprise de design, comme tu le sais, j'espère.

— P-DG à la retraite, précisa Donelle à qui je lançai un regard noir.

— Oui, bien sûr, je le sais. Mes copines adorent vos trucs.

Pas étonnant.

— Moi aussi j'aime lire et j'ai été diplômée avec mention très bien de Foxcroft Academy et Barnard. Est-ce que tu envisages de faire des études, toi aussi ?

— Oui. J'espère aller à Notre-Dame.

Dommage. Si elle avait les notes pour intégrer Notre-

Dame, elle pouvait prétendre aux meilleures universités du pays.

— Tu as donc reçu une éducation catholique ?

— Hum.

Je réprimai un soupir. C'était une provocation délibérée. Emma n'avait pas été élevée dans la religion catholique. Elle n'avait été élevée dans aucune religion avant d'arriver chez moi, même si « techniquement » sa mère était catholique. C'était moi qui l'avais emmenée chaque dimanche à l'église méthodiste unifiée.

— Va-t-on bientôt se mettre à table ? demanda alors Paul.

— C'est si gentiment demandé, Paul. Mais bien sûr. Je vous en prie, allons dans la salle à manger. Helga nous a préparé un très bon dîner.

Impossible de me souvenir quel plat, alors que j'avais donné des consignes très précises. De toute façon, la soirée s'annonçait très mal, quoi que l'on serve.

— Un très bon dîner à base d'arsenic ? demanda Emma, confirmant ainsi ma prédiction.

— Non, mais juste la soupe et le pain que tu as mangés pendant toute ton enfance, répondis-je gaiement. Je savais que tu serais contente de retrouver tes plats préférés.

— C'est intéressant tout de même : tu t'es débarrassée de ta petite-fille, mais jamais de ta mauvaise cuisinière.

Emma tira une chaise et s'assit avec colère. Paul se moucha dans sa serviette et Donelle était déjà à moitié pompette.

Depuis le jardin de derrière, j'entendais Mac hurler. J'aurais pu faire la même chose.

9

Emma

À ma grande surprise, je dormis comme un bébé cette première nuit à Sheerwater et fus réveillée par un rayon de soleil sur mon visage. J'ouvris les yeux et regardai l'heure : sept heures moins le quart. Trop tôt. Si son emploi du temps n'avait pas changé, Geneviève dormait chaque matin jusqu'à huit heures et demie. C'était une règle. Et elle ne supportait aucun bruit avant d'avoir pris son café au lait.

Je m'assis et regardai autour de moi. La veille au soir, j'étais trop fatiguée pour remarquer les détails, à l'exception de la demi-douzaine de chiens qui couraient partout, pétaient, se frottaient l'arrière-train contre les tapis, grognaient et se disputaient.

Je n'avais rien contre les chiens. Je les adorais. De fait, j'avais un temps supplié pour en avoir un, mais devinez quoi : la réponse avait été non. Sheerwater était une maison bien trop chic pour qu'on y laisse entrer des chiens. Et aujourd'hui, Geneviève en possédait cinq. Pas moins.

Tout ce qu'elle faisait à l'époque me contrariait. Pourquoi serait-ce différent à présent ?

On m'avait installée dans l'ancienne chambre de mon père mais, en dix-sept ans, Geneviève l'avait transformée. Je me rappelais de murs vert foncé avec du lambris blanc, ils étaient désormais d'un jaune pâle, avec sous les fenêtres une banquette recouverte d'un tissu à fleurs vert, jaune et bleu, et des coussins dans des tons pastel. Tout ce qui avait appartenu à mon père avait disparu : ses modèles d'avions, ses livres d'enfant, ses bibelots et son fanion des Yankees, tout comme son vieux mousquet de la Révolution.

Cela dit, il m'avait confié n'avoir jamais lu ces livres. C'était drôle que je me souvienne de cela. Durant les dix ans que j'avais passés ici, il n'était venu nous voir que dix fois, à chaque Noël. La maison avait beau ressembler alors à un décor de film, il y régnait une ambiance glaciale.

J'avais appelé Clark pour lui dire que je venais. Je lui avais dit aussi que sa mère était malade, ce qu'il ignorait. Il n'avait pas eu l'air affecté le moins du monde. « On meurt tous un jour ou l'autre », avait-il dit, ce qui ne m'avait pas étonnée venant de lui. J'avais depuis longtemps tiré une croix sur notre relation, mais j'aurais bien aimé avoir un allié contre Geneviève. Je lui avais rappelé qu'elle était la tutrice de Hope, mais il avait à peine réagi.

— Est-ce que ça te dérange si c'est moi qui deviens sa tutrice ? lui avais-je demandé.

— Ben non, avait-il répondu.

J'avais pris sur moi et nous nous étions contentés d'un au revoir assez sec.

Pourquoi son indifférence me surprenait-elle ? Il avait toujours été un père absent. Savait-il que Gigi l'avait retiré de son testament… mais d'ailleurs, l'avait-elle fait ? Elle n'avait jamais aimé son fils cadet, mais elle ne plaisantait pas avec la tradition.

Geneviève. Pas Gigi. Gigi sonnait sympa et gai, comme une grand-mère qui ne ferait pas son âge et jouerait à cache-cache ou ferait des bonshommes de neige l'hiver.

Je me demandais comment elle se comportait avec Hope. Est-ce qu'elle lui faisait des câlins, lui lisait des histoires ? Ou bien se contentait-elle de la considérer de loin, l'air réprobateur ? Enfin bon, Hope m'avait, moi. J'irais lui rendre visite aujourd'hui.

Je me rendis dans la salle de bains attenante. (Il y avait huit salles de bains à Sheerwater.) La mienne avait été refaite, comme peut-être toutes les autres, et c'était un modèle de luxe : que du marbre et de la faïence, des serviettes blanches, des placards en érable et une profonde baignoire d'où j'avais vue sur le détroit. Il y avait une douche vitrée, un chauffe-serviette, des étagères dentelées où étaient posés des orchidées blanches et un exemplaire du livre de Geneviève, *La Vie avec Geneviève*. Tiens donc ! J'aurais pu faire des révélations choquantes ! *C'était un vrai glaçon. Jamais un seul câlin.*

Au moins je m'y sentirais à l'aise. Physiquement, du moins. Je prendrais peut-être un bain plus tard, mais d'abord je voulais vérifier que ma fille allait bien.

Quand même, quelle vue ! Le ciel était azur et l'océan, en dessous, aussi lisse que du verre. La pelouse grasse était couleur émeraude, entretenue avec soin par le jardinier. Sous mes fenêtres, la glycine était en fleurs et formait une espèce de treille immense qui abritait un salon de jardin. C'était là que je me mettais pour lire, les chevilles croisées, blottie dans un fauteuil en osier, dans le parfum sucré des fleurs. Si Geneviève apparaissait, j'avais droit à un sermon sur la façon de me tenir.

Sheerwater était située à Bleak Point, sur l'extrémité du détroit de Long Island. La pelouse faisait bien un hectare, fermée par un mur de pierre au-dessus de la mer. Il y avait un ponton privé. Au sud, la roseraie formait un cercle, avec des allées comme les rayons du soleil, et au-delà se trouvait un bosquet de pins et de chênes. J'en avais peur à l'époque, car j'étais convaincue qu'on viendrait m'y enlever, voire m'assassiner, comme ce qui était arrivé à mon oncle Sheppard.

Je regardai plus attentivement et vis un homme, tourné vers la mer, les mains dans les poches.

Cette propriété était privée et Geneviève n'était pas du genre à partager. Était-ce Jason ? Était-il venu voir Riley ? Si oui, il était en avance, car nous avions rendez-vous pour le déjeuner.

Je reçus alors un SMS. C'était un patient qui voulait déplacer sa consultation.

Lorsque je regardai de nouveau en direction du bosquet, l'homme avait disparu. Je demanderais à Geneviève ou à Donelle, qui avait eu l'air heureuse de me voir la veille. S'il s'agissait d'un intrus, il valait mieux le savoir, surtout maintenant que Riley était là.

Je descendis dans l'entrée. L'idée que ma fille puisse hériter de cet endroit était impensable. On était à un niveau Kim Kardashian, question argent ! Enfin bon, presque. À elles seules, les œuvres d'art valaient une fortune. Les tapis turcs (malgré les déjections canines dont ils étaient imprégnés), l'édition originale de *Ne tirez pas sur l'oiseau moqueur*, le mobilier, contemporain ou ancien…

J'en venais à espérer que tout cela ne reviendrait pas à Riley. L'argent avait tendance à ruiner les gens, à les aliéner et les isoler, les rendant malheureux et seuls, ou, pire, entourés de parasites.

De toute façon, comme avait dit Pop, on ne connaîtrait les véritables intentions de Geneviève qu'une fois qu'elle serait morte et son testament révélé. Et pour une femme qui souffrait d'un cancer, elle avait l'air plutôt en forme. Trois martinis hier soir, et pas un faux pas. J'avais questionné Calista sur le cancer et lu des choses, mais Geneviève ne m'avait précisé ni le stade d'avancement, ni l'endroit où se trouvait la tumeur, ni le traitement prévu. Je projetais de l'accompagner à ses consultations.

Et à défaut d'obtenir autre chose, Riley passerait un été mémorable et privilégié, à distance de ces méchantes filles.

Je restai une seconde devant la porte de mon ancienne

chambre. Lorsque j'étais arrivée ici, malheureuse petite fille de huit ans, j'avais beaucoup d'espoir. Après tout, les orphelins s'en sortaient, non ? Annie, l'héroïne de la comédie musicale ? Anne, de la maison aux pignons verts ? C'était sûr, ma grand-mère allait m'aimer autant qu'Annie et Anne avaient été aimées.

Je m'étais trompée.

Riley était allongée sur le dos comme une étoile de mer, profondément endormie. Je grimpai sur son immense lit et la regardai : ces lèvres parfaites, si rouges et ourlées, légèrement ouvertes, car elle respirait toujours par la bouche en dormant, cet écart entre ses dents de devant que j'aimais tant, ces taches de rousseur… Quand elle était petite et qu'elles avaient commencé à apparaître, je les embrassais une à une en lui disant qu'elles avaient un goût de cannelle ou de chocolat. J'adorais son odeur de sel et de shampooing au citron.

Le dîner de la veille avait été interminable. Le couvert avait été dressé en grande pompe, avec au centre de la table une composition florale de jacinthes, de roses et de lierre (dont les couleurs étaient naturellement assorties au service de porcelaine). Une jeune femme d'une vingtaine d'années avait servi sans dire un mot tandis que Helga, la cuisinière de ma grand-mère, boudait dans la cuisine. Elle avait hoché la tête en me voyant. C'était exactement le souvenir que j'avais d'elle : une femme silencieuse, morose, très mauvaise cuisinière, capable de rendre tout fade. La jeune extra avait dû recevoir l'ordre de ne pas ouvrir la bouche, ou alors, connaissant Geneviève et Helga, elle était muette. Encore mieux.

Donelle s'était montrée enjouée et Pop grognon. Geneviève et moi nous étions tantôt fixées du regard, tantôt ignorées l'une l'autre. Bizarrement, Riley était à l'aise et posait beaucoup de questions à Geneviève et à Donelle sur la maison, le Connecticut et la ville.

Geneviève aussi posait des questions, sous chacune desquelles se cachait un commentaire désobligeant.

« Est-ce que tu as un petit ami, Riley ? Ta mère a été assez précoce dans ce domaine. » Au cas où ma fille aurait oublié que j'étais encore au lycée quand je l'avais conçue. Et Jason ne se voyait attribuer aucun tort, bien sûr. Comme si j'étais tombée enceinte toute seule.

« Ça ne te dérange pas de pratiquer un sport de garçon ? Les commotions sont fréquentes, d'après ce qu'on m'a dit. » Celui-là m'était destiné, insinuant que j'étais incapable de protéger mon enfant. Quelle ironie, venant de la part d'une femme qui avait perdu le sien ! Littéralement perdu ! Je haussai les sourcils, histoire de laisser paraître ce à quoi je pensais et elle détourna le regard, revenant à la charge avec une nouvelle question.

Celle qui m'atteignit le plus fut celle-ci : « Est-ce que cela te dérange d'avoir les cheveux roux ? Non ? Tant mieux pour toi. »

Ma mère avait les cheveux roux et je suis sûre qu'elle s'en souvenait. Ce qu'elle voulait dire, en fait, c'était : *J'espère que c'est tout ce que tu tiens d'elle.*

Nous nous comprenions à demi-mot.

— Elle a des cheveux magnifiques, grommela Pop. Les gens l'arrêtent dans la rue pour le lui dire.

— Ça ne m'étonne pas, murmura Geneviève. On les remarque.

Ma main vengeresse se crispa sur ma fourchette que je plantai avec violence dans mon rosbif, en regrettant que ce ne fût pas le cœur de pierre de ma grand-mère.

Mais Riley répondait sur un ton enjoué. Elle ne voulait pas encore de petit ami. Elle adorait être rousse et n'avait jamais eu de commotion, elle touchait du bois, et elle avait commencé cette année les matchs contre des équipes universitaires.

Je connaissais ma fille. Elle voudrait se faire aimer de Geneviève et Geneviève l'aimerait juste assez pour la renvoyer dans ses buts au dernier moment. C'était là toute l'histoire de ma vie.

Riley se mit à bouger sur son lit en grognant un peu. Ses boucles épaisses et cuivrées s'agitèrent et elle entrouvrit les yeux, sourit, puis roula contre moi.

— Coucou, maman.

Maman. Ce mot précieux me toucha en plein cœur.

— Bonjour, mon ange. Tu as bien dormi ?

— Oui, mais quand je me suis réveillée, y avait une femme cheloue dans mon lit en train de m'espionner.

— Je vais lui dire de te laisser vivre un peu, répondis-je en souriant.

— C'est le lit le plus confortable où j'aie jamais dormi, dit-elle en s'étirant et en bâillant. Mais ne le dis pas à Pop.

Pop lui avait fabriqué son lit lui-même. Un lit pour une personne, pas comme ce lit géant.

— Geneviève n'achète que ce qu'il y a de mieux.

— C'est le plus bel hôtel du monde.

— Tu veux que je te montre le reste avant qu'elle te fasse la visite historique guidée ? lui proposai-je.

— D'accord ! s'exclama-t-elle en sautant de son lit.

— Par contre on ne fait pas de bruit. Geneviève ne va pas se réveiller avant une heure et demie, et Donelle, encore plus tard.

— Elles dorment où ?

— La chambre de Donelle est au premier et Geneviève est dans la suite de l'aile ouest.

— Normal.

Riley alla dans la salle de bains puis en ressortit la tête.

— Tu devrais venir voir ici, maman, ça vaut le coup.

Une minute plus tard, nous descendîmes dans l'entrée en chuchotant, pieds nus dans les patins sur le parquet de noyer.

— Ça, c'est un Toulouse-Lautrec, dis-je en désignant une esquisse.

— Ça m'a l'air bien cher, murmura Riley.

Elle connaissait ce peintre. Je souris, tellement soulagée et heureuse de la voir de nouveau joyeuse, impertinente et assez mignonne pour se lever et passer du temps avec sa mère.

Il fallait reconnaître que Geneviève avait beaucoup de goût. Ici, rien n'était clinquant, ni tape-à-l'œil, contrairement aux maisons de Newport avec leurs énormes fauteuils de laiton et leurs plafonds dorés à l'or fin… Toute la décoration destinée à épater la galerie. Geneviève, elle, n'avait rien d'un nouveau riche. Chaque meuble était magnifique, mais également pratique, avec des lignes pures et les matériaux les plus nobles. Depuis mon départ, elle avait rajeuni son intérieur, acheté de nouvelles choses et rénové ici et là.

C'était toujours la plus jolie maison que je connaisse, confortable et accueillante (à la différence de sa propriétaire), une vraie maison, pas un showroom.

— Une autre chambre d'amis, dis-je en ouvrant une porte. Gloria Vanderbilt y a couché. C'est une amie de Geneviève.

— C'est qui ?

Ah, ces jeunes !

— La mère d'Anderson Cooper, répondis-je.

— Vraiment ? Cool !

Cette chambre, comme toutes les autres, était raffinée, chaleureuse et impressionnante, avec une vue sur l'eau depuis presque toutes les fenêtres.

— On pourra aller se baigner tout à l'heure ?

— Bien sûr. Mais elle est froide par ici.

— Pas grave, dit Riley en ouvrant une autre porte. Et ici, c'est la chambre de qui ?

Soudain, je me rendis compte que je ne lui avais jamais raconté l'histoire du fils perdu. Cela dit, je n'en connaissais pas les détails moi-même, pas vraiment.

Lorsque j'étais petite, mon père m'avait raconté qu'il

avait eu un frère plus âgé qui avait disparu. Clark avait alors cinq ou six ans, il n'en avait aucun souvenir et n'en parlait jamais. Mais en venant vivre ici, j'avais mieux compris. Personne n'était autorisé à dire que Sheppard était mort. Apparemment, il s'était volatilisé sans laisser de traces. Geneviève ne m'en avait jamais dit davantage sur ce premier fils. La seule chose qu'elle me disait, c'était de ne pas rentrer dans sa chambre. Ce que je n'avais pas fait.

Riley y entra directement, et je me penchai dans l'embrasure.

La chambre était préservée exactement comme dans mon souvenir. Je me rappelais y avoir jeté un œil autrefois ; j'avais adoré le papier peint avec des voitures de course bleues et rouges. Il avait été démodé pendant un temps mais aujourd'hui avait un certain chic rétro. Mon oncle aimait les dinosaures, vu le nombre de figurines en plastique sur les étagères. Il y avait toujours ce couvre-lit bleu et rouge dont je me souvenais même si les couleurs avaient un peu fané, une lampe de bureau avec un abat-jour vert, une voiture à pédales rouge et une bergère à côté de la fenêtre.

J'imaginais Geneviève assise là, face à l'océan, attendant le retour de son petit garçon, et je ressentis un élan de compassion. Je comprenais mieux son attitude, mais il était dommage qu'elle n'ait de place pour personne d'autre dans son cœur.

— C'était la chambre de mon oncle, expliquai-je, émue. Il s'appelait Sheppard. Il est mort quand il était petit.

— Ah vraiment ? dit alors une voix.

Je sursautai. Geneviève se tenait dans le couloir, moulée dans une robe bleu marine qui lui allait incroyablement bien, ses cheveux blancs impeccablement coiffés, son minuscule chien dans les bras.

— Ne parle pas de ce que tu ne connais pas, Emma.

La colère irradiait de son visage : lèvres serrées, regard glacial. Au même moment, les autres chiens surgirent et dévalèrent l'escalier.

— Je ne fais que répéter ce que mon père m'a dit, Geneviève.

— Ton père est un imbécile.

— Alors il n'est pas mort, Sheppard ? demanda Riley.

— On n'a jamais retrouvé son corps, répondit Geneviève après avoir pris une grande inspiration. Il est possible qu'il ait été kidnappé.

— Waouh, je ne savais pas. Alors vous n'avez jamais su ce qui était arrivé ?

— Non, en effet, dit ma grand-mère en glissant son regard vers moi.

— C'est tellement triste. Je suis désolée, euh… mamie.

Elle eut un petit sourire.

— Tu es très gentille. Et tu peux m'appeler Gigi. Bon, veux-tu une vraie visite de Sheerwater maintenant ? Après tout, c'est ta maison pour l'été. (Elle se tut un instant.) Toutefois, je te demanderais de ne pas entrer dans cette chambre. Tu auras compris qu'elle est très spéciale pour moi.

— Bien sûr. Je peux y aller, maman ?

Geneviève posa son chien miniature et rajusta sa robe.

— Helga va te préparer un petit déjeuner, Emma. C'est la reine de l'omelette aux blancs d'œufs.

Traduction : *Il faut que tu perdes quelques kilos. Regarde-moi : je pèse le même poids que le jour de mon mariage.*

J'avais mis Riley en garde contre les manières sournoises qu'avait ma grand-mère pour émousser la confiance en soi.

Riley me fit comprendre que tout allait bien.

— D'accord, lui répondis-je. Amuse-toi bien.

Je mangeai cette omelette qui n'avait aucun goût. J'avais bien tenté de préparer mon petit déjeuner moi-même, mais impossible et, quand j'avais demandé une omelette aux œufs entiers, Helga m'avait regardée droit dans les yeux tout en séparant les blancs des jaunes, qu'elle jetait dans l'évier. Pas de beurre sur mes toasts et du lait écrémé, même pas demi-écrémé.

Je passai le reste de la matinée à ranger mes affaires. La veille, j'avais dit à Geneviève qu'il me fallait une pièce où je puisse travailler, avant de lui expliquer mes consultations à distance.

— Les gens adorent se complaire dans leur malheur, n'est-ce pas ? avait-elle déclaré non sans ironie. Enfin, si ça paie tes factures, c'est très bien.

C'était le cas, enfin presque. J'avais une dette étudiante de 96 475 dollars, le coût de mon bureau partagé à assumer ainsi que le remboursement et l'entretien de ma voiture, un loyer (que j'avais insisté pour verser à mon grand-père au bout de trois mois d'hébergement gratuit, car je m'inquiétais pour son compte en banque). Plus la nourriture, les charges, les frais de scolarité de Riley (les activités scolaires, les activités sportives, ainsi qu'une liste inconsidérée de fournitures chaque année), l'assurance maladie, celle de la voiture, l'essence, les économies en prévision des études, les vêtements d'une ado qui n'avait pas fini de grandir, les téléphones portables et leurs forfaits, Internet, la carte de crédit, ma cotisation à l'ordre des psychothérapeutes et mon assurance professionnelle, ainsi que les conférences auxquelles je devais assister afin de conserver mon droit d'exercer, les impôts…

Et puis aussi tout ce à quoi on ne pensait pas : le coiffeur, le vétérinaire pour le chat « gratuit » qu'on avait pris lorsque Riley avait sept ans, avant de se rendre compte qu'il avait une maladie cardiaque et de débourser 750 dollars qui n'avaient en plus pas suffi à le sauver, les photos de l'école, les sorties scolaires, une nouvelle machine à laver, des cadeaux pour les anniversaires des copines de Riley, les cadeaux de naissance et de mariage des gens avec qui je partageais mon bureau…

La vie était chère, même quand on percevait une pension alimentaire. Jason travaillait pour l'entreprise de bâtiment familiale et il gagnait correctement sa croûte, mais il n'était pas riche. J'étais fière de m'être débrouillée pour que Riley ait une enfance normale, en particulier parce que nous habitions à Downer Grove, un quartier autrefois populaire lorsque Pop y avait acheté sa maison, mais qui était devenu très couru et favorisé.

Tout ça pour dire qu'il y avait loin avant que je puisse m'arrêter de travailler tout un été.

Geneviève avait mis à ma disposition une pièce au rez-de-chaussée de sa gigantesque demeure. Sheerwater était construite sur une petite colline et le rez-de-chaussée servait d'espace récréatif, donnant directement sur le jardin. Comme le reste de la maison, il avait été magnifiquement aménagé : home cinéma, salle de sport, studio de yoga (si, si), salle de jeux des chiens (là encore je suis sérieuse), et cette pièce, mon bureau pour l'été.

Petit en comparaison des autres pièces de la maison, il faisait quatre fois la taille de mon bureau à moi. Le mobilier était très fonctionnel, avec un canapé qu'on glissait dans le patio, à l'ombre de la terrasse de l'étage au-dessus, et des fauteuils autour d'un brasero. La vue donnait sur la pelouse, qui descendait jusqu'à la mer.

J'avais oublié à quel point cette maison était jolie. Dans mon souvenir, tout y était trop formel ; en réalité, tout y était parfait.

Difficile d'imaginer que ma fille hérite d'une telle demeure. Il faudrait que j'en parle à un avocat et que j'aille voir un conseiller financier, parce que je ne jouais pas dans cette catégorie.

J'aperçus Geneviève et Riley qui traversaient le jardin,

les cheveux de ma fille brillant sous le soleil. Elles étaient bras dessus bras dessous.

Tu as intérêt à être gentille avec ma fille, la vieille, pensai-je.

À midi, nous devions retrouver Jason et ses fils pour le déjeuner. Sa femme, Jamilah, et moi avions parlé au téléphone deux ou trois fois. Elle s'était toujours montrée cordiale, même si un peu… crispée. Ils avaient deux garçons : Owen et Duncan, de sept et neuf ans. Ils nous envoyaient chaque année une carte de Noël, la photo de famille parfaite. D'origine africaine, Jamilah était très belle. Owen, l'aîné, avait les yeux verts et des cils à se pâmer. Le petit avait une bouille craquante avec ses fossettes et ses cheveux frisés. Je les aimais plutôt bien d'après le peu que Jason m'en avait dit, ou les fois où je les avais entendus rire sur Skype avec Riley.

Je ressentis alors ce sentiment familier d'être sur la touche, accueillie sans l'être tout à fait.

Après le déjeuner, j'irais voir Hope, et ça, au moins, ça me faisait plaisir. La perspective de passer l'été non loin d'elle était une consolation dans toute cette histoire.

Mais en attendant il fallait que je m'occupe du cas des Matterson, qui essayaient de sauver leur couple alors que Dirk avait eu une aventure avec une femme plus jeune. Amy n'avait pour autant pas tiré une croix sur leur mariage, du moins pas avant de lui avoir fait payer le prix fort, pensais-je.

J'installai mon ordinateur portable sur le bureau, m'assurai que l'arrière-plan serait discret et me recoiffai un peu. J'affichai mon sourire professionnel et cliquai sur leur nom. La sonnerie de connexion se fit entendre et ils apparurent, assis l'un à côté de l'autre sans se toucher, déjà irrités, Amy la mâchoire crispée et Dirk les yeux levés vers le plafond.

— Bonjour, tous les deux, lançai-je. Comment s'est passée la semaine ?

— Merdique, répondit Amy. Il m'a encore menti.

— Je ne t'ai pas menti, je ne t'ai juste rien dit parce que je savais que tu réagirais comme ça.

Il me regarda – enfin, il regarda l'écran.

— Docteur London, je ne lui ai pas dit que je sortais boire un verre avec mes collègues hier soir parce que je savais qu'elle en conclurait que j'allais voir Bailey.

— Ne prononce pas le nom de ta pouffiasse dans cette maison.

— Bon Dieu, Amy, calme-toi !

Pas très malin ça, Dirk. Comme si une femme cocufiée allait rester calme.

— Avant d'entrer dans les détails, dis-je, reprenons où nous en étions. Dirk, nous avions discuté du fait que présenter des excuses passait par la nécessité de nommer ses torts, d'en assumer la responsabilité entière, de reconnaître la souffrance causée et de s'engager à changer d'attitude. Avez-vous essayé de faire tout ça ?

— Oui, plusieurs fois.

— Ouais, enfin, encore faudrait-il que ce soit sincère…, commenta Amy.

— Que répondez-vous à ça, Dirk ? demandai-je au bout de quelques secondes.

— Peut-être que je ne suis pas sincère parce que j'en peux plus d'être traité comme un chien.

C'était toujours la même chose avec les histoires d'infidélité dans le couple. Un des époux avait trompé l'autre, la plupart du temps non sans raison, mais l'avalanche de reproches que ça entraînait pendant des semaines ne faisait rien pour arranger les choses.

Ils se turent tous les deux, focalisés sur leur colère.

— De nombreuses personnes se lancent dans une thérapie de couple afin d'accepter l'idée d'un divorce, expliquai-je. Et d'autres afin de tenter de sauver leur mariage. Où vous situez-vous ? Amy ? Voulez-vous commencer ?

— C'est difficile de vouloir rester mariée tout en sachant que ce salaud m'a trompée.

— Essayons d'éviter les insultes, vous voulez bien ? Dirk a été infidèle, Amy. C'est un fait et on ne peut pas revenir en arrière. Si vous voulez préserver votre mariage, il va falloir dépasser ça.

— Et c'est à moi de faire l'effort évidemment, comme toujours.

Dirk soupira bruyamment.

— Je t'ai dit que j'étais désolé. Je t'ai dit que ça n'arriverait plus. Je l'ai dit et répété. Je suis désolé, Amy, je suis désolé, Amy. Combien de temps encore tu vas me punir ?

— Aussi longtemps que ça me plaira, minable. Menteur ! Tricheur ! Coucher avec une jeunette. Quel cliché ! Où tu as été chercher ça ? Dans le manuel du loser de quarante-cinq ans ?

— On va essayer de reformuler tout ça sans utiliser d'insultes, Amy. Ce sera plus profitable pour vous si vous tentez d'expliquer à Dirk ce que vous ressentez. Par exemple, en commençant votre phrase par : « J'ai vraiment mal quand je pense à… »

— J'ai vraiment mal quand je pense à toi et à ta pouffiasse.

Dirk se tourna vers l'écran et leva les yeux au ciel pour tenter de me rallier à sa cause.

— Amy, dis-je alors. Vous allez réussir à dépasser ça. Avec ou sans Dirk, mais il le faut.

— Eh bien, je préférerais repartir en arrière et avoir de nouveau trente ans. Comme Bailey qui doit avoir un joli petit vagin bien ferme, vu qu'elle n'a pas donné naissance aux deux fils de Dirk !

Je réprimai un soupir. Je la comprenais, sincèrement. Elle avait un vrai souci avec le fait que Bailey soit jeune. Plus que l'infidélité, son problème était de s'être sentie insultée. Elle avait quarante-cinq ans, Bailey trente. Lors de notre première séance, elle avait éclaté en sanglots en évoquant ces quinze ans d'écart. Elle ne cessait de parler du corps de Bailey, de sa beauté, de sa peau, de ses cheveux, de ses semi-marathons. Elle avait été la trouver sur Internet.

Cette fixation était révélatrice de ses problèmes d'estime de soi et de son manque de confiance en elle, problèmes plus difficiles que de pardonner.

Au même moment, un des chiens, le plus gros à en juger par ce que j'entendis, gratta à ma porte en gémissant.

— Tout va bien ? me demanda Dirk.

— Il faut toujours que tu t'inquiètes de tout le monde, hein ? lui lança Amy. Tout le monde sauf moi.

— Oui, désolée, c'est… mon chien.

Moins mes patients en savaient sur ma vie privée, mieux c'était.

— Quelle race ? J'adore les chiens ! reprit Dirk.

— Oh ! c'est un bâtard, répondis-je.

— Comme toi, déclara Amy en regardant son mari. Un sale bâtard, c'est tout ce que tu es.

— Amy, ces insultes ne vont pas faire avancer les choses, dis-je. Prenons le problème différemment. Qu'attendez-vous de Dirk ?

— Qu'il soit honnête. Correct.

— Et qu'est-ce que cela implique au quotidien ?

Elle réfléchit.

— De ne pas me mentir sur qui il voit, ni où il est.

— Dirk ? Qu'en pensez-vous ?

— Ben oui, très bien, mais encore faut-il qu'elle me croie !

— Et vous, qu'attendez-vous d'Amy ?

— Juste un peu de respect, c'est tout. Chez nous, c'était l'enfer, et tout ce que je faisais, c'était mal. Quand j'étais là, je l'encombrais. Quand je n'étais pas là, elle se foutait en rogne. Au boulot, elle trouvait que je ne gagnais pas assez. Et quand je faisais plus d'heures, elle râlait parce que je ne m'occupais pas assez d'elle. Quand je proposais qu'on fasse un truc sans les gamins, elle me regardait avec son air de martyre et me disait qu'elle était trop crevée pour sortir. Et si je ne le faisais pas, elle se plaignait qu'on ne sorte jamais nulle part.

— Premièrement, c'est complètement faux, répliqua Amy. Et deuxièmement, maintenant ça va être de ma faute si tu t'es comporté comme un salaud ? Parce que j'étais une épouse de merde ?

Il fit mine de réfléchir, avant d'acquiescer.

Elle devint rouge de colère. Derrière la porte, le chien aboyait et grattait plus fort, comme un loup de Sibérie, en plus sénile.

— Il me semble que, si nous voulons avancer, il faut régler ce problème d'atmosphère à la maison, suggérai-je.

Amy se tourna vers moi.

— Vous êtes en train de prendre son parti, là ! Je vais passer pour la méchante, c'est ça ?

— Mais non, mais non, répondis-je avec calme. Personne n'est méchant. Vous avez tous les deux des torts et il faut le reconnaître.

Amy se leva du canapé et sortit de mon champ de vision. Dirk eut un petit sourire. On entendit un bruit de vaisselle cassée, et une seconde plus tard, elle revint.

— Je n'ai *aucun* tort, dit-elle. Non mais sérieusement, j'étais censée faire quoi, à part m'occuper des gosses pendant que tu jouais au grand avocat ?

— Que je gagnais notre vie, tu veux dire ? Mais puisqu'on en parle, oui, tu aurais pu être un peu plus affectueuse une fois de temps en temps.

— Est-ce que tu en aurais seulement voulu, de ta vieille grosse femme ? Je ne suis pas comme Bailey, moi ! Je ne cours pas dix kilomètres ! Je ne vais pas me faire épiler le pubis à l'institut de beauté ! Désolée, je n'ai plus trente ans ! Et mon vagin s'est un peu distendu à cause de tes deux gosses !

— Qu'est-ce que j'en sais ? On n'a quasiment plus couché ensemble depuis la naissance d'Evan !

Mac aboya, puis se mit à beugler, au diapason de la scène de ménage.

Dans ce genre de situation, j'étais heureuse de ne m'être jamais mariée. Tandis qu'ils se hurlaient dessus, la connexion se coupa, à mon grand soulagement. Elle se rétablit une seconde plus tard et ils se hurlaient toujours dessus.

— Assez ! m'écriai-je. Vous n'avez aucune obligation. Vous pouvez tout à fait divorcer. Rien ne vous en empêche. Vos enfants peuvent très bien grandir dans deux foyers et franchement, dans votre cas, ce serait peut-être mieux pour eux.

En entendant cela, ils se turent.

— Et si vous voulez rester mariés, il va falloir changer les choses. Bailey n'a rien à voir là-dedans, visiblement. Il s'agit de vous deux. Vous êtes ici, vous avez pris le temps de me consulter… ce qui me prouve, au moins en partie, que vous avez le souhait de rester mariés. Nous allons donc fixer un autre rendez-vous cette semaine et nous parlerons des raisons pour lesquelles vous avez décidé de vous marier. Ce que vous aimiez l'un chez l'autre, ce que vous trouviez intéressant et séduisant.

Amy ouvrit la bouche pour parler mais je l'en empêchai.

— Vous êtes mariés depuis seize ans. D'après ce que vous m'avez dit, vous avez été heureux ensemble au moins pendant dix ans. Vous savez vous montrer aimants l'un pour l'autre. Pensez à des choses que vous faisiez pour vous prouver votre amour. De petites choses. Amy, vous m'avez dit que Dirk raclait toujours votre voiture lorsqu'il neigeait. Dirk, vous m'avez raconté qu'Amy choisissait des livres pour vous à la bibliothèque. Il va falloir que nous nous concentrions sur le positif désormais. Sans quoi, vous allez rester dans une spirale d'amertume et de colère.

Nous discutâmes quelques minutes encore, puis je mis fin à la séance. J'étais satisfaite. Qu'ils tiennent compte ou pas de mes conseils dépendait d'eux, mais c'était de bons conseils et je n'avais pas tourné autour du pot.

J'ouvris la porte pour laisser entrer Mac, et m'aperçus alors qu'il était parti, non sans avoir déposé sa crotte. J'allai en soupirant chercher de quoi nettoyer.

Je n'étais pas particulièrement optimiste pour le couple Matterson. Amy était furieuse et Dirk déçu. Mais leur colère était d'autant plus intense qu'ils s'étaient aimés. Peut-être se retrouveraient-ils un jour.

Aurais-je, quant à moi, fait une bonne épouse ? Autrefois, je m'étais imaginée en couple avec Jason. Quand on était encore au lycée, et plus tard, lorsque j'avais attendu Riley et pendant ses premières années. Chaque mois qui passait rendait la chose plus improbable encore. C'était comme être entraînée au large par le Gulf Stream, apercevoir une île magnifique, mais ne jamais parvenir à nager assez pour atteindre le rivage.

En dehors de Jason, je n'avais jamais envisagé d'épouser qui que ce soit. Je m'étais consacrée à mes études et à Riley. J'avais eu trois histoires en seize ans, mais aucune n'avait atteint la phase des présentations avec ma fille. Aucune n'avait dépassé le deuxième rendez-vous, en fait. Et c'était très bien comme ça. Ma vie était bien assez remplie. J'avais Calista, quelques copines du magasin, mes collègues et mes patients. J'aimais faire du vélo, et puis… eh bien… d'autres choses encore, comme regarder des films et lire, bien sûr. J'étais dans un club de lecture. Pas très assidue, certes, mais bon, j'y étais.

Quand Riley irait à la fac, dans un peu plus d'un an, j'aurais trente-sept ans. Parfois, j'avais l'impression d'être seule dans un immense océan glacé, sans aucune île.

10

Geneviève

Je ne vous dirai rien sur la disparition de mon fils parce que, franchement, cela ne vous regarde pas. Et puis, qui aurait envie de connaître le pire cauchemar de quelqu'un ? Je désapprouve ce voyeurisme de l'époque où tout le monde se croit obligé d'écrire ses mémoires après la moindre soirée trop arrosée, son enfance malheureuse ou la trahison de son mari. À quoi bon, réellement ? Les réseaux sociaux sont à l'origine de la moitié de la souffrance dans le monde. Tous ces *partages* ! Pitié !

Cela dit, je vais vous raconter la façon dont l'espoir vous consume. Et tout ce qu'il ronge en vous. Vous vous voyez peut-être comme quelqu'un de fort, quelqu'un qui possède les qualités et les compétences pour faire face à la vie, tenir une maison, fonder une famille, faire durer son couple. Et probablement avez-vous raison… jusqu'à un certain point.

Lorsque la police est venue chez nous pour m'annoncer que notre fils avait « disparu », je n'ai pas perdu mon calme. Ils m'ont conduite à Birch Lake et, quand j'ai vu le regard paniqué de Garrison et le visage baigné de larmes de Clark, je n'ai pas pris peur. Sheppard avait sûrement découvert quelque chose de fascinant. Mon fils avait cette faculté particulière de concentration. Peut-être avait-il trouvé un terrier de renard, et il attendait d'en voir sortir les petits. Rien de bien grave en tout cas. On lui ferait un sermon pour qu'il comprenne le risque qu'il avait pris, sans parler de l'inquiétude qu'il avait causée à ses parents. Et comme le gentil garçon qu'il était, il s'excuserait. Peut-être nous écrirait-il une lettre, à son père et moi. Nous en ririons un jour. « Quel numéro, ce Sheppard ! Est-ce qu'il vous a raconté la fois où il s'est perdu près du lac ? On a eu la peur de notre vie ! »

Même en criant son nom aussi fort que possible, j'imaginais la scène où je raconterais cette histoire à sa jolie fiancée. Nous ne serions que tous les quatre autour d'un dîner aux chandelles, et la jeune femme rirait doucement, en posant sur la main de Sheppard la sienne, à laquelle brillerait le diamant de ma grand-mère. Nous nous serions tout de suite bien entendues, à coup sûr. Elle aurait été la fille que je n'avais jamais eue. Garrison me sourirait et Sheppard dirait : « Oh ! maman, s'il te plaît, pas encore cette histoire ! »

Au bout de quelques heures, la police avait fait venir des chiens et, là encore, j'étais certaine qu'ils le retrouveraient. L'hypothèse du terrier de renard avait fait place à celle de la cheville cassée, dans mon esprit du moins. Mais non, cela ne pouvait pas expliquer son silence, donc je corrigeai et me dis que mon fils avait glissé et s'était tapé la tête contre un rocher, et qu'il s'était évanoui. Il allait bien. Aucun autre scénario n'était acceptable.

Puis arrivèrent les plongeurs. Je me dis alors que c'était logique mais je refusais d'y croire. Et j'avais raison : ils ne le trouvèrent pas, parce que mon fils n'était pas dans ce lac.

Lorsque la nuit tomba, et qu'il n'y avait toujours pas le moindre son d'un petit garçon en train d'appeler ou de pleurer, j'avais toujours bon espoir. Mais à ce moment-là, un trou noir commençait à se creuser dans mon cœur, pareil à de la moisissure.

Je rentrai chez nous à l'aube, afin de m'assurer que Clark allait bien. Et ce fut là, devant la chambre vide de Sheppard, devant son lit encore fait, que je ressentis une vraie peur. Sous l'effet de la panique, mes jambes ne me soutinrent plus, et je pris ma tête entre mes mains pour me protéger de cette angoisse qui menaçait de m'engloutir.

Pourtant, il fallait que je sois forte. Cela allait prendre plus de temps que prévu, mais Sheppard allait revenir. Il ne serait jamais tombé dans le lac sans que son père s'en aperçoive, enfin ! Et il savait nager ! Bien nager même !

Le lendemain, comme ni les chiens, ni les plongeurs n'avaient rien trouvé, on dragua le lac. Et on ne découvrit rien. Dieu merci, on ne découvrit rien. Cela dit, on me fit remarquer qu'il y avait une profonde faille, et qu'il était possible que… « Non, répondis-je calmement. Il n'y est pas. Mais merci quand même. »

On utilisa des expressions atroces : *Gaz post mortem. Différence de flottaison. Face tournée vers le fond.* Je les ignorai. Mon fils *n'était pas* dans ce lac. J'en avais l'intime conviction. Les mères devinent ces choses-là.

Sheppard était quelque part et allait rentrer à la maison. Il s'était certainement perdu. Nous avons ratissé les bois, jour après jour, et je continuais d'espérer. Non, plutôt, je *savais* que mon fils était vivant. Et je serais celle qui parviendrait à le tirer de son profond sommeil. Il aurait eu peur mais serait alors tellement content de nous retrouver. Son père et moi le serrerions dans nos bras et lui dirions que tout ce qui comptait, c'était qu'il soit en sécurité maintenant. Que nous étions là. Que nous l'avions retrouvé. Il aurait faim et il serait sale. Je lui donnerais un bain et lui préparerais moi-même une soupe de pommes de terre, celle qu'il préférait.

Nous avons arpenté ces bois plus d'une douzaine de fois. Il n'y avait rien. Pas une chaussure, pas un bout de tissu, pas une odeur que les chiens auraient détectée. On dragua le lac une nouvelle fois. En vain.

J'imaginai alors que quelqu'un l'avait cru perdu et

emmené quelque part. Il se trouvait dans un poste de police non loin, et par incompétence bureaucratique, on ne nous le rendait pas. Pas impossible que j'aie incendié le chef de la police. Ni que j'aie suggéré que ses hommes n'étaient qu'un ramassis d'imbéciles incompétents qui faisaient mal leur travail. Je crois me souvenir que j'ai même giflé quelqu'un.

La police le considéra comme disparu, puis possiblement enlevé. Garrison et moi allâmes à la télévision montrer des photos de notre fils et supplier la personne qui le retenait de nous le rendre. « Par pitié, dis-je. Nous l'aimons tellement. »

Un détective nous interrogea et posa des questions sur de possibles prédateurs, des personnes en l'occurrence. Avions-nous remarqué quelqu'un qui s'intéressait particulièrement à Sheppard ? Un professeur ? Un prêtre ? « Nous sommes protestants, avais-je rétorqué. Et non ! Bien sûr que non ! »

Cela finit par faire une semaine, puis dix jours, puis douze, dix-neuf, trois semaines. Quatre semaines et demie plus tard, cela continuait toujours, aussi incroyable que ce fût. On inscrivit Sheppard au registre des enfants disparus et j'appelais chaque jour. En vain. Aucune description ne lui correspondait jamais.

Neuf semaines après qu'il fut… parti, on retrouva ce garçon à Boston et je fus prise d'un fol espoir. Tout allait rentrer dans l'ordre. J'allais soigner ses blessures, apaiser ses craintes, nous serions de nouveau réunis et… et…

Ce n'était pas lui. C'était le fils de quelqu'un d'autre, pas le mien, et je me mis à haïr cette autre mère d'être bénie, et de connaître une telle joie. Je la haïssais tant que, si je l'avais vue, j'aurais été capable de la frapper, de lui crier dessus, de la supplier de me donner son fils afin que je fasse comme si c'était le mien. Je détestais Dieu de tout mon cœur.

Nous en vînmes à consulter des voyantes qui ne nous

apprirent rien. « Je vois un arbre », nous dit l'une d'entre elles, et je me retins de la gifler. Une autre déclara : « Il est très près d'une étendue d'eau », mais sans pouvoir dire s'il était vivant ou mort. Une autre nous affirma qu'il ne souffrait pas.

Mais personne ne sut nous dire où il se trouvait.

Garrison se résignait peu à peu. Je l'entendais sangloter dans la salle de bains et voyais son regard vide. La nuit, nous nous serrions très fort. C'était le seul moment où je pouvais faire tomber le masque, trembler de tous mes membres et claquer des dents, tandis qu'il pleurait en silence. Ses cheveux blanchirent d'un coup et il se mit à boire trois cocktails au lieu de deux chaque soir.

Trois mois.

Cinq mois.

Sept.

Un an. Un an entier. Trois passages de plus à la télévision, chacun commençant par : « Aujourd'hui est le jour anniversaire de la disparition mystérieuse de Sheppard London, un beau petit garçon disparu près de Birch Lake à Stoningham. Avec nous sur le plateau, ses parents… »

Il y eut quelques appels après ce premier anniversaire, tous sans résultat.

Le chagrin est un pic à glace qui vous réduit à néant peu à peu. Je ne pensais à rien d'autre qu'à mon petit garçon perdu. Un soir, Clark vint me trouver pour que je lui lise son histoire, serrant dans ses petites mains potelées *Peter Pan*. Je pris le livre et le jetai au feu. Pas d'histoire d'enfants perdus chez moi ! « Va te coucher ! » lui dis-je d'un ton cassant. Plus tard, j'allai m'allonger à côté de lui et lui demandai pardon en silence d'aimer Sheppard plus que lui.

Les jours passaient, aussi incroyable que cela pût paraître. Comment les saisons pouvaient-elles continuer à se succéder, alors que notre petit garçon était là-bas, quelque part ? S'il était mort, est-ce que je ne le *sentirais* pas ? Ne reviendrait-il pas vers moi dans mes rêves, mon ange, mon bébé ? Je l'avais aimé de tout mon être. Ne ferait-il pas au moins ça pour moi ?

Et puis Garrison était mort et la dernière parcelle de mon cœur meurtri était morte avec lui. Ou plutôt, s'était pétrifiée. J'avais toujours un cœur, mais il ne me servait plus à rien. Je fis de mon mieux pour Clark, mais mes efforts furent dérisoires. Dieu merci, j'engageai Donelle qui, elle, sut l'aimer.

Chaque jour, mon esprit était rempli du si beau visage de mon petit Sheppard. Mes bras m'étaient devenus inutiles puisqu'ils ne pouvaient plus le serrer. Je n'étais jamais en paix. Je l'imaginais vivant dans une autre famille, des étrangers qui ne parlaient pas anglais. Ils l'avaient trouvé et, comme il avait fait une chute, il ne se rappelait plus rien. Ces gens-là voulaient désespérément un enfant et l'avaient donc enlevé. Il avait eu peur au début mais il était bien traité. Ils l'avaient emmené dans leur pays – j'imaginais le Portugal – et il avait appris leur langue. Ensuite, ils avaient eu des enfants, et j'imaginais mon Sheppard en train de jouer avec ses frères et sœurs aux cheveux noirs, tout comme il avait joué avec Clark. Le souvenir de sa première vie s'effacerait peu à peu, mais une partie secrète de lui resterait toujours avec moi.

Je pourrais accepter tout ça, avais-je dit à Dieu, si seulement il m'était donné de le voir une fois encore. Même si ce n'était que sa dépouille, il fallait que je sache. Il me serait impossible de vivre toute ma vie sans le voir une dernière fois. Les années passant, je fis ce pacte avec Dieu : je parviendrais à vivre sans mon fils à condition qu'Il me dise. Soit je serais enfin face à ses beaux yeux bleus et pourrais dire à mon fils devenu un homme combien je l'avais aimé et que je n'avais jamais, jamais arrêté de penser à lui, soit j'enterrerais ce qu'il en resterait à côté de son père.

Je dépensai des dizaines de milliers de dollars auprès de détectives privés spécialisés dans les disparitions d'enfants. Je me fis envoyer de l'autre bout du monde des chiens supposés capables de déceler la moindre trace de cadavre. Quatre fois par an, j'arpentais ces bois autour de Birch Lake. Si mon fils avait fini dans un trou, je voulais le savoir. Je finirais par le savoir.

Le cœur vide et le regard affûté, je lançai ma société, le seul endroit où je parvenais à me concentrer sur autre chose que Sheppard, où la nostalgie lâchait prise et où je parvenais à échapper au chagrin, à l'angoisse et à la solitude. Clark grandit. Donelle devint indispensable. Mes employés de Geneviève London Design me révéraient et me craignaient. Je continuais à faire appel à des détectives privés et me prêtais au jeu avec les journalistes qui cherchaient un bon sujet, d'autant plus racoleur compte tenu de ma réussite comme chef d'entreprise et de mon influence dans le milieu de la mode.

Le temps passa. Des années. Des décennies. Lorsque l'on se mit à utiliser l'ADN pour identifier les corps, je donnai au FBI un cheveu pris sur la brosse de Sheppard. Ils ne trouvèrent aucune correspondance dans leur fichier. Aucune. J'engageai des peintres pour faire réaliser un portrait de lui à quinze, vingt, trente, quarante ans.

Lorsque Clark, toujours aussi bon à rien et légèrement idiot, m'amena sa fille, j'acceptai de l'élever. C'était mon devoir, bien entendu. Je n'allais pas négliger ma petite-fille ni la laisser à l'autre côté de sa famille, celle dont était issue April, une jeune femme si désespérée et angoissée qu'elle avait abandonné son enfant. Comment avait-elle pu faire une chose pareille ? Est-ce que je m'étais suicidée, moi qui avais perdu un enfant ? Les gens croyaient-ils que je n'y avais jamais pensé ?

J'étais toujours là : une mère qui s'obstinait à fouiller la forêt chaque année, des décennies après que son fils eut disparu, alors que la femme de Clark avait abandonné une enfant en pleine santé. Oh ! je savais bien ce qu'on disait sur la dépression clinique et jusqu'où elle allait… mais est-ce qu'elle n'aurait pas pu rester, pour cette petite ? Non. Elle avait laissé sa fille seule avec Clark, mon fils trop gâté et totalement incapable.

Lorsque je vis Emma dans l'entrée, les cheveux sales, son manteau trop petit pour elle, quelque chose s'émut pendant quelques secondes dans mon cœur de pierre.

Mais je me rendis alors compte qu'elle avait un an de plus que Sheppard lorsque je l'avais vu pour la dernière fois, et mon cœur se pétrifia de nouveau.

En disparaissant, il avait emporté tout ce qu'il y avait de bon en moi.

Je subvins aux besoins d'Emma. Je lui fis couper les cheveux et lui achetai des habits corrects. Elle aimait la vie à Sheerwater et travaillait assez bien à l'école. Elle n'était pas vilaine, malgré sa timidité et sa nature craintive. Elle répondait lorsqu'on s'adressait à elle mais était réservée.

Pour tout dire, elle me déçut. Au bout d'un an, on aurait pensé qu'elle aurait cessé de s'apitoyer sur son sort, mais non, elle semblait se voir comme une malheureuse orpheline et non comme l'héritière de Sheerwater et de la dynastie London. Elle ne saisissait pas sa chance, ce qui me rendait folle et me fatiguait.

Cependant, c'était ma petite-fille. Lorsqu'elle eut treize ans, je pris le temps de lui expliquer la sexualité, les hormones, les règles. Je lui parlai de contraception tout en lui indiquant que j'espérais qu'elle resterait vierge au moins jusqu'à la fin du lycée, voire plus. Je lui dis que, au premier signe de dépression, elle devait me prévenir et que nous irions chez les meilleurs médecins et psychologues, afin de réagir tout de suite. Je lui parlai réputation, éducation, mariage.

Je voulus l'envoyer à Foxcroft Academy, mais elle

refusait de quitter Sheerwater car elle s'y sentait bien, chez elle. Elle me supplia de ne pas l'envoyer ailleurs.

Je cédai. Ce fut l'une de mes rares erreurs de jugement.

Elle n'était ni une élève brillante, ni une reine du bal comme je l'avais espéré, mais elle s'en sortait bien. Grâce aux dons de ma famille et de celle de Garrison, elle aurait pu aller dans n'importe quelle université. Je l'aurais envoyée à Harvard, où était allé mon père, ou bien à Columbia, où Garrison avait fait ses études. Elle aurait pu rejoindre Bryn Mawr ou Smith ou encore Stanford et y faire un MBA, ou bien vivre à Paris ou Copenhague pendant un an ou deux, avant de venir travailler avec moi, devenir directrice de la création puis, lorsque j'aurais jugé bon de prendre ma retraite, directrice générale.

Elle ne s'était jamais opposée à tout cela. Elle avait le pedigree qu'il fallait et était sur la voie de la réussite. Je tolérai sa relation avec Jason. Au moins elle avait choisi un garçon d'intelligence moyenne dont elle se désintéresserait une fois le lycée terminé. Elle avait finalement opté pour Smith et j'approuvai.

Et voilà que cette idiote s'était retrouvée enceinte une semaine avant la fin de l'année et avait insisté pour garder le bébé. J'étais furieuse, je lui dis que c'était une folie. Jeune mère célibataire ? Alors qu'elle avait toutes les opportunités du monde à portée de main ? Comment allait-elle subvenir aux besoins de cet enfant ? Elle avait le choix, elle pouvait avorter. Ce n'était pas facile mais mieux que de ficher sa vie en l'air. Ou même le donner à l'adoption. Je l'enverrais en Suisse ou à Londres le temps de la grossesse, et elle pouvait repousser d'un an son entrée à la fac.

Non. Pour la première fois de sa vie, elle me tint tête et déclara qu'elle gardait le bébé. C'était non négociable.

Alors je la mis à la porte. J'avoue, oui. Après tout, je n'avais jamais réclamé Emma. Je n'avais jamais demandé à recueillir la progéniture d'une femme malade et tourmentée et de mon incapable de fils. Pourtant je l'avais fait, je lui avais offert tout ce qu'il y avait de mieux, et elle crachait dessus. Elle voulait garder ce bébé ? Très bien ! Si elle voulait jouer à l'adulte, elle devrait s'en donner les moyens. Sans moi, merci beaucoup.

Je serais bien plus tranquille sans elle.

Sauf qu'en fait, non. Emma partie et cette parenthèse de dix ans refermée, Sheppard redevint mon obsession.

Je me remis à souffrir affreusement de l'absence de mon fils. Toutefois, je ne craquai pas. Je ne sombrai pas dans l'alcool, même si ce fut tentant, ni dans les somnifères ou les antidépresseurs. Je n'eus jamais besoin d'être hospitalisée, parce que j'étais une femme forte. Au lieu de cela, j'attendis qu'Emma revienne, me demande pardon et admette qu'elle avait eu tort, et puis j'attendais que quelque chose, n'importe quoi, se produise dans l'histoire de Sheppard. J'attendais que Dieu m'accorde ce qu'il me devait : me laisser une dernière fois voir mon fils.

À la place, je me retrouvais aujourd'hui avec une sentence de mort. Comme si Dieu m'avait abandonnée, comme tous les autres.

Je sais que ce n'était pas très juste de demander à Emma de revenir ici. Elle n'avait pas tort en me disant que je ne méritais pas de connaître sa fille. Si bien que je me suis servie de ce qu'il me restait quand je n'avais plus d'amour à offrir : l'argent. Et je sais bien que ce n'était pas très juste non plus mais, au moment où les problèmes surgiront, je serai morte et au moins je ne serai pas morte toute seule.

11

Emma

— Papa !

Riley bondit hors dc la voiture et monta les marches en courant vers Jason, qui ouvrit les bras et l'embrassa en riant.

De mon côté, je pris mon temps. Nous déjeunions au restaurant afin que Riley fasse la connaissance de ses frères en personne. Jamilah sortait elle aussi de sa voiture et je me sentis soudain mal à l'aise. Après tout, j'étais l'ado débile qui avait oublié de prendre sa pilule. Oui. On utilisait aussi des préservatifs… sauf cette fois-là. Il avait suffi d'une fête juste avant la fin du lycée et je m'étais retrouvée en cloque. Quelque chose me disait que Jamilah n'aurait jamais fait une bêtise pareille.

Elle était très jolie, je le savais d'après les photos et les fois où je l'avais aperçue sur Skype. Depuis la dernière carte de Noël, elle s'était rasée et ça lui donnait beaucoup d'allure. Elle était brillante, un génie de la technologie qui avait terminé dans les 10 % des meilleurs étudiants au MIT.

Les garçons furent présentés à Riley, à qui ils serrèrent gentiment la main, avant de l'embrasser, ce qui la fit rire. Une scène émouvante et merveilleuse.

— Bonjour, Emma, me dit Jamilah.

Je tentai, sans y parvenir, de répondre sur le même ton.

— Salut, fis-je, en chassant de mon visage les cheveux que le vent dispersait.

J'aurais dû penser à les attacher. Et puis j'avais mis un jean et un pull alors qu'elle portait un truc blanc, long et fluide.

— Je suis heureuse de faire enfin ta connaissance, me dit-elle en me serrant la main.

— Moi aussi. Tes garçons sont magnifiques.

— Maman ! Je te présente Owen et Duncan, mes frères !

Riley les tenait tous les deux par la main. C'était adorable.

— Bonjour, les garçons ! Je suis la maman de Riley. Vous vous souvenez qu'on s'est parlé sur Skype la semaine dernière ? Je suis contente de vous voir en vrai. Alors, comment trouvez-vous votre sœur ?

— Super ! s'exclama Owen.

Duncan balançait sa main dans celle de ma fille, qui affichait un sourire radieux.

— Salut, toi, me dit Jason en me serrant dans ses bras.

Il sentait bon et c'était agréable de me sentir contre lui. Il était toujours aussi mince et beau. Vous avais-je déjà parlé de son physique ?

— Ça me fait plaisir de te voir, répondis-je en reculant.

Ne formions-nous pas un tableau moderne ? Jason et sa femme, malgré leur séparation, leurs fils, ma fille, moi…

— Tu déjeunes avec nous ? demandai-je à Jamilah.

— Non malheureusement, j'ai du travail.

Elle était consultante chez Google mais, d'après Jason, ne travaillait que quelques heures par mois, depuis la maison. Ses parents avaient une résidence d'été à Stoningham, et c'est comme ça qu'ils s'étaient rencontrés. L'été des six ans de Riley.

Je me demandais bien pourquoi ils se séparaient.

— Bon, les garçons, dit Jason, et si on entrait maintenant ? Votre sœur a faim, et Emma aussi.

— Oui ! Moi, j'adore les cheeseburgers. Tu aimes les cheeseburgers, toi ? demanda Duncan.

— Bien sûr ! Comme tout le monde, non ?

Riley se tourna vers Jamilah.

— C'est super de t'avoir rencontrée enfin, lui dit-elle.

— Je suis très contente moi aussi, ma belle, lui répondit cette dernière en la serrant dans ses bras, à mon grand étonnement. Ne te laisse pas faire par ces deux moulins à paroles, hein ! À bientôt !

Elle fit un signe de tête à Jason, me sourit et se glissa dans son monospace Audi.

Nous étions au Dockside, un restaurant où la vue était ce qu'il y avait de mieux. L'endroit n'avait pas beaucoup changé : sans prétention, avec les inévitables homards et étoiles de mer en plastique sur les murs. Les garçons bombardaient Riley de questions : Pourquoi avait-elle la peau si blanche ? Et les cheveux si roux ? Est-ce qu'elle faisait du skate ? Est-ce qu'elle aimait les jeux vidéo ? Voulait-elle les emmener se baigner ? Riley buvait du petit-lait.

— Qu'est-ce que c'est cool de les voir tous ensemble ! commenta Jason. Dire que c'est la première fois ! On aurait dû faire ça depuis longtemps. C'est ma faute.

Il soupira puis me regarda en souriant.

— Tu as l'air en forme, Em. Tu m'as manqué.

— Merci. Toi aussi.

— On peut avoir une table juste pour nous, papa ? demanda Duncan. S'il te plaît ! On sera sages.

— Mais j'aimerais bien profiter de ma fille !

— Tu la verras après, dit Owen. Nous, on la veut maintenant.

— Ils me veulent maintenant, répéta Riley, ravie.

Jason et moi éclatâmes de rire.

— Voilà ce que je propose, répondit-il. Vous vous commandez des milk-shakes de votre côté et, quand ce sera le moment de déjeuner, on s'installe tous ensemble, OK ?

— D'accord ! s'exclamèrent les garçons en entraînant Riley vers une table à côté de la fenêtre, sans cesser de jacasser.

— Qu'est-ce qu'ils sont mignons, dis-je.

— Oui, ils sont super. Tiens, asseyons-nous au bar, comme ça on garde un œil sur eux. Tu veux un verre de vin ?

— Non merci, répondis-je.

Je ne buvais pas si tôt dans la journée.

— Je vais prendre une Lonesome Boatman, dit Jason à la serveuse après avoir parcouru la carte des yeux. Merci, Jen. Tiens, Jen, je te présente Emma London, la… euh, la mère de ma fille. Emma, voici Jen, la meilleure serveuse du monde.

— On était au lycée ensemble, imbécile ! répondit-elle en agitant son torchon sous son nez. Comment ça va, Emma ?

— Super ! Contente de te revoir.

Jen Pottsman, deuxième de notre promo, était devenue serveuse. Si mes souvenirs étaient bons, elle avait fait ses études à Amherst.

— Comment vas-tu ?

— Pas mal. Ta fille est belle comme tout !

— Merci, fîmes Jason et moi de concert, avant d'éclater de rire.

Il allait falloir m'habituer à partager les compliments concernant Riley, au moins le temps de cet été.

— Je te sers quelque chose ?

— Une eau pétillante, s'il te plaît.

— Ça marche.

Elle s'éloigna et je jetai un œil à Riley en train de commander les milk-shakes. On aurait dit qu'ils avaient grandi ensemble, tant elle était à l'aise et joyeuse avec les deux garçons. Elle leur faisait découvrir comment coller leurs cuillères avec leur souffle, un petit tour que je lui avais appris et qu'on faisait à chaque fois qu'on sortait toutes les deux, c'est-à-dire pas si souvent.

— Une eau pétillante et une Lonesome Boatman, dit Jen en nous apportant nos boissons. Vous voulez manger quelque chose ?

— On va déjeuner avec les enfants, répondit Jason. Merci, Jen.

— Parfait. Bon, j'imagine que vous avez plein de choses à vous raconter, alors je vous laisse. Contente de t'avoir revue, Emma.

— Oui, moi aussi.

Elle s'éloigna et Jason se décala pour me voir mieux.

— Tu n'as pas du tout vieilli, me dit-il.

— Depuis décembre ?

C'était la dernière fois qu'il était venu à Chicago.

— Non, je veux dire, tu as toujours l'air d'avoir dix-huit ans.

— Je t'en prie, je n'ai pas envie d'être éternellement vue comme une gamine sans cervelle.

— Bah, ça nous aura valu d'avoir une super fille ensemble.

— Certes, admis-je en le regardant boire sa bière. Alors comme ça, tu bois une Lonesome Boatman ?

— Disons que « Marin Solitaire », ça résume ma vie ces temps derniers, répondit-il avec un clin d'œil.

— Sauf que tu n'es pas marin.

— Ils ne servent pas de Charpentier Solitaire, rétorqua-t-il en souriant de nouveau. Enfin, bon, il faut que je te dise : je ne pense pas qu'on va se remettre ensemble, avec Jamilah.

— Désolée pour toi.

— Elle a changé.

Tiens donc ! La complainte du mari victime.

— Je suis psychothérapeute, si tu veux qu'on en parle. Je te fais le tarif famille…

— Non, non, ça ira. On a déjà essayé la thérapie de couple et tout ça. Bref. Les garçons ne sont pas encore au courant.

— Où habites-tu ?

— Chez mes parents, fit-il avec une grimace. Ce n'est pas donné, tu sais. La pension alimentaire pour toi…

— Enfin, pour Riley.

Mes doigts se crispèrent autour de mon verre. Chaque centime de ce qu'il me versait allait directement à Riley. Je n'en avais jamais dépensé le moindre pour moi, sauf pour la nourriture.

— Oui, oui, pardon. Bien sûr, pour Riley. Mais on a l'emprunt pour la maison et les garçons sont dans une école privée, etc. Si Jamilah travaillait quelques heures de plus par mois, elle gagnerait plus que moi, mais bon… Bref, je ne vais pas t'embêter avec ça, mais le fait est que je n'ai pas les moyens de me loger. Et toi ? Tu es chez Geneviève ?

— On dirait bien, oui. Riley adore la maison.

— Et comment va-t-elle, la vieille bique ?

— Elle va bien. Plus snob que jamais.

— Elle fait toujours mine de ne pas me reconnaître quand je la croise en ville, dit-il en prenant une gorgée de bière.

Il était beau, c'était indiscutable : de grands yeux bleu foncé, des cils épais et un large sourire. Sa barbe de trois jours lui donnait un air sauvage, et il avait les cheveux noirs et bouclés. Riley avait hérité de ces boucles indomptables, même si, pour la couleur, elle tenait de ma mère, rousse elle aussi. Ses yeux étaient d'un bleu azur incroyable, et même si je connaissais un peu la génétique, je n'avais jamais compris de qui elle les tenait.

J'imaginais souvent combien ma mère aurait adoré Riley. Elle qui aimait construire des châteaux de neige, cuisinait les meilleurs cookies du monde, et qui me faisait rire dans mon lit le soir.

Oh ! maman, pourquoi es-tu partie ?

L'éternelle question. À force de la répéter, je l'avais usée. Mais je ne m'autorisais plus à la poser que rarement depuis que j'étais devenue adulte. Pourtant, cette réunion familiale improbable – Geneviève, Donelle, Jason et sa famille – m'y refaisait penser. Et même si je connaissais les réponses médicales, la petite fille de huit ans en moi cherchait toujours à comprendre.

Elle me manquait encore. Elle me manquerait toujours.

— Alors comme ça, Geneviève est malade ? demanda Jason, me rappelant à l'instant présent. Je me suis toujours dit qu'elle était trop méchante pour mourir.

— Moi aussi. Mais visiblement pas.

— Tu vas hériter de tout ?

Sa question me surprit. Mais après tout nous avions eu une fille ensemble et, d'un certain côté, il était concerné par ma situation financière.

— Non, elle a été très claire là-dessus.

— Dommage. Comment ça va se passer pour les études de Riley ?

— Justement, à ce propos, on va avoir besoin de ton aide, Jason.

— Bien sûr, dit-il avec une grimace. Je ferai ce que je pourrai.

— Et tes parents ? Ils ont mis de côté pour elle ?

— À ton avis ?

— Vu ton air, je conclus que c'est non.

En deux mots, ses parents étaient des cons. Autrefois, j'avais adoré Courtney et Robert Finlay, et je les avais imaginés en beaux-parents. Mes deux dernières années au lycée, je passais plus de temps chez eux qu'à Sheerwater. Après avoir enduré le glacial dîner de Thanksgiving chez nous, je passais me réchauffer le cœur chez eux, avec les oncles, les tantes, les cousins et, bien sûr, Jason.

Tant que j'étais l'héritière de Sheerwater et de la fortune London, Courtney m'adorait. Elle ne tarissait pas de compliments, disant combien j'avais une bonne influence sur Jason et comme nous étions mignons tous les deux, combien j'étais intelligente, jolie, gentille. Et elle était folle de Geneviève. « J'adore les sacs de ta grand-mère ! » s'extasiait-elle. Elle en avait six ou sept et paradait avec en ville, spécialement en présence de Geneviève. « Je n'ai pas pu résister à cette couleur ! » s'exclamait-elle lorsqu'elles se rencontraient. « Je suis tellement contente de vous voir, Geneviève ! Nous devrions organiser quelque chose avec nos enfants pour que nos familles se connaissent ! » Ce à quoi Geneviève répondait à mi-voix : « Je ne pense pas que ce soit nécessaire. Il est assez rare que ces béguins de lycée durent. »

Cela n'avait pas l'effet glaçant escompté. Courtney se portait volontaire dans toutes les associations dont faisait partie ma grand-mère – la Société des amis du patrimoine, le Club des jardins, le comité pour les bourses scolaires – et ne manquait pas une occasion de lui sauter au cou, en faisant des allusions à notre mariage (ce qui, à l'époque, ne me dérangeait pas). Elle voulait pénétrer ce monde dont Geneviève gardait jalousement la clé.

Étant donné la beauté naturelle du site et ses maisons, Stoningham attirait des gens célèbres l'été. Dieu merci, nous n'étions pas dans les Hamptons, mais il nous arrivait chaque année d'avoir des visiteurs. Geneviève était connue grâce à sa société et à ses engagements bénévoles. Une année, Meryl Streep vint dîner à Sheerwater, car elle et ma grand-mère faisaient partie du bureau d'une association quelconque, et Courtney me supplia de la faire inviter, en vain. Du coup, elle me demanda si elle pouvait voir ne serait-ce que cinq minutes l'actrice pour lui dire combien elle adorait chacun de ses films.

Je fis tout mon possible. J'aimais Courtney car elle me donnait un aperçu de ce que ce serait d'avoir une mère.

— Gigi, suppliai-je. Elle adore Meryl Streep. Elle serait tellement heureuse de la rencontrer !

Assise derrière son gigantesque bureau, Geneviève me regarda d'un air plein de pitié.

— Tu te rends compte que cette femme essaie de se servir de toi pour m'atteindre, me dit-elle avec cette suffisance, ce narcissisme et cette méchanceté qui lui étaient propres. C'est une ambitieuse de la pire espèce.

— Pas du tout ! Elle est très gentille. Donne-lui une chance.

Geneviève prit un air dubitatif et n'ajouta rien de plus.

Il s'avéra qu'elle avait raison à cent pour cent. À la minute où je fus mise à la porte de Sheerwater, Courtney me renvoya comme la traînée irresponsable qui essayait de mettre le grappin sur son fils, de lui prendre son argent et de gâcher son avenir. La contribution active de sa progéniture à ce qui m'arrivait lui valut un simple : « Bah, on sait bien comment sont les garçons ! »

Robert, qui n'était rien d'autre qu'un faible, s'aligna. Jason « ferait son devoir », mais je n'avais rien de mieux à espérer d'eux. Nous l'avions déçu. À la naissance de Riley, ils ne se manifestèrent pas, n'envoyèrent pas de cadeau et firent comme si notre magnifique bébé n'existait pas.

— À ce propos, dis-je en buvant une gorgée d'eau, je ne suis pas très fan de l'idée que Riley voie tes parents.

— J'espérais qu'ils pourraient en profiter pour faire sa connaissance, répondit-il, contrarié.

— C'est hors de question, Jason. Ils ont eu seize ans pour ça.

Je me fermai comme une huître. Qu'ils aillent se faire voir ! Ils ne la méritaient pas. En termes d'aïeuls, Riley n'était pas gâtée : Clark, ma mère, ces crétins de Finlay… mais au moins elle avait Pop.

Jason hocha la tête.

— C'est vrai. Désolé. Ils sont super avec les garçons, du coup… oui, enfin, je comprends ce que tu veux dire. Tant pis.

Il termina sa bière.

— Bon, je suis content que tu sois là. Que vous soyez là. Ça va être un super été. Si on allait s'asseoir avec les enfants, maintenant ?

— Allons-y.

Je descendis de mon tabouret et il me serra dans ses bras.

— Tu m'as vraiment, vraiment manqué, me dit-il.

Je lui tapotai le dos et me retirai rapidement.

J'avais aimé Jason Finlay de tout mon cœur. Et lorsque l'on n'a connu qu'une seule histoire d'amour, elle laisse des traces.

12

Emma

Autrefois, Rose Hill était une petite faculté pour filles. Il y a quarante ans, c'est devenu un établissement pour enfants nécessitant des soins que leur famille, pour de multiples raisons, n'était pas en mesure de leur prodiguer. La plupart des pensionnaires présentaient des handicaps mentaux lourds et nombreux étaient ceux qui étaient aussi physiquement affectés.

C'était un établissement privé, dont le personnel était constitué de médecins, d'infirmières, de psychomotriciens et d'orthophonistes, le tout dans un environnement parfaitement conçu : une cour de récréation accessible, quatre golden retrievers dressés spécialement et une petite écurie pour la thérapie équine. Tout cela devait coûter un prix fou et, sans Geneviève, je me demandais où ma sœur serait. Chez moi, sans doute. Geneviève n'avait plus l'âge de s'occuper d'un enfant à problèmes et quant à mon père… non.

Beth, mon amie du lycée, m'attendait sur le parking. Toutes ces années, nous nous étions retrouvées ici pour passer un moment ensemble avec Hope. Et elle était tellement altruiste qu'elle venait parfois toute seule juste pour dire bonjour à Hope.

— Coucou ! me dit-elle en m'embrassant. J'adore ta coiffure !

— Et moi, la tienne.

C'était notre petite blague habituelle. Beth avait des cheveux de rêve – longs, châtains et naturellement bouclés –, et comme toutes les femmes elle ne les aimait pas. Les miens étaient quelconques, raides et blond foncé, et nous avions toujours voulu les échanger.

— Comment va Hope ? me demanda-t-elle.

— De ce que j'en sais, elle va très bien.

Nous marchâmes sur le long chemin tortueux qui menait au bâtiment principal.

— Tu crois qu'il y a des médecins célibataires ici ? me demanda Beth.

— Je n'en sais rien. Tu cherches ?

Elle avait enchaîné les mauvaises expériences avec les hommes.

— Plutôt, oui. Je veux juste un bébé. Tu ne veux pas me donner Riley ? Tout le boulot est fait et elle est super.

— Ça marche. Tope-là !

— Non mais sérieux, je veux un bébé. J'ai trente-cinq ans. Pourquoi je n'ai pas fait comme toi ? J'aurais dû me faire mettre en cloque au lycée, et aujourd'hui je serais une jeune maman cool.

— C'est ça, jeune mère célibataire, c'est le bon plan. On a tout compris, nous.

— Allez, allez, me dit-elle en me bousculant un peu. Fais quand même gaffe, je pourrais demander à Jason de m'aider. Il a largement fait ses preuves !

— Oui, j'ai fait la connaissance de ses garçons aujourd'hui.

— Ah, c'est bien. Et du coup, raconte, ça s'est bien passé ?

— Oui, oui. Jamilah est… sympa.

— Elle est incroyable. Tu as vu sa tête rasée ? Je te parie qu'une bonne douzaine de filles vont arriver comme ça au yoga la prochaine fois.

Elle me regarda, l'air inquiet.

— Tu la détestes ?

— Non, c'est juste que…

Je m'arrêtai pour admirer un massif de pétunias violets. Il y avait aussi une équipe de jardiniers à Rose Hill.

— C'est juste que c'est la femme dont Jason est tombé amoureux après moi.

— Et tu aurais voulu être la seule ?

— Tout ça, c'est du passé. C'est un bon père et il paie toujours la pension rubis sur l'ongle.

— Un vrai prince. Bref, pour en revenir à moi, garde l'œil ouvert, on cherche mon futur mari.

— Ton troisième, ne pus-je m'empêcher de préciser.

— Et le dernier. Tout ce que je veux, c'est un bébé. D'un gars riche. Crois-le si tu veux mais, fleuriste et serveuse à mi-temps, ce n'est pas la voie de la fortune.

Nous entrâmes dans le bâtiment principal, où les enfants jouaient et faisaient des exercices divers.

— Contente de te voir, Emma ! me dit Caridad, une des infirmières en s'approchant pour m'embrasser.

— Moi aussi. Tu te souviens de mon amie Beth ?

Elles échangèrent un sourire.

— Vous allez me voir souvent cet été, ajoutai-je. Ma fille et moi sommes en séjour chez Geneviève.

— C'est vrai ? Merveilleux ! Rien ne vaut la famille.

Beth eut un petit rire et j'acquiesçai sans conviction.

— Comment va ton adorable fille ? Riley, c'est ça ?

— C'est ça, oui. Elle va très bien. Elle est avec son père en ce moment, mais elle viendra dans la semaine. Où est Hope ?

— Au bout du couloir. En pleine séance de motricité. Elle va être tellement heureuse de te voir !

— Je vais vous laisser toutes les deux et faire un tour, dit Beth.

— Bonne chance, lui répondis-je d'un air entendu.

Je suivis Caridad. On entendait des bruits de travaux.

— Vous agrandissez ?

— C'est ta merveilleuse grand-mère qu'il faut remercier. On est en train de construire une nouvelle aile.

— Waouh, c'est génial !

Peut-être que Geneviève aurait pu nous raconter ça au dîner au lieu de cracher son venin au-dessus de la porcelaine de Limoges.

— Et là, c'est la nouvelle piscine d'eau de mer couverte.

— Elle est magnifique.

— Oui, et les enfants détestent l'ancienne. Trop froide. Je les comprends. Et puis ce chlore ! On met des jours à se débarrasser de l'odeur. (Elle ouvrit une porte.) Mademoiselle Hope, regardez un peu qui est là !

Ma sœur était avec une aide, en train d'essayer de faire entrer des pièces de différentes formes dans les trous correspondants, le triangle dans le triangle, le rond dans le rond, et elle ne leva pas les yeux.

— Hope, tu as une visite, lui dit son assistante.

C'était une nouvelle qui ne me connaissait pas. Je m'approchai et m'agenouillai devant Hope.

— Coucou, ma puce, lui dis-je.

Son visage s'illumina et elle se pencha vers moi.

— Tu m'as manqué, continuai-je, les larmes aux yeux et ravie. Bonjour, je suis Emma, sa sœur, ajoutai-je en serrant la main de la nouvelle aide sans lâcher Hope.

— Ravie de faire votre connaissance. Moi, c'est Dakota. Je vous laisse toutes les deux, dit-elle en se levant.

— À tout à l'heure, Emma, ajouta Caridad.

Puis elles sortirent ensemble.

Hope souriait et chantonnait de joie.

— Alors, comment va ma chérie ? Tu vas bien ? On dirait que oui. Tu es adorable, tu sais, lui dis-je en posant un baiser dans ses cheveux et en la serrant contre moi.

Hope n'avait pas tiré le bon numéro à sa naissance. Elle ne parlait pas et, même si elle comprenait les consignes très simples, elle ne serait jamais autonome, quel que soit l'âge qu'elle atteindrait.

Elle leva les yeux vers moi en souriant. Elle avait quinze ans, mais on lui en donnait beaucoup moins.

— C'est qui, la chérie à sa grande sœur ? Devine ! C'est toi ! Je t'aime, ma puce.

Elle avait de beaux yeux bleu-vert, pareils à des vitraux. Comme elle aimait la routine et que nous avions la nôtre, je lui pris les mains et commençai à chanter « Le petit canard en caoutchouc », de *1, rue Sésame*. Son visage rayonna. C'était notre chanson.

Beth réapparut au bout d'une heure pour m'informer qu'elle n'avait repéré qu'un individu mâle et qu'il ne répondait pas aux critères pour être le père de son bébé. Elle resta un moment à jouer à la balle avec Hope et moi, puis partit après avoir embrassé ma sœur sur la joue et m'avoir donné une petite tape sur la tête.

Je restai jusqu'au moment où Hope rejoignit ses camarades pour dîner.

Ce serait vraiment la meilleure chose de cet été : je pouvais la voir autant que je voulais. J'allais réclamer la tutelle à Geneviève. Financièrement, elle était à l'abri, et même si ma grand-mère avait fait le nécessaire par pur sens du devoir familial, je devais admettre que je lui en étais reconnaissante.

Je pris le temps de visiter la nouvelle aile. Nom d'un chien, ça promettait d'être superbe, à en juger par les planches de l'architecte affichées sur la porte. Davantage d'espace de vie, avec en plus la piscine à l'eau de mer chauffée afin d'augmenter les bénéfices de la thalassothérapie. Elle serait ouverte au public, moyennant un ticket d'entrée. Si elle était terminée cet été, nous pourrions y venir, Riley et moi, barboter avec Hope.

Sous le logo de l'architecte figurait un autre logo.

La construction était réalisée par Finlay Bâtiments. Jason ne me l'avait pas dit, alors qu'il savait évidemment que ma sœur résidait ici.

Bon, sans doute n'y avait-il pas pensé. Mais c'était un sacré chantier. Sa boîte devait bien marcher.

J'eus la désagréable impression qu'il me cachait quelque chose.

13

Geneviève

Une semaine après leur arrivée et à mon grand étonnement, je m'aperçus que j'aimais bien Riley. Je ne m'attendais pas non plus à la détester, mais je n'avais pas prévu qu'elle soit aussi… pleine de vie. Ni intelligente. Et je n'avais certes pas prévu de prendre autant de plaisir à parler avec elle, après l'adolescence éprouvante de sa mère. Honnêtement, à cet âge, Emma n'était jamais contente, et j'ai du mal avec les gens qui se complaisent dans leur malheur.

Aujourd'hui encore, malgré mon état de santé précaire, le ressentiment d'Emma était palpable, comme un nuage gris. En dehors du moment du dîner, je la voyais à peine. Deux fois elle s'était inquiétée de ma maladie mais je n'avais pas donné de détails. Sinon, elle emmenait sa fille en ville ou bien se baigner à la piscine ou l'océan. Parfois, je les entendais le matin, car elles avaient visiblement l'habitude de se retrouver dans le lit de l'une ou de l'autre, ce qui me rendait malade de jalousie.

Sheppard venait lui aussi dans mon lit lorsque Garrison était en voyage. Quand il était petit, il avait peur de savoir son père loin, alors je le câlinais et le rassurais. Je me souviens de son visage qui s'illuminait lorsque Garrison téléphonait, et comment il coinçait l'énorme combiné contre sa petite joue pour discuter avec son papa.

Clark descendait également de temps en temps dans

notre chambre mais, après le départ de Sheppard, je dois dire que je ne le supportais pas et laissais à Garrison le soin de le réconforter.

Cette expression… c'était quoi déjà ? Oh ! quelle plaie, ces trous de mémoire ! Comment disait-on ? Cette chose que font les gens lorsque le manque est trop immense, si cruel et si vif qu'on a l'impression d'un arrachement. Un arrachement, c'était ça. M'arracher les cheveux, voilà ce que j'avais envie de faire lorsque Clark arrivait, avec de grosses larmes sur les joues et la lèvre tremblante. Je sortais de notre chambre et partais m'enfermer dans le dressing. Je repoussais les vêtements, m'écroulais au sol et attrapais mes cheveux par poignées entières, puis les tirais jusqu'à ce que ça brûle, en réprimant le hurlement qui montait en moi.

À quoi bon ressasser ? Il ne fallait pas. Ce n'était pas parce que j'étais une vieille femme malade que je devais me comporter comme telle, à me perdre dans les brumes du passé et à assommer les gens avec un chagrin si profond et intime qu'il était indicible. Si seulement tout le monde était comme moi ! Trop de gens prenaient un malin plaisir à étaler leurs malheurs aux yeux de tous. Miller, ce cher homme, me comprenait. Il n'évoquait jamais sa femme et je lui en étais reconnaissante. C'était la meilleure façon de vivre son deuil. Stoïquement.

Aujourd'hui, Riley voyait son père, ce qui était bien, j'imagine. Au moins Jason avait assumé ses responsabilités, même s'il n'avait certes pas demandé Emma en mariage, ce qui aurait été la chose à faire. De mon temps, si on était assez inconscient pour faire un enfant hors mariage, on épousait la personne. Non que ce Jason eût été le mari idéal, loin de là. Mais je ne souhaitais pas pour autant que ma petite-fille soit mère célibataire.

Je m'habillai avec soin, comme chaque jour. Je ne comprenais pas toutes ces femmes en tenue de yoga ou, pire, qui se vantaient de rester en pyjama toute la journée. Comme la journée était belle, j'optai pour un léger chemisier blanc, un pantalon crème, des souliers vernis orange vif que j'avais dessinés et un foulard de soie imprimé rouge, orange et bleu d'une de mes collections dix ans plus tôt. Le foulard classique que chaque femme devrait avoir.

Quel dommage qu'Emma ne s'intéresse pas du tout aux vêtements ! L'élégance était un message adressé au monde. Dans son cas, le message disait : « Ignorez-moi. » Couleurs basiques, en général dans les bleus, des jeans et la plupart du temps aucun bijou. Quant à ses cheveux, tout à fait ordinaires en termes de couleur, de coupe et de longueur, elle les coiffait souvent en queue-de-cheval. J'avais eu très envie de la relooker, mais ce temps était révolu. Même lorsqu'elle avait seize et que je l'emmenais au salon de coiffure, ça l'intéressait à peine.

Riley, elle au moins, était un peu coquette. Le résultat n'était pas vraiment à mon goût, mais j'avais appelé Beverly pour lui annoncer que nous viendrions au showroom dans la semaine et qu'il faudrait traiter mon arrière-petite-fille comme une princesse (ce qui signifiait qu'elle pouvait choisir tout ce qu'elle voulait). Beverly avait marqué un petit temps avant de répondre : « Bien entendu. » C'était la moindre des choses.

J'appelai Donelle tout en attrapant mon sac à main (en tweed vert bouteille avec des anses en cuir marron).

— Tu es prête ?

— Ça fait une heure que je suis prête ! me répondit-elle depuis la cuisine.

Lorsque j'y entrai, Helga et elle cessèrent de chuchoter.

— Très bien, allons-y alors.

Ça m'agaçait que ces deux-là soient amies. Je ne pouvais pas en vouloir à Donelle, vu qu'elle avait aussi été ma domestique à une époque, mais Helga était tellement austère, que ce soit dans son apparence ou son caractère !

— Bonne matinée, Helga ! Nous ne déjeunerons

pas ici mais ajoutez, s'il vous plaît, des asperges pour le dîner. Ma petite-fille les adore.

— Votre *arrière*-petite-fille, me corrigea-t-elle en faisant une grimace des plus disgracieuses.

J'y vis un reproche, peut-être sa façon de me dire que je m'étais trompée ou bien de me blâmer pour aimer davantage Riley qu'Emma. Non pas qu'elle et Emma aient été de grandes amies par le passé non plus.

— Des asperges, Helga. Merci.

Nous montâmes dans la voiture et partîmes en ville. La circulation était déjà dense, comme toujours l'été. Quelqu'un me fit un signe de la main à l'angle de Water Street et Bank Street et je le lui rendis, sans trop savoir de qui il s'agissait. Soit je connaissais à peine cette personne, soit c'était encore l'effet de ma maladie.

Nous nous rendîmes à Palmer Farm, qui avait appartenu à la même famille durant des générations puis avait été vendue par lots pour y faire de grosses maisons tape-à-l'œil et mal construites à destination des nouveaux riches. Cela dit, j'ignorais ce que deviendrait Sheerwater après ma mort. Rien que d'y penser, je me sentais mal. Cela faisait un siècle que la maison était dans la famille de Garrison. Je l'avais entièrement redécorée trois fois. Elle faisait partie de moi, de ce que j'avais de meilleur en moi.

Je quittai la route pour m'engager dans l'allée qui menait à la gracieuse vieille ferme, vide désormais. Si cette propriété s'était trouvée dans le secteur historique, je me serais battue pour la conserver intacte, pour en faire un parc public, par exemple, ou au moins un lieu préservé. Mais les cupides descendants de la famille Palmer n'y étaient pas attachés et ne voyaient que le profit à en tirer. Personne n'y habitait plus depuis dix ans, depuis que Jacob Palmer était parti dans cette horrible maison de retraite. Il avait fini par mourir l'hiver dernier, Dieu merci. La sénilité était quelque chose d'épouvantable à vivre.

C'était en lui rendant visite chaque mois que je m'étais résolue à mourir selon mes propres termes.

— Je n'arrive pas à croire que nous sommes en train de faire ça, commenta Donelle tandis que je me garais derrière la vieille grange de pierre.

— C'est en forgeant qu'on devient forgeron.

— Non mais, est-ce que tu t'entends ?

— Je cherche des endroits, c'est tout, Donelle. Tu le sais bien.

— Pour te suicider.

— Oui, pour me suicider.

Quel plus bel endroit qu'un champ sous le ciel bleu azur par un beau jour d'été ?

— Comment peux-tu faire ça à cette pauvre enfant ?

— Riley me connaît à peine.

— Je veux parler d'Emma.

— Je doute que je lui manque.

— Mais sa mère s'est suicidée, voyons ! fit Donelle en élevant la voix. Et Clark, comment va-t-il réagir, hein ?

— Lorsqu'ils seront au courant de ce qui m'attend, ils comprendront. Et même, ils me remercieront, répondis-je en soupirant.

— Te remercieront de t'être tiré une balle dans la tête ?

— Pas dans la tête, ma chérie. Jamais je ne ferais une chose pareille. (Je marquai une pause.) Dans le cœur.

Après tout, je ne voulais pas d'un carnage. Les premiers intervenants seraient tous des volontaires. Or, j'avais appris qu'Archie Baker avait eu un malaise devant un accident de voiture la semaine précédente. Il ne tiendrait jamais le coup si je me tirais une balle dans la tête.

Une balle en plein cœur ne pourrait pas me faire souffrir plus que la disparition de Sheppard et toutes ces heures atroces vécues depuis. Je ne mourrais peut-être pas sur le coup, d'après ce que j'avais lu sur Internet. (Le fait d'avoir recours à Google afin de décider de ma fin de vie me faisait frémir, mais le suicide assisté était malheureusement illégal.) Une balle dans le cœur, ce serait très bien. Je serais inconsciente et me viderais vite de mon sang. Je ne souffrirais pas longtemps.

Je sortis une épaisse couverture du coffre, me déchaussai et enfilai les bottes en caoutchouc achetées spécialement pour l'occasion. Nous montâmes sur la colline où un bel érable était couvert de feuilles. Les oiseaux voletaient et chantaient, le vent agitait les herbes hautes. Je secouai la couverture et m'allongeai, en tentant d'oublier mes douleurs à la hanche, au poignet, au genou gauche. J'aurais dû passer aux toilettes juste avant de partir. Quel calvaire que la vieillesse ! Des racines affleuraient et me rentraient dans le dos. J'allais peut-être avoir des bleus. La prochaine fois, si ça s'avérait être le bon endroit, j'apporterais des coussins. Il n'y avait aucune raison de ne pas être à mon aise dans mes derniers moments.

Donelle s'allongea près de moi en grognant un peu. Elle mit plus de temps à s'installer mais, quand elle eut fini de soupirer et de râler, nous nous laissâmes prendre par la beauté du site. Le soleil voilé me réchauffait les jambes, et il soufflait une brise douce et agréable.

— Pas le pire endroit pour mourir, admit Donelle. Non pas que j'approuve, évidemment.

Je tentai de m'imaginer revenir ici seule, avec mon .38. Il faudrait que je m'arrange pour tomber de manière à ne pas compliquer les choses pour le médecin légiste. La couverture serait fichue, bien sûr, mais je méritais de mourir sur un beau tissu. Quelle quantité de sang allais-je perdre ? Aurais-je quelques secondes pour admirer le ciel ? Verrais-je mon corps depuis là-haut ? Je voulais mourir par une journée ensoleillée, où le ciel aurait la couleur des yeux de Sheppard.

Et celle des yeux de Riley.

— Et si un oiseau te fait dessus ? demanda Donelle.

— Tu es vraiment obligée ? répondis-je en soupirant.

— Tu sais ce que j'ai lu ? C'est toi qui vas te faire

dessus. Tes intestins vont se relâcher, et voilà comment on se rappellera de toi : Geneviève London, baignant dans son caca. Les pompiers raconteront ce que ça sentait et tout le monde le saura. Ce n'est pas ça que tu veux, si ?

Quelle était cette expression que les jeunes employaient, déjà ?

— Tu me soûles, Donelle !

— Évidemment ! Je suis ta meilleure amie, non ? Je n'ai pas envie que tu te fiches en l'air ! Qu'est-ce que je vais devenir, moi, hein ?

— Ne t'en fais pas pour ça. J'ai mis de côté ce qu'il faut pour Charles, Helga et toi.

— Oh ! va te faire voir !

— Surveille ton langage, s'il te plaît.

— Je t'emm… Tu ne peux pas te suicider, Gen ! Tu ne dois pas le faire. Ce n'est pas si terrible de vieillir, tout de même !

— C'est comme ça. Je préfère me « faire dessus » une bonne fois pour toutes, comme tu dis si délicatement, qu'un peu tous les jours, attachée à un fauteuil roulant dans une quelconque maison pour vieux parce que mon cerveau part en sucette.

— Comme si on allait te traiter comme ça ! fit Donelle avec un ricanement.

Je la regardai. C'était vrai que c'était ma meilleure amie. Je n'avais pas beaucoup d'amis, pas comme elle. Ma gorge se serra.

— Hope ne s'en remettra pas, dit Donelle, jouant sa dernière carte.

Il ne fallait pas que je pense à Hope.

— Elle ne le saura pas. Tu iras la voir, n'est-ce pas ?

— Bien sûr qu'elle le saura.

Des larmes coulaient à présent sur ses joues pour se perdre dans ses cheveux gris. Je lui pris la main.

— Je suis déjà en train de mourir, Donelle, et j'ai

besoin de quelqu'un à mes côtés. Quelqu'un qui me comprenne.

— Quand vas-tu en parler à Emma ?

— Bientôt. Je ne sais pas.

— Dis-lui vraiment ce que tu veux, Gen. Ne viens pas mourir sous cet arbre.

Elle avait raison, ce n'était pas ce que je voulais vraiment. Je voulais disparaître en douceur, m'endormir sans souffrir, entourée par ceux que j'aimais… enfin, par Donelle. Et Emma. Et Clark, si nécessaire.

Ça faisait peu de monde. Quand j'avais perdu Sheppard, je m'étais coupée de bien des gens que j'aimais. Qui d'autre serait là pour moi ? Miller ? Le Dr Talwar ? Il y avait aussi mon adorable assistante, si compétente et efficace toutes ces années, Melissa. Viendrait-elle ? Ce n'était certainement pas très approprié de le lui demander, mais elle avait été tellement gentille. J'avais souvent souhaité qu'Emma lui ressemble davantage, travaille avec moi, soit mon bras droit. Mais encore une fois, elle avait fait son choix.

Qui d'autre j'aimais ? Qu'est-ce qu'était l'amour, finalement ?

Ce serait bien peut-être d'avoir Riley à mes côtés, si ce n'était pas trop traumatisant pour elle. Elle avait l'air à la fois très innocente pour son âge et d'une grande sagesse aussi.

Je la sentais prendre de l'importance pour moi, petit à petit.

Peut-être la chance me serait-elle donnée ces prochaines semaines d'aimer une enfant, du moins une adolescente. Et peut-être que j'y parviendrais, cette fois-ci.

J'avais finalement obtenu de sa mère la permission d'emmener Riley à New York, et le lendemain de ma journée de repérage, nous étions prêtes à partir. Je sentais toujours chez Emma cette suspicion, telle une émanation toxique. Je craignis qu'elle ne veuille venir elle aussi (même si un relooking ne lui aurait pas fait de mal). Mais franchement, je n'avais pas envie qu'elle vienne. Riley avait l'air de bien m'aimer et avoir avec nous sa mère qui empoisonnait l'atmosphère aurait gâché la journée. En plus, Beverly m'aurait fait la leçon si j'avais emmené deux personnes faire une descente dans le showroom. Je me demandais parfois si elle se souvenait qui avait fondé cette entreprise qui s'appelait Geneviève London Design, pas Beverly… Beverly…

J'avais oublié son nom de famille ! La panique m'envahit. Jenkins ? Non, ce n'était pas ça, même si ce nom m'était familier. James ? Jennings ?

Je regardai autour de moi. C'était ma chambre. J'étais chez moi. Pourquoi étais-je ici ? Qu'étais-je censée y faire ? Me coucher ?

Mon cerveau se brouilla, comme une radio qui capte mal. Je me tenais face à mon miroir. J'étais habillée. Fallait-il que je mette ma chemise de nuit ? Pourquoi étais-je ici ? Est-ce que tout le monde dormait déjà ?

Je commençai à déboutonner mon chemisier, mais mes doigts étaient malhabiles. J'avais même l'impression que c'étaient ceux de quelqu'un d'autre. Était-ce ma bague ? Mes mains ? Elles paraissaient si vieilles !

J'entendis du bruit dans le couloir.

— Qui est là ? demandai-je, soudain terrifiée, d'une voix qui sonnait fort.

— C'est moi, Gigi. Comment tu me trouves ?

Une jeune fille apparut. Elle avait des yeux… si bleus. Comme les yeux de quelqu'un d'autre, quelqu'un que j'avais aimé.

Que j'avais beaucoup aimé. Un garçon. Un petit garçon blond. Sh… Sheh… Sheppard. Mon esprit se raccrocha à ce prénom comme à une bouée, et j'eus l'impression de nager pour atteindre la lumière. Sheppard était mon fils. Il était parti. Il y avait bien longtemps.

Cette jeune fille était sa fille. Non. Sa… nièce ? C'était presque ça. J'avais un autre fils, pas aussi bien que l'autre. Clark. C'était la fille de Clark. Ou sa petite-fille.

Son prénom était un nom de famille. Et elle avait les mêmes cheveux roux que quelqu'un d'autre, quelqu'un qui était mort.

Enfin je repris mes esprits, et compris où je me trouvais. C'était le matin. Nous partions à New York afin que je montre mon empire à mon arrière-petite-fille.

— Pardon, j'étais ailleurs. Que disais-tu, ma chérie ?

— Comment tu me trouves ? me demanda-t-elle en souriant. Ça va, comme tenue ?

— Hum, voyons.

Elle portait la même robe noire bon marché que le premier soir. (Vous voyez ? Là je me souvenais de tout, tumeur au cerveau ou non.) Par-dessus, un blouson en jean. Et des sandales en cuir marron. Elle s'était fait une queue-de-cheval.

— Tu as du style, on ne peut pas dire le contraire, lui dis-je, bienveillante. Mais si on allait voir dans mon dressing ? Ça t'embête ?

— Tu plaisantes ? J'adorerais !

Ma petite-fille, arrière-petite-fille plutôt, était grande et mince (heureusement, elle tenait de moi sur ce plan, et pas de sa mère, qui n'était pas vraiment mince et mesurait dix centimètres de moins que moi).

Mon épisode de confusion était fini mais j'étais tout de même en état de choc. Je pris une grande inspiration, en faisant en sorte que Riley n'entende pas. Nous traversâmes ma chambre et suivîmes le couloir qui conduisait d'abord à la salle de bains, puis au dressing.

— Ça, c'est du placard ! s'exclama-t-elle en entrant.

— Un dressing, ma chérie.

Un dressing dans lequel se trouvaient aussi un canapé

ivoire et un coffre à bijoux (avec un cadenas), comprenant dix tringles et vingt tiroirs.

— C'est ça, un dressing. Tellement cool !

— Les vêtements, c'est important. Notre façon de nous habiller dit comment nous voulons que les autres nous voient, lui expliquai-je.

Vogue avait repris cette phrase comme titre d'une interview il y avait dix ou douze ans. Dans un lointain passé, lorsque j'étais encore au sommet de la vague.

Riley caressa la manche d'une robe en soie.

— Les gens doivent te prendre au moins pour Khaleesi.

J'ignorais de qui il s'agissait, mais je le pris pour un compliment. Je parcourus des yeux les portants que j'avais organisés par couleurs. Assise sur le canapé, elle me regardait faire.

Je choisis un pull noir sans manches qui, même s'il avait dix ans, n'avait jamais été porté car je suis d'avis qu'une femme doit porter des vêtements de son âge. Et, en dépit de mes bras toujours présentables, je n'en avais pas moins quatre-vingt-cinq ans. Puis je pris une jupe à godets ornée de pois blancs et noirs, des escarpins à bride rouge cerise de ma marque, ainsi qu'une courte veste de soie Chanel à motifs noirs, blancs, bleus, rouges, et gansée d'argent.

— Qu'est-ce que tu penses de ça, ma chérie ?

— J'adore !

À ma grande surprise, elle retira sa veste et sa robe devant moi. Elle portait un soutien-gorge bleu et une culotte de coton, Dieu merci, pas un string.

Elle avait une peau laiteuse, douce et parfaite. Peut-être était-elle un peu trop mince ; il faudrait que j'en parle à Emma.

Elle enfila les vêtements et tourna devant le miroir.

— Qu'est-ce que tu en dis ?

— Magnifique !

Elle était à la fois juvénile et élégante, habillée ainsi. Une bonne coupe de cheveux, et ce serait parfait.

— Waouh, dit-elle en se regardant dans la glace. Tu as vraiment du goût, Gigi ! Je peux prendre une photo ?

— Mais bien sûr, répondis-je. Envoie-la à tes amis avec mes salutations.

Son expression changea un peu.

— Non, je voulais dire : pour quand je serai rentrée chez moi. Pour essayer de copier cette tenue.

— Mais, ma chérie, je te donne tout ça. Ne sois pas bête, tu m'imagines là-dedans ?

— En vrai, oui. Tu serais super belle.

Et, contre toute attente, elle me serra dans ses bras.

— Je vais me montrer à maman, OK ?

— Évidemment.

Elle fila et je ramassai sa robe. Pour la brûler, possiblement.

Beverly *Jane*. Mais bien sûr, c'était ça. La directrice générale de Geneviève London Design.

Lorsque j'arrivai dans le vestibule, Charles attendait dans l'entrée et Emma s'adressait à Riley à voix basse, sans doute pour la mettre en garde contre le risque que je la dévore. Puis elle la serra dans ses bras et lui souhaita une bonne journée.

— Je peux te dire un mot, Geneviève ?

— Bien sûr. Je vous rejoins dehors, dis-je à Charles et Riley, qui sortirent. Je t'écoute, Emma.

— Ne la gâte pas trop.

— Est-ce que vous n'êtes pas justement venues ici pour ça ?

— Non. Je suis venue pour te donner une chance de connaître ma fille, et contre mon gré. Riley avait des… problèmes avec des amies et je me suis dit que ça lui ferait du bien de passer l'été ailleurs. Mais tu ne peux pas acheter son amour, et je ne veux pas que tu essaies.

— Je n'ai pas l'intention d'acheter l'amour de qui que ce soit, Emma.

— Tant mieux, car il n'est pas à vendre.

Nous nous fixâmes quelques secondes.

— Je la trouve un peu trop mince. Elle a l'air de bien manger mais…

Je ne terminai pas ma phrase.

— Elle a pris presque douze centimètres cette année, répondit Emma. Elle ne fait pas d'anorexie, mais merci de t'en inquiéter.

— Je vois.

Un étrange apaisement s'installa entre nous. Comme un cessez-le-feu, auquel je mis fin.

— Ai-je ta permission pour y aller, maintenant ?

— Rentrez avant 10 heures du soir, s'il vous plaît, répondit-elle en levant les yeux au ciel.

— Bonne journée !

Je vérifiai mon reflet. Si j'avais encore un peu à vivre, il me faudrait quelques injections supplémentaires. Puis je sortis.

Mais visiblement, le sermon d'Emma à sa fille avait porté ses fruits. À peine avions-nous démarré qu'elle me demanda :

— Pourquoi as-tu mis ma mère dehors quand elle s'est retrouvée enceinte de moi ?

Je réprimai un soupir.

— Je ne l'ai pas exactement mise à la porte, voyons. Je lui ai donné le choix. Elle voulait te garder, alors j'ai pensé que cela ne lui rendrait pas service que je continue à l'entretenir en lui donnant l'illusion qu'elle était adulte.

— Mais elle n'avait personne.

— Ce n'est pas vrai. Elle avait Jason et sa famille, son propre père et son grand-père Paul.

— Mais c'est toi qui l'avais élevée. Et mes grands-parents sont nuls.

— Pas faux. Je l'ai élevée, et c'est pour ça que je

m'attendais à autre chose que cette grossesse alors qu'elle était encore au lycée.

— Tu voulais qu'elle avorte.

— Je l'ai évoqué, oui, mais je lui ai aussi suggéré de te faire adopter. (Curieusement, je ressentis de la honte en disant cela.) Ta mère avait un bel avenir, elle était intelligente.

— Elle l'est toujours.

— J'en suis certaine, mais ne m'interromps pas, ça ne se fait pas.

— Ça ne se fait pas non plus de jeter quelqu'un parce qu'elle est enceinte.

Cette fois, je soupirai vraiment.

— On manque de nuance quand on est jeune, Riley. J'ai forcé ta mère à faire face à son irresponsabilité. La contraception, ça marche très bien, donc Jason et ta mère ont fait une bêtise. Et protéger Emma n'allait pas lui être très utile dans la vie.

Je ne mentionnai pas la partie de l'histoire qui m'inspirait le plus de regrets.

— Tu sais qu'elle a été caissière ? me demanda Riley. Dans un supermarché, la nuit. Elle a travaillé jusqu'à ma naissance et elle a repris deux semaines plus tard.

De fait, c'était assez pénible à imaginer.

— Il n'y a aucune honte à travailler dur, répondis-je. Je suppose qu'elle a beaucoup appris.

Riley ne dit rien mais on pouvait tout lire dans son regard.

— J'étais prête à payer ses études, tu sais, aussi longtemps qu'il l'aurait fallu. Je voulais qu'elle vienne travailler avec moi, pour lui transmettre mon entreprise ensuite. Elle a fait son choix, et c'était toi. Je doute qu'elle le regrette.

— C'est vrai. On est heureuses.

— Je suis contente de l'entendre.

— Mais c'est triste quand même, reprit-elle avec un

soupir. Tu vas mourir alors que je viens juste de faire ta connaissance. Tu aurais pu nous téléphoner.

— Elle me l'avait interdit.

— Tu ne peux pas le lui reprocher, si ?

Elle avait raison. La vérité, c'est que je pensais qu'Emma m'appellerait. Je pensais qu'elle craquerait, même si elle vivait chez Paul. Je pensais qu'elle me demanderait de l'argent, et je lui en aurais bien sûr donné. Je *voulais* lui en donner, à vrai dire.

Mais elle ne m'avait jamais appelée. Pas une fois. Et alors que je connaissais son adresse, je ne m'étais jamais décidée à lui apporter un chèque, voire à simplement le lui envoyer. J'aurais dû, mais je ne l'avais pas fait.

— Et si on essayait de passer une bonne journée ensemble ? Je suis impatiente de te présenter à l'équipe et que tu en profites. Tout le monde est ravi de faire la connaissance de la nouvelle génération de London. On fait comme ça, ma chérie ? Je me disais que ça t'amuserait peut-être de te faire couper les cheveux et relooker un peu.

— D'accord, mais ne crois pas que tu vas tout régler avec ma mère en me refilant plein de sacs à main, dit-elle sans parvenir à masquer son excitation.

— Je sais cela.

— Mais tu vas essayer quand même ? De régler les choses ?

— Évidemment.

Je n'en avais aucune intention. Emma brossait de moi un portrait terrifiant depuis des années et je n'avais tout simplement pas l'énergie de me battre contre elle.

Riley me regardait et, une fois de plus, la ressemblance me bouleversa.

— Ça va, Gigi ? me demanda-t-elle sur un ton plus gentil.

— Oui, oui, c'est juste que… tu as les yeux de la même couleur que mon fils.

— Sheppard ?

— Oui.

— Est-ce que tu as fini par apprendre quelque chose ?

— Non, nous n'avons malheureusement jamais rien su. Il y a eu des pistes, mais aucune n'a abouti.

« Bleus et clairs comme un ciel d'été », c'était mon expression favorite pour décrire les yeux de Sheppard.

— Peut-être qu'on pourrait faire quelque chose cet été pour retrouver sa trace. Je veux dire, pas le retrouver lui, mais comprendre ce qui s'est passé. Un jour, j'ai écouté une émission de radio là-dessus. On pourrait faire un test ADN et t'enregistrer sur un site de généalogie. Peut-être qu'on trouverait quelqu'un de ta famille que tu ne connais pas. Je suis vraiment très bonne pour chercher des trucs sur Internet. Peut-être que je pourrais trouver quelque chose.

J'eus soudain la gorge nouée. Cette enfant venait de me proposer plus que qui que ce soit depuis des années.

— Ce serait vraiment gentil, ma chérie.

Bientôt ce manque prendrait fin. C'était la seule chose que j'attendais de mon suicide : j'allais revoir mon fils. Dieu ne pouvait refuser de m'accorder ça.

Je sentis une main dans la mienne.

— Ne pleure pas, Gigi, me dit doucement Riley.

— Je ne pleure jamais, lui répondis-je en serrant sa main. Allons, maintenant, parle-moi un peu de tes amies.

14

Emma

Ce voyage à New York ne m'inspirait rien de bon. Geneviève n'était pas honnête avec moi, ce qui n'était pas pour me surprendre, d'ailleurs. J'étais inquiète à l'idée de lui laisser Riley pour une journée entière. La meilleure chose dans ma vie, c'était l'amour, le respect et la tendresse que ma fille éprouvait pour moi. Je doutais que Geneviève puisse y changer quelque chose, mais l'idée qu'elle lui dise que je ne valais pas grand-chose, avec des mots choisis bien sûr, me rendait malade.

Nous n'étions là que depuis une semaine mais ça m'avait semblé une éternité. Ma grand-mère avait l'air de bien aimer Riley, et cela aussi me rendait nerveuse car je savais bien ce que c'était de gagner l'approbation de cette femme pour se la voir ensuite retirée d'un coup. Lorsqu'elle daignait vous sourire ou vous complimenter, c'était comme de recevoir une médaille devant mille personnes.

Il ne fallait pas que je me fasse autant de souci. Elle n'était pas comme ça avec ma fille, et je ne voyais pas d'inconvénient à ce qu'elle la gâte un peu. C'était même pour ça que nous passions l'été chez elle… pour éloigner Riley de ces petites pestes et, oui, pour qu'elle soit fière du nom qu'elle portait aussi. Fière d'être l'arrière-petite-fille de Geneviève London. La seule et unique.

Et possiblement son héritière.

La journée était radieuse et toutes les pièces de la maison étaient baignées de soleil. Il fallait lui reconnaître ça, Geneviève avait réussi à concilier confort et sophistication, et si la maison était grandiose, elle n'en demeurait pas moins accueillante. Un équilibre entre chaleur et distinction, exactement l'idée que je me faisais de Garrison London.

J'entrai dans la grande bibliothèque. Mes consultations étaient prévues un peu plus tard.

Geneviève avait rénové à peu près toutes les pièces depuis mon départ, et désormais les rayonnages de châtaigner possédaient un éclairage intégré du plus bel effet. Sur les chenets étaient joliment posées des bûches de bouleau blanches et quelques photos étaient disposées sur le manteau de la cheminée : Geneviève et mon grand-père, le jour de leur mariage, heureux, riches et amoureux. La robe était typique des années 1950, dans le style de Grace Kelly : du satin blanc couvert de dentelle à la main.

Je me souvins alors qu'elle m'avait proposé de la porter pour mon mariage. Je devais avoir quoi, neuf ans ? Et je ne savais pas encore si j'allais rester dans le Connecticut, j'espérais toujours que mon père reviendrait me chercher. J'avais pleuré, pour une raison que j'ai oubliée... Peut-être mes grands-parents m'avaient-ils téléphoné et j'avais le mal du pays ? Je me souviens que Geneviève était rentrée de son travail, m'avait regardée et m'avait conduite à son dressing de la taille d'une chambre. Là, elle avait sorti une grande boîte doublée de papier de soie et en avait tiré la robe.

« C'était la mienne, m'avait-elle dit. C'était l'un des plus beaux jours de ma vie. Un jour, toi aussi tu rencontreras un homme merveilleux et tu te marieras avec lui. Et alors tu pourras porter cette robe. Elle ne se démodera jamais. »

Le souvenir était si vif que je sentais encore l'odeur

de cèdre. En tout cas, elle avait raison sur un point : sa robe était un classique. Je me demandais si elle était toujours dans le dressing.

J'aurais aimé connaître mon grand-père. La vie aurait été bien plus facile pour mon père, et sans doute pour moi, si Clark avait eu un bon modèle masculin.

Il y avait également une autre photo de Garrison, beau, souriant, et un cliché de mon père, vers vingt ans, sur le pont d'un bateau, beau lui aussi mais sans cette confiance qui transparaissait sur les photos de mon grand-père.

Une autre photo représentait Clark et Sheppard se tenant par la taille, Sheppard plus grand et mon père encore poupin.

Pauvre Gigi. Perdre un enfant, en plus sans connaître le fin mot de l'histoire, avait dû être violent. Je l'imaginai plus jeune, en train d'attendre derrière le téléphone, de prier et de crier le nom de son fils dans les bois pendant des semaines.

Je n'avais jamais eu de personne qui eût perdu un enfant parmi mes patients. Un confrère m'avait recommandée à deux reprises, mais j'avais redirigé vers quelqu'un d'autre. J'attendais d'avoir plus d'expérience. Peut-être quand Riley serait adulte. J'avais tellement peur pour sa sécurité que j'aurais voulu lui faire mettre une puce. Honnêtement, pourquoi ne ferait-on pas ça ? On le faisait bien pour les chiens ! Alors pourquoi pas pour les enfants ?

Je lui envoyai un SMS.

Comment se passe la route ?

Elle me répondit :

Nickel. Ne t'inquiète pas. Charles conduit très bien. Mieux que toi. LOL.

Je souris.

Tant mieux. Préviens-moi quand vous arrivez, OK ? Et envoie des photos !

OK. Bonne journée. Je vais me faire couper les cheveux, t'es d'accord ?

Se faire couper les cheveux ? Elle avait les plus beaux cheveux du monde. Quelle drôle d'idée ! Certaines se damneraient pour avoir ses longues boucles rousses !

Je soupirai. Il fallait choisir ses combats lorsqu'on était parent, et je n'allais pas me battre pour ça.

Comme tu veux. Je t'aime.

Moi aussi mam !

Mam. Je sentis monter en moi une bouffée d'amour et soupirai de nouveau. Il n'était que 9 h 37 et elle ne rentrerait pas avant douze heures.

Peut-être comptais-je trop sur ma fille, sur nos soirées à regarder *Project Runway* ou *The Bachelor*, sur nos sorties tous les six mois à Wicker Park et ses incroyables friperies. Depuis deux ans, elle commençait à avoir plus de contacts sociaux, et le dimanche, alors que je pensais qu'elle allait rester à la maison, elle me disait qu'elle avait d'autres projets. Bien sûr, je ne demandais que ça, qu'elle ait une vie sociale riche, un bon groupe d'amis, mais je ne m'attendais pas à me sentir un peu… délaissée.

Tout le monde a ses problèmes, je le savais. Le mien, c'était de la voir s'éloigner.

Il fallait que je trouve de quoi m'occuper le temps de notre séjour ici. Je n'avais que douze patients par semaine. Du travail, pourquoi pas ? Peut-être embauchait-on au supermarché ?

Peut-être que Pop voudrait déjeuner en ville avec moi. Nous avions, lui et moi, un très grand potager qui prenait presque la moitié de notre jardin, et cela me manquait de désherber et de pincer les tomates. Ce qu'elles étaient bonnes, nos tomates ! Les dimanches d'été, on faisait des sandwichs tomate et Miracle Whip, cette sauce si spéciale qu'on ne trouve que dans le Midwest et qui sert dans 90 % des recettes. On s'asseyait là tous les trois, Pop et moi avec une bière, et en fond on entendait les tondeuses à gazon et la musique venant de la rue.

Il avait été tellement gentil de m'accompagner ! Il faut dire que c'était l'homme le plus gentil du monde. Il ne parlait jamais de ma mère, sa fille unique, mais lorsque Riley était née et qu'il avait vu l'éclat de ses cheveux, il avait eu les larmes aux yeux et avait déposé un baiser si tendre sur sa tête ! Il y avait quelques jours, il était revenu déjeuner pour voir Riley et échanger quelques piques avec Geneviève.

Je pris mon téléphone et l'appelai.

— Coucou ! Tu veux qu'on déjeune ensemble aujourd'hui, Pop ?

— Je ne peux pas, ma puce. Je suis un peu occupé.

— Tu fais quoi ?

— Ça ne te regarde pas. Mais si tu veux, je te prépare un dîner.

— Super !

Ce serait mieux que de dîner sous le regard sinistre de Helga.

— On dit 18 heures ? proposa-t-il.

— Parfait. À tout à l'heure, Pop !

Bien. Rien à faire donc. Je pourrais aller me baigner dans la piscine, mais je ne voulais pas. Helga le dirait forcément à Geneviève, et j'aurais ensuite droit à des commentaires sarcastiques sur ma charge de travail ou sur les maillots spéciaux pour femmes rondes.

J'eus alors une idée : j'allais commencer un potager. L'autre jour, j'étais passée devant la jardinerie de Gordon en allant me balader, où je pourrais acheter des tomates, du basilic, des poivrons et du persil. Il y avait largement la place et cela nous donnerait une occupation, à Pop et moi.

Je sortis dans l'impressionnant jardin paysager. Il flottait dans l'air une forte odeur de glycine et de lilas, et le drapeau claquait en haut du mât métallique. Le vent soufflait fort et je ne regrettais pas d'avoir mis un jean et un pull. Un lapin gambadait le long du mur de pierre contre lequel se trouvaient deux fauteuils Adirondack face à l'océan.

Il ne fallait pas faire le potager trop près de la maison, parce que Geneviève ne trouverait pas cela chic de faire pousser soi-même sa nourriture. Des roses, oui, mais des haricots, jamais. Enfin bon, elle avait quatre hectares. J'allais bien trouver un endroit.

Je me rendis dans l'abri de jardin et pris une bêche, puis contournai la piscine, qui était passée du bleu turquoise, couleur de mon enfance, à un gris foncé plus classe. Je passai le portail qui menait à la partie plus sauvage du parc, où se trouvaient les pins et les hauts rochers recouverts de mousse. Autrefois, je jouais là, à construire des maisons de fées ou à faire semblant d'être un bébé loup. Mais Geneviève était venue me chercher un jour et m'avait fait une peur bleue avec des histoires de gens qui enlevaient des enfants ou d'enfants qui tombaient, se blessaient à la tête et ne se souvenaient plus de rien.

C'est comme ça que j'avais cessé d'aimer cette partie du parc de Sheerwater, jusqu'à mes seize ans, lorsque nous venions avec Jason regarder les étoiles et nous embrasser, allongés, le souffle court et nos corps serrés l'un contre l'autre, sur un sac de couchage dont le tissu glissait.

Souvenir heureux et érotique… Peut-être le moment de ma vie où je me sentis le plus en sécurité. En sécurité parce que Jason m'aimait, c'était certain. En sécurité parce que, si Geneviève ne m'aimait pas, elle me supportait et continuerait à la faire. En sécurité lorsque je pensais à l'avenir, qui était flou mais plein de promesses.

Ironie du sort, comme on dit.

Les aiguilles de pin craquaient doucement sous mes pas, et un geai annonça ma présence à tous les autres animaux. Le soleil me chauffait les cheveux et la beauté de ce lieu me sauta soudain aux yeux. L'état du Connecticut n'était pas le plus renommé dans le pays mais, pour ses habitants, c'était aussi bien comme ça.

Voilà, j'avais trouvé : un coin ensoleillé, sans arbres, à l'est. J'aurais toute la lumière nécessaire, mais ça ne serait pas trop chaud l'après-midi en plein été. J'allais faire pousser des tomates si parfumées que même Geneviève ne pourrait résister. Et des petits pois, du basilic et du persil. Peut-être aussi de la menthe, qu'elle mettrait dans une carafe d'eau glacée, sa seule boisson à part l'alcool et le café.

Enfin bon, elle ne serait peut-être plus là à la fin de l'été.

Il fallait qu'elle me laisse discuter avec son médecin. J'aurais pu espionner mais, en tant que professionnelle de la santé moi aussi, je ne violerais jamais le secret médical. Cela dit, ma grand-mère voulait soi-disant que je m'occupe d'elle et fasse mon devoir, et si elle ne me disait rien, ça ne serait pas facile.

Je posai ma bêche contre le sol puis l'enfonçai dans la terre molle et facile à travailler.

— Qu'est-ce que vous faites ? lança une voix. Arrêtez tout de suite !

Je poussai un petit cri.

Un homme se tenait derrière moi.

— Qui êtes-vous ? lui demandai-je en agrippant ma bêche.

Où était mon téléphone ? Est-ce que j'appelais la police ?

— Qui êtes-*vous*, plutôt ? dit-il d'un ton ferme. Et qu'est-ce que vous êtes en train de faire ?

— J'habite ici.

— C'est faux.

Sa tête me disait quelque chose. Mais c'était normal, j'avais grandi ici. Mais oui ! Je le connaissais !

— Miller ?

— Oui ?

— Emma. Emma London.

Il changea d'expression et passa la main dans ses cheveux noirs où quelques fils d'argent scintillèrent dans le soleil.

— Désolé. Comment vas-tu ?

— Bien. Et toi ? Je suis contente de te voir.

Miller Finlay était le cousin de Jason, plus âgé de cinq ou six ans. Je l'avais vu quelques fois, puisque nous étions restés ensemble pendant tout le lycée, Jason et moi. Jason l'idolâtrait. C'était le garçon plus âgé et super cool qui l'emmenait en bateau ou bien écouter un groupe dans un bar à New London. Jason était à son mariage le jour de la naissance de Riley. Je ne pouvais pas lui en vouloir, elle était née avec deux semaines d'avance et mon travail avait duré à peine quatre heures.

Miller n'était pas aussi beau que son cousin, mais il était quand même pas mal. Il avait un visage anguleux, sans rien de particulier. Il devait avoir dans les… quarante ans ? Je finis par le reconnaître vraiment, ce garçon que Jason aimait tant. Ils travaillaient ensemble dans l'entreprise de bâtiment que leurs pères avaient créée ensemble.

— Je crois me rappeler qu'on m'a dit que tu passais l'été ici. Comment ça va ? Comment va ta fille ? Riley, c'est ça ?

— C'est ça. Elle va très bien. Elle passe la journée à New York avec Geneviève, du coup je me suis dit que j'allais me rendre utile et faire un potager.

— Pas ici, à mon avis.

— Pourquoi pas ?

— C'est ici que ma femme est enterrée.

Je défaillis presque.

— Oh ! mon Dieu. Je suis désolée, Miller. Je ne… je ne savais pas… Je n'étais pas au courant.

Est-ce que j'avais su que sa femme était morte ? Jason avait-il oublié de me le dire ? Un truc aussi énorme, je m'en serais souvenue.

Il détourna le regard.

— Geneviève a obtenu une autorisation de la ville. Elle… Ashley, je veux dire, n'aimait pas les cimetières. Et elle adorait cet endroit. Elle adorait Geneviève aussi.

Ashley, oui, je me rappelais maintenant.

J'eus un flash : une soirée de Noël chez les Finlay, Ashley et Miller serrés l'un contre l'autre sur le canapé. Ils venaient de se fiancer et ça m'avait rendue tellement heureuse de voir cette amourette de lycée se terminer si bien, comme j'espérais que la mienne se terminerait. Miller m'avait vue les regarder, le couple parfait, et il m'avait fait un clin d'œil.

C'était sûr, je m'en serais souvenue si Jason m'avait dit que son cousin était veuf.

— Je suis vraiment désolée, répétai-je, émue. Ça fait combien de temps ?

— Un peu plus de trois ans.

Je préférais ne pas lui demander de précisions. S'il voulait m'en donner, il le ferait. Le geai cria de nouveau, et une mouette plongea dans l'eau puis ressortit, un petit poisson dans le bec.

— Tu as des enfants ? lui demandai-je, un peu étonnée de ne pas connaître la réponse.

— Oui. Tess. Elle a trois ans.

Je manquai défaillir lorsque je fis le calcul. Sa femme avait dû mourir juste après la naissance du bébé. Oh ! mon Dieu ! Comment Jason avait-il pu oublier de me dire ça ? Toute la famille avait dû être effondrée ! Des rares fois où je l'avais vue, je me souvenais qu'Ashley était vraiment, vraiment super. Drôle et gentille, même quand on n'était pas de la famille.

— Ma fille à moi a seize ans, alors si tu as besoin d'une baby-sitter, elle adore les enfants. Et, euh… moi aussi ! Bref, je suis sûre que tu ne manques pas d'aide mais on est là, si tu as besoin de quoi que ce soit. Enfin, j'imagine que tu es un vrai pro.

Pas brillant pour une psychologue…

— Merci, répliqua-t-il.

— Ça doit être très dur, dis-je en tentant de me rappeler ce que j'avais appris pendant toutes ces années de formation.

Il ne répondit pas tout de suite.

— Eh bien c'est… Bon, il faut que j'y aille. On se reverra sûrement. Je, euh… je viens parfois aux apéritifs de Geneviève. Le vendredi.

— Bien ! Très bien, alors ! Ça me fera bien plaisir.

Trois fois *bien*, quelle nulle !

— Bonne journée, dit-il.

— Toi aussi.

Je le regardai partir, les mains dans les poches, la tête baissée. Brisé.

Et là, juste à l'orée du bois, je vis un banc que je n'avais pas remarqué. Il y avait une plaque sur le dossier.

En souvenir d'Ashley James Finlay,

Épouse chérie, mère et fille

Aimée de tous ceux qui la connurent.

15

Miller

Les cours de préparation à l'accouchement avaient été un des moments les plus drôles qu'ait connus Miller avec sa femme, et ce n'était pas peu dire. Leur mariage avait été, en un mot, parfait. Alors, oui, elle grinçait des dents la nuit et ça lui donnait la chair de poule. Oui, il n'arrêtait pas de répéter combien il avait fait de longueurs chaque fois qu'il allait à la piscine. Non, il ne s'entendait pas bien avec son beau-père et, oui, elle détestait Thanksgiving chez la famille de Miller, et buvait toujours un peu trop pour pouvoir supporter la conversation sans intérêt et interminable de tante Courtney.

Ashley avait des goûts épouvantables en matière de programmes télé, et pleurait devant les séries les plus mièvres et les plus prévisibles. Elle détestait la musique qu'il écoutait en « bon Blanc qui aime le rap ». C'était une maniaque de la propreté et ne supportait pas le moindre désordre. D'ailleurs, il était incapable de plier une chemise selon ses critères.

Mais ils étaient tellement heureux ensemble. Chaque jour, ils se touchaient, s'embrassaient, se prenaient dans les bras, se disaient qu'ils s'aimaient, avaient une attention l'un pour l'autre. Chaque jour, Miller mesurait sa chance. Il ne comprenait pas ces hommes qui se plaignaient de leur femme. Il ne s'imaginait avec aucune autre : le sourire d'Ashley lui mettait le cœur en fête, tout comme sa façon de remplir le téléphone de son mari de selfies délibérément pas flatteurs, et de rire plus fort que tout le monde lorsqu'il plaisantait dans une soirée.

Au bout de toutes ces années ensemble, son cœur se mettait toujours à battre plus vite lorsqu'il s'engageait dans leur allée, chaque soir. Leur vie sexuelle, qui avait toujours été épanouie, ne faisait que s'améliorer avec le temps. Ils adoraient voyager, se balader main dans la main dans des villes étrangères, que ce soit à une heure de chez eux ou bien au bout du monde. Chaque fois qu'il cuisinait thaï pour elle, elle avait les yeux qui brillaient comme un petit enfant à Noël.

Voilà ce qui rendait leur mariage si merveilleux : c'était facile, ils étaient proches et se comprenaient. C'était sa meilleure amie et elle lui racontait tout, le moindre potin sur ses copines, sur son travail. Elle était ingénieur en travaux publics, spécialisée dans la gestion de l'eau, et sa façon d'en parler donnait à Miller des regrets de ne pas faire le même métier. Elle s'amusait à le torturer avec les détails de la vie de sa grand-mère lorsqu'elle lui téléphonait – combien de fois elle était allée aux toilettes, ce qu'elle avait mangé, les gaz de son chien.

Il adorait leur vie, vraiment. Et il s'en félicitait chaque jour. Leur seul chagrin était de ne pas parvenir à avoir d'enfant. Ils avaient attendu quelques années avant d'essayer, car ils s'étaient mariés jeunes, à vingt-trois ans tous les deux, et voulaient voyager, faire l'amour dans le salon, boire du vin le samedi soir sans être obligés de se lever à l'aube pour le bébé. Ils étaient jeunes et en pleine santé. La question de l'infertilité ne leur était jamais venue à l'esprit.

Jusqu'à ce qu'ils y soient confrontés. Ils s'attendaient à ce qu'Ashley tombe enceinte au bout de quelques mois. Après huit mois sans le moindre retard de règles, ils allèrent consulter. Tout allait bien, selon les médecins.

Autant qu'ils pussent en juger. Il ne fallait pas se stresser avec ça. Ça viendrait quand ça viendrait.

Les mois de tentative devinrent un an, puis deux, puis trois. Ashley prit un traitement. Miller fit analyser son sperme à trois reprises. Et malgré tout, malgré ce sentiment d'échec qui commençait à poindre, ils se trouvaient toujours chanceux. Ils ne s'en aimaient que davantage, parce que le fait que tout ne leur soit pas donné sur un plateau ne rendait leur amour que plus profond, selon Miller. Après tout, c'était dans le ciel le plus sombre que les étoiles étaient les plus brillantes. Ce ciel sombre, c'était leur infertilité, et elle rendait chaque moment de bonheur plus heureux encore.

Et il y en avait tant. Des moments simples, légers, faciles. Lorsqu'il déposait Luigi, le chat, sur leur lit le matin parce qu'il se levait toujours le premier, qu'elle disait « merci », sans ouvrir les yeux, et que l'animal se pelotonnait contre elle et se mettait à ronronner. Lorsqu'elle se mettait à faire de la pâtisserie juste avant qu'il rentre pour que la maison sente le pain chaud ou les cookies. Lorsqu'ils se donnaient la main sans même y penser et qu'elle lui disait de toucher ses jambes fraîchement épilées, ce qui les conduisait inévitablement à faire l'amour. Lorsqu'il avait réglé pour elle la cafetière électrique pour qu'elle ait son café au saut du lit.

Le moment le plus difficile avait été l'adoption manquée. Enfin, avant que la suite n'ait lieu pour Miller. Il n'avait encore conscience de rien à l'époque. Ils étaient sur le point de devenir parents. Ils étaient assis dans la salle d'attente de l'hôpital, anxieux, faisaient tout pour ne pas se ruer dans la chambre pour voir le bébé qu'on leur avait promis. Miller entendait encore le cri de désespoir qu'avait poussé Ashley lorsque l'assistante sociale était venue leur annoncer que la jeune mère avait changé d'avis.

Ils furent bouleversés mais se soutinrent et se consolèrent mutuellement, ils firent bonne figure face aux commentaires stupides mais pleins de bonnes intentions, comme « ce qui doit arriver arrivera », et autres bêtises du genre.

Et puis un jour, le ciel les exauça. Au cours d'un mois qui n'avait rien de différent des autres, longtemps après qu'ils avaient cessé de faire des courbes de températures et autres analyses, Ashley n'eut pas ses règles. Il lui fallut six jours avant de s'en étonner et elle ne se rendit même pas compte qu'elle ne descendait pas son habituel pot de Ben & Jerry's le vingt-neuvième jour de son cycle.

Sans le lui dire, elle alla faire pipi sur un vieux test de grossesse et sortit des toilettes éberluée, les joues en feu, et lui montra le résultat.

Après des années passées à se dire que ce n'était pas grave s'ils n'avaient pas d'enfants, Miller faillit tomber à la renverse face au miracle qu'il avait devant les yeux.

Ils allaient être une *famille*, plus seulement un couple, même si c'était déjà beaucoup.

Si elle avait mis des années à tomber enceinte, Ashley vivait très bien sa grossesse. Elle était rayonnante, le teint lumineux, les cheveux brillants, un ventre magnifique et une poitrine plus belle encore. Elle se sentait en super forme, et lorsqu'il essayait de la chouchouter un peu, elle éclatait de rire et le renvoyait dans ses buts. Il insistait malgré tout pour lui masser les pieds à l'huile mentholée chaque soir. Il lui faisait des petits plats – du chou kale et du saumon, du poulet rôti et des pommes de terre nouvelles. Il fabriquait des sundaes à l'aide de crème fouettée et de caramel maison, et l'envoyait au spa se faire faire des soins prénataux. Il massait son beau ventre rond avec de l'huile de coco et vénérait ce corps incroyable et miraculeux qui était en train de fabriquer un être humain, leur bébé, leur petite fille.

Les cours de préparation à l'accouchement étaient un club très fermé auquel ils aspiraient depuis si longtemps et, à la différence de tous ces clubs qui vous mettent sur liste d'attente, celui-ci ne les avait pas déçus. Ils s'asseyaient par terre dans un studio de yoga avec les autres heureux futurs parents, Ashley entre les jambes de Miller et le dos reposant contre lui, la main de Miller sur son ventre. Il sentait le bébé bouger et donner des coups de pied, et si, ça, ce n'était pas une preuve de l'existence de Dieu, il n'en voyait aucune autre.

Les cours abordaient des choses comme la physiologie et la gestion de la douleur. « Tu vas la gérer, celle-là ? » lui disait Ashley en le menaçant de son poing pour rire. Positions, massage, relaxation, respiration, et exercices de renforcement du périnée. Après le cours, ils sortaient avec les autres couples : Sasha et Joe, Victoria et Maggie, Dominic et Hannah. Ils buvaient de la bière sans alcool et de l'eau pétillante, discutaient et riaient. C'était le moment le plus heureux d'une vie déjà très heureuse.

Ils avaient parlé de la façon dont ils voulaient que les choses se passent le jour de la naissance. Il n'y aurait qu'eux deux dans la salle d'accouchement. La mère d'Ashley serait trop excitée, son père s'évanouirait, et la mère de Miller avait déménagé en Arizona après la mort de son père. Ils ne voulaient pas non plus d'une foule de gens dans la salle d'attente.

En plus, ils étaient juste tous les deux depuis si longtemps, un peu à l'écart des autres, d'abord parce qu'ils s'étaient mariés juste en sortant de la fac, parce qu'ils préféraient chacun la compagnie de l'autre à celle de qui que ce soit, et enfin à cause de leurs soucis d'infertilité.

Ils ne seraient donc que tous les deux ce jour-là.

Ils regardèrent sur Internet la liste des choses à savoir en vue d'une naissance parfaite, rigolant lorsqu'ils tombèrent sur des expressions comme « jambes en l'air » ou « chaleur corporelle ». « Ils font référence à la manière dont on a fabriqué le bébé là, ou quoi ? » dit Miller, et Ashley rit tellement qu'elle dut se précipiter aux toilettes.

Ils n'évoquèrent pas le fait qu'elle puisse mourir. Il n'y

avait pas de question comme : « Veuillez, s'il vous plaît, nous dire si vous souhaitez rester dans la salle pendant qu'on réanimera votre femme. »

Pourtant, le neuvième mois, alors qu'ils étaient au lit, ou plutôt que Miller était couché tandis qu'Ashley tentait de placer des oreillers sous son ventre, entre ses genoux ou pour se caler le dos, il ne se souvenait plus bien, elle s'arrêta soudain et le regarda.

— Oui, ma reine ? dit-il.

— Si quelque chose se passe mal, je veux que tu privilégies le bébé.

— Entendu. J'avais des vues sur une femme plus jeune et plus sexy, alors tu me facilites bien les choses, merci.

— Je ne plaisante pas, Miller. Promets-le-moi.

— Je n'aurai pas à choisir, ma puce. Tout va très bien se passer.

Comme s'il pouvait en être certain ! Il n'en savait rien, n'avait aucun pouvoir, pas le moindre. Mon Dieu, mais comme il avait été présomptueux !

— Et même s'il y a des complications, ajouta-t-il avec une légèreté exagérée, le risque que ce soit grave est infime.

— Je sais, répondit-elle d'un ton joyeux en retournant à ses oreillers, je voulais juste que ce soit dit.

Elle entra en travail un mardi à 15 h 15, un jour après le terme, et l'appela aussitôt. Fou de joie, avec une montée d'adrénaline, il rentra chez eux en conduisant vite mais sans prendre de risques. Elle l'attendait à la porte, radieuse et concentrée sur sa respiration.

— Pas besoin de se presser pour aller à l'hôpital, lui dit-elle. C'est aussi bien je te fasse participer ici. Ouh là, je sens une contraction qui arrive ! Tiens, tu sens mon amour ?

Elle lui saisit la main et l'appuya sur son ventre, qui devint dur comme du caillou. Le visage d'Ashley se tendit, elle s'appliqua à inspirer profondément, bloquer son souffle puis expirer tandis que la contraction passait.

— Incroyable, non ? dit-elle.

— C'est toi qui es incroyable, répondit-il.

Au début les contractions n'étaient pas régulières : toutes les quinze ou dix minutes. Au bout de deux heures, elles devinrent plus fortes et plus régulières, sans se rapprocher. Mais comme Ashley était en nage et gémissait, il appela le médecin qui leur dit de venir. Il emporta la petite valise qui était prête depuis un mois. Il s'arrêta une seconde devant le pyjama du bébé, une minuscule petite chose avec des moutons dessinés dessus.

À la fin de la journée, son enfant serait là. À cette idée, il se sentit rempli d'amour. Son bébé, sa petite fille. Il l'aimait déjà tellement.

— Allons faire la connaissance de notre bout de chou, dit-il à sa femme dont les beaux yeux se remplirent de larmes de joie.

Elle eut un sourire incertain. Il la serra doucement dans ses bras et lui déposa un baiser dans le cou, respirant au passage le parfum fleuri de ses cheveux.

Ce serait leur dernière étreinte.

Le trajet jusqu'à l'hôpital dura quinze minutes. Les contractions ne changèrent pas.

Ils furent accueillis chaleureusement par le médecin qui vérifia la dilatation du col. Trois centimètres seulement.

— La nuit va être longue, jeunes gens, dit-elle. Ashley, voulez-vous quelque chose contre la douleur ?

— Non, ça ira.

— OK. Si vous changez d'avis, il n'y a aucune honte. Tout ce qui peut rendre les choses plus faciles pour vous est bon à prendre.

Le médecin et l'infirmière évoquèrent certaines précautions : vérifier les pulsations cardiaques du bébé, prendre l'âge de la mère en compte (Ashley avait trente-sept ans), mais Miller était focalisé sur sa femme. Elle lui tenait la main et ne le lâchait pas des yeux, concentrée sur sa respiration tandis qu'il comptait, souriant autant qu'elle pouvait après chaque contraction. Elle se mit sur le côté et il lui massa le dos. Quelques larmes coulèrent sur son visage, qu'il essuya avant de déposer un baiser sur son front.

— Je suis fier de toi, tu sais. Je t'aime.

Le travail devint de plus en plus douloureux, et les contractions de plus en plus fortes. Désormais Ashley poussait des gémissements gutturaux et profonds. Miller ne comprenait pas que tout le monde soit si calme, ni pourquoi c'était si long. La playlist qu'il avait prévue avait eu le temps de passer quatre fois. Chaque fois qu'il voyait le visage d'Ashley blêmir, ça lui brisait le cœur.

Lorsqu'elle s'assoupit, vers 23 heures, Miller demanda au médecin si tout se passait normalement, si le bébé allait bien, à force de rester coincé là-dedans.

Le Dr Dunn rit doucement.

— Le bébé va très bien. C'est le premier accouchement d'Ashley et je ne suis pas surprise que ce soit si long. Il n'y a pas deux naissances similaires, lui dit-elle. C'est normal d'être inquiet.

Tout était donc normal. Peut-être était-il juste un peu paranoïaque, mais il lui semblait que quelque chose clochait. Que le bébé n'allait pas si bien que ça, que le monitoring fonctionnait mal, même si on entendait le battement régulier de son cœur. Un pressentiment commençait à envahir Miller.

Je vous en prie, mon Dieu, faites que le bébé aille bien. Ils avaient attendu si longtemps. Si leur fille avait besoin de soins particuliers, ils feraient face. Ashley avait une cousine trisomique et Miller avait grandi avec un enfant qui souffrait d'un problème cérébral à la suite d'un accident de voiture. Ils avaient évoqué cette éventualité et ils feraient face.

Tant que le bébé était vivant, ils pouvaient faire face à tout.

Jamais il n'avait envisagé que sa femme soit celle qui aurait besoin de prières. Il lui semblait qu'ils avaient fait tout ce qu'ils pouvaient. Ashley était en parfaite santé. Elle avait fait du yoga toute la durée de sa grossesse, ce matin encore. Tout s'était passé magnifiquement bien, sans nausées matinales, sans brûlures gastriques ni chevilles gonflées. Elle avait un bassin large, idéal pour mettre au monde des enfants. Et si on avait besoin de faire une césarienne, pas de problème. Elle la supporterait très bien.

La nuit passa au rythme des contractions et des gémissements faibles d'Ashley, qui serrait puis relâchait sa main.

Lorsque l'on en arriva à la troisième phase du travail, on demanda à Ashley quelle position elle préférait pour l'expulsion. Elle voulait être assise, les pieds dans les étriers, et Miller à côté, collé à elle.

— Tu peux y arriver, mon amour. C'est presque fini.

— Il vaudrait mieux, répondit-elle en serrant les dents.

Elle était en travail depuis vingt heures. Il se demandait comment elle tenait le coup. Et comment le bébé allait, coincé depuis presque une journée entière.

— Encore quelques poussées et votre petite fille sera là. C'est un peu tard pour une péridurale, dit le médecin en regardant entre les jambes d'Ashley. Ce bébé arrivera dans cinq minutes. Vous y êtes presque. On y va, ma grande ? continua-t-elle en levant les yeux.

— Allez !

Ashley avait l'air bien déterminée mais, lorsqu'il croisa son regard, Miller eut un choc.

— Docteur…, commença-t-il.

— À la prochaine contraction, je veux que vous poussiez de toutes vos forces.

Et c'est ce qu'elle fit. Puis elle se mit à claquer des

dents et à trembler de plus en plus violemment. Cela ne pouvait pas être normal.

— On y est presque, mon amour, dit Miller.

Il avait envie de pleurer, et ce n'était pas de joie.

Ashley hocha la tête, tenta de reprendre sa respiration mais fut prise d'une toux rauque et effrayante.

— Ça va, ma puce ?

Ses yeux se révulsèrent en arrière et elle s'affaissa soudain. Les capteurs se mirent à sonner.

— Ashley ? hurla le Dr Dunn.

— Oh non ! s'écria l'infirmière.

Miller entendit comme un bruit mouillé.

— Ashley ? Mon amour ?

Elle ne bougea pas.

— Ashley ! Ashley ! Réveillez-vous ! cria le docteur. Bon Dieu ! Faites venir un chariot et appelez les soins intensifs en néonat ! Transfusion massive à prévoir, urgence absolue ! Elle fait un arrêt cardiaque !

Alors quelqu'un le prit par le bras et l'éloigna.

— Restez ici et ne bougez pas, lui ordonna la personne, et il se mit dans un coin, complètement sonné.

Il y avait des tas de gens autour d'Ashley et tout le monde criait. On baissa le lit pour l'allonger complètement et on déchira sa blouse.

On lui fit un massage cardiaque. Voyant ça, Miller fut pris de panique. Il y avait un bruit terrible, les moniteurs ne cessaient pas de sonner et le Dr Dunn de crier : « On aspire ! On aspire ! Mais que fout l'équipe de transfusion, bon Dieu ! »

Est-ce que c'était du *sang* ? Est-ce que cette flaque au sol était *le sang d'Ashley ?* Mais qu'est-ce que c'était que ce bordel ?

La doctoresse plongea les mains dans le ventre d'Ashley pour en retirer le bébé. Comment pouvaient-ils lui faire ça ? Ils allaient la déchirer en deux !

— Le tube est en place ? demanda le docteur. Si elle

fait une embolie du liquide amniotique, c'est probablement une embolie pulmonaire.

Miller prononça le nom de sa femme d'une voix faible, comme une question.

— Chelsea, appuie sur son ventre, ou on va aussi perdre le bébé, dit le Dr Dunn à l'infirmière, dont l'expression du visage était déterminée et bien, bien trop dure.

Que voulait-elle dire par « perdre *aussi* le bébé » ?

Il suppliait tantôt à voix haute, tantôt en silence : « S'il te plaît Ashley, s'il te plaît. »

On retira de sa femme un alien vaguement bleu et couvert de sang, que l'on confia à une équipe de trois ou quatre personnes en blouses qui quittèrent aussitôt la pièce. Ashley perdait toujours du sang en abondance et un médecin continuait le massage cardiaque, si fortement que Miller entendit un craquement et comprit qu'une côte venait de céder.

— Arrêtez les conneries ! On la choque ! cria le Dr Dunn.

Est-ce que tout cela était réel, ou s'agissait-il d'un cauchemar ?

— Réveille-toi, allez, réveille-toi ! dit Miller, s'adressant à la fois à lui-même et à sa femme.

Ce n'était pas censé se passer comme ça. Ils l'avaient intubée.

— Yeux de poupée, dit quelqu'un, et c'était vrai, ses yeux partaient dans le mauvais sens.

Comme si elle était morte. Comme si elle n'était plus là.

Miller regardait tout ça, impuissant, et sans force.

— Ashley ? appela-t-il tout haut cette fois.

— Faites sortir le mari, dit quelqu'un.

— Non, fit-il.

Enfin, il eut l'impression de le dire.

— Vous nous gênez, insista une femme. Nous l'aiderons mieux si vous sortez. Votre bébé a besoin de vous.

— Je vous en supplie, sauvez-la, murmura-t-il.

— Nous faisons tout ce que nous pouvons, répondit-elle avec un regard plein de compassion et de tristesse.

Ensuite, une autre personne, un homme cette fois, vêtu d'un uniforme. Il y avait tellement de monde ! Un agent de sécurité ? Oui, un agent de sécurité l'accompagna dans le couloir.

— Il ne reste plus qu'à prier maintenant, monsieur, lui dit-il.

Miller le regarda sans comprendre.

Dans la salle d'attente, l'homme le fit asseoir sur une chaise et se posta près de la porte afin de regarder dans le couloir. D'autres gens couraient vers la chambre d'Ashley, parlaient, criaient, s'aboyant dessus… mais Miller ne retenait que le bruit du sang coulant au sol, et la vision de cette chose vaguement bleue et sanguinolente qu'on avait extraite du corps de sa femme.

— Priez, lui répéta l'homme.

Mais Miller ne savait plus comment faire.

— Je suis l'aumônière de l'hôpital, lui dit une femme. Y a-t-il quelqu'un que je peux appeler pour vous ?

Il la regarda.

— Pardon ?

— Y a-t-il quelqu'un qui pourrait venir vous aider ?

— Oh ! non.

Pourquoi appeler maintenant ? Il appellerait plus tard, lorsqu'il aurait une bonne nouvelle à annoncer. Lorsque le docteur sortirait et lui dirait : « La vache, quelle folie ! Elle va bien, Miller. Vous pouvez entrer à présent. »

Sauvez-la. Sauvez-la. Sauvez-la.

Il pensait à Ashley. Elle seule comptait. Le bébé n'existait pas pour le moment.

Les lèvres de l'aumônière bougeaient toujours, comme celles de l'homme, tête baissée, dans l'encadrement de la porte. C'était gentil. Il priait pour lui. Vraiment gentil. Miller crut qu'il allait s'évanouir. Mais non. Il fallait qu'il tienne pour le moment où Ashley se réveillerait.

Bien sûr, elle ne serait pas sur pieds avant un moment, mais il s'occuperait d'elle, comme il l'avait toujours fait. C'était un super mari.

Le temps s'était arrêté. Le monde entier s'était arrêté, en fait. Une infirmière finit par entrer.

— Votre bébé va bien, lui dit-elle, la bouche tremblante. Vous voulez la voir ?

— Non.

L'infirmière regarda l'aumônière qui se leva, et elles discutèrent.

— Miller, venez avec moi, s'il vous plaît, lui intima l'aumônière.

On l'emmena dans une pièce où on le fit asseoir, puis l'infirmière s'approcha d'un berceau en plastique et en sortit un paquet. Elle le lui mit dans les bras.

C'était un bébé. Le sien, supposa-t-il, le sien et celui d'Ashley. Son visage était rose et ses yeux fermés.

— Votre petit miracle, dit l'infirmière, les larmes aux yeux. Ses tests sont parfaits.

Mais Miller n'en avait rien à faire. On avait enroulé une couverture autour du bébé, façon burrito. Il avait les paupières gonflées et un peu de sang sur le front.

Le sang d'Ashley.

L'aumônière resta à côté de lui sans rien dire.

Longtemps, longtemps après, des heures sans doute, le Dr Dunn entra dans la salle d'attente, le visage blême. Elle s'assit près de lui, les yeux brillants de larmes et lui dit que, malheureusement, elle avait une très mauvaise nouvelle. Ashley n'avait pas survécu. Une complication très rare était survenue. Du liquide amniotique s'était infiltré dans son organisme avec des conséquences fatales : une embolie pulmonaire, une hémorragie massive et un arrêt cardiaque. Ils avaient tenté de la ranimer pendant une heure, mais son état était désespéré. Elle était vraiment désolée, et tellement désolée que cela soit arrivé à Ashley. C'était si rare. Elle posa sa main sur le genou de Miller.

— Donc… elle n'est plus vivante ? demanda-t-il.

— Toutes mes condoléances, Miller.

Ashley n'avait pas survécu. Vraiment ? Elle était morte ? Le mot pesait de tout son poids sur sa poitrine et l'empêchait de respirer. Morte. Ashley était morte.

Ce n'était pas possible. Il devait y avoir une erreur.

— Vous êtes sûre ? demanda-t-il.

— Oui, hélas.

— Est-ce que vous pourriez répondre à ma question en un seul mot, s'il vous plaît ? Est-ce que ma femme est morte ?

— Oui.

Alors il y eut comme un blanc. Un silence. Il allait s'évanouir, se dit-il vaguement.

Ashley était morte. On… on n'allait quand même pas lui mentir. Ça devait être… vrai.

— Est-ce que je peux la voir ?

— Bien sûr.

Il marcha dans le couloir jusqu'à la pièce où Ashley était entrée la veille, tellement heureuse. La veille ? Il ne s'était passé qu'un jour ?

Sa femme reposait sur le lit sous une couverture, et on ne voyait que sa tête. Le sol était taché de sang, même si quelqu'un avait essayé de nettoyer. Il en était reconnaissant.

Chelsea, l'infirmière, était en larmes et une aide-soignante épongeait le visage d'Ashley. Il y avait encore un tube que l'aide-soignante enleva avant d'éteindre les écrans où s'étiraient des lignes plates.

L'une après l'autre, toutes ces personnes quittèrent la pièce, le laissant seul avec le corps de sa femme. Il tenait toujours le bébé dans ses bras. Il l'avait presque oublié et aurait aussi bien pu le lâcher. On n'aurait pas dû le laisser seul avec ce bébé. Il n'avait clairement rien d'un père.

Alors qu'Ashley, elle, était faite pour être mère.

— Ash ? murmura-t-il.

C'était sûr, elle allait ouvrir les yeux en entendant sa voix.

— Ashley, je t'en prie, ma chérie.

Après tout, les miracles existaient. Il y avait eu ce bébé qui était mort et qu'on avait posé sur la poitrine de sa mère, et qui s'était réveillé une heure plus tard. Et cet épisode de Noël de *Call the Midwife*, où le bébé mort était dans le sac avec la bouillotte et puis il ressuscitait. Avec Ashley, ils avaient évité cette série avant qu'elle tombe enceinte, et là, durant tout un week-end, ils avaient enchaîné les épisodes en mangeant des spaghettis. Alors, oui. Les miracles existaient. « Lazare, lève-toi et marche ! » Il se souvenait de ce passage de la Bible, évidemment ! Le meilleur de tous ! Un miracle total. Alors pourquoi pas un autre maintenant ?

Je crois en Toi, se mit à prier Miller. *Je t'en prie, rends-la-moi.*

Mais visiblement ses prières ne furent pas entendues, ou furent ignorées, ou bien refusées, car les yeux d'Ashley restèrent clos, et sa poitrine ne se souleva jamais. Ses cheveux, ses beaux cheveux couleur de miel, étaient étalés sur l'oreiller et ses taches de rousseur ressortaient sur sa peau désormais livide.

Le bébé remua.

Il le dégagea de sa couverture, le plaça sur la poitrine d'Ashley et croisa les bras de la mère sur son enfant. C'était un peu macabre, mais le bébé ne semblait pas gêné. Fallait-il qu'il prenne une photo ? Non, quelle horreur ! Comment avait-il pu avoir cette idée ?

L'âme de sa femme était-elle avec eux ? Ashley attendait-elle qu'il lui dise quelque chose ?

— Le bébé va bien, fit-il d'une voix qu'il ne reconnut pas. Tu y es arrivée, Ashley. Elle va bien et… je… je vais prendre soin d'elle.

Au bout de quelques minutes, le bébé commença à

s'agiter, puis à pleurer, puis à hurler, furieux que sa mère soit morte. Miller ne pouvait pas lui en vouloir.

Il resta assis là, à regarder sa femme. Une infirmière finit par entrer et emmaillota doucement le bébé.

— Descendons à la nurserie, suggéra-t-elle en faisant sortir Miller de la pièce.

Il s'arrêta dans le couloir et se retourna, réalisant qu'il ne verrait plus jamais le visage de sa femme, ne toucherait plus jamais ses cheveux. Il se dirigea alors de nouveau vers le lit.

— Je t'aime, dit-il en l'embrassant.

Mais ses lèvres n'étaient plus les mêmes. Ce n'était plus qu'une surface morte. Il posa son front contre le front glacé et ses larmes tombèrent sur son visage, dans ses cheveux.

— Je t'aime, répéta-t-il.

Puis il se redressa, s'essuya les yeux du revers de sa manche et se força à quitter la pièce. Il fallait qu'il appelle ses beaux-parents.

Ashley était morte, il était seul, et tout le bonheur qu'ils avaient connu pendant si longtemps, depuis la deuxième semaine de leur deuxième année à la fac, lorsqu'elle lui avait souri en cours d'études européennes, tout ce bonheur, tous ces moments, toutes ces étoiles brillantes dans la nuit, étaient morts eux aussi.

16

Clark

Clark avait grandi en sachant qu'il n'était pas ce qu'on attendait de lui. En tant que fils. En tant qu'élève. Dans les domaines du sport, de la musique, du dessin, de la conversation. Et même physiquement. Il était plutôt beau tout en étant assez ordinaire. Il ressemblait à son père, mais en plus fade, moins racé, avec une mâchoire moins carrée.

Mais il avait fait avec. À quoi bon forcer le naturel, pas vrai ? Le bon fils, le fils parfait, c'était Sheppard. Même avant la disparition de son frère aîné, Clark avait ressenti ce sentiment d'infériorité. Peut-être cela tenait-il à l'âge, peut-être que si Sheppard n'était pas mort (ou n'était pas *parti* comme continuait à dire sa mère, ce qui lui écorchait les oreilles à chaque fois) il ne se serait pas senti si dévalorisé. En tout cas, la mort de Sheppard avait considérablement renforcé les choses.

Il ne se rappelait pas grand-chose de son enfance, à dire vrai. Il avait adoré son père qui, bien que brisé par la mort de son frère, continuait à lui sourire, à jouer au ballon avec lui et à le féliciter quand il accomplissait des exploits dans la piscine. Lorsque celui-ci était mort, il avait ressenti un immense vide. Il était resté seul avec sa mère, sa froideur et son cœur impénétrable. Même des années après qu'il l'eut dépassée en taille, à côté d'elle, il se sentait petit et craintif, comme si elle allait le gifler, alors qu'elle ne l'avait jamais fait.

Comme la plupart des garçons, il passait ses moments perdus devant la télé, à la piscine, ou avec des amis pas terribles. Parfois il prenait son voilier et allait faire un tour dans le détroit, content de s'éloigner de sa mère et de regarder les nuages en pensant à son père qui était avec Sheppard, et pas avec lui. Lui venait toujours après, n'était jamais que *l'autre* fils.

Chaque soir lui et sa mère partageaient un dîner sinistre et elle passait son temps à lui faire des remarques. « Clark, est-ce que tu es vraiment obligé de racler ton couteau de la sorte ? » Il était passé maître dans l'art de la contrarier, par exemple en ne s'essuyant pas la bouche jusqu'à ce qu'elle lui demande d'un ton sec de bien vouloir utiliser sa serviette, ou en s'arrangeant pour qu'une petite goutte de lait glisse le long de son verre et traverse la nappe pour laisser une marque sur la belle table en bois de cerisier. Si possible, il pétait quand elle passait à côté de lui, ne tirait pas la chasse dans les toilettes du bas et grattait ses croûtes, juste pour l'embêter. Sheppard, lui, n'aurait jamais agi de la sorte, non, parce que Sheppard, lui, était parfait.

Il cessa de faire semblant de l'écouter ou de s'attirer ses faveurs lorsqu'il eut à peu près dix ans. À cette époque, Donelle vivait déjà avec eux, et elle était beaucoup plus gentille que sa mère. Elle le laissait regarder la télé dans son petit bureau quand Geneviève était en déplacement et, du coup, Helga, énervée, partait dans sa chambre. Donelle jouait aux jeux vidéo avec lui et s'intéressait à ses amis. Elle lui avait tricoté une écharpe bleue dans le cachemire le plus doux et lui avait dit que ça mettait en valeur ses beaux yeux. Comme elle n'avait pas connu Sheppard, elle ne savait pas que c'était lui qui avait les plus beaux yeux, de ce bleu incroyable qui, encore maintenant, ressortait si bien sur les photos.

Quant à ses amis, eh bien, ce n'étaient pas de vrais amis. C'étaient juste des garçons avec qui il traînait. À dire vrai, Clark ne savait pas très bien comment se comporter avec les autres. Quoi qu'il en soit, ni son argent, ni son histoire familiale, ni la percée rapide de sa mère dans le monde de la mode ne pouvaient être ignorés des autres gamins, moins fortunés, vivant dans des maisons moins belles que Sheerwater et n'ayant pas un trois-pièces qui les attendait à New York. Sa famille avait fait des donations à des bibliothèques et des hôpitaux. Un chauffeur venait chaque jour le chercher à l'école. Alors, même s'ils ne l'appréciaient guère, ils n'allaient pas le lui dire. Sa mère, en revanche, si.

« Il faut que tu cesses de te montrer aussi faible, Clark, lui disait-elle. Tu as treize ans. Il est temps de devenir un homme. Trouve-toi des centres d'intérêt, voyons ! »

Mais à quoi pouvait-il s'intéresser ? Il aimait bien jouer à la crosse, oui. Et les films d'action. Il savait faire de la voile, mais c'était bien plus drôle avec son père. Il aimait s'entraîner au centre de tir. Il aimait s'exciter en lisant *Playboy.* Il lisait des BD, en attendant le jour où sa mère mourrait et où, comme ce veinard de Batman, il hériterait d'une fortune et deviendrait un héros.

À sa sortie du collège de Stoningham, il entra au lycée de Choate, où on trouvait de l'herbe super bonne, où un niveau de sixième suffisait en maths, où on pouvait ne lire que la moitié des livres demandés et intégrer malgré tout une des meilleures universités du pays, ce qu'il fit en rejoignant Dartmouth. Le fait qu'un des bâtiments y porte le nom de son grand-père aida carrément.

Il fit six années d'études dans le New Hampshire sans le moindre effort, changeant de filière trois fois, et populaire grâce à son nom, sa fortune et l'entreprise maternelle.

Il fut finalement renvoyé de la fac à la suite d'un épisode d'ivresse au cours duquel il mit le feu à une section spéciale de la bibliothèque. C'était marrant mais ces snobs d'universitaires imbéciles n'avaient aucun humour. Et puis, qui lisait encore Shakespeare ? Le doyen déclara que c'était la goutte d'eau. Clark s'en fichait. Il s'ennuyait de toute façon.

Il resta à Sheerwater trois semaines avant que sa mère ne lui annonce qu'un boulot et un appartement l'attendaient à New York, où il déménagerait le week-end suivant.

C'était donc parfait. Il était censé accomplir de grandes choses d'une manière ou d'une autre, n'est-ce pas ? Puisqu'il était né dans une grande famille, avait fréquenté les meilleurs établissements, etc. C'était comme ça, dans son milieu. On connaissait des gens, par soi-même ou par ses parents, ou alors on fréquentait certains cercles dans certaines universités et voilà : un siège au Sénat ou un poste haut placé, un salaire énorme et un bureau avec vue, peu importaient les qualifications. Et tant pis pour ceux qui n'avaient pas le bon pedigree ! C'était la vie ! On pouvait soit être un self-made-man, comme… Spiderman, par exemple, ou on pouvait être comme Clark.

Sur le plan professionnel, tout ce qu'il avait à faire, c'était se montrer. Il travaillait pour FHK, l'agence de publicité qui gérait l'empire maternel. Il était vice-président des relations clients, quoi que cela signifiât, avec un salaire annuel de départ de 400 000 dollars, six semaines de vacances, un bureau avec vue sur la cathédrale Saint-Patrick, une secrétaire hyper sexy de quinze ans de plus que lui qui connaissait les clients mieux qu'il ne les connaîtrait jamais et gagnait dix fois moins que lui.

Il avait un appartement fabuleux, meublé par sa mère (évidemment), au trente-deuxième étage dans l'Upper East Side, avec deux chambres, un salon immense, une cuisine et trois salles de bains ainsi qu'une terrasse. Des canapés en cuir et des serviettes-éponges moelleuses, une femme de ménage deux fois par semaine, un bar approvisionné et des tableaux sans doute chers aux murs.

Il méritait tout cela puisqu'il était un London presque diplômé de l'université de Dartmouth et qui savait faire de la voile. Apparemment, c'était ça, son boulot : emmener les clients sur le voilier de l'entreprise, leur offrir des cocktails dans un bar de luxe, jouer au golf avec eux dans le comté de Westchester, les inviter à dîner chez Peter Luger, ou tout autre restaurant ayant une étoile Michelin, puis dans un club de strip-tease chic, selon leurs préférences. Assis en salle de conférences, tandis qu'un subalterne balançait des termes comme « taux de retour sur investissement », « attribution » et « achat d'espace publicitaire », lui fantasmait sur son assistante. C'était le privilège de son rang. Désolé, les losers !

Il se savait détesté à FHK, par ceux au-dessus de lui qui avaient naïvement cru qu'il apporterait quelque chose à la boîte, en tant que fils de Geneviève, et se retrouvaient avec un employé qu'ils ne pouvaient pas renvoyer, et par ceux en dessous de lui qui devaient faire toutes les basses besognes, en plus d'avoir des connaissances et du talent. Clark savait que ce n'était pas juste. Il n'avait rien à offrir d'autre que quelques histoires juteuses sur sa mère ou sur ses magouilles du temps de la fac. Il savait qu'il n'était qu'une coquille vide, et que, sans son nom, il n'était rien. Il savait aussi que sa mère aurait souhaité qu'il fût kidnappé et/ou assassiné à la place de Sheppard. Pas facile d'assumer un tel passif. « Je vous présente Clark, le fils qu'on aurait préféré avoir perdu. » Le benjamin décevant. Celui qui n'arriverait jamais à la cheville de Sheppard.

Pas de bol, maman.

Un jour, alors qu'il travaillait depuis deux ans (tant que Geneviève faisait appel à FHK, ils devaient le garder), on l'envoya à Chicago dans un but flou… Emmener un client au restaurant et lui cirer les bottes, ce qu'il fit, en se demandant toute la soirée ce que faisait ce client et ce que l'agence était censée faire pour lui. Peu importait. Le client avait son âge, s'appelait James, ou Jay, ou Jack, et il se contenta de l'appeler J-Dog.

Ils se retrouvèrent dans un restaurant ridiculement cher, et Clark ressortit ses histoires habituelles. « Oui, je suis bien le fils de Geneviève London, mais ne compte pas sur moi pour te raconter la fois où elle s'est roulée nue dans la neige avec Ruth Bader Ginsburg ! » Le fait est que si R.B.G. était bel et bien venue à Sheerwater, il n'avait pas la moindre idée de qui elle était. Il savait juste qu'elle était toute petite, vieille, et que les femmes l'adoraient. Elle avait quelque chose à voir avec le gouvernement.

Après que l'addition eut été payée par la carte American Express de l'agence et que Clark eut raccompagné ce Jay (ou James ou Jack) à la porte, il se sentit tout à coup bien seul. Le client l'avait apprécié. Le sommelier l'avait adoré, vu qu'il avait commandé trois bouteilles de vin, chacune à 800 dollars. La serveuse aussi l'avait bien aimé après un pourboire de 500 dollars. Elle était jolie et aimable sans être collante, et elle ne les avait pas interrompus toutes les dix minutes pour savoir si tout allait bien.

Une fois la soirée avec son client terminée, il n'avait rien à faire. Il se rassit à sa table et se dit qu'il allait finir la bouteille et regarder s'il n'y avait pas une séance de cinéma quelque part.

— Est-ce que vous avez tout ce qu'il vous faut ? lui demanda la serveuse.

Belle poitrine. Et rousse en plus. Il aimait les rousses.

— Vous voulez boire un verre ?

Après tout, c'était presque l'heure de la fermeture. La serveuse, qui s'appelait comme un mois, demanda la permission à son patron puis s'assit à sa table. Ils discutèrent une heure. Avec tout l'alcool qu'il avait dans le sang, Clark se sentait détendu, et… plutôt cool. D'autant qu'elle ne savait pas ce qu'il faisait – ou ne faisait pas – dans la vie, ni le fils de qui il était. C'était juste un client riche, jeune pour être cadre, venu à Chicago pour affaires.

— Vous êtes libre demain soir ? lui demanda-t-il lorsque le patron éteignit les lumières.

Elle l'était. Elle l'emmena dans un tripot et quand, au bout de trois heures, il l'appela June, elle se mit à rire aux larmes.

— Tu as deux mois d'avance, lui dit-elle, et comme il ne comprenait pas, elle ajouta : April. Je m'appelle April.

Elle le dit gentiment, sans se moquer de lui.

Elle voulait devenir chef, travaillait dans ce restaurant pour se faire des relations, faisait une école de cuisine à mi-temps et rêvait de tenir son propre établissement un jour.

Il l'invita à voir sa suite au Drake, où elle rit encore et lui avoua que c'était deux fois plus grand que chez elle. Elle décida de ne pas coucher avec lui mais lui dit que, s'il l'invitait une fois encore, elle serait sans doute d'accord.

Il rallongea son séjour à Chicago de quelques jours, puis d'une semaine, puis de dix jours. Cette fille était trop chouette pour qu'il la quitte. Elle était joyeuse, énergique et super au lit. Elle se fit prêter un vélo pour Clark et ils sillonnèrent la ville, dont il tomba amoureux – Grant Park, le lac, le thé à l'hôtel avec les vieilles dames et, toujours, le rire d'April.

Le onzième jour, sa patronne lui ordonna de rentrer vite fait à New York ou bien elle le foutrait dehors et, d'ailleurs, elle allait lui retirer sa carte de crédit de l'agence.

Sans l'avoir prévu, il annonça alors qu'il démissionnait. Après tout, il n'avait pas besoin des minables de FHK. Il ne pouvait plus supporter ce mépris à peine voilé, cette attitude hostile envers lui et ses costumes de chez Brunello, son appartement de luxe et sa Porsche. Ils le détestaient et l'enviaient en même temps, les hypocrites.

Il décida qu'il allait devenir romancier. Pourquoi pas ? Ses six années à Dartmouth étaient plus qu'il n'en fallait pour devenir un grand écrivain. D'autre part, avec le nom qu'il portait, les éditeurs allaient se battre pour l'avoir. Il allait écrire ses mémoires romancées : son enfance malheureuse, des anecdotes sur cette mère horrible, indifférente et effrayante, ses histoires de drogue, de femmes, son boulot idiot à New York et son génie littéraire découvert sur le tard. April la rousse trouva cette idée géniale. Après tout, il était jeune. S'il voulait écrire un roman (il ne lui parla pas de la dimension autobiographique, pas certain qu'elle approuve), quel meilleur moment pour le faire ? Il fallait réaliser ses rêves.

Son rêve, c'était elle. À n'en pas douter. Soudain, il voulait se marier, vivre avec elle, cette fille si joyeuse, être normal, être aimé et avoir des enfants, tondre la pelouse et se retirer dans son bureau, parce qu'il aurait évidemment un bureau, et écrire ce qui serait forcément un grand roman américain, comme… comme ce truc qu'avait écrit Hemingway sur la pêche. Ou alors comme les mémoires de la fille adoptive de Joan Crawford, car ceux-là tout le monde les avait lus.

April était sa muse. Elle était pleine de vie, drôle et naïve, tout le contraire des filles de Dartmouth qui l'avaient regardé de haut, ou des New Yorkaises qui ne faisaient même pas semblant de ne pas être intéressées par son argent, demandaient si son appartement était à lui, lambinaient devant la vitrine de chez Tiffany et réclamaient des vacances aux Caraïbes. April était différente. Elle adorait ses parents, qui n'avaient rien d'exceptionnel mais étaient gentils. Elle voulait des enfants et un restaurant, et elle ne s'en cachait pas.

Un chef cuisinier et un romancier, ça avait de la

gueule, non ? Ils allaient être le couple le plus populaire du quartier. Tout le monde voudrait les connaître, venir à leurs fêtes, et admirerait leur bonheur. Ils passeraient l'été en Europe et auraient des enfants bien élevés et peut-être une nounou, pour qu'April ne soit pas obligée de s'occuper d'eux tout le temps et reste belle et sexy.

Geneviève se montra furieuse et glaciale en apprenant sa démission mais il s'en fichait. L'appartement dans l'Upper East Side était à son nom à elle, qu'elle en fasse ce qu'elle voulait.

Deux mois après leur rencontre, Clark demanda April en mariage. Il s'était mis à écrire comme un fou et avait loué une maison confortablement meublée. C'était bien de vivre comme des gens normaux. Il avait sorti le grand jeu à April. C'était facile, grâce à ses fonds. Il pouvait lui faire livrer des fleurs, lui offrir de jolis cadeaux, lui demander son avis avant de changer de voiture.

Il l'écoutait plus qu'il ne lui parlait car, honnêtement, il n'avait pas beaucoup de conversation et trouvait distrayant de l'entendre bavarder avec enthousiasme à propos de son travail, sa famille, ses recettes. Elle n'avait pas vraiment conscience de qui était Geneviève car elle n'achetait pas ce genre de choses, et elle mettait son silence sur le compte de sa fascination. Ce qui n'était pas faux.

Elle dit oui. Après tout, quelle femme aurait résisté à ce Clark nouvelle version, tellement créatif, passionné et heureux ? Il avait maigri et était plus séduisant que jamais. Il l'accompagnait au musée et faisait des blagues sur les œuvres, feignant d'être émerveillé devant certaines (des tableaux qui parfois tenaient plus du gribouillage, parfois étaient aussi réalistes que des photos). Elle était heureuse et celui qui la rendait heureuse ne pouvait être qu'un garçon super.

Ses parents trouvèrent qu'elle se précipitait, mais Clark et April n'en tinrent pas compte. Ils se marièrent à la mairie et achetèrent une maison en banlieue. Lorsque

Clark appela sa mère pour lui annoncer la nouvelle, il y eut un long silence.

— Et quand aurai-je la permission de faire la connaissance de ma belle-fille ? lui demanda-t-elle.

Elle prit l'avion le week-end suivant et April l'accueillit à bras ouverts en lui disant qu'elle espérait qu'elles seraient amies.

— Oui, ce serait charmant, n'est-ce pas ? murmura Geneviève.

April était trop naïve pour comprendre l'ironie.

— Vous avez fait un contrat de mariage ? demanda Geneviève lorsque April eut quitté la pièce.

— Je ne vois pas l'intérêt de ce truc, répondit Clark qui, à dire vrai, n'y avait même pas pensé.

Sa mère leva les yeux au ciel.

— C'est comme ça, maman ! Tu ne décides plus de tout !

Il était tout content de faire visiter à sa mère leur chez-eux, une maison banale sur deux niveaux, dans un quartier banal d'une ville banale non loin de Chicago. Il l'avait achetée avec son argent et aurait pu prétendre à quelque chose de mieux, mais il revendiquait cette simplicité. Ce quartier proposait tout ce qu'il n'avait pas eu petit garçon : c'était animé et bruyant, avec des enfants que faisaient du vélo et jouaient à chat… Un endroit totalement et magnifiquement banal. Il regrettait presque de ne plus être lui-même un enfant parce que les soirées d'Halloween allaient être dingues ici, et sa mère lui avait toujours interdit d'y participer. Elle les trouvait vulgaires et puis, des bonbons industriels ? Quelle horreur !

Dans l'ensemble, la vie conjugale était agréable. April allait en cours la moitié de la journée, travaillait le soir et préparait des repas délicieux quand elle était à la maison. Au lit, c'était fantastique. Alors bon, parfois, elle l'agaçait, comme quand elle lui demandait où en était son livre, ou s'il avait fait une machine ou bien les courses, alors qu'il était évidemment trop occupé pour ça.

— Tu es à la maison bien plus que moi, disait-elle. Il faut que tu participes, Clark.

Elle ne voulait pas d'une femme de ménage, alors que c'était la solution selon lui. Elle trouvait ça bête, juste pour tous les deux. Il valait mieux faire des économies et se débrouiller eux-mêmes. Une mentalité typique du Midwest.

Du coup, Clark lui mentit et prétendit qu'il serait plus productif en allant écrire ailleurs, à la bibliothèque par exemple, et lui dit aussi qu'il avait des contacts avec des agents déjà intéressés. Il s'avéra qu'il s'ennuyait à la bibliothèque et qu'écrire était plus difficile qu'il n'y paraissait.

Ma mère a toujours préféré mon frère, mais il a disparu lorsqu'il avait sept ans et moi cinq, et elle n'a plus jamais été la même après. Si je pleurais, que j'étais triste à cause d'elle, mon père entrait dans ma chambre et me prenait dans ses bras, s'asseyait à côté de moi. Puis mon père est mort, et ça craignait vraiment, c'était vraiment triste. C'était un papa gentil. Pas comme ma mère, qui était une femme froide.

Il n'aimait pas écrire sur Sheppard, même si la disparition de son frère avait été l'événement sans doute le plus intéressant de sa vie. Alors il griffonnait des dessins de Geneviève affublée de cornes ou d'un pénis, et passait son temps à lire des BD, car il aimait toujours ça. Parfois, il faisait une sieste dans un fauteuil entre les rayonnages.

Il rejoignit un groupe d'écrivains qui se réunissaient à la bibliothèque. « Accroche-toi », lui disaient-ils. Écrire était plus difficile que ce que les gens croyaient ! Il avait peut-être besoin de faire une pause. Pour que l'inspiration revienne. Après que deux membres eurent été publiés, il quitta le groupe. De toute façon, tout ça l'irritait. L'idée d'écrire était sympa mais ils se la pétaient tous un peu à parler nombre de pages et contrats.

Parfois, Clark allait au cinéma ou déjeunait au restaurant. Il s'inscrivit finalement au Country Club de Park Ridge, sans en parler à April dont ce n'était pas vraiment le genre, vu ses origines sociales. Elle ne jouait d'ailleurs même pas au tennis. Clark quant à lui s'y sentit tout de suite comme chez lui. Le parcours de golf était fantastique et les terrains de tennis magnifiques.

Il y avait aussi beaucoup de jolies femmes. Des mamans et leurs filles étudiantes, des divorcées qui cherchaient à se rassurer et des célibataires qui voulaient faire des rencontres.

Alors, évidemment, il eut des aventures, comme tous les hommes. Il y avait de bonnes chances pour que son père ait trompé sa mère, et qui aurait pu le blâmer ? Il s'acheta un appartement chic à Park Ridge, pour faciliter ses frasques. La vie était belle. Ici, il était enfin loin de l'ombre de sa mère. Enfin lui-même. Le fait de vivre de ses rentes ne l'inquiétait pas. Une fois le livre paru, il gagnerait des millions, et plus encore quand il l'aurait vendu à Hollywood. Il deviendrait peut-être alors producteur, ou bien écrirait le scénario. Ce ne devait pas être bien sorcier.

Lorsque April tomba enceinte, il ne se réjouit pas plus que ça. La vie conjugale avait un peu perdu de son charme, à dire vrai. April n'était plus si joyeuse, ni si amoureuse de lui. Mais bon, avec un enfant, ça irait mieux. Un fils. Qu'il appellerait peut-être Sheppard ? Rien que pour embêter sa mère.

Sheppard… Parfois des souvenirs douloureux remontaient tandis qu'il rêvassait… La joie qu'il ressentait lorsque son grand frère lui proposait de jouer avec lui, par exemple. Il lui semblait se souvenir aussi que c'était Sheppard qui lui avait appris à se brosser les dents le soir. Pour autant, même si leur mère eût préféré mourir plutôt que de l'admettre, ce n'était pas un fils parfait.

Lors d'un passage à Sheerwater avec April à Noël, il s'arrêta devant les photos de lui et son frère.

— Un beau petit garçon, dit April en glissant sa main dans la sienne.

— C'est vrai.

— Il doit te manquer tellement.

— Ouais.

Si seulement son frère n'était pas mort ! Et son père non plus !

— Ne parlons pas de choses tristes, voulez-vous ? dit alors Geneviève d'un ton glacial. Clark, raconte-moi plutôt où en est ton… livre.

Elle avait ainsi toujours une petite hésitation, comme si elle était au courant qu'il couchait à droite et à gauche, allait roupiller au cinéma ou jouer au golf, ou encore boire à 11 heures du matin.

— Mon livre avance super bien.

— On se l'arrache à Hollywood, ajouta April.

Et Clark eut des remords – si April gobait ce genre de mensonge, Geneviève, non.

— Comme c'est excitant ! commenta sa mère.

— Oui, ils en réclament même un deuxième, répondit-il, et ils m'ont fait une proposition pour un troisième. C'est pratiquement fait. On en saura plus très vite.

Sa mère haussa un sourcil, histoire de lui faire savoir qu'elle ne croyait pas un mot de ses bobards. Eh bien oui, si le bébé était un garçon, ils l'appelleraient Sheppard, et elle serait furieuse. Car il n'y avait qu'un seul Sheppard au monde, et c'était celui de Geneviève.

Malheureusement, ce fut une fille. Il envisagea tout de même de l'appeler Sheppard, mais April refusa. Elle avait jeté son dévolu sur Emma, alors bon, pourquoi pas. C'était une mignonne petite fille. Geneviève vint la voir et déclara qu'elle était « tout à fait Riley ». Le message était clair… Même l'enfant de Clark n'était pas à la hauteur.

Un mois après la naissance, April tomba gravement malade, une de ces longues maladies psychologiques contre lesquelles on ne pouvait rien. Elle était tout le temps triste, ce qui était vite devenu pénible. Le truc qu'on appelait dépression post-partum. Ou peut-être sa tristesse remontait-elle à avant ? Ce qui était sûr, c'est que c'était déprimant ! Plus personne pour s'occuper du linge, la maison restait en bazar, sentant le lait maternel et les couches sales. La mère d'April tomba malade, ce qui n'arrangea rien. Il fit appel à une entreprise de nettoyage et à une infirmière pour sa belle-mère, mais malgré ça sa femme ne retrouva pas le sourire.

Lorsque Emma eut quatre mois et fit ses nuits, Clark annonça à April qu'il fallait qu'il parte en voyage, pour « faire des recherches ».

— Mais c'est impossible ! avait-elle braillé. Tu es fou ? Je ne vais pas m'en sortir !

— C'est indispensable, avait-il rétorqué. Qui paye les factures dans cette maison, à ton avis ?

— L'argent de ta famille !

— Et tu crois que ça suffit ? Eh bien, tu as tort, avait-il prétendu. J'ai une activité de conseil à New York et il *faut* que j'y aille, puisque tu as choisi de rester à la maison t'occuper du bébé.

Nouveau mensonge. Personne ne ferait appel à ses conseils. D'une part, parce que FHK lui avait délibérément intenté un procès pour rupture de contrat et, d'autre part, parce que ses rentes suffiraient largement à assurer leur avenir à tous les trois, même si, OK, il avait pas mal dépensé ces dernières années. Mais April n'avait pas à savoir tout ça.

Ils se disputèrent, ce qui ne fit que rendre le départ plus facile.

Il avait oublié combien il aimait voyager ! Lorsqu'on

était en voyage, tout était nouveau. On découvrait sans arrêt des endroits où l'on était anonyme et où l'on pouvait être n'importe qui, où l'on n'avait pas de passé… Qu'y avait-il de mieux que cela ?

Il se rendit à L.A. parce qu'on y faisait toujours des rencontres imprévues, en particulier si l'on descendait dans le plus bel hôtel. Clark s'habilla comme il imaginait que s'habillaient les écrivains : un T-shirt noir (350 dollars), un jean délavé (900 dollars), des Converse montantes (pas chères), et la serviette à 5 000 dollars offerte par sa mère lorsqu'il avait démarré chez FHK. Il passait ainsi pour un écrivain à succès qui restait cool malgré tout. Il traîna dans le hall de l'hôtel, où il aperçut Denzel Washington en compagnie de trois ou quatre personnes, hésita à demander un autographe puis décida de faire semblant de le connaître.

— Salut Denzel ! s'exclama-t-il en se précipitant pour serrer la main de l'acteur. Clark London. Ravi de te revoir !

— Moi également, répondit l'acteur avec un signe de tête poli, tout en se dirigeant vers le restaurant avec ses amis.

— À bientôt ! s'écria-t-il avant de le regretter aussitôt.

Tant pis ! Il avait rencontré Denzel Washington ! Ils avaient parlé. Ils étaient tous les deux ici pour affaires et ils avaient discuté, ce qui était très prometteur. Dans les différents bars où il se rendit ensuite, il racontait à des inconnus qu'il se trouvait quelques jours plus tôt au Bel-Air avec Denzel, avec qui il avait pris un verre. De fait, ils avaient pris un verre au même endroit. Certes pas ensemble, mais pratiquement.

Il passa un séjour formidable et s'absenta en tout trois semaines. À son retour, April avait changé. Il vit dans son regard qu'elle n'était pas dupe. Il lui mentit et prétendit que sa mission de conseil s'était très bien passée et, devine quoi, ses livres avaient été retenus et allaient bientôt faire l'objet d'une adaptation. Avec Denzel Washington (si, si !), ils avaient évoqué le fait qu'il joue le rôle de… euh… Pierre. (April n'avait pas la moindre notion de ce qu'il avait, ou plutôt n'avait pas, écrit.)

— Ça va te rapporter de l'argent ? avait-elle demandé.

— En effet. J'aurai le chèque cette semaine.

Son visage s'éclaira et elle le serra dans ses bras.

— C'est merveilleux, Clark !

Il dut donc retirer un énorme montant à la banque. (La vache ! Ils prélevaient de ces frais ! C'était du vol !) Il le donna à sa femme en lui disant qu'il s'agissait de son avance.

Cela s'avéra une énorme erreur. April dépensa l'argent, presque en totalité, dans un traitement expérimental pour sa mère à la clinique, et pendant environ un an Joan se sentit mieux et put remarcher. Mais elle rechuta peu à peu et, lorsqu'on essaya de nouveau le traitement, ce fut un échec. Joan se retrouva condamnée et l'argent avait disparu. Même si Clark parvenait à comprendre pourquoi sa femme avait agi de la sorte, sans doute par désespoir, il n'empêchait que c'était du gâchis.

Un deuxième voyage était nécessaire, pour sûr. Et puis un autre. Et encore un autre. Comme il lui avait menti et donné l'argent, April ne se montrait plus aussi soupçonneuse, alors pourquoi se priver ? De plus, elle avait eu toute liberté pour dépenser cet argent, en l'occurrence pour sa mère. Alors maintenant, c'était à son tour de profiter.

Bon Dieu, toutes ces femmes ! Certes, il y avait celles du club de tennis, mais il était obligé de les revoir et ça pouvait devenir compliqué. Mais cette Portugaise qui séjournait dans la suite en face de la sienne et qui avait toqué à sa porte, complètement nue ! Ou cette Française qui l'avait abordé dans un bar et lui avait demandé avec cet accent torride : « Ça vous dirait de coucher avec moi ? » !

Peut-être allait-il écrire une rubrique voyages dans le *New York Times* ou bien pour un autre grand journal : « Où s'envoyer en l'air en Europe », « Les meilleurs endroits où manger en Scandinavie », « Les plus belles femmes du monde », « Les meilleurs cocktails d'Amérique ». Mais oui, ça, c'était une bonne idée ! Il fallait qu'il envoie une proposition à un rédacteur en chef, ou quelqu'un comme ça.

En jetant un œil par hasard à son compte en banque, Clark eut une mauvaise surprise. Un billet de première classe pour, disons, l'Australie allait chercher dans les 10 000 dollars, sans compter tout ce qu'il aimait : les hôtels et les restaurants cinq étoiles, les spas, le golf, la plongée. Parfois, il se faisait des amis ou bien était invité à rejoindre un groupe, et il adorait payer l'addition. Il louait un bateau ou organisait une fête. Parfois il « profitait de la compagnie d'une femme » (son expression pour « tromper sa femme ») et, bien sûr, parfois, ça aussi avait un coût. Rien de tel qu'une prostituée de luxe.

Mais ses ressources, qui autrefois se renouvelaient sans cesse grâce aux intérêts et autres produits financiers auxquels il ne comprenait rien, s'épuisaient désormais à une vitesse alarmante.

Enfin bon, il n'en manquerait jamais. Geneviève ne laisserait pas son fils et sa petite-fille dans la dèche. Elle ne s'attendait pas non plus à ce qu'il voyage en car. Il pourrait éventuellement travailler pour elle. Dans les ventes ou quelque chose comme ça. Ce n'était pas grave qu'il ait échoué par le passé. Il ferait l'effort si nécessaire.

Lorsqu'il était chez lui, Clark essayait d'être un bon père, mais ce n'était vraiment pas sa tasse de thé. Il lisait de temps en temps une histoire le soir et promenait sa fille sur son dos, lui acheta un trampoline pour le jardin, qu'April lui fit enlever après qu'Emma s'y entailla le crâne. C'était une enfant gentille et mignonne, même si elle tenait vraiment de la famille d'April. Au moins elle était blonde, en ça elle lui ressemblait.

Quant à April… Seigneur, une véritable épave ! L'état de sa mère empira, son père était bouleversé et essayait de ne pas le montrer, et April était à ramasser à la petite cuillère. Clark lui dit d'aller voir un psy, de prendre des médicaments, tout ce dont elle avait besoin. Il restait devant la télé le soir avec elle, à regarder des programmes débiles, pliait le linge histoire de se montrer attentionné, l'emmenait au restaurant, et elle s'égayait un peu. Ou pas. Et alors il avait de nouveau des fourmis dans les jambes et repartait.

— Je suis obligé, ma chérie. C'est important.

Il ne supportait pas de rester longtemps chez lui. Il s'appelait Clark London, après tout. Il avait grandi dans une grande demeure au bord de la mer. Leur petit quartier avait perdu son charme à ses yeux et il s'y ennuyait. C'était ordinaire. Et lui ne l'était pas. Il était le fils de son père, aimait-il penser. Pour son fils, Garrison London aurait voulu ce qu'il y avait de mieux à faire et à voir, en particulier à cause de ce qui était arrivé à Sheppard. Clark méritait le meilleur de la vie. Son père n'en aurait pas démordu.

La santé de Joan empira au gré des séjours à l'hôpital. C'était triste à voir. Une fois, elle attrapa une pneumonie et faillit mourir. Pour être honnête, Clark souhaitait que cela finisse. Au moins son beau-père se montrait stoïque. Mais April devint folle de chagrin, pleura, s'arracha littéralement les cheveux. Ce fut effrayant.

Lorsqu'il lui dit : « Mais chérie, elle va mourir, tu le sais bien », elle le frappa au visage. Mais enfin, qu'est-ce qui n'allait pas chez elle ? Joan allait mourir, c'était certain ! Il fallait qu'elle s'y fasse.

Il l'envoya dans un spa dans l'Arizona où on pratiquait le yoga et autres bêtises, lui intima de se détendre et de se reposer, puis appela sa mère pour lui annoncer qu'April avait été internée.

— Très bien, répondit Geneviève. Je me fais du souci pour elle.

— Est-ce que tu pourrais venir, maman ? Emma aimerait beaucoup te voir, dit Clark.

— Parfait. Je serai là demain.

Elle fut horrifiée devant l'état de la maison, le désordre et la saleté que Clark avait fini par ne plus remarquer. Dès son arrivée, elle embaucha des peintres, un service de jardinage et une femme de ménage, et elle commanda des repas chez un traiteur du coin. Clark ne put s'empêcher de se dire que c'était exactement ce qu'April aurait dû faire de l'argent qu'il lui avait donné.

Il raconta à sa mère que l'établissement psychiatrique coûtait fort cher et elle lui signa un gros chèque en lui disant qu'elle était sûre que cela en valait la peine.

Dans un rare élan d'admiration, il lui dit :

— Tu ne t'es jamais effondrée comme ça. Et pourtant ce que tu as vécu était bien pire.

Elle le regarda d'un air impénétrable.

— Merci. Mais nous ne sommes pas tous aussi forts que nous aimerions l'être.

Traduction : *Ta femme est faible et incapable*. Clark était d'accord.

Au bout de deux semaines, April revint à la maison, Geneviève repartit et les choses s'améliorèrent un peu. Mais quelque chose s'était cassé. Ils n'avaient pas fait l'amour depuis des lustres. Un an peut-être, quand il y réfléchissait. Lui l'avait fait, bien sûr, juste pas avec sa femme.

Le médecin traitant d'April lui prescrivit des antidépresseurs, ce qui aida. Elle s'occupa bien d'Emma et la petite fille était plutôt heureuse.

Mais la jeune femme lumineuse, sympa et optimiste qu'il avait épousée n'avait rien à voir avec cette créature pâle et épuisée qui ne semblait revivre qu'entre 15 h 35 et 20 heures, les heures où Emma était à la maison et ne dormait pas. Les week-ends étaient difficiles parce que April était en surrégime : il fallait construire une cabane, faire des activités manuelles, du patin à glace ! Et cela l'épuisait. Il lui disait de se calmer, qu'Emma serait aussi contente de juste lire ou regarder la télé.

— Il faut bien que je compense tes absences, rétorquait-elle.

Ils ne se parlaient plus jamais. Elle ne lui demandait pas quand le film de son livre (ni publié, ni écrit) sortirait. Parfois il la surprenait en train de regarder par la fenêtre et ses yeux étaient si tristes que cela lui donnait envie de divorcer.

Oui, divorcer, voilà la solution. Elle obtiendrait une généreuse pension (de Geneviève, parce que, bon, ses rentes à lui étaient presque épuisées) et, libéré des états d'âme d'April, il vivrait enfin pour lui-même. Il écrirait ce livre ou bien tiendrait cette chronique de voyages, qu'il trufferait d'anecdotes amusantes sur des contrées lointaines. Ou, encore mieux, il s'achèterait son propre journal.

Incapable de rester chez lui une minute de plus, Clark réserva un vol pour Seattle. C'était une ville géniale, tellement créative, un endroit où il se sentit vraiment chez lui, pas comme à Chicago, où la vie était morne et ennuyeuse. Il en informa sa femme une semaine plus tard. En tant que conseiller de production, il devait absolument partir faire des repérages.

Cette ville sentait bon les fruits de mer, l'air vivifiant du Pacifique et le parfum riche et corsé du café fraîchement moulu. Il descendit au Fairmont Olympic, déclara au barman qu'il était producteur de cinéma et se retrouva au milieu d'un tas de nouveaux amis, à fumer de la bonne herbe et à rêver d'opportunités infinies. Il avait trente-quatre ans et se sentait à la fois jeune et mûr dans cette ville où ne vivaient que de grands enfants. C'était l'argent qui faisait la différence. Et puis son succès, ou du moins la perception que les gens en avaient. Et aussi son nom de famille. L'héritage qu'il incarnait.

Au dernier moment, il décida de décaler son retour et de partir à 22 heures au lieu du matin. Il gagnait un jour de plus loin de chez lui et une partie de jambes en l'air supplémentaire avec Moira, une *street artist* qui, mis à part le fait qu'elle ne se rasait nulle part, même pas sous les aisselles, était stupéfiante (et totalement déchaînée au lit). Alors qu'est-ce que cela changeait, qu'il arrive le soir plutôt qu'à midi ?

Ce n'était qu'une journée. Quelques heures, en fait. Il dirait à April que son vol avait été annulé ou, mieux, que son taxi avait crevé parce que, ça, elle ne pourrait pas le vérifier. Mais il ne l'appellerait pas, parce qu'elle allait se mettre en colère, ou être triste ou déprimée ou tout à la fois, et il n'avait juste pas envie d'entendre ça. Il s'était absenté douze jours, alors quelques heures de plus ou de moins... En plus il méritait vraiment ces petites vacances.

Et donc il resta.

Évidemment, s'il avait su que sa femme prévoyait de se suicider, il serait rentré plus tôt. C'était tellement affreux que ce soit Emma qui l'ait trouvée ! Affreux, oui, et tellement égoïste de la part d'April ! Cela l'avait étonné. Alors OK, s'il n'avait pas décalé son vol pour s'envoyer une dernière fois en l'air avec Moira, il aurait été là et l'aurait trouvée lui, mais elle aurait pu se douter qu'il y aurait du changement.

Dans sa lettre, elle disait qu'elle n'y arrivait plus, et qu'elle préférait s'en aller tant que sa fille gardait de bons souvenirs d'elle. Qu'elle était désolée mais n'avait pas d'autre choix. Qu'Emma vivrait mieux sans elle. Qu'elle ne pouvait pas laisser sa fille la voir s'étioler sans fin. Qu'elle était en train de se noyer et que mourir lui semblait la seule solution. Elle avait déjà l'impression de ne plus exister et était terrifiée à l'idée que quelque chose arrive à son enfant et qu'elle soit incapable de lui venir en aide. Qu'une fois sa maman morte Emma serait plus en sécurité et que, même si elle était triste aujourd'hui, ce serait mieux pour elle à long terme. Ses parents comprendraient et son père devait pour l'heure s'occuper de sa mère. Elle était vraiment désolée.

Pas un mot sur Clark.

Qu'est-ce qu'il avait à foutre de tout ça ? Elle lui avait bien pourri la vie ! Sa femme pensait au suicide et ne lui en avait jamais parlé ? Mais enfin ! Ah oui, et maintenant Paul lui racontait que depuis l'adolescence elle avait une grave tendance à la dépression. Agréable d'entendre ça au bout de dix ans de mariage !

C'est à ce moment-là que son beau-père lui mit son poing dans la figure et, bon sang, que ça fit mal !

— Peut-être que si tu avais été plus présent tu t'en serais aperçu, grommela Paul en se secouant la main. Tu crois qu'elle n'était pas au courant de ce que tu faisais, quand tu étais soi-disant en train d'écrire un livre ou de faire un film, ou je ne sais lequel de tes foutus mensonges ?

D'accord. C'était encore de sa faute, comme toujours depuis que son frère était *parti*.

Au bout d'un mois seul avec sa petite fille, le visage sillonné de larmes et des nœuds dans les cheveux, à endurer le chagrin des Riley et leur haine à son encontre, il se dit que ça ne pouvait plus durer. Un papa veuf en charge de tout ? C'était impossible ! Entre les visites chez le psy et le médecin traitant, les vaccins, les devoirs, le scoutisme et le foot – est-ce qu'une gamine de huit ans était vraiment obligée de faire tout ça ? –, sans compter le ménage et la lessive, les mots des professeurs pour lui signaler les difficultés de sa fille, la psychologue scolaire qui voulait s'entretenir avec lui, et les autres mamans de l'école qui adoraient April, il fallait encore faire les courses et la cuisine, payer les factures et les impôts, et franchement, ça allait bien comme ça !

Ce n'était pas la vie qu'il voulait. Personne n'y trouvait son compte. Si sa belle-mère n'avait pas été en train de mourir, si les Riley avaient eu de l'argent, s'ils n'avaient pas été aussi déprimés et fauchés, peut-être que Clark leur aurait laissé Emma. Peut-être que, si Paul ne lui avait pas mis son poing dans la figure, il la lui aurait confiée malgré Joan qui était au plus mal. S'il avait pu embaucher une nounou, une femme de ménage, une cuisinière et un jardinier pour se décharger des tâches ingrates, alors peut-être aurait-il gardé l'enfant.

Malheureusement, il n'avait plus d'argent. Des millions et des millions de dollars, évaporés en dix ans.

Geneviève, en revanche… Geneviève possédait une fortune sans limite. Si elle prenait Emma en charge, peut-être se montrerait-elle moins dure à son égard et le renflouerait. Oui, quand elle verrait combien Emma était facile, peut-être l'embaucherait-elle, ou mieux, elle lui signerait un chèque. Elle était pleine aux as, la vieille bique.

Emma serait plus heureuse dans le Connecticut, à Sheerwater, dans cette énorme baraque avec du personnel, une piscine, l'océan… rien à voir avec le trou à rats où vivaient ses autres grands-parents. Ils iraient lui rendre visite, s'ils en avaient envie.

Ça marcha. Geneviève lui donna de l'argent et il s'en alla. Est-ce qu'il eut de la peine à quitter Emma ? Bien sûr, mais ça n'allait pas durer. Il était conscient qu'il aurait dû se sentir plus attaché à sa fille, mais c'était comme ça. C'était la faute de Geneviève. Elle l'avait littéralement détruit après la mort de son frère. Quel psy dirait le contraire ?

Il revint à Noël pour encaisser son chèque et les reproches maternels, voir sa fille, et Donelle qui lui dit qu'Emma était facile et qu'il avait raison de penser qu'elle était mieux là.

Malgré tout, il avait honte et, pour réprimer cette impression de ne pas être à la hauteur, il fit ce qu'il avait toujours fait : il voyagea, il but, il mentit. Éviter de penser à sa fille devint une habitude et les jours passèrent sans qu'il s'en souciât. Elle devint un simple détail de sa vie.

Pourtant, quelquefois, au milieu de la nuit, il se souvenait de son père et de ce sentiment d'être aimé, protégé… ce sentiment unique que Garrison lui donnait.

Clark, lui, avait abandonné son enfant.

Et il recommença.

Des années plus tard, après avoir dépensé de nouveau des millions, alors qu'apparemment il était devenu grand-père, il eut une seconde fille, malade celle-ci. Elle avait des problèmes – des problèmes graves. Et lui était déjà assez âgé, quoi ! Il n'était déjà pas armé à l'époque pour s'occuper d'un bébé normal, alors Hope, avec tous ses soucis et ses besoins spécifiques, pensez-vous ! Sans parler de l'argent que cela coûtait de lui prodiguer tous ces soins ! Même la rente versée par sa mère n'y suffirait pas.

Geneviève, en revanche, avait des moyens suffisants. Son carnet de chèques, c'était son arme fatale. Il retourna la voir et ce fut un moment horrible : il fallut lui dire pour Hope, sa maladie, reconnaître qu'il avait encore besoin de son argent, qu'il avait échoué dans les grandes largeurs. Il se mit à pleurer sous le regard méprisant de sa mère.

Tant pis. L'important était que quelqu'un s'occuperait de Hope, dont la mère, Kellianne, qui avait clairement pris Clark pour une vache à lait et lui avait menti sur sa contraception, fut plus qu'heureuse de renoncer à ses droits sur l'enfant.

Curieusement, il avait sangloté sans pouvoir s'arrêter en emmenant Hope à Rose Hill. Il découvrit à cet instant ce qu'aimer voulait dire. Et que ça faisait fichtrement mal.

Des années plus tôt, il avait été un père défaillant et Emma en avait logiquement payé le prix : elle était devenue mère à l'adolescence et vivait désormais avec Paul Riley à Chicago. Et il n'avait pas fait mieux avec Hope, quelques mois après sa naissance. Comme il aurait préféré se rendre compte alors qu'il était devenu un homme doux, bon et généreux, tout dévoué à son enfant dans le besoin.

Mais c'était impossible, après toutes ces années vécues dans un désert affectif.

Ça ne marchait pas comme ça.

17

Emma

Je m'étais toujours dit qu'on se marierait, Jason et moi. Jusqu'au jour où il m'a annoncé ses fiançailles, je nous imaginais mari et femme. L'idiote que j'étais !

Nous étions sortis ensemble à seize ans, en fin de première, et avions perdu ensemble notre virginité aux vacances de Noël suivantes. À l'époque, j'étais tellement amoureuse que j'en perdais la raison. Je m'endormais chaque soir le téléphone collé à l'oreille et, chaque matin, mon cœur chavirait quand je le retrouvais. Il était tellement joyeux tout le temps. Tellement gentil et drôle, partant pour tout : faire de l'escalade, se baigner dans l'océan, regarder des films des années 1980 avec Brad Pitt… Et surtout, pour mon grand bonheur, Jason n'était pas compliqué.

Vu mon histoire familiale, c'était vraiment appréciable. Dans mes souvenirs, ma mère était heureuse, ce qui prouvait combià la mémoire était trompeuse. J'aimais et détestais tellement ma mère que j'évitais de penser à elle… à cette femme qui chantait en me donnant le bain, construisait les plus belles cabanes, faisait du coloriage avec moi pendant des heures et puis, un jour, avait décidé de mettre fin à ses jours et de laisser sa fille de huit ans la découvrir morte.

Tant qu'elle était encore en vie, mon père avait été plutôt un bon père. OK, il n'était pas souvent là, mais il me rapportait des cadeaux de ses voyages et me faisait grimper sur son dos de temps en temps. Pourtant au moment où j'ai eu le plus besoin de lui, il m'a tout simplement larguée chez sa mère. Lorsqu'il venait chaque Noël pour sa visite annuelle de vingt-quatre heures, il passait le plus clair de son temps à se disputer avec elle ou bien à me regarder en soupirant. J'ai passé la première année à attendre qu'il me récupère, puis j'ai compris que ça n'arriverait pas, et je n'en avais d'ailleurs plus envie.

Le jour où ma mère est morte, l'avion de mon père avait eu du retard, ou quelque chose comme ça. Il n'était arrivé que plusieurs heures après que notre voisine, Mme Fitzgerald, m'avait fait appeler la police, et j'étais en état de choc. Pop était parti à la morgue, Grammy m'avait enveloppée dans une couverture, et elle et Mme Fitzgerald me parlaient d'une voix douce.

Puis il était arrivé.

Au lieu de me prendre dans ses bras et de me consoler, il s'était effondré, rendant la pire journée de ma vie pire encore. Il était secoué de sanglots, pleurait si fort que son visage était inondé, et répétait : « Je suis désolé, April, je suis désolé ! », alors qu'elle ne pouvait plus l'entendre. Plus tard, à chaque fois que j'entendrais l'expression *drama queen*, je ne pourrais m'empêcher de penser à mon père.

Ce fut Pop qui me dit : « On va s'en sortir, ma chérie », alors qu'il avait le visage tout gris et les yeux brillants de larmes. Ma grand-mère, qui à l'époque parvenait encore à me prendre sur ses genoux, me caressait les cheveux.

Geneviève vint à l'enterrement. Elle me dit « d'être forte » et me força à porter ces chaussures trop petites.

Les premiers jours, mon père et moi étions restés chez mes grands-parents et dormions dans l'ancien lit de ma mère. Nous rentrâmes chez nous au bout d'une semaine, et là plus rien ne fut comme avant. Plus rien n'était pareil, à commencer par ma chambre autrefois joyeuse dans laquelle ma mère me lisait des histoires et faisait parler mes peluches avec de drôles de voix. Elle m'avait aimée, et puis elle s'était suicidée. Qu'est-ce que ça voulait dire ? La cuisine où elle nous préparait de si délicieux repas sentait désormais le hot-dog et le brûlé, grâce à mon père. Le désordre s'accumulait, tout était sale et collant.

Je voulais aller vivre chez Pop et Grammy, mais quelques semaines plus tard mon père m'annonça que je partais pour le Connecticut.

Il omit de préciser *pour toujours*. Ainsi que *toute seule*. Il ne prit pas la peine de me dire au revoir, mais se contenta de me recommander d'être *courageuse*.

Du coup, pas question de lui pardonner de m'avoir abandonnée. Cela dit, il n'avait pas l'air d'en souffrir beaucoup. Je ne comprenais pas comment on pouvait se soucier aussi peu de son enfant. Je veux dire, d'accord, mon père avait souffert. Il avait perdu son frère, son père et enfin sa femme. Mais on aurait pu penser (en tout cas, c'est ce que j'ai pensé durant toute mon enfance, puis mon adolescence tourmentée) que ces deuils l'auraient fait m'aimer davantage.

Ce n'était pas le cas.

Quant à Geneviève, elle était totalement insondable. Elle ne faisait qu'accomplir son devoir et me le faisait bien sentir. Et puis, je n'étais jamais à la hauteur de ses attentes. Par exemple, lorsque je fus sélectionnée dans l'équipe de natation en seconde, elle me dit de cesser de me vanter. J'avais un avantage certain puisque nous avions une piscine chauffée à Sheerwater huit mois de l'année. Des jours durant elle ne m'adressait pas la parole, sans raison apparente. Donelle se contentait de hausser les épaules lorsque je lui demandais si ma grand-mère était fâchée après moi. En revanche, quand j'ai commencé à sortir avec Jason, je rentrais discrètement après le couvre-feu au moins un soir par semaine, et elle n'a jamais rien dit. Une fois, alors que je pensais vraiment être punie parce qu'il était plus de 1 heure du matin, elle s'est contentée de me dire : « Vérifie bien que la porte est fermée, tu veux ? »

Pour toutes ces raisons, le caractère pas compliqué de Jason était un soulagement. Avec lui, je respirais enfin. Je relâchais la pression, et je desserrais enfin les dents. Son éternelle bonne humeur, sa belle gueule et sa façon de m'embrasser… De quoi d'autre une adolescente avait-elle besoin ? Ses parents m'aimaient bien, m'accueillaient chez eux, et tout l'amour que je lui donnais, il me le retournait.

Il n'était pas comme les autres garçons. Jamais grossier, ni vulgaire. Aucune plaisanterie scato, ni blague en dessous de la ceinture, ni remarque machiste. Au lieu de ça, il me disait que j'étais belle, que je le faisais rire et qu'il m'aimait.

Il faut que vous compreniez bien. Personne ne me disait des choses comme ça. Donelle était gentille, mais pas aussi aimante qu'une mère. Pop était bourru, et encore plus après la mort de ma pauvre Grammy. Il me fallait quelqu'un à *aimer.* N'importe qui.

Jason combla ce vide dans mon cœur. Pas une demi-journée ne passait sans que nous ne nous parlions, et, à quelques rares exceptions près, nous faisions quelque chose ensemble chaque week-end et plusieurs fois par semaine. Quand l'occasion se présentait, il m'offrait toujours un joli cadeau – un bracelet, un carnet ou de bons chocolats. On se tenait tout le temps par la main, au lycée et devant ma grand-mère. On nous avait élus couple le plus mignon, et roi et reine du bal de promo.

Presque trois ans d'un premier amour sans nuages, sans une seule dispute, sans larmes, ni drame. Après toutes ces années où je m'étais sentie perdue, je me retrouvais enfin.

Et puis j'eus un retard de règles. Je me dis que c'était

le stress de la fin d'année, même si on ne faisait plus grand-chose au lycée. En réalité, je savais. Une fois sans préservatif. Je prenais la pilule, mais je l'avais oubliée une fois. Juste une fois.

Au bout de dix jours de retard, j'en parlai à Jason et il revint avec un test de grossesse acheté dans une autre ville. Nous ne nous dîmes pas grand-chose. Geneviève était à un déjeuner à New York, Donelle en train de repeindre la buanderie et Helga s'activait dans la cuisine, à faire du café dont l'odeur, que j'adorais habituellement, me donnait désormais envie de vomir.

Pâle et silencieux, Jason était assis sur mon lit. Je me rendis aux toilettes comme dans une prison, enlevai ma culotte et fis pipi sur le test en priant pour qu'il soit négatif. Avant même les trois minutes réglementaires, les deux traits apparurent clairement.

Mon cœur sauta dans ma poitrine. J'étais bel et bien enceinte.

Pas vraiment pratique.

En août, j'étais censée partir pour la fac de Smith afin de faire un double cursus en marketing et économie. J'étais qualifiée pour faire partie de l'équipe de natation et j'allais habiter à Cutter House, une résidence universitaire spéciale où on ne parlait que français. Avec ma coloc, on avait déjà choisi des édredons assortis. Même Geneviève approuvait mes plans d'avenir... dans lesquels ne figurait pas un bébé.

Mais qu'allais-je faire ?

Tout à coup, ma mère me manquait terriblement. Oubliant qu'elle s'était donné la mort, je la voulais à mes côtés pour me prendre dans ses bras, me caresser les cheveux et me dire que tout irait bien. Je voulais cette maman qui me bordait si bien chaque soir et déposait un baiser sur mon front, mon nez et mes lèvres, avant de faire la même chose avec Cookie Monster qui dormait avec moi.

Je portai ma main à mon ventre où bourgeonnaient et se multipliaient des cellules palpitant de vie.

J'étais enceinte. C'était terrible, pitoyable, limite grotesque. Jason lui aussi avait un bel avenir devant lui… enfin, un avenir solide. Il avait prévu de faire des études de commerce et de rejoindre l'entreprise de construction familiale. Ce n'était pas un écervelé, mais « maturité » n'était pas le mot qui me venait tout de suite à l'esprit lorsque je pensais à lui. Il était sympa, joyeux, gentil, et… jeune.

La solution de facilité était donc probablement que je mette un terme à cette grossesse. Mais devant ces mots affreux, mon cœur et ma raison se révoltaient.

Le visage de ma mère surgissait, souriant, ses taches de rousseur et ses beaux cheveux roux dans le vent, et puis son odeur toujours si rassurante, la façon dont nous nous donnions la main et dont elle me laissait enfiler sa bague sur mon pouce.

Ce bébé serait une part d'elle aussi. Son petit-enfant. Sa petite-fille, car je sus tout de suite que ce serait une fille. Je respectais le droit des femmes à choisir. Cela ne prendrait pas plus d'un jour. Je savais que ma vie serait bien plus facile si je m'en tenais à mes projets de faire des études et restais dans les bonnes grâces de Geneviève en n'ayant pas un enfant si jeune.

Mais je sus aussi avec une certitude soudaine que je choisirais de l'avoir. Cet amas de cellules, ce petit zygote, avait en lui l'ADN de ma mère.

J'aimais Jason et je voulais fonder une famille avec lui, même si ce n'était pas prévu avant sept ou dix ans. J'avais toujours voulu avoir des enfants, depuis mes treize ans, lorsque j'avais commencé à faire du baby-sitting. Jason aussi en voulait. Pas plus d'une semaine auparavant, on était sortis prendre un petit déjeuner, et il avait trouvé que le prénom de notre serveuse, Meghan, serait un joli prénom si nous avions un jour une fille.

Je revins dans ma chambre et je lui annonçai le résultat du test. Il eut l'air sur le point de fondre en larmes.

— OK, murmura-t-il. Qu'est-ce que tu veux faire ?

— Je veux le garder.

Il ferma les yeux et me fit une réponse tout sauf rassurante.

— C'est toi qui vois, bien sûr.

— On en est capables, enchaînai-je d'un ton plus assuré. Ça nous arrive avec dix ans d'avance, mais bon.

Il fit une grimace furtive puis reprit son expression normale.

— Oui, tu as raison. On s'aime et on… eh bien, on va se débrouiller, j'imagine.

À ce moment-là, assise sur mon lit avec lui, alors que nous totalisions un âge de trente-six ans à nous deux, dans mon égoïsme et ma naïveté, je fis pourtant le bon choix. Avoir Riley serait, et sera toujours, la plus belle chose qui me soit arrivée.

Lorsque Geneviève rentra, Jason et moi lui annonçâmes la nouvelle dans le grand salon. Elle chassa Jason sur-le-champ et, dans l'heure, me mit à la porte de chez elle et me coupa les vivres. Nous allâmes trouver Courtney et Robert qui se sentirent trahis et furent consternés et déçus par nous deux (surtout par moi dont les satanés ovules semblaient plus coupables que les spermatozoïdes de leur fils).

Nous évoquâmes l'idée d'aller ensemble à l'université de Nouvelle-Angleterre, mais Courtney souleva alors la question de mes frais de scolarité, en jetant un regard noir à Robert quand il fit mine d'ouvrir la bouche. Elle dit que ça ne rimait à rien, ce que Jason approuva, et suggéra qu'il fasse plutôt un cycle court afin de pouvoir subvenir à nos besoins.

— Tu pourrais vivre ici, dit Jason. Suivre quelques cours et te faire aider par maman.

Courtney n'avait pas d'autre métier que celui de femme

au foyer, et son fils unique allait quitter la maison. Je la regardai, pleine d'espoir.

— Non, rétorqua-t-elle d'un ton cassant. Je suis désolée, mais Geneviève a raison. Tu as pris ce risque, Emma, alors maintenant tu dois l'assumer.

*J'*avais pris ce risque. *Je* devais l'assumer. Visiblement, rien n'allait changer pour Jason. Quatre jours plus tôt, en m'amenant faire une pédicure, Courtney m'avait assuré que j'étais comme une fille pour elle. Forcément, quatre jours plus tôt, elle voyait en moi l'héritière d'une fortune considérable.

J'appelai donc Pop et lui annonçai la nouvelle à mi-voix.

— Tu ferais mieux de venir vivre chez moi, me répondit-il d'un ton bourru.

Rien de plus, mais c'était déjà tant.

Jason me promit qu'il viendrait tout le temps à Chicago. Et une fois tout organisé, il redevint le garçon simple et joyeux qu'il avait toujours été. Il n'avait pas spécialement envie de faire des études mais, sans métier, il ne nous serait d'aucune aide, disait-il.

De plus, sa mère avait insisté pour qu'il obtienne son diplôme. Beaucoup insisté. Et Jason décevait rarement ses parents. Déjà qu'il m'avait mise en cloque, il n'allait pas en plus renoncer à ses études !

Le fait que je doive, moi, y renoncer ne fut même pas évoqué.

Si bien qu'il m'emmena en avion à Chicago, assura à Pop qu'il subviendrait à nos besoins et qu'il avait déjà postulé pour un boulot sur le campus, le remercia de prendre soin de nous, et ne parut pas gêné que Pop ne lui dise pas un mot.

Nous nous serrâmes fort et pleurâmes ensemble lorsque le moment de son départ arriva. Il me déclara que nous lui manquions déjà et je savais qu'il était sincère.

Mais je n'étais plus une enfant. Si je désirais que Jason tienne ses promesses, une petite voix au fond de moi me disait que j'étais destinée à n'être qu'une mère célibataire de plus, que ce père immature n'allait pas manquer de décevoir.

Je balayai mes doutes. Je n'avais pas le choix. Tandis que je prenais de l'ampleur, que les vergetures donnaient l'impression que j'avais été attaquée par un loup, que le bébé appuyait tant sur mon nerf sciatique que je parvenais à peine à m'asseoir à ma caisse au supermarché, je me persuadai que Jason assumerait, que nous formerions un couple, que nous y arriverions. Je me raccrochai à la perspective de notre avenir radieux lorsque la secrétaire de mon école m'annonça que mon chèque avait été refusé, que le directeur du magasin me hurla dessus parce que j'avais cassé une bouteille de sirop et qu'il me fit tout nettoyer alors que, enceinte de neuf mois, je pouvais à peine me pencher en avant, ou encore lorsque je tombai en panne sur l'autoroute et que personne ne s'arrêta.

Par la suite, je me mis à réfléchir longuement à ces filles généreuses et héroïques qui vont au terme de leur grossesse puis donnent leur bébé à l'adoption. Je compris que je n'avais pas le droit de mettre au monde un enfant sans être capable de subvenir à ses besoins, sans m'être donné les moyens de faire ce qu'il fallait pour l'élever. Enfin, je sus que les chances pour qu'on se marie, Jason et moi, étaient pratiquement nulles.

Lorsque Riley vint au monde, avec deux semaines d'avance, mon pauvre grand-père était à mes côtés, à faire ce qu'il pouvait pour en voir le moins possible, alors que Jason était au mariage de Miller et Ashley.

Cela n'était pas grave. Lorsque je découvris le beau visage de ma fille, je lui fis une promesse : *Je ferai de mon mieux. Chaque jour, je ferai de mon mieux.*

Elle était rousse. Si ça ce n'était pas un signe du ciel, de ma mère qui m'aimait et veillait sur moi ! Je la prénommai Riley, en l'honneur de mon grand-père, et lui donnai le deuxième prénom de ma mère, Olivia.

Et je tins ma promesse. À chaque instant, je fis de mon mieux pour m'occuper de mon bébé, l'aimer et en prendre soin, pour essayer de faire face à l'épuisement, à la crainte et à l'angoisse d'être mère célibataire. Cet amour que je ressentis instantanément pour elle n'avait rien de mignon ni d'inconsidéré, il était animal, intense. J'aurais pu mourir pour elle, tuer pour elle. Par la suite, je m'adoucis et je compris le cadeau que j'avais reçu : cet attachement émerveillé et lumineux pour la personne que j'aimais le plus au monde, ma fille, mon trésor… ma raison d'être.

Pourtant, je continuais à rêver d'un avenir avec Jason. Lorsque je connus les douleurs atroces de l'allaitement qui me mettaient en nage, lorsque Riley pleura sans s'arrêter six heures tous les après-midi jusqu'à l'âge de quatre mois, lorsqu'elle eut pour la première fois de la fièvre et fut malade et affaiblie, je m'accrochai à cette vision. Pop travaillait toujours (il le fallait bien, avec moi et le bébé), et les coups de téléphone de Jason étaient comme une ligne de survie. Il me disait qu'il m'aimait et que j'étais extraordinaire. Il me promettait que cela en vaudrait la peine.

Je voulais tant qu'il ait raison. J'imaginais une vie heureuse à venir. On aurait une petite maison. Parfois, je mettais Riley dans sa poussette et j'allais voir les maisons à vendre et j'imaginais un canapé par-ci, un berceau par-là.

Naturellement, Jason venait voir sa fille. Tous les deux ou trois mois, ce qui n'était pas rien. Il se plaignait souvent d'être le seul dans sa résidence à être papa, et à susciter l'étonnement de tous les autres étudiants. Il râla aussi une fois d'avoir eu à prendre le bus parce que ses parents avaient refusé de lui payer un billet d'avion, ce qui avait fait de son voyage une véritable odyssée. Souvent, il était fatigué en arrivant et dormait plus que moi.

Pop ne disait rien, mais je sentais qu'il n'en pensait

pas moins. Au fil des mois et des années, il devint clair que Jason n'avait pas grandi, alors que j'étais devenue adulte à l'instant où j'avais vu les deux traits sur ce test de grossesse. Dès cette seconde, je n'avais plus agi que dans l'intérêt de mon bébé. Mes besoins, mes envies, ma dignité, ma santé, mon honneur, tout passait largement au second plan.

Pendant ce temps, Jason obtenait des notes médiocres à la fac, m'appelait pour me raconter la fête organisée par son association et où trente filles avaient déboulé sans être invitées. Il me disait qu'il m'aimait mais ne pensait pas pouvoir faire le voyage aux vacances de printemps parce qu'il avait été renvoyé de son boulot sur le campus. Dix heures par semaine, cela s'était avéré trop pour lui.

Cela dit, il contribuait quand même. J'avais sans doute été naïve, mais je n'étais pas idiote. Je lui transmettais chaque mois une liste de nos dépenses et il m'envoyait un chèque pour en couvrir la moitié. Je savais que cet argent venait de ses parents, qui pour autant ne souhaitaient pas connaître Riley.

Tout cela était écrasant, mais je n'avais pas le temps de me lamenter. Alors, oui, j'attendais. Les garçons mûrissent moins vite que les filles. Je savais que le désir de maternité surpassait tous les autres dans la nature. Je savais aussi que Jason aurait opté pour un avortement.

Mais l'espoir, cette force mystérieuse qui pousse le pigeon venu s'écraser contre un pare-brise sur l'autoroute à tenter de voler malgré tout, sans comprendre qu'il va vers la mort.

Ce stupide pigeon, c'était moi. À quinze mois, Riley avait attrapé un méchant virus gastrique, tant et si bien qu'elle avait les fesses à vif et que la simple vue de la nourriture la faisait pleurer. Je compris alors ce qu'être adulte voulait vraiment dire. Et j'imaginais Jason arrivant, cette fois comme un homme, un vrai, pas un étudiant maigrichon, pour me dire qu'il était temps que nous vivions ensemble, et au diable ses parents et ses études. Qu'il avait acheté une petite maison tout près de chez Pop, qu'elle nous attendait, Riley et moi, que j'allais planter des tulipes le long du mur de pierre, que nous vivrions de son travail, et que je pourrais aller plus régulièrement en cours et ne serais pas obligée de piquer du nez sur ma caisse, un cahier ouvert sur les genoux.

C'était comme croire au Père Noël lorsqu'on est enfant. Quel bien y a-t-il à connaître la vérité ? Pourquoi ne pas faire durer un peu la magie ? Pourquoi pas, lorsque mes journées consistaient à m'occuper du bébé, du linge, des repas, de mes études, le tout entrecoupé de quelques heures de sommeil qui ne faisaient que mettre en évidence à quel point j'étais épuisée ? Pourquoi ne pas plutôt rêver à une jolie bague et un mariage simple mais de bon goût, d'une balançoire pour le bébé, d'un canapé bleu où nous nous assiérions chaque soir, inséparables, le bras protecteur de Jason sur mon épaule ?

De temps en temps, il était à la hauteur. Lorsque j'appris que j'avais une petite sœur et pris l'avion pour faire la connaissance de Hope, il me rejoignit depuis le Maine, sans rien dire à ses parents, apporta une peluche et se montra doux avec elle. Lorsque je pleurai en la quittant, il m'emmena dîner dans un minuscule restaurant à Norwich et je me sentis aimée tandis qu'il m'écoutait gentiment en me disant que j'étais quelqu'un de bien.

Pas une fois il ne se montra dur ou cruel. Il était juste… trop jeune.

Chaque fois qu'il venait, il m'embrassait, prenait Riley sur ses épaules, apportait des cadeaux. Le pigeon de l'espoir resurgissait par intermittence. J'attendais. Je lui trouvais des excuses. Je ne voulais imaginer rien d'autre que cette petite maison, ce canapé bleu, les tulipes jaunes et la balançoire de Riley.

Lorsqu'il fut diplômé, je lui demandai quand il comptait

venir nous voir. Pour la première fois, il me répondit sur un ton étonnamment froid.

— Tu m'as tanné toutes ces années pour que je trouve un travail, Em. Alors maintenant que j'en ai un, je ne vais pas partir !

Moi ? Je l'avais tanné ? J'avais été incroyablement compréhensive !

— Il me semble au contraire que j'ai été cool, répondis-je à mi-voix.

— Et il me semble que j'en ai fait bien plus que ce qu'auraient fait la plupart des gars à ma place, ajouta-t-il.

C'était une menace. Mais il n'avait pas tort.

Deux mois plus tard, il vint en visite et tout eut l'air normal. Il était heureux de nous voir, m'embrassa, joua avec sa fille et nous appela sa petite famille. La pension alimentaire augmenta sans que je demande, ce qui était une bonne chose car Riley rentrait à la maternelle et, même à cet âge, il y avait des frais.

Il revint pour Noël, avec un vélo bien trop grand pour Riley, qu'elle n'utiliserait que trois ans plus tard. Pour la Saint-Valentin, il m'envoya une carte sur laquelle était écrit : « Tu me traites comme un prince alors que je suis le dernier des cons. » Pas franchement romantique. En mars, il vint encore et réserva dans un hôtel tout ce qu'il y avait de plus banal une « suite », avec une alcôve et un lit pour Riley, et il m'y invita.

J'y allai. Nous fîmes l'amour en silence, et pas très bien, pendant que notre enfant dormait. Ni l'un ni l'autre nous n'avions eu d'autres expériences et je me dis que faire l'amour, même pas très bien, prouvait que nous étions toujours un couple. C'était un lien ténu et fragile mais un lien tout de même. À aucun moment il ne mentionna de petite amie, et je croyais dur comme fer qu'il n'avait pas le temps, ni l'envie d'en avoir une. Même si le sexe entre nous n'était plus ce qu'il était, au moins c'était réconfortant.

À dire vrai, l'amour de ma vie désormais, c'était Riley. Ma terreur à l'idée d'être mère avait disparu lorsqu'elle s'était mise à parler, lorsqu'elle avait dépassé l'âge des caprices. Désormais, je recevais son caractère joyeux et doux comme un cadeau. J'étais tellement habituée à notre organisation – ma fille, mon travail, mes études, ma vie à la maison avec Pop – que la vision de la petite maison se fit de moins en moins nette. Parfois, il m'arrivait de dépoussiérer l'image et d'essayer d'imaginer le jour où Jason et moi nous marierions. Mais nous étions encore si jeunes. Il n'y avait pas d'urgence.

Cela continua deux ans de plus. Jason venait en visite, appelait une fois par semaine à peu près, surtout pour parler à Riley, la faire rire et glousser. Il envoyait les chèques. Nous nous voyions lorsque j'allais rendre visite à Hope et passions deux nuits à l'hôtel ensemble. Je pensais que parler d'avenir le mettait de mauvaise humeur et me bornais à parler de choses qui ne concernaient que moi : les cours que j'allais choisir au prochain semestre, des trucs comme ça.

Il ne nous invita jamais à Stoningham, ce qui n'était pas plus mal, vu la façon horrible dont s'étaient comportés ses parents. Qu'ils aillent se faire voir ! Et Geneviève avec eux ! Pas un mot, ni un chèque de sa part. Il n'y avait donc que Jason, Riley, Pop, Hope quand l'occasion se présentait, et moi. C'était ma famille. Et au moins nous étions là les uns pour les autres.

Lorsque nous eûmes vingt-quatre ans, Jason vint et me demanda si nous pouvions dîner en ville sans Riley, qui avait alors cinq ans. « C'est difficile de se parler avec ton grand-père qui est toujours là, comme l'ange de la mort », m'expliqua-t-il.

Il n'avait pas tort. Les relations entre eux ne s'étaient jamais détendues. Pop consentit tout de même à garder Riley. Il l'adorait. Je pouvais donc sortir avec Jason.

Celui-ci réserva au Gibsons et je me préparai avec

soin, car j'avais peu d'occasions de dîner dehors. Surtout dans un endroit réputé. Et surtout avec le père de mon enfant. Je m'achetai dans un dépôt-vente une paire de chaussures presque neuves, en daim noir avec des talons hauts, le premier cadeau que je me faisais depuis la naissance. Je mis une robe noire qui datait du lycée et un collier en argent. Je me relevai les cheveux, car Jason avait toujours aimé mon cou, du temps où nous étions adolescents.

Je m'imaginais qu'il allait me demander en mariage. En fait, non. Mais il parla bien de mariage. Il attendit que nos entrées arrivent – des crevettes pour moi, des huîtres pour lui – et que nous en soyons à notre deuxième verre de vin.

— Je ne sais pas bien comment te le dire Emma, commença-t-il, et alors je compris.

Il avait rencontré quelqu'un. Elle était gentille et intelligente. Je l'apprécierais beaucoup. Et Riley aussi. C'était assez sérieux. Ils, eh bien, ils envisageaient de se marier. Mais d'abord, il voulait ma bénédiction.

— Ça ne changera rien pour Riley, bien sûr, ajouta-t-il en posant sa main sur la mienne.

Je baissai le regard. Je m'étais mis du vernis clair dans l'après-midi, c'était joli.

Alors comme ça, il allait épouser quelqu'un d'autre. Jamilah, c'était son nom. J'attendis que la colère me prenne, que mon cœur se brise, que… enfin… que quelque chose se passe.

— Tu vas me demander une garde partagée ? lui dis-je.

Ma gorge se serra brusquement à l'idée de mettre ma petite fille dans un avion. Et là, je sentis quelque chose : un coup de poignard en plein cœur.

Il retira sa main.

— Non ! Non, bien sûr que non. Jamais je ne te ferais ça.

Quelle générosité. Et pourtant j'étais contente, parce

que le temps d'une seconde je m'étais dit que, s'il répondait oui, j'allais le tuer.

— Je t'aime toujours, Em. Mais plus de la même façon.

— Oui. Ne t'en fais pas, répondis-je en mordant dans une crevette.

Riley restait avec moi. C'était tout ce qui comptait.

Pas de maison avec un mur de pierre. Pas de canapé bleu, pas de balançoire dans le jardin, pas de tulipes. Le pigeon qui, toutes ces années, avait volé par intermittence finit par rendre l'âme. Je n'avais jamais vraiment cru que Jason m'épouserait. Il était temps de l'admettre.

Lorsqu'il me déposa, plus tard dans la soirée, après que j'eus mangé mon filet mignon, mes pommes de terre sautées et ma crème brûlée et que je fus un peu grisée par le vin, le martini au dessert, et plus encore de le laisser régler la grosse addition, il décida de ne pas entrer.

— Je vous vois toutes les deux demain, OK ?

— Ça roule ! Merci pour le dîner.

Je rentrai en vacillant un peu sur mes talons hauts et les balançai au loin dès que j'eus passé la porte. Pop était assis à la table de la cuisine, en train de faire ses mots croisés.

— Alors ? Tu te maries ?

— Non. Mais Jason, oui, dis-je en m'asseyant en face de lui.

— Tant mieux, fit-il sans me regarder, après avoir rempli quelques cases. Tu mérites bien mieux que cet imbécile.

Je déglutis, pour refouler enfin les premières larmes de la soirée.

— Tu vas pleurer ?

— Non.

— C'est bien.

Puis il jeta un coup d'œil vers moi et me tapota la main en disant :

— Peu travailleur, en huit lettres ?

— Fainéant, répondis-je.

— Que tu es intelligente, toi ! marmonna-t-il en remplissant les cases. Riley reste avec nous, je présume.

— Oui.

— Bien.

— Ouais.

— Va te coucher, ma chérie. Dors bien. C'est mieux pour toi, tu sais.

— Je sais. Merci, Pop.

Je montai en regrettant les 20 dollars que j'avais mis dans ces chaussures et en me sentant très, très vieille.

Comme j'étais mère et que je n'avais que l'intérêt de Riley à l'esprit, je résolus alors que nous resterions bons amis avec Jason. Je ne dirais jamais rien de mal sur lui, et ne parlerais jamais d'argent devant ma fille, je serais cordiale, me conduirais bien et la laisserais aimer son papa.

Mais juste ce soir, j'allais me laisser aller à pleurer un peu, parce que même si je savais depuis longtemps que ma petite maison au canapé bleu et aux tulipes jaunes n'était qu'un rêve, elle m'avait été tout de même bien précieuse.

18

Geneviève

Un vendredi après-midi, trois semaines après l'arrivée d'Emma et Riley, j'étais dans ma salle de yoga, à essayer de tenir la posture du guerrier sans vaciller alors que mon professeur plutôt mignon m'expliquait comment prolonger mon expiration.

J'avais conçu moi-même cette salle – l'expression de « gymnase à domicile » était bien trop laide – au rez-de-chaussée de Sheerwater des dizaines d'années auparavant. Elle donnait par une baie vitrée sur le patio. Le sol était en bambou, et un écran en papier de riz masquait les tapis, les blocs et autres accessoires. Dans le coin poussaient de hauts bambous. Je possédais même une petite statue de Bouddha entourée de bougies et je passais de la musique traditionnelle indienne afin de rendre honneur à cet art.

— Guerrier deux, me dit John. Ancrez-vous mieux dans votre posture.

J'essayai. Mes genoux me firent horriblement mal et je dus me ressaisir. De surcroît, j'entendais Emma brailler des conseils à ses patients, car son bureau était juste à côté et nous avions toutes les deux ouvert notre fenêtre.

Des phrases stupides s'échappaient, du genre : « Essayons de revisiter ce que vous venez de dire. Que *pensez-vous* avoir dit ? »

J'avais du mal à ne pas m'agacer.

— Restons-en là, John, dis-je. Merci. Je vais poursuivre ma méditation sans vous.

— Comme vous voulez, madame London. Prenez tout votre temps.

Comme s'il m'en restait ! avais-je envie de lui répondre, mais c'était un jeune homme sympathique et un ancien soldat.

Je venais de me mettre en balasana lorsque j'entendis quelqu'un frapper sèchement sur la porte-fenêtre et levai les yeux.

Zut, c'était Paul Riley, et toute la misère du monde avec lui. Je me mis à quatre pattes puis fis l'arbre, en étirant mes bras vers le haut jusqu'à m'en faire craquer le cartilage, juste histoire de le faire attendre.

Il frappa de nouveau et ouvrit la porte vitrée.

— Qu'y a-t-il, Paul ? demandai-je sèchement, au lieu du « Namasté » de rigueur.

— Il faut que je vous parle, répondit-il en me scrutant d'un œil critique.

Cet homme n'avait décidément pas de manières ! Je portais une tenue du meilleur goût : un pantalon gris pâle lâche et évasé aux jambes ainsi qu'une chemise de coton mandarine à manches longues et un débardeur blanc. Après tout, chaque moment méritait qu'on soit à la mode et je trouvais Lululemon très commun.

Je pris ma gourde et sortis dans le jardin pieds nus. Je n'avais aucune envie d'entendre les « consultations » d'Emma, ni qu'elle entende les sermons de son grand-père, car je ne doutais pas qu'il allait me sermonner. Un couple de mésanges chantait et le soleil était chaud, au terme d'une semaine plutôt fraîche. J'inspirai une goulée d'air iodé en essayant de retrouver ma sérénité.

Paul n'attendit pas que je l'y invite pour s'asseoir dans le fauteuil à côté du mien. Il était vêtu comme on pouvait s'y attendre d'un artisan, avec des bottes de travail, un jean et une chemise ouverte sur un T-shirt où figurait le mot *Cubs*, « oursons ».

Un bruissement étrange envahit mon cerveau.

Les Cubs... rien à voir avec les animaux, non, c'était des personnes. Quelque chose que j'avais su mais dont je ne me souvenais plus. Il y avait les Cubs et un autre groupe, et les deux avaient un rapport avec... avec une ville. Une ville près d'un lac. Je sentis l'angoisse monter en moi à toute allure. Qui étaient ces Cubs ? Et pourquoi Paul portait-il ce T-shirt avec leur nom dessus ? Je n'étais pas loin de trouver la réponse mais mon cerveau était incapable de la saisir.

Ce n'était pas grave, cela ne faisait rien. Il ne fallait pas insister, comme disait le Dr Pinco. Penser à quelque chose que je connaissais bien, comme la date de mon anniversaire, le 5 avril.

La course à pied, peut-être ? Il y avait un lien entre les Cubs et la course à pied. Rien à voir avec les grizzlys. Le bruissement dans ma tête était assourdissant.

Du base-ball ! *Je t'ai eu, saleté !* me dis-je. Du base-ball, oui. Les Cubs étaient une équipe de base-ball de Chicago, et leurs rivaux s'appelaient les White Sox.

Le bruissement et mon angoisse cessèrent aussitôt.

Paul Riley me regardait d'un air soupçonneux. Est-ce que j'avais parlé ? Je ne pensais pas, non.

— Qu'est-ce qui me vaut votre visite, Paul ? Vous êtes venu voir Riley, j'imagine ?

— Elle est avec son père aujourd'hui.

— Tout à fait.

Peut-être me l'avait-elle dit. Je ne m'en souvenais pas.

— Entre lui qui joue au bon père et vous qui l'emmenez à New York pour lui fourrer des bêtises dans le crâne, je suis un peu inquiet pour elle.

Je soupirai.

— Je ne lui ai pas fourré des bêtises dans le crâne.

Je lui ai montré mon entreprise et lui ai acheté deux ou trois choses.

— Mais elle s'est fait couper les cheveux !

— Et c'est pour cela que vous êtes venu ? Pour vous insurger contre les choix capillaires d'une adolescente ?

— Ils étaient magnifiques, ses cheveux !

— Et ils le sont toujours. Laissez-la s'exprimer, Paul. Les petites rébellions préviennent les grandes.

Il se pencha vers moi et plissa les yeux.

— Ne venez pas me faire croire que vous vous y connaissez en matière d'éducation, Geneviève. De ce que je peux en juger, vous n'avez pas fait du très bon boulot jusqu'ici.

Comment osait-il ?

— Je vous renvoie le compliment, Paul, rétorquai-je d'un ton glacial.

— Je vous interdis de parler de ma fille. April était… malade. Nous avons tenté de l'aider. Et nous l'avons très bien élevée. Pas pourrie gâtée comme cet idiot de Clark.

Sans doute parce que je vivais mon dernier été, je me contentai de répondre :

— Sur Clark, je vous suis. Et je sais qu'April était malade. J'ai demandé à Clark de s'assurer qu'elle se faisait aider. Bien des fois.

Il se calma, le visage empreint de tristesse, et je regrettai de m'être abaissée à son niveau.

— J'ai fait de mon mieux avec Emma, vous savez, dis-je. Non que je me sente obligée de me justifier auprès de vous.

— Vous auriez pu l'aimer un peu plus.

Je levai les yeux au ciel.

— C'est bientôt fini, ce sermon ? J'aimerais faire un brin de toilette avant l'apéritif.

— Vous comptez vraiment laisser tout ça à une gamine ? me demanda-t-il en faisant un geste circulaire.

— Cela ne vous regarde pas.

— Vous pensez que ça va l'aider, d'hériter de vos millions ? Parce que, ce qu'il y a de sûr, c'est que ça n'a pas rendu service à votre incapable de fils.

— Salut, tous les deux, dit alors Emma en s'approchant. Encore en train de vous chamailler après toutes ces années ?

— Tais-toi, tu veux ? dit Paul.

— Ça y est ? La séance de consolation de tes égocentriques est terminée ? demandai-je.

— Je serais ravie de te recevoir gratuitement, Gigi, répliqua-t-elle sans agressivité, et je constatai avec fierté qu'elle avait ignoré ma pique.

Elle embrassa son grand-père et, devant la simplicité de leurs rapports, la fierté laissa la place à l'envie.

J'avais autrefois espéré qu'Emma soit comme une fille pour moi.

— C'est drôle, dit-elle en penchant la tête. Je ne vous ai jamais entendus échanger un seul mot aimable. Pourtant, vous avez tous les deux perdu un enfant, et vous m'avez tous les deux élevée. Vous avez tant de choses en commun.

— Et si peu en même temps, répondis-je.

Paul acquiesça en silence, et nos regards amusés se croisèrent un instant.

C'était un homme plutôt bien de sa personne, dans le genre ouvrier. Une moustache et des cheveux blancs et épais, une voix rocailleuse.

Le téléphone d'Emma sonna.

— Encore un égocentrique, dit-elle en me regardant d'un air malicieux. Bon papotage, vous deux ! Et ne vous chamaillez pas !

Elle se leva et colla le téléphone à son oreille.

— Docteur London à l'appareil. Oh ! Jim. Comment allez-vous ? Que se passe-t-il ?

Paul la suivit du regard tandis qu'elle s'éloignait et sa fierté était manifeste.

— Docteur London, voilà qui sonne bien.

— Elle aurait pu devenir chirurgien, non ?

— Elle n'est jamais assez bien pour vous, hein ? Elle a obtenu trois diplômes, élevé une magnifique enfant, et tout ce que vous faites, c'est y trouver à redire. Bon sang, reconnaissez qu'elle a du mérite !

— Que venez-vous faire ici, Paul ? Vous ne m'avez pas répondu.

Il plissa les yeux. Ses sourcils avaient bien besoin d'être entretenus.

— Votre amie m'a invité pour l'*happy hour*.

— Pour l'apéritif. L'*happy hour*, c'est bon pour les sauvages qui boivent de la bière et mangent des nachos.

— Tout ce que j'aime.

— Quelle amie ?

— Parce que vous en avez plusieurs ? Donelle.

— Alors nous voilà bien ! dis-je en réprimant un soupir.

Il se laissa aller contre le dossier de son fauteuil en bois. Il fallait que je me procure de nouveaux coussins. Ce bois était trop dur pour mes vieux os. Et si j'avais chaud quelques minutes plus tôt, je frissonnais à présent dans l'air marin et l'ombre du gros arbre.

Quatre-vingt-cinq ans, et mon corps qui me trahissait à chaque instant. Je me demandais même si Garrison me reconnaîtrait.

Paul ôta alors sa chemise en jean, qu'il posa sur la table.

— Vous avez froid, dit-il.

— Comme c'est galant de votre part, mais non merci. J'ai tout ce qu'il me faut à l'intérieur.

— Peut-être, mais nous ne sommes pas à l'intérieur. Vous allez continuer à trembler comme ça pendant toute notre conversation ?

— J'espérais qu'on en avait fini, à vrai dire.

— Est-ce que vous ne pourriez pas baisser les armes de temps en temps ? Je veux vous parler sérieusement.

La brise souffla de nouveau et j'enfilai donc sa chemise avec soulagement.

— Comment allez-vous ? me demanda-t-il. Vous m'avez l'air sacrément en forme, à vous voir faire votre yoga et tout.

— Je serai partie à la fin de l'été, répondis-je.

— Pourquoi ne vous faites-vous pas soigner ?

— C'est incurable.

Il baissa les yeux. Il n'y avait eu aucun traitement pour sa femme non plus.

Sclérose latérale amyotrophique. Quelle fin atroce.

— Pas facile de vieillir, pas vrai ? reprit-il.

— Non.

— Je suis venu cet été pour m'assurer que les filles seraient bien. Elle ne voudra pas l'admettre, mais Emma vous aime, même si vous ne le méritez pas. Et je vous en supplie, laissez Riley tranquille. Elle a eu une année rude.

— Elle en a vaguement parlé. Des problèmes avec ses amies ?

— Elle est différente. Elle est mieux que les autres. Elle a bon cœur. J'ai peur qu'il faille attendre quelques années pour qu'on l'apprécie à sa juste valeur.

— Vous avez peur qu'elle soit dépressive ?

— J'y suis attentif depuis ses deux ans.

Il était ému et, sans y penser, je me penchai et posai ma main sur la sienne.

Deux vieilles mains, tachées et noueuses, la sienne rugueuse, la mienne ridée.

Je la retirai.

— J'aime beaucoup Riley, dis-je. Elle est charmante et intelligente. Je ne lui ferai aucun mal, comme vous l'insinuez si délicatement.

— Ne la détruisez pas avec votre argent non plus. Après votre départ, je veux dire. Soyez raisonnable.

— Elle ne sera pas détruite.

Les oisillons dans la haie commencèrent leurs gazouillis

furieux tandis que leur mère arrivait pour leur donner à manger. Nous écoutâmes un instant.

— J'ai été vraiment désolée lorsque votre femme est morte, ajoutai-je sans raison. Et pour April, bien sûr.

Il ne répondit pas tout de suite.

— C'est terrible de survivre à son enfant. Je ne sais pas comment vous avez fait toutes ces années.

Ses mots me transpercèrent le cœur.

— Nous n'avons jamais su ce qui était arrivé à Sheppard. Il est peut-être en vie.

La gentillesse et la pitié que je lus alors dans ses yeux me mirent soudain en furie. Comment osait-il avoir pitié de moi ? Mon fils avait *disparu*. Tandis que sa fille s'était sentie si inutile qu'elle avait *mis fin à ses jours*.

Cette ironie me sauta à la figure.

Car j'envisageais de me suicider moi aussi. Et bientôt.

— Bien, dis-je en me levant. Il faut que je me change pour l'apéritif, et je suis sûre que vous voulez en faire autant. Rendez-vous à 17 heures.

J'enlevai sa chemise et, en colère sans savoir pourquoi, la jetai dans le fauteuil derrière moi.

19

Riley

J'allais découvrir ce qui était arrivé au fils de Gigi.

Avoir seize ans avait des avantages. Qui mieux qu'un ado sait se servir d'Internet ?

Avant ça, petite précision : en fait, j'adorais Geneviève, même si elle avait fichu ma mère à la porte autrefois. Soyons réalistes, mes parents étaient complètement stupides, mais maman s'était donné du mal, ça ne faisait pas de doute. Il n'y avait qu'à voir ce que j'étais devenue : plutôt équilibrée, élève brillante, membre de l'équipe de foot du lycée, et si ces garces que je prenais pour mes meilleures amies m'avaient laissée tomber, je ne m'en portais pas plus mal.

J'assurais en disant ça, non ? La vérité, c'était qu'elles me manquaient. Beaucoup. Mais comme elles étaient avant de devenir cette meute de coyotes hurlants, pour reprendre l'expression de Gigi.

En plus, ici, j'étais entourée de vieux, mis à part mes frères qui étaient de vrais petits diables (et que j'adorais pour ça justement). Du coup, il me fallait quelque chose d'autre à faire que d'inspecter le gros orteil de Donelle pour lui dire si sa mycose de l'ongle était guérie, et de la masser avec de la pommade Vicks si ce n'était pas le cas. Je ne plaisante pas. J'avais vraiment fait ça. L'autre jour, avec Pop, on était allés pêcher, ça m'avait occupée quatre heures. Il était devenu homme à tout faire dans l'entreprise de mon père. À soixante-dix-huit ans, mon grand-père incarnait la mentalité travailleuse du Midwest.

Et, dernier point, je n'avais pas beaucoup d'occupations ici. J'y étais depuis trois semaines et, à part le voyage super génial à New York, je ne faisais que garder les deux petits diables cités plus haut, me baigner dans la piscine chauffée, parfois du yoga avec Gigi, et rassurer ma mère qui s'inquiétait pour moi. Je m'ennuyais un peu. C'était sympa de s'ennuyer au paradis, je ne me plaignais pas. La vie à Sheerwater était plutôt géniale, je ne vais pas vous mentir. Vivre dans une maison célèbre, avec une cuisinière (même mauvaise), un chauffeur (Charles était super gentil), une piscine et une vue sur l'océan, c'était littéralement *incroyable*.

J'avais découvert des trucs dont je ne soupçonnais même pas l'existence : un porte-serviettes chauffant pour que je n'attrape pas froid en sortant de l'énorme baignoire (encore un truc de richard !), un dressing avec des étagères tournantes, des tiroirs chauffants dans la cuisine, un garde-manger réfrigéré, un garde-manger pour l'épicerie uniquement (sait-on jamais) et un frigo juste pour le vin. En plus de la cave. Plus une cuisine d'été et un bar à côté de la piscine, parce que c'était *indispensable*, non ?

Chaque matin depuis notre arrivée, je ressentais la même excitation en descendant de ma chambre, comme si c'était Noël. J'aurais juste aimé que Mikayla, Jenna et Annabeth puissent voir ça. Surtout Mikayla qui s'arrangeait pour placer dans toutes les conversations que ses parents avaient plein d'argent. J'avais posté quelques trucs sur Snapchat et Instagram, histoire qu'elles voient.

J'essayais de ne pas penser à elles mais j'avais trop de temps libre. Mon père était pris par son travail. L'autre jour, il m'avait emmenée sur un chantier (pas vraiment mon truc, mais ça lui faisait plaisir de me présenter à tout le monde). Maman prenait tous les patients qu'elle pouvait trouver et, quand elle n'était pas en train de faire ça, elle tentait, pas franchement discrètement, de prendre ma température mentale. Gigi travaillait chaque matin à son bureau et faisait une sieste de quatre à cinq heures tous les après-midis. Je m'occupais de Donelle et de son gros orteil mais elle était pas mal accro au shopping en ligne, alors je ne m'éternisais jamais. Helga ne m'avait pas adressé la parole depuis le premier soir, du coup notre relation en resterait là. J'allais chez Jamilah aussi souvent que je pouvais mais, même si elle était très gentille, je ne voulais pas m'imposer. Je veux dire, je n'étais pas sa fille, et puis mon père et elle étaient séparés, donc elle n'était pas forcément ravie de m'avoir tout le temps dans les pattes.

Cela dit, elle était vraiment cool. Quand je lui avais demandé si je pouvais faire un selfie avec elle et les garçons, elle avait répondu : « Bien sûr, ma grande ! », en passant son bras autour de mes épaules. C'était une jolie photo, même si j'avais l'air d'un navet à côté d'eux.

Enfin bref, j'avais besoin d'un projet, et découvrir ce qui était arrivé à Sheppard n'était pas le moins ambitieux. J'allais peut-être même en parler à Jamilah, vu qu'elle travaillait pour Google et que Google savait tout sur tout le monde.

Oui, un projet, c'était ce qu'il me fallait.

Honnêtement je ne savais pas ce que j'aurais fait de mon été si on n'était pas venus ici. D'après maman, les filles méchantes « souffrent d'un manque d'amour et d'estime d'elles-mêmes ». D'après Gigi, c'était juste des coyotes, et je préférais cette façon de le formuler.

Cela dit, j'avais toujours une boule dans la gorge quand je pensais à elles. Je savais qu'elles n'auraient pas dû me manquer, mais pourtant c'était le cas. Pas quand elles étaient méchantes, mais comme elles étaient avant et qu'on formait notre bande des quatre. J'aurais beaucoup donné pour revenir à l'été dernier, la période la plus heureuse et la plus sympa de toute ma vie.

Je ne savais pas ce qui s'était passé. Sérieusement, j'en avais aucune idée. Une semaine, on était ensemble comme d'habitude. La semaine d'après, j'étais plus dans le truc. C'était des petites choses : par exemple, elles partaient déjeuner avant moi et, quand j'arrivais, elles étaient complètement absorbées dans leur conversation. Avant, on allait ensemble à nos casiers avec Jenna, vu qu'ils étaient dans le même couloir et, tout à coup, elle ne m'attendait plus. Avec Annabeth, on s'asseyait toujours à côté dans le bus, mais soudain sa mère s'est mise à l'emmener en voiture, sans explication.

Les trois avaient complètement changé du jour au lendemain. Au début, Annabeth avait eu l'air de se sentir un peu coupable mais, au bout d'une semaine, plus du tout. Elle était influençable.

Je n'avais juste pas vu cette transformation arriver. Je n'avais jamais réalisé qu'elles étaient méchantes et je me sentais bien bête aujourd'hui. En fait, elles avaient toujours été comme ça : Jenna avec ses commentaires drôles mais cruels sur M. Stebins et sa moumoute, Mikayla et son obsession pour les vêtements de designers et ses « blagues » sur Lissandra, sa meilleure amie au collège, et puis Annabeth qui suivait toujours les autres et avait cessé de porter du violet parce que Mikayla lui avait dit que c'était moche.

Je n'imaginais juste pas qu'un jour ce serait mon tour, qu'un matin elles m'agresseraient aux toilettes. Je savais déjà qu'on était plus amies, mais ça avait quand même été horrible. J'avais tant pleuré ce jour-là, par terre dans les toilettes, que j'avais cru ne jamais m'en relever.

Et pourtant, elles me manquaient. Ma mère serait folle si je lui avouais ça. Elle passerait des heures à m'expliquer que c'était normal, que tout le monde vivait des expériences comme ça et que, le principal, c'était d'en tirer une leçon. Comprenez-moi bien, j'adorais ma mère, mais elle pouvait parfois être compliquée à gérer avec sa double casquette de maman et de psy.

Geneviève, en revanche, elle comprenait. Dans la voiture en rentrant de New York, je lui avais tout déballé. Elle ne m'avait pas donné de conseils, ni cité un article de *Psychologie Magazine*. Au lieu de ça, elle m'avait posé des questions. Est-ce que j'avais de bonnes notes ? (Réponse : stratosphériques.) Est-ce que j'étais acceptée dans une université ? (Tu parles ! Stanford m'avait envoyé des mails pour que je vienne faire la visite, mais peut-être le proposaient-ils à tout le monde...) Avais-je reçu des prix ? (Oui. En chimie et en trigo, des prix d'excellence.)

— Mais ça a toujours été comme ça. Je les aidais en classe, lui avais-je expliqué. J'ai toujours été la bonne poire du groupe.

— Ne parle pas comme ça, ma chérie. Tu te sous-estimes. Tu as toujours été l'intellectuelle du groupe. Celle que les plus grandes universités cherchent à recruter. Celle qui a une peau parfaite et des yeux magnifiques.

Mikayla avait posté une photo de moi sur Snapchat avec la légende : *Les lentilles teintées qui te font ressembler à un alien*. Sauf que je n'en portais pas, des lentilles teintées. Je préférais largement quand Gigi employait le mot « magnifique ».

— Tes anciennes amies sont jalouses, Riley chérie. L'an dernier, tu n'étais pas une menace, puisqu'on ne parlait pas encore d'études supérieures. Tu n'avais pas encore éclos, j'imagine. Cette année, elles te découvrent telle que tu es : supérieure à elles. C'est pour cela qu'elles se sont liguées comme une meute de coyotes hurlants qui voient arriver un superbe loup, et qu'elles essaient de te faire croire que tu n'es qu'un pauvre lapin.

J'aimais cette façon de m'appeler « Riley chérie ». Et cette image du loup. Oui, ça, j'aimais beaucoup.

— Est-ce que ce genre de chose t'est déjà arrivée ?

Elle répondit que oui et me le raconta, tout en admettant qu'elle-même avait été un peu snob dans sa fac. (Je m'esclaffai car c'était inévitable dans la fac qu'elle avait fréquentée.)

— Je ne dirais pas pour autant que je faisais partie des coyotes, me dit-elle, mais avec le recul je vois bien qu'il y a des filles à qui je n'ai jamais donné leur chance. Ce qui n'a rien à voir avec le fait de laisser tomber une amie, note bien.

— Mais est-ce qu'on t'a déjà mise à l'écart ?

Je me dis qu'elle allait peut-être trouver la question impolie, mais elle pencha la tête et réfléchit.

— Après la mort de Garrison, ton arrière-grand-père, mes amies me rendaient visite, ou m'invitaient à déjeuner, mais il n'y avait jamais leur mari, ni d'autres couples.

— Parce que tu étais ravissante, célibataire et blindée.

— Ravissante, veuve et à l'aise financièrement, ma chérie. Choisis mieux ton vocabulaire, c'est tellement important. Mais, oui, c'est ça.

Elle prit dans son sac une paire de lunettes de soleil qu'elle mit.

— Lorsque j'ai fondé ma société et commencé à faire parler de moi, certains autres designers, plus installés, sont devenus malveillants. Quelques-uns se sont mis à répandre des rumeurs sur la façon dont je traitais mes employés ou bien prétendaient que j'avais volé leurs modèles, ou encore me traitaient d'imposteur et de dilettante.

Elle se tut un instant.

— Un jour, Giulana Camerino s'est levée et a changé de place quand je suis venue m'asseoir à côté d'elle pour un défilé de mode. Sur le coup, c'était blessant, et ça a fait jaser. On en a parlé dans le journal.

— Qu'est-ce que tu as fait ?

Elle baissa ses lunettes et me regarda.

— J'ai excellé, me répondit-elle en levant les sourcils.

Je souris. Elle assurait carrément, Geneviève London.

Je ne voulais pas m'attacher trop à elle, à cause de la façon dont elle avait laissé tomber maman et lui avait suggéré d'avorter. Mais je comprenais, maman avait dix-huit ans. Geneviève savait que sa vie serait difficile et elle voulait lui montrer une sortie possible, sans l'obliger (nous obliger) à rester dépendante d'elle.

Du reste, j'avais eu la meilleure des mamans : la plus jeune, la plus jolie, la plus intelligente et la plus gentille. Je savais combien elle avait travaillé dur pour finir ses études, et j'en étais fière. C'était tellement mignon quand elle se rendait en ville à son bureau et venait me demander si sa tenue était bien et quels bijoux elle devait mettre.

Honnêtement, ma mère était parfaite. Un peu surprotectrice et un peu pesante avec ses conseils, mais bon. Au moins, elle se souciait de moi. C'était ma meilleure amie et personne n'avait une mère comme ça. Probablement les choses auraient-elles été différentes si on était restées biberonnées, pour ainsi dire, à Sheerwater. Geneviève savait peut-être très bien ce qu'elle faisait.

Et peut-être, mais je ne m'aventurerais pas à lui poser la question, peut-être laisserait-elle de l'argent à ma mère. Ce serait bien que maman puisse respirer un peu. Quand elle avait fini sa thèse, avec Pop, on lui avait acheté une serviette en cuir dans cette boutique super cool de Wicker Park et elle avait pleuré en la voyant. Elle ne possédait pas beaucoup de jolies choses et n'avait jamais l'air frustrée, mais de voir comment vivait Gigi… tout de même !

Bref, revenons-en à Sheppard. Quand j'avais évoqué l'autre jour la possibilité de faire des recherches, j'avais touché la corde sensible.

Jusqu'ici, voici ce que j'avais fait :

1. Une recherche sur Google des gens qui pensaient avoir été adoptés de force.

2. Demandé à Gigi un échantillon de salive (vous

auriez dû voir sa tête). Nous avons fait appel à trois laboratoires différents pour le test. On ne savait jamais. Peut-être Sheppard était-il lui aussi en train de faire des recherches. Elle m'avait dit avoir déjà donné un échantillon d'ADN à l'époque, mais aujourd'hui tout le monde faisait ça, alors pourquoi pas ? Elle avait plein d'argent.

3. Lu tous les vieux articles sur la disparition de Sheppard. On n'y apprenait pas grand-chose… juste qu'il avait disparu, et qu'il avait plu deux jours après, ce qui n'avait rien facilité. Il n'y avait aucun motif valable de kidnapping, aucun véhicule suspect, aucune piste, *nada*.

Je préférais ne pas imaginer ce qu'il avait vécu. Je veux dire, il était peu probable que l'issue de cette affaire ait été heureuse, pas vrai ? J'écoutais suffisamment de récits de faits divers en podcast pour savoir qu'il était sans doute mort. Je me rappelais quand j'avais sept ans, en CE2, avec Mme Schoenberg, ma maîtresse, qui s'était déguisée en canard pour Halloween, et maman qui m'avait fabriqué un costume de caneton cette année-là, et j'étais tellement fière d'être assortie à la maîtresse. Cet hiver nous avions eu une énorme tempête de neige et l'école était restée fermée quatre jours. Avec maman et Pop, on était allés faire de la luge à Calwell Woods et, après, on avait bu du chocolat chaud.

La vie était facile à sept ans. C'était un bel âge. On savait lire tout seul mais on était encore petit.

J'espérais que Sheppard n'avait pas souffert, qu'il n'avait pas été violenté, qu'il avait juste été enlevé et élevé par quelqu'un qui désirait vraiment un enfant.

Mais j'en doutais.

J'avais prévu de me rendre dans les bois du côté de Birch Lake, là où il avait été vu pour la dernière fois. Et je voulais fouiller sa chambre, mais seulement si Gigi m'y autorisait.

Ce serait tellement sympa d'avoir quelqu'un avec qui faire tout ça ! Une amie, ne serait-ce que pour l'été. Tout le monde dans le quartier avait l'air d'avoir dépassé les soixante-dix ans, ou bien c'était des mères de famille stressées qui rapportaient des sacs de la meilleure épicerie du pays dans leur jolie maison.

J'avais vu un garçon à la bibliothèque, mais il avait des écouteurs sur les oreilles et quand nos regards s'étaient croisés, j'avais fait ce truc bizarre : j'avais détourné les yeux. Les garçons m'impressionnaient, à part s'ils étaient gays. Mais je n'allais quand même pas aller le voir et lui dire : « Salut ! T'es gay ? Non ? OK, tant pis. »

Je soupirai.

— Ma puce ?

Ma mère passa la tête dans ma chambre.

— Tu descends pour l'apéritif ? me demanda-t-elle avec une grimace.

— Oui, pour moi, ce sera un martini. Extra sec.

— Ou un cocktail sans alcool. Ou sinon de l'eau. Ou du lait.

— Ou alors un biberon, répondis-je. Je plaisante. Je vais me changer d'abord. Il y aura qui ? Quelqu'un de moins de cinquante ans ?

— Moi.

— C'est tout ?

Elle éclata de rire.

— Je n'en sais rien. Descends avec moi, comme ça Gigi ne va pas critiquer ma tenue.

Je la regardai des pieds à la tête : un jean et une banale chemise oxford.

— Tout ça manque un peu de peps ! lançai-je.

— Ne t'y mets pas toi aussi, dit-elle en m'embrassant. Une critique de mode dans la famille, c'est bien assez.

20

Geneviève

Après ma conversation avec ce malheureux Paul, je restai dans mon bureau quelque temps, à faire des recherches sur les différentes méthodes de suicide, tout en laissant croire que j'assistais Beverly en train de travailler sur notre prochaine collection printemps. En réalité, elle ne m'avait pas contactée depuis notre passage avec Riley et j'en étais vexée. Elle était censée me tenir au courant deux fois par semaine.

Mais là encore, rien n'avait été formellement écrit. C'était plus une politesse qu'elle me faisait, et nous le savions l'une comme l'autre. La seule chose dont elle avait besoin, c'était mon nom. Elle avait été charmante au showroom mais, quand je lui avais demandé si elle souhaitait quelques dessins pour la prochaine collection automne, elle m'avait regardée d'un air entendu et m'avait dit qu'elle pensait que l'équipe avait tout bien en main.

Heureusement Riley était dans la cabine d'essayage et n'avait rien entendu.

Je n'étais plus indispensable dans l'entreprise que j'avais fondée.

Pourtant, combien de fois avais-je pris le temps d'expliquer à Beverly notre culture d'entreprise, mes goûts et mes ambitions pour la société ? J'étais fière d'être celle qui l'avait recrutée parmi bon nombre de candidats fort talentueux. Je voulais évidemment qu'une femme prenne ma suite et avais été doublement fière de passer le relais à une femme d'origine africaine. Une des conditions au moment de la vente de la société avait été que je puisse choisir mon successeur.

J'imagine que je ne m'attendais pas à ce qu'elle s'approprie si vite l'entreprise. Je ne lui en voulais pas ; je l'admirais. Elle en était présidente depuis quatorze ans et l'entreprise était florissante. Le comité de direction la portait aux nues et les bénéfices atteignaient des records.

Mais si j'avais créé Geneviève London Design, c'était parce que j'avais besoin de compenser le manque. Je l'avais fondée après ce jour où je m'étais aperçu que je ne tenais même plus debout, terrassée par le chagrin et la perte de mon fils et de mon mari. Mes premiers dessins avaient été réalisés au beau milieu de la nuit, lorsque je ne pouvais plus dormir, terrifiée à l'idée que Garrison meure, puis dévastée en comprenant que c'était le cas… et que Sheppard était toujours perdu dans la nature. J'avais enfoui mon manque au fond de moi et m'étais mise à faire des recherches sur les cuirs, les doublures et les fermetures de sac. J'avais visité des usines vides à Newark, car je voulais que mes produits soient fabriqués aux États-Unis. J'avais créé un programme de formation pour les jeunes en difficulté dans les lycées de la ville et proposé un emploi à tous ceux qui l'avaient suivi.

J'avais été visionnaire.

Désormais, je n'étais plus qu'une vieille femme qui encombrait l'entreprise qui portait son nom, et je cherchais sur Google le meilleur moyen de mettre fin à mes jours.

Le Dr Pinco accepterait-il de me prescrire un médicament dont je pourrais faire une overdose ? Non, il était bien trop malin pour ça et, jusqu'ici, ne m'avait jamais prescrit plus de cinq cachets pour dormir à la fois. Et puis, comment être sûre que je n'allais pas me rater et finir exactement comme je le craignais : dans un état végétatif, clouée dans un fauteuil roulant ou un lit médicalisé dans une maison de vieux ? Me tailler les veines me paraissait terrible, mais peut-être qu'avec assez de gin dans le sang… Ce serait mieux qu'avec un pistolet, non ?

Le suicide par noyade m'apparut finalement la meilleure option. Quelques secondes de panique – dix ? vingt ? – et puis l'abandon. Les noyés (ceux qui ont survécu, évidemment) décrivent un sentiment agréable de résignation. L'un d'eux avait même raconté que c'était la sensation la plus merveilleuse qu'il ait jamais ressentie : « Un délicieux sentiment de paix. » Tout ce qu'il me fallait !

De plus, la noyade pourrait passer pour un accident, si bien que la clause de suicide ne serait pas invoquée si je souscrivais une assurance vie et faisais de Riley la bénéficiaire. Je vérifiai rapidement sur Google. Malheureusement, les assurances pour les personnes de mon âge ne couvraient guère que les frais d'obsèques, et j'avais déjà ce qu'il fallait.

En faisant croire à un accident, j'éviterais qu'Emma ait de nouveau à endurer un suicide. Non pas qu'elle en souffrirait. Rien à voir avec la mort, lorsqu'elle avait huit ans, de sa mère, jeune et en parfaite santé, et qu'elle adorait. Franchement, je pense qu'elle n'accorderait pas un regard à mon cadavre, à tel point que les gens penseraient que je l'avais séquestrée au sous-sol pendant dix ans. Jusqu'ici, elle et moi avions évité les sujets intimes, ce qui était à la fois un soulagement et un poids. Il faudrait bien que je lui parle à un moment donné. Elle s'était montrée très curieuse de ma santé.

Lorsque je lisais les avis de décès, ce qui devient une habitude quand on vieillit, je m'attardais sur la description des derniers moments. *Entourée par sa famille, unetelle est retournée dans la maison du Père* ; ou bien : *Au terme d'un combat courageux, telle autre est morte paisiblement chez elle, sa famille à ses côtés.*

La mort idéale, pour moi, serait une attaque cérébrale ou une crise cardiaque sévère, comme Garrison. Selon ce scénario, je mourrais ici. Peut-être dans le même fauteuil Adirondack que lui, le regard tourné vers l'océan. Ou peut-être dans mon lit, vêtue de mon pyjama de soie rose à pois noirs. Minuet serait blottie contre moi, l'air triste. Non. Je ne voulais pas que mon chien souffre.

Voilà à quoi se résumait toute une vie : le seul être dont je redoutais la souffrance était mon chien. Mon fils était un bon à rien, une de mes petites-filles ne me pleurerait pas et l'autre ne saurait rien. Mon arrière-petite-fille me connaissait à peine. Donelle serait triste, mais elle était tellement pragmatique que je l'imaginais mal disant autre chose que : « Voilà, Gen, la route est finie pour toi. On se retrouve de l'autre côté. »

La seule personne dont je souhaitais qu'elle me tienne la main au moment où je rendrais mon dernier souffle, c'était bien sûr Sheppard.

Où était-il, mon petit garçon ? Était-il vivant ? Se souvenait-il de sa vie avec moi, avec nous, de l'amour et de l'adoration dont chaque instant de ses sept premières années avait été rempli ? S'était-il senti trahi et abandonné ? M'avait-il appelée à l'aide ?

La morsure du manque se fit soudain sentir, vive et profonde.

Dieu m'avait fait défaut. *Tu m'avais promis*, pensai-je, *tu m'avais promis que je le reverrais et tu m'as menti.*

On toqua à ma porte.

— Gigi ?

C'était Riley.

— Entre, ma chérie, dis-je après m'être ressaisie.

Et elle entra, vêtue d'une des tenues que nous avions achetées (enfin, prises) à New York. Elle avait l'allure d'une vraie London.

Et elle en avait les yeux.

Elle s'approcha de moi et tourna sur elle-même.

— Qu'est-ce que tu en dis ?

— Magnifique. Une vraie star.

Son sourire s'effaça alors.

— Tu es triste, Gigi ? me demanda-t-elle en posant son bras sur mon épaule.

— Tu as besoin d'une manucure, répondis-je. Ces cuticules sont affreuses. Une femme chic doit toujours avoir des ongles impeccables.

— C'est ce que maman appelle un détournement de conversation. Tu n'es pas obligée de me répondre, mais ne sois pas désagréable.

Comme elle était différente d'Emma ! Celle-ci, à son âge, aurait quitté la pièce ou se serait mise à pleurer.

Mais Riley avait eu une mère aimante et qui, visiblement, l'avait bien élevée, très bien même.

— Je suis un peu triste, oui, dis-je en lui tapotant la main.

— Tu veux en parler ?

Comment parler de ce manque à une adolescente ? C'était déjà assez difficile d'être face à ses yeux bleus, de la même couleur que ceux de Sheppard. J'avais toute une collection de sacs et d'accessoires bleus, mais aucun n'avait jamais égalé la perfection des yeux de mon petit garçon. Ni de ceux de Riley.

— Non, ma chérie. Dis-moi plutôt pourquoi tu t'es faite si belle. Tu sors avec des amis ?

Elle parut ne pas comprendre.

— Mais non, Gigi, c'est pour ton apéritif.

— Ah, vraiment ? dis-je, avec l'impression que quelque chose m'échappait et que j'aurais dû savoir.

Mon cerveau se mit alors à bourdonner et je ne sus plus si l'on était en hiver ou au printemps. Quelqu'un venait de me demander quelque chose ? Qu'étais-je en train de faire ? Pourquoi me sentais-je si… triste ?

Un gros chien me lécha la main. Il était plutôt laid et ne sentait pas très bon.

— On devrait faire laver cet animal, non ? demandai-je à… à la jeune fille.

Son nom m'échappait complètement. Pourtant je *savais* que j'étais censée la connaître.

Avril ? Non, ça, c'était le nom d'un mois. N'est-ce pas ? Je jetai un coup d'œil par la fenêtre. Les arbres étaient couverts de feuilles, on devait être plus tard dans l'année. Mai ? Juin ? Août ?

— Il est tellement mignon, dit-elle en s'agenouillant. Pas vrai, Mac ?

Mac. Le chien s'appelait Mac, et apparemment il vivait ici avec moi, ce qui était bizarre car je n'aimais pas les chiens. Mac. Mac. *N'oublie pas ce nom-là. Mac. Macintosh ?*

C'est à un ordinateur que je pensais ?

J'avais oublié le nom du chien. C'était peut-être le chien de la fille. Ou le mien.

— Ne me bave pas dessus, toi, dit la fille. Tu n'imagines pas le prix que coûtent ces vêtements.

Elle leva les yeux vers moi et je sentis une bouffée d'amour pour les taches de rousseur sur son nez. Est-ce que c'était ma nièce ? Ma sœur n'avait-elle pas une fille ?

— Tu es prête ? me demanda-t-elle. J'adore ta tenue.

Comment étais-je habillée ? Je regardai mes habits : un ensemble trois pièces avec un pantalon évasé, un chemisier de soie et un long gilet blanc discrètement gansé d'argent.

Je n'avais pas le moindre souvenir d'avoir acheté tout ça. Cela m'appartenait-il seulement ? Quand m'étais-je habillée ? Je ne savais plus où nous allions.

Mon cerveau me semblait vide, sans plus aucune pensée à laquelle me raccrocher. J'eus envie de prendre la fille dans mes bras et de la supplier de m'aider mais quelque chose me retint.

— Je suis prête, répondis-je.

Je la laissai me prendre par la main pour me conduire

hors de cette chambre dont je supputai que c'était la mienne.

Tout était très joli, mais je ne reconnaissais rien. Un long couloir, un tableau, une peinture abstraite lilas et crème.

Un instant. Je connaissais cette peinture. Je l'avais achetée à une vente aux enchères parce que j'aimais les couleurs et les formes tellement vivantes et réconfortantes, comme une douce flamme…

Un Peter Lobello ? C'était ça. Je l'avais acheté à l'époque où je fréquentais Gerard, l'expert de Christie's. Il m'avait coûté 35 000 dollars, il y avait longtemps de cela.

Et cette jeune fille rousse était Riley, la fille d'Emma, la petite-fille d'April, qui elle aussi était rousse. Voilà pourquoi j'avais pensé au mois d'avril. Un absurde sentiment de victoire m'envahit tandis que je reconstituais le puzzle.

En fait, j'étais juste reconnaissante d'être de nouveau moi-même.

Le Dr Pinco m'avait dit qu'au début les crises passeraient mais que, lorsque mon état empirerait, ce serait un état permanent.

Je pouvais m'accommoder de la douleur. J'en apportais la preuve depuis des décennies.

Mais perdre la tête… c'était insupportable. Et je ne voulais pas que cette jeune fille me prenne en pitié.

Car après tout, il se pouvait bien que je l'aime.

Demain, j'irais me baigner pour faire un essai.

21

Emma

Lorsque Miller téléphona pour dire qu'il n'avait pas trouvé de baby-sitter et ne pouvait donc pas venir pour l'apéritif, je lui dis de venir avec sa fille.

— Elle traverse une période difficile, répondit-il. Ce serait mieux que je reste ici.

— Oh ! allez, j'adore les enfants ! Et ma fille, pareil ! Elle fait tout le temps des baby-sittings chez nous.

Il y eut un silence.

— Sauf si tu n'as pas envie de venir, ajoutai-je.

— Si, si, j'adore Geneviève. Mais Tess n'est vraiment pas facile.

— On sera deux à s'en occuper ! lui promis-je, tout en pensant à ce qu'il venait de dire – il *adorait* Geneviève. Trois, même.

— D'accord. Merci, Emma.

Il me sembla qu'il avait l'air ravi.

Je n'avais pas cessé de repenser à son histoire. Donelle, qui savait tout sur tout le monde en ville et n'avait aucun scrupule à cancaner, contrairement à Geneviève, m'avait raconté qu'Ashley était morte en couches.

— Exactement comme la mère de Tyrion Lannister, avait-elle dit. Ou comme Sybil dans *Downton Abbey.* Je l'avais vu venir, d'ailleurs.

— Pour Ashley ? Elle était malade ?

— Je te parle de Sybil. Dès qu'elle s'est mise à avoir

mal à la tête, je me suis dit : oh non, elle est fichue. Je ne connais pas les détails pour Ashley. Ta grand-mère n'a pas voulu que je demande.

J'étais contente de revoir Miller. Je me sentais toujours mal d'avoir imaginé planter des tomates sur la tombe de sa femme.

J'avais eu huit patients ce jour-là, et un apéritif était bienvenu. J'avais la tête farcie. Pop était déjà là, en train de siroter une bière et de caresser nonchalamment Valkyrie tandis qu'elle lui mordillait la main. Nous étions dans la véranda (ou la serre, comme l'avait appelée Riley par erreur), une pièce gigantesque et magnifique, surmontée d'un dôme de verre et d'acier, entièrement vitrée du sol au plafond, et laissant entrer l'air doux du soir. Dans un coin, il y avait une cheminée, un bar en noyer et une demi-douzaine de fougères et de palmiers en pots. Le sol était en pierre polie, et le tout ressemblait à un palais d'hiver russe. Quand j'étais enfant, c'était ma pièce préférée.

Riley et Geneviève entrèrent, et ma fille me sourit. Elle faisait tellement femme, superbement habillée. Elle donnait la main à Gigi et ma gorge se serra. Riley était si gentille et si patiente avec ma grand-mère.

— Pas trop tôt, commenta Pop. Je croyais que vous aviez dit cinq heures et demie. Il est six heures moins le quart.

— Vous avez bien fait de commencer sans nous, Paul, lui répondit Gigi.

— J'ai amené ma bière, précisa-t-il.

— Je vois ça, répliqua-t-elle d'un ton aussi sec que son martini préféré. Je ne connais pas cette marque de bière. Donelle, veux-tu être assez aimable pour dire à la jeune fille de commencer à servir ?

— Et comment, Gen ! Shaylee ! beugla Donelle sans bouger du canapé.

On sonna à la porte.

— J'y vais, dis-je.

Je me dirigeai vers la vaste entrée, sans attendre la permission. Je passai par le couloir, devant la bibliothèque, la salle à manger de réception, à ne pas confondre avec celle où était servi le petit déjeuner, ni avec la cuisine, d'où nous observait Helga, telle une gargouille.

J'eus la surprise en ouvrant la porte de me trouver face à Jason.

— Tiens ? Salut !

— Salut, Emma, dit-il en se penchant pour me faire une bise. Ça ne t'embête pas que je sois là ? Riley m'a dit de venir.

— Euh… non, bien sûr. Entre.

Nous entendîmes alors un hurlement qui venait de l'allée.

— Seigneur ! C'était quoi ? demanda Jason.

Miller sortait d'un break Volvo.

— J'ai l'impression que c'est ton cousin avec sa fille, répondis-je.

— Ah, mon Dieu, tu ne connais pas encore Tess, si ? lança Jason avec un petit sourire. Enfuis-toi !

— Au fait, tu ne m'as jamais dit qu'Ashley était morte, Jason.

— Je n'ai pas pu. C'était horrible.

Je lui lançai un regard noir.

— Sérieusement, je ne te l'ai pas dit ?

— Sérieusement. Je m'en serais souvenue. Je les aimais beaucoup.

— Oui, c'était le couple parfait.

Je lus sur son beau visage qu'il était désolé et il me passa la main dans le dos.

Miller était toujours penché dans sa voiture à essayer d'en faire sortir sa fille. Les cris redoublèrent.

— Va retrouver Riley, déclarai-je. Je vais aller l'aider.

— Bonne idée. À tout de suite.

Il déposa un baiser sur ma joue et je sortis.

— Salut, Miller ! dis-je en faisant crisser les graviers sous mes pas.

Il se redressa.

— Salut, Emma.

Il avait bien besoin d'aller chez le coiffeur et de dormir au moins un mois.

— Veux pas y aller ! Veux pas y aller ! criait l'enfant dans la voiture.

— Bonjour, lui dis-je en me penchant. Pourquoi cries-tu ?

— Veux pas y aller !

— Aller où ?

— Dans cette maison !

— C'est dommage. Il y a cinq chiens !

— J'aime pas les chiens, répliqua-t-elle en donnant un coup de pied dans le siège avant.

— Il y a aussi un château secret, ajoutai-je en pensant au dressing plus grand que ma chambre à Chicago.

— J'aime pas les châteaux.

— Tess, s'il te plaît, arrête de dire « j'aime pas », lança son père, découragé.

— Pourquoi n'entres-tu pas, Miller ? proposai-je. Je vais rester ici avec Tess et on vous rejoint.

— Non ! s'écria Tess. Je veux ma maison !

— Tu es sûre ? me demanda Miller.

— Tout à fait.

— D'accord. Viens me chercher en cas de besoin.

Il alla jusqu'à la porte d'entrée, me jeta un coup d'œil par-dessus son épaule, puis entra.

— Je m'appelle Emma. Et toi, tu t'appelles Tess.

— Non, c'est pas vrai.

Je souris.

— Ah bon ? Et comment tu t'appelles, alors ?

Elle regarda autour d'elle.

— Jardin.

— Oh ! comme c'est intéressant ! Enchantée, Jardin.

Elle me jeta un regard méfiant, pas certaine de comprendre à quoi je jouais.

— Quelle est ta couleur préférée ? lui demandai-je.

— J'aime pas les couleurs.

— Blanc, alors. Moi j'aime le rouge. Est-ce que tu veux entrer et t'amuser, jouer à cache-cache et manger quelque chose ?

— Non.

— D'accord.

Trois ans n'était pas un âge facile (même si Riley avait été un ange, franchement). Les enfants ne pouvaient rien décider par eux-mêmes et ces crises étaient l'expression de leur frustration. En acceptant sa réponse (puisque c'était possible dans cette situation), je la laissais croire qu'elle pouvait décider.

— On va rester ici alors.

Je m'assis sur le siège passager.

— Il est où, mon papa ?

— Il est dans la maison.

Elle tendit son cou pour voir, les sourcils froncés. Elle était vraiment mignonne, malgré son fichu caractère.

— On est bien ici, dis-je. Merci de vouloir rester dans la voiture.

— Veux pas rester.

— Ah bon ? D'accord. Eh bien, il y a neuf portes pour entrer dans la maison. Laquelle veux-tu choisir ?

Elle me regarda, essayant d'y voir clair dans mon jeu. C'était une gamine futée.

— Sinon, on peut rester ici, proposai-je.

— On y va. Tout de suite, déclara-t-elle.

— Excellent choix, dis-je en la détachant.

— Comment tu t'appelles ?

— Emma.

— C'est pas beau.

— Non, tu as raison.

Elle fit mine de sortir de la voiture mais je l'en empêchai.

— Donne-moi la main, s'il te plaît.

— Non.

— On est tout près de l'océan, alors on se donne la main si on ne veut pas tomber dans l'eau et attraper froid.

— Non !

— Très bien, alors on remonte dans la voiture.

Elle se mit à bouder.

— Soit on se donne la main, soit on remonte dans la voiture.

Elle ne répondit rien, ne voulant pas perdre la face, mais elle me laissa lui prendre la main. J'essayai de ne pas sourire.

Une fois dehors, je la vis mieux. C'était un mélange de son père et d'Ashley : des yeux bleu foncé comme Miller (il me semblait me souvenir que ceux d'Ashley étaient clairs), les cheveux bouclés comme sa maman. Et si emmêlés que c'était pratiquement des dreadlocks. Nous fîmes le tour de la maison, jusqu'à ce qu'elle désigne la porte numéro 4, celle de la cuisine. Shaylee la muette était en train de sortir une plaque de mini-quiches du four devant une Helga renfrognée.

— Shaylee, Helga, je vous présente Tess Finlay, dis-je.

Shaylee nous fit un petit signe de tête, ce qui me confirma que la peur qu'elle avait de Helga l'avait définitivement privée de la parole.

— Fais sortir cette enfant de ma cuisine, ordonna Helga.

— Sors, toi, répliqua Tess. Va-t'en.

— Quelle chipie ! commenta Helga.

— C'est toi la chipie.

Elle m'inspirait de l'affection, cette petite.

— À plus tard, dis-je en guidant Tess jusqu'à la véranda.

La petite fille hésita puis s'arrêta.

Une forêt de jambes se dressait devant elle – entre-temps, les autres invités étaient arrivés –, une dizaine ou une douzaine d'adultes en pleine conversation, plus Riley qui mesurait un mètre soixante-dix.

— Veux-tu que je te prenne dans les bras pour que tu voies mieux ?

— Non, dit-elle tout en tendant vers moi ses petits bras.

Je la soulevai. Elle ne sentait pas très bon. Elle avait besoin d'un bon bain et cela me démangeait de lui passer un peigne dans les cheveux. Mais cette sensation de porter un petit enfant dans mes bras, quel délice !

Riley nous aperçut, dit quelque chose à son père, puis vint vers nous.

— Coucou, toi ! lança-t-elle. Ça boume ? On checke ?

Et tout naturellement, Tess lui tapa dans la main.

— Riley, je te présente Tess. Tess, voici ma petite fille à moi, Riley.

Tess l'observa quelques secondes.

— Ils sont jolis tes cheveux, dit-elle.

— Merci, répondit Tess. Tu veux les toucher ?

Tess le fit, puis elle sourit.

Les enfants semblaient avoir un instinct pour se reconnaître entre eux, peu importait leur taille.

— Tu veux venir jouer ? demanda Riley.

La petite fit oui de la tête.

Un jeune homme brun aux beaux yeux noirs et brillants s'approcha.

— Ah, maman, je te présente Aarav Talwar. Ses parents passent l'été ici.

— Enchanté, me dit-il. On m'appelle Rav.

— Emma London, répondis-je. Je suis la mère de Riley.

Il devait avoir son âge. Peut-être à peine plus jeune.

— En quelle classe es-tu, mon grand ?

Riley leva les yeux au ciel en m'entendant être aussi affectueuse.

— Je viens de finir ma seconde.

— Dans quel lycée es-tu ?

— Bon, maman, dit Riley, on va aller s'occuper de

Tess, OK ? Garde ton interrogatoire pour une autre fois, d'accord ?

Elle me bouscula gentiment de l'épaule, pour que je comprenne qu'elle ne m'en voulait pas.

Je leur souris.

— Assurez-vous juste que son papa est d'accord. C'est Miller, le cousin de ton père.

— Oui, on s'est rencontrés sur un chantier. Il a l'air sympa.

Je lui confiai Tess, qui ne protesta pas.

— Miller, c'est bon si on emmène Tess en haut ?

— Eh bien… oui, si elle accepte. Tess, tu veux aller jouer avec Riley ?

Celle-ci ne répondit pas, trop occupée à tripoter les cheveux de ma fille.

— Tu veux monter dans ma chambre et jouer avec mes affaires ?

Tess se tourna vers Rav.

— Ne t'en fais pas, il est sympa, ajouta Riley.

— On y va, déclara alors la petite.

— Venez me chercher si besoin, dit Miller qui n'en revenait pas.

— Pas besoin de toi, papa. On reviendra jamais !

— Cruelle Tess, dit Riley en voyant ma tête.

Celle-ci sourit et ajouta :

— Mais si, on reviendra ! À plus tard !

Là-dessus, ils s'éloignèrent, ma fille, celle de Miller et ce beau garçon.

Je sentis mon cœur fondre. Ce serait super que Rav et Riley deviennent amis, non ? Ils étaient tellement gentils d'emmener Tess jouer avec eux ! (Ou fumer de l'herbe ? Ou prendre des amphètes ? Ou se faire des tatouages maison ? Ou coucher ensemble ? Ou perdre la petite ?) Je laissai passer mon habituelle inquiétude maternelle. Je connaissais ma fille et lui faisais confiance. Elle adorait les enfants et faisait du baby-sitting depuis l'âge de douze ans, où elle avait passé son brevet de secourisme.

Ça me rappela les étés où je gardais les enfants des familles en vacances ici, ou bien pour des amis de Geneviève. C'était quelque chose que j'aimais bien faire. À l'époque, j'étais plutôt du genre silencieuse, comme Shaylee.

— Ta fille est une fée ! me dit Miller. En général, Tess déteste les baby-sitters.

— C'est que nous ne sommes pas chez nous, ici, et elle a sans doute besoin d'une alliée pour retrouver un équilibre. (*Stop avec le jargon psy, Emma !*) Mais tu as raison, elle est super avec les enfants.

— Je confirme, dit Jason en apparaissant à côté de moi. Tu devrais la voir avec ses frères. Tiens, Em, je t'ai préparé un cosmo : vodka, citron vert, canneberge, ton préféré.

— Merci, répondis-je.

Ça faisait longtemps que ce n'était plus mon cocktail préféré, mais c'était délicat de sa part.

— Comment ça va, Jason ? dit Miller.

— Super, et toi ? Qu'est-ce qu'elle est mignonne, ta fille !

— C'est vrai, merci. Elle ressemble à sa mère.

— Exact. Et, oui, Riley est super avec les enfants. Il faut que tu viennes à la maison un de ces jours. Papa et maman seraient ravis de te voir.

Ah, voilà qui était… bizarre. Ils étaient cousins, je les croyais plus proches. Enfant, j'aurais adoré avoir des cousins. Encore aujourd'hui.

— Vous ne travaillez pas ensemble, tous les deux ?

— Si, répondit Jason. Je fais les trucs administratifs pas marrants. Miller est sur les chantiers.

Miller acquiesça, sans lever les yeux de son verre.

— Tes grands-parents n'approuvent pas du tout ma

présence ici, ajouta Jason d'un air de conspirateur. Ils ne m'ont toujours pas pardonné de t'avoir fait un enfant.

— C'est que j'étais pure et innocente à l'époque.

— Moi aussi, répondit-il avec un petit sourire.

— Mais pour toi ça n'a pas changé grand-chose, fit remarquer Miller. Alors qu'Emma a dû s'en aller et élever ce bébé et se coltiner tout le boulot.

Jason eut l'air contrarié et Miller se reprit.

— Désolé, mec, je ne sais pas de quoi je parle. Je ne voulais pas te blesser. Je ne dors pas beaucoup, ces temps-ci.

— Non, non, ne t'en fais pas. Tu as raison.

— C'est justement ça que mes grands-parents lui reprochent. Mais ma grand-mère m'en veut à moi aussi, Jason. Alors, bienvenue au club.

Une fois de plus, c'était moi qui tendais le calumet de la paix, allez savoir pourquoi.

— Emma, tu veux bien m'enlever ma chaussette ? me demanda alors Donelle. Je ne suis pas assez souple, et je veux montrer mon orteil au Dr Talwar.

— Le devoir m'appelle, dis-je à voix basse en la rejoignant pour lui ôter ladite chaussette.

Le spectacle de son gros orteil nous fit reculer d'un pas, Saanvi Talwar et moi. Cela n'avait plus rien d'humain. On aurait dit un énorme champignon, verdâtre et boursouflé, d'où suintait un liquide blanchâtre. Jamais plus je ne regarderais les cannolis de la même façon.

— On remet tout de suite sa chaussette ? suggérai-je tout en essayant de le faire sans regarder.

— Attends un peu Emma, dit Donelle. Dr Talwar, quel est votre prénom ?

La femme médecin avait l'air assez terrifiée.

— Saanvi, mais je suis chirurgienne thoracique, donc je ne suis pas certaine de…

— Ne vous en faites pas. Je suis sûre que vous êtes assez calée pour me dire. C'est un champignon, ou quoi ? Et tant qu'on y est, vous pouvez me prescrire de la marijuana thérapeutique ? Enfin, c'est légal ou pas ?

Le Dr Talwar s'efforça de ne pas rire.

— Votre orteil a sans aucun doute besoin d'être soigné, oui. Mais je suis à peu près sûre qu'on ne vous prescrira pas de marijuana pour ça.

— Mon Dieu, Donelle, range-moi ça ! Tiens, laisse-moi t'aider, dis-je.

— J'ai demandé à la petite de me passer du Vicks, expliqua Donelle. Vous pensez que ça va marcher ?

— Eh bien, je ne crois pas me souvenir que le baume Vicks soit indiqué dans un cas comme le vôtre, non, répondit le Dr Talwar en s'éloignant.

— Je vais vous couper tout ça, moi, proposa Pop en se joignant à la conversation. J'ai une paire de pinces très efficaces.

— Seriez-vous en train de me draguer, Paul ? lui demanda Donelle.

Il sourit de mauvaise grâce mais ne le nia pas.

— Non mais, sérieusement, doc, vous préconisez quoi ? Une opération ?

— Donelle, pour l'amour du ciel, cesse de harceler mes invités ! dit alors Geneviève en s'approchant, un martini dans la main. Nous avons déjà bien assez parlé de ton pied dégoûtant. Saanvi, j'adorerais avoir votre avis sur la couleur à choisir pour le petit salon. Vous voulez bien ? Donelle, ma chère, remets ta chaussette et laisse Emma tranquille. Emma, ma grande, as-tu fait la connaissance de l'autre Dr Talwar ? Vikram, je vous présente ma petite-fille, Emma London.

Et voilà, Geneviève avait un sens de l'hospitalité inouï. Même la vue de l'orteil immonde de Donelle ne parvenait pas à la décontenancer. Nos regards se croisèrent une seconde et je ressentis malgré moi de l'admiration.

— Enchantée, dis-je à son invité.

— Moi de même, répondit-il. Comme c'est bien

pour Geneviève de vous avoir, vous et votre fille, chez elle tout l'été !

Son téléphone bipa.

— Désolé, je suis de garde ce soir. Il faut que je réponde.

— Bien sûr.

Les autres invités avaient l'air de tous se connaître. Trois femmes et un homme qui riaient, tous très élégants, bon chic bon genre, avec les accessoires d'usage : petits diamants aux oreilles, montre Philippe Patek au poignet.

Un instant, j'eus très envie de monter rejoindre les enfants. Mais Riley était en train de se faire un nouvel ami (je l'espérais en tout cas), et il fallait les laisser seuls.

Toujours cette même impression d'être un peu en reste.

— Em, viens plutôt t'amuser avec les gens de ton âge ! me lança Jason depuis la terrasse.

Miller était avec lui, en train de regarder l'océan au-delà de la pelouse. Les oiseaux avaient entonné leurs chants du soir et un héron bleu à la silhouette préhistorique traversa lentement le ciel.

— Tess a l'air d'être une fillette très intelligente, dis-je en m'asseyant sur un transat à côté de Miller.

— Oui, je pense. Merci.

— Si tu as besoin de parler à quelqu'un, je suis psychologue, alors pour tout ça…

Vraiment bien vendu, Emma ! Il me regarda avec un petit sourire, en plissant ses yeux tristes, et je me souvins alors qu'il me plaisait bien à l'époque. Il était alors tellement plus âgé et plus mûr que Jason.

— Merci, répéta-t-il.

— Il nous a nous aussi, pas vrai, Miller ? dit Jason en s'asseyant à côté de moi.

— Bien sûr, répondit son cousin.

— Alors, Em, comment tu vas ? me demanda Jason. Il faut qu'on dîne ensemble, on a plein de choses à se raconter.

De mon point de vue, ce n'était pas le cas. On s'était parlé quasiment tous les jours depuis mon arrivée et nous n'avions pas laissé passer quarante-huit heures sans être en contact.

Il se montrait un peu… bizarre. Possessif, peut-être.

Le soleil se coucha entre les pins, et une lumière rouge et dorée se posa sur l'eau.

— Tu as commencé ton potager ? me demanda Miller.

— Oui. Derrière le garage, côté sud. Si tu veux des tomates fraîches dans un mois ou deux, tu sais où venir les chercher.

— J'adore les tomates fraîches, dit Jason. Tu as planté du basilic ?

— Quelques pieds, oui. Et du persil, et de l'aneth.

— Cool, dit Jason. Chez nous aussi, on a un potager. Enfin, Jamilah en a un, même si c'est moi qui ai fait tout le boulot.

Puis il se tut. Miller était perdu dans ses pensées. Du coup je posai à Jason la question qu'il avait l'air d'attendre.

— Et comment ça se passe, entre toi et Jamilah ?

Il soupira.

— Je ne sais pas. Jamilah est une femme compliquée. Je veux dire, je ne sais pas ce qu'elle veut. Elle me regarde toujours comme si elle était très déçue, mais quand j'essaie de lui parler, elle ne me dit rien. On ne risque pas d'avancer, à ce compte-là. Elle me dit qu'elle veut que je prenne des responsabilités, mais elle ne me précise jamais lesquelles. Tu sais ce qui me manque ? Le temps où on se marrait ensemble. Sans parler du sexe. Quand est-ce que faire l'amour est devenu une telle corvée pour elle ? Je vais te dire, quand je lui en ai parlé, elle a failli exploser. Qu'est-ce que j'avais dit de choquant ? Non, franchement, le mariage est un jeu dont les règles sont pipées d'avance.

Eh bien, ça, c'était du déballage !

— Je vais aller retrouver Tess, dit alors Miller. C'était sympa de parler avec vous.

Il partit et je me tournai vers Jason.

— Non mais, quel idiot tu fais ! Sa femme est morte, enfin !

— Merde, fit Jason en fermant les yeux.

— Oui, ce n'était pas exactement le moment de te lâcher sur ta femme en tout point parfaite. Et encore moins devant moi.

— Pourquoi pas devant toi ?

— Parce que, je ne sais pas si tu t'en souviens, mais on avait le projet de se marier, toi et moi ! dis-je d'un ton sec.

— Ouais, enfin bon, on était des gosses, Emma. On avait dix-huit ans. Ça ne marche pas, ces trucs-là.

Il me tapota la main et je la retirai.

— Tu ne t'es jamais dit qu'on finirait ensemble ? Parce que moi, si ! Je sais qu'on était jeunes, mais… je pensais qu'on y arriverait.

J'avais toujours un peu de mal à repenser aux premières années de Riley, lorsque je m'accrochais à mon rêve de petite maison au canapé bleu.

Il se passa la main dans les cheveux.

— Je pense que j'étais trop jeune. Tu as toujours été plus mûre.

— Il le fallait bien.

— Je sais. Et tu as été une mère parfaite pour Riley. Tu *es* une mère parfaite. Je ne peux pas te dire à quel point je m'en rends compte et j'apprécie ça. Vraiment. Notre fille est extraordinaire, et c'est à toi qu'elle le doit.

— En effet.

Tout en me rappelant que je m'étais promis de ne pas me chamailler avec le père de mon enfant, j'inspirai à fond et bus une gorgée de mon cocktail.

— Je vous pensais plus proches, Miller et toi.

— On l'était, oui. D'une certaine façon. Mais à la mort d'Ashley, il s'est renfermé sur lui-même.

— Il a sûrement été dévasté.

— Oui, bien sûr.

— Comment est-elle morte ? demandai-je après une seconde d'hésitation.

— C'est l'accouchement qui a mal tourné. Elle est morte avant même que le bébé naisse, soupira Jason.

— Oh ! mon Dieu, fis-je, les larmes aux yeux. Est-ce qu'il a du soutien ? Une copine ?

— Je ne pense pas, non. Les parents d'Ashley sont dans le coin et ils l'aident beaucoup. Il a eu une nounou pendant quelque temps.

— Il a l'air très seul.

— C'est le cas, oui.

— Vous sortez quelquefois ensemble ? Tu l'invites à dîner ? J'imaginais que tes parents le…

— On essaie ! On n'est pas des monstres. Jamilah et moi, on lui a donné des tas de trucs trop petits pour les garçons, un porte-bébé, une chaise haute…

— Ah, vous voilà, dit alors Geneviève d'une voix glaçante. Emma, Saanvi aimerait discuter avec toi, si tu n'es pas trop occupée.

— Pas du tout, répondis-je en me levant pour rentrer à l'intérieur.

Il faisait presque nuit, et dans la maison régnait une lumière tamisée du meilleur goût. Des bougies scintillaient dans la cheminée, et Shaylee faisait passer un plateau chargé de nourriture.

— Emma, commença Saanvi, votre grand-mère me dit que vous êtes thérapeute. Je fais des consultations à Rose Hill, et nous sommes à la recherche d'un conseiller familial, car le nôtre est parti en congé paternité. C'est du mi-temps, mais est-ce que cela pourrait vous intéresser ?

Geneviève, qui écoutait, eut l'air de désapprouver totalement. Je m'en fichais.

— J'ai fait un stage à l'hôpital pour enfants de Chicago auprès de jeunes patients et de familles. Il faut que je réfléchisse parce que, évidemment, j'ai un lien personnel avec l'établissement, mais merci du tuyau.

— Magnifique, répondit Saanvi avec chaleur. Je ne fais pas partie du comité de recrutement, mais je donnerai votre nom au directeur. J'imagine que vous le connaissez.

— Bien sûr. Je me rends là-bas aussi souvent que possible.

— Votre sœur est adorable, dit-elle en souriant. Geneviève, nous devons partir, je le crains, mais comme à chaque fois, ce fut un plaisir. Merci pour votre accueil. Il faut que vous veniez dîner à la maison cette semaine. Et vous aussi, Emma, avec votre charmante fille. Cette fois-ci, pas d'excuses, Geneviève. Nous sommes toutes des dames occupées mais qui devons tout de même manger.

J'adorais cette femme.

Elle appela son fils depuis le bas de l'escalier, lequel le descendit quatre à quatre une seconde plus tard, tout dégingandé. Peu après, Riley fit de même, en tenant Tess par la main. Ma fille détourna les yeux lorsque je lui demandai discrètement s'il était sympa, mais elle rosit.

Il était donc sympa. Ouf.

Miller les suivait de près.

L'apéritif touchait à sa fin. Les autres invités, dont je n'avais pas retenu le nom, prenaient congé, et Pop me fit un petit signe pour me dire qu'il m'appellerait. La famille Talwar s'en alla après qu'il eut été convenu d'une date pour un dîner, et Saanvi me fit promettre d'appeler Rose Hill. Jason partit lui aussi, après que Geneviève l'eut gratifié d'un hochement de tête glacial et fut passée dans la pièce à côté, sans rien cacher de sa désapprobation.

Elle ne m'avait pas parlé de ce poste à pourvoir, alors

que j'étais certaine qu'elle était au courant, puisqu'elle était au conseil d'administration. Intéressant…

— C'est l'heure de rentrer à la maison, dit alors Miller en s'approchant de Tess.

Celle-ci recula si brusquement qu'elle faillit tomber, mais Riley la rattrapa de justesse.

— Non ! Papa, non ! s'écria-t-elle en s'accrochant à Riley. Je te déteste ! Je veux rester ici !

— Ça suffit, Tess, répliqua-t-il fermement en tentant de desserrer ses bras des jambes de Riley.

— C'est l'heure de rentrer avec ton papa, dit ma fille.

— Non ! Non !

Au bout d'une minute, nous parvînmes ensemble à détacher la petite.

— Bonne nuit, Tess. On rejouera ensemble une prochaine fois, toutes les deux.

Les cris de la fillette avaient de quoi alarmer tout le quartier.

— Je vais y aller directement. Remerciez bien Geneviève de ma part, dit Miller.

— À bientôt, lançai-je tandis qu'il tentait d'échapper aux coups de pied et aux morsures de sa fille.

Je fermai la porte derrière eux, et les cris s'estompèrent alors qu'ils s'éloignaient.

— Waouh, j'ai les oreilles qui sifflent, fit Riley.

— Moi aussi, répondis-je. Merci de ne m'avoir jamais fait subir ça !

— Mais elle est mignonne, enfin, jusque-là elle était mignonne. Bon, « mignonne » n'est pas le mot. Mais elle est rigolote. On a joué à cache-cache et, avec Rav, on faisait semblant de pas voir ses petites jambes qui dépassaient des coussins. J'ai essayé de la coiffer un peu, mais j'ai vite abandonné.

— Et Rav ? Il a l'air gentil, non ?

— Oui, mais pas la peine de me regarder comme

ça. Il est sympa, et c'est un intello qui joue aux jeux vidéo et travaille super bien.

— Ça me rappelle quelqu'un, ça, tiens.

— Il va peut-être m'aider sur un projet, si t'es d'accord.

— Quel genre de projet ?

— Euh, un truc cet été.

— Pour l'école ?

— Si on veut. Optionnel.

Je savais bien que les ados avaient leur jardin secret. Mais quand même, je détestais ne pas tout savoir.

— Tant que je sais toujours où tu es, qu'il y a au moins un adulte dans la maison avec vous, que vous ne vous enfermez pas dans une chambre et que je peux te joindre toutes les demi-heures par téléphone.

— Et qu'on met tous les deux des ceintures de chasteté, évidemment, ajouta-t-elle d'un ton malicieux. Tu es à peine suspicieuse, maman.

— C'est juste la check-list qu'on nous a donnée à l'école des mamans.

— Il a l'air sympa, c'est tout. Et c'est plutôt rafraîchissant de parler enfin avec quelqu'un qui est né au vingt et unième siècle.

— Oh ! laisse béton, répliquai-je.

— T'es trop mignonne quand tu veux faire la jeune, maman, mais plus personne ne dit ça ! Bon, je monte dans ma chambre, OK ? Je vais dire bonsoir maintenant.

Elle m'embrassa et je respirai son odeur ensoleillée, le cœur plein d'amour et de soulagement, car les nuages qui avaient assombri sa vie l'hiver dernier semblaient avoir complètement disparu.

De plus, Geneviève, à ma grande surprise, avait l'air de lui faire beaucoup de bien. Je regardai ma fille tandis qu'elle rejoignait dans le salon Gigi et Donelle, en train de siroter un nouveau cocktail. Ces deux-là tenaient mieux l'alcool que Hemingway lui-même.

Du moins, Geneviève. C'était à croire qu'on lui avait enseigné l'art de boire à la fac. Donelle, en revanche, était un peu moins vaillante et digne.

Riley les embrassa toutes les deux sur la joue et elles échangèrent quelques mots. Puis ma fille quitta la pièce sous leur regard.

— Ne reste pas dans l'entrée à faire la tête, Emma. Viens t'asseoir avec nous, me lança Geneviève.

Je les rejoignis et me blottis dans le fauteuil de velours.

— Tes amis sont gentils, lui dis-je.

— On dirait que cela t'étonne. Tu veux bien ne pas mettre tes pieds dans le fauteuil ?

J'obtempérai en soupirant.

— Mais pourquoi lui cherches-tu des noises sans arrêt ? demanda alors Donelle. Fiche-lui la paix.

— Qui a invité Jason ? fit Geneviève d'un ton sec, en l'ignorant. Ton grand-père, c'est une chose, mais ton *inséminateur*, c'en est une autre. Il t'a gâché la vie. Je ne le veux pas sous mon toit. Surtout vu la manière dont sa mère t'a traitée. Quelle opportuniste, celle-là !

— Premièrement, répondis-je d'une voix mal assurée, si le père de Riley n'est pas le bienvenu ici, je te laisse le dire toi-même à ton arrière-petite-fille. Deuxièmement, il ne m'a pas gâché la vie. Il m'a donné Riley, qui représente tout pour moi, et il me semble qu'elle ne te laisse pas indifférente. Et troisièmement, je suis d'accord en ce qui concerne Courtney, mais elle n'a fait que reproduire ce que tu avais fait. C'est toi qui, la première, m'as mise à la porte, après tout.

— Et paf. Elle t'a bien eue, là, Gen, dit Donelle.

— Il fallait que tu apprennes deux ou trois choses de la vie, répliqua-t-elle.

— Et enfin, même si tu m'as l'air en parfaite santé, tu es supposée être mourante. Tu te dérobes depuis des semaines, mais je veux parler à ton médecin. Et si tu ne renonces pas officiellement à ta tutelle sur Hope d'ici la fin de la semaine, Riley et moi rentrons chez nous.

— Mais c'est ici, chez vous.

— Non, Geneviève, ce n'est pas vrai. Et tu t'es bien chargée de me le faire comprendre. Maintenant, je vais sortir faire un tour. Bonne nuit, Donelle. Geneviève, dors bien dans ton cercueil !

— Ton cercueil ! gloussa Donelle. Comme si tu étais un vampire, Gen ! Ah, ce que tu es drôle, Emma !

— C'est fou ce plaisir que tu prends à m'accabler de tous les maux, hein, Emma ? répondit Geneviève d'un ton faussement calme. Pourtant, je t'ai recueillie après le suicide de ta mère, lorsque ton père a refusé de te garder et que ces autres grands-parents chez qui tu voulais vivre ont dit qu'ils étaient trop bouleversés. Je t'ai donné toutes les chances possibles, et tu as jeté tout ça par la fenêtre pour coucher avec un garçon ridicule et sans intérêt. Je n'ai rien fait de mal.

Mais comment pouvait-elle prétendre ça ? Ma grand-mère semblait incapable de sincérité. Avait-elle oublié ce qu'elle m'avait dit à l'époque ? La façon dont elle m'avait vouée aux gémonies ? Je la regardai un long moment. Inutile de protester. Elle se fichait bien de ce que j'avais à lui dire. Ou bien était-ce justement le bon moment pour le faire, devant Donelle, qui était en train de charcuter nonchalamment son orteil.

— Eh bien ? fit ma grand-mère. Dis ce que tu as à dire, ou bien va-t'en.

— Tout ce que je voulais, Gigi, c'était que tu m'aimes, prononçai-je alors, surprise en entendant mes mots.

— L'amour, c'est surfait.

— Quelle ironie, lançai-je en soupirant. Tu as perdu un enfant et, des années plus tard, un autre t'a été donné. Je n'étais pas Sheppard, mais j'avais peur et j'étais perdue, tout comme lui.

— Laisse mon fils tranquille, répliqua-t-elle entre ses dents.

Je laissai alors le silence s'installer jusqu'à ce qu'elle finisse par détourner les yeux.

— Je sors faire un tour, dis-je. Bonne nuit, Gigi.

22

Emma

Je me souvenais avec exactitude du jour où ma mère était morte. Il pleuvait et j'avais enfin pu me servir de mon nouveau parapluie, rose pâle avec des centaines de fleurs et de papillons brillants dessus. Maman me l'avait offert comme cadeau de rentrée, mais il n'avait pas plu pendant vingt-sept jours. À part ça, mon CE2 s'était jusque-là très bien passé et j'avais déjà été invitée trois fois à jouer, je déjeunais avec des filles très gentilles à la cantine et, à la récréation, j'apprenais à sauter à la corde.

Puis il avait fini par pleuvoir, et je me suis toujours demandé si cette pluie avait un lien quelconque avec ce qui s'était passé ensuite. Je m'étais réveillée enchantée, ce matin-là, par le bruit de la pluie tombant à travers les feuilles devant ma fenêtre. Tout était normal. Papa n'était pas là, maman m'autorisa à manger des Crousti Crunch pour le petit déjeuner et ne m'obligea pas à prendre une banane. Je me souvenais qu'elle avait remonté la fermeture Éclair de mon imperméable et m'avait tendu mon cartable en me disant de ne pas oublier mon joli parapluie. Elle m'avait serrée particulièrement longtemps dans ses bras. À moins qu'il s'agisse d'une extrapolation de mon esprit. Peut-être était-ce juste un souhait.

Je croyais lui avoir dit que je l'aimais. Je ne m'en rappelais pas réellement mais j'en ai gardé la sensation.

J'aimais vraiment ma mère, et nous nous le répétions souvent. Tous les jours, comme je le faisais avec Riley.

Je me souvenais du plastique un peu raide de mon imper et de l'odeur de mon parapluie. Je me souvenais que pour le déjeuner j'avais mangé un sandwich au beurre de cacahuète et au miel avec Rachel et Taylor. Dans le bus du retour, je m'étais assise à côté de Drake Fitzgerald qui habitait dans ma rue, avait un an de plus que moi et était très gentil pour un garçon. Le bus s'était arrêté au bout de notre impasse et une demi-douzaine d'enfants étaient descendus, ce qui faisait que j'avais le droit de faire les derniers mètres à pied comme une grande.

Alors que les autres s'étaient éparpillés à toute vitesse à cause de la pluie, j'avais pris mon temps. Une bourrasque s'était engouffrée dans mon parapluie et j'avais un instant cru m'envoler, emportée dans le ciel sombre et humide, au-dessus des nuages et du lac Michigan. Quelle aventure extra cela aurait été ! Je rêvais d'aventures comme celles d'une fille aux bottes de sept lieues, ou bien Fifi Brindacier, ou les cousines dans *Les Loups de Willoughby Chase*.

Je me souvenais avoir pensé à tout cela.

Maman me rappelait toujours de rentrer directement depuis l'arrêt de bus, mais c'était bête parce que je n'étais plus un bébé. J'avais huit ans, presque et demi. En plus, elle m'attendait quasiment toujours devant la maison. Je ne l'avais pas vue ce jour-là, sans doute à cause de l'averse, mais après tout j'étais une grande fille par rapport aux petits de la maternelle. Les gouttes tambourinaient sur mon parapluie et il y avait une odeur de cuivre dans l'air. L'eau glougloutait dans les gouttières, emportant joyeusement avec elle les feuilles mortes. Cette météo, mon nouvel imperméable, et mon magnifique parapluie. Toutes les filles de la classe l'avaient adoré. Même Jake Nydvorst l'avait trouvé beau.

Ce jour-là, j'avais trouvé notre maison plus belle que

d'habitude, peut-être parce que j'étais heureuse sous le toit rose de mon parapluie. J'avais sauté dans une flaque, et l'eau, tiède et jaunâtre comme du pipi, avait éclaboussé mon pantalon. D'ailleurs, j'avais aussi un peu mouillé ma culotte mais ça n'était pas grave, j'étais presque arrivée. J'allais prendre un bain tôt et mettre mon pyjama, et peut-être que maman me ferait des pancakes pour le dîner, comme souvent lorsque papa n'était pas là.

J'étais contente parce que c'était plus sympa quand il n'était pas là. Quand il était à la maison, maman était moins gaie. Même si j'avais un peu honte de le penser, c'était la vérité. Papa avait un travail mais pas comme les autres papas. Il écrivait des livres et voyageait en avion dans tout le pays, pour faire des recherches comme il disait. Je n'avais jamais vu un seul de ses livres parce qu'ils n'étaient pas terminés.

Afin de rendre ma promenade sous la pluie un tout petit peu plus longue, je dépassai la porte principale et entrai par l'autre porte. En plus c'était là qu'était le placard à parapluies. Tout était silencieux, à part un léger bruit que je ne reconnus pas. Comme celui du sèche-linge, mais ce n'était pas ça. J'enlevai mes bottes rouges et fermai soigneusement mon parapluie avant de le ranger dans le placard. Je suspendis mon imperméable au portemanteau, qui était un peu trop haut pour moi, et j'allai voir ce qu'il y avait pour le goûter.

La cuisine était vide. J'appelai maman, mais elle ne me répondit pas. Elle n'était pas dans la cuisine, ni dans la salle à manger en train de plier du linge ou de regarder la télévision. Je montai, parce qu'elle avait l'habitude de faire des siestes, même si elle était toujours réveillée quand je rentrais de l'école. Peut-être était-elle dans son bain ? Ça lui arrivait parfois de le faire à des heures bizarres et je trouvais ça étrange, me disant que les adultes devraient avoir des choses plus importantes à faire.

Elle ne se trouvait nulle part dans la maison. J'appelai dans la cave, pas très rassurée d'y descendre toute seule, mais pas de réponse. Puis je me mis à chercher un mot qu'elle aurait pu me laisser, vu que j'avais huit ans et que je savais lire. Même si elle ne l'avait encore jamais fait.

Elle n'avait pas de métier comme certaines autres mamans, et ça m'allait très bien parce que, même si elle ne s'habillait jamais chic et sentait même parfois un peu mauvais, elle était toujours là. OC. C'était un mot que j'avais appris dans le bus, pour dire « odeur corporelle ». Mais l'OC de ma maman n'était pas affreuse et, quand elle se douchait, elle sentait tellement bon !

De plus, ma maman n'était pas obligée de travailler. J'avais entendu mes parents se disputer et dire qu'on était un peu riches grâce à une grand-mère qui habitait loin et venait nous voir de temps en temps, ce qui les rendait très nerveux d'ailleurs. Du coup, ma maman pouvait rester à la maison, et même si elle n'était pas aussi apprêtée que les autres mamans et sentait quelquefois un peu mauvais, ça m'était égal. J'aimais m'occuper d'elle, lui préparer une tasse de thé et me mettre sur son lit pour regarder la télévision. Je parvenais toujours à la rendre joyeuse, d'après elle. Parfois elle pleurait mais c'était parce qu'elle était triste que Grammy soit dans un fauteuil roulant, alors que Grammy n'avait pas l'air d'en souffrir. Elle était tellement gentille, Grammy, et Pop me poussait vraiment haut sur la balançoire dans leur jardin, alors je ne comprenais pas pourquoi maman était si triste.

Donc, mon papa travaillait et était quelqu'un d'important, et ma maman était toujours là, et ça m'allait très bien. La seule fois où elle s'était absentée, c'était pour ses opérations de l'appendicite et papa, lui, était là. Drake, mon copain du bus, m'avait affirmé qu'on ne pouvait être opéré qu'une fois, mais l'appendice de maman avait repoussé. Quand je lui avais posé la question, elle m'avait répondu que c'était rare mais que ça arrivait. Drake ne savait pas tout, même s'il était en CM1.

Je ne trouvai pas de mot. Peut-être était-elle sortie se promener. Mais ce n'était pas très gentil, vu que j'étais rentrée et qu'elle aurait dû être là, puisqu'elle avait toute la journée pour aller se promener. Et puis je voulais mon bain et mes pancakes. Et elle. Je la voulais, elle.

Elle ne pouvait pas être partie puisque sa voiture était cassée. La semaine d'avant, on était allées au cinéma en taxi et c'était bien rigolo. J'aimais bien les taxis.

Peut-être était-elle allée faire les courses en taxi.

J'attendis un petit peu sur le canapé. La maison était bien rangée et propre, j'étais contente. Je ne me rongeais plus les ongles depuis que j'étais au CE2, mais là j'avais bien envie de le faire. Je choisis mon petit doigt et je rongeai jusqu'à le mettre à vif.

Ma joie d'avoir un si joli parapluie s'était dissipée depuis longtemps.

J'avais un pressentiment, et je sentais qu'il fallait que j'agisse. Mme Fitzgerald était gentille, c'était la maman de Drake et aussi un peu l'amie de maman. Il y avait son numéro près du téléphone, en cas d'urgence. C'était étrange d'appeler une grande personne et mon cœur se mit à battre lorsqu'elle décrocha.

— Allô ? Madame Fitzgerald ? Est-ce que ma maman est chez vous ? C'est Emma London à l'appareil.

Je ne voulais pas dire *ma maman*. Je voulais dire *ma mère*, mais c'était sorti comme ça tout seul et j'avais une toute petite voix.

— Non, ma puce. Mais tu es toute seule ?

— Oui, mon papa est parti pour son travail, et je ne sais pas où elle est.

J'eus soudain envie de pleurer.

— Je vais venir. Mais je suis sûre qu'elle a dû s'absenter.

Dieu merci. Elle était tellement gentille. En plus, elle s'habillait normalement et elle sentait bon. J'espérais qu'elle ne dirait pas à Drake que j'étais un bébé qui avait besoin d'une grande personne, mais de fait j'en avais besoin, un besoin soudain urgent.

J'allumai la lumière de la cuisine et bizarrement cela rendit le silence de la maison encore plus perceptible.

Le bruit, ce bourdonnement qui n'était pas celui du sèche-linge, continuait. Il était plus fort dans la cuisine, et je me rendis compte qu'il n'avait pas cessé depuis que j'étais rentrée.

Il provenait du garage.

Je sentis la peur m'envahir, sans en connaître la raison.

Soudain je compris pourquoi j'avais trouvé notre maison plus belle : la porte du garage, habituellement ouverte, était fermée. La poignée était cassée et papa ne l'avait pas réparée parce que, pour tout dire, il n'était pas très doué pour ce genre de choses. Du coup, on ne fermait plus la porte depuis quelque temps, même si c'était plus joli de ne pas voir les poubelles, les cartons et la voiture cassée de maman.

Je ne voyais aucune bonne raison pour que ce bruit vienne de là.

Je ne voulais pas ouvrir cette porte. Je détestais notre garage. Un jour, alors que c'était Halloween et que j'étais petite, papa s'était caché là avec un masque et avait bondi sur moi quand j'étais revenue avec maman de la tournée des voisins. J'avais hurlé et fait pipi dans ma culotte de terreur. Maman lui avait crié dessus et j'avais pleuré, si bien qu'il avait regretté. Il m'a dit qu'il voulait juste s'amuser un peu mais maman s'était fâchée : « Elle n'a que quatre ans, pour l'amour du ciel, Clark ! » J'adorais quand elle prenait ma défense comme ça, mais aussi je me sentais mal pour papa qui se trompait tout le temps.

Il avait un masque de vieillard à la peau grise et fripée, et je me souvenais encore combien il était affreux avec ses grosses rides, sa bouche toute molle et ses yeux qui louchaient.

Et, ce jour-là, j'eus peur de voir apparaître un vieil homme dans notre garage. Et pas juste papa avec son masque.

Un petit passage couvert reliait la maison au garage et je m'y engageai lentement. Je vis que les plantes que maman avait mises là dans un cache-pot en osier étaient mortes, ces violettes d'Afrique qu'elle adorait et qui faisaient de si beaux massifs. Pourquoi n'avais-je pas remarqué avant qu'elles avaient fané ?

Oui, décidément, c'était bien de là que venait le bruit. C'était la voiture ?

— Maman ! criai-je, soudain en colère.

Pourquoi donc était-elle restée dans le garage tout ce temps alors que j'étais là ? Et pourquoi me faisait-elle peur en ne me répondant pas ? Elle savait bien que j'avais peur du garage ! Elle ne me demandait jamais de sortir les poubelles quand il faisait nuit. Elle au moins était gentille et ne disait pas comme papa que j'étais un bébé.

Mais là, je me sentais vraiment comme un bébé.

— Maman !

Ouvre la porte. Ouvre la porte, me disait une voix à l'intérieur de moi, et, terrifiée, je finis par la pousser de toutes mes forces.

La voiture de maman se trouvait bien là, le moteur en marche. Il y avait beaucoup de fumée dans le garage mais je la vis dans la voiture, et avant même de comprendre, je paniquai.

— Maman ! hurlai-je en voyant qu'elle ne bougeait pas et avait les yeux fermés, et en me disant qu'il fallait que je la sauve.

Mais que faire si le vieil homme d'Halloween était là, si c'était lui qui avait allumé un feu, ce qui expliquerait pourquoi il y avait toute cette fumée ? L'odeur âcre me brûlait la gorge.

Je tirai la portière côté passager et ma mère s'affaissa vers moi avant de glisser par terre.

Mes jambes se dérobèrent sous moi, et je poussai un cri faible et désespéré. En lui saisissant le bras, je sentis qu'elle était froide, glacée, et je secouai le plus fort que je pus. Est-ce que le vieil homme l'avait tuée ? Est-ce qu'elle dormait ? Ou bien était malade ?

— Maman, s'il te plaît ! criai-je.

C'est alors qu'arriva Mme Fitzgerald, qui m'attrapa par la taille et me jeta pratiquement hors du garage. Elle cria : « Fais le 911 ! », avant de traîner ma mère dans le passage couvert. Elle fit claquer la porte pour la fermer, et je vis le visage de ma mère, gris, gris comme le vieil homme d'Halloween.

— Fais le 911, Emma ! répéta Mme Fitzgerald, plus doucement cette fois.

— J'ai fait pipi dans ma culotte, répondis-je, en pleurs.

— Ce n'est pas grave, ma puce. Fais le 911.

Puis elle se pencha sur ma mère pour lui souffler dans la bouche.

À partir de là, je n'ai plus que des flashs. Les lumières de l'ambulance. Mme Fitzgerald qui m'aide à me changer et me conduit à l'hôpital. Le soulagement de voir arriver Pop et Grammy dans la salle d'attente et de me dire que tout allait s'arranger.

Mais en fait non.

Ma mère était morte dans ce garage. Exprès.

Je n'avais aucun souvenir de son enterrement. J'avais manqué l'école, c'était sûr. Gigi était venue et m'avait regardée en secouant la tête, et elle avait échangé à voix basse avec mon père. Elle avait dormi à l'hôtel parce que papa et moi on était chez Grammy et Pop, mais elle était venue me voir tous les jours. Elle me disait de ne pas pleurer mais je pleurais quand même. Elle me disait d'être courageuse mais je ne pouvais pas.

Grammy et Pop faisaient tout ce qu'ils pouvaient pour être gais mais leurs yeux étaient tellement tristes. Grammy avait l'air si vieille et Pop restait des heures seul dans le jardin après le dîner. Grammy était malade et avait besoin d'un fauteuil roulant, et Pop travaillait et ne pouvait pas s'arrêter comme papa. Un soir, Pop avait crié sur papa, et papa m'avait ramenée chez nous. On avait regardé la télévision et mangé une pizza, et j'avais pleuré.

Au bout d'un moment, papa décida qu'on allait rendre visite à Gigi. On a pris un avion et on est allés dans le Connecticut, où je n'étais jamais venue avant. Papa a loué une voiture et nous a conduits à la maison de ma grand-mère, immense et très belle, pleine de massifs de fleurs bleues, et comme un château au bord de l'eau.

— Attends-moi là, avait dit mon père en me laissant dans la grande entrée.

J'entendis des chuchotements et des éclats de voix.

Lorsque Gigi vint, j'avais tellement envie de faire pipi que j'eus peur de faire dans ma culotte, comme le jour où maman était morte. Ma grand-mère me regarda, les lèvres pincées.

— Donelle va te montrer ta chambre, me dit-elle, et alors une autre dame était venue prendre ma valise et m'avait conduite en haut, où j'avais enfin pu aller aux toilettes.

Après m'être lavé les mains avec un savon qui sentait le citron et les avoir essuyées avec une serviette très douce, j'étais sortie. La dame était partie, mais ma valise était défaite. Je m'étais assise sur le lit et j'avais regardé par la fenêtre. Je m'étais dit que ce devait être l'océan.

J'étais restée là un long moment avant que la dame, Donelle, ne revienne pour me dire que c'était l'heure du dîner. Mon père était déjà reparti mais Gigi m'avait dit qu'il reviendrait me voir.

Je mis du temps à comprendre qu'il m'avait abandonnée. Et que j'allais vivre là pour toujours.

À vrai dire, je n'étais pas fâchée de ne plus avoir à vivre avec lui. Il buvait beaucoup de ces bouteilles marron qui sentaient mauvais et ne savait pas s'occuper de mon linge. Moi, je voulais vivre chez Grammy et Pop, mais j'avais compris que cela ne serait pas possible.

Ma mère me manquait à un point indicible. Le soir, j'avais peur de m'endormir, peur des larmes et des tremblements qui ne manqueraient pas de s'emparer de moi. Ma vie d'avant me manquait, comme m'asseoir à côté de Drake dans le bus, jouer avec Rachel et Taylor à la récré. Personne ne faisait de la corde à sauter dans ma nouvelle école, personne. Ma maison, l'odeur des pancakes, ma chambre me manquaient.

J'appris que Gigi était un peu célèbre. Les autres enfants à l'école la connaissaient, mais cela ne m'aida pas à m'en faire des amis. Désormais, j'habitais dans une maison connue avec des domestiques (Helga me terrorisait mais Charles jouait parfois aux dames avec moi dans son appartement au-dessus du garage).

Je tentais d'être courageuse. J'avais un peu peur de Gigi, mais c'était ma grand-mère. Elle allait m'aimer, c'était sûr.

Sauf que non, cela n'arriva jamais.

23

Miller

Enfin, Tess était couchée. Miller pressait contre sa mâchoire un sac de glace, suite au coup de boule de sa fille. Elle commençait à se calmer, ne hurlant plus que toutes les six secondes. Il pouvait la voir grâce à la caméra de surveillance installée dans sa chambre : elle était toujours debout, accrochée aux barreaux, tellement épuisée qu'elle s'endormait presque entre chacun de ses cris.

Il aurait voulu de tout son cœur aller la retrouver, la prendre dans ses bras et embrasser ses cheveux bouclés, moites de sueur, en lui disant : « Tout va bien, ma puce, papa est là, il faut dormir maintenant », comme l'aurait fait n'importe quel père normal. Sauf qu'il savait, par expérience, que cela ne ferait que provoquer un regain d'énergie chez Tess, qui ne trouverait pas le sommeil avant des lustres.

Du coup, il avait installé cette caméra qui lui permettait de s'assurer qu'elle ne se faisait pas mal et de voir le moment où elle finirait par s'asseoir, puis tomber sur le côté avant de s'endormir pour quelques heures.

Un substitut de paternité.

La semaine précédente, il avait trouvé une nounou, une étudiante un peu blasée. Kimmy n'avait rien d'un monstre, mais elle laissait Tess faire n'importe quoi, collée à son téléphone. Au moins elle la sortait quelques heures dans le jardin clôturé. Mais elle n'éprouvait pas d'affection pour la petite fille et n'essayait pas de gagner la sienne, ni de lui lire des histoires, ni de lui donner le bain. Elle l'empêchait juste de se blesser. Or, même si Miller comprenait cette attitude, il voulait autre chose pour sa fille. Quelqu'un qui l'aime.

Cela dit, la journée s'était bien passée, du moins la soirée. Il avait été stupéfait, chez Geneviève, de la manière dont Tess s'était entichée de la fille d'Emma, Riley. D'une certaine manière, toutes les deux étaient cousines issues de germain, ou quelque chose comme ça. Ashley aurait su, elle adorait la généalogie. C'était la seule personne qu'il ait connue capable d'expliquer ce que voulait dire « cousin issu de germain par alliance ».

Ces apéritifs étaient les seules sorties de Miller depuis deux ans. C'était le seul endroit où l'on ne cherchait pas à le consoler, et où personne ne lui demandait comment il allait sur ce ton grave inévitable. Auprès de Geneviève, il ne se sentait pas comme un objet de pitié. Ils avaient appris à se connaître pendant les travaux cinq ans auparavant, en rénovant Sheerwater de fond en comble, si bien qu'il avait cru qu'elle souhaitait vendre. En fait, non.

— Vous êtes bien plus compétent que je n'aurais cru, lui avait-elle déclaré une fois le chantier terminé. J'ai hésité avant de m'adresser à votre famille, mais je voulais tout de même des artisans du coin. Vous m'avez agréablement surprise.

Il se souvenait avoir ri avec Ashley en lui rapportant ces propos. Comme tout le monde en ville, Ashley était fascinée et intimidée par la grande Mme London, et elle l'avait tanné pour obtenir des détails sur sa maison, ses chaussures, ses vêtements. Cette nuit-là, ils avaient fait l'amour et Ashley lui avait dit : « Vous m'avez agréablement surprise. » Il avait posé son front contre son cœur et éclaté de rire.

Geneviève était venue à l'enterrement et, au lieu des

mots de réconfort habituels que les gens prononçaient en de telles circonstances, elle lui avait tenu la main une minute et l'avait regardé dans les yeux en lui disant : « C'est une terrible tragédie. »

Rien de plus. Quelques mois plus tard, il avait reçu une invitation manuscrite à un cocktail et s'y était rendu. C'était à l'époque où les parents d'Ashley proposaient encore de garder Tess. Ce jour-là, le chagrin de Miller comme son angoisse d'élever sa fille seul étaient atroces, et il était si épuisé que ses mains en tremblaient. Geneviève lui avait servi un cocktail tellement fort qu'il en avait vacillé. Il s'était réveillé quelques heures plus tard sur une chaise longue, recouvert d'un plaid doux, et elle avait demandé à son chauffeur de le reconduire chez lui.

Depuis, il était invité tous les vendredis et tâchait de s'y rendre au moins une fois ou deux par mois. Il était trop difficile de voir des gens de son âge. De plus, Geneviève avait elle aussi connu des deuils cruels – son fils, son mari. Il l'admirait et lui était reconnaissant. Elle ne lui donnait jamais de conseils. Elle se contentait de lui faire la bise, à l'européenne, et de parler des nouvelles de la ville ou bien de ses lectures. Parfois, elle lui demandait de lui recommander quelqu'un pour des travaux de jardinage ou pour acheter un bateau. Miller avait peu d'occasions de se sentir à l'aise désormais, et chez Geneviève, il était bien. Donelle était drôle et les invités toujours gentils. Personne ne se montrait indiscret. C'était à se demander si Geneviève les avait briefés, et si c'était le cas, merci à elle.

Ce soir, cela n'avait pas été évident de se retrouver entre Jason et Emma, car le fantôme d'Ashley était si présent qu'il avait eu l'impression de la voir en regardant en direction de sa tombe, au fond du parc de Sheerwater. Lorsque son cousin s'était mis à évoquer les difficultés de la vie conjugale, il avait dû s'éloigner avant de lui mettre son poing dans la figure.

Mais Tess avait été si mignonne avec Riley et Emma que sa colère et son sentiment de solitude s'en étaient trouvés apaisés. Des moments comme celui-là, où Tess montait jouer avec quelqu'un sans crier ni taper, en se laissant tenir la main, lui donnaient l'espoir que sa fille était peut-être normale.

Il vit sur l'écran de l'iPod que Tess avait fini par s'écrouler de fatigue. Il la regarda une minute afin de s'assurer qu'elle respirait bien, puis se versa un doigt de pur malt et alla s'asseoir dehors, suivi par Luigi. Le chat sauta sur ses genoux et se mit à ronronner.

— Salut, toi, dit Miller en caressant l'animal, dont la fourrure était bien plus douce depuis son shampooing à la Desitin.

De la musique latino s'échappait de chez les voisins, et il entendit des rires. Les Oliveras formaient une famille heureuse, et il s'efforçait de ne pas leur en vouloir pour cela. Parfois, Mme Oliveras déposait un plat devant sa porte, et c'était toujours délicieux.

Pour un entrepreneur en bâtiment, Miller ne possédait pas une maison impressionnante. Autrefois, lorsque ses parents habitaient en ville, ils possédaient une énorme maison tape-à-l'œil, avec un garage pour quatre voitures, au sommet d'une colline dans un quartier neuf, tout à fait ce qu'on attendait d'un entrepreneur, pensait-il. Son enfance avait donc été plus que confortable, mais Ashley préférait les maisons anciennes, et lui voulait tout ce qu'elle voulait. Ils avaient donc acheté une maison en piteux état. C'était le cas de le dire, car elle avait à moitié brûlé après que l'ancien propriétaire avait oublié une poêle sur le gaz. Qui de mieux qu'un charpentier pour l'acheter ? Ils l'avaient restaurée et agrandie pour y loger de nombreux enfants (il en riait amèrement). L'isolation était parfaite, avec du double vitrage, ce qui lui évitait d'être dénoncé à la protection de l'enfance par les Oliveras qui n'entendaient pas les hurlements de Tess.

Mille fois il avait pensé vendre cette maison depuis la mort d'Ashley, mais son esprit était partout, dans ses touches personnelles, les tableaux qu'elle avait choisis, l'horrible lampe en forme d'agneau pascal, ses livres, le chat. Au moins Tess aurait quelque chose de sa mère, en vivant ici.

De toute façon, il ne pouvait se résoudre à partir.

— Toi non plus tu ne veux pas déménager, hein, Luigi ? demanda-t-il au chat qui lui enfonça doucement ses dents dans la cuisse. C'est bien ce que je me disais.

Le porche était son endroit préféré – abrité et confortable, avec deux fauteuils et une table basse. Des rhododendrons imposants poussaient sous ses yeux et le cachaient de la rue et du trottoir. L'été, ils s'asseyaient là avec Ashley. Elle faisait des commentaires sur les passants qui se promenaient en regardant les maisons. Avant sa mort, le jardin de devant était spectaculaire, et les gens le prenaient même en photo, sans s'apercevoir que les propriétaires étaient assis là en train de les regarder. Parfois, elle faisait mine d'éternuer pour leur faire peur, et ça l'amusait beaucoup. Désormais, le jardin aurait eu besoin d'une bonne taille et d'un bon désherbage. Il fallait qu'il s'y mette.

L'air se rafraîchissait et le vent agitait les feuilles, transportant les effluves des fleurs de lune et des roses plantées par sa femme. Joe Oliveras jouait de la guitare, et sa fille chantait doucement.

Parfois Miller se demandait s'il existait sur terre un être plus seul que lui.

Une femme passa alors, sa chemise pâle luisant sous la lumière tamisée du réverbère.

C'était Emma.

— Coucou, dit-il.

Mais elle ne s'arrêta pas.

— Emma ?

Elle tourna la tête.

— Oui ?

— C'est moi. Miller, précisa-t-il, se sentant idiot tout à coup.

— Ah, bonsoir ! Je ne t'avais pas vu.

— Je sais… J'espionne…

— C'est chez toi, ou tu t'assieds sous un porche différent tous les soirs ?

— Chez moi, oui, répondit-il, amusé. Viens ! Enfin, sauf si tu es pressée.

— Non, je me promenais, c'est tout.

Elle monta les quelques marches et considéra la maison.

— Que c'est joli !

— Merci. Assieds-toi. Tu veux boire quelque chose ?

— Eh bien, volontiers, oui.

— Du vin ? Blanc ? Rouge ? Ou un scotch ?

Elle sourit et il se souvint alors qu'il l'avait toujours bien aimée.

— Je vais prendre un verre de blanc.

Il entra et prit une bouteille ouverte depuis un mois ou deux, en espérant qu'elle n'avait pas tourné au vinaigre. Il vérifia que Tess n'avait pas bougé et respirait toujours.

Il sortit de nouveau. Luigi avait élu domicile sur les genoux d'Emma et ronronnait bruyamment.

— J'aime bien les chats, dit-elle. Celui-ci a l'air super gentil.

— Il l'est. Luigi, je te présente Emma.

Il lui tendit un verre.

— Au fait, merci pour tout à l'heure. De t'être occupée de Tess et, euh, d'avoir une fille tellement super.

— C'est vrai qu'elle est merveilleuse. La tienne aussi.

— C'est une terreur, mais merci quand même.

— Elle dort, j'imagine ?

— Ne crions pas victoire, mais oui.

Ils restèrent silencieux quelques minutes dans la pénombre.

— Alors, que fais-tu donc à arpenter ainsi les rues

mal famées de Stoningham ? Tu m'avais l'air un peu accablée.

— Oui, un peu. Nous avons un passif avec Geneviève, répondit-elle en soupirant. Elle adore appuyer là où ça fait mal dès qu'elle le peut.

— Un passif ?

— Elle m'a fichue à la porte quand j'étais enceinte.

— Sans blague ?

Il essaya de se souvenir de cette histoire, mais trois ans de sommeil haché lui avaient endommagé la mémoire. Il savait que Jason avait mis enceinte sa petite copine et qu'elle était alors partie dans le Midwest. Ah, si !

— Riley est née le jour de mon mariage, dit-il. Je me souviens, maintenant.

Jason pleurant des larmes de joie dans son smoking – il n'avait que dix-huit ans ! –, et Ashley en train de le féliciter et de l'embrasser. Il n'avait pas réalisé alors qu'Emma avait été bannie.

— Ça n'a pas dû être facile, dit-il.

— En effet, répondit-elle avec un haussement d'épaules. D'autant plus qu'elle n'a jamais appelé, ni envoyé un mot. Mais bon, les gens sont compliqués !

— J'imagine que tu en sais quelque chose, vu ton métier.

— Oui, dit-elle en riant. Mais, pour autant, je ne suis pas parfaite et je fais des erreurs comme tout le monde.

— Comme nous tous.

Une voiture passa, de la musique s'échappant de la radio, puis le silence revint. Joe Oliveras avait rangé sa guitare, apparemment.

— Tu sais ce que je déteste le plus ? Quand les gens disent des choses stupides pour être gentils.

Il la regarda.

— Comme maintenant, poursuivit-elle. Je suis assise ici et je pense à Ashley, combien elle était gentille et combien j'étais fière lorsqu'elle venait me parler dans une fête, et combien elle doit te manquer, évidemment.

— C'est vrai. Merci. Elle était… (*Tout.*) Vraiment spéciale.

Il but une gorgée de whisky et sentit le liquide chaud couler le long de son cœur froid et mort.

— Mais tu sais bien ce que c'est. Tu as perdu ta maman. Les gens ont dû te dire à toi aussi des choses stupides pour être gentils.

— Oui, répondit-elle d'un ton joyeux. « Elle veille sur toi », c'était le pire. Tu penses bien que j'aurais préféré qu'elle veille sur moi en chair et en os.

— Bien sûr. On m'a dit ça à moi aussi.

— Et « sois fort », on te l'a dit ?

— Ah, ça, oui ! Et je déteste.

— J'avais huit ans quand ma mère est morte. Je ne savais même pas ce qu'être forte signifiait.

— Évidemment.

— Et quand j'ai eu Riley, les gens disaient : « Tu es tellement forte, Emma. » Et j'avais envie de leur répondre : « Non, je me sens minable et faible et mes seins me font mal et, s'il vous plaît, occupez-vous de mon bébé pour que je puisse dormir, et vous n'auriez pas quelques milliers de dollars en trop, par hasard ? »

Elle éclata de rire et leva les yeux au ciel. Miller sourit de l'entendre se livrer ainsi.

— « Il y a un nouvel ange dans le ciel » me donne des envies de meurtre, dit-il.

— En effet, celle-là est *particulièrement* horrible !

Il aimait sa façon d'insister sur certains mots.

— Vas-y, à toi, lui dit-il.

— OK, euh… « Vous vous retrouverez un jour. »

— Oh non ! Tu avais quel âge, déjà ?

— Huit ans. À ton tour.

— Ah, oui, tiens, en voilà une bonne : « C'était la volonté du Seigneur. »

— Non mais là, tu as le droit de gifler celui qui te dit ça, c'est sûr !

— Merci, j'y penserai la prochaine fois.

— Je paierai ton amende.

Elle but une nouvelle gorgée. Miller avait fini son whisky et était fatigué. Il fallait qu'il lui dise de s'en aller afin de dormir un peu.

Mais il était bien, assis là avec une jolie femme qui n'était pas venue lui faire du gringue ni lui donner des conseils d'éducation.

— Vous vous entendez plutôt bien, Jason et toi, lui dit-il.

— Oui, ça va, répondit-elle sans grande conviction. Même si tu avais complètement raison pour ce qui est de notre vie à chacun : ce n'est pas un mauvais père, mais l'être n'a pas changé grand-chose à son existence. Il a fait des études, a trouvé du boulot ici, est tombé amoureux et s'est marié, et moi, je n'ai rien fait d'autre qu'élever Riley.

— Et obtenir quelques diplômes, d'après ce qu'on m'a dit.

— Certes, mais sans mon grand-père, je ne sais pas ce qu'on serait devenues.

— Je ne suis pas sûr de connaître très bien ton histoire, en fait, désolé.

— Oh ! pas grave. Eh bien, ton oncle et ta tante ne voulaient pas vraiment entendre parler de moi. Ils ne connaissent même pas Riley.

— Tu déconnes ?

— Non.

— Je… waouh ! Emma, tu dois nous détester. J'ai toujours cru que tu étais partie à… c'était où, déjà ?

— Chicago, enfin, Downers Grove, pour être précise.

— Je pensais que tu étais partie là-bas parce que tu le voulais.

— Non, dit-elle en riant. Moi je voulais me marier avec Jason et vivre ici.

— Ça t'a rendue amère ?

Non mais, c'est quoi ces questions de psy à deux balles ? se réprimanda-t-il intérieurement.

— Bien sûr ! Tu connais Jamilah ? Elle est hyper belle !

Pourtant, il ne percevait aucune trace d'amertume dans sa voix.

— Tu es une chouette fille, Emma.

— J'ai trente-cinq ans et l'impression d'être bien plus vieille la plupart du temps.

— J'en ai quarante et j'ai l'impression d'en avoir cent.

— Je veux bien te croire.

Elle posa son verre sur la table, et Luigi sauta à terre.

— Il faut que j'y aille. C'était sympa de parler.

— Oui, très sympa.

— Je suis là si tu as besoin d'aide avec Tess. Et Riley n'est pas très occupée cet été, alors si tu as besoin d'une baby-sitter…

— C'est le cas, oui.

— Appelle-nous, dit-elle en posant la main sur son épaule une seconde. Bonne nuit.

— Tu veux que je te raccompagne ?

— Pas la peine, je vais marcher. Il fait tellement bon. À bientôt, Miller.

— À bientôt.

Il la regarda s'éloigner jusqu'à ce qu'elle disparaisse au coin de la rue.

Au même instant, Tess se mit à crier et, avec un soupir moins accablé que d'habitude, il se leva pour aller s'occuper de son enfant.

24

Geneviève

Cinq jours après qu'Emma m'eut posé son ultimatum de façon si brutale, nous allâmes ensemble remplir les papiers chez mon avocate. Pendant le rendez-vous, Riley nous attendit dans l'entrée en jouant au Scrabble en ligne avec Charles.

C'était une jeune fille merveilleuse et je regrettais qu'Emma n'ait pas la même joie de vivre. Cela dit, je les entendais rire ensemble le matin. L'affection naturelle qui les unissait, la façon dont elles se câlinaient et s'embrassaient, les compliments et les petites blagues qu'elles échangeaient, toute cette complicité me rappelait sans cesse que j'avais été incapable de la créer avec Clark ou Emma.

J'avais cru, ou plutôt j'avais espéré, qu'une fois à l'université Emma aurait un peu mûri et qu'elle me verrait différemment, qu'elle me respecterait et m'admirerait enfin. Cela n'avait pas été facile pour moi d'être la mère de Clark, pas plus qu'il n'avait été facile d'hériter du jour au lendemain de cette petite fille malheureuse.

Pourtant, j'avais espéré qu'un jour elle et moi pourrions devenir des amies.

Donelle, qui avait enfin consenti à consulter un médecin pour son orteil, m'avait rappelé cela le matin même au petit déjeuner.

— Il ne te reste plus beaucoup de temps, Gen. Agis avant de mourir. Ou plutôt, ne meurs pas avant d'avoir agi !

Et elle aspira sa cuillère de céréales avec un bruit des plus désagréables.

— Elle refuse de m'entendre, protestai-je.

— Bien sûr. Et toi, tu es chaleureuse et ouverte à la discussion. Helga, pourrais-je avoir un peu plus de café ? C'est pour mon orteil, vois-tu ?

Helga remplit sa tasse sans un mot, vit que la mienne était vide mais ne me proposa rien pour autant. Elle méritait vraiment que je la renvoie.

Bref, nous étions là, dans le ravissant bureau de mon avocate, à attendre qu'elle en ait fini avec son précédent client dans la salle de réunion. Contrairement à de trop nombreux bureaux bourrés d'ouvrages juridiques et de piles de paperasse, Brooklyn (non mais, quelle idée, ce prénom !) avait choisi une palette de couleurs douces dans cet espace lumineux et aéré. Les murs étaient blancs, le sol couvert d'une épaisse moquette grise, et le bureau et les étagères en érable couleur miel. Plusieurs sculptures de verre trônaient sur les rayonnages. Un peu trop moderne et sévère à mon goût, mais chic néanmoins.

Ses diplômes étaient accrochés au mur.

— Elle a fait Yale, dis-je, au cas où Emma ne l'aurait pas remarqué et sans pouvoir m'en empêcher. Elle en est sortie un an après que tu en serais sortie.

Emma se tourna vers moi, l'air exaspéré.

— Je dis ça comme ça, Emma. Pas la peine de te vexer.

— Je ne suis pas vexée. Je m'étonne, c'est tout. Cela fait dix-sept ans. Tu devrais avoir digéré, non ? J'ai fait des études. J'ai un doctorat en psychologie.

— Un diplôme ridicule, d'une université inconnue. Psychothérapeute ! Pourquoi pas pasteur ordonné par Internet tant qu'on y est ?

— Crois-moi, Geneviève, tu aurais bien besoin d'un psy. Et d'un pasteur, par la même occasion. En parlant de ça, est-ce que tu as décidé quelque chose pour ton enterrement ?

— Brooklyn est au courant de tout, répondis-je, fière malgré moi de la façon dont elle s'était rebiffée.

— Est-ce qu'on ne devrait pas profiter d'être ici pour parler de ton testament ?

— Ne sois pas vulgaire.

— Si je dois vendre Sheerwater, il faut que je puisse le prévoir.

— Tu n'es pas mon héritière, si ? Je ne vois pas en quoi cela te concerne.

— Ton héritière a seize ans, elle est donc mineure. Tu veux qu'elle soit responsable de tous tes millions, de cette maison et de tout ce qui t'appartient ? C'est une sacrée charge. Et tout cet argent pourrait être la source de bien des problèmes. Est-ce que tu as prévu un administrateur de biens jusqu'à ce qu'elle ait vingt-cinq ans, ou quelque chose du genre ?

Je ne parvins pas à cacher ma contrariété.

— Bonjour, mesdames ! nous dit alors Brooklyn, interrompant à point nommé notre conversation.

Par réflexe, je détaillai sa tenue : un débardeur en tricot St John, classique. Le blanc avait beaucoup d'allure sur sa peau brune et la coupe était ajustée sans faire vulgaire. Elle portait au poignet un large bracelet, ainsi qu'un collier en or, mais pas de boucles d'oreilles. Quel dommage qu'Emma refuse toujours de s'habiller correctement !

— Désolée de vous avoir fait attendre. Quel plaisir de vous revoir, Geneviève. Madame London, je me présente : Brooklyn Fuller, enchantée, dit-elle en serrant la main d'Emma.

— Moi de même. Vous pouvez m'appeler Dr London, je suis psychothérapeute.

— Très bien. Je ne le savais pas, toutes mes excuses, répondit Brooklyn en s'asseyant à son bureau. Avant de commencer, Geneviève, il faut juste que je vous montre ceci.

Elle ouvrit un tiroir et en sortit un sac à main de cuir café au lait.

— Votre collection de printemps. Je l'adore !

Je réprimai mon agacement. Ce n'était pas moi qui avais dessiné cette collection. C'était vrai qu'il était ravissant, mais je n'y étais pour rien, malgré le nom qui figurait sur la petite plaque dorée.

Brooklyn replaça le sac dans le tiroir en souriant.

— Au travail ! J'ai tous les papiers ici et mon assistant en a rempli l'essentiel. La seule vraie question à laquelle vous devez répondre maintenant est la suivante.

Elle se mit à lire à haute voix :

— Quels sont les changements de modalités qui conduisent le tuteur actuel à renoncer à son devoir ?

Elle me tendit le formulaire.

Les changements de modalités ? Fallait-il répondre *une tumeur au cerveau* ? C'était ce qu'il y avait de plus honorable. Je détestais parler de *raisons de santé*. Cela donnait une impression de faiblesse. *Plus en capacité de s'occuper de…* Dévalorisant, ça aussi. *Trop vieille*. Par pitié !

— Et Dr London, voici pour vous. Une demande de garde légale provisoire, ainsi qu'une nomination comme tutrice, ajouta-t-elle en faisant glisser d'autres papiers sur son grand bureau. La commission en charge du handicap va procéder à une analyse et prendra contact avec vous pour mettre tout ceci en place.

— Compris. J'ai déjà été sollicitée sur des dossiers de ce type à Chicago.

— Parfait. Où avez-vous fait vos études ?

— Mon doctorat, à Rosalind Franklin. Et avant cela, Chicago.

— Ma cousine est diplômée de Rosalind Franklin. Elle est pédiatre à Milwaukee, maintenant.

— Quel beau métier, répondit Emma, admirative.

J'étais ravie de constater qu'elles s'entendaient si bien, mais je signifiai des yeux à Brooklyn qu'il était temps de passer aux choses sérieuses.

— Bien. Donc, vous savez comment les choses se passent, Dr London, et cela va nous faciliter la tâche. Geneviève, le père de Hope a-t-il renoncé à ses droits ?

— Non, répondis-je.

Je n'avais jamais réussi à le convaincre de le faire.

— Mais il n'est jamais venu lui rendre visite, fit remarquer Emma.

Était-ce vraiment nécessaire de rendre publics nos secrets de famille ? Certes, Clark était un imbécile et un père lamentable. Mais quel besoin avait-elle de le clamer sur tous les toits ?

— Je veux juste m'assurer qu'il n'aura pas accès à la pension de Hope, poursuivit Emma. Ni à aucun héritage dont elle pourrait bénéficier. Est-il en mesure de contester le testament de ma grand-mère ?

Brooklyn recula très légèrement et me regarda.

— Eh bien… non, tout est parfaitement verrouillé en ce qui concerne la pension de Hope, et je ne crois pas qu'il y ait quoi que ce soit d'autre à craindre.

— Super. Merci, dit Emma avant de se plonger dans les papiers.

J'en fis alors de même.

Oh non.

Les mots se mirent à danser devant mes yeux. Ce sentiment de panique si familier me submergea bientôt. Le bourdonnement était assourdissant. Était-ce dans ma tête ou bien une alarme à incendie, ou… autre chose ? Cela n'avait pas l'air de déranger les deux autres femmes. Qu'est-ce que je faisais ici ? Où étais-je ? Pourquoi cette femme noire me regardait-elle ?

— Gigi ?

Je me tournai vers la jeune femme à ma gauche.

— Oui ?

— Tout va bien ?

— Euh… oui.

Elle me fixa une minute. Je la connaissais mais son nom ne me revenait pas. Cette femme assise en face, en revanche, je ne la connaissais pas du tout ! Que faisions-nous ici ? Est-ce qu'elles voulaient m'emmener quelque part ? Est-ce qu'on allait me mettre dans… cet endroit où on mettait les vieux ? Une prison ? Un asile ? Comment on appelait ça, déjà ? Un refuge ? Un refuge pour vieux ? Et j'étais vieille, non ? J'avais des taches sur les mains et j'étais si fatiguée, et puis, du coin de l'œil, je voyais que j'avais les cheveux blancs. Blancs ! Moi qui avais toujours été blonde !

Des larmes me montèrent aux yeux. Je détestais cette impression, ce sentiment de peur.

La femme assise à ma gauche me prit par les épaules. Elle avait un regard doux, et je savais, d'instinct, qu'elle allait s'occuper de moi.

— Je crois que nous allons terminer tout ça à la maison, Brooklyn, dit-elle.

Ce nom ne me disait rien. Est-ce que nous étions à Brooklyn ? Pourquoi donc ?

— C'est toujours un peu difficile pour nous d'évoquer Hope.

Hope, comme « espoir » ? Pourquoi se mettait-elle à parler d'espoir ? Qu'espérait-on ? Ou plutôt, que craignait-on ? Parce que je me sentais remplie de crainte.

La femme noire dit quelque chose et la femme blanche lui répondit, mais je n'entendais pas clairement.

Nous nous levâmes et je n'oubliai pas de prendre mon sac à main. Au moins étais-je bien habillée, et curieusement cela me rassura. Si c'était à la maison de retraite que nous nous rendions, j'y arriverais dans une tenue correcte.

Dans la salle d'attente se trouvaient deux autres personnes qui se levèrent à notre arrivée.

— J'ai complètement défoncé Charles avec « zygote », maman, dit la fille.

— Elle a raison, je suis mort, répondit l'homme.

— Vive la science ! s'exclama la femme gentille.

Emily, elle s'appelait comme ça. Ou quelque chose qui y ressemblait.

Je ne comprenais rien à leurs plaisanteries, mais au moins je n'étais plus sourde. Je fis mine d'être amusée, terrifiée à l'idée qu'on se rende compte de quelque chose. Je savais cacher cet état de confusion mentale. Je souris à la jeune femme rousse, pour qui je ressentais de l'affection, et je refoulai mon sentiment de panique. J'espérais qu'on n'allait pas me faire de mal. J'en étais presque sûre, mais ça ne m'empêchait pas d'avoir envie de pleurer.

Ça allait passer. Quelqu'un m'avait dit que ça allait passer. Et il fallait que j'y croie.

— Prête à aller voir Hope ? me demanda la jeune femme rousse.

— Bien sûr, lui répondis-je en la laissant me prendre par la main pour m'emmener vers cet espoir inconnu.

Au bout d'un moment, je commençai à reprendre mes esprits. J'avais donné le change pendant les quelques minutes (ou les quelques heures) qui venaient de se dérouler et tout redevenait plus clair peu à peu. Je connaissais Rose Hill, et soudain le nom des trois femmes me revint : Emma, Hope et Riley. Remettre en place toutes ces bribes d'information était comme tenter de tricoter ensemble des lambeaux de brume. Emma était-elle leur mère ? Non, pas tout à fait. Emma était le frère de Hope. Mais non, idiote ! Pas son frère ! La même chose, mais pour une fille !

Ces mains me paraissaient tellement vieilles. Se pouvait-il que ce soit les miennes ? Je reconnaissais ces bijoux, la bague de fiançailles en diamant, cet anneau d'or tout simple, et un autre plus large, en argent, sur l'autre main. Ils n'étaient pas à leur place sur ces doigts ridés et noueux. Quelle honte, une bague aussi chic, contrainte d'être portée sur ce vieux doigt ! Cela me donna envie de pleurer. Le bourdonnement horrible disparaissait puis revenait, étouffant parfois les autres sons. J'avais envie de crier : « Mais comment veut-on que je pense, au milieu d'un bruit pareil ? »

Si seulement j'avais eu quelqu'un pour me consoler, me prendre dans ses bras et me dire que tout allait s'arranger. Je savais que mon cerveau était malade. Peut-être un cancer. Où était Garrison ? Il me dirait, lui. Ah, mais non, il était mort depuis longtemps. Du coup, je restai assise sur ce banc de bois qui me faisait mal aux hanches et au dos, et je regardai les filles jouer avec un gros ballon.

Sœurs. Emma et Hope étaient *sœurs*, demi-sœurs, et c'étaient mes deux petites-filles. Olivia… non, pas Olivia, comment s'appelait-elle ? Olivia était son deuxième prénom, j'en étais sûre. Riley, oui, c'était ça. Riley était mon arrière-petite-fille. Emma et elle passaient l'été chez moi parce que j'étais malade. Et l'homme qui avait conduit la voiture, je savais que je le connaissais depuis longtemps et que je l'employais. C'était mon garde du corps ? Cela me semblait absurde.

Gentille Hope. Elle vint me faire un câlin, serrée tout contre moi. Son odeur m'était si familière. Elle s'amusait avec Riley et Emma, et tandis que les lambeaux de brume se raccrochaient peu à peu, je compris qu'elles étaient déjà venues la voir. De nombreuses fois. Ma gorge se serra. Je ne me rappelais plus pourquoi Emma n'était pas venue me voir, moi, mais je savais qu'elle ne l'avait pas fait.

Nous déjeunâmes et Emma aida sa sœur, tout comme Riley qui essuyait le menton de Hope lorsque celle-ci éclatait de rire et se salissait. Nous allâmes voir le… le grand trou qu'on remplissait d'eau pour y nager. La poussine ?

La *piscine*. C'était une piscine. Nous allâmes voir la piscine de Rose Hill, là où vivait Hope.

Dans la voiture conduite par Charles (mais bien sûr : Charles !), je consultai mon agenda en cuir (un modèle Geneviève London, évidemment, que j'avais moi-même dessiné) et vis que nous avions eu rendez-vous avec Brooklyn Fuller, mon avocate, à 10 heures, avant d'aller passer la journée avec Hope. Il était 17 heures et, presque tout ce temps, je n'avais plus été moi-même, complètement perdue. Jamais auparavant une crise n'avait été si longue.

Jamais je ne m'étais sentie si soulagée de rentrer chez moi. Heureusement que Charles était là. Jamais je n'aurais su rentrer seule.

— Alors, comment va Mlle Hope ? nous demanda Donelle en boitillant à notre rencontre.

— Très bien. Et l'orteil ? dit Emma.

— J'ai toujours horriblement mal.

— Pour ma part, j'ai très mal à la tête, déclarai-je. Je vais dîner dans ma chambre. Donelle, voudrais-tu bien me préparer aussi un martini ?

— Non, répondit-elle. Tu ne vois pas que je suis handicapée ?

— Je vais te le faire, moi, dit Riley.

— Tu as seize ans, rétorqua Emma. Comment peux-tu savoir préparer un martini ?

— C'est pour ça qu'on a inventé Internet, répliqua sa fille. Et puis, c'est très utile dans la vie. Comme ça, je pourrai payer mes études en travaillant dans un bar !

Je montai lentement en m'agrippant à la rampe, trop fatiguée pour parler davantage.

Le miroir me renvoya l'image d'une vieille femme bien habillée, qui se tenait encore droite, même si j'avais les épaules un peu avachies. Ma mère aurait été horrifiée. Mais elle était morte à soixante-trois ans et n'avait pas eu à connaître ce déclin. Un cancer des poumons, coup de chance.

Bon, on ne pouvait pas parler de chance, mais tout de même, c'était bien de ne pas avoir eu à vivre trop longtemps. Et de n'avoir mis que quelques semaines à mourir, et non plusieurs mois, ni années.

Et d'avoir eu ses enfants à ses côtés au dernier instant.

25

Riley

Helga avait prévu une viande grisâtre pour le dîner, alors je préparai à la place pour Gigi des œufs brouillés, du fromage et des toasts avec le pain complet qu'on avait acheté l'autre jour au marché, avec maman. Helga était furieuse, mais je m'en fichais. Elle ne méritait pas ce boulot, à mon avis, alors tant pis pour elle.

Je beurrai les tartines avec application et m'en allai cueillir une rose au jardin, que je mis dans un joli vase.

Petite, je jouais à la serveuse avec maman et Pop. Je ne savais rien faire à part des tartines à la confiture, mais ils se montraient super enthousiastes à chaque fois. La vie avec Pop me manquait un peu. Peut-être que j'irais dormir chez lui, le week-end prochain, pour qu'on regarde *Octobre rouge*, son film préféré, tous les deux. Je voulais aussi aller à la bibliothèque faire des recherches sur les enfants disparus et retrouvés dans les années qui avaient suivi la disparition de mon grand-oncle Sheppard.

Et puis, Rav m'avait envoyé un SMS pour me dire qu'il serait là samedi, et qu'on pouvait peut-être se voir. J'étais bien tentée, alors je lui avais répondu que ce serait sympa et que je ne connaissais pas encore les plans du week-end mais que c'était sans doute OK.

Visiblement, il m'aimait bien. Il avait beau être un peu plus jeune, ça m'était égal. Je n'avais jamais eu d'ami garçon jusque-là, et Rav était super beau. À vingt-cinq ans, il serait canon !

J'avais aussi le projet d'aller à vélo jusqu'à Birch Lake pour me promener. Je n'espérais pas trébucher sur un squelette, mais je voulais m'imprégner du lieu. Après tout, c'était bien ce que faisaient tous les détectives sur la BBC. Ils observaient et réfléchissaient. J'avais vu tous les épisodes de *Broadchurch*, alors j'étais incollable, certaine de pouvoir me la jouer comme David Tennant.

Je fis glisser les œufs sur l'assiette.

— Je suis dispo si tu veux apprendre des rudiments de cuisine, Helga.

Elle me lança le même regard noir que d'habitude. Au fait, le martini ! Je le préparai avec soin (c'était rigolo de préparer des cocktails pour les adultes) et le posai aussi sur le plateau, avant de traverser le salon. Maman était au téléphone.

— Des maux de tête, et puis aussi quelques absences. Non, en tout cas pas que j'aie remarqué. Elle est juste silencieuse. Elle ne me le dirait pas, de toute façon, et elle refuse que je parle à son médecin. Non, elle a un chauffeur. Mais enfin, évidemment, Calista !

Alors comme ça, maman aussi faisait ses recherches. Elle m'aperçut et me fit un geste de la main. Je lui souris et continuai à avancer en direction de l'escalier privé (dingue, non ?) de Gigi. Calista était la meilleure amie de maman, et elle était neurologue. Je l'adorais. Elle n'était pas comme tous ces adultes qui cherchaient à me dissuader de faire médecine, et elle m'avait proposé de venir la voir travailler lorsque j'aurai dix-huit ans si je voulais toujours devenir médecin. C'était plus ou moins le cas. Mais j'hésitais. Quand on est bon en maths et en sciences, tout le monde vous voit en médecine, pas vrai ? Maman prétendait que je pouvais faire mille choses, et qu'il ne fallait pas que je me cantonne tout de suite à une seule idée.

Quand je vous disais qu'elle était parfaite. La plupart des enfants intelligents à Downers Grove (et ailleurs) avaient des parents qui ne les lâchaient pas, qui faisaient leurs devoirs à leur place et allaient voir un psy si leur progéniture n'avait pas les félicitations. Maman, elle, me disait de faire de mon mieux et d'être heureuse.

Et je me sentais d'ailleurs très heureuse ces temps-ci. Peut-être me dirigerais-je vers la mode, pour suivre les traces de Geneviève ? Créer la ligne Riley London. Ça sonnait super bien, non ?

Je suivis le long couloir jusqu'à la chambre de Gigi. La porte était fermée et je frappai du coude avant d'entrer.

Gigi était assise, en train de regarder un album de photos.

— Le dîner est servi, annonçai-je en posant le plateau à côté d'elle.

— Que tu es gentille, dit-elle, d'un ton bien plus enjoué que plus tôt.

Elle regarda le plateau, avec son napperon, la rose et mon petit mot ridicule qui disait : *Courage, Gigi !*

— C'est ravissant ! Tu es adorable, Riley.

Elle me regarda en souriant et je me sentis bêtement rougir de fierté.

— C'est que… tu avais l'air triste tout à l'heure à Rose Hill.

— Un peu oui, répondit-elle, le regard dans le vague. Je suis la tutrice de Hope depuis toujours, et je m'inquiète pour elle.

— Maman va bien s'occuper d'elle, Gigi. Et moi aussi.

— C'est ta tante, tu te rends compte ? Comme c'est étrange.

— Nous venons la voir chaque année. Maman vient deux fois par an.

— Je sais. C'est très gentil de sa part, surtout quand on voit l'indifférence de son père. Je comprendrais qu'elle n'en ait rien à fiche de Hope.

— C'est bien mal la connaître.

— Tu as raison, ma chérie, et tu as aussi raison de la défendre. Assieds-toi donc.

Je m'enfonçai dans le confortable fauteuil en face d'elle. Dehors, le ciel était d'un bleu azur, et les feuilles du gros érable ne bougeaient pas. Il faisait chaud, mais jamais trop à côté de l'océan. Gigi mangea un bout de toast et découpa ses œufs brouillés. Elle tenait ses couverts à l'européenne : la fourchette dans la main gauche et le couteau dans la droite. C'était très classe et ça paraissait logique, plus que de changer de main comme nous le faisions, nous les Américains.

— Est-ce que c'est dur, de savoir qu'on va mourir ? lui demandai-je. Pardon, je manque un peu de délicatesse.

Elle but une gorgée de son martini.

— Délicieux, ma chérie. Et en effet, c'est un peu indiscret.

— Je suis désolée, dis-je.

— Ton intérêt pour moi me touche.

Deuxième bouchée de toast, puis elle se tamponna le coin des lèvres avec sa serviette.

— Oui. C'est dur. D'un côté, j'ai eu une vie extraordinaire. De l'autre, j'ai perdu deux êtres chers et la perspective de les retrouver est… (Sa voix se troubla.) C'est merveilleux.

— Tu as peur ?

Elle me tendit un toast et je mordis dedans.

— Oui. Pas tant de mourir que de vivre les dernières heures. Ou les derniers jours.

— L'amie de maman, Calista, est neurologue. Je parie qu'elle pourrait te donner un second avis.

— Je n'en ai pas besoin, ma chérie, mais c'est gentil de proposer.

— Je ne veux pas que tu meures, Gigi. Je viens à peine de faire ta connaissance.

Ses yeux se remplirent de larmes.

— Oui, et j'en suis terriblement désolée. Tu es une personne adorable, et je suis tellement heureuse de profiter de toi cet été.

— Pareil pour toi.

— Pardon ?

— Tu es une personne adorable, toi aussi. À ta façon.

Je souris pour lui faire comprendre que je plaisantais. Elle leva un sourcil et continua de dîner. Elle termina les œufs mais ne mangea que la moitié du pain, que je finis.

— Méfie-toi des féculents, ma chérie, me dit-elle. Tu es mince naturellement, et sportive, mais tout de même.

Comme si on ne m'avait pas bassinée toute mon enfance avec la nécessité de manger sainement !

— Merci du conseil.

— Essaie de faire des phrases complètes, ma chérie. On a l'air tellement plus cultivé.

— Ceci est un excellent conseil, chère arrière-grand-mère, dis-je en articulant avec exagération. Je te remercie infiniment.

Gigi éclata de rire, puis regarda par la fenêtre quelques instants, et son sourire disparut.

— J'imagine que tes recherches ADN n'ont rien donné.

— Non, et je suis carrément déçue. Mais j'ai des questions à te poser, si tu veux bien.

— Vas-y, ma chérie.

— Que s'est-il passé, selon *toi*, ce jour-là ?

Elle soupira puis but une gorgée de son martini.

— Garrison et les garçons étaient allés pêcher. Mon mari rangeait les cannes et la caisse de matériel dans la voiture, puis il s'est retourné, et Sheppard avait tout simplement... disparu. Et ça ne lui ressemblait tellement pas. C'était un enfant exceptionnel, Riley. Tellement attentionné et intelligent. Et charmant ! Il parlait si bien pour un petit garçon, et pourtant il gardait cette innocence si pure.

— Donc peu probable qu'il soit parti comme ça.

— Très peu probable. Une chose a dû retenir son attention. Il avait peut-être oublié quelque chose, ses chaussures, ou un leurre, ou un livre. Et il est reparti le chercher.

— Est-ce que tu ne t'es jamais demandé si… eh bien, si…

Non. Ma question était trop frontale.

— Si mon mari le frappait ?

Je fis oui de la tête.

— Bien sûr. J'ai été forcée de me poser cette question. La police nous l'a tout de suite demandé, et au bout de quelques jours sans que les recherches ne donnent rien, je le lui ai demandé moi-même.

— Et qu'a-t-il répondu ?

— Il était dévasté, Riley. La disparition de Sheppard l'avait dévasté. Mais il fallait que je sache.

Elle inspira longuement.

— Non, il ne frappait pas notre fils. Rien ne l'avait jamais laissé penser, et je le savais au plus profond de moi.

— J'imagine qu'on l'a enlevé pour l'adopter de force.

— C'est ce que j'espère, avoua-t-elle en jouant avec la ceinture de sa robe de chambre. Un jour, j'ai passé un marché avec Dieu. Je ne pourrais supporter la mort de Sheppard et de Garrison que si je savais enfin ce qui s'était passé. Si seulement je pouvais voir mon fils, ou l'enterrer, alors je parviendrais à survivre et à m'occuper de Clark. Je ne me suiciderais pas, ni ne sombrerais dans l'alcool. Mais je suis toujours là, à la fin de ma vie, et Dieu n'a pas tenu sa promesse.

Je restai quelques secondes sans rien dire.

— Je te trouve vraiment incroyable, Gigi, et je suis désolée pour toi que ta vie ait été si difficile.

— Je n'ai pas été une très bonne mère pour mon autre fils. Clark. Ton grand-père. Peut-être est-ce pour ça que Dieu a refusé de m'aider. J'ai essayé, mais… j'étais morte moi aussi, tu comprends.

— Je suis certaine que tu as fait de ton mieux, murmurai-je, sans pouvoir retenir mes larmes.

— Ce n'était pas l'idéal, reconnut-elle. Je n'ai fait que lui donner de l'argent. Je l'ai envoyé en pension dès que j'ai pu et n'ai cessé de le gâter pour qu'il soit content. J'aurais dû m'assurer que sa femme était prise en main par un médecin. Je savais qu'elle avait de gros problèmes, mais je les ai sous-estimés.

— Oui, enfin, ses propres parents aussi. Et tu n'es pas Dieu, Gigi. Même si tu le crois certains jours.

Elle eut un petit rire.

— Et si nous changions de sujet ? Parle-moi de ce jeune Aarav. J'ai vu que vous vous entendiez bien tous les deux.

Alors la demi-heure qui suivit, je lui parlai de garçons, lui dis que je n'avais jamais embrassé personne, que je n'étais pas sûre d'en avoir envie, et que certaines filles prétendaient que j'étais lesbienne mais que je ne le pensais pas, même si ce ne serait pas une catastrophe. Je lui parlai de l'école et de mes anciennes amies, de maman qui travaillait si dur et que j'aimais tant, de tout ce que nous faisions ensemble, et de Pop que j'adorais.

— Tu devrais venir nous voir dans l'Illinois, dis-je. J'ai un lit gigogne. Je dormirai sur le couchage du bas et toi sur mon matelas. Il est tellement confortable !

— Merci, me dit-elle en posant sa main sur mon genou.

Alors je la pris dans mes bras et posai la tête sur son épaule osseuse.

Parce que tout le monde avait besoin de câlins. Même une méchante vieille dame qui n'avait jamais su comment se comporter avec les autres. Surtout elle, en fait.

26

Emma

Au terme de cinq semaines dans le Connecticut, je commençais à prendre mon rythme. Geneviève m'avait autorisée à utiliser une de ses voitures, un vieux modèle sport de Mercedes. J'en avais besoin car j'avais démarré à Rose Hill, où je voyais deux familles pour qui la nécessité d'avoir recours à cette structure provoquait des difficultés émotionnelles.

J'avais aussi découvert deux ou trois autres choses.

Rose Hill était tellement subventionné que, tout comme le célèbre hôpital pour enfants Saint-Jude, aucune famille ne se voyait refuser l'admission pour des motifs financiers.

— Mais j'imagine bien que vous étiez au courant. Nous sommes très reconnaissants envers ce généreux donateur « anonyme », m'avait dit Tom, le directeur, avec un clin d'œil et en dessinant des guillemets en l'air.

Je lui souris en retour mais, non, je n'étais pas au courant, et cela m'étonna plus qu'un peu. C'était sacrément généreux de la part de Geneviève. Et en restant anonyme, en plus ! Comme si c'était complètement désintéressé. Allez comprendre. D'habitude, Gigi aimait que le nom de London s'étale en lettres géantes, si possible gravées dans le marbre.

Mes trois après-midis par semaine à Rose Hill me donnaient plus d'occasions de passer du temps avec Hope.

Ses crises, bien contenues depuis quelque temps, avaient repris, et l'équipe de neurologues ajustait son traitement.

J'avais toujours su que son espérance de vie était impossible à déterminer. Sa pathologie était complexe. Elle avait des centaines de tumeurs, toutes bénignes, au cerveau, au cœur, dans les reins, le foie, les yeux. Elle avait déjà été opérée deux fois du cerveau, et une troisième opération était probable. Il n'allait pas être facile d'en avoir la responsabilité, mais j'étais tellement contente de l'avoir obtenue. Geneviève aurait pu choisir son avocate ou, pire, mon père.

La plupart des enfants à Rose Hill ne souffraient pas de sclérose tubéreuse car c'était une maladie génétique rare. Ils étaient dix-huit à vivre là, avec des pathologies diverses : atteintes cérébrales, microcéphalie, autisme sévère, troubles neurodégénératifs. Je m'étais documentée autant que je l'avais pu en lisant, en parlant avec Calista, en me faisant recommander auprès de pédiatres de l'hôpital afin d'être mieux informée.

Pour ma première séance, je rencontrai la famille d'un beau petit garçon de quatre ans dont l'état de santé était si compliqué qu'il lui fallait des soins et une assistance vingt-quatre heures sur vingt-quatre. Ses parents avaient fait tout leur possible, mais ils croulaient sous les frais médicaux et l'enfant avait besoin de plus de soins qu'ils ne pouvaient lui en prodiguer. Ils s'effondrèrent en sanglots à l'idée de ne plus vivre auprès de leur fils. Alors soudain, enfreignant toutes les règles de la psychothérapie, je m'étais retrouvée à genoux devant eux, en train de les prendre dans mes bras, en larmes moi aussi.

— Je sais bien à quel point c'est difficile pour vous, répétai-je.

— Merci, murmura la mère. Comment font les autres ? Vous connaissez des familles, ici ?

— En fait, répondis-je, ma sœur est ici.

Le directeur et moi nous étions interrogés sur le fait

d'évoquer ma situation personnelle, et je ne jugeai utile d'en parler que si on me posait directement la question.

— Elle a quatorze ans et est ici depuis ses trois ans. C'est une enfant joyeuse, et cet endroit a été une vraie chance pour elle.

Leur visage s'éclaira un peu et je vis que j'avais su trouver les mots.

Il ne m'était jamais facile d'avoir affaire à des patients en grande souffrance. Même si la structure était très belle et le personnel merveilleux, qu'y avait-il de plus douloureux que de laisser son enfant ? C'était courageux et horrible, même si dans certains cas votre enfant avait besoin de plus que ce que vous pouviez lui offrir.

Certains parents, comme mon propre père et la mère de Hope, étaient soulagés de ne plus avoir à s'occuper de leur enfant. Clark n'avait peut-être pas signé de papier officiel comme l'avait fait la mère de Hope, mais pour autant il ne représentait rien pour ma sœur. Je me demandais même pourquoi il n'avait pas renoncé à ses droits. Il avait toujours été plus que content de fourguer ses enfants à Geneviève. Non pas que je fusse amère. (En fait, si.)

Ce vendredi après-midi, je quittai Rose Hill après avoir fait de gros baisers à Hope, un peu assommée par ses médicaments, et je rentrai à Stoningham. Je tenais mon volant des deux mains en suivant les indications de mon GPS pour me rendre chez Jamilah, car Riley allait y passer le week-end. Helga était partie rendre visite à sa sœur – je les imaginais toutes les deux au milieu d'une sombre forêt, dans leur maison perchée sur des pattes de poulet, comme celle de Baba Yaga, entourée d'une palissade d'os.

Geneviève et Donelle avaient décidé d'aller à New York (je n'étais pas conviée) pour une « dernière sortie en goguette », selon l'expression de Donelle. Lorsque j'avais demandé à Geneviève si elle se sentait d'attaque pour cette escapade, elle m'avait, comme je m'y attendais, répondu d'un ton sec de me mêler de mes affaires, de ne pas l'enterrer si vite, etc.

Enfin bon, je m'habituais à ses réactions. Maintenant que j'étais adulte (et psychothérapeute), je la voyais différemment, comme une femme craignant de perdre son statut et son pouvoir, et tremblant de reconnaître que l'heure de sa mort approchait. J'étais capable de la comprendre, à défaut de l'aimer.

Et puis, elle était merveilleuse avec Riley. Sans doute à cause de la différence de génération. Je devais admettre que j'adorais les voir ensemble, ma fille se bagarrant gentiment avec cette femme que j'avais autrefois surnommée la gorgone, et lui tenant tête. Gigi était plus affectueuse avec elle, lui caressait les cheveux de la main, tandis que Riley menaçait de la faire payer pour ça.

Bref, j'avais Sheerwater pour moi tout le week-end, et vingt et une pièces à ma disposition, de quoi lancer moi aussi mes invitations ! Mais il fallait d'abord que je parle à Jamilah.

Nous avions dîné ensemble peu de temps auparavant, Jason et moi, juste tous les deux. Ça s'était bien passé, enfin, plutôt bien. Nous avions surtout parlé de Riley et de son merveilleux caractère, de sa gentillesse envers ses frères. Je lui avais raconté qu'elle avait aidé la nounou de Tess chez Miller, mais il le savait déjà car elle lui avait envoyé une photo d'elle avec la petite fille – photo que je n'avais pas reçue, mais bon. Je m'étais toujours félicitée de la belle relation que ma fille entretenait avec son père. S'il ne la voyait pas assez au quotidien pour être un vrai repère, il était affectueux et aimant, et c'était davantage que ce que connaissaient beaucoup de gens, y compris moi.

J'avais abordé le sujet de ses études, et il m'avait dit qu'il contribuerait à hauteur de ses moyens.

— J'espérais que tu pourrais me donner un montant

précis, Jason. Il va bientôt falloir remplir le dossier, et ils demandent ce genre de choses.

— Compris, avait-il répondu. Bon, on va d'abord attendre de voir le montant de la bourse, non ?

— Non. Ils définissent au préalable les besoins, du coup il faut d'abord qu'on voie combien on peut payer.

— Je voulais dire une bourse au mérite. Ou sportive ! Tu as vu comme elle est bonne au foot ? On y a joué l'autre soir avec les garçons.

— Elle n'est pas assez bonne pour obtenir ce genre d'aide, Jason. Et même si elle obtient une bourse au mérite…

— Pourquoi on ne reparlerait pas de ça quand je serai devant mon ordinateur ? Ce n'est pas évident de savoir où j'en serai l'année prochaine, financièrement parlant. Bien sûr que je veux aider ma fille à faire ses études, et je le ferai, Em, ne t'inquiète pas.

J'avais souvent entendu ça au cours des seize dernières années, et ça m'agaçait à chaque fois.

Là encore, la psy en moi répondit d'une voix posée que, oui, il avait raison – même si la mère que j'étais avait juste envie de le frapper et d'exiger un chèque de 250 000 dollars, mais à quoi bon ?

Alors il s'était penché vers moi et s'était mis à me raconter des potins sur nos copains de lycée, un de ses nombreux bons points. En plus de ressembler pas mal à Jake Gyllenhaal et d'être le père de ma fille.

Celle-ci allait donc passer le week-end chez la future ex-femme de son père. Je pris la direction de leur maison, montai la colline et m'engageai dans leur allée.

Jason avait omis de me préciser qu'il habitait un paradis. Bien sûr, j'avais cherché leur adresse sur Google, mais vu que Jamilah travaillait pour le géant du web, l'image avait été floutée pour des raisons de sécurité.

C'était une maison très moderne, blanche, avec des baies vitrées. Perchée sur la colline, elle avait une vue de dingue sur Long Island. Le jardin de devant était un jardin paysager, avec des arbustes taillés au cordeau et un érable du Japon au magnifique feuillage rouge. L'allée était entièrement dallée et les réverbères étaient dans un style Art déco. Trois énormes fougères de Boston étaient suspendues sous le porche, sans une seule feuille morte.

Tellement cool que c'en était impressionnant. Je frappai à la porte.

Presque aussitôt, Jamilah m'ouvrit, dans une longue robe rouge flottante à fines bretelles. Il fallait croire que sa poitrine n'avait pas souffert de la maternité comme la mienne. Elle portait des boucles d'oreilles en or toutes simples. Fallait-il vraiment qu'elle soit incroyablement belle et stylée en plus de tout le reste ? (Et où avait-elle dégoté cette robe ?)

— Salut ! me dit-elle.

— Salut, tu vas bien ? répondis-je en me ressaisissant. Quelle belle maison ! Dingue ! Tu as beaucoup de goût.

N'en fais pas trop, London.

— Sympa de te voir, Emma. Entre. Je nous ai fait du thé.

Ah oui, bien sûr, du thé. Je n'aimais pas ça, mais elle allait me faire changer d'avis, à tous les coups.

— Où sont les garçons ?

— Au karaté. Jason les ramène à 18 heures, mais Riley vient quand elle veut, bien sûr.

— Eh bien… j'imagine que Jason va passer la prendre. Sinon, je l'amènerai.

— Pas besoin que tu fasses le détour. Sauf si tu en as envie. Je suppose que tu es venue t'assurer qu'elle pouvait passer le week-end ici sans problème ?

La maison était aussi ravissante à l'intérieur qu'à l'extérieur.

— Je suis désolée d'être un peu vieux jeu. Mais c'est juste qu'on ne se connaît pas vraiment…

— J'aurais fait la même chose. Assieds-toi.

Je m'exécutai.

— Tu as un canapé blanc ? Avec deux garçons à la maison ? C'est de la magie !

Elle éclata de rire et je la trouvai sympathique. Sur la table basse était posé un plateau, avec du thé et une assiette de macarons aux couleurs pastel.

— Sucre ? Citron ? Miel ?

— Rien du tout, merci.

Elle me servit une tasse.

— Je suis un peu intimidée, dit-elle. Désolée si j'en fais trop.

— Non, non, c'est très bien. C'est parfait. Geneviève approuverait entièrement.

Jamilah me regarda et sourit légèrement.

— Sans doute que j'essaie de t'impressionner.

— Vraiment ? Mais moi aussi !

Elle sourit franchement.

— C'est que tu as parfaitement élevé ta fille, et puis tu es le premier amour de Jason, alors…

Elle leva un sourcil au dessin impeccable et je me demandai à quand remontait ma dernière épilation. Quand j'attendais trop, mes sourcils ressemblaient à deux grosses chenilles.

— C'est gentil. Mais toi aussi, tu es drôlement impressionnante, Jamilah, répondis-je en buvant une gorgée de thé. (*En effet, délicieux.*) Je suis juste venue te poser les questions habituelles. Est-ce que tu seras là tout le temps ?

— Bien sûr.

— Avec d'autres adultes ?

— Non, juste moi. Il n'y a pas d'armes dans la maison et nous avons un chat, mais pas de chien. La piscine a une alarme au cas où quelqu'un y tomberait. Pas de drogue non plus, si ce n'est une demi-bouteille de vin blanc. Et il n'y a pas de petits objets qu'elle pourrait avaler par mégarde.

Voilà, on avait fait le tour de la question, et je me sentis un peu bête.

— Et si je te faisais visiter ? me proposa-t-elle.

Je vis donc la chambre où allait dormir ma fille. Il y avait déjà une photo encadrée d'elle avec Owen et Duncan sur le bureau, et une autre de Paris, car Riley étudiait le français. Elle avait sa propre salle de bains. Les garçons dormaient dans la même chambre, propre et raisonnablement en désordre. Le sous-sol était entièrement aménagé et une énorme télé s'y trouvait.

— Les garçons ont droit à une heure de télé et une heure d'écran par jour, m'expliqua Jamilah. Les jours d'école, pas de télé, mais l'été…

— Bien sûr. On relâche un peu les règles.

— Tu crois que c'est trop ?

Elle me demandait mon avis !

— Non, ça me paraît bien. Et toi ? Tu travailles pour Google, tu dois être en permanence sur ton ordinateur.

— Oui. Mais je ne suis qu'à mi-temps, et j'essaie de bien compartimenter pour ne pas être tout le temps dessus.

— C'est beaucoup plus sain.

Nous nous regardâmes un instant, gênées, à court de compliments.

— Bon, eh bien, je vais y aller.

— Est-ce que Jason t'a expliqué pourquoi nous nous sommes séparés ?

Ah, on attaquait le dur.

— Non… pas vraiment. Il m'a juste dit que c'était… difficile.

Elle regarda par la fenêtre en jouant avec sa bague, l'énorme diamant de ses fiançailles, pour être précise. Je me demandai combien d'années d'études on pouvait payer avec un truc pareil.

— Il a eu une… comment il a appelé ça, déjà ? Une aventure émotionnelle.

— Oh ! merde ! *(Surveille ton langage, Emma !)* Pardon, je voulais dire, ça a dû être dur.

— Ne t'excuse pas, dit-elle en soupirant. C'est tellement nul. Une aventure avec son ancienne copine de fac retrouvée sur Facebook.

Je tressaillis puis me passai la main dans les cheveux pour donner le change. L'ancienne copine de fac de Jason, c'était *moi*. Du moins, c'était ce que je croyais. À tort, visiblement.

— Je n'aurais sans doute pas dû te raconter ça, poursuivit-elle, mais je ne voulais pas que tu penses que c'était pour une raison sans importance. Ce que je veux dire, c'est que ta fille fait partie de notre famille. Même si elle ne vit pas ici et même si Jason et moi divorçons, cela restera vrai.

— C'est très gentil, Jamilah. Elle t'apprécie beaucoup.

— La méchante belle-mère, ce n'est pas mon truc. En plus, elle était là avant moi. Enfin, j'espère que nous allons réussir à dépasser ça, Jason et moi, mais…

Ses yeux se remplirent de larmes, et je la pris dans mes bras, par réflexe. Elle sentait divinement bon (évidemment).

— Merci, dit-elle en me serrant dans ses bras à son tour.

Elle s'éloigna pour attraper un mouchoir en papier et se sécher les yeux.

— J'espère que tu ne m'en veux pas de t'avoir dit tout ça. Je voulais que ce soit lui mais je l'avais prévenu que, s'il ne le faisait pas, ce serait moi. J'imagine qu'il n'a pas été très courageux.

— Ce ne serait pas la première fois.

— Ce n'est pas à toi qu'il faut le dire ! Honnêtement, je trouve que tu es une sainte, d'être aussi sympa avec lui.

— Entièrement d'accord, répliquai-je. Juste une chose, Jamilah : Courtney et Robert n'ont jamais rencontré Riley, et c'est très bien ainsi.

— Je comprends complètement. Je n'arrive pas à croire qu'ils l'aient traitée comme ça, enfin, qu'ils n'aient rien fait du tout pour elle. Je leur ai dit ce que j'en pensais, tu peux me croire !

— Vraiment ?

— Ah ça, oui ! Je les déteste. Courtney est une hypocrite. Pendant des années je me suis dit que, si je continuais à gratter la surface, je finirais par trouver quelque chose, mais rien. Elle n'a aucune profondeur. Est-ce que tu sais comment elle appelle Owen et Duncan ? Mes petits-enfants noirs. Et elle me présente toujours comme sa belle-fille noire. Tu sais, comme si ce n'était pas évident pour tout le monde. Comme si cela la valorisait de me jeter mes origines à la figure. Au cas où les gens seraient aveugles. Mes parents la détestent.

— Elle a toujours été une arriviste. Quand j'étais ado, elle faisait tout pour s'attirer les bonnes grâces de ma grand-mère…

— Et elle continue. Elle essaie de faire croire qu'elle et Geneviève ont fait tout leur possible pour toi, qu'elles ont tant souffert de ton comportement et t'ont suppliée de revenir, mais que tu étais terriblement égoïste et incontrôlable.

— Comme une caissière enceinte qui vivait avec son grand-père en faisant des études à mi-temps.

Elle resta bouche bée.

— Je crois qu'il faut qu'on aille boire un verre ensemble, un de ces jours.

— Super idée, répondis-je, ravie.

Un signal se fit entendre depuis son téléphone, sur le comptoir de la cuisine.

— Jason arrive avec les trois enfants, dit-elle en regardant le message. Tu es la bienvenue si tu veux rester.

— En fait, j'ai moi aussi des invitées. Mon amie de Chicago vient me voir, et est-ce que tu connais Beth Guida, la fleuriste ?

— Bien sûr.

— Oui, évidemment que tu la connais, tu vis ici. C'est ma meilleure amie du lycée. On a Sheerwater rien que pour nous. Dommage que tu ne puisses pas venir.

— Tu voudrais vraiment que je vienne ? fit-elle, surprise.

— Mais oui ! Pourquoi est-ce que Jason ne passerait pas le week-end avec ses trois enfants ?

— Donne-moi cinq minutes, que je fasse mon sac ! s'exclama-t-elle joyeusement.

Je ne voyais pas ce qu'il pouvait y avoir de mieux que quatre femmes installées sur une terrasse à boire des margaritas en regardant le coucher du soleil. Minuet était blottie sur mes genoux, petite boule de poils couleur cannelle. Mac aboyait pour rien dans le jardin, tandis que les trois autres chiens étaient en train de répandre leur puanteur et leurs poils partout dans la maison.

— Mais comment as-tu pu quitter cette maison ? s'étonna Calista. Même avec le diable, j'adorerais vivre ici.

— Ou même avec Justin Bieber, ajouta Beth. Ou les Kardashian.

— J'adore les Kardashian, fit remarquer Jamilah. Ne vous moquez pas.

— Trop tard, désolée.

Éclat de rire général.

— Et est-ce que tu as vu le personnel, Calista ? demanda Beth. Parce qu'il y en a : une cuisinière, un chauffeur et une intendante à demeure. Sans parler de la flopée de chiens de race.

— Et pas de majordome ? Dommage, répondit Calista. J'aurais dû naître héritière ! J'aurais eu moins de mal à payer mes études !

— Attendez, dis-je alors. Je ne suis pas une héritière, moi. Et je n'aurai toujours pas fini de rembourser mes études sur mon lit de mort. En plus, la cuisinière n'aime ni la cuisine, ni les gens, alors ne rêvez pas. De la viande grisâtre, de la soupe en conserve, et elle te mord si tu t'approches des fourneaux.

— C'est dur, hein, de faire partie des 1 %, ironisa Beth, et nous nous mîmes à rire.

— Troisièmement, surenchéris-je, tout ce que fait l'intendante, c'est se vautrer sur le canapé pour que Riley soigne son infection à l'orteil.

— Non ! Mais attends, c'est clairement de la maltraitance ! Je veux la garde de cette enfant !

— Et elle n'a pas passé l'aspirateur depuis les années 1990. Quant aux nombreux chiens qui vous ont sauté dessus à votre arrivée, ils sont maintenant en train de faire pipi sur vos valises, de faire caca partout et de se frotter les fesses sur les tapis. Regardez bien où vous marchez. En revanche, le chauffeur est génial. Et célibataire, Beth.

— Et homo, Emma, répondit-elle.

— Ah bon ? Dingue ! Je ne savais pas.

— Il sort avec le facteur depuis au moins dix ans. Tu débarques !

— De Chicago, oui, répondis-je.

Et, peut-être à cause de la tequila, tout le monde trouva ça hilarant.

— Mais, dis-moi, Emma, fit soudainement Calista, depuis que tu es ici, tu ne m'as pas demandé si tu avais le virus Ebola, la lèpre ou je ne sais quel syndrome rare. Tu n'es plus hypocondriaque ou quoi ?

— Si, si ! Je ne vais pas changer comme ça !

Elle avait raison. C'était peut-être parce que je vivais chez quelqu'un qui était vraiment malade mais, de fait, je n'avais pas fait tous mes tests neurologiques habituels.

— En parlant de Geneviève, tu en penses quoi ?

— Difficile de me prononcer, vu que je ne l'ai jamais rencontrée.

— Mais d'après ce que je t'ai raconté.

— C'est vraiment difficile de poser un diagnostic au téléphone, ma biche.

— Qu'est-ce qui lui arrive ? demanda Jamilah. Elle est malade ?

— J'ai du mal à le croire, mais oui : elle m'a fait venir ici cet été parce que, soi-disant, elle a un cancer. Une tumeur au cerveau, plus précisément. Elle a prétendu qu'elle allait mourir.

— Si c'est ça, je veux bien être mourante, moi aussi, répliqua Beth.

— Toi, tu arrêtes les margaritas, dis-je.

Sur ce, on éclata toutes de rire. C'était un vrai bon moment.

— Comment ça va avec Jason, Jamilah ? demanda Beth.

Celle-ci haussa les épaules en me regardant.

— On va voir. C'est un super papa, et il manque vraiment aux enfants, donc ça craint. C'est tellement plus dur d'élever des enfants seule, sans pouvoir passer le relais à l'autre.

Elle se reprit.

— Désolée, Emma, j'ai manqué de tact.

— Pas de souci. C'est vrai que c'est difficile, dis-je en sirotant mon verre. Mais nous, on n'a jamais été vraiment ensemble, en tout cas, pas après le lycée.

Beth et Calista, qui connaissaient bien toute l'histoire, eurent un regard éloquent, mais ne me contredirent pas.

— C'est quoi, un bon père ? demanda alors Beth. Parce que je cherche. J'ai tellement envie d'avoir un bébé que j'ai les ovaires qui triplent de volume dès que je vois une photo de Lin-Manuel Miranda.

— Ça nous le fait à toutes, commentai-je à mi-voix.

— Est-ce que Jason est un super papa pour Riley ? me demanda Calista.

Elle lui en voulait, ce qui n'était pas difficile vu qu'elle ne le connaissait pas, ni son charme irrésistible, ni ses yeux à la Jake Gyllenhaal.

— Oui, répondis-je avec mansuétude. Il n'a jamais laissé passer un anniversaire, et il lui offre toujours de très beaux cadeaux. Il l'appelle ou lui envoie un SMS deux fois par semaine, et il vient la voir au moins une fois par an. Il l'emmène toujours dans un endroit sympa ou lui propose une super activité. Escalade, voile, aller voir *Le Roi Lion*… Elle l'adore. D'ailleurs, merci Jamilah de rendre tout ça possible.

— Oh ! mais de rien. Il a juste besoin d'un petit rappel.

— Je voulais dire : merci d'être si compréhensive. Mais comment ça, un petit rappel ?

— Euh… rien, rien.

Je l'observai quelques instants. Elle avait rougi et tripotait sa bague.

— Alors, c'est toi, tout ça ? Les coups de téléphone, les visites, les anniversaires ?

— Oui, enfin, je mets un rappel sur son téléphone pour qu'il y pense. Et bien sûr, l'anniversaire de Riley est dans notre calendrier familial, m'expliqua-t-elle, gênée.

— Est-ce que tu planifies aussi ses visites ?

Elle fit une grimace.

— Et choisis les cadeaux ?

— Euh… oui.

— Non mais, tu plaisantes ? Enfin, je veux dire, bravo et merci. Mais vraiment, rien ne vient de lui ?

— En voilà une surprise, marmonna Calista.

— Il l'adore, dit Jamilah. C'est juste que je ne voulais pas qu'elle se sente exclue, tu comprends ? Quand on s'est mariés, j'ai dit à Jason qu'il fallait que sa fille passe en premier, et tu le connais, il n'est pas très organisé…

— C'est bon, ce n'est pas grave, répondis-je, un peu secouée. Je ne t'apprécie que davantage, du coup.

— Et lui, moins, on espère, dit Calista. Sans vouloir te blesser, Jamilah.

— Non, pas de problème. On est séparés, d'ailleurs. Vous aimez Facebook, vous ? Parce que c'est la cause de l'échec de mon mariage.

La conversation dévia sur les réseaux sociaux et combien ils étaient débiles, sans qu'on puisse pourtant les quitter, alors qu'on se sentait tellement mal d'aller dessus.

J'avais l'esprit occupé à refaire mes calculs. Toutes ces années, Jason n'avait jamais rien dit du rôle de sa femme dans... l'accomplissement de ses devoirs paternels.

— J'ai une idée, annonça Beth. Jamilah, je m'installe chez toi, et on élève ensemble tes magnifiques enfants. Je ne te demanderai rien côté sexe, sauf si tu me supplies.

Sacrée Beth. On éclata de rire et la tension disparut. En fait, je me sentais un peu soulagée. Jason n'était pas le père parfait qu'il prétendait être (et que je pensais qu'il était). Et ma fille avait une belle-mère aimante. Ce que la vie vous prenait d'une main, elle vous le rendait de l'autre.

— Vous ne m'avez toujours pas trouvé de mec, au fait, fit remarquer Beth. Ça fait cinq minutes que j'attends. Vous ne connaissez personne ?

— Déménage à Chicago, suggéra Calista. J'ai au moins quatre stagiaires qui auraient besoin d'une femme plus âgée pour les aider à grandir. Ce sont des gamins, mais ils ont du cœur et un gros potentiel financier.

— Cougar ? Oui, ça me dit bien, fit Beth, songeuse.

On sonna à la porte.

— J'y vais, dis-je en m'extirpant de ma chaise longue.

— Rapporte du guacamole, demanda Calista.

— Tes désirs sont des ordres.

— Vous voyez, on se complète, commenta Calista. Je la rassure sur sa santé et elle me fait du guacamole.

— C'est bien vu.

Toute guillerette, je me dirigeai vers la porte d'entrée.

C'était Miller.

— Tiens, bonsoir ! Comment vas-tu ?

— Bien, content de te voir.

— Moi aussi. Que puis-je pour toi ?

— Eh bien, c'est l'heure de l'apéritif, non ?

— Ah, mais Geneviève n'est pas là. Elle est en goguette à New York avec Donelle. Mais entre, entre, on se fait une soirée de filles.

— Mince. Elle m'avait laissé un message, mais j'ai zappé. Je vais y aller. Je ne veux pas vous embêter.

— Allez, Miller, j'imagine que tu as une baby-sitter, non ?

— Oui.

— Alors entre, et viens prendre une margarita avec nous et passer un petit moment. On te mettra dehors quand la conversation deviendra trop fifille.

Il esquissa un sourire. Je réalisai soudain qu'il était plutôt sexy, dans son genre, viril et sombre. Jason était plus beau, mais Miller avait un charme discret qu'on ne pouvait pas nier.

Peut-être valait-il mieux que j'arrête les cocktails.

— On est sur la terrasse, lui dis-je.

— Non ! rectifia Jamilah de loin. On est rentrées parce qu'on n'en pouvait plus des moustiques. Tiens, salut, Miller ! Comment ça va ?

— Bonsoir, Jamilah, dit-il en l'embrassant. Salut, Beth.

— Salut, beau gosse.

— Miller, je te présente ma meilleure amie de Chicago, Calista Daniels.

— Enchanté, fit-il avec un signe de tête.

— Miller est un ami de Geneviève et le cousin de Jason. Il a une fille de trois ans qui s'appelle Tess et dont Riley s'occupe de temps en temps.

Comme si je n'avais pas déjà raconté tout ça à Calista.

— Enchantée, dit-elle en me faisant un clin d'œil pas discret.

— Je t'offre une margarita, Miller ?

— Je vais prendre une bière. Je sais où la trouver.

— T'as oublié le guacamole, princesse, me rappela Calista.

Nous allâmes dans la cuisine, Miller et moi.

Il était sexy, aucun doute là-dessus, et je m'étonnais un peu de ne pas l'avoir remarqué plus tôt. En réalité, il avait toujours été pas mal, mais en vieillissant il était devenu plus séduisant. Ses cheveux noirs grisonnaient d'une manière que je trouvais tout à fait émoustillante, et je devais reconnaître que son veuvage tragique ajoutait à son charme, bien plus qu'un divorce glauque. Son côté responsable me touchait carrément car, un père qui fait passer sa fille avant tout le reste, je n'en avais pas vraiment connu.

— Comment va Tess ? lui demandai-je en sortant une bière du frigo.

— Bien, répondit-il en haussant les épaules.

Je me mis à préparer un avocat.

— Riley l'adore.

Il sourit à demi et je sentis mon bas-ventre se contracter.

— Riley est super. Elle sait exactement quoi faire pour intéresser Tess. Des petites choses, par exemple sortir toutes les casseroles de la cuisine et lui donner une cuillère en bois pour taper dessus. Ou, comme l'autre jour, en remplissant l'évier d'eau et de liquide vaisselle pour faire des bulles. Ce matin, elles ont passé trois quarts d'heure à remplir un seau avec des cailloux, et Tess était ravie. Où est-ce qu'on apprend tout ça ? Moi, avec ma fille, je passe mon temps à essayer d'éviter qu'elle casse des choses ou se fasse mal.

Je souris intérieurement. C'était de moi que Riley avait appris tout ça, parce que je l'avais fait avec elle. Et ma mère avec moi.

— Eh bien, c'est beaucoup plus facile quand tout ce qu'on a à faire, c'est de l'occuper. Toi, tu dois te taper tout le reste : la nourrir, laver son linge, faire le ménage, payer les impôts, prendre les rendez-vous chez le médecin…

— Est-ce que ça devient plus facile après ? me demanda-t-il en tripotant l'étiquette de sa bouteille.

— Passe-moi le citron, si tu veux bien. Et, oui, c'est plus facile.

J'écrasai l'avocat, ajoutai le citron vert et des épices avec un oignon rouge.

— Tu es un bon père, Miller, et tu es passé par des moments terriblement difficiles.

— Je ne suis pas vraiment un bon père, non, avoua-t-il.

Je compris à la manière dont il arrachait les derniers bouts de l'étiquette de sa bière et au ton de sa voix qu'il était en train de me confier sa plus profonde crainte.

— Est-ce que tu la bats ?

— Non, bien sûr !

— Est-ce que tu la nourris ?

— Oui.

— Est-ce que tu fais en sorte qu'elle soit en sécurité ?

— La plupart du temps.

— La conduis-tu chez le médecin quand elle est malade ?

— Évidemment.

— Est-ce que tu fais de ton mieux, même si c'est un vrai petit diable, pour lui dire que tu l'aimes ?

— Oui, dit-il en soupirant. Même quand je ne le pense pas.

— Alors tu es un bon père, Miller. Fais-moi confiance. J'en ai vu, des mauvais pères. Tu es loin de leur ressembler.

Soudain il planta ses yeux dans les miens.

— Parfois, j'ai l'impression de la détester. Ashley est morte à cause d'elle.

Il détourna le regard et tenta de se reprendre.

— Incroyable, c'est la première fois que je dis ça tout haut.

Je posai ma fourchette, me rinçai les doigts, les

séchai, puis attrapai sa bouteille pour la mettre sur le comptoir et pris ses mains dans les miennes. Des mains de travailleur, que je tins fermement tout en fixant ses yeux si sombres.

— C'est un sentiment parfaitement normal. Et cela ne fait pas de toi quelqu'un de mauvais. Tu es un mari qui a du chagrin, voilà tout.

Il me regarda lui aussi, l'air soucieux. Puis il me serra contre lui et cela me fit un bien fou de sentir que j'avais trouvé les mots, exactement au moment où il en avait besoin.

Pauvre Miller, si bon et si touchant.

Il était mince et chaud, et sentait le soleil et l'air marin, et il était plus grand que je ne le pensais. Mon visage se calait pile dans le creux de son épaule.

— Ben alors, on se la joue romantique par ici ? s'exclama Beth.

Nous nous séparâmes et Miller s'essuya les yeux, comme le font les hommes, d'une seule main.

Beth se pencha sur le comptoir.

— Je vous ai interrompus ? Si vous voulez vous embrasser, allez-y. Je vous regarde, mais ne soyez pas gênés.

— Ce n'est pas ce que tu crois, lui répondis-je.

— Pourtant..., commença-t-elle.

— Rends-toi plutôt utile et attrape les chips, Beth.

Je posai ma main sur le bras de Miller (dont le biceps était bien ferme), puis j'apportai le guacamole dans la véranda.

Il ne parla pas beaucoup, mais il nous prépara un feu dans la cheminée car il faisait un peu frisquet, et j'allumai des bougies tout en laissant les fenêtres ouvertes. On prit quelques plaids en cachemire de Geneviève et on passa la soirée là, à rire et à parler en buvant du vin et en mangeant mon délicieux guacamole. Entre deux histoires sur la façon dont Calista et moi nous étions rencontrées (j'étais tombée de mon vélo et m'étais imaginé que j'avais une grave contusion, et pas juste mal aux fesses), puis sur la façon dont Beth et moi nous étions rencontrées (le premier jour de CM1, j'étais tombée dans la cour et elle m'avait accompagnée à l'infirmerie), je me surpris souvent à regarder Miller.

Il était beau, mais pas comme Jason, qui était un éternel ado. C'était un homme sur le visage de qui les combats – le chagrin, les responsabilités, la lassitude – avaient laissé des traces. On voyait aussi chez lui de l'intelligence et, lorsqu'il souriait, il exprimait une joie profonde, pas juste un réflexe. Non, plutôt l'affirmation que la vie pouvait encore lui donner de belles choses.

Nous parlâmes de voyages, d'enfants, de livres, de séries télévisées, de ce que faisaient nos parents (là je bottai en touche, ne sachant même pas si mon père vivait aux États-Unis). C'était vraiment très agréable.

— Bon, je vais devoir y aller, déclara Miller au bout d'un moment. J'ai dit à la baby-sitter que je serais là avant 22 heures. Merci de m'avoir accepté parmi vous, mesdames.

— On a eu du mal, plaisanta Calista. Tu es mal élevé et moche, et on ne t'aime pas du tout.

Son beau sourire réapparut.

— Je te raccompagne, dis-je en me levant.

Attentionné, il prit sa bouteille et le paquet de chips vide pour les déposer dans la cuisine. Nous passâmes par la salle à manger de réception où, au-dessus de la cheminée, se trouvait un tableau représentant la mer.

— C'est un Winslow Homer ?

— Oui, répondis-je en déchiffrant la signature.

— Que c'est beau ! Quelle magnifique maison, tout de même !

— C'est vrai, oui. J'ai appris que tu étais venu y faire des travaux, il y a quelques années.

— Veux-tu dîner avec moi, un de ces soirs ? rétorqua-t-il,

avant de détourner les yeux en se passant la main sur la nuque. Pardon, ce n'est pas ce que tu penses, enfin, peut-être un peu. Sauf que tu es l'ex de Jason, et que ça te ferait peut-être bizarre de sortir avec moi, et que je ne suis pas un super boute-en-train ces temps-ci, mais…

— Avec grand plaisir.

— Vraiment ?

— Mais oui.

Il sourit et mon cœur chavira un peu.

Je n'avais jamais rien ressenti pour un garçon à part Jason, et ça faisait vraiment longtemps. Je fis taire les voix dans ma tête et lui rendis son sourire.

— Super. Promis, je ne t'embrasserai pas.

— Ne fais pas de promesses que tu n'es pas certain de tenir, répondis-je avec un clin d'œil.

Puis je m'en voulus. *Laisse les clins d'œil à George Clooney, Emma !* J'affichai un air ravi à la place.

— Je plaisante. Je serai très contente de dîner avec toi.

Il me considéra encore quelques instants, toujours souriant.

— OK, à bientôt.

Il me fit un petit signe de tête et s'en alla.

Cette chaleur au creux de mon ventre resta, elle.

Je retournai dans la véranda.

— J'en connais une qui a le béguin, dit Beth avant d'éclater de rire avec les autres.

Je ne le niai pas.

27

Geneviève

Un après-midi où il faisait beau, la semaine après notre dernier saut à New York avec Donelle, je pris la décision d'aller répéter pour mon suicide. J'avais dû repousser jusque-là à cause de la météo.

Cette petite virée en ville avait tenu toutes ses promesses. Je nous avais réservé deux entrées au spa, et Donelle avait vite remplacé ses commentaires amers sur les gens riches par des grognements de plaisir entre massage aromatique, gommage à l'orange sanguine et au sel marin, et manucure à la verveine citronnée. Elle but même un smoothie bio.

J'étais si heureuse de la voir se faire chouchouter, enveloppée dans un peignoir de luxe, par des créatures angéliques à la voix douce. Non pas qu'elle ait travaillé très dur ces quinze dernières années, mais bon. Où en serais-je, sans elle ?

Après le spa, nous étions allées dans un bar à cocktails très chic dans le West Village, où, pour mon plus grand plaisir, le barman m'avait reconnue. Il nous avait préparé un mélange spécial à base de gin, avec de la sauge, du miel et du citron, qu'il avait baptisé « le Geneviève », avant de nous prendre en photo et de poster ça sur les réseaux sociaux, en nous disant qu'il allait le rajouter à la carte. À la tournée suivante, il nous fit « le Donelle » : gin tonic avec de la rhubarbe, du citron et une lamelle de piment. « Je suis sûr que c'est exactement vous, ça », lui avait-il dit. Elle avait adoré, évidemment.

Nous avions évité de passer par Madison Avenue, où se trouvait une boutique Geneviève London. À quoi bon ? Je doutais que Beverly me laisse faire une razzia dans les rayons comme avec Riley, et Donelle savait en plus que ce n'était pas moi qui avais dessiné les modèles. En fait, c'était la seule personne, à part mon avocate, qui savait tout de moi.

Une fois que je serais morte, elle partirait chez sa sœur, à Scottsdale, dans l'Arizona. J'aurais aimé qu'elle puisse rester à Sheerwater mais, d'un autre côté, l'imaginer seule, là, sans moi, me rendait mélancolique.

Quoi qu'il en soit, aujourd'hui, c'était le jour parfait pour ma répétition. Emma était à Rose Hill – ce qui me mettait un peu mal à l'aise parce que je ne voulais pas qu'elle y répande des ragots sur la famille, c'était mon territoire –, quant à Riley, elle s'occupait de la précieuse enfant de Miller.

Je me rendis dans le bureau, où Donelle, entourée des chiens, tapait sur son ordinateur.

— Que fais-tu ? lui demandai-je. Tu te commandes un nouveau soutien-gorge ?

Elle en avait des douzaines, chacun porteur d'une promesse jamais tenue.

— J'écris mon livre, où je dis tout sur toi, me lança-t-elle en levant les yeux. Mais non, je plaisante. J'étais sur Internet, en train de me chercher une copine en Arizona. Il y a plein de filles dans mon genre, là-bas.

Je fis mine de ne pas voir Carmen qui se frottait l'arrière-train sur le tapis. Nous étions allées consulter Anne, la vétérinaire, qui n'avait rien diagnostiqué de plus grave que des « démangeaisons au postérieur ».

— Tu es lesbienne, maintenant ?

Je savais qu'elle aimait bien Anne et sa compagne.

— Pourquoi pas essayer ? dit-elle d'un ton désinvolte.

Les hommes ne m'intéressent plus. Il faut du changement dans la vie, et j'ai toujours pensé que c'était très beau, une paire de seins. Ça vieillit mieux que les attributs de ces messieurs. Arrête de rigoler !

— Oh ! Donelle, quel numéro tu es !

— Et toi, tu fais quoi ?

— Je vais me baigner, répondis-je en me penchant pour caresser Allegra qui me reniflait le pied. Je vais goûter l'eau.

— Sans blague, dis plutôt que tu vas préparer ta sortie.

— Pourquoi faut-il que tu sois toujours si crue ?

— Bonjour, on se connaît ?

— Laisse tomber. Veux-tu m'accompagner ?

— Me suicider aussi ? fit-elle en criant presque.

— Te baigner, Donelle. Je ne vais pas me suicider aujourd'hui.

— Quand, alors ?

— Tu es si impatiente que je m'en aille ? lui demandai-je en m'étirant les bras dans le dos, satisfaite d'y parvenir encore.

— Je suis juste impatiente de savoir ce que tu mijotes. Tu descends à la plage ? dit-elle en considérant son pied. Peut-être que l'eau de mer me ferait du bien.

— Oui, ou sinon, un gros poisson te le mangera peut-être. Dans les deux cas, c'est bon pour toi. Viens Mac, croque l'orteil de Donelle, vas-y.

— Tu me soulagerais, Mac. Bon, je n'ai pas de maillot, dit-elle en refermant son ordinateur. Et puis moi et Helga…

— Helga et moi.

— *Moi et Helga*, on va aux magasins d'usine. Tu veux quelque chose ?

Parfois je les accompagnais. Geneviève London Design avait une boutique là-bas et mes visites excitaient toujours le personnel. Cela dit, c'était un peu déprimant d'y voir mon nom, mais plus mes créations.

— Non, merci. Bon, j'y vais, alors.

— Nous aussi. Tu veux que je prévienne les gardes-côtes ?

— Je vais juste faire un aller-retour jusqu'à la bouée, dis-je avec un soupir. Ça va aller.

Je montai enfiler mon maillot, ce qui n'avait rien de facile pour une femme de mon âge. Même si j'avais fait de gros efforts pour conserver ma silhouette, il y avait à quatre-vingt-cinq ans des réalités qu'on ne pouvait pas cacher. J'avais la peau des cuisses fripée et un vrai réseau routier de veines bleues sur les mollets. Mes bras et ma poitrine étaient constellés de taches, dont même le laser ne venait pas à bout. Malgré ma pédicure de la semaine précédente, mes pieds paraissaient vieux, et du côté droit, l'oignon avait empiré. Depuis le printemps, il était plus douloureux.

Ne parlons pas du maillot lui-même. J'avais laissé tomber les deux-pièces vers cinquante ans, lorsque ma peau avait commencé à perdre de son élasticité. Ce sobre une-pièce noir était renforcé aux bons endroits, mais le remonter depuis mes chevilles était loin d'être une partie de plaisir.

Finalement, à bout de souffle, je me risquai à me regarder dans la glace. Minuet jappa et remua la queue d'admiration. Brave petite bête.

Je faisais tellement vieille. Ma mère elle-même ne me reconnaîtrait pas. Après toutes ces années, tout à coup, elle me manqua. Depuis quand n'avait-on pas pris soin de moi gratuitement ? Depuis quand n'avais-je pas eu quelqu'un à mes côtés pour me prendre en charge ?

J'étais si fatiguée. Pas physiquement, non, pas aujourd'hui. Juste lasse de vivre.

« Il faut s'occuper à vivre, ou bien s'occuper à mourir. » C'étaient les mots de Red dans *Les Évadés* (pas de problème de mémoire aujourd'hui), et c'était ce que j'allais faire.

Pas de chance, j'avais d'abord besoin d'aller aux toilettes, même si j'en sortais juste et même s'il allait falloir encore me battre avec mon maillot.

Telles étaient les indignités de la vieillesse.

Un quart d'heure plus tard, j'étais au bord de l'eau et y plongeai un orteil. Le soleil tapait fort et il faisait une chaleur étouffante. Des mouches vertes bourdonnaient et tournoyaient.

Autrefois, c'était ici que les garçons venaient sauter : Sheppard, courant sur les planches de bois, et Clark, trottinant derrière lui. Ils étaient fascinés de me voir plonger directement à marée haute. Je leur avais promis de leur enseigner comment faire.

Mais Sheppard avait disparu et je ne m'étais jamais résolue à apprendre à Clark. Cette année-là, toutes mes résolutions maternelles s'étaient évanouies, chaque jour m'éloignant un peu plus de mon beau petit garçon.

Je le reverrais bientôt, si je parvenais à me faire mourir. Enfin, à condition qu'il soit mort. Sinon, il faudrait que j'attende. Et s'il existait une vie au-delà, ce que j'espérais vraiment.

Il ne m'en fallut pas plus pour me retrouver la seconde suivante en train de nager dans cette eau si familière et revigorante. Il n'y avait quasiment pas de vagues et la brise soufflait doucement. Mon épaule craquait un peu et j'avais les chevilles raides. Mes genoux me le reprocheraient plus tard mais je nageais, en sortant régulièrement la tête sur le côté pour respirer. J'avais des lunettes pour me protéger les yeux mais je n'avais pas mis mon bonnet de bain. Mes cheveux résisteraient.

J'avais oublié à quel point c'était bon de nager dans l'océan, surtout dans le détroit, qui était encore plus agréable, parce qu'il n'y avait ni courants, ni requins, ni pieuvres. À quelle distance fallait-il que j'aille pour ne pas être capable de rentrer ? J'étais bonne nageuse et l'eau n'était pas froide, si bien que je ne risquais pas l'hypothermie avant un moment. Je passai devant l'endroit où j'avais permis à Miller d'enterrer sa femme, et je continuai. Quelques voiles se découpaient sur l'horizon mais, à part ça, j'étais seule.

Je fis quelques brasses sous l'eau. Était-ce possible ? Pouvais-je ainsi décider de… couler ? Est-ce que la respiration n'était pas un réflexe de survie irrésistible ? Faudrait-il que je me leste avec des pierres ? Un banc de poissons argentés et scintillants passa au-dessous de moi.

Un jour, Garrison et moi avions emmené les garçons en Californie du Sud et nous nous étions baignés dans le Pacifique avec des phoques et des lions de mer. Les poissons aux couleurs vives étaient magnifiques. Clark avait trois ans et il était resté au bord avec la nounou que nous avions emmenée, mais il avait fallu tirer Sheppard pour le sortir de l'eau. Il était tellement doué pour tout.

Je regardai autour de moi mais ne vis pas les falaises rocheuses. N'aurais-je pas dû entendre les lions de mer par ici ? Où était Sheppard ? Où était tout le monde ?

Je me trompais sûrement. Où étais-je ? Quelque chose s'approchait de moi en nageant. On aurait dit un lion de mer blanc, ce qui était très rare. À moins que mon imagination me jouât des tours. Rien, ici, ne ressemblait au Pacifique. Si ?

Soudain, je me retrouvai la tête sous l'eau, sans savoir que faire. Je coulais. Mais oui, je coulais ! L'eau était verte et, au-dessus de moi, je vis des pattes. Ce n'était pas un lion de mer. C'était un chien.

Remue les jambes, me dit alors une voix dans ma tête, et je refis surface, hors d'haleine. Le chien aboya et s'approcha de moi, si bien que je pus l'attraper par le cou. Là, comme ça. Un objet flottait non loin, une chose vert et jaune avec une corde. Je ne retrouvais plus le mot… une bolée, peut-être ? En tout cas, je savais qu'il fallait nager vers elle. Je m'y accrochai et restai là, sur cette surface ronde et glissante. Le chien faisait des cercles autour de moi en aboyant.

Que faisais-je là ? Qui me surveillait ? Et qui allait m'aider ? À qui était ce chien ?

Où était Sheppard ? Étais-je en charge de sa surveillance ? S'était-il perdu ? Avait-il plongé avec moi ? S'était-il noyé ? Comment étais-je arrivée jusqu'ici ?

— Sheppard ! criai-je d'une voix faible.

— Mais, enfin, qu'est-ce que vous fichez là ? me répondit une voix rauque.

Je tournai la tête et vis un petit bateau, un Boston quelque chose, qui s'approchait.

— Paul ! appelai-je, ayant enfin repris mes esprits.

Nous étions en été, j'étais vieille et c'était le grand-père d'Emma, nous ne nous aimions pas beaucoup, à cause… d'un bébé.

Le chien aboya de nouveau. C'était le mien. Maximilian. Mac. Ce bon vieux compagnon m'avait suivie dans l'eau.

— Besoin d'aide ?

— Non, répondis-je, juste avant de le regretter. Enfin si. J'ai une… (Je ne trouvais plus le mot.) Une crêpe.

— Une crampe, vous voulez dire ?

— Oui, c'est ce que j'ai dit.

— D'accord.

Il éteignit le moteur, son bateau flottant dangereusement près de moi, et me tendit la main. Le mécontentement se lisait sur son visage.

— Allez, espèce de folle. Qu'est-ce qui vous a pris de partir nager comme ça toute seule ?

— Mais j'ai mon chien avec moi, non ?

— Ah oui, et où est son bateau ?

Sa main était merveilleusement chaude et vigoureuse.

— Hissez-moi, lui dis-je.

— Il faut que vous m'aidiez, Geneviève. On va y arriver ensemble.

Je commençais à claquer des dents.

— Tirez, Paul, c'est tout. Je suis un peu fatiguée.

— Vous auriez pu y penser avant de faire tout ça ! Désolé d'être désagréable, mais vous n'êtes plus très jeune.

— Contentez-vous de me faire monter sur votre fichu bateau, Paul, et gardez vos sermons pour quand je ne serai plus en train de me noyer.

— Je regrette presque que ça ne soit pas le cas, au moins vous vous tairiez.

Il avait eu la chance de ne pas perdre ses cheveux, et ils étaient complètement blancs, comme les miens. Avec sa barbe, il ressemblait au parfait pêcheur de Nouvelle-Angleterre.

— Si vous ne me faites pas monter à bord, c'est moi qui vous entraîne avec moi.

Il finit par me soulever et je parvins à attraper le bord du bateau. Seulement, mes jambes ne suivaient pas.

— Balancez-vous à l'intérieur, me dit-il.

— Comme si c'était facile, répliquai-je sèchement.

Sa main plongea alors et me saisit par l'intérieur de la cuisse, juste là où il ne fallait pas ! Puis il me hissa, si bien que je roulai à l'intérieur dans une position parfaitement humiliante.

— Voilà. Bienvenue à bord.

— Vous m'avez mis la main entre les jambes ! m'écriai-je.

— Et vous étiez encore entière, on a de la chance !

— Comment osez-vous ?

À ma surprise, il se mit à rire. Je me sentis moi-même sourire.

— J'imagine qu'il va falloir aussi embarquer le monstre, non ? Ça n'aurait pas pu être le petit rat ?

Ensemble, nous réussîmes à faire s'approcher Mac assez pour l'attraper par le col et le hisser. Une fois à bord, il s'ébroua violemment puis fit un ou deux tours sur lui-même avant de s'allonger dans une flaque.

— Deux vies sauvées en une journée, commenta Paul.

— Essayons d'éviter de nous jeter des fleurs, vous voulez bien ?

— Oui, Votre Majesté.

Il ôta son éternelle chemise de laine, découvrant un T-shirt bleu, et il me la tendit. Je m'essuyai le visage, enlevai mes lunettes, puis j'enfilai le vêtement et m'assis sur le siège.

— Merci, lui dis-je.

— Je vous en prie. Puis-je vous ramener chez vous ?

— S'il vous plaît.

Il démarra et s'assit à côté de moi avant d'amorcer un demi-tour en douceur pour se diriger vers Sheerwater.

— J'ai toujours aimé la vue sur la maison depuis ici, dis-je.

— C'est vrai que c'est beau. Alors, dites-moi ce que vous faisiez là.

— De toute évidence, je nageais.

— Vous n'étiez pas plutôt en train de vous noyer ?

— Comme je vous ai dit, j'ai eu une crampe.

— Vous avez dit une crêpe, mais bon. Vous perdez un peu la mémoire, c'est ça ? me demanda-t-il avec un air entendu.

— J'ai une tumeur au cerveau, au cas où vous auriez oublié. Un des symptômes est de parfois utiliser un mot pour un autre.

— Ce n'est peut-être pas malin de partir nager seule quand on a une tumeur au cerveau. Enfin, pour ce que j'en sais…

— Pas faux.

Je le regardai. Il était séduisant, le visage ridé et buriné, avec de charmantes pattes d'oie. J'avais toujours aimé ça chez un homme. Il ressemblait un peu à cet acteur qui avait cette voix grave et une moustache, Sam Elliott. En revanche, il avait des sourcils en broussaille et des touffes de poils jaillissaient de ses oreilles. On voyait qu'il était célibataire, parce que sa femme se serait occupée de tout ça. Ces petites attentions n'existaient qu'entre époux.

Comme Garrison me manquait !

— Voulez-vous rester déjeuner ? lui proposai-je.

— Qui cuisine ? Cette Allemande qui a horreur de ça ?

— Non, elle est partie faire des courses avec Donelle, répondis-je en me retenant de rire.

— Alors d'accord. Est-ce qu'Emma est là ?

— Non, elle travaille à Rose Hill aujourd'hui et Riley est chez Miller.

— Une vraie terreur, la petite, pas vrai ? J'y suis passé l'autre jour. J'ai fait des petits travaux pour lui, histoire de m'occuper.

— Vraiment ?

J'étais vexée de ne pas être au courant, Miller étant mon ami, mais le fait que Paul ne reste pas sans rien faire comme tant de personnes de notre âge m'inspirait du respect.

— C'est une terreur, oui, mais adorable en même temps.

Nous étions parvenus au ponton et Paul attacha le bateau avec l'adresse d'un expert. Mac sauta à terre, ragaillardi par sa baignade et sa courte sieste.

— Vous avez un bateau sur le lac Michigan, non ?

— Autrefois, oui, mais je l'ai vendu quand ma femme est tombée malade.

— Oh ! c'est dommage.

Il se leva et me tendit une main rugueuse, que j'acceptai. Je vacillai un peu en mettant pied à terre et il me retint, me serrant si près de lui que je sentis sa chaleur. Cela faisait des années qu'un homme – à part mon médecin – ne m'avait pas touchée. Des décennies, même.

— Merci, dis-je en m'éloignant.

Nous remontâmes jusqu'à la maison.

— Entrez, lui dis-je en composant le code de la porte

de derrière. Je vais me dessaler et je vous rejoins. Faites comme chez vous.

La douche extérieure était très agréable. Miller l'avait refaite quelques années plus tôt et juste à côté se trouvait une pièce pour se changer, avec des réserves de gel douche, shampoing et démêlant (de la collection citron vert de Gilchrist & Soames), des éponges naturelles, des rasoirs, des serviettes et deux peignoirs de la ligne de bain Geneviève London (dessinés par l'équipe de Beverly mais dans un coton égyptien merveilleux). J'avais oublié le plaisir que c'était de se doucher en plein soleil. Je me lavai soigneusement les cheveux, en respirant la délicieuse odeur du shampooing. Une fois propre et parfumée, je m'enveloppai dans un des peignoirs et montai me changer.

Le soleil et l'effort physique avaient rendu mon teint lumineux et, même si avec le temps mes sourcils s'étaient quelque peu dégarnis, je n'avais pas le courage de m'asseoir à ma coiffeuse et de me refaire une beauté. Je me contentai donc de m'attacher les cheveux en chignon et d'enfiler un caraco confortable pour me maintenir les seins. Je choisis un pantalon bleu pâle léger et ample. Il était très chic, très *stylé* comme aurait dit Riley. Paul ne remarquerait pas que c'était un bas de pyjama, et il s'en ficherait.

Celui-ci était assis au comptoir de la cuisine, un endroit où je ne m'installais jamais, et déjà en train de manger (quel rustre, franchement). Il me désigna mon assiette, dans laquelle m'attendait visiblement un panini au fromage. Ni serviette, ni salade pour accompagner, pas même des bâtonnets de carottes.

Je goûtai et fermai les yeux de plaisir. Il avait raison, Helga détestait manger. Ce sandwich tout simple était délicieux, avec plein de fromage fondu, une pointe de moutarde et quelques fines tranches de tomate.

— C'est fameux, lui dis-je.

— C'était le plat préféré d'Emma quand elle était enceinte, répondit-il, la bouche pleine. Et c'est encore ce qu'elle mange quand elle a besoin de se remonter le moral.

Je perçus un léger reproche.

— J'ai toujours cru qu'elle reviendrait, dis-je.

Il me regarda. Je n'avais jamais remarqué qu'il avait les yeux marron.

— C'était ce que je souhaitais, ajoutai-je.

— Vous ne l'avez jamais appelée. Vous n'êtes jamais venue la voir. Pas même une carte pour Noël.

— C'était à elle de le faire.

— Non, Gennie, c'était à vous.

Son ton, pour une fois, n'était pas accusateur, et il m'avait appelée Gennie, ce que personne n'avait jamais fait avant.

— En particulier après ce que vous lui aviez fait. Vous lui deviez des excuses. Vous les lui devez encore.

— Vous avez raison.

— Pourquoi n'avez-vous rien fait ? me demanda-t-il avec le plus grand sérieux.

Il avait terminé son sandwich et j'avais presque fini le mien. Je repris une bouchée, peu impatiente de lui répondre. Il faudrait que je me refasse des paninis au fromage. Mac était entré, non sans s'être roulé dans l'herbe au préalable, et son poil blanc était souillé de vert. Je lui donnai un petit bout de pain. Après tout, il avait essayé de me sauver la vie, le chéri.

— Vous ne répondez rien ? insista Paul.

— Je ne suis pas une aussi bonne personne que vous, dis-je doucement. J'ai trop de fierté. Et je dois avouer que j'étais gênée. Elle avait dix-huit ans et nous avions parlé de grossesse non désirée, et…

— Mais ne vous êtes-vous jamais dit que cette grossesse pouvait être désirée ?

— Elle avait la vie devant elle, une vie merveilleuse,

Paul. Tout était possible : études, voyages, le métier qu'elle voulait, et de l'argent plus que nécessaire.

— Elle voulait quelqu'un à aimer, Geneviève. Et elle voulait être aimée en retour.

Voilà qu'il me jugeait une fois encore !

— Mais je l'aimais !

— Peut-être, mais c'était un poids, la fille d'une femme déséquilibrée qui s'était suicidée et du fils dont vous n'aviez rien à faire. Vous aviez honte d'elle.

— C'est faux ! m'écriai-je en tapant du poing sur le comptoir. D'accord, c'était la fille d'une femme déséquilibrée, et Clark n'est pas exactement le fils que l'on rêve d'avoir, mais j'aimais Emma. Je l'ai recueillie et j'ai fait de mon mieux, Paul Riley, et je ne supporterai pas que vous m'accusiez de l'inverse. Le vrai problème, c'était que même cela ne suffisait pas, et je le savais. Depuis cinquante-cinq ans, je suis à moitié morte à l'intérieur. J'ai fait de mon mieux, quoi que vous en pensiez, et quand elle est retournée vers vous, sa vraie famille, son grand-père parfait, je n'allais pas la supplier de revenir, si ?

Mon cœur battait à tout rompre et je me sentais un peu mal. Comment avais-je pu prononcer ces mots, et devant lui en plus ?

Il me regarda longuement.

— Vous vous sentez soulagée d'avoir dit ça ?

— Oh ! je vous en prie ! Maintenant, vous devriez partir. Merci de m'avoir sortie de l'eau, répondis-je en me levant.

— Bon sang, je vous préfère quand vous êtes un peu moins polie, dit-il en se levant à son tour.

Et au même instant, sans prévenir, il m'embrassa. Un baiser bref, juste le temps pour moi de sentir la chaleur de ses lèvres et le piquant de sa barbe.

— À un de ces jours, me dit-il avant de s'éloigner, le bruit de ses pas résonnant dans la maison vide.

Ce baiser n'avait pas été assez long pour que je puisse bien en juger.

Tout de même…

Il m'avait *embrassée.*

Mon chien vert approuvait de la queue.

— Tu as faim, toi ? lui demandai-je en caressant sa grosse tête humide.

Les autres bêtes accoururent de toutes parts en entendant le mot magique et je fis la distribution des bouts de bacon que Helga cuisait pour eux chaque matin.

Ensuite, je me servis un verre de riesling sec et emportai la bouteille avec moi dans la véranda, avant de m'asseoir dans le fauteuil club en cuir, les pieds sur le pouf assorti.

On m'avait embrassée. À quatre-vingt-cinq ans, rien que ça ! Et, à la réflexion, ça avait été plutôt bien.

28

Emma

À la mi-juillet, Geneviève organisa sa fête des voisins annuelle. Si un endroit était idéal pour ce genre d'occasion, c'était bien Sheerwater.

Je l'avais trouvée silencieuse cette semaine, pas malade, mais un peu renfermée. Et curieusement calme, ce qui me faisait soupçonner quelque chose d'inhabituel. Malgré tout, elle se réjouissait de recevoir du monde. On installa une tente sur la pelouse et un traiteur fournit tout le repas, à l'exception des desserts que les invités pouvaient apporter. Riley invita ses frères et Rav, et ils jouèrent avec les autres enfants du quartier.

Miller vint également, avec Tess. Ses beaux-parents étaient invités eux aussi, et je me présentai à eux en leur disant que j'avais un peu connu Ashley. Mme James commença à pleurer et dut entrer dans la maison. Son mari lui emboîta le pas en me lançant un regard noir.

— Ah mince, désolée, dis-je à Miller.

— Ce n'est pas ta faute, me répondit-il. Tess, arrête de donner des coups de pied à papa, tu veux bien ?

— Est-ce que tu veux aller te baigner, Tess ? lui proposai-je.

— J'aime pas me baigner, rétorqua-t-elle.

— Eh bien, moi, j'adore ça. Tu peux me regarder si tu veux.

— Si, si, j'aime me baigner !

— Oui, elle aime ça, confirma son père, avec un petit sourire.

— Viens avec moi, princesse. Miller, on te retrouve à la piscine. Va donc d'abord te chercher quelque chose à boire, et aussi à manger. Il faut qu'on aille enfiler notre maillot nous, pas vrai, Tess ?

— Oui. Va-t'en, papa, maintenant.

Miller prit un air dépité et me tendit le sac de sa fille.

C'était tellement mignon de sentir cette petite main collante dans la mienne. Cela me rappelait des souvenirs merveilleux de Riley petite, lorsque nous nous donnions toujours la main. Je mesurais déjà ma chance à l'époque et, à dire vrai, nous le faisions encore.

Cet été lui faisait vraiment du bien et lui redonnait confiance en elle. Riley dégageait comme une fierté, non pas parce qu'elle habitait dans cette maison, ni parce qu'elle était la descendante de Geneviève London, mais parce qu'elle était utile, auprès de Gigi, de Donelle, de ses frères, de Tess et de Miller.

Peut-être que, pendant toutes ces années où je l'avais couvée, j'avais un peu oublié de la laisser grandir.

Je n'eus pas trop de mal à changer Tess, même si elle n'arrêtait pas de sauter partout.

— Je veux voir Wiley ! Je veux Wiley ! répétait-elle.

Les bretelles de son maillot se détachèrent et je les rattachai à l'aide d'un ruban. Lorsque nous redescendîmes, Miller était près de la piscine, en train de discuter avec Saanvi Talwar.

— Va-t'en, papa ! lui ordonna Tess et il blêmit un peu, mais continua à parler avec Saanvi qui me salua de loin.

Tess était dure, c'était certain. Je l'emmenai du côté du petit bois, à l'écart de tout le monde.

— Je veux aller dans l'eau ! s'écria-t-elle.

— Tess, quand tu as dit à papa de s'en aller, ça lui a fait de la peine, tu sais.

— Et quoi ? fit-elle avec une mine boudeuse qui

montrait bien qu'elle savait pertinemment s'être mal comportée.

— Et si moi je te disais de t'en aller ? Ou si Riley te disait de t'en aller ? Tu serais triste, non ?

— Non. Si.

Sa mine s'allongea encore.

— Alors pourquoi on n'irait pas voir ton papa pour que tu lui demandes pardon, et ensuite on ira se baigner avec Riley ?

— Je veux me baigner tout de suite.

— Non. Tu iras après avoir demandé pardon à papa.

— Je veux pas demander pardon, dit-elle en tapant du pied.

— Tu as fait de la peine à ton papa, et ce n'est pas gentil. Va lui demander pardon, ou sinon on remonte et on ne va pas se baigner.

Elle me regarda d'un air furieux.

— Est-ce que tu as envie d'aller dans la piscine, Tess ? Avec Riley et les autres enfants ?

— Oui, j'ai envie.

— Alors, allons demander pardon à papa.

Je la pris dans mes bras et l'emmenai jusqu'à Miller.

— Excuse-moi, Miller. Tess a quelque chose à te dire.

— Pardon papa.

Son visage changea du tout au tout. Il eut l'air à la fois attendri et surpris, les yeux écarquillés.

— Merci, Tess.

— Je vais me baigner maintenant.

— Amusez-vous bien.

— Compte sur nous, merci, répondis-je. Bravo, Tessie, chuchotai-je à l'oreille de la fillette en la déposant du côté peu profond de la piscine. Tu as fait très plaisir à ton papa.

— Ah, voilà Tess ! s'exclama Riley. Viens jouer avec nous !

Duncan et Owen nageaient comme des poissons et

jouaient à je ne sais quoi avec Rav, visiblement devenu leur héros.

Je gardai un œil sur Riley et les petits dont elle avait la charge. J'étais toujours un peu inquiète quand des enfants se baignaient, à cause de l'histoire d'oncle Sheppard, sans doute.

Mon père aurait-il été différent si son grand frère n'avait pas disparu ? Est-ce qu'il aurait été meilleur, plus fort, plus équilibré ?

De loin, je vis Geneviève en pleine conversation avec mon grand-père (sans l'air d'être agacée, bizarrement). Tous les deux avaient perdu un enfant et leur histoire à chacun était cruelle, et pourtant ils étaient là, ensemble à cette fête, des dizaines d'années plus tard.

Mon Dieu, je vous en prie. Et toi, maman. Grammy et Grandpa Garrison. Et oncle Sheppard, si tu es là-haut toi aussi… Faites qu'il n'arrive rien à Riley, ni à Tess, ni à Duncan, Owen et Rav.

Ma prière était ridicule, je le savais. Ce n'était pas parce que les parents n'avaient pas assez prié que les enfants disparaissaient ou mouraient. Mais on ne risquait rien à le faire.

Quand les enfants sortirent de la piscine, Riley, Tess et moi montâmes nous changer. Les cheveux de la fillette étaient emmêlés au dernier degré.

— Voyons un peu ce qu'on peut faire, dis-je à ma fille. Tu me passes une brosse ?

— Je veux pas me coiffer, protesta Tess.

— Ah bon ? Moi si, répondis-je en commençant à le faire. Ça fait du bien.

— Tu as de beaux cheveux, maman, me dit Riley avec un clin d'œil. Tu veux que je te mette du démêlant ?

— Ah, oui alors !

C'est ainsi que nous parvînmes à persuader Tess de se laisser démêler les cheveux et même à lui faire des nattes.

— Alors ? Rav ? demandai-je discrètement à Riley tout en coiffant la fillette.

J'étais experte en tresses, vu que j'en avais fait à ma fille toute sa vie. Désormais elle avait les cheveux courts et ça me manquait.

— Il est sympa. Si t'es d'accord, on va aller à Birch Lake à vélo et randonner un peu par là-bas, cette semaine.

— Ah, eh bien, euh, il faut que j'y réfléchisse.

— Ne va pas t'imaginer des trucs sexuels, maman…

— Se-xu-el, répéta Tess, et Riley se retint de pouffer.

— Oui, oui, je comprends bien. Il faut juste que je réfléchisse. C'est là que mon oncle Sheppard… eh bien, c'est là qu'il a disparu.

— Je sais.

— Je vais en discuter avec Saanvi.

— OK, fais ta mère poule. Mais dis donc, ma Tessie, qu'est-ce que tu es jolie comme ça ! Regarde-toi un peu.

— Suis jolie, oui.

— On va montrer à ton papa, grimpe sur mon dos ! Et hop ! Regarde, maman, je suis le cheval de Tessie !

— C'est mon cheval ! confirma la fillette en s'agrippant au cou de Riley.

Je sentais mon cœur fondre devant ma fille adorée. Dire que j'avais eu si peur qu'elle me rejette, une fois adolescente ! (Ça pouvait toujours arriver.) Quand elle était toute petite, je craignais de l'aimer moins au fur et à mesure qu'elle grandirait.

C'était le contraire qui s'était produit, et chaque jour je l'aimais davantage.

— Fais pas cette tête, mamounette, me dit-elle alors.

En nous voyant arriver, Miller resta bouche bée.

— Que tu es jolie, ma Tess ! Et toute propre !

— Je vais rejoindre les garçons, annonça Riley.

— Moi aussi, dit Tess.

— D'accord, mais tu me donnes la main, alors, lui répondit ma fille.

Et elles s'éloignèrent, aussi adorables l'une que l'autre.

— Je n'arrive pas à… Mais comment fait-elle ? Elle se débrouille tellement bien !

— Riley adore les petits.

— Toi aussi. La manière dont tu as réparé ses bretelles et puis les tresses que tu lui as faites ! Moi qui n'arrive pas à l'approcher avec une brosse…

— J'ai un avantage : elle ne me connaît pas bien, et je l'intimide un peu.

— Mais comment as-tu appris tout ça ?

— En le faisant, voilà tout. On apprend plus de choses qu'on ne croit en s'occupant de son enfant. Et ça devient plus facile lorsqu'ils apprennent à dire ce qu'ils ressentent. Tess est intelligente, donc ça ne devrait pas tarder.

— Pourvu que tu aies raison. Tu as faim ?

Nous nous préparâmes une assiette et nous assîmes à une table, à peine gênés par un moustique de temps en temps. Mais à chaque fois que nous commencions à parler, quelqu'un venait nous interrompre pour dire quelque chose à Miller : « Content de te voir ! » ou « Comment tu vas ? » ou encore « Tu as l'air en pleine forme ! ».

— Désolé, tout le monde vient faire son petit geste envers le pauvre veuf inconsolable, me dit-il après qu'une femme l'eut serré un peu longtemps contre elle.

— Ils sont tous contents de te voir, répondis-je.

— Je ne sors pas souvent. Ma vie sociale se résume à mes virées au supermarché.

— Ne te moque pas des supermarchés, j'y ai travaillé pendant des années. C'était ma façon de rester connectée au monde réel.

Il eut un petit rire et mon cœur se mit à battre plus vite. Il était décidément très sympathique.

Lorsque le feu d'artifice commença, nous trouvâmes les enfants assis en rang d'oignons sur une couverture, Tess nichée tout contre Riley, et les trois garçons côte à côte. Ils regardaient tous en direction du ciel, au-dessus du détroit, tandis que la nuit s'illuminait, et rien ne pouvait surpasser la perfection de ce moment, de ces cinq enfants encore assez jeunes pour être fascinés par les feux d'artifice, et dont le visage parfait se détachait dans la nuit.

Plus tard, les invités commencèrent à partir, non sans aller dire au revoir à Geneviève, qui les recevait avec la dignité d'une reine. Je papotai avec plusieurs personnes, dont la plupart me félicitèrent pour ma charmante fille, et je n'aurais su les contredire.

Je saluai de loin les Talwar lorsqu'ils s'en allèrent et Saanvi me fit signe de l'appeler, ce à quoi je répondis d'un hochement de tête et d'un sourire. Rav me fit au revoir de la main, lui aussi. Il avait l'air gentil, ce gamin. Miller apparut au milieu de la foule, sa fille se débattant comme un petit diable dans ses bras et pleurnichant. Il avait les cheveux en bataille.

— Tu veux dîner avec moi demain ? me demanda-t-il. Kimmy est d'accord pour faire le baby-sitting. Je voulais t'inviter depuis un moment, mais on a eu beaucoup de trucs au boulot.

J'étais ravie car je commençais à me demander si l'invitation aurait lieu un jour.

— Avec joie, répondis-je.

— Non, pas dîner ! Moi n'aime pas dîner !

— Mais ce n'est pas pour toi, répondit son père en faisant la grimace tandis qu'elle lui donnait un coup de coude dans la tête. C'est juste Emma et moi.

Cette manière qu'il avait d'esquisser un sourire avait toujours le même effet magnétique sur moi. Et je n'avais rien ressenti de tel depuis bien, bien longtemps.

— Je ferais bien de ramener celle-ci à la maison maintenant, dit-il.

— Non ! Pas la maison ! Veux pas partir, moi !

Il l'ignora, bien qu'elle se débattît, et se contenta de

la maintenir bien serrée sans me quitter des yeux, avec son demi-sourire.

Il avait vraiment un charme fou.

Au même moment, Jason surgit.

— J'ai encore loupé l'invitation du siècle, lança-t-il avec malice. Décidément, on ne se refait pas. Ça a été, avec les garçons ?

— Super bien, d'après ce qu'on m'a dit.

— Je peux te les laisser avec Riley demain ? J'ai un truc à faire.

— Euh… en fait, je suis prise demain. Et ils sont déjà là depuis quatre heures.

— Je vois. On peut se parler deux secondes ?

Il ne s'était pas encore aperçu de la présence de son cousin.

— Bien sûr, lui répondis-je. J'étais contente de te voir, Miller. Au revoir, Tess. Je peux t'embrasser ?

— Non.

— D'accord. J'ai été très contente de jouer avec toi, en tout cas.

Je savais bien qu'il ne fallait pas forcer un enfant à avoir un contact physique. Elle se mit à brailler, de quoi vous écorcher les tympans, et Miller fila tandis qu'elle se débattait comme une furie.

— Tu me fais mal, papa !

— Mon Dieu, mais quelle gamine ! commenta Jason.

— Elle traverse une période difficile, expliquai-je, pleine de bienveillance pour ce petit démon.

— Oui, enfin, Riley n'a jamais été comme ça.

— Comment pourrais-tu le savoir ?

Il se recula, vexé.

— Ce n'est pas juste. J'ai été aussi présent que j'ai pu, et vachement plus que la plupart des mecs l'auraient été.

— Mais c'est vrai, ça. Qu'ai-je fait de cette médaille que je voulais te donner ? dis-je en faisant mine de tâter mes poches.

— Qu'est-ce qui t'arrive ?

— Je te trouve bien critique à l'égard de Tess. Miller est ton cousin, et tu pourrais être plus gentil.

— Il t'a toujours plu, pas vrai ?

— Non, Jason, c'est faux. Mais je vois bien qu'il est malheureux, qu'il se sent seul et épuisé, et que sa famille n'en a rien à faire.

— OK, laisse tomber. Bref, j'avais quelque chose à te dire. Avec Jamilah, on essaie de se remettre ensemble, et je voulais l'inviter à dîner, tu comprends ? Tu pourrais m'aider ? Enfin, je veux dire, Riley peut s'occuper des garçons, non ? Et ce n'est pas le personnel qui manque, ici, sans compter Geneviève.

Je me raidis.

— Le personnel de Geneviève n'est pas une armée de baby-sitters, Jason. Ils ont tous bien plus de soixante ans. Et si elle a clairement dit que les garçons étaient les bienvenus, ils sont jeunes et assez remuants, eux aussi. Si tu veux lui demander toi-même, vas-y.

— Je ne veux pas lui parler. Elle me déteste.

— Eh bien, ce n'est pas à moi de te donner l'autorisation de quoi que ce soit.

— Tu es en colère, c'est ça ? Parce qu'on se remet ensemble, Jamilah et moi ?

Je comptai jusqu'à trois, puis cinq, puis dix.

— Je n'étais pas au courant que vous vous remettiez ensemble, et d'une, et de deux, pourquoi cela me mettrait-il en colère ?

Le fond de ma pensée, c'était plutôt qu'elle méritait mieux, mais je gardai ça pour moi.

— Parce que tu as toujours espéré qu'on se remettrait ensemble, toi et moi. C'est ce que tu m'as dit.

— Ce rêve a pris fin quand j'avais environ vingt-trois ans, Jason.

Ma grand-mère fit son apparition dans un pantalon

de soie blanche (pour un pique-nique, quelle idée !), un chemisier jaune et un léger gilet fleuri, couleur pêche.

— Jason, dit-elle sur un ton glacial et dédaigneux, j'ignorais que vous étiez arrivé. Je vais demander qu'on aille chercher vos fils pour ne pas vous retarder.

Quelle classe.

— Bonsoir, madame London. Moi aussi, je suis ravi de vous voir.

— Ai-je dit que j'étais ravie ? Je n'en ai pas le souvenir.

— En effet, confirmai-je.

— Geneviève, est-ce que…, reprit Jason.

— Madame London, ça ira très bien, répliqua-t-elle.

— Madame London, est-ce que vous autorisez mes fils à passer la soirée ici avec Riley demain ?

— Mais bien sûr, répondit-elle. Vos fils sont charmants et polis. Votre épouse a beaucoup de mérite de les avoir si bien élevés.

— C'est vrai, mais j'y ai un peu contribué moi aussi, dit-il, charmeur.

Mais rien n'y fit.

— Cela ne m'étonne pas que vous le pensiez, répondit-elle. (Et bim !) Emma, ma grande, tu veux bien venir ? Je ne crois pas que tu aies encore vu Amy et Anne. Bonsoir, Jason. Les garçons seront là dans une minute.

Emma, ma grande. Elle ne m'avait pas appelée comme ça depuis mes dix-huit ans.

— Alors toi, Gigi, tu sais y faire, par moments ! lui dis-je tandis que nous nous éloignions.

— Je te remercie de le remarquer. Ah, les voilà. Owen, Duncan, votre père vous attend près du petit bois. Riley, ma chérie, veux-tu être assez gentille pour les accompagner ?

— Les garçons, voulez-vous bien me laisser vous accompagner ? déclara-t-elle en leur prenant la main.

Nous les regardâmes s'en aller, hilares.

— Cette jeune fille est absolument adorable, Emma, me dit Gigi.

— Merci, parvins-je tout juste à répondre, tant je fus surprise.

— Bien, ne reste donc pas plantée là. Amy et Anne t'attendent. Au fait, tu as taché ta chemise. Peut-être apprendras-tu un jour à manger sans te salir.

Mais elle dit cela sans son mordant habituel, si bien que je souris et la suivis pour faire la connaissance de ses amies.

29

Riley

Après quelque chose comme onze discussions entre Mme Talwar et maman, on nous autorisa enfin, Rav et moi, à partir à Birch Lake à vélo, avec interdiction de nous baigner parce que ce n'était pas surveillé. Ce qui était ridicule car c'était un endroit parfait pour la baignade, mais il s'agissait d'un parc national, ou un truc comme ça, et puis il n'y avait pas le financement pour – bref, les excuses habituelles.

On avait pris notre sac à dos et j'avais emporté de l'écran total (une peau de rousse, l'été, je ne vous raconte pas), deux bouteilles d'eau, deux sandwichs à la dinde concoctés sous le regard noir de Helga et deux pommes. Rav avait emporté une couverture et un pique-nique préparé par sa mère. On avait dîné chez lui l'autre soir, Gigi, Donelle, maman et moi, et, sans rire, c'était dingue. Je regrettais de ne pas être indienne parce que le repas était juste incroyable.

Après quelques jours étouffants, un orage la veille avait rafraîchi l'atmosphère, il faisait de nouveau très beau et l'air était bien sec, ce qui m'arrangeait plutôt, vu que par temps humide je me faisais littéralement dévorer par les moustiques.

Nous avons traversé la ville en nous éloignant de la côte, pour suivre l'itinéraire tracé par nos mères comme si on était en route genre pour La Mecque. Un large chemin de terre menait jusqu'à un parking et ensuite il fallait marcher encore un peu jusqu'à la rive.

Nous accrochâmes nos vélos ensemble.

Rav était sympa. Et mignon. Et presque aussi grand que moi. Il avait des yeux marron, presque noirs, et des cils incroyablement longs. Seulement, il avait quinze ans (et dix mois) et j'en avais seize (et sept mois). J'entrais en terminale, et lui en seconde. Quand on était avec des petits, la différence d'âge ne comptait pas, mais là, si.

— C'est joli ici, non ?

— Ouais.

— Tu viens souvent ?

— Pas vraiment non, répondit-il en haussant les épaules. Mes parents ne sont pas très plein air.

— T'aimes bien être fils unique ?

— Oui, enfin bon, je ne connais que ça, et toi ?

— Moi, je ne suis pas fille unique, mais bon, ça revient au même.

— C'est bizarre d'avoir des frères qui vivent si loin ?

— Oui, mais c'est sympa. En plus ils m'adorent, dis-je en le regardant du coin de l'œil.

— Tu m'étonnes ! répliqua-t-il avec un sourire.

Impossible de résister. C'était la première fois qu'un garçon (plus jeune en plus) me plaisait comme ça.

— Bon, montre-moi où il a disparu, me dit-il alors.

Oui, parce qu'on était venus pour ça à la base, pour visiter le dernier endroit où oncle Sheppard avait été vu.

— Tous les articles mentionnent Otter Point. C'est par là, répondis-je en lui indiquant du doigt.

Nous nous dirigeâmes dans cette direction, nos épaules se touchant parfois.

On entendait des gens rire et des enfants crier comme tous les enfants du monde : « Maman ! Regarde-moi ! »

— Tu t'entends bien avec tes parents ? lui demandai-je. Il semblerait que oui quand on vous voit.

— Ils sont super. Mais toi aussi, on dirait.

— Ma mère est géniale. Elle était encore ado quand elle m'a eue.

— Sérieux ?

— Oui. Mère célibataire. Elle a bossé comme une dingue pour payer ses études, mais elle s'est toujours occupée de moi. Elle n'a jamais loupé une seule réunion de parents à l'école ni aucun truc genre nuit de la science, nuit des maths, réunion scoute…

— Elle a l'air sympa, dit-il.

C'était tellement super de parler comme ça de nos parents. Au lycée, Mikayla, Jenna et Annabeth adoraient critiquer les leurs. On aurait dit qu'elles étaient élevées dans une cave.

— Et ton père ?

— Ça va, il est gentil, répondis-je en ramassant une petite pomme de pin que je mis dans ma poche pour la garder en souvenir. Il est un peu… je ne sais pas. Immature. Mais pas dans le mauvais sens, non, c'est juste que ma mère est plus fiable.

— T'aimes bien ta belle-mère ?

— Oh oui, elle est top ! Et trop sympa avec moi.

— Ben c'est sûr. T'es trop sympa, toi aussi.

Je me sentis rougir, et quand on est rousse, je ne vous raconte pas le résultat.

— Merci. Ah, tiens, c'est là !

Sur un panneau de bois usé était écrit *Otter Point*, et en dessous avait été plus récemment ajouté : *Danger. Baignade non surveillée.*

Vu la raison de notre venue, ce message faisait froid dans le dos.

Cette rive du lac était plus éloignée que les autres petites plages et lieux de baignade. Personne ne venait aussi loin, les gens s'installaient plus près du parking. De plus, il était 10 heures du matin, encore tôt pour un jour d'été. C'était vraiment joli, avec de grands pins et d'énormes rochers gris. Non loin, un geai cria et une corneille croassa.

Je racontai à Rav où j'en étais de mes recherches. Je savais que mon père et mon oncle étaient en train de jouer pendant que Garrison London chargeait le coffre, qu'il les avait appelés et que seul Clark était revenu.

— Donc Sheppard s'est noyé, c'est ça ?

— On a dragué le lac quatre fois sans rien trouver, mais le fond est vraiment vaseux, alors…

— Il aurait flotté, non ?

J'avais lu beaucoup de choses sur le sujet.

— Oui, la plupart des corps remontent à la surface. C'est pour ça que Gigi pense qu'on l'a enlevé.

— La vache. C'est glauque.

Nous regardâmes le lac, qui nous semblait désormais menaçant. Pas plus mal que nos mères nous aient interdit de nous baigner, parce que ça me donnait une excuse.

Sheppard s'était peut-être noyé ici, oui. Presque tous les corps remontaient, mais pas tous.

Ou alors il avait été kidnappé et élevé dans une autre famille, comme dans un film que j'avais trouvé en tapant « adoption forcée » sur Google.

Ou sinon, on l'avait juste enlevé, violé et assassiné. Des choses qui arrivaient bien trop souvent.

Cette vue était peut-être la dernière qu'il avait eue devant les yeux. Pauvre Sheppard ! J'espérais qu'il n'avait pas eu trop peur.

— Il y avait quelqu'un d'autre, ce jour-là ?

— Pas d'après ce que j'ai lu. Il me semble que mon grand-père a parlé de quelqu'un dans les bois, mais il n'avait que cinq ans à l'époque.

— Il t'a dit quoi ?

— Je le connais à peine. J'ai dû le voir genre deux fois dans ma vie.

Rav m'avait raconté que ses quatre grands-parents venaient chaque année passer deux mois chez eux. Je ne pouvais nier que j'étais jalouse. Mes grands-parents Finlay m'avaient ignorée toute ma vie (et tout l'été). Tant mieux, en fait, parce que si je les voyais maintenant ça ne se passerait pas bien.

En revanche, j'avais Pop, et désormais Gigi et Donelle. Je n'avais rien d'une pauvre orpheline.

— On n'a qu'à grimper là-haut, suggéra Rav en désignant le rocher géant au bord de la petite plage. Pour regarder si on voit quelque chose.

Il monta le premier et me tendit la main. Il ne la lâcha pas tout de suite quand je fus arrivée.

Je sentais mon cœur battre fort. Tous les clichés romantiques étaient tellement vrais ! C'était gênant.

La vue était splendide. De l'autre côté du lac, on voyait des petites taches de couleurs vives, des gens qui s'amusaient en famille. Savaient-ils ce qui s'était passé ici ?

— Tu veux qu'on aille explorer les bois ? Ça m'étonnerait qu'on découvre quelque chose après toutes ces années, mais bon.

— On est venus pour ça, non ?

Nous redescendîmes et suivîmes le petit sentier jusqu'au bois. J'avais envie qu'il me reprenne la main, mais peut-être que c'était juste pour m'aider la première fois.

— Là, ce sont des empreintes de biche, m'expliqua-t-il.

— Cool.

— Dommage que tu n'habites pas ici, me dit-il en regardant ses pieds. C'est la première fois que je rencontre une fille avec qui je m'entends aussi bien.

Il leva les yeux.

— Désolé, c'est bizarre, dit comme ça.

— Mais non, c'est… gentil.

Et alors, sans réfléchir, je me suis penchée et l'ai embrassé. Juste un baiser rapide sur ses lèvres, juste le temps de sentir qu'elles étaient douces et chaudes.

Puis nous nous sommes regardés.

— Tu as les yeux les plus bleus que j'ai jamais vus, dit-il, un peu ému.

— Et toi, les plus noirs, répondis-je.

Nous nous sommes souri et nous avons continué notre promenade dans les bois au milieu des broussailles et des rochers.

Mon premier baiser. Et le sien aussi, à coup sûr.

Je l'avais aimé. Mieux que ça, je l'avais trouvé parfait.

Évidemment, nous n'avons rien trouvé concernant Sheppard. Même en fouillant les terriers et les souches, ni squelette, ni lambeaux de vêtements vieux de cinquante ans, ni petite chaussure esseulée. Et c'était tant mieux, car je voulais que Gigi ait raison, que son fils soit quelque part, devenu un homme avec une famille heureuse.

Au bout d'un moment, nous nous sommes redonné la main et il a écrasé un moustique sur mon bras, d'un geste très chevaleresque. Nous avons surpris une biche, de si près qu'on a vu ses longs cils et les veines dans ses oreilles avant qu'elle ne s'enfuie dans les bois.

Je reçus deux SMS de ma mère pour me demander si tout allait bien et me rappeler de mettre de la crème solaire. Rav en reçut trois de la sienne, en gros les mêmes, mais lui rappelant en plus qu'il était un gentleman et que, s'il franchissait la ligne rouge ne serait-ce que d'un orteil, les représailles seraient terribles, car elle trouverait le moyen de le savoir. Celui-là nous fit bien rigoler.

Nous ne nous sommes pas de nouveau embrassés. Ce ne fut pas la peine. Nous avons mangé notre pique-nique et parlé du lycée, de films, les trucs habituels. Je lui racontai comment mes amies m'avaient écartée et il fut choqué. Pour la première fois, l'idée de ne plus revoir les filles me laissa indifférente.

Quand nous arrivâmes à Sheerwater, il me raccompagna à la porte.

— Tu veux qu'on se voie cette semaine ? me demanda-t-il.

— Oui, quand tu veux.

Il me sourit et je me sentis toute bizarre.

— Merci de m'avoir accompagnée.

— Merci de m'avoir invité. Salut !

Et voilà. Pas de quoi en faire un plat, sauf que j'étais incroyablement heureuse. Un bonheur à l'état pur, parce qu'un garçon que j'aimais bien m'aimait bien lui aussi.

30

Emma

Riley m'aida à choisir ma tenue pour mon rendez-vous avec Miller. C'était une vraie petite fashionista, maintenant.

— Couleur, matière, coupe, déclara-t-elle exactement comme aurait pu le faire ma grand-mère.

— Moi, je me disais que jean et T-shirt, ça irait très bien.

— Oui, mais à condition d'avoir le bon jean et le bon T-shirt. Dommage que tu aies trop de poitrine pour mettre les habits de Geneviève.

Elle se mit à fouiller dans ma penderie en soupirant de temps à autre.

— C'est juste un dîner, ma puce, pas la cérémonie des Oscars.

— Oui, mais c'est un rendez-vous romantique, non ?

— Eh bien, euh… peut-être, si on veut…, répondis-je en rougissant un peu.

— Disons que oui.

Elle finit par sortir quelques vêtements de la penderie.

— À quelle heure arrivent tes frères ? lui demandai-je.

— À 19 heures. Au fait, maman, j'attendais qu'on soit toutes les deux pour…

— Qu'est-ce qui se passe ?

— Rien, rien, dit-elle en s'asseyant sur mon lit. J'ai embrassé Rav aujourd'hui.

Reste zen, reste zen.

— Et c'était comment ?

Ne te mets pas à pleurer. Elle a seize ans, c'est normal.

— C'était bien. Pas avec la langue, ne t'inquiète pas, me précisa-t-elle en souriant.

— Ma puce…

— S'il te plaît, ne commence pas avec papa et toi. Je connais l'histoire par cœur.

— D'accord. Alors, raconte-moi, dis-je après une hésitation.

Comment fallait-il réagir ? Quelle serait ma réponse face à une de mes patientes ? Est-ce que j'avais tout faux ?

— Oh ! c'était très… court. Mais c'était quand même un vrai baiser. Il m'a dit qu'il m'aimait beaucoup, alors je me suis avancée et je l'ai embrassé. Et après on s'est donné la main. C'est tout.

Elle rougit et se mit à tripoter les franges de son short.

— Tout ça m'a l'air… très romantique.

— Oh ! oui, c'était exactement ça ! Enfin je veux dire, je ne suis pas amoureuse mais il me plaît beaucoup, je crois.

— Et il est gentil et doux ? Il m'en a tout l'air, mais…

— Oui, ne t'inquiète pas. Tu m'as assez fait la leçon.

Vraiment ? Je ne lui avais pourtant pas montré l'exemple.

— Tant mieux alors. Juste, ne te précipite pas, OK ? Et tu peux me parler de tout, même si c'est très intime ou gênant. J'essaierai toujours de te conseiller du mieux que je pourrai. Je t'aime et je ferai toujours mon possible pour te guider.

— J'adore quand tu me dis des trucs comme ça ! Tu es une super maman.

Elle se blottit contre moi et j'essayai de retenir mes larmes. Puis elle se recula.

— Ça y est, tu pleures ! Oh ! t'es trop mignonne, maman ! Bon, allez, ta tenue ! Ensuite on verra pour le maquillage. Et aussi quand on vieillit il faut penser à se faire faire des mèches.

— Mais j'ai trente-cinq ans.

— C'est ce que je dis, il faut que tu te fasses faire des mèches.

Une demi-heure plus tard, vêtue d'un jean, d'un T-shirt, d'une petite veste, de sandales, et avec des boucles d'oreilles qu'elle m'avait prêtées, de l'huile d'argan sur les cheveux et la promesse de ne pas les attacher, je fus déclarée apte à sortir avec Miller. Riley m'accompagna dans le bureau empestant le chien, où Donelle, Gigi et les cinq chiens étaient en train de se reposer (ou de mourir à petit feu).

— Ta-da ! Est-ce qu'elle n'est pas belle ?

— Top, dit l'amie de Geneviève. J'espère que tu vas l'emballer, ma jolie !

— Arrête, Donelle ! Je te rappelle que c'est ma mère ! Et toi, Gigi, t'en dis quoi ?

— J'en dis que Donelle devrait arrêter de parler comme les jeunes, répondit-elle en jetant un coup d'œil vers moi. C'est beaucoup mieux, Emma.

— Merci, Geneviève, dis-je en levant les yeux au ciel.

— Tu es très bien, ajouta-t-elle.

— Merci, dis-je sans faire de moue cette fois-ci.

La petite mélodie de la sonnette retentit alors.

— J'y vais, lançai-je.

— Nous aussi ! s'exclama Donelle.

Si bien que nous accueillîmes Miller toutes les quatre, plus les cinq chiens. Allegra se frotta contre sa jambe et Mac essaya de lui sauter dessus.

— Allons-nous-en vite avant que ces loups sauvages ne se montrent trop affectueux, déclarai-je. Salut les filles, amusez-vous bien !

— Bonne soirée ! s'écrièrent-elles en chœur.

Je dois dire que le tableau était réjouissant : Riley retenait Minuet, Mac aboyait contre l'hydrangée, Donelle me faisait des gestes sans doute un peu salaces, Carmen s'accroupissait pour faire pipi, et ma grand-mère agitait la main comme la reine d'Angleterre.

— Comment ça va ? demandai-je à Miller.

— Super, répondit-il sans grande conviction. Je me disais qu'on pourrait aller au Mystic.

— Parfait.

— Juste, je ne veux pas que… enfin, tout le monde en ville va jaser s'ils nous voient ensemble, et ma belle-mère est déjà toute retournée parce que tu as parlé d'Ashley l'autre soir.

— Oui, j'étais désolée qu'elle soit bouleversée comme ça.

— Ce n'était pas ta faute.

Sa conduite était brusque et nerveuse.

— Détends-toi, voyons. On va passer une bonne soirée, d'accord ?

— D'accord.

Pas franchement bavard.

— Comment va Tess ?

— Elle était toute nue et elle hurlait quand je suis parti.

— Comme d'habitude, quoi !

Cela ne le fit pas sourire.

— Désolée, c'était déplacé. Mais j'essayais juste de détendre un peu l'atmosphère.

— Tout va bien.

J'avais le ventre retourné lorsque nous arrivâmes.

— Miller, lui dis-je en descendant de voiture, si tu veux rentrer…

— Non. Je suis désolé, c'est juste que c'est la première fois que je sors avec quelqu'un depuis la mort d'Ashley. La dernière fois, j'avais quinze ans, en fait, répondit-il en soupirant, gêné.

— Alors pourquoi ne pas plutôt dire qu'il s'agit juste d'un dîner entre amis ?

— Non, il ne s'agit pas juste de ça.

Il n'avait pas l'air de s'en réjouir pour autant.

— OK, super !

On ne s'excite pas trop, Emma.

Nous entrâmes dans le restaurant, un de ces endroits kitsch où la déco insistait bien sur le côté « bord de mer » : filets de pêche, sirènes, coquillages et, à l'accueil, un pirate en bois avec crochet au poignet et bandeau sur l'œil.

— Euh, ce n'était pas comme ça, la dernière fois que je suis venu, dit Miller.

— C'est mignon ! C'est très bien !

Je n'arrêtais pas de m'exclamer sur tout, histoire d'évacuer le stress.

— Bienvenue à bord, nous dit la jeune femme de l'accueil sans enthousiasme.

Elle était habillée en matelot, version sexy, avec un chemisier noué sous les seins et une jupe minuscule, et était coiffée d'un petit chapeau blanc affublé de cornes rouges.

— Une table à côté de l'eau, ça vous irait, mes jolis ?

— Elle ne cadre pas du tout avec le décor, murmurai-je.

— Si tu veux, on va ailleurs, dit Miller.

— Oh non, s'il vous plaît ! s'écria la fille. On n'a presque personne et j'ai vraiment besoin de ce boulot. S'il vous plaît, faites comme si vous étiez super contents ! Ne partez pas.

Miller me regarda.

— Mais bien sûr qu'on est contents ! m'exclamai-je.

— Merci, vraiment merci. Vous avez une réservation ?

— Au nom de Finlay, répondit Miller.

— OK, bâbord toute !

La pauvre. Il faisait frisquet ce soir et elle était quasiment nue, en plus d'être perchée sur des talons de dix centimètres.

— Vous avez froid, non ?

— Je suis gelée, murmura-t-elle. Voilà la liste de nos grogs. Hardi, moussaillons !

— La pauvre, commentai-je en la regardant s'éloigner. J'espère que tu parles pirate, parce que moi non.

Il ne manquait qu'une scène pour que cela ressemble définitivement à un bar à strip-tease – les serveuses étaient toutes habillées comme la nôtre, et toutes aussi ravies d'être là. La lumière, rouge et tamisée, éclairait des tables décorées de perroquets en plastique et de lanternes. Miller avait l'air gêné.

— T'inquiète, ça va être très bien. Ça change !

— Oui, oui, dit-il, peu convaincu, avant de jeter un œil à la liste des boissons.

— Morbleu, bande de boit-sans-soif, qu'est-ce que je vous sers ? s'exclama soudain une voix.

C'était notre serveuse, une jolie fille au regard sombre. À l'évidence, personne ne travaillait ici de son plein gré.

— Pour moi, ce sera le « coffre au trésor », dis-je en prenant le premier cocktail de la liste.

— Pareil, dit Miller.

— N'allez pas tanguer par-dessus bord, marins d'eau douce ! clama-t-elle, avant d'ajouter à mi-voix : Autrement dit, les cocktails sont plutôt forts.

Il n'y avait quasiment personne dans la salle, à part une famille avec six enfants, non loin de nous. Les parents faisaient mine de ne pas voir leur progéniture qui galopait partout. Il y avait aussi un couple plus âgé près de la fenêtre, qui dînait en silence sans se regarder, le nez dans leur assiette. Les portions avaient l'air énormes.

— Tu as passé une bonne journée ? me demanda Miller, alors que je désespérais d'entendre le son de sa voix.

— Plutôt, oui. J'ai eu quelques consultations en ligne ce matin, puis je suis allée à Rose Hill où j'ai reçu une famille.

La séance avait été assez émouvante et bouleversante, mais belle.

— Ça doit aider les gens, de savoir que tu vis la même chose qu'eux avec Hope.

— Je ne leur en parle que s'ils me demandent. Mais moi ça m'aide à les comprendre mieux. Certes, c'est ma sœur, pas ma fille, et ce n'est pas pareil, mais ça aide, oui.

On nous apporta nos cocktails, qui étaient gigantesques.

— Prêts à commander ? nous demanda la serveuse.

— Pas vraiment, non, répondit Miller. Vous nous laissez une minute ?

— Yo-ho ! fit-elle avant de s'éloigner, agacée.

J'aperçus la fille de l'accueil, enveloppée dans une couverture. Je goûtai mon coffre au trésor et fis une grimace. Visiblement on avait mélangé tous les alcools de pirates possibles.

— Il faut que je te dise quelque chose, m'annonça alors Miller. Je… et puis zut !

Il but quelques gorgées.

— Vas-y mollo. Elle ne nous a pas menti, c'est fort.

— Oui, mais bon, j'ai besoin d'un remontant, là. Donc. Voilà. Euh, je n'ai jamais été avec personne d'autre qu'Ashley. N'ai jamais ni touché, ni embrassé, ni couché avec personne d'autre qu'elle. Du coup, je ne sais pas bien comment m'y prendre. En plus, Jason et toi, vous étiez… et je ne voudrais pas que ça soit un problème. Et je suis veuf, avec une gamine insupportable, je travaille beaucoup et c'est carrément le bazar chez moi, bref, je ne suis pas un cadeau.

Sur ce, il descendit la moitié de son verre. Visiblement, j'allais conduire au retour.

— Et si, du coup, on s'embrassait tout de suite ? suggérai-je au bout d'une minute interminable. On sera débarrassés. Si c'est horrible, on se contente de manger nos palourdes et puis on rentre se coucher. On reste bons amis et voilà.

— D'accord, dit-il au bout d'un temps de réflexion.

J'eus un petit rire gêné. C'était tellement bizarre. Puis je me levai et vins m'asseoir à côté de lui.

— Tu es prêt ?

— Ouais, fit-il avec un air totalement misérable.

— Tu ne m'encourages pas vraiment, déclarai-je. Si pour toi c'est le supplice de la planche, tu as le droit de te révolter, matelot !

— Vas-y, dit-il en souriant.

Et j'y allai.

La première seconde, il ne réagit pas. Et puis, il s'y mit aussi.

Que c'était bon d'embrasser ! Il posa sa main sur ma nuque et m'embrassa à son tour, ses lèvres chaudes et douces pressant les miennes juste ce qu'il fallait, et il fit durer ce baiser, avant de poser son front contre le mien.

— Bien mieux que le supplice de la planche, commenta-t-il avant de m'embrasser de nouveau. Merci.

— C'est dégoûtant, lança alors une voix.

C'était celle d'un des enfants délurés, qui devait avoir six ans et avait une bouille adorable, ses cheveux blonds ébouriffés et une quenotte en moins.

— Va retrouver tes parents, lui dis-je.

— Quand on s'embrasse, on fait des bébés.

— Ce n'est pas vrai. Allez, vas-y maintenant.

Puis je me tournai de nouveau vers Miller.

— Alors, on reste juste amis ?

— Certainement pas, répondit-il en posant son doigt sur mon menton.

— Tant mieux, fis-je en lâchant un soupir que je retenais depuis un moment.

Nous nous regardâmes bêtement pendant une minute.

— Bon, je retourne de mon côté.

— D'accord. Au revoir.

À tous les coups, Riley et Rav avaient plus d'assurance que nous, mais ce n'était pas grave.

— Pour en revenir à la liste de nos défauts, eh bien,

moi-même, je n'ai pas beaucoup d'expérience en matière de rendez-vous romantiques. Et alors ? Avec Jason, on a été ensemble bien plus longtemps dans ma tête que dans la réalité. Après son mariage, j'ai bien eu quelques premiers rendez-vous, et deux que j'ai revus, trois peut-être, mais j'ai tout arrêté il y a cinq ans parce que ça ne valait pas le coup.

— Et là, si ?

— Là, oui.

— Même avec un veuf paumé et sa fille insupportable ?

— Tu sais te vendre, au moins ! Mais, oui, j'aime bien ta fille insupportable.

Tout à coup, on entendit le bruit d'une chute : le monsieur à côté de la fenêtre était tombé de sa chaise.

— Au secours ! cria sa femme.

Les enfants se mirent à hurler.

— Il est mort ! Il est mort !

— Non, oh mon Dieu, non ! supplia la femme.

— Il est mort !

— Faites-les taire ! criai-je aux parents, en fonçant vers l'homme au sol.

Il respirait avec difficulté et portait la main à sa gorge.

— Vous avez avalé de travers ? lui demandai-je.

Il était costaud, j'allais avoir du mal à lui faire la manœuvre de Heimlich ou un massage cardiaque. Il fit non de la tête.

— Oh ! mon Dieu, sauvez-le ! Seigneur, Seigneur, je vous en supplie, sauvez-le !

— Il va mourir ! gémit un des enfants. Comme Lucky ! Pauvre Lucky !

— Tanner ! Descends de cette table ! ordonna son père.

— Oui, pauvre Lucky ! renchérit le frère.

Je pris le pouls de l'homme, qui était faible et rapide.

Miller était déjà au téléphone avec les secours :

— Le Mystic ! Le restaurant avec les pirates, voyons ! Mais enfin, c'est sur la rue principale !

— Seigneur Jésus, ne nous abandonnez pas ! criait la femme. Je vous en supplie. Venez à notre aide !

L'homme approcha la main de sa veste, il respirait de plus en plus difficilement. Je tâtai alors la poche et sentis un petit tube que je sortis : un auto-injecteur d'adrénaline.

Je le décapsulai et lui enfonçai l'aiguille dans la cuisse. Une des amies de Riley avait de l'asthme et je l'avais déjà fait une fois en voyage scolaire, des années plus tôt.

— Elle l'a piqué ! La dame a tué le monsieur !

La serveuse à la poitrine débordante se pencha.

— Ça va aller ?

— Je n'en sais rien.

— L'ambulance arrive, dit Miller.

L'homme respirait mieux maintenant. Le sifflement disparut peu à peu, en même temps qu'il retrouvait des couleurs. Il se saisit de la seringue et l'ôta de sa cuisse.

— Ça va ? lui demandai-je, soudain consciente que mon propre cœur battait très fort.

Il me fit oui de la tête.

— Il est mort ! s'écria un des enfants, en larmes.

— Mais non, il va mieux !

— Mais non, débile ! C'est Lucky qui est mort !

— Comment ça va, mon chéri ? demanda la femme en interrompant enfin ses prières.

— Ah, la vache ! Il y avait des fruits de mer dans ce que j'ai mangé ?

— Vous êtes allergique aux fruits de mer ? demanda la serveuse. Mais vous auriez pu le dire !

— Désolé, répondit l'homme.

— Vous êtes allergique aux fruits de mer et vous venez dîner ici ? s'étonna Miller.

— Ce n'est pas la première fois, dit sa femme. Lève-toi, mon chéri.

Pour être calme, elle était calme ! Elle aurait peut-être

pu nous dire pour la seringue au lieu de faire ses bondieuseries !

Les pompiers entrèrent et prirent l'homme en charge. Je m'éloignai et nous repartîmes nous asseoir à notre table.

— Quelle histoire !

— Tu lui as sauvé la vie.

— Ah, eh bien, j'ai juste… Mais oui, c'est vrai ! C'est dingue ça, non ?

Mais ma minute de gloire ne dura pas. Miller jeta un coup d'œil à son téléphone.

— Zut, Kimmy me dit qu'il faut que je rentre d'urgence.

Il appela.

— Qu'est-ce qui se passe ? Elle s'est fait mal ? Ah… je vois. Bien, j'arrive.

Il glissa son téléphone dans sa poche en soupirant.

— Tess a versé de l'huile sur le chat. Il y en a partout dans la cuisine et le chat s'est réfugié en haut, poursuivi par Tess. Bref, c'est le chaos chez moi, et Kimmy ne s'en sort pas.

— OK. En revanche, c'est moi qui prends le volant, vu comment tu as avalé ce cocktail.

— Merci, mais tu n'es pas obligée, hein.

— Mais j'adore nettoyer quand il y a de l'huile partout !

Il m'inspecta du coin de l'œil.

— Oui, finalement, quand on vient de sauver la vie de quelqu'un, nettoyer de l'huile, ce n'est pas grand-chose.

La tâche s'avéra beaucoup plus difficile que d'enfoncer une seringue dans la jambe d'un inconnu. Et beaucoup moins satisfaisante.

— En voilà, un beau carnage ! m'exclamai-je joyeusement. Mais comment tu vas faire pour nettoyer tout ça, Tess ?

La fillette jouait à faire des glissades sur le sol comme une otarie, couverte d'huile. Miller était en train de payer Kimmy, qui n'attendait qu'une chose, s'en aller, et qui regardait Tess d'un œil noir. Le chat, ce veinard, était porté disparu.

Apparemment, Kimmy avait tenté de faire des brownies et, même sans cette affaire d'huile, la cuisine était sens dessus dessous. Le fouet électrique était posé sur le comptoir, dégoulinant de chocolat, il y avait des coquilles d'œuf dans l'évier, de la farine et du sucre étalés partout, et rien n'avait été rangé, pas même le beurre, où Tess avait visiblement planté les dents.

Mais le vrai désastre était par terre. Tout un litre d'huile renversé. D'après Kimmy, Tess avait voulu faire une beauté au chat. Il y avait des auréoles grasses sur les murs et sur le sol. Kimmy s'était cogné le genou, et elle était furieuse.

— Bon, allez, Tess, on va nettoyer tout ça maintenant, dit Miller en remontant ses manches et en lui tendant une feuille d'essuie-tout.

— Merci papa, fit la fillette avant d'éponger le sol puis de se frotter la tête avec le papier.

— Mets ça dans la poubelle, ma puce, dit son père en soupirant. Sinon on va glisser et se faire mal.

— Pas mal moi ! répondit la fillette en continuant joyeusement.

— Dans la poubelle, Tess, répéta Miller.

Elle obéit.

Il essayait de lui faire comprendre que tout ça était sa faute, et c'était tant mieux, sauf qu'une enfant de trois ans était incapable de réparer les dégâts.

— Très bien, Tess, dis-je donc au bout de quelques minutes. Et si je finissais pendant que tu vas prendre un bain avec papa ?

— Tu es sûre ? me demanda Miller.

— Oui, pas de problème.

Je lui mentis en espérant que, si je réussissais à nettoyer tout ça et si Tess allait se coucher, peut-être que lui et moi pourrions… je ne savais pas trop… nous asseoir sous le porche et discuter. Et nous embrasser encore. Parce que j'avais vraiment beaucoup aimé ce baiser.

Je me mis donc au travail, motivée. Je m'aperçus assez vite que tout le papier absorbant du monde n'y suffirait pas. J'essayai de répandre du sel par terre, mais il n'en restait pas assez. Pareil pour le bicarbonate. Il aurait mieux valu être à court d'huile.

Une demi-heure plus tard, j'avais utilisé un rouleau d'essuie-tout entier et le journal de la veille, mais pas tellement avancé.

— Coucou, me dit Tess, en apparence toute mignonne dans son pyjama propre.

— Coucou.

— Je vais t'aider.

— Non, ma puce, toi tu restes là. J'ai presque fini, et tu es toute propre.

Mon jean était gorgé d'huile sur toute la longueur.

— Il faut que je retrouve Luigi. Il doit être terrorisé, dit Miller.

— Il est tout brillant, déclara Tess en s'asseyant par terre dans le salon pour me regarder.

— Tess, on a déjà parlé de ça. Il ne faut rien mettre sur Luigi. Il n'aime pas ça. Ce n'est pas gentil.

— Mais si !

— Mais non ! Il faut que tu sois gentille avec lui, il est vieux !

Puis il ajouta en me regardant :

— Je suis vraiment désolé.

— Ne t'en fais pas. C'est parfois très frustrant d'avoir cet âge-là.

Bien vu, Sherlock, me dit ma petite voix. Mais bon, renvoyer une image positive aux gens, c'est ce que nous, les psychologues, faisions de mieux.

Il hocha la tête.

— Tess, dit-il, tu restes ici. Tu ne bouges pas. C'est compris ?

— Tu surveilles si je travaille bien, OK ? ajoutai-je pour lui donner une bonne raison de rester.

Miller s'en alla chercher son chat.

— C'est rigolo de faire des bêtises, hein ? demandai-je à la fillette.

— Oui !

— Mais quelquefois c'est difficile à nettoyer, quand même. Peut-être que la prochaine fois tu feras tes bêtises dans la baignoire, ou dans l'évier. Ou dans le jardin.

— Non, ici.

Je décidai de ne pas argumenter et me remis à mon nettoyage. Il restait encore et toujours de l'huile. Il faudrait lessiver le sol, une fois tout absorbé. Peut-être que ça marcherait mieux avec de la litière pour chat. Peut-être qu'une recherche sur Google me donnerait des idées, mais je ne pouvais pas toucher mon téléphone. Je jetai un coup d'œil à Tess qui commençait à s'agiter un peu mais n'avait techniquement pas désobéi à son père.

Cette cuisine était ravissante, en harmonie avec le côté naturel et artisanal du reste de la maison, avec des placards blancs tout simples et des plans de travail en pierre à savon. Miller avait bon goût. Ou, plus probablement, Ashley avait bon goût. Il y avait une photo d'eux enlacés sur le frigo, à l'époque où il avait les cheveux encore complètement noirs.

J'avais oublié combien Ashley était jolie. Tess lui ressemblait beaucoup. Ils avaient l'air tellement… comblés. Tellement sûrs de s'aimer. Ma gorge se serra. *Je t'aimais bien, Ashley. Merci d'avoir été si gentille avec moi.*

Je me remis au travail avec un nouveau stock de papier journal.

Tess n'était plus assise à sa place. Mince ! Avant d'avoir compris ce qui se passait, j'entendis comme le bruit d'un appareil électrique et sentis qu'on me tirait violemment les cheveux en arrière.

— Aïe ! criai-je en me retournant, avant de glisser et de m'étaler par terre.

Le bruit s'était arrêté. Mais qu'est-ce que… ? Je tâtai ma tête de la main et sentis un objet en métal.

— C'est pour te faire une jolie coiffure, m'expliqua alors Tess.

Oh non, non, non !

Elle avait fait tourner le batteur dans mes cheveux. Ils étaient tellement emmêlés que j'en avais les larmes aux yeux. L'appareil, que j'avais débranché en tombant, pendait lourdement, et je tentai de le retirer, mais impossible.

— T'es trop drôle ! commenta Tess en éclatant de rire, avant de glisser, de tomber sur le ventre et de se mettre à lécher le sol.

Manquait plus que ça.

— Miller ? Euh… on a un problème, ici !

Il se précipita et je lui dis de ralentir car le sol était glissant.

— Ah, la vache !

— La vache ! répéta la fillette.

— Mais qu'est-ce que tu as fichu avec le batteur électrique, Tess ? Oh ! mon Dieu, Emma, je suis vraiment désolé.

Il entra dans la cuisine pour me venir en aide tandis que sa fille continuait à se traîner par terre et n'avait plus qu'à retourner se laver.

— Attends, laisse-moi au moins déclipser les fouets.

J'entendis un clic et le poids sur mes cheveux s'allégea.

— Je peux essayer de les enlever, dis-je en marchant à petits pas vers la salle de bains.

Je glissai et me rattrapai au comptoir, me cognant au passage à Tess qui se faufilait sous les chaises.

— Tu m'as donné un coup de pied ! s'écria-t-elle.

C'était vraiment un phénomène.

Je me vis dans le miroir de la salle de bains : imbibée d'huile, toute rouge à cause de la douleur, et deux fouets en métal suspendus à mon crâne. Mes cheveux étaient complètement emberlificotés, et rien que les toucher me faisait un mal de chien. Tout l'arrière de mon crâne était hyper douloureux. Voilà ce qui se passait quand on ne s'attachait pas les cheveux.

J'allais devoir me les couper, ou aller chez le coiffeur, mais il était déjà 20 h 30.

— Non, Tess ! s'écria alors Miller, juste avant que ne retentisse un hurlement suraigu. Oh non, ce n'est pas vrai !

Je sortis de la salle de bains en m'efforçant de ne pas glisser. Miller tenait la petite dans ses bras, qui hurlait comme une enragée, et son menton dégoulinait de sang sur la chemise de son père.

— Elle a grimpé sur la table et sauté, et elle s'est entaillé le visage contre le rebord, me raconta-t-il, paniqué.

— Fais voir, lui dis-je en m'approchant tant bien que mal.

Elle avait une entaille d'un centimètre et demi.

— Il va falloir recoudre.

Et c'est ainsi qu'avec mes deux fouets métalliques dans les cheveux, qui m'obligeaient à me pencher sur le volant pour éviter de toucher l'appuie-tête et à serrer les dents à chaque cahot, je conduisis Miller et Tess aux urgences, qui se trouvaient, ironie du sort, dans la rue du restaurant de pirates.

Tess hurla pendant tout le trajet et tapa avec ses pieds dans mon siège, tout en essuyant ses cheveux pleins d'huile contre la chemise de son père, qui tentait de stopper l'hémorragie avec un torchon.

Une fois arrivés, je laissai Miller emmener sa fille. J'avais les oreilles bourdonnantes et me demandais comment il avait pu supporter ces cris. Ils semblaient tous deux tout droit sortis d'une vidéo d'épouvante, dégoûtants et pleins de sang.

Et quant à moi, je me garai et descendis de la voiture en accrochant au passage un des fouets, ce qui me fit jurer de douleur. J'entrai dans le bâtiment, le crâne en feu.

Deux pompiers en tenue se trouvaient là, et l'un d'eux sursauta en me voyant.

— Mon Dieu, madame, mais qu'est-ce qu'il vous est arrivé ? Eh, mais c'est vous qui avez fait l'injection au gars tout à l'heure ! Ah, ben, bonjour la soirée romantique !

Et, habitués comme ils l'étaient à voir des gens souffrir, ils éclatèrent de rire.

— C'est *Cinquante nuances de Grey*, version cuisine, ajouta son collègue, et ils pouffèrent de plus belle.

J'aurais pu le prendre mal, mais c'étaient des pompiers qui sauvaient des vies, et ils étaient plutôt charmants.

— Ravie que vous trouviez ça drôle, les gars. Vous avez vu une gamine qui braillait ?

— Ils viennent de passer.

— Et le type du restaurant, il va comment ?

— Secret professionnel, me répondit-il, en levant les deux pouces malgré tout.

Toujours ça de gagné pour l'assurance maladie.

Je me renseignai à la réception et on me dirigea directement vers la salle de consultation numéro 4. Aussitôt, j'entendis hurler Tess.

— Tu m'as fait mal, papa ! Tu m'as fait mal !

— Mais, chérie, c'est toi qui as sauté de la table d'examen ! Je ne t'ai rien fait !

— Si !

Je m'interposai.

— Coucou, tous les deux !

Le médecin sursauta en me voyant.

— Ce sont des fouets électriques, non ?

— Oui.

— Vous avez passé une sacrée soirée tous les trois, dites-moi ! Bon, il va falloir recoudre cette petite.

— Bonne chance, dit Miller.

— Nous allons la mettre sous sédatif léger, plutôt que de nous battre, si vous êtes d'accord, répondit le médecin avec un petit rire.

— Et comment !

— Parfait. Je vais lui donner une petite dose, juste assez pour qu'elle ne nous résiste pas trop. Parce qu'elle est coriace, pas vrai, ma puce ? Papa peut rester, mais seulement si vous êtes certain de ne pas tomber dans les pommes.

Miller tentait d'empêcher sa fille de se toucher le menton, en vain.

— Ne touche pas, ma puce, tu vas avoir encore plus mal.

— Je te déteste, lui rétorquait Tess.

— Pas grave, moi, je t'aime quand même.

Il était craquant.

L'infirmière anesthésiste prépara l'injection et réussit à piquer Tess dans le bras. Aussitôt, celle-ci se détendit et se mit à regarder dans le vague. Un merveilleux silence s'installa.

— Dites, vous voulez de l'aide avec ce batteur ? me proposa une infirmière en passant la tête dans la pièce.

— Est-ce que tu veux que je reste, Miller ?

— Non, non, ça va, me dit-il en caressant les cheveux huileux et emmêlés de sa fille.

Vraiment craquant, oui.

— Je veux bien, merci, répondis-je à l'infirmière. C'est une longue histoire.

— Vous voulez que je vous prenne en photo ?

— Non, merci. Euh, si, en fait, pour ma fille.

Elle prit un cliché que j'envoyai par SMS à Riley avec le message :

Et toi, ta soirée, ça va ?

Oh ! la vache ! Encore l'œuvre de Tess ?

Mais oui. Il faut qu'on coupe pour enlever ces fouets. Et en plus la petite s'est entaillé le menton. On est aux urgences.

Mais ça va, elle ?

Oui, oui. Il faut juste la recoudre.

Rase-toi la tête, maman. Tu vas être grave cool !

Vingt minutes plus tard, je n'avais plus que la moitié de mes cheveux sur le crâne, mais j'étais débarrassée des fouets. Sophia, l'infirmière, me tendit un miroir et je tressaillis. Il me restait quelques touffes à droite, presque rien derrière et deux ou trois mèches sur le dessus, tandis que la moitié gauche était normale.

— On dirait que je suis passée sous la tondeuse à gazon, murmurai-je. Ma fille me conseille de tout raser.

— Pensez à Nathalie Portman, ou Erykah Badu, ou Charlize Theron, me dit Sophia.

— Super, une vraie dure, quoi ! Je pourrais me tatouer le crâne, pendant que j'y suis.

— Pour ça, je ne peux pas vous aider. En revanche, on a une tondeuse.

Quand elle eut fini, je ne ressemblais ni à Charlize ni à Erykah, mais plutôt à un oisillon affolé et déplumé. J'envoyai une photo à Riley qui me répondit :

Oh ! mais t'es magnifique, maman !

Je n'avais peut-être plus de cheveux, mais j'avais la plus gentille des filles.

Lorsque j'entrai à nouveau dans la salle, Tess était sur les genoux de son père, un gros pansement sur le menton et un autre sur le bras. Elle avait l'air un peu groggy.

Miller sursauta.

— Ah oui… C'est… Tu es superbe !

— Merci. C'est exactement ce que j'ai besoin qu'on

me dise. Vraiment merci. Alors, comment va notre petite amie ?

— T'es qui ?

— Emma.

— T'as plus de cheveux ?

— Je sais. Et toi, tu as un gros pansement.

— J'étais très courageuse.

— J'en suis sûre.

Je regardai Miller qui fixait mon crâne sans rien dire.

— Je suis grave cool, OK ? Ce qui, pour vous les vieux, signifie super chouette. Quand est-ce qu'on va pouvoir ramener cette puce à la maison ?

— Tout de suite, dit le docteur en revenant avec une ordonnance et quelques documents. Elle devrait bien dormir cette nuit. Je vous donne du Tylenol contre la douleur pour demain, mais ne vous étonnez pas si elle n'a pas mal. Les enfants sont solides. J'adore votre coiffure, ajouta-t-elle en se tournant vers moi. Encore mieux qu'avec les fouets.

— Vous trouvez ? Je n'étais pas sûre.

— Bonne nuit à vous deux, répondit-elle, amusée. Et prenez soin de votre petite. Au revoir, Tess, et bravo !

Notre petite. Elle avait cru que j'étais sa mère, mais nous ne la corrigeâmes pas. Dans la voiture, Miller resta silencieux. Tess dormait à moitié dans son siège auto et, en arrivant, il la porta à l'étage, puis revint avec un pantalon de jogging et un T-shirt qu'il me tendit.

— Merci.

Il hocha la tête puis remonta et, au bout de quelques secondes, j'entendis l'eau du bain et lui qui parlait. Je décidai de me rendre utile et cherchai « comment nettoyer de l'huile » sur Google. Mon idée de la litière pour chat était bonne et je descendis à la cave en chercher.

— Emma ? me dit Miller depuis l'étage. Tess est couchée, mais j'ai retrouvé Luigi et il faut que je le lave. Si tu veux rentrer, vas-y.

— Tout va bien. Je vais t'attendre.

Quand il redescendit, j'avais enlevé la première couche de litière et lavé le sol, et je m'apprêtais à recommencer.

— Arrête maintenant, s'il te plaît.

— C'est bon. J'aime bien faire le ménage.

— Non, ce n'est pas bon ! dit-il d'une voix forte. Pourquoi est-ce que tu te donnes tout ce mal, enfin ? Ma fille est une sociopathe, je suis un père calamiteux. J'ai choisi un restaurant de pirates pour notre premier dîner et quelqu'un a failli s'empoisonner. Tu avais des cheveux magnifiques au début de la soirée et te voilà chauve. On est couverts d'huile des pieds à la tête et Kimmy vient de m'envoyer un SMS parce qu'elle avait oublié de me dire que Tess avait fait caca dans le lecteur de DVD. Ma vie est un vrai désastre.

Au bord des larmes, il poussa un grand soupir.

— Oh ! mais finalement, qui regarde encore des DVD ?

— Emma…, dit-il, et je le pris dans mes bras.

C'était une drôle de sensation de poser ma tête contre son épaule. Il me serra à son tour et se mit à me caresser le crâne.

— Tu as mal ? dit-il en promenant sa main à rebrousse-poil.

— Non, non.

En fait, si, j'avais encore un peu mal, mais je n'allais pas en rajouter.

— C'est plutôt agréable, en fin de compte, dit-il.

— Tu n'es pas un père calamiteux.

— Ma fille unique me déteste.

— Mais non. Et arrête un peu de te plaindre, sinon je ne te fais pas de câlin sur le canapé.

Il recula et me regarda.

— Ah. Dans ce cas, je suis un super papa. Un saint, même.

Je souris, lui pris la main et l'emmenai vers le séjour. Seule la lumière de la cuisine était allumée, du coup on ne voyait pas les traces d'huile sur les murs. C'était une belle pièce, avec à un bout une cheminée et à l'autre des étagères encastrées et de jolies fenêtres de charme. Je m'assis sur le vieux canapé de cuir et attirai Miller vers moi. Puis j'attendis, soudain incertaine.

Il me regarda avec attention et me prit la main.

— Je t'aime vraiment bien, Emma. Et il y a quelque chose chez toi qui… illumine l'espace.

Mon cœur se mit à battre plus fort. Il y avait bien longtemps qu'un homme ne m'avait pas dit quelque chose d'aussi gentil. J'eus soudain la gorge nouée. J'avais été tellement occupée par Riley, par mon travail et par mes études, par l'obsession d'être une bonne mère, de ne pas tout foirer. Je ne m'étais jamais vue comme capable d'illuminer quoi que ce soit.

Il me sembla qu'il rougissait, et il baissa les yeux vers nos mains jointes.

— Je suis désolé. C'était bête, ce que je viens de dire, non ? Je ne me suis plus demandé comment parler à une femme depuis le lycée.

— C'était très beau, au contraire. Peut-être la plus belle chose qu'on m'ait jamais dite, répondis-je, émue.

Il hocha la tête.

— Tant mieux, alors. J'imagine que c'est le moment de t'embrasser là, non ?

— Oui, j'imagine.

Il se pencha et m'embrassa doucement, tendrement, mais avec conviction.

Un baiser qui lui ressemblait.

Une heure plus tard, je rentrai à pied, après avoir décliné sa proposition de m'offrir un taxi. J'étais émoustillée et radieuse. Je ne m'étais pas sentie aussi bien depuis très longtemps. Jason m'avait toujours fait sentir qu'il était bien content de me laisser me débrouiller toute seule, et les autres garçons avec qui j'étais sortie ne méritaient pas que je m'en souvienne.

Mais Miller, lui, était différent.

Il n'y avait rien de plus touchant qu'un homme qui aimait son enfant. En particulier lorsque l'enfant en question était aussi difficile que Tess. Je le revoyais en train de porter dans la maison cette petite fille trop épuisée pour protester, et…

Et il se pouvait bien que je sois en train de tomber amoureuse.

31

Geneviève

Le jour où Emma m'apprit qu'elle était enceinte s'était, jusqu'à cette conversation, parfaitement bien déroulé.

Elle avait terminé le lycée deux semaines plus tôt avec d'excellents résultats à l'examen, et une mention particulière en français. Elle avait été élue « fille la plus sympa » par ses camarades, ce qui m'avait un peu agacée car j'aurais préféré « fille la plus brillante ». Quoi qu'il en soit, elle s'était très bien débrouillée, avait été admise à Smith (ce choix d'une université de filles me plaisait assez) et elle serait assez près de Sheerwater pour pouvoir rentrer quand elle le voudrait.

Durant ses années de lycée, j'avais souvent imaginé son avenir : une Emma plus mûre, plus indépendante, qui ne serait plus collée à ce garçon insignifiant, mais entourée de gens intelligents et dynamiques qui la stimuleraient. Je me disais que, avec le temps et l'éloignement, nous nous entendrions mieux. Peut-être finirait-elle par avoir un peu plus d'admiration pour moi, encouragée par ses amis qui sait. « Geneviève London est ta grand-mère ? » les diraient-ils le jour de la rentrée. « Elle est géniale ! J'ai lu un portrait d'elle dans *Vogue* ! »

Je l'imaginais faisant partie de la meilleure association d'étudiants et aussi heureuse que je l'avais été à la fac. Elle avait évoqué l'idée de passer une année à Paris, et j'avais approuvé sans réserve. En master peut-être.

Elle aurait de toute façon un poste qui l'attendrait pour prendre ma suite ou, si le design et le management ne la tentaient pas, dans le marketing. Elle était intelligente, contrairement à son père.

J'étais fière d'elle. Alors, oui, elle aurait pu faire mieux encore au lycée. Oui, son attachement à ce garçon me hérissait le poil. Mais elle partait en fac (et lui aussi apparemment, même si j'avais tendance à éviter sa mère autant que possible). Avant tout, j'étais soulagée. Dix ans plus tôt, j'avais été abasourdie le jour où Clark l'avait déposée chez moi en me déclarant qu'« il n'en pouvait plus ». J'avais alors cinquante-sept ans, et voilà qu'il fallait que j'élève une enfant traumatisée et malheureuse que je connaissais à peine, en renonçant à tout le reste.

Ce que j'avais fait. J'en avais terminé, et elle allait enfin pouvoir vivre sa vie et donner tout son potentiel.

Je me rappelle même ce que je portais en ce jour de juillet. J'étais intervenue lors d'un déjeuner de « Femmes aux Affaires » à New York et portais une robe sans manches en jersey noir et un blouson de cuir léger, ainsi qu'un pendentif moderne en grenats et diamants signé David Yurman, des boucles d'oreilles en brillants de chez Tiffany, et des escarpins Louboutin impression léopard. J'avais dessiné moi-même mon sac à main rouge.

J'avais mentionné Emma dans mon discours et dit combien nous devions être des exemples pour la jeune génération, que ma propre petite-fille était sur la bonne voie pour devenir quelqu'un d'important et rentrait à l'université en septembre. À la fin de mon discours, elles s'étaient toutes levées pour m'applaudir.

En un mot, la journée avait été magnifique.

Charles m'avait reconduite chez moi, et j'étais impatiente de prendre un verre et de dîner avec Emma pour lui raconter tout ça.

Au lieu de cela, je l'avais trouvée recroquevillée dans un coin du petit salon avec Jason, et elle m'avait immédiatement interceptée car « ils avaient quelque chose à me dire ».

Il n'en fallut pas davantage pour que je comprenne. Et en quelques secondes, l'avenir que j'avais soigneusement construit pour ma petite-fille s'écroula. Je posai mon sac, fis passer mon manteau à Donelle qui, pour une fois, tenait son rôle, et je fermai la porte du petit salon.

Je pris mon temps pour m'asseoir. Tout en m'installant, je sentais ma tension monter, mais je maîtrisai ma voix.

— Je vous écoute.

Jason commença, mal à l'aise et brouillon.

— Madame London, ce n'était pas du tout prévu, mais… on dirait que… eh bien, nous…

— Je suis enceinte, dit Emma d'une voix calme et assurée.

Je laissai passer quelques secondes puis me tournai vers Jason.

— Sortez d'ici. Vous n'êtes plus le bienvenu dans cette maison.

Il regarda Emma, qui n'essaya pas de discuter.

Vous devinez la conversation qui suivit. Rien d'exceptionnel : une jeune inconsciente qui s'imagine qu'elle va pouvoir élever un enfant et une femme plus sage et mûre, qui se sent trahie et tellement déçue. Je lui fis valoir toutes les chances qu'elle allait gâcher et lui présentai les deux seules options possibles : l'avortement ou l'adoption.

J'élevai peut-être la voix, je veux bien l'admettre, mais je ne pleurai pas, ni ne la giflai, même si l'envie ne manquait pas.

Elle était tellement… sûre d'elle, si résolue, comme si avoir un bébé était quelque chose d'exceptionnel et de miraculeux (ce qui était vrai, en d'autres circonstances), et non pas de regrettable et idiot, en l'occurrence. Elle ne voulait rien entendre, et je la détestai pour ça. Parce que je lui avais donné dix ans de ma vie, l'avais recueillie, accompagnée, avais construit une voie pour elle, cette petite fille sale qui n'avait plus de mère et avait débarqué chez moi un beau matin. Elle était perdue, à l'époque, la tête remplie de messages contradictoires de la part de ses parents, et j'avais remédié à tout ça. Je m'étais montrée claire, ferme et forte dix années durant, une fois encore confrontée à une situation que je n'avais pas choisie.

Elle se contenta de rester assise en face de moi, comme une madone fière d'elle, voire heureuse d'avoir laissé un de ses ovules entrer en contact avec le spermatozoïde de ce garçon. Comme si aucune femme, avant elle, n'avait jamais enfanté.

J'usai de tous mes arguments et lui posai un ultimatum : si elle avait l'intention de garder ce bébé, je cesserais de subvenir à ses besoins.

— Ce n'est pas grave, Gigi, me dit-elle. Je ne te demande rien. Je veux cet enfant, avait-elle eu le toupet d'ajouter en posant la main sur son ventre.

— Très bien ! Garde-le, et deviens comme toutes ces jeunes mères qui ne font pas d'études. Tu te rendras compte de tout ce que tu perds, et que, soit dit en passant, j'ai financé pour toi.

— Je ne veux pas de ton argent.

— Alors tu es encore plus bête que je ne croyais.

Je regrettai aussitôt d'avoir dit cela, une des rares choses que j'aie pu dire dans ma vie dont j'aie honte.

— Tu n'as aucune idée de ce qu'il faut faire, ajoutai-je. Tu n'es pas du tout préparée. Tu ne vas pas y arriver, et je ne serais pas étonnée que tu finisses comme ta mère.

Alors elle quitta la pièce, en silence. Je ne la vis pas partir de la maison. En fait, je ne la revis plus pendant dix-sept ans.

Si elle m'avait appelée, je lui aurais présenté des excuses. Enfin, je ne sais pas. Mais j'aurais arrangé les choses. Sauf que, avec chaque semaine, chaque mois, chaque année qui passait, cela m'était devenu impossible de lui parler.

C'était ma punition pour Clark, je suppose, même si être sa mère était déjà une punition en soi. J'avais perdu Sheppard et échoué avec son frère, et maintenant voilà que la vie me la prenait, elle, tout comme elle m'avait pris mon petit garçon.

Emma ne m'avait jamais pardonné, et je ne pouvais pas lui en vouloir. Mais toutes ces années plus tard, elle m'avait amené sa fille et l'avait laissée faire ma connaissance, et même m'aimer un peu.

C'était un cadeau si généreux qu'il m'était presque difficile de l'accepter.

32

Emma

La première semaine d'août fut désagréable à cause de l'humidité et des moustiques. Malgré la climatisation, il régnait une atmosphère lourde et moite à Sheerwater. Chaque jour, on nous promettait un orage, et chaque jour, le ciel restait gris et bas. Dès le milieu de l'après-midi, les fleurs déclinaient, et la piscine n'était même plus rafraîchissante. Le détroit de Long Island était infesté de méduses, si bien qu'on n'avait aucun refuge contre la chaleur.

Finalement, j'adorais ma boule à zéro. Au moins, je gagnais du temps le matin. Geneviève continuait à me regarder de travers en marmonnant qu'elle avait du mal à comprendre certains choix et que toutes les femmes ne pouvaient pas se permettre n'importe quoi. Elle ne m'avait même pas demandé comment c'était arrivé, vous la connaissez. Pour elle, seul le résultat comptait.

Mon activité auprès des familles de Rose Hill avait pris de l'importance. C'était ma meilleure expérience professionnelle jusque-là, et j'avais fait une recherche sur Google afin d'identifier d'autres centres similaires dans la région de Chicago. J'étais en train de perdre quatre de mes patients, dont les rendez-vous s'espaçaient désormais de plusieurs semaines. Trois d'entre eux avaient l'air d'aller bien, et je soupçonnais Jim, mon patient obsédé par les femmes grandes, d'avoir trouvé chaussure à son pied. Il l'avait retrouvée pour un café trois semaines plus tôt et, même s'il prétendait que ce n'était pas facile d'être avec une femme de seulement un mètre soixante-dix, il consentait à lui donner sa chance.

Dirk et Amy, le couple en crise, après avoir tenté de surmonter l'infidélité de Dirk, avaient opté pour le divorce. Honnêtement, c'était la meilleure solution. Dirk ne m'avait jamais paru regretter sincèrement son aventure, et Amy n'était pas du genre à pardonner. Elle s'était déjà fait un profil sur un site de rencontres et se plaignait des « losers » qui voulaient sortir avec elle. « Je veux quelqu'un de beaucoup mieux que Dirk, un chirurgien, par exemple, quelqu'un de riche, quoi ! » avait-elle admis en consultation, tandis que tout ce que je pouvais lui dire sur la nécessité de se reconstruire d'abord restait lettre morte.

Riley ne sortait pas vraiment avec Rav. Elle allait dîner chez lui deux ou trois fois par semaine, et il passait beaucoup de temps à Sheerwater à jouer consciencieusement à des jeux de société avec nous trois et ma fille. Même Helga se joignait parfois à nous.

En revanche, de mon côté, je vivais une histoire avec Miller. Environ un soir sur deux, je me rendais chez lui dans l'obscurité et les effluves de verveine et de pétunias, le long des magnifiques jardins de Stoningham, et prenais un verre de vin ou de thé glacé avec lui devant sa maison. Nous n'avions pas réitéré l'expérience du dîner au restaurant, ce qui m'allait très bien vu ce qui s'était passé la première fois, mais j'aimais ces moments avec lui. Parfois nous nous donnions la main, parfois nous nous embrassions, mais la plupart du temps nous restions là, à écouter les cigales, les criquets et les rires étouffés venant de la maison voisine, et à parler de nos filles et de la vie.

Il évoquait souvent Ashley, avec dans la voix un brin de nostalgie, mais ça m'était égal. Pourquoi lui en aurais-je voulu ? C'était merveilleux, d'entendre un homme parler de son mariage dans des termes si enthousiastes.

— Est-ce que je parle trop d'elle ? me demanda-t-il un soir.

— Non, lui répondis-je. Je suis contente de la connaître mieux.

— Merci. Elle t'aimait bien, tu sais. Elle disait que tu méritais mieux que Jason, me confia-t-il au bout d'une minute, ému.

— Ah bon ?

— Oui, répondit-il en riant. Désolé, je n'ai pas l'intention de dire du mal de mon cousin, mais c'est vrai que c'est le genre à ne jamais grandir.

— Je confirme. Qu'est-ce que tu penses de leurs retrouvailles, avec Jamilah ?

— Elle mérite mieux, dit-il en riant de nouveau de cette façon tellement sexy. Toi aussi, mais au moins, toi, tu as eu Riley.

Je savourais ces moments de complicité avec bonheur.

Le vendredi soir, ma fille et moi nous étions installées dans la véranda. Les orages annoncés grondaient au-dessus de Long Island et nous attendions de voir s'ils arriveraient jusqu'à nous. Helga, Donelle et Gigi étaient parties se coucher, et nous avions ouvert les fenêtres pour mieux entendre et humer la pluie.

Le tonnerre éclata, plus fort cette fois-ci. Nous nous mîmes à compter ensemble. Je ne savais pas si cette histoire de secondes entre l'éclair et le tonnerre qui indiquaient la distance était vraie, mais bon…

— On faisait la même chose avec ma mère. Pas ici, à Chicago. Quelquefois, elle me tirait de mon lit pour que je ne manque pas l'orage, parce que rien ne me réveillait.

— Elle avait l'air vraiment gentille : des crêpes pour le dîner, et tout ça…

— Elle était super, oui.

— Elle doit te manquer. Moi, tu me manquerais,

maman. Tellement ! dit-elle en posant sa tête contre mon épaule et en caressant ma tonsure.

— Je ne vais pas m'en aller, promis-je.

— Est-ce que tu y as déjà pensé ? À te suicider ? me demanda-t-elle après quelques minutes de silence.

— Non. Jamais. Je le jure sur ta tête, Riley, jamais je ne ferais ça.

— Moi non plus. Je te le jure sur ta tête.

— Tant mieux.

— Est-ce que tu t'es déjà inquiétée de savoir si j'avais le gène de la dépression ?

— Toutes les mères s'inquiètent, ma chérie.

— Mais je t'ai fait peur cette année, quand je n'allais pas très bien ?

Je pris sa main, toute douce et juvénile, et la serrai dans la mienne.

— Oui. L'idée de la dépression m'a traversé l'esprit, bien sûr. Mais même si tu traversais une telle période, il y aurait toutes les chances pour que tu t'en sortes. On s'en occuperait. On ferait ce qu'il faut pour s'assurer que tu aies tout ce dont tu aurais besoin pour t'en sortir.

— Est-ce que ça t'est arrivé, à toi ?

— Bien sûr. Ça arrive à tout le monde. Pour autant, je n'avais pas la maladie de ma mère. Elle n'a jamais été soignée correctement. C'était il y a plus de vingt ans, on n'en connaissait pas autant sur le sujet.

Le tonnerre éclata juste au-dessus de nous et nous poussâmes un cri. Puis la clameur de la pluie se fit entendre. Il pleuvait si fort que les gouttes tambourinaient contre la verrière, presque assourdissantes. Nous restâmes blotties l'une contre l'autre à sentir leurs riches effluves.

J'étais si bien. C'étaient des moments précieux que je savourais : un bel orage à Sheerwater, les premiers mots de Riley, les tresses que je lui faisais, son exposé sur Roosevelt, qui m'avait fait pleurer tout comme son professeur, nos grasses matinées l'été dans mon lit…

J'avais tellement de chance.

— Regarde, maman ! s'écria-t-elle soudain en bondissant de son fauteuil. C'est Gigi, là, dehors !

Elle avait raison. Dans la lueur d'un éclair, j'aperçus Geneviève au bout du jardin, près du mur de pierre.

Je courus vers la porte et l'appelai.

— Gigi ! Qu'est-ce que tu fais ?

Elle se couvrit les oreilles de ses mains lorsque le tonnerre retentit de nouveau.

— Je vais la chercher, dis-je à Riley. Va prendre des serviettes.

Je traversai le jardin en courant sous la pluie battante et froide. Je sentais l'herbe détrempée sous mes pieds et l'air avait un parfum métallique.

— Geneviève, criai-je plus fort en l'apercevant en larmes dans son pyjama trempé. Est-ce que ça va ?

— Où suis-je ? Je suis perdue.

— Je suis avec toi, Gigi. C'est moi, Emma. On va rentrer. Tu ne risques plus rien.

Dans ses yeux bleus habituellement si durs, on pouvait lire de la panique. Je mis mon bras autour de ses épaules et la guidai, et, au coup de tonnerre suivant, elle se recroquevilla contre moi, toute frêle et vulnérable.

En montant les marches, elle se tourna vers moi et sursauta.

— Tu as un cancer ?

— Non, non, j'ai juste les cheveux très courts.

Donelle et Riley l'attendaient avec des serviettes et des vêtements secs, et Donelle l'emmena vite dans la salle de bains du bas. On l'entendit murmurer des paroles apaisantes, comme pour consoler un enfant.

— Tu crois que ça va aller ? me demanda Riley.

— Je vais appeler son médecin dans une minute. Tu sais ce que je parie qu'elle voudra ? Du thé. Tu peux en préparer, ma puce ?

— Bien sûr !

Gigi ressortit de la salle de bains vêtue d'un pyjama et d'une robe de chambre secs.

— Nous allons beaucoup mieux, annonça Donelle.

— Viens t'asseoir, Gigi, suggérai-je.

Elle obéit sans rien dire, avec une certaine hésitation. Je lui posai une étole de cachemire sur les épaules parce qu'il faisait soudain plus froid.

Le tonnerre grondait au loin désormais et la pluie tombait régulièrement.

— Et voilà ! annonça Riley d'un ton joyeux en apportant un plateau sur lequel étaient posés une théière, un pot de lait, un sucrier et même une assiette de biscuits. Rien de mieux qu'un petit encas de minuit. Je te sers, Gigi ?

— Deux sucres et pas de lait, s'il te plaît, ma chérie, répondit celle-ci.

— Tu la reconnais ? demandai-je doucement à Gigi en posant la main sur l'épaule de Riley.

— Bien sûr, c'est… c'est une très gentille jeune fille.

Riley me regarda puis se tourna vers elle.

— Tout à fait vrai, dit-elle en lui versant une tasse de thé. Tiens, ça va te faire du bien.

— Je suis désolée que vous ayez un cancer, me dit ensuite Gigi.

— Mais non, Gigi, dit Riley. Elle s'est juste rasé le crâne, tu ne t'en souviens pas ? Tess lui a fait marcher le batteur dans les cheveux !

Geneviève hocha la tête, visiblement sans comprendre quoi que ce soit.

Donelle me fit signe d'approcher.

— Il faut que tu appelles le médecin, Emma. J'ai son numéro de portable personnel, tiens, dit-elle en me mettant son téléphone dans la main. Je n'ai pas le droit de te parler de tout ça, alors tu me jures que tu ne diras rien, hein ?

Le Dr Pinco décrocha et je me déplaçai dans la pièce à côté.

— Bonsoir, docteur, c'est Emma London, la petite-fille de Geneviève. Je suis désolée de vous déranger à cette heure.

— Non, ne vous excusez pas. Je n'ai pas donné ce numéro pour rien. Comment va-t-elle ?

— Eh bien, elle est confuse. Nous venons de la retrouver dans le jardin, et elle ne savait plus où elle était, complètement paniquée. Je pense qu'elle ne savait même plus où était la maison.

— Hum, je ne suis pas plus étonné que ça.

— Et elle ne reconnaît plus ma fille, alors que nous sommes là depuis le début de l'été.

— C'est normal dans un cas de démence vasculaire.

— Comment ça ? Que voulez-vous dire ? Elle n'a pas une tumeur au cerveau ?

Il ne me répondit pas tout de suite.

— Avez-vous officiellement accès à son dossier médical ?

— Non.

— Dans ce cas, je crains de ne pouvoir vous en dire plus. Elle ne m'y a pas autorisé.

— Ce n'est pas très pratique. Et elle ne sait plus qui je suis, en ce moment.

— Je suis navré, répondit-il avec douceur. Je suis pratiquement sûr qu'elle va bientôt recouvrer ses esprits. Je vous suggère alors d'en parler avec elle et de voir si elle vous autoriserait à discuter de son état avec moi. Vous êtes sa plus proche parente, n'est-ce pas ?

— Eh bien, techniquement, c'est mon père, mais il n'est pas là.

— Rappelez-moi demain.

Je raccrochai.

Geneviève n'avait pas de cancer, ni de tumeur au cerveau.

Elle m'avait menti depuis le début.

Le lendemain matin, je me levai tôt et descendis à la cuisine pour dire à Helga de prendre sa journée.

— Vous n'êtes pas ma patronne, me rétorqua-t-elle.

— Sortez, Helga, ou sinon je jette tout ce qui est périmé ici et vous ne pourrez plus cuisiner.

— Les dates de péremption, c'est pour les faibles.

— Bonne journée, Helga, et ne revenez pas avant 18 heures.

Après son départ, je préparai du porridge avec des myrtilles et de la crème, ainsi qu'un cappuccino, et je montai tout ça à Gigi dans sa chambre. Riley dormait encore.

La veille au soir, elle s'était calmée, mais je n'étais pas sûre qu'elle eût vraiment retrouvé toute sa tête. Après l'avoir mise au lit, j'avais appelé Calista qui m'avait fait un topo sur la démence vasculaire. Au vu de ce que je lui avais raconté, elle en déduisit que Gigi avait eu une série de petites attaques. Ces épisodes passaient d'eux-mêmes, mais c'était souvent un signe de démence.

— Est-ce qu'elle va en mourir ?

— Difficile à dire, mais elle pourrait avoir une crise plus grave, alors il faut la soigner. Il y a des traitements pour ralentir l'évolution, mais ils sont lourds. Tout dépend du type de démence : maladie d'Alzheimer, maladie à corps de Lewy, démence fronto-temporale… Quoi qu'il en soit, son cerveau se détériore, et ça peut être lent comme très soudain.

— La plupart du temps, elle est affûtée, je t'assure !

— Oui, mais malheureusement ses fonctions cognitives vont décliner, c'est certain. Et une fois que ça commence, ça peut aller très vite.

Voilà qui expliquait tous les moments d'absence de Geneviève au cours de l'été. Donelle la couvrait, mais maintenant que je savais, je comprenais mieux.

Toujours cet orgueil…

Je frappai à sa porte et entrai. Je n'étais pas allée

dans sa chambre de tout l'été et je fus, comme toujours, frappée par son raffinement. Les murs étaient gris pâle, et la couette, d'un blanc immaculé. Au-dessus du lit était accrochée une toile moderne magnifique, un Jackson Pollock, peut-être.

Telle Katharine Hepburn, elle regardait la mer, assise sur son canapé bleu et vêtue de son déshabillé de soie gris, un livre ouvert sur les genoux. Minuet était blottie contre elle, les yeux brillants.

— Bonjour !

— Bonjour, Emma. Tu es ici pour triompher ?

On ne la changerait pas. Au moins Minuet, elle, m'accueillit joyeusement.

— Je t'ai apporté ton petit déjeuner.

— Ce n'était pas à toi de le faire.

— Mais ça me faisait plaisir, répondis-je en m'asseyant en face d'elle. Et je voulais qu'on parle de ce qui s'est passé hier soir.

— Oui, je suis vraiment désolée. J'ai dû faire un cauchemar. Ne fais pas cette tête, je t'en prie. Je sais que tu adores exagérer, mais c'était juste un très mauvais rêve.

— Ou ta tumeur au cerveau qui s'est réveillée ?

— Peut-être, dit-elle en caressant la petite tête de Minuet.

— Ou alors, tu souffres de démence.

Elle se raidit.

— S'il te plaît, Geneviève, dis-moi la vérité. Ça ne te ressemble pas de mentir.

Elle but une gorgée de café.

— Très bien. Oui, j'ai eu quelques… absences. Je me suis perdue une fois ou deux, et, après quelques recherches, j'en ai conclu que j'avais une tumeur.

— Mais ce n'est pas ça ?

— Non, répondit-elle en se redressant. Tu as raison, c'est de la démence. Le Dr Pinco pense que j'ai eu quelques attaques, et c'est ce qui a dû se passer hier soir.

— Pourquoi ne m'as-tu pas dit la vérité ?

— Voyons, Emma, ne me connais-tu encore pas assez ? dit-elle en reposant sa tasse et en me regardant dans les yeux. Une tumeur au cerveau, c'est tout de même beaucoup plus noble et tragique que cette maladie humiliante et commune.

Elle chercha mon approbation et je ne pus m'empêcher de sourire. Il n'y avait toujours que l'apparence qui comptait pour elle. On ne pouvait pas l'accuser d'être inconstante.

— Et donc, quel est ton pronostic ?

Elle ne répondit pas tout de suite et fit mine de remuer son porridge.

— Je veux mourir en pleine possession de mes facultés, finit-elle par dire. J'ai vu l'inverse chez des amis, et c'est horriblement humiliant. On euthanasie les chiens lorsque leur souffrance devient trop grande. C'est dommage que l'on n'en fasse pas de même pour les humains, ajouta-t-elle en regardant Minuet.

Je fus soudain prise de fourmillements dans les pieds.

— Mais tu n'es pas un chien, Geneviève.

— Je n'ai pourtant pas l'intention de finir gâteuse et abandonnée dans une maison pour vieux.

— Mais ça n'arrivera pas ! protestai-je, de plus en plus nerveuse.

— J'ai l'intention de mettre fin à mes jours, Emma.

Je me levai brusquement, et Minuet jappa.

— Qu'est-ce que tu as dit ? demandai-je d'une voix forte.

— Je ne veux pas mourir à petit feu. Je vais prendre les choses en main et simplement… en finir lorsque le moment sera venu.

Je tremblais de tous mes membres.

— Pas question ! Tu ne peux pas faire ça ! C'est égoïste de se suicider ! Cette phrase ne te rappelle rien ? Combien de fois me l'as-tu répétée ?

— J'avais tort. C'est généreux au contraire. J'espérais…

— Pendant dix ans, tu m'as répété que ma mère était égoïste et faible.

— Je n'ai jamais dit cela.

— Oh que si, tu l'as dit, Geneviève !

— J'ai essayé de faire soigner ta mère, Emma.

— Comme c'était bon de ta part ! Comme c'était gentil ! Mais ça ne t'a pas empêchée de me traiter comme une dégénérée. Et aujourd'hui, tu changes d'avis ? Comment oses-tu ?

— J'espérais que tu m'aiderais.

— Tu te fiches de moi ? criai-je. Je ne vais pas t'aider à te foutre en l'air, non ! C'est contre la loi ! Et je n'irai pas en prison pour toi ! Tu es folle ? C'est pour ça que tu laisses tout ton argent à Riley. Tu essaies de m'acheter pour que je te tue, c'est ça ? Tu pensais quoi, exactement ? Que j'allais t'enfoncer la tête sous l'eau pour que tu te noies ? Que j'allais te tirer une balle ?

Elle ne répondait pas, et j'arpentai la chambre.

— Tu n'as même pas le droit de parler de ça avec moi. Te suicider ? Non mais, je rêve ! Pas pour tout l'or du monde. Ma mère s'est suicidée, Geneviève, et maintenant tu veux faire pareil ? Tu as pensé à Riley ? Elle t'aime ! Tu penses que ton argent va compenser ça ?

Elle ne dit rien et détourna le regard.

Tout à coup, le fourmillement dans mes pieds devint insoutenable.

— Au sujet de l'héritage de Riley, dit-elle calmement, il n'y a plus rien.

— Sérieusement ? dis-je en écarquillant les yeux. Tu laisses tout ça à mon père ? Il va tout dépenser en six mois.

— Je veux dire qu'il n'y a plus rien à laisser.

J'eus un petit rire.

— OK. Ce Jackson Pollock ne vaut rien et cette maison est un taudis. Mais enfin, ta marque est mondialement connue ! Tu possèdes un appartement à New York, un placard entier de bijoux, et ce diamant vaut une fortune à lui seul !

— Respire, Emma, tu deviens hystérique. Et c'est un Karel Appel, pas un Jackson Pollock.

— Tu vas me faire un cours d'art, maintenant ? Je n'y crois pas !

Mais elle n'avait pas tort. J'étais en nage et je hurlais. Je respirai à fond plusieurs fois pour me calmer.

— Continue, Geneviève, lui dis-je, la mâchoire tellement crispée que ça me faisait mal.

— J'aurais besoin de la journée pour te raconter tout dans le détail.

— Essaie.

— D'accord. Mais tâche de ne pas m'interrompre, ce sera plus facile pour moi, me dit-elle en posant sur moi son regard glacial de femme riche, avant de poursuivre : On pourrait croire qu'au vu de l'argent que j'ai gagné dans ma vie je resterais riche jusqu'à la fin. Mais ce n'est tout simplement pas vrai. D'abord, il y a eu ton père. Une fois qu'il a dépensé sa fortune, j'ai dû financer… ses caprices.

— Mais quand a-t-il dépensé sa fortune ? Il y en avait pour des millions.

— C'est vrai, mais ça ne l'a pas empêché de tout dilapider. C'était il y a longtemps, quand ta mère vivait encore. Ensuite, lorsqu'il est venu te déposer ici, je l'ai…

Elle s'interrompit.

— Tu l'as quoi, Geneviève ?

— Je l'ai payé pour qu'il reste loin de toi.

À mon tour de me raidir. Mon père m'avait *vendue* ! Vendue ! Je croyais juste qu'il ne voulait pas de moi, alors que, en fait, il s'agissait d'argent.

Je ne savais pas pourquoi, mais c'était encore pire. Ma gorge se noua tout à coup et je ressentis le désir violent de voir ma mère. Au moins, *elle* ne m'avait pas vendue. Elle m'avait abandonnée, mais elle m'aimait, je le savais.

Mon père s'était contenté d'encaisser le fric.

— Je parie qu'il ne s'est pas fait prier, dis-je.

— Non, répondit-elle doucement. En effet. Je pourrais te présenter des excuses, Emma, mais je ne regrette rien. C'était un père et un mari déplorable. Il a laissé tomber ta mère, et je ne voulais pas qu'il fasse la même chose avec toi.

Elle-même n'avait été ni chaleureuse ni aimante, cela dit. J'avais les larmes aux yeux.

— Continue.

— Lorsque tu es partie, j'ai cessé de lui donner de l'argent, mais il m'en avait déjà beaucoup pris. J'ai vendu Geneviève London Design et fait un bon bénéfice. Mais Hope est née au même moment, et j'ai eu peur pour elle. Alors j'ai pris des dispositions financières en sa faveur, afin qu'elle soit à l'abri du besoin. Et j'ai de nouveau acheté Clark afin qu'il reste loin.

Je savais que mon père était un bon à rien, mais je ne le pensais pas si vil.

— Il me restait encore de l'argent, bien sûr, dit Geneviève. J'ai vendu l'appartement de Manhattan, ainsi que mes parts de la société.

— Alors pourquoi est-ce qu'il ne reste plus rien ?

— J'ai tout réinvesti avec l'aide d'un brillant conseiller ; comment s'appelait-il déjà ? Buddy ? Bennie ? C'était un montage frauduleux. Comme beaucoup de gens à l'époque, je me suis fait avoir.

— Ça m'étonne de toi.

— Eh bien si. Et j'ai tout perdu. La nouvelle présidence de Geneviève London Design n'avait aucune intention de me reprendre, et j'étais trop vieille pour aller postuler ailleurs. « Nous avons besoin d'un regard neuf », m'a-t-on dit. Ou encore : « Vous devriez vous détendre et profiter de la vie désormais, madame London. » Des imbéciles condescendants.

— Mais quand même, Geneviève, je ne peux pas croire que tu aies placé tout ton argent là-dedans. Il te reste tes œuvres d'art, tes bijoux, tes meubles. Et tu as bien des économies.

— J'en avais, tu as raison, mais je voulais m'assurer que Hope serait prise en charge toute sa vie, alors j'ai fait une donation afin que Rose Hill accueille aussi des adultes.

Je soupirai. Tout cela devait représenter beaucoup d'argent, bien plus que je ne pouvais l'imaginer.

Elle regarda par la fenêtre.

— Le reste, c'est ton père qui l'a gaspillé peu à peu. J'ai dû lui en redonner pour qu'il ne s'approche pas de Hope. Quant aux peintures, ton grand-père et moi avons pris des dispositions il y a des années pour qu'elles aillent au Metropolitan. Toutes les grandes familles font cela. Et du reste, ça ne représente pas grand-chose, moins d'un demi-million.

Je levai les yeux au ciel. Un demi-million, une misère ? Les riches étaient insupportables.

— Il te reste Sheerwater, dis-je.

Elle eut alors les larmes aux yeux, mais se redressa.

— Non, la maison et tout ce qu'elle contient sont sous hypothèque. Mes bijoux seront vendus à ma mort. J'ai fait en sorte que Charles, Donelle et Helga puissent rester jusque-là et je perçois une pension qui me permet de garder le même train de vie.

Je me retins de protester, m'efforçant de rester calme et gentille.

Mais je n'en pouvais plus.

— Alors comme ça, tu es fauchée. Mon père est au courant ?

— Non, il croit qu'il va hériter d'une fortune.

— Donc tu as menti à ton fils unique et tu m'as achetée en me faisant croire que Riley aurait quelque chose.

— Tu n'as pas refusé.

— Parce que je souhaite que ma fille fasse des études sans craindre de s'endetter à vie. Tu as raison, j'ai accepté d'être achetée pour qu'elle ne vive pas ce que j'ai vécu, parce que je refusais qu'elle doive manger des pâtes pendant des années comme moi. Mais elle n'aura rien, c'est bien ça ? Tu m'as menti ce jour-là, et tu me mens depuis ?

— Si la banque m'avait autorisée à mettre de côté pour elle, je l'aurais fait.

— Mais ils ont refusé, et tu t'es bien gardée de me le dire.

— C'est vrai, répondit-elle en baissant le regard.

— Pire que ça, Geneviève, tu me convaincs depuis dix ans que je suis une dégénérée parce que ma mère s'est suicidée. Tu m'as même prédit que je me tuerais moi aussi parce que, à tes yeux, avoir un bébé à cet âge me plongerait dans le désespoir peu à peu. Puis tu m'as ignorée pendant dix-sept ans et tu m'as menti pour me faire revenir. Pourquoi ça ?

— Pour… te revoir. Pour faire la connaissance de Riley.

— Comme c'est beau ! Et là, tu veux te foutre en l'air, parce que c'est difficile de vieillir. Sans moi ! Est-ce que tu t'es déjà dit qu'il n'y avait pas que tes sentiments à toi qui comptaient ? Comment as-tu pu me faire une chose pareille ? Tu voulais sauver les apparences, c'est ça ? Tu ne voulais pas perdre ton pouvoir ? Tu nous as convoquées ici, Riley s'est attachée à toi, et maintenant tu t'en laves les mains. Une fois encore.

Je m'étais levée, et elle se leva aussi.

— Essaie de comprendre, Emma. Je ne veux pas mourir en ne sachant même plus qui je suis, ni qui vous êtes. Ma dignité est la seule chose qui m'ait aidée à tenir debout tout ce temps.

— Tu as perdu un fils, et c'est affreux. Mais après, tu as choisi ton sort. Ma mère s'est suicidée, mon père m'a abandonnée, j'ai été mère à dix-huit ans, mais j'ai eu une vie magnifique, même si ça a été dur. Tu voulais que j'avorte ou que je fasse adopter ma fille, mais regarde-la aujourd'hui. Regarde-nous ensemble, et combien nous nous aimons. Et maintenant, toi aussi, tu comptes beaucoup pour elle ! Comment peux-tu décider d'en finir comme ça ? « Dis donc ma petite, j'ai été vraiment contente de faire ta connaissance, mais je perds un peu la tête, alors salut la compagnie ! »

— Je ne veux pas qu'elle me voie quand j'aurai des couches et que je réclamerai ma mère. Je préfère qu'elle se souvienne de moi telle que j'étais cet été, quand je l'ai emmenée faire du shopping.

— Du shopping ? Mais tu es sérieuse ? Elle ne t'aime pas parce que tu l'as emmenée faire du shopping, Gigi !

J'étais tellement furieuse que je ne supportais même pas de la regarder.

— Je sors. Riley va chez Jason aujourd'hui. Ne lui parle pas de tout ça.

Je réussis à ne pas claquer la porte.

33

Geneviève

Cela ne s'était donc pas bien passé.

Après le départ fracassant d'Emma, je me mis à ma routine matinale : douche, coiffage, habillage et maquillage. Cela m'apaisait, mais j'étais un peu sonnée.

Je n'avais évidemment pas trouvé de meilleure façon d'avouer à Emma que je lui avais menti depuis le début, ou en tout cas caché certaines choses à propos de l'héritage de Riley. Cela dit, je n'avais jamais évoqué de montant précis et je possédais tout de même au moins une chose qu'elle pourrait vendre…

Enfin bon, je lui avais menti, c'était sûr.

Et je me doutais bien que cette idée de suicide la mettrait hors d'elle, mais je n'étais pas du tout dans la même situation que sa mère. J'étais presque au terme de mon existence, alors que celle d'April commençait à peine.

Mon téléphone sonna, et je sursautai, tandis que Mac et Carmen commençaient à japper. Je vis sur l'écran que c'était Paul Riley.

— Bonjour, Paul, dis-je en faisant taire les chiens.

— Ça vous dit qu'on prenne un café ensemble ?

— Avec plaisir. Venez donc à la maison.

— Non, venez plutôt chez moi. J'ai assez vu votre maison.

Cet homme avait le don de m'agacer.

— Et où est-ce donc, chez vous, Paul ?

Il me donna l'adresse d'un petit appartement au-dessus d'un magasin d'antiquités sur Water Street.

— Je serai là dans une demi-heure.

Peut-être était-il furieux contre moi lui aussi. Mais j'étais trop fatiguée pour m'en soucier. Il se débrouillerait.

J'y allai à pied car le soleil était revenu après la pluie. Sauf que j'avais négligé mon âge : j'avais mal à la tête, des bourdonnements d'oreille, et une douleur à la cheville qui me faisait boiter un peu, car je m'étais cognée la veille au soir dans le jardin sous la pluie.

Une canne ne me serait pas inutile, désormais. Cela ne manquerait pas de classe, mais j'espérais être capable de me déplacer sans jusqu'au bout.

En arrivant, j'étais épuisée et avais besoin d'aller aux toilettes. Mes pieds étaient en feu et je transpirais sous mon chapeau de paille. Monter l'escalier jusqu'à sa porte fut un vrai calvaire. Je me hissai lentement tout en me remémorant mes années d'études et l'énergie inépuisable que j'avais alors pour grimper jusqu'à ma chambre au cinquième étage. Toutes ces choses, le simple fait de n'avoir mal nulle part en me levant, me semblaient alors normales… Que ne donnerais-je pas pour me glisser à nouveau dans ce corps jeune et robuste !

— Vous avez une sale tête, me dit Paul en m'ouvrant.

— Quel mufle vous faites !

— Entrez. Un café, ça va ? Ou vous voulez autre chose ?

Son appartement était meublé de façon modeste mais avait un petit balcon d'où l'on apercevait la mer.

— De l'eau, s'il vous plaît. Puis-je utiliser vos toilettes ?

— Par là, à gauche.

Au moins c'était propre. En me lavant les mains, je vis qu'il n'avait pas tort : j'avais une mine épouvantable. Je fis un peu bouffer mes cheveux, sans grand résultat.

Il avait préparé deux verres d'eau et deux tasses de café sur la petite table du balcon.

— Ça vous va, dehors ?

— Parfait.

Que c'était bon de s'asseoir, même dans des chaises en plastique ! J'eus quelques secondes de doute pendant lesquelles je ne savais plus très bien où je me trouvais, puis cela passa. J'étais chez Paul, même si je n'étais pas sûre d'avoir eu raison de venir. Non que j'aie oublié, mais parce qu'il y avait des chances qu'il m'en veuille.

— Comment allez-vous ? lui demandai-je.

— Pas mal. Et vous ?

— Pas bien.

Je bus un peu d'eau puis lui exposai, aussi précisément que possible, toute ma situation : santé, finances, projet de suicide. Il m'observait sous ses sourcils broussailleux.

— Bon Dieu, vous alors ! Vous avez un sacré culot de venir me parler de suicide !

— Je sais bien qu'April était malade, Paul, et je ne la juge pas...

— Mais non, idiote, je veux parler de ma femme ! Vous croyez que ça a été marrant pour elle de mourir dans ces conditions ? Elle a souffert pendant des années ! Elle a décliné un peu plus chaque jour, et pourtant elle a toujours trouvé une raison de se réjouir. Chaque jour, bon sang ! Vous, vous avez tout : mes filles, vos amis, vos chiens, cette maison ridicule... et vous voulez en finir ? Ma femme, elle, était incapable d'avaler, de parler, de bouger, elle souffrait, et elle n'a jamais abandonné.

— Je sais, oui. C'était une sainte, n'est-ce pas ?

— Non ! rétorqua-t-il. Elle était malheureuse, malade et fatiguée. Notre fille s'était suicidée, Geneviève, et nous ne pouvions pas récupérer notre petite-fille ! Vous vous rendez compte de ce que cela signifie ? C'est un chagrin qui vous ronge à jamais.

— Je sais ce que c'est que d'avoir du chagrin, Paul.

— Oui, j'en suis sûr. Ce que je veux dire, c'est qu'on ne s'est pas arrêtés de vivre pour autant. On a continué d'essayer. On parlait d'April, et de ce qu'elle aurait voulu. On essayait de la rendre fière de nous. Alors que vous… vous avez laissé votre deuil vous gâcher la vie. Votre fils perdu n'aura réussi qu'à vous aigrir le caractère.

Je fis mine de protester mais n'y parvins pas. J'avais la gorge nouée et les yeux brûlants de larmes. Je bus un peu d'eau puis serrai ma tasse de café entre mes mains. La journée était belle, et pourtant j'avais froid.

— Comment y êtes-vous parvenus, Paul ? lui demandai-je d'une voix chevrotante. Vous et Joan. Comment avez-vous réussi à rester vivants ?

Il détourna soudain les yeux et regarda au loin. Puis, à ma grande surprise, il me prit la main. La sienne était calleuse et chaude, et je me sentis reconnaissante. Il se remit à parler d'une voix douce.

— On l'a fait, c'est tout. Certains jours, on avait l'impression d'être des morts-vivants, mais on continuait d'avancer.

Il soupira.

— Parfois encore aujourd'hui, c'est dur. J'ai l'impression que tout s'est passé hier.

— J'ai eu l'impression de mourir le jour où Sheppard a disparu, dis-je en me mettant à pleurer. Et j'aurais préféré. Lorsque Garrison est mort, je lui en ai tellement voulu de me laisser. C'était il y a si longtemps ! Je me demande comment j'ai pu continuer toutes ces années sans eux.

Il me pressa la main.

— Peut-être n'étiez-vous pas aussi seule que vous le pensiez. Vous avez Donelle, et puis l'autre, là, la mégère dans la cuisine.

— Helga.

— Vous avez l'air d'avoir quelques amis en ville. Et cet été, vous avez les filles.

— J'imagine que c'est fini. Emma va vouloir partir et emmener Riley avec elle.

— Vous ne pouvez pas lui en vouloir. Vous lui avez demandé de vous aider à vous ficher en l'air, vous avez menti à propos de votre héritage pour payer les études de la petite, et vous n'avez même pas dit la vérité sur votre santé.

— Non, je n'ai pas le droit de lui en vouloir.

— La vieillesse et la maladie, ce n'est pas drôle, ajouta-t-il. Mais enfin, Geneviève, qu'est-ce que ça change, au fond ? Vous pensez que vous n'êtes intéressante que lorsque vous sortez votre fric et que vous vous prenez pour la reine d'Amérique ? Peut-être que c'est justement le contraire. Même si vous oubliez des choses, même si vous avez besoin d'aide, il vous reste quelque chose de bon à vivre.

— Quoi, par exemple ?

— Le fait d'être aimée. Je n'ai jamais compris comment vous aviez pu refuser un tel cadeau.

Il voulait parler d'Emma.

— Mais je l'aimais.

— Vous l'avez bien caché.

Une mouette vint se poser sur la rambarde du balcon, nullement effrayée par notre présence, et nous regarda.

Que ce devait être merveilleux, d'être une mouette ! Je les avais toujours adorées, avec leur façon d'être aussi à l'aise sur l'eau que dans les airs, leur façon de glisser dans le vent. C'était des créatures magnifiques.

— Je suis si fatiguée, dis-je à l'oiseau, qui me regarda comme s'il comprenait.

— Venez vous reposer à l'intérieur.

Paul se leva et m'offrit sa main, dont j'avais bien besoin. J'avais mal aux genoux d'avoir tant marché et la tête me tournait un peu.

Il me conduisit dans sa chambre, et j'ôtai mes chaussures avant de m'allonger sur le côté. Il posa sur moi une couverture de laine et, lorsqu'il se coucha à côté de moi, je ne fus même pas étonnée.

— Ne vous méprenez pas, me dit-il. Je vous en veux toujours d'avoir menti à ma petite-fille.

— Notre petite-fille, répondis-je. Je vous en prie, il ne faut pas garder votre colère pour vous.

Il eut un petit rire et mit son bras autour de moi. Avant même de réaliser à quel point c'était bon, je m'étais endormie.

34

Emma

Après que Geneviève m'eut avoué la vérité, j'allai retrouver Hope. Je ne travaillais pas, ce jour-là, mais j'avais envie de voir ma sœur.

Les émotions tourbillonnaient en moi – des sentiments de fureur, de trahison, de douleur.

De compassion.

Non, Geneviève ne méritait pas que j'éprouve de la compassion envers elle.

Pourtant, en arrivant à Rose Hill, je ne pus m'empêcher de ressentir une certaine admiration.

Geneviève s'était assurée que Hope resterait à l'abri du besoin, et ce n'était pas rien. Ma sœur serait prise en charge toute sa vie et pourrait rester ici, dans sa maison, la seule qu'elle ait jamais eue. Et, à la mort de Geneviève, mon père ne pourrait pas profiter d'elle comme il l'avait fait avec moi.

Elle avait payé mon père afin qu'il reste loin.

C'était soit admirable, soit complètement nul. Après tout, mon père n'était pas un monstre. Il ne me frappait pas, ne me hurlait pas dessus. Des huit années passées avec lui, je gardais des souvenirs plutôt bons. Comme lorsqu'il installait l'arrosage automatique pour que je puisse traverser les jets d'eau en courant, ou qu'il me faisait monter sur son dos, ou encore lorsqu'il m'avait fabriqué une cabane en carton. Je me rappelais que, après la mort de maman, nous regardions la télé tous les deux le soir, enveloppés dans une couverture. Je me souvenais l'avoir beaucoup aimé.

Il était évident que rien dans sa vie ne l'avait préparé à assumer des responsabilités envers qui que ce soit. Clark n'était pas capable de s'occuper de lui-même. J'aurais pu tout lui pardonner s'il était venu me voir plus souvent, mais Geneviève l'avait payé pour qu'il ne le fasse pas. Peut-être aurions-nous pu nous connaître et nous rapprocher avec le temps. Et, une fois atténuée la douleur de la mort de ma mère, il aurait pu la remplacer.

La psy en moi s'interrogeait sur la probabilité d'un tel scénario.

Rien ne prouvait que j'avais raison d'y croire. Il m'avait vendue. L'argent de Geneviève valait plus que sa propre enfant, à ses yeux. Il avait aussi échangé sa deuxième fille contre un chèque, trop paresseux et autocentré pour vouloir prendre soin de Hope. Certes, elle avait de gros problèmes. Même le parent le plus aimant, dévoué et attentif aurait eu besoin d'aide, et mon père n'était rien de tout cela. Mais il n'avait même pas essayé.

Hope était en train de faire de la balançoire avec un de ses éducateurs et avait l'air heureuse, les cheveux dans le vent.

— Bonjour, ma puce, lui dis-je en lui caressant la tête. Bonjour, Gerry.

— Je vous laisse toutes les deux ? me demanda-t-il.

— Oui, merci. Quand je partirai, je viendrai vous le dire.

— Parfait. Mademoiselle Hope, je vous laisse avec Emma, d'accord ? À tout à l'heure, ma grande !

Je m'assis sur la balançoire d'à côté et pris la main de ma sœur.

— Comment ça va, ma chérie ? Tu passes une bonne journée ?

Elle aimait cette balançoire, conçue pour qu'elle ne puisse pas tomber.

Elle et moi n'avions vraiment pas eu de chance, côté parents. Sa mère l'avait reniée, notre père nous avait toutes les deux abandonnées, et la dépression avait emporté ma jolie maman en la persuadant que je serais plus heureuse sans elle. Pourtant, elle m'avait aimée et m'en avait apporté la preuve chaque jour que nous avions passé ensemble. Je le savais au plus profond de moi.

Geneviève, elle, ne souffrait pas de dépression au sens clinique. L'idée qu'elle veuille que je l'aide à mourir me révulsait.

Hope poussa un petit gémissement.

— Qu'est-ce qu'il y a ? Tu veux que je te chante une chanson ? « Bébé Béluga » ?

Je m'exécutai et elle me regarda du coin de l'œil, avec un petit sourire. Il y avait chez elle quelque chose de magique. J'ignore comment ses parents avaient choisi son prénom, mais il lui allait à la perfection. Elle révélait le meilleur chez les gens, ou en tout cas chez moi. Et chez Geneviève, et chez Riley, même si ma fille n'avait pas besoin de ça pour être parfaite.

Si Geneviève mourait, ce qui ne manquerait pas d'arriver, je m'étais toujours dit que j'emmènerais ma sœur vivre avec moi à Downers Grove. C'était un petit rêve, qui n'avait rien de réaliste, parce qu'elle avait besoin de beaucoup de soins, et que j'avais une fille, un travail, et pas de maison à moi. Cela ne lui rendrait pas service. Rose Hill lui convenait bien mieux.

Mais j'étais désormais sa tutrice, et Geneviève ne serait plus très longtemps de ce monde, vu qu'il n'y avait aucun remède contre la démence vasculaire.

— Salut ! fit alors une voix que je connaissais.

C'était Miller, vêtu d'un jean et d'un T-shirt délavé où était inscrit *Finlay Bâtiment*. Mon cœur se mit à battre plus fort.

— Salut ! Tu travailles ici aujourd'hui ?

— Oui.

Je lui souris et me sentis rougir un peu.

— Miller, je te présente ma sœur, Hope. Hope, je te présente mon ami Miller.

Elle continua de fixer l'herbe du regard mais, lorsqu'il s'agenouilla pour être à sa hauteur, elle eut un petit sourire et porta ses mains à son menton, dans un geste de timidité mais aussi de joie.

— Très heureux de te connaître, Hope, lui dit-il avant de s'asseoir à côté de moi sur la balançoire. Je vais me faire charrier par mes équipes, à coup sûr, moi !

— À faire de la balançoire en plein boulot ?

— Exactement, et avec deux jolies filles en plus. Comment ça va, toi ? lança-t-il avec un sourire irrésistible.

— J'ai eu une matinée pourrie, mais là ça va mieux.

— Pourquoi ça ?

— J'ai appris que Geneviève m'avait menti tout l'été.

— À propos de quoi ? me demanda-t-il, étonné.

— De tout. Sa santé, sa situation financière, l'héritage de Riley. Ah, et aussi elle veut que je l'aide à se suicider.

Je tentais de garder un ton désinvolte, en vain.

— Alors ça !

— N'est-ce pas... Du coup, je crois que je vais repartir plus vite que prévu.

Il se tourna vers moi.

— Comment ça ?

— Je pense qu'il vaut mieux que j'éloigne Riley de tout ça, et vite.

Il avait un air grave, et toute trace de son sourire avait disparu.

— Riley m'a l'air de s'en sortir très bien avec tout le monde.

— Oui, mais bon, c'est une ado, et elle a passé une sale année. Je n'ai pas envie qu'elle soit encore déçue par quelqu'un sur qui elle pensait pouvoir compter.

— Geneviève ? Mais elle adore ta fille !

— Ah oui ? Eh bien, j'imagine que tu connais beaucoup mieux ma grand-mère et ma fille que moi, Miller. Alors dis-moi ce qu'il faut faire, puisque tu as l'air si sûr de toi.

— C'est ça que vous appelez le transfert, vous les psys ? me demanda-t-il, surpris.

— Oui, désolée, répondis-je en soupirant.

— Tu préfères que je te laisse bouder dans ton coin ?

— Non, dis-je en me redressant et en mettant de l'ordre dans les cheveux emmêlés de ma sœur pour lui dégager un peu le visage. Excuse-moi.

— Ce n'est rien. J'espérais sans doute que tu resterais dans le Connecticut, répondit-il en se penchant en arrière, le visage tourné vers le ciel.

— Mais j'ai ma vie là-bas, dans l'Illinois.

— On n'est pas obligé de rester toujours au même endroit.

Hope gémit un peu, je retirai ma main et m'agenouillai devant elle.

— Ça va, ma puce ?

Elle ne répondit pas. Bien sûr, puisqu'elle ne parlait pas. Une petite tumeur était en train d'apparaître dans son cou, bénigne selon son médecin. Il n'était pas urgent d'opérer. Il fallait surveiller l'évolution. En revanche, une intervention buccale serait nécessaire cet automne car sa maladie affectait ses gencives.

N'aurait-elle pas besoin que je sois là ? J'adorais ma sœur, et, désormais, elle était sous ma responsabilité.

— J'ai mis tellement de temps à construire ce que j'ai là-bas, dis-je, m'adressant à moi-même plus qu'à Miller.

— Et alors ?

— Et alors ? rétorquai-je. Stoningham n'a jamais été un endroit spécialement chaleureux ni accueillant, tu sais. Je n'ai jamais été autre chose que la pauvre petite-fille orpheline de Geneviève, preuve de la générosité de Sa Majesté. Ta famille m'a laissée tomber dès qu'il a été clair que je n'hériterais pas d'un sou. Courtney et Robert ne sont même pas venus faire la connaissance de Riley, Jason n'a pas l'intention de m'aider à financer ses études, et Geneviève vient de m'annoncer qu'elle était dans la dèche, si bien que j'ai gâché tout mon été à quémander en vain de quoi faire en sorte que ma fille s'en tire mieux que moi. Quant à Riley, la pauvre chérie, elle adore cette gorgone, la même qui maintenant veut se ficher en l'air au prétexte qu'elle refuse de vieillir comme une simple mortelle.

Il se leva.

— OK. Deux choses, fit-il en fourrant ses mains dans ses poches. La première : tu n'as pas gâché ton été. Ta fille va très bien et elle a pu faire la connaissance de son aïeule. Elle s'est fait des amis et a profité de ses frères. Tu as pu passer du temps avec ta sœur, tu as trouvé du travail, et tu as rencontré un gentil garçon qui t'apprécie beaucoup.

J'acquiesçai sans enthousiasme.

— Ne te contente pas de hocher la tête, dit-il.

Je lui souris, admirative qu'il ne se laisse pas faire devant mes caprices.

— Tu as raison. J'ai rencontré un gentil garçon et je l'apprécie aussi beaucoup. Et sa fille avec.

— Merci. Et la deuxième chose : je vais prendre les études de Riley en charge, Emma. Les Finlay te doivent bien ça. L'entreprise gagne beaucoup d'argent. Alors, si mon connard de cousin n'assure pas, ce sera moi qui le ferai.

Décidément, Miller Finlay méritait que je tombe amoureuse de lui ! Et c'était sans doute déjà fait.

— Certainement pas, Miller, mais merci quand même.

— Personnellement, j'aimerais que tu restes ici. Je ne suis pas en train de te demander en mariage, vu que notre unique rendez-vous a été un vrai désastre, mais je trouverais Stoningham bien plus agréable si tu y habitais. Ta sœur aussi. Ta fille se rapprocherait de ses frères, et puis il faut que tu sois là pour la gorgone, parce que, quoi que tu en dises, tu l'aimes.

Il avait raison. Je l'avais toujours aimée et je l'aimais encore. Malgré ce qu'elle m'avait fait au moment de ma grossesse, malgré ses mots durs et les dix-sept années de silence, j'aimais ma grand-mère. Elle m'avait recueillie lorsque je m'étais retrouvée seule et, si elle ne s'était montrée ni douce, ni affectueuse, elle m'avait rendue forte, autonome et indépendante.

Après tout, j'étais une London.

— Alors ? J'ai raison ?

— Est-ce que tu ne pourrais pas te taire un peu et arrêter d'être si calme et si sage ?

— C'est tout moi.

— Je te préfère quand tu es désespéré et épuisé, répondis-je en soupirant, avant de lui sourire. Mais, oui, tu as raison.

Il se pencha alors vers Hope.

— J'ai le droit d'embrasser ta sœur ? lui demanda-t-il.

Elle ne répondit évidemment rien, mais il prit son silence pour un oui.

Ce baiser fut différent. Jusque-là, nous avions été un peu hésitants, retenus par son veuvage, sa fille qui dormait tout près et le fait qu'il ne resterait pas dans ma vie. J'avais aimé toutes ces fois où nous nous étions embrassés, oui, mais ce baiser disait autre chose. C'était un baiser chaud, déterminé, profond, parfait.

Hope se mit à rire et nous nous séparâmes.

— Voilà comment on casse l'ambiance, Hope, dit Miller sans me quitter des yeux.

— Tu peux t'absenter une heure, lui demandai-je, troublée.

— Et comment !

J'aidai Hope à sortir de sa balançoire et lui pris la

main pour la conduire vers Gerry qui était dans le jardin, en train de consulter son téléphone.

— J'allais venir vous retrouver, m'annonça-t-il. C'est l'heure de la piscine, mademoiselle.

— À demain, Gerry, dis-je avant de déposer un baiser sur la joue douce de ma sœur. Au revoir, ma chérie.

Puis je montai avec Miller dans son camion et nous ne dîmes plus rien pendant le trajet. Il se gara devant un motel et j'attendis le temps qu'il nous prenne une chambre. 101. Mon numéro porte-bonheur. En tout cas, à partir de maintenant.

Nous entrâmes dans une pièce qui n'avait absolument rien d'extraordinaire, mis à part le fait qu'il était là. Miller ferma la porte, posa ses clés sur une table puis prit mon visage entre ses mains et m'embrassa. Ce baiser fut meilleur encore que le précédent, plus ardent et plus intime, et ses mains parcoururent mon dos avant de se plaquer sur mes fesses. Je sortis sa chemise de son jean et me mis à caresser son torse, à l'entourer de mes bras. Il avait la peau douce et chaude, et lorsque je sentis le goût salé de son cou, mes jambes flanchèrent un peu.

Il me retira alors mon chemisier et me poussa doucement vers le lit inondé de soleil avant de m'ôter le reste de mes vêtements.

Lorsque l'on a été seul si longtemps, on oublie ce que cela fait d'être avec quelqu'un. Le plaisir de sentir son corps peser sur le sien, la chaleur de sa peau, cette impression à la fois nouvelle et familière. Ce mélange de langueur et d'excitation électrique, cette attirance qui pousse vers l'autre, et les yeux qui se ferment pour mieux sentir chacun de ses nerfs à vif. On oublie le bonheur de donner du plaisir et la satisfaction qu'il y a à découvrir ce qu'aime l'autre. Ce sentiment délicieux d'être ensemble pour ne plus faire qu'un.

On oublie ce qu'est compter sur l'autre, lui faire

confiance, être si heureux simplement parce qu'une personne, la personne qu'il vous fallait, vous a choisi, vous.

Miller me reconduisit à Rose Hill pour que je récupère ma voiture.

— Me voilà avec beaucoup choses à penser, dis-je.

— En effet.

— Merci d'être… toi.

— Écoute, me lança-t-il en s'appuyant contre ma voiture, si tu as besoin de rentrer à Chicago, je peux le comprendre. De mon côté, je n'ai pas une vie très organisée, et je suis sans doute mal placé pour te donner des conseils.

Je redoutai alors qu'il ne finisse par me dire que ce que nous venions de faire *était une erreur*, et je me raidis en attendant la suite.

— Mais si tu restais, j'en serais vraiment très, très heureux. Égoïstement. Parce que j'aurais la possibilité de te voir plus souvent qu'en étant obligé de prendre l'avion jusqu'à Chicago.

Je crus alors que mon cœur allait exploser dans ma poitrine.

— Parce que tu viendrais me voir ? Tout ça n'est pas juste une passade pour toi ?

— Tu es la seconde personne avec qui j'ai fait l'amour, Emma. Les passades, ce n'est pas mon style.

— Toi aussi, tu es la seconde personne avec qui j'ai fait l'amour.

— On est des cas rares pour l'époque, toi et moi !

— Ça m'est bien égal, répondis-je, me sentant de nouveau euphorique.

— À moi aussi, dit-il avec un sourire adorable, avant de me déposer un baiser sur le nez, ce qui me fit complètement fondre. Il faut que je retourne au boulot, ajouta-t-il.

— File, alors.

— Je t'appelle plus tard.

— Ça marche.

Et avec un sourire béat collé sur le visage, je montai dans ma voiture, pour éviter de me répandre en niaiseries sentimentales.

En repartant, je décidai de passer voir Jason chez lui. Jamilah m'ouvrit.

— Ah, salut, Emma ! Comment tu vas ?

— Bien. Est-ce que Jason est là ? Je voulais le voir.

— Ah. Eh bien, euh, il est toujours installé chez ses parents. (Elle baissa la voix.) J'ai demandé le divorce.

— Ah bon ? Je pensais que vous vous étiez remis ensemble !

— Non. J'ai essayé, mais non.

— Tu me permets de te donner mon avis ? lui demandai-je au bout de quelques secondes.

— Vas-y.

— Tu mérites tellement mieux.

— C'est ce que je me dis à propos de toi depuis le jour où je t'ai rencontrée, répondit-elle en éclatant de rire.

— Je lui rappellerai les anniversaires de tes fils, comme tu l'as fait pour Riley, tu sais. Tes garçons font partie de la famille maintenant.

— Ce Jason, il aura quand même eu des femmes super, hein ? dit-elle, un peu émue.

— C'est vrai. On fait un truc ensemble, un de ces soirs ?

— Avec plaisir. Merci, Emma.

Je pris ensuite cette route si familière pour me rendre chez Courtney et Robert. Il fallait que Jason me dise enfin à hauteur de combien il comptait contribuer pour les études de Riley. Ça suffisait, les numéros de claquettes.

La maison n'avait pas beaucoup changé. Courtney avait toujours ses affreuses oies en plastique le long de l'allée. Je frappai à la porte. Elle m'ouvrit deux secondes plus tard et eut un mouvement de recul, comme si j'allais la frapper.

— Emma ! Mais qu'est-ce que tu fais ici ?

— Moi aussi, ça me fait plaisir de te voir, Courtney.

— Qu'est-ce que tu veux ? Voir Jason, j'imagine. J'espère que tu es fière de toi, d'avoir ainsi brisé son mariage avec Jamilah. Elle était ce qui lui était arrivé de mieux.

— Jason, il faut que je te parle ! dis-je en passant la tête par-dessus son épaule.

— Tu n'as aucune éducation, me dit Courtney.

— Vraiment ? Et c'est toi qui viens me donner des leçons après avoir ignoré ta petite-fille pendant seize ans ! Après avoir reproché à la petite amie de ton fils d'être tombée enceinte, comme si elle avait fait ça toute seule ! Tu es une sale bonne femme, Courtney. Et tous tes ronds de jambe en société n'y changeront rien.

Jason nous rejoignit dans l'entrée, la bouche pleine. Ils devaient être à table. Mon escapade au motel avait duré plus longtemps que je ne croyais. Je réprimai ma joie et me concentrai sur ma colère justifiée.

— Salut, Em, me dit-il. Quoi de neuf ? Tu veux qu'on aille boire un verre ?

— Non. J'ai juste besoin que tu me dises exactement combien tu vas me donner pour les études de Riley. Et tout de suite. Miller m'a dit que la boîte marchait très bien, alors, combien ?

— Robert ! appela Courtney. Viens !

— On est vraiment obligés d'en parler maintenant ? Je ne peux pas savoir à l'avance combien la boîte va…

— Combien, Jason ? La moitié ou la totalité ?

Robert Finlay apparut à ce moment.

— Tiens ! Bonsoir, Emma.

Il fit comme si nous nous étions vus la veille, et non pas dix-sept ans plus tôt, le jour où il avait laissé sa femme me mettre dehors au prétexte que j'avais eu le culot de faire un enfant à leur fils.

— Combien, Jason ? répétai-je sans répondre.

— Eh bien, Jamilah et moi allons divorcer, du coup ça risque d'être un peu juste.

— J'en conclus que tu n'as jamais rien mis de côté pour les études de ta fille ? Tu t'es dit qu'elle allait avoir dix-huit ans, que tu allais arrêter de nous verser une pension et qu'elle se débrouillerait toute seule ensuite ?

— Il n'est pas tenu de payer quoi que ce soit, fit remarquer Courtney.

— Légalement, non, mais moralement, c'est une autre histoire.

Le visage de Jason prit cette expression que je connaissais bien pour l'avoir si souvent vue – les mâchoires crispées, le regard dur. Une expression qui signifiait : *Ne me pousse pas à bout.*

Toutes ces années, je m'étais persuadée que c'était un type bien, un bon père et un bon ami.

Mais non. Il n'était rien de tout ça. Juste un type à qui il fallait rappeler qu'il avait une fille.

— Je ne peux pas m'engager sur un chiffre. Je t'aiderai si j'en ai les moyens.

— Ce qui veut dire que tu ne le feras pas. En fait, c'est toi qui as toujours besoin d'aide, pas vrai ? De tes parents, de la boîte familiale, de Jamilah. Regarde-toi : tu vis encore chez papa et maman. Tu peux être fier de toi, Jason !

Je tournai les talons et me dirigeai vers ma voiture. J'y montais quand Robert me rattrapa.

— Emma, attends, me dit-il.

— Quoi ?

— Euh, eh bien, je suis content de t'avoir revue.

— Ne me fais pas perdre mon temps, Robert. Qu'est-ce que tu veux ?

— Je vais payer pour les études de Riley.

— Je suis surprise que tu connaisses même son prénom !

— Je sais, dit-il en soupirant, on n'a pas été à la hauteur. Courtney… (Il jeta un regard vers la maison.) J'aurais dû t'aider, je suis désolé.

— Trop tard.

— Laisse-moi payer ses études. On peut se le permettre.

Je me mis à imaginer pendant quelques secondes ma fille apprenant que ses grands-parents, après n'avoir pas jugé utile de faire sa connaissance, compensaient leur culpabilité par un chèque.

— Garde ton argent, Robert, et mets-le-toi où je pense. Tu es un faible, tout comme le fils que tu as élevé. Et ta femme, une garce sans cœur.

— Je sais, dit-il. Mais s'il te plaît, laisse-moi faire ça. Riley n'est pas obligée de savoir d'où vient l'argent. C'est ce qu'il y a de mieux. Nous lui devons au moins ça. Nous lui devons même bien plus.

J'hésitai. Je ne voulais pas de cet argent avec lequel il cherchait à se racheter. Je voulais me débrouiller toute seule.

Or, je n'en avais pas les moyens.

Si je laissais Robert payer pour les études de ma fille, elle saurait qu'elle avait un grand-père qui se souciait suffisamment d'elle pour faire un chèque, qu'il avait des remords et qu'il tentait de se rattraper.

Peut-être méritait-elle d'avoir cette chance de lui pardonner. Après tout, elle avait bien pardonné à Gigi, et peut-être Robert méritait-il qu'on lui donne cette chance aussi.

— J'accepte ta proposition, lui dis-je.

— J'aimerais la connaître. Je veux depuis longtemps la rencontrer, mais, c'est vrai, je suis un faible.

— Les gens peuvent changer, Robert.

Là-dessus, je démarrai et rentrai, bizarrement très calme.

J'attendrais un peu avant de raconter tout ça à Riley, bien sûr. Mais elle n'était pas bête. J'avais même l'intuition qu'elle en savait bien plus que je ne le pensais à propos de son père et moi. Malgré mes études et ma pratique professionnelle, je restais très naïve.

Cela allait changer.

En arrivant à Sheerwater, j'allai directement dans ma chambre et pris une longue douche dans ma salle de bains de princesse, puis enfilai un pyjama. Il était 19 heures. Je redescendis et retrouvai Riley, Donelle, Rav et Helga en train de jouer aux cartes dans la véranda, les fenêtres ouvertes et la cheminée allumée car la brise était fraîche.

Gigi et Pop étaient assis devant l'âtre. Ils semblaient très complices désormais, et c'était à la fois étrange et rassurant pour moi. Mes deux seuls grands-parents. Les deux à s'être occupés de moi lorsque mes parents m'avaient abandonnée.

— Salut, maman, me dit Riley. Tu as passé une bonne journée ?

— Excellente, répondis-je en me penchant pour l'embrasser. Et toi ?

— Super aussi. Tu veux jouer ? On fait un poker. Donelle nous écrase.

— Je t'avais prévenue, rétorqua celle-ci.

— Bonsoir, Dr London, dit Rav.

— Bonsoir, mon grand.

Riley eut un petit rire.

— Il faut que je voie Gigi une minute, annonçai-je. Je vous rejoins après, d'accord ?

— Tu as manqué le dîner, me dit Helga. Ne t'avise pas d'aller fouiller dans ma cuisine juste parce que tu es arrivée trop tard.

— Geneviève, je peux te parler ? fis-je alors sans répondre. Salut, Pop !

— Je me demandais quand tu allais enfin venir

m'embrasser, grommela-t-il tandis que je déposais un baiser sur sa joue.

Gigi se leva, un peu chancelante, et Pop lui tendit la main. Je pris le bras de ma grand-mère et la conduisis dans le bureau de son mari, au calme. J'allumai une lampe, sans doute un modèle original de chez Tiffany, et aidai Gigi à s'asseoir dans un gros fauteuil de cuir, avant de m'installer en face d'elle.

— Je n'ai pas pu jouer aux cartes, ce soir, me dit-elle. J'ai tout oublié.

— Je suis désolée.

— Tu es fâchée contre moi ?

— Un peu. Voici ce que je te propose. Nous allons rester. Nous allons nous occuper de toi, Riley et moi. Laisse-moi prendre en charge ton suivi médical, et je ferai ce qu'il faut. Tu ne mourras pas seule, Gigi.

Pendant quelques secondes, elle resta impassible, puis elle se couvrit les yeux de la main.

— Je ne veux pas d'une agonie, Emma. Je ne veux pas porter des couches, être gâteuse, ni avoir peur. Je t'en prie, aide-moi à mourir dignement, avec grâce.

— Je ne t'aiderai pas à mourir, non. En revanche, je t'aiderai à vivre, tout le temps qu'il te reste.

— Je ne veux pas que Riley me voie devenir sénile.

— Je comprends. Mais on ne choisit pas, Gigi. Et je ne veux pas qu'elle pense que, juste parce que cela devient difficile, on doit tirer sa révérence. Je veux lui enseigner mieux que ça.

Elle se mit à pleurer et je me rapprochai d'elle.

— Pourquoi ferais-tu cela pour moi, Emma ? Alors que je n'ai pas été là pour toi.

— Moi, je serai là pour toi.

— Comment peux-tu dire cela alors que j'ai été horrible ?

— Tu as fait de ton mieux.

— Ce n'était pas assez.

— Eh bien, tu as de la chance, je ne t'en veux pas, dis-je en passant mon bras autour de ses épaules. Je t'aime, Gigi. Je ne sais pas pourquoi, mais je t'ai toujours aimée.

Je la serrai dans mes bras et elle posa la main sur ma joue.

Ce fut tout.

C'était suffisant.

35

Miller

Miller resta tard au travail pour rattraper son merveilleux après-midi avec Emma, et cela ne ravit pas sa belle-mère. Il écouta stoïquement dans la cuisine le rapport qu'elle lui faisait de toutes les bêtises de Tess, combien elle était bruyante et agitée, et pourquoi elle avait un marshmallow collé dans les cheveux, tandis que la petite courait toute nue en frappant une casserole à l'aide d'une bougie. David, son beau-père, dormait dans le salon, ce qui n'avait rien d'exceptionnel.

— Il faut que tu lui apprennes à aller sur le pot, dit Judith.

— On y travaille.

En fait, la nuit d'avant, Tess s'était réveillée quatre fois, était allée sur le pot et y était restée assise une demi-heure à chaque fois, à le regarder sans sourciller, remportant sans difficulté cette guerre des nerfs.

Mais, ce soir-là, rien ne pouvait gâcher la bonne humeur de Miller.

Il faudrait d'ailleurs qu'il annonce à sa belle-mère qu'il sortait désormais avec Emma.

— Viens t'habiller maintenant, ma puce !

— Non, veux pas m'habiller ! s'écria la fillette avant de s'échapper à l'autre bout de la pièce.

Il se lança à ses trousses – la conversation avec sa belle-mère attendrait.

Une demi-heure plus tard et les tympans mis à rude épreuve, il était parvenu à lui mettre sa couche, à lui enfiler ses vêtements tant bien que mal et à l'attacher dans son siège auto.

— T'es vilain papa. Je te déteste.

— Ce serait plus facile pour tout le monde si tu n'enlevais pas tes habits.

— Je déteste les habits, je déteste papa, je déteste Nana et je déteste la voiture.

— C'est dur d'avoir trois ans. Je suis désolé que tu sois si fâchée.

Ça ressemblait à quelque chose qu'Emma aurait pu dire, et sa fille le regarda du coin de l'œil. Mais elle finit par se taire, et il ne put s'empêcher de sourire. En arrivant chez lui, il fit sortir Luigi afin de le mettre hors de danger, ferma la porte à clé et mit l'alarme. Tess le regardait d'un air méfiant.

— Tu peux aller jouer ou faire des dessins si tu veux. Papa va préparer le dîner. Ou alors tu peux m'aider, si ça te dit.

— Je déteste le dîner.

— Pas grave. Il faut quand même manger.

Elle se dirigea vers le salon, aux allures de champ de bataille – au moins, ainsi, il ne risquait plus rien, et si elle allait encore enlever des plumes du canapé, tant pis. Il fallait le changer de toute façon. Il mit de la musique (un concerto pour violoncelle de Bach, afin de calmer sa petite furie) et ouvrit le frigo.

En le refermant, il vit la photo d'Ashley. Que penserait-elle de sa relation avec Emma ? Il leur était arrivé d'évoquer leur mort, comme le font des adultes insouciants, jeunes et en bonne santé.

— Je voudrais que tu trouves quelqu'un d'autre, lui avait-il dit. Mais pas plus beau que moi. Quelqu'un comme Christopher Walken. Pour que tu continues à me regretter.

— Pas de problème alors, parce qu'il est super sexy, Christopher Walken ! avait-elle répondu. Mais si je meurs la première, mon fantôme viendra vous pourrir la vie, à toi et à ta nouvelle femme.

Miller se dit qu'il serait content que sa femme vienne lui rendre visite.

— Tu es là, Ash ? murmura-t-il.

Pas de réponse.

Pas de culpabilité non plus. Juste ce sentiment familier qu'elle lui manquait, qu'il l'aimait, et qu'elle avait été aussi sa meilleure amie. Sa seule amie, en fait. Ils avaient eu des couples d'amis, bien sûr, et elle avait eu des amies. Lui, c'était différent, il avait sa femme.

Geneviève aussi était son amie, en quelque sorte.

Et Emma, sans aucun doute. L'espace d'un instant, il fut traversé par l'envie d'appeler Ashley pour lui parler d'Emma et partager son bonheur avec elle, lui dire qu'il ne se sentait plus aussi seul.

Il caressa son visage sur la photo, se rappela le grain de beauté à gauche de sa bouche, ses cheveux bouclés et soyeux, l'éclat de son rire. Si seulement elle n'était pas morte ! Il avait fait ce vœu des millions de fois, avait supplié le ciel de la lui rendre, avait maudit son existence, souhaité mourir, et avait tremblé à l'idée de la solitude dans laquelle il allait vivre et élever leur enfant.

Mais il y parvenait tant bien que mal.

Et il était en train de tomber amoureux d'Emma. Ashley aurait forcément aimé une femme qui n'avait pas versé une larme en se faisant raser la tête à cause de leur fille. C'était certain.

Alors il reposa la photo, et sortit des carottes et des blancs de poulet avant de se mettre à la préparation du dîner.

Dix bonnes minutes passèrent avant qu'il ne se rende compte qu'aucun bruit ne parvenait plus du salon.

— Tess ? Ça va ? appela-t-il en se lavant les mains.

Il se rendit dans le salon : personne.

— Tu te caches, ma puce ? Tu sais bien qu'il faut prévenir papa si tu joues à cache-cache.

Il regarda sous le canapé et derrière les rideaux. Elle n'y était pas.

— Où es-tu, Tess ?

Aucune réponse.

Il chercha dans le bureau et dans la salle à manger, puis se précipita à l'étage. Elle n'était pas dans sa chambre, ni dans celle de Miller, ni dans la chambre d'amis. Pas plus que dans la salle de bains, ou le bac à linge où elle s'était cachée un jour, lui causant la peur de sa vie. Pas dans les placards non plus.

— Tess ! Tess ! Réponds à papa !

Rien.

Il redescendit quatre à quatre et fouilla dans la réserve, dans le placard de l'entrée, puis fonça à la cave qui, comme c'était une vieille maison, sentait l'humidité et la pierre.

— Tess, réponds-moi maintenant !

Elle n'était pas là.

Il sentit la panique le gagner peu à peu, tandis que sa voix devenait plus forte, plus pressante et méconnaissable.

Il avisa alors la lumière près de la porte d'entrée qui clignotait. Au pied de la porte se trouvait un grand saladier en bois, un cadeau de mariage. Tess s'amusait à faire semblant de faire de la soupe avec et il était assez solide pour qu'elle ne le casse pas.

En montant dessus, elle était assez grande pour atteindre l'alarme, et faire le code à quatre chiffres.

Sa fille était un petit génie, il le savait mieux que personne.

Il se rua dehors. Et se mit à l'appeler de toutes ses forces. La rue était juste devant et c'était l'été : les voitures étaient nombreuses et roulaient vite.

— Tess, réponds à papa !

Il sortit son téléphone de sa poche et composa le 911.

— Ma fille de trois ans est sortie de la maison, dit-il en courant, et il parvint à donner l'adresse.

En passant, il aperçut Jim Davis devant chez lui.

— Tu n'as pas vu Tess ? lui cria-t-il.

Jim fit non de la tête et le rejoignit à vive allure.

— Besoin d'aide ?

— Oui, je ne la trouve pas ! Ça doit faire dix minutes !

— Tu ne vois pas où elle a pu aller ? Chez des amis ?

— Non, non. Je ne vois pas.

— Va par là. Je vais aller de l'autre côté, dit-il. Tess ! Tess ! Viens, ma puce, je vais te donner un gâteau.

Mais enfin, que faisait la police ? Pourquoi cela leur prenait-il si longtemps ?

Et si elle s'était noyée ? Avait-elle pu arriver jusqu'au bord de l'eau en si peu de temps ? Quand il s'agissait de faire des bêtises, c'était une foutue championne !

Le quartier lui semblait soudain hostile et dangereux. Les fourrés, les arbres, les maisons… et si sa fille se trouvait à l'intérieur de l'une d'elles, maltraitée, ou même assassinée ? Voire les deux ? Bon Dieu, mais pourquoi avait-on des enfants ?

— Tess ! hurla-t-il, la voix brisée.

Une voiture passa et il lui fit signe de s'arrêter.

— Soyez attentive, s'il vous plaît, je cherche ma petite fille. Ouvrez l'œil !

— Promis, dit la conductrice.

Mon Dieu, et si on l'avait enlevée ? Comme Sheppard London, ou comme la fille dans le film avec Liam Neeson, comme ces milliers d'enfants qui disparaissaient chaque année et qu'on ne retrouvait jamais.

Et si, après tout ce qu'il avait déjà enduré, sa petite fille était morte ?

Il courait, en essayant de regarder partout, derrière chaque massif, sous chaque haie, chaque voiture. Ses pensées se bousculaient dans sa tête et il se rendit compte qu'il pleurait.

Bebe Leiderman était devant sa porte.

— Tu n'as pas vu Tess ?

— Ta fille ?

— Oui.

— Désolée, non. Tu veux de l'aide ?

— Oui ! répondit-il en se remettant à courir, à bout de souffle.

Le ciel ne pouvait pas être aussi cruel, pas vrai ?

Il tourna de nouveau pour revenir dans sa rue, et regarda en passant dans le jardin des Quinn, puis celui des Oliveras qui avaient une sorte de fête de famille comme à peu près quatre fois par mois.

— Vous n'avez pas vu Tess ? Elle est partie de la maison ! hurla-t-il.

Immédiatement tous le rejoignirent – Joe, sa femme, leurs trois grandes filles – et l'interrogèrent. Mais il n'entendait plus rien, ses oreilles sifflaient.

Par pitié ! Par pitié !

Arrivé devant son propre jardin, il se dit que c'était un comble en avisant la clôture bien sécurisée.

Et alors il la vit, assise sur les marches, Luigi résigné dans ses bras.

— Coucou, papa ! Je suis là !

— Mais bon sang, Tess ! s'écria-t-il. Ne me refais jamais, jamais ça ! Tu m'entends ?

Puis il la prit dans ses bras et la serra, sans doute trop fort, en sanglotant bruyamment dans le creux de son épaule, laissant éclater toute l'angoisse qu'il avait accumulée.

Quelqu'un lui frotta le dos.

— Encore une vingtaine d'années à tirer, lui dit Joe Oliveras. Le nombre de fois où je me suis dit que mes filles allaient me tuer !

— Il faut avoir le cœur bien accroché quand on est parent, commenta Bebe, et quelques rires retentirent.

Apparemment, une petite foule l'entourait, qui avait

gentiment voulu l'aider. Mais il ne parvenait pas à penser clairement. Il savait juste que sa fille était saine et sauve, qu'il l'aimait plus que tout, qu'il pourrait mourir pour elle, et qu'il mourrait s'il la perdait parce que ce petit démon était toute sa vie.

Il ne parvenait pas à s'arrêter de sangloter ni à la lâcher.

Elle allait bien, elle allait bien et elle était là, elle était vivante.

— Tu m'étouffes, papa.

Il finit par se détacher un peu et elle le regarda d'un air sévère.

— Faut pas pleurer.

— Tess, tu ne peux pas partir comme ça, lui dit-il, la voix brisée. Qu'est-ce que je ferais sans toi ?

Elle lui caressa le visage de ses petites mains collantes.

— Ne pleure pas, papa, répéta-t-elle. Ça va maintenant.

36

Riley

Nous allions nous installer définitivement dans le Connecticut. J'aurais menti si j'avais dit que je n'en étais pas super heureuse. Je pourrais voir mes frères quand je voudrais, et mon père aussi. Et puis Jamilah et Hope.

Maman m'avait inscrite au lycée public, et ça m'était même égal d'être une nouvelle en terminale. Je veux dire, bien sûr, ça n'allait pas être évident d'arriver le premier jour, mais c'était toujours mieux que de rentrer à Chicago et d'essayer de recoller les morceaux avec Mikayla, Jenna et Annabeth.

Elles avaient bien essayé de revenir vers moi pendant l'été, sur Snapchat et Instagram. Comme si j'étais dupe. *Trop belle !* quand j'avais posté une photo de Gigi et moi à New York, ou alors *Trop de chance !*, ou encore *Ça a l'air tellement beau !* sur celle de Rav et moi au pique-nique de juillet. Celle-là, c'est lui qui l'avait postée. Je n'avais pas réagi à leurs commentaires, mais je ne les avais pas bloquées non plus. Je m'en fichais trop pour faire cet effort.

Rav allait beaucoup me manquer quand il repartirait à la fin de l'été, même si on n'était pas vraiment en couple. Parfois, on se tenait la main, comme au cinéma la semaine dernière. Je savais bien qu'il y avait des jeunes de mon âge qui couchaient déjà ensemble, mais ça me semblait très, très loin. Moi, ça m'allait très bien comme ça. On était amis. On allait se promener ou faire de la rando ensemble, et on était encore assez jeunes pour faire des trucs idiots comme aller tout au bout du parc de Sheerwater et se raconter qu'on avait échoué sur une île. Un de ces jours, il faudrait que je pense à sortir avec un garçon et être amoureuse et coucher avec et tout ça, mais pas avant un moment. À la fac, peut-être. Je n'étais pas pressée. Maman disait que j'étais très mûre pour mon âge.

Les Talwar habitaient à New Haven le reste de l'année. C'était à une heure d'ici, et Rav irait dans une école privée chic. Saanvi ne voulait pas qu'il soit pensionnaire. En tout cas, j'avais un bon ami dans le Connecticut, et un bon c'était toujours mieux que trois nulles.

En plus, je n'étais pas complètement sans attaches, ici. J'étais l'arrière-petite-fille de Geneviève London, la demi-sœur de Duncan et Owen, la fille de Jason Finlay et la belle-fille de Jamilah Rochon. (Elle avait repris son nom de jeune fille depuis qu'elle et papa avaient décidé de divorcer. On avait déjeuné juste toutes les deux, l'autre jour, et je la trouvais toujours aussi super.) J'étais l'arrière-petite-fille de Paul Riley, et c'était rigolo parce qu'on aurait dit qu'il connaissait plus de monde que Geneviève, ici. C'était M. Populaire. Il venait presque tous les jours à la maison se chamailler avec Gigi. Comme s'ils flirtaient. Il n'avait pas encore dit s'il comptait rester avec nous dans le Connecticut, mais j'espérais bien que oui.

Maman allait garder son travail à Rose Hill, vu que le type qu'elle remplaçait avait décidé d'être père au foyer. Et elle allait louer un bureau en ville pour ses autres consultations. Pour le moment, on restait habiter chez Gigi. Je pouvais voir Hope quand je voulais et je ferais du bénévolat là-bas pendant l'année scolaire.

Le seul point noir, c'était que Gigi n'allait pas super bien. Après cette soirée où elle avait un peu perdu la tête, tout avait été différent. Maintenant, elle montait se coucher plus tôt et elle faisait des siestes et, par moments, je voyais bien qu'elle essayait de ne pas montrer qu'elle était « dans le brouillard complet ». C'était l'expression qu'on utilisait avec Donelle pour parler de ses moments d'absence. Alors on l'interrogeait sur sa jeunesse, parce que c'était plus facile pour elle de s'en souvenir.

En tout cas, elle était plus gentille avec maman. Ça s'entendait quand elle lui parlait.

J'étais un peu à court d'idées pour retrouver Sheppard. Le dernier truc que j'avais fait, c'était d'envoyer sur un site des photos de lui et d'autres membres de la famille plus âgés pour voir à quoi il ressemblerait, adulte.

Si on en croyait le résultat, il ressemblerait beaucoup à mon grand-père Clark. Gigi avait quelques photos de lui. Maman m'avait dit qu'il viendrait pour Noël. Quel événement, non ? En tout cas, moi, j'avais pris ces photos de Sheppard vieilli et j'avais fait une recherche inversée sur Google, avec l'espoir que ça me donnerait le nom d'un homme d'une soixantaine d'années qui pourrait être lui. Un P-DG, un sénateur ou un architecte, par exemple. Forcément, puisque c'était quelqu'un de brillant, vu qu'il était le fils de Gigi et de mon arrière-grand-père Garrison.

Le seul résultat que j'avais obtenu avait été : « homme souriant ». Toujours mieux que rien, j'imagine. Quitte à être placé dans une catégorie, « souriant » n'était pas si mal. Mais j'étais triste de ne pas savoir ce qu'il était devenu, de ne pas pouvoir entrer dans la chambre de Gigi en m'écriant : « Regarde ! C'est peut-être lui ! » Je savais bien que ça faisait longtemps, mais quand même. Il lui manquait tellement. Elle me répétait presque tous les jours que j'avais ses yeux. Je ne savais pas si c'était vrai, mais ça lui faisait plaisir.

C'était drôle, comme c'était tendu entre Gigi et maman lorsqu'on était arrivées ici en juin. Et maintenant, il n'y avait plus aucun sous-entendu. Tout était clair entre elles.

— Ça marche toujours, SOS Amitié ? Tu gagnes des sous, Emma ? avait demandé Gigi l'autre soir, pour faire sa pisse-vinaigre, comme disait Pop.

— Au moins, celle qui a fait faillite autour de cette table, ce n'est pas moi, a répondu maman. Et, oui, je gagne des sous. Tu veux prendre rendez-vous ? Ça ne te ferait pas de mal.

Alors oui, tout allait bien. Très bien, même.

Je me sentais chez moi.

37

Emma

Ce fut en octobre que Gigi eut sa grosse attaque, au moment où les feuilles changeaient de couleur sous le ciel azur.

Les deux mois précédents avaient été douloureux, parce qu'il était clair que Geneviève la gorgone se muait en Geneviève la petite vieille dame, perdue et inquiète, tentant de donner le change à tout prix. Elle n'avait pas besoin de couches, mais je l'aidais à prendre sa douche. L'orteil de Donelle avait finalement dû être amputé, si bien qu'il fallait que je m'occupe d'elles deux.

J'avais renvoyé Helga. Elle continuait d'habiter à Sheerwater et d'être payée, mais trop, c'était trop. Terminé la semelle et les haricots mous, au diable l'ogre des fourneaux ! Riley et moi avions toujours aimé faire la cuisine, même si elle ne pouvait pas beaucoup m'aider désormais car elle avait pas mal d'activités extrascolaires. Et des amis. De bons amis. Des gamins sympas, évidemment, puisque ma fille, qui avait grandi et mûri, les avait choisis. Ils venaient souvent à la maison, remplir Sheerwater de rires et de musique.

Miller venait aussi, de temps en temps, lorsqu'il parvenait à convaincre Kimmy de garder Tess. J'étais folle de Miller Finlay. Je ne le lui avais pas encore dit, mais il le savait quand même. Il m'avait raconté ce jour où Tess s'était échappée, sa panique et sa prise de conscience qu'il l'aimait infiniment, même si elle criait, mettait la maison sens dessus dessous et lui donnait des coups de pied. Cela ne fut une découverte pour personne, en réalité. La vie de parent n'est pas un chemin facile. Parfois, il faut juste savoir être là et faire du mieux qu'on peut.

Certains soirs, Beth et Jamilah passaient, et Jamilah faisait parler Geneviève de la vie des femmes dans l'entreprise, le monde des start-up et de la mode, tandis que Beth et moi explorions Facebook, à la recherche d'un père pour ses futurs enfants.

Geneviève était désormais silencieuse la plupart du temps et elle avait pris l'habitude d'avoir partout avec elle une photo de Sheppard, ce que je trouvais bouleversant. Sur cette photo, il était debout, dans le jardin, tout sourire, avec ses cheveux blonds tout courts. Il avait l'air si heureux.

Le soir, on s'asseyait dans la véranda ou bien sous le porche et on regardait le soleil se coucher, les chiens folâtrer, manger de l'herbe, frotter leur arrière-train sur les tapis et laisser des poils partout. Je m'en fichais. J'avais fini par aimer ce bon vieux Mac et Carmen. Minuet restait le chien exclusif de Geneviève, et Allegra, le carlin asthmatique, s'était pris d'affection pour Riley. Valkyrie était à Helga, vu qu'elles avaient le même caractère. Donelle, pendant ce temps, s'occupait avec sa tablette ou regardait la télévision. Je crois qu'elle souffrait beaucoup de voir décliner Geneviève.

Pop, quant à lui, faisait maintenant partie des meubles. Lorsque je lui demandais s'il comptait rester dans le Connecticut, il éludait la question : « Tu es impatiente de te débarrasser de moi ? » Ou bien : « Ça ne te regarde pas, mon petit. » Il s'était mis à faire du jardinage, à déterrer les tubercules de dahlias et à tailler les hydrangées, même si une entreprise passait pour ça chaque semaine.

La plupart du temps, le soir, nous n'étions que toutes

les deux. Son état l'avait rendue plus douce, et je ne m'étais jamais sentie si proche d'elle. Certains soirs, elle demandait quand allait rentrer Garrison, ou m'appelait Melissa, comme son ancienne assistante. Une fois, elle se perdit dans son dressing, incapable d'en sortir et, une autre fois, Donelle la trouva en train de manger des croquettes pour chien, qu'elle avait prises pour des céréales. Elle ne savait plus boutonner ses vêtements et avait besoin que je lui coupe sa viande.

Mais elle restait Gigi, et les soirs où elle allait bien, je l'interrogeais sur sa vie, sur son travail… et sur Sheppard. Pour la première fois de ma vie, j'en appris un peu plus sur mon oncle. Quelquefois, elle riait en se remémorant ses bêtises, ou bien rayonnait de fierté en évoquant ses talents.

— Il doit tellement te manquer.

— Cela fait presque soixante ans, et je pense à lui plus qu'à n'importe qui d'autre. Je n'aurais jamais cru mourir sans savoir ce qui lui était arrivé, ni le revoir, ni même l'enterrer.

— Oh ! je suis désolée, Gigi.

Elle renifla un peu puis se ressaisit et se tourna vers moi.

— Et ta mère, ma chérie ? Est-ce que tu la pleures toujours ?

— Oui. J'aurais tant voulu qu'elle connaisse Riley.

— Je comprends.

— C'était une bonne mère. Je sais que dire ça peut te paraître étrange, mais c'est vrai. Elle a fait tout ce qu'elle a pu pour me rendre la vie gaie. Je n'ai jamais vraiment compris cette histoire de dépression.

— Je regrette de ne l'avoir pas plus aidée, dit Gigi. Je savais qu'elle était instable, mais je n'aurais jamais pensé… qu'elle mettrait fin à ses jours.

— Et toi, Gigi ? Tu y penses toujours ?

Elle me regarda et releva le menton, redevenant alors la Geneviève London d'autrefois.

— C'était un moment de faiblesse passager, répondit-elle d'un ton ferme. Mais je croyais que tu me quitterais à la fin de l'été. Je ne pensais pas te demander de rester.

— Il faut demander si on veut savoir, lui dis-je.

— Demande-moi quelque chose, toi. N'importe quoi que tu as besoin de savoir, avant que je ne sois plus capable de te répondre parce que mon cerveau m'aura lâchée.

Sa question me prit par surprise. Avec elle, des occasions pareilles ne se présentaient pas souvent. Je réfléchis une minute et avalai une gorgée de vin tout en caressant la grosse tête de Mac. C'était maintenant ou jamais.

— Est-ce que tu es fière de moi, Gigi ?

Elle me fixa longuement, puis but une gorgée de martini (contre les recommandations de son médecin, mais bon, il fallait bien avoir quelques vices).

— Tu n'as pas du tout répondu à mes attentes, me répondit-elle alors.

Super. J'aurais dû m'en douter.

— Merci bien.

— Tu as fait beaucoup plus que cela, Emma. Je suis en admiration totale devant toi.

Puis elle détourna le regard, gênée, tandis que ses mots m'allaient droit au cœur.

— Tu es la meilleure mère que j'aie jamais vue, ajouta-t-elle.

Je me levai, m'approchai d'elle et m'agenouillai à ses côtés.

— C'est la plus gentille chose que tu m'aies dite.

— Je te fais pleurer ?

— Mais c'est pour une bonne raison.

Elle me tapota la tête.

— Allons, allons, ne devenons pas mièvres, tu veux bien ? Sers-moi plutôt un autre verre, sois gentille.

Je m'exécutai, plus comblée et heureuse que jamais.

Le jeudi précédant Columbus Day, on eut la confirmation que le Nord-Est était la plus belle région du pays. Les feuilles des arbres étaient rouges ou dorées, le ciel d'un bleu pur et intense. L'océan était calme, l'air adouci par les rayons du soleil. La famille Talwar devait revenir le lendemain, et nous avions organisé un dîner à la maison. Il fallait donc que je me surpasse aux fourneaux, et j'allais me mettre au dessert dès le soir. Une tourte aux pommes, c'était de saison.

En rentrant à Sheerwater ce jour-là, je m'arrêtai dans un verger et ramassai quelques pommes qui embaumèrent ma voiture. Riley me rejoignit dans la cuisine où je pelais et coupais mes fruits pour me raconter son cours d'institutions gouvernementales, où elle avait présenté un cas de la Cour suprême qui avait eu lieu en 2011.

— C'est vraiment intéressant, m'expliqua-t-elle. On a tiré sur ce type et il a dit aux flics avant de mourir qui lui avait tiré dessus, mais à l'époque l'affaire a été classée sans…

Au même moment, on entendit un bruit venant d'au-dessus.

— Gigi ? appelai-je.

Pas de réponse.

Nous fonçâmes à l'étage.

Ma grand-mère était couchée par terre sur le palier, la bouche béante. Donelle était agenouillée à côté d'elle, et les chiens aboyaient.

— Tu ferais mieux d'appeler le Dr Pinco, dit tout de suite Donelle. Tout va bien, Gen, on est là.

— Gigi ? fit Riley d'une toute petite voix.

— Va me chercher mon téléphone, ma chérie ! lui dis-je. Et emmène les chiens dehors !

Elle obéit et je m'accroupis à côté de ma grand-mère. Elle avait la bouche déformée et sa main battait l'air. L'autre ne bougeait pas.

— Je suis avec toi, Gigi. On va te porter dans ta chambre. Je suis très costaude, ça tombe bien.

Elle pesait moins lourd que ce à quoi je m'attendais, mais nous eûmes quand même du mal à la déplacer. Donelle prépara son lit et je l'y déposai, sans brusquerie. Riley revint en courant, toute pâle et le regard paniqué.

— Elle fait une attaque, lui expliquai-je. Et ça m'a l'air plus grave, cette fois-ci.

Ma voix était calme, mais j'avais le cœur qui battait à tout rompre.

Nous avions évoqué ce cas avec le médecin : ce qu'il fallait faire, ce que l'on pouvait faire, et s'il fallait ou non aller à l'hôpital. Gigi était fermement opposée à ce qu'on la transporte où que ce soit et avait écrit ses dernières volontés chez son notaire : aucune réanimation, aucun acharnement, seulement calmer la douleur. Fin août, elle m'avait confié la responsabilité des décisions médicales la concernant.

Sauf que maintenant que l'heure approchait, la petite-fille en moi n'avait qu'une envie : la supplier de ne pas mourir.

J'appelai le bon docteur, et il promit qu'il arrivait. Nous n'avions qu'à nous assurer qu'elle était bien installée.

J'avais une boule dans la gorge.

— On est là, Gigi. Le Dr Pinco est en route. Est-ce que tu peux me sourire ?

Elle essaya mais la moitié gauche de son visage ne bougea pas.

— Et si tu me disais quelque chose ? Tu peux dire : je suis contente de vous voir ?

Je parlais trop vite, d'une voix trop gaie.

— Che… chui… on…

Mince.

— Parfait ! C'est très bien ! Maintenant, reste bien calme, Gigi. On va s'occuper de toi.

Elle avait les yeux pleins de larmes.

— Il faudrait appeler la police, non ? suggéra Riley.

— Non, répliqua Gigi. Non, non.

Voilà au moins qui était clair.

— Et elle ne veut pas non plus aller à l'hôpital, me rappela Donelle.

Riley pleurait, et je me levai pour la conduire vers la fenêtre.

— Appelle Pop.

— Est-ce qu'elle va mourir ?

— Je ne sais pas. Peut-être, dis-je en m'efforçant de ne pas pleurer moi aussi. C'est peut-être la fin.

Riley pleura de plus belle et je l'embrassai.

— Va appeler Pop, lui redis-je.

— Bonsoir ! C'est Jeff Pinco ! fit une voix au rez-de-chaussée.

— Montez vite, docteur ! s'écria Donelle.

Il entra dans la chambre, sa mallette à la main. Il était accompagné d'une infirmière, celle qui m'avait rasé le crâne. Elle me fit un petit signe de tête en me reconnaissant.

— Voyons un peu ce qui ne va pas, madame London. Tout le monde sort, s'il vous plaît.

Nous nous exécutâmes, tous très secoués et en larmes. Riley appela mon grand-père et nous allâmes tous nous asseoir pour attendre dans le salon du haut qui donnait sur l'océan.

La vue était trop belle pour les circonstances.

Quelques minutes plus tard arriva Pop. Il me serra dans ses bras, fit une bise à Donelle et s'assit à côté de Riley pour la prendre contre lui.

Nous attendîmes, longtemps. Sans dire grand-chose. Charles monta nous rejoindre et s'assit lui aussi, en tentant de cacher son chagrin. Riley envoya un SMS à quelqu'un.

Au bout d'une éternité, le médecin entra.

— Il s'agit bien d'une attaque. L'infirmière est avec elle et fait ce qu'il faut pour la soulager.

— Est-ce une attaque ischémique ou bien hémorragique ? demanda Donelle, à la surprise générale. J'ai fait des recherches, se justifia-t-elle.

— Ischémique, répondit le médecin avant de se tourner vers Riley pour expliquer : Un vaisseau dans le cerveau est obstrué et empêche le sang d'arriver, ce qui explique pourquoi elle a du mal à parler et à marcher. Je lui ai fait une injection qui devrait dissoudre le caillot, mais elle refuse d'aller passer un scanner à l'hôpital, ce qui serait pourtant la meilleure solution.

Puis il se tourna vers moi.

— La décision vous appartient, elle n'est pas en mesure de décider toute seule.

J'avais la gorge serrée et fus saisie par la crainte. Bien sûr, elle était âgée et je connaissais ses souhaits, mais la responsabilité était lourde.

— Emmenons-la à l'hôpital, maman, dit Riley. Ils pourront peut-être la soigner.

— Non, répondis-je d'une voix mal assurée, les larmes aux yeux. Elle reste ici. Si le caillot disparaît, elle a plus de chances de s'en sortir en étant chez elle. Et si ce n'est pas le cas… elle a le droit de mourir chez elle.

Riley posa la tête contre l'épaule de Pop et se mit à pleurer doucement.

— Bien parlé, ma grande, me dit mon grand-père, lui aussi très ému.

— Oui, bien dit, confirma Donelle avant de s'excuser et de s'éclipser pour ne pas qu'on la voie sangloter.

— Allez, viens ma puce, on va descendre préparer des sandwichs, dit alors Pop à Riley.

Le médecin répéta qu'il n'y avait plus qu'à attendre et espérer. Oui, il était possible qu'elle retrouve ses capacités d'ici quelques heures, mais en raison de sa démence vasculaire il était plus probable que ce soit le début de la fin car, même si elle s'en remettait, ses facultés cognitives seraient altérées.

J'entrai dans la chambre. Gigi dormait et Minuet s'était glissée sur le lit à ses côtés. Je la caressai et elle ne bougea pas, sa tête posée sur le bras de sa maîtresse.

L'infirmière quitta la pièce. Je m'assis au chevet de ma grand-mère et je lui pris la main.

— N'aie pas peur. On s'occupe de toi.

Riley entra à son tour, et Geneviève entrouvrit les yeux.

— Coucou, Gigi, murmura ma fille.

— Shep… Sheppard, fit alors ma grand-mère en la voyant.

— Tu as raison, dis-je. Elle a les mêmes yeux bleus que Sheppard.

— Sheppard, répéta-t-elle.

— Tout va bien, Gigi, essaie de te reposer. Tu vas te sentir mieux très vite.

Elle referma les yeux et, une seconde plus tard, s'était rendormie.

— Il faut que je passe un coup de fil, dis-je doucement. Tu peux rester là une minute ?

— Bien sûr, répondit Riley. Mais ne t'en va pas trop loin, hein ?

— Je serai dans ta chambre.

J'y entrai et pris une grande inspiration.

C'était drôle comme, même si on savait que quelqu'un était en train de partir, au moment où la mort se présentait, c'était effrayant. Il n'y avait rien à faire contre ça.

Je ne voulais pas que ma grand-mère meure. Je m'essuyai les yeux et pris mon téléphone, avant d'apercevoir sur le bureau de Riley une grande enveloppe provenant de Future Photo. Je l'ouvris et découvris le visage de mon père.

Non, il s'agissait en fait d'une projection de ce à quoi Sheppard aurait ressemblé. J'avais oublié que ma fille s'était lancée dans ce projet. Mon père n'avait pas les yeux aussi bleus que ceux de Riley ni de Sheppard, mais quelle ressemblance !

Je composai le dernier numéro de lui que j'avais, et, à ma grande surprise, on décrocha.

— Allô ?

— Clark ?

— Oui. Qui est-ce ?

— Emma, dis-je après une seconde d'hésitation. Ta fille.

Il y eut un blanc.

— Oh ! Bonsoir ! Comment vas-tu ?

— Geneviève vient d'avoir une attaque. Tu aimerais peut-être venir la voir.

— Eh bien, euh… je ne sais pas si je vais pouvoir.

— Ah bon ? Et pourquoi ça ? Tu as un livre en chantier, papa ?

— En fait, je suis à Washington. Je fais, euh… des recherches. Mais dis-moi, comment ça va, toi ?

J'entendais des bruits de restaurant.

— Ça va, mais ta mère est en train de mourir.

— Comment le sais-tu ?

— Parce que je suis chez elle depuis le début de l'été. Avec ma fille. D'ailleurs, au cas où ça t'intéresserait, Hope va bien.

— Ah, super, tant mieux ! Écoute, je pense que je vais pouvoir me libérer en milieu de semaine… Je ne suis pas sûr que ça serve à grand-chose, mais bon. Si elle a eu une attaque, elle ne se rend plus trop compte de rien, si ?

Il était pas croyable ! Enfin, qu'est-ce qui aurait pu le changer ? Il n'allait pas venir. Et après tout, qui souhaitait vraiment sa présence ici ?

Je regardai de nouveau le soi-disant portrait de mon oncle.

— Gigi a évoqué la possibilité de modifier son testament au début de l'été, dis-je alors. Elle et Riley se sont vraiment bien rapprochées. Riley, c'est ma fille, au cas où tu l'aurais oublié.

— Quoi ? Elle a modifié son testament ?

Voilà, soudain il était tout ouïe.

— Je n'en suis pas sûre, répondis-je. Mais elle a tout de même dit qu'elle avait une grande surprise pour Riley. (Ce qui était faux.) Je suis tellement heureuse d'avoir passé l'été avec elle. J'avais oublié à quel point je l'aimais.

— Je devrais peut-être venir, en effet. Bon, je vais sauter dans un train le plus vite possible. Au plus tard demain. À très vite !

Mission accomplie.

Ma grand-mère verrait son fils une dernière fois.

38

Clark

Quand on essaie d'oublier quelque chose, et même si on n'a pas une très bonne mémoire, le cerveau refuse.

Clark n'avait que cinq ans lorsque son frère *était parti*, et de nombreuses années s'étaient écoulées depuis ce jour. Il oubliait son anniversaire de mariage, les anniversaires de ses filles, les milliers de choses qu'on lui avait enseignées, les dates, les noms, les rendez-vous. Il oubliait de voter. (Cela dit, à quoi bon voter ? Il ne connaissait même pas les candidats.) Il oubliait de s'enregistrer avant de prendre l'avion, oubliait ses bagages, et avait oublié son ordinateur portable plus d'une douzaine de fois.

Mais ce jour-là, ça oui, il s'en souvenait, et comment ! Pendant des années, il s'était réveillé au milieu de la nuit, rempli de terreur. Encore aujourd'hui, il rêvait des bois autour de Birch Lake. Et des rochers.

Cette journée commença de la meilleure façon. Mama avait fait des gaufres et, même si elle lui disait souvent qu'il était un peu grassouillet, elle lui en avait donné deux. Avec de la crème et des fraises.

Après, ils allaient faire un truc « entre garçons ». Papa ne voulait pas dire à mama de quoi il s'agissait. C'était un truc d'hommes, et elle ne pouvait pas comprendre. Clark se souvenait du clin d'œil que son père leur fit, à Sheppard et à lui, et qui les mit en joie. Il sentait au fond de lui une émotion, comme lorsqu'il prenait l'ascenseur qui montait si vite et si haut, à New York. Certains jours, son frère était gentil avec lui, d'autres pas, mais ce jour-là s'annonçait bien.

Un truc d'hommes. Quelle excitation ! Juste tous les trois, en plus, et Clark était content parce qu'il préférait papa à mama.

Alors papa chargea la grosse voiture, y mit même la tente, ce qui inquiéta un peu Clark car il n'aimait pas du tout dormir en dehors de la maison. Le canoë avait été posé sur le toit, mais il détestait le canoë, qui chavirait tellement facilement !

— Mama ? dit-il.

— Clark, tu es trop vieux pour m'appeler comme ça, le rabroua-t-elle, sa voix plus pincée que lorsqu'elle parlait avec Sheppard. Appelle-moi maman, comme le fait ton frère. Qu'est-ce qu'il y a ?

— Je veux rentrer à la maison ce soir.

Il ne voulait pas dormir ailleurs. Il adorait son lit avec sa grosse couette et ses peluches.

— Mais tu vas camper, mon grand. Ça va être amusant !

Sheppard était tellement content de partir à l'aventure qu'il posait plein de questions que Clark ne comprenait pas, à propos de lignes, de poids, de mouches et d'hameçons, de feu de camp et de chouettes. Clark essaya de se raccrocher à la conversation.

— C'est grand, les chouettes ? C'est quoi, un bar ? Pourquoi on a besoin de maïs ? demanda-t-il.

Seul papa fit l'effort de lui répondre, ce qui le fit se sentir petit et bête.

Papa lui donna une petite tape sur les fesses lorsqu'il grimpa dans la voiture et ébouriffa les cheveux de Sheppard qui, lui, eut le droit de s'asseoir devant.

— Ce n'est pas juste, protesta Clark.

Alors papa lui promit qu'il pourrait s'asseoir devant au retour. Ils traversèrent la ville, passèrent devant le marchand de glaces, et papa dit qu'ils pourraient s'y arrêter le lendemain ou même le soir pour le dessert.

Cela consola Clark car il adorait la glace.

Ils allèrent jusqu'à Birch Lake. Mama – maman – n'avait pas le droit de connaître leur destination secrète. En quittant la grande route, Clark se souvint être déjà venu sur ce chemin long et cahoteux.

Ils finirent par arriver au bord du lac, où il n'y avait pas d'autres voitures. Peut-être que c'était un lac rien qu'à eux et que personne ne pouvait y venir, Clark n'était pas sûr. Ils étaient dans une clairière, à l'abri du vent, avait dit papa. On avait l'impression d'être dans un coin secret. Clark se mit à jouer sous un pin et à tracer des routes dans la terre avec un bâton, pendant que Sheppard et papa montaient la tente et rangeaient tout.

— Tu pourrais nous aider, toi, dit Sheppard, mais Clark fit la sourde oreille.

Il avait ouvert la glacière, où se trouvait du soda. C'était bien, parce que mama ne voulait jamais qu'il en boive.

— Monte dans le canoë, Clarkie ! dit papa.

Il y alla à reculons, et papa l'aida à monter et à s'installer à l'arrière. Sheppard s'assit devant, pour ramer avec papa, tandis que lui n'avait rien d'autre à faire que rester assis en s'accrochant sur les bords.

— Je peux ramer moi aussi, Shep ? demanda-t-il.

Mama n'aimait pas qu'il l'appelle Shep, alors que papa disait que c'était normal qu'entre frères on se donne des surnoms. Cela dit, Shep ne lui donnait jamais de surnom, à lui.

— Après, peut-être, répondit Sheppard. Je te montrerai quand ça sera moins profond.

Le lac était bleu et l'eau assez chaude pour se baigner. Ils firent un petit tour. Papa leur montra un héron bleu, et Shep aperçut une tortue. Ce n'était pas juste, parce que Clark, lui, n'en vit pas. Lorsqu'il se pencha pour regarder, le bateau tangua et papa cria : « Arrête ça, Clark ! » Et il se sentit mal.

— Je n'ai pas envie que tu tombes à l'eau, mon fils, lui dit alors papa et, en sentant la grande main de son père sur son épaule, il oublia qu'il s'était fait gronder.

Ils revinrent sur le rivage, et tant mieux parce que Clark s'ennuyait.

— Allez mettre vos maillots, dit papa.

— Dans la voiture ? demanda Clark.

— Mais non, débile, répliqua Sheppard. Ici, il y a personne ! Personne va te voir !

Alors ils se changèrent et Clark détourna les yeux. Il détestait voir son père tout nu, son zizi, ses poils et tout ça. Il espérait ne jamais devenir comme lui. Shep se changea à toute allure, pas du tout gêné qu'on puisse le voir.

Clark lambinait, car il n'avait pas envie de se déshabiller.

— Allez, mon fils, dépêche-toi, dit papa.

Alors il se dépêcha. Ça faisait tout drôle de sentir le vent sur son zizi et sur ses fesses. Il avait enfilé les deux pieds dans le même trou et Sheppard s'était mis à rire, ce qui n'avait pas aidé.

Il s'était un peu énervé. Il avait enlevé sa jambe, mais s'était aperçu que son maillot était à l'envers et qu'il fallait tout recommencer. Il n'aimait pas qu'on le regarde, même si c'était son père et son frère.

Papa et Sheppard entrèrent dans l'eau sans hésiter. Clark mit plus de temps. Il avait peur. Le fond du lac était vaseux et sombre. Il avança jusqu'à avoir de l'eau aux genoux puis ressortit.

— Ne fais pas le bébé, lui cria Sheppard tandis qu'il marchait le long de la plage. C'est super ! Viens ! On voit le requin du lac !

— Il n'y a pas de requin dans le lac, corrigea papa. Allons, Sheppard, sois gentil avec ton frère. Viens, mon chéri, nage jusqu'à moi. Je ne suis pas loin.

Clark aimait quand son père l'appelait « mon chéri ». Certains papas disaient juste « fils » ou « mon gars ». Lui, il aimait bien « mon chéri ». Ça le… rassurait.

Comme il voulait que son père soit fier de lui, il entra dans le lac et se mit à nager, en essayant de garder le visage à la surface et la bouche fermée. L'eau avait un drôle de goût et elle était froide et puis il détestait se baigner.

— Bravo ! dit son père en le prenant dans ses bras et en le serrant contre lui.

Clark toussa un peu et s'accrocha à lui. Le corps de son père était fort et chaud, et c'était bon de se sentir de nouveau en sécurité. Papa ne lui disait jamais comme mama qu'il était trop grand pour venir dans ses bras. C'était vrai qu'il était grand, plus que ses camarades de classe, et plus lourd que Sheppard, mais pour papa il n'était pas trop grand. Pour papa, c'était encore un petit garçon et ça faisait du bien.

— Papa ! Regarde ! s'écria Sheppard avant de disparaître sous l'eau.

Papa sourit, mais Clark sentit la peur s'immiscer en lui et il s'accrocha plus fort à son papa, sentant sa peau mouillée contre son ventre et ses jambes.

Où était passé Sheppard ?

À cet instant, la tête blonde réapparut très, très loin.

— T'as vu comme je suis loin ? s'exclama Sheppard, hilare.

— Magnifique ! s'écria papa.

— Moi aussi, je sais nager sous l'eau, dit Clark.

— Ah bon ? Montre-moi ça !

Papa le lâcha et Clark essaya de toutes ses forces de mettre la tête sous l'eau mais il n'était pas comme son frère. Il ne parvenait pas à plonger complètement. Il réussit quand même à mettre sa figure dans l'eau, ce qui n'était déjà pas si mal.

— Bravo, mon grand ! le félicita papa.

— Il faut que tu pousses plus fort avec tes pieds, conseilla Sheppard en lui faisant la démonstration. Tu flottes trop.

Clark essaya, mais il s'agissait plus pour Sheppard de faire son malin que de lui apprendre vraiment. Après quelques tentatives, il barbota jusqu'à l'endroit où il avait pied. Papa et Sheppard continuèrent à se livrer à des tas de jeux auxquels il aurait adoré pouvoir participer. Shep monta sur les épaules de papa pour plonger dans le lac, puis passa entre les jambes de son père en nageant, puis fit un salto arrière, comme un dauphin.

Il était meilleur en tout. Ce n'était pas étonnant que mama le préfère. Clark considéra ses bouts de doigts fripés et sortit de l'eau, puis fit mine de trembler de froid, pour qu'on s'occupe de lui. Mais ils ne remarquèrent rien et continuèrent à jouer pendant très longtemps. Il se mit à dessiner des routes dans le sable, mais c'était moins drôle.

Enfin, ils le rejoignirent.

— J'ai envie de faire pipi, dit Clark à papa qui aurait pourtant dû le deviner.

— Va derrière un arbre, lança Sheppard. Ou dans l'eau !

Il rit et papa rit aussi, alors Clark se sentit encore exclu.

— Vas-y Clark, insista papa. Derrière un arbre, ton frère a raison. Là-bas, mon grand, comme ça tu nous vois.

Mais lui voulait aller aux cabinets. Des vrais cabinets. Ses cabinets, à côté de la baignoire où étaient ses petits jouets en plastique, ceux que Sheppard voulait enlever parce que c'était pour les bébés. Mais lui s'amusait bien avec dans son bain ! Il faisait flotter ses bateaux, plonger son Elmer et son Bugs Bunny. Il n'avait aucune envie qu'on les lui enlève. Sheppard voulait toujours faire son commandant et son Monsieur Je-sais-tout.

Avec réticence, il finit par quitter la plage, en regrettant que papa ne l'accompagne pas.

La vérité, c'était qu'il n'aimait pas les bois. Sheppard adorait être dehors, adorait jouer dans les coins qui faisaient peur à la maison, du côté de l'océan, là où le vent dans les pins faisait comme des chuchotements effrayants. Alors que lui détestait ça. Un jour, son frère lui avait raconté l'histoire des gens qui vivent dans les arbres et qui mangent les enfants et gardent leurs dents pour s'en faire des colliers, et il ne s'était tu que lorsque Clark s'était mis à pleurer. Sheppard l'avait consolé en lui faisant promettre de ne rien dire à personne. Clark n'avait rien dit mais il n'avait plus cessé d'avoir peur.

Il baissa son maillot. Et si quelqu'un était en train de le regarder ? Si quelqu'un voyait ses fesses ? Il n'arrivait pas à faire pipi. Il avait mal au ventre à force de se retenir mais ça ne voulait pas sortir.

Alors il entendit des pas et le pipi jaillit sans prévenir. Ce n'était que papa, qui venait voir si tout allait bien.

— J'ai fait pipi sur mon maillot, dit Clark, au bord des larmes.

— On va le rincer, voilà tout. Allez, viens maintenant.

Alors il alla tout nu jusqu'à la voiture, un peu honteux, et enfila ses habits. Sheppard était aussi en train de se rhabiller, avec des gestes rapides et sûrs. Il était très mince et Clark, du coup, se sentit empoté et gros, même si papa lui avait dit qu'un jour il deviendrait un grand footballeur. Et ça, il ne l'avait jamais dit à Sheppard !

Après, tout se passa un peu mieux. Ils déjeunèrent, et même si son frère l'appela Cochonou, il le fit gentiment, pour blaguer. Ils pêchèrent et c'était papa qui installa les leurres, le maïs et les asticots. Clark attrapa des crapets, et c'était horrible de les voir s'étouffer avant que papa ne les décroche et ne les rejette dans l'eau. On les voyait disparaître après avoir lancé un dernier éclair lumineux sous la surface. Clark espérait bien qu'ils allaient nager très loin et pas revenir bêtement manger un ver.

Un poisson ne s'enfuit pas mais resta là, à flotter.

Il avait l'air mort, il était tout blanc et ça faisait peur. Clark détesta voir ça.

Bien sûr, Sheppard fit la plus belle prise.

— On va le faire cuire pour le dîner, celui-là, dit papa. Laisse-moi d'abord prendre une photo. Ta mère va être tellement fière. Approche, Clark, elle va être très fière de tous tes crapets aussi !

Personne n'eut l'air de remarquer le poisson mort.

Sheppard et papa retournèrent se baigner, mais Clark refusa de s'approcher du poisson. Et puis il en avait assez, il faisait froid et il avait sommeil. Il n'aimait pas être sale, or il avait de la résine sur la main qui ne partait pas à l'eau, et puis du sable dans la raie des fesses. Il ne voulait pas dormir sous la tente. Il avait envie de rentrer.

Le jour commençait à baisser dans les bois. Quand papa et Sheppard allaient-ils sortir de l'eau ?

Et s'il y avait des espions dans le bois ? Un jour, papa et mama avaient regardé les informations et Clark avait entendu que très loin il y avait des espions qui détestaient les Américains. Et s'ils étaient ici, en train de le surveiller ? Et s'ils l'avaient vu en train de se changer ? Et si les gens dans les arbres existaient pour de vrai ?

— Papa, j'ai peur ! cria-t-il.

— Quelle poule mouillée ! se moqua Sheppard.

Alors il se mit à pleurer. Il pleurait facilement, et ses larmes devinrent vite des sanglots.

— Qu'est-ce qui se passe, mon grand ? demanda papa en sortant (enfin) de l'eau.

— Je veux rentrer à la maison ! J'aime pas ici, répondit-il en hoquetant.

Papa le prit dans ses bras et serra fort mais, par-dessus son épaule, Clark vit le regard méchant de son frère.

— Ne nous gâche pas tout, Clark, dit papa.

— J'ai mal au ventre, répondit Clark.

— Tu ne veux pas seulement faire caca ?

— Non, je veux juste rentrer à la maison.

Papa soupira, et Clark pleura de plus belle. Il le serra encore plus fort.

— Ça fait trop mal, papa. Comme une épée.

— D'accord, mon chéri, répondit papa. Allez, Sheppard, on range tout.

— Ramène-le à la maison ! Il peut rester avec maman, si c'est un bébé. Moi, je reste ici et je t'attends, papa.

— Sheppard, ton frère est malade. Je ne vais pas partir et te laisser dans les bois.

— Alors on le ramène et on revient, avait supplié Sheppard.

Papa avait hésité.

— Il n'a vraiment pas l'air bien, tu sais.

Sur ce, Clark avait pleuré plus fort.

— On peut revenir le week-end prochain. Non, n'insiste pas. Commence à ranger.

Il installa Clark sur le siège avant et celui-ci ne put réprimer un sourire de triomphe.

— Il fait semblant ! protesta Sheppard méchamment.

— Ça suffit, Sheppard ! rétorqua papa d'un ton sec. Clark, tu peux tenir le temps qu'on range tout ?

— Je crois, oui, répondit-il en s'assurant que deux grosses larmes coulaient sur ses joues.

— C'est bien, mon grand.

Tandis qu'ils démontaient la tente et rangeaient le matériel de pêche, son frère lui lança des regards noirs. Mais il s'en fichait. Il allait prendre un bain avec son Elmer et son Bugs Bunny. Il ne serait plus tout plein de sable et de résine. Il allait sentir bon et dormirait dans son lit, loin de ces horribles bois.

Papa accrocha le canoë sur le toit de la voiture en tirant bien fort sur les sangles.

Mais où était passé Sheppard ? Encore en train de se baigner ? C'était bien lui, ça, de s'arranger pour faire encore attendre son frère.

Ou alors il avait trouvé quelque chose. Il avait le chic

pour faire des trouvailles incroyables – une coquille d'œuf de merle, une pointe de flèche indienne, un billet de cinq dollars… Peut-être avait-il trouvé quelque chose, cette fois-ci encore. Et il n'allait pas partager avec son frère, vu comme il était fâché.

Papa rangeait maintenant les affaires de pique-nique. Sans rien dire, Clark sortit de la voiture pour aller chercher Sheppard. S'il était en train de se baigner, il irait le dire à papa. Mais il ne le vit nulle part. Clark retourna du côté de la clairière et il l'aperçut enfin, perché sur un affleurement rocheux d'où il risquait de tomber dans le lac d'un instant à l'autre. Sheppard était courageux, quand même !

— Qu'est-ce que tu fais ?

— J'ai trouvé un truc super.

Clark en était sûr.

— C'est quoi ?

— Viens voir toi-même !

Alors il monta mais, une fois presque arrivé en haut, il ne parvint pas à se hisser.

— Aide-moi.

— Débrouille-toi tout seul, poule mouillée ! Pourquoi tu as voulu rentrer à la maison ? T'es même pas malade. T'as tout gâché !

— C'est pas vrai. Je veux rentrer. Je me sens pas bien.

— Menteur !

Clark glissait, alors il attrapa un rocher et tenta de se hisser vers le sommet, mais il n'était pas assez fort et sentait son pied qui dérapait. Une douleur envahit sa jambe.

— Je tombe ! s'écria-t-il.

Et alors son frère, cet idiot de Sheppard, lui prit la main et le tira jusqu'à lui.

— Je saigne, dit Clark en regardant sa jambe.

— C'est juste une égratignure, ne fais pas le bébé. Regarde ce que j'ai trouvé.

C'était une très grande plume, grise avec une petite tache blanche.

— C'est une plume d'aigle.

— Ah bon ?

— Ouais, t'as vu comme elle est grande ? Presque aussi longue que ton bras ! Et elle est découpée ici, parce que c'est un rapace.

Son frère savait tellement de choses. Il lisait tout le temps !

— Je peux l'avoir ?

— Non, elle est à moi.

— On peut partager ?

— Tu sais quoi ? répondit Sheppard en penchant un peu la tête. Je l'aurais partagée si t'avais pas gâché notre week-end parce que t'es qu'un gros bébé. Alors non, je la garde pour moi tout seul.

— Maman dit que t'es gentil, mais en vrai t'es méchant.

— *Maman dit que t'es gentil, mais en vrai t'es méchant*, singea Sheppard d'une voix de bébé, celle qu'il prenait toujours quand, fâché, il voulait se moquer de lui.

— Ta gueule !

— Ouh là là, je vais le dire à maman ! Elle n'aime pas que tu parles comme ça. T'es qu'un bébé, Clark. Tu ne sais presque pas nager et t'as peur que les gens dans les arbres te mangent. Et tu n'es même pas malade. T'es juste une mauviette qui veut sa maman parce qu'il a peur.

Alors Clark le poussa. Il était grand et fort, et il deviendrait un grand footballeur un jour, et Sheppard était léger, en fait.

Pendant une seconde, son frère battit l'air de ses bras, et puis il disparut et un bruit sourd se fit entendre.

Clark comprit alors qu'il allait avoir de gros ennuis. Il se tint là quelques instants, attendant que son frère l'appelle, lui, ou bien papa.

Mais non. Il n'y eut aucun bruit. Le silence était total.

Clark eut alors l'impression d'avoir été plongé dans

de l'eau glacée. Avec d'infinies précautions, il rampa jusqu'au bord et regarda en bas.

Sheppard était couché sur le rocher, la plume d'aigle à côté de sa tête.

— Sheppard, chuchota Clark.

Mais il ne lui répondit pas.

Clark ne se souvenait pas être descendu jusqu'à son frère. En revanche, il se souvenait que, lorsqu'il se retrouva auprès de lui, les yeux de son frère étaient mi-clos mais immobiles. Il lui donna un tout petit coup avec son pied, espérant qu'il se redresserait d'un coup en criant : « Bouh ! Je t'ai bien eu ! »

Mais non. Ses paupières ne frémirent pas.

Clark se rappela alors cet oiseau qui, la semaine précédente, avait percuté la vitre et qui était tombé dans l'herbe tandis qu'ils prenaient leur petit déjeuner.

« Le pauvre, il s'est brisé le cou », avait dit papa.

Les yeux de l'oiseau étaient comme ceux de Sheppard à cet instant.

Clark avait du mal à respirer. Il était perdu et avait tout à coup très froid.

Peut-être que son frère se réveillerait s'il le poussait dans l'eau. Il n'eut aucun mal à le faire rouler car il était grand et fort. C'était même pour ça qu'il deviendrait un grand footballeur.

Sheppard coula, sa peau blanche, semblable à celle du poisson mort, brillant dans les profondeurs du lac.

Clark attendit en vain qu'il remonte.

Puis il retourna à la voiture. Il avait mal à la jambe, mais tout le reste de sa personne était ailleurs et il tremblait plus fort encore.

— Où étais-tu passé ? lui demanda papa. Tu es allé faire caca ?

Il secoua la tête, incapable de prononcer un mot.

— Monte dans la voiture, mon grand. Tu trembles ! On

va rentrer à la maison. Tiens, mets cette serviette sèche autour de toi. Sheppard ! On y va maintenant ! Viens !

Après, les choses étaient devenues plus confuses. Il entendait la voix de son père résonner dans sa tête, plus ou moins forte, et de plus en plus inquiète. Lorsque son père était monté dans la voiture pour donner des coups de klaxon, il n'avait pas réagi. Il était resté assis là, tandis que son père courait dans tous les sens. Et lorsqu'ils étaient allés à fond de train, comme disait mama, jusqu'à la maison la plus proche, il n'avait pas dit un mot. Lorsque la police était arrivée, puis mama, puis que papa s'était soudain souvenu qu'il était malade, et qu'un policier l'avait remis dans la voiture, alors que de plus en plus de gens les rejoignaient au bord du lac, il n'avait toujours pas dit un mot.

Il finit par s'endormir. Il se réveilla dans son lit, mais se sentit poisseux de sa baignade. C'était le matin et des voix lui parvenaient depuis en bas.

Sheppard avait disparu. Personne n'avait réussi à le retrouver.

Clark savait bien qu'il aurait des ennuis s'il racontait tout. Mama le détesterait. Et même papa le détesterait.

Il décida de prendre un bain, mais ne joua pas avec Bugs Bunny et Elmer. Au lieu de ça, il prit les grands ciseaux, leur coupa la tête et les jeta dans la poubelle.

Plus tard, lorsque les policiers lui demandèrent où il avait vu son frère pour la dernière fois, il leur répondit : « Avec papa, en train de charger la voiture. »

Ils lui demandèrent s'il avait vu quelqu'un dans les bois et il dit qu'il avait eu peur mais n'avait vu personne. Peut-être juste entendu. Il demanda alors si les gens qui habitent dans les arbres mangeaient vraiment les enfants et les policiers se regardèrent avant de lui demander si lui le croyait. Il répondit que non.

Ils lui demandèrent s'il savait où était parti son frère et il dit que non. Puis il se mit à pleurer, d'une manière incontrôlable, au point de ne plus pouvoir respirer. Le médecin fut obligé de lui faire une piqûre et il se rendormit aussitôt.

Il fit des cauchemars : Sheppard sortait du lac, furieux, accusateur, et des poissons lui avaient mangé les yeux. Clark se réveillait en criant. Il rêvait aussi que Sheppard était assis sur son lit et le rassurait en lui disant qu'il avait rejoint le bord à la nage, puis lui proposait un jeu.

Il savait qu'on fouillait le lac à la recherche de son frère. Il voulait qu'on le retrouve, tout en priant pour le contraire.

Au fil des jours, puis des semaines, son frère lui manqua terriblement. Est-ce ainsi qu'allait être sa vie désormais ? Sheppard était parti pour toujours ? Et Clark avait vraiment fait cette horrible chose ? Le plus dur était de ne rien dire à papa, parce que papa était si gentil. Alors, au lieu de ça, il pleurait dans les bras de papa, et papa pleurait lui aussi en lui disant qu'il était un bon petit garçon. Comment avouer dans ces conditions ?

Mama n'avait plus l'air d'être elle-même. Elle était à la fois là et pas là. Les gens parlaient beaucoup de Sheppard, pour dire combien il était gentil, intelligent et parfait, ce qui finit par le rendre jaloux. Il se rappelait combien Sheppard avait fait le malin ce jour-là, comment il l'avait appelé Cochonou et traité de bébé, ne l'avait pas aidé à grimper sur ce rocher, et n'avait pas voulu partager sa plume. Et si c'était lui qui était tombé ? Il avait failli, du reste, et… son frère l'avait aidé.

Non, il ne pourrait jamais avouer. Les gens avaient raison. Sheppard était meilleur que lui. Lui n'était qu'un pauvre petit.

Les gens lui disaient d'être courageux, qu'il était gentil et un bon petit frère. Sheppard devait lui manquer beaucoup, ajoutaient-ils.

Tandis que les mois s'écoulaient, Clark en eut assez. Ses parents étaient tout le temps tristes. Ils pleuraient et faisaient des messes basses, toujours à propos de Sheppard. Tout tournait autour de Sheppard, encore plus qu'avant. Il fallait trouver Sheppard. Chercher Sheppard. Se souvenir de Sheppard. Comme si lui, Clark, ne comptait plus. Même son père qui essayait d'être gentil avait l'air de l'oublier : il était triste et plus du tout drôle.

Tout ça, c'était vraiment la faute de Sheppard. S'il avait été plus gentil, Clark ne l'aurait pas poussé. S'il s'était un peu plus préoccupé de son mal de ventre, parce que Clark avait *vraiment* eu mal au ventre, il ne serait pas mort. S'il ne lui avait pas raconté l'histoire des gens qui vivent dans les arbres, peut-être Clark aurait-il adoré dormir sous la tente. Peut-être, après tout, son frère avait-il mérité qu'il le pousse. Pas mérité de mourir, non, mais d'être poussé. Clark n'avait jamais eu l'intention de le faire disparaître pour toujours. Il voulait juste qu'il se taise.

Quand papa mourut, de chagrin d'après tout le monde, Clark sut qu'il ne dirait jamais rien à personne, parce que alors on l'accuserait d'avoir aussi tué papa, et papa était la personne qu'il aimait le plus au monde.

Une fois mort, Sheppard était devenu parfait, contrairement à lui qui se contentait d'*être là.* Sa mère monta son entreprise, l'abandonnant presque complètement, et il cessa vite d'en souffrir. Il savait comment se procurer ce qu'il voulait. Il savait qu'elle l'aimait moins que son frère et que leur père. Il savait qu'il passerait le reste de sa vie dans l'ombre de ce frère mort.

On ne retrouva jamais le corps. Les plongeurs avaient peut-être négligé cet endroit-là. Ou bien il avait été enseveli dans la vase. Ou alors il existait bien des gens dans les arbres qui mangeaient les enfants.

Avec les années, il apprit à effacer ce jour-là de sa mémoire. Il se contenta de satisfaire ses intérêts propres, car personne ne le ferait pour lui. Il apprit à obtenir ce dont il avait besoin sans rien attendre de quiconque. Il apprit à s'amuser, à boire et à s'envoyer en l'air. Il décida que tout lui était dû, parce que son frère n'avait pas été assez gentil et que ses parents avaient négligé leur plus jeune fils. Alors il prit tout ce qu'il pouvait prendre, parce que cela lui revenait de droit.

Plus tard, lorsque sa femme mourut, puis à la naissance de Hope, cette armure se fissura, mais il appliqua ce que la vie lui avait enseigné : il fit comme si rien ne s'était passé. Et d'ailleurs, c'était presque le cas. Finalement, ce n'était rien de plus qu'un accident pendant son enfance. Le genre de choses qui arrivaient parfois. Il n'allait pas s'en vouloir, quand même ! Il avait cinq ans. Ce n'était pas comme s'il avait été un assassin !

S'il continuait à faire des cauchemars à propos de ce rocher et de cette chute, c'était juste parce que sa mère aurait dû payer un psy et faire un peu plus attention à lui, au lieu de passer ses journées à regarder par la fenêtre et à se languir de son fils si parfait !

Et puis, elle avait eu ce qu'elle voulait : il ne l'avait plus jamais appelée mama.

39

Emma

Gigi but un peu d'eau et avala quelques cuillerées de soupe, mais ce fut tout. Elle continuait d'essayer de parler, mais c'était incompréhensible. Je lui dis qu'elle irait mieux le lendemain, sans en avoir la moindre idée. Le médecin revint dans la soirée mais confirma que, à part l'opérer, on ne pouvait rien faire.

Et je me refusais à ce qu'on l'opère.

Je dormis avec elle dans son lit. Bizarrement, c'était la première fois. Vers 2 heures du matin, elle se réveilla et me regarda.

— Maman ? murmura-t-elle.

— Je suis là, répondis-je doucement en retenant mes larmes. Rendors-toi.

Je lui caressai les cheveux comme je l'aurais fait avec ma fille et elle me sourit avant de refermer les yeux.

Mac dormit au pied du lit, et Minuet se cala entre nous deux. Les autres chiens étaient avec Riley et Donelle. Pop resta la nuit. Miller vint le lendemain matin et me serra longuement dans ses bras lorsque je descendis prendre mon petit déjeuner. Il avait apporté des roses jaunes, les préférées de Gigi, et sa gentillesse me toucha. Il y avait pensé.

— Je peux rester aussi longtemps que tu voudras, me dit-il.

— C'est inutile, mais je t'appellerai.

— D'accord, répondit-il en m'embrassant, tandis que je m'efforçais de ne pas pleurer.

Gigi dormait pratiquement tout le temps et nous étions tous réunis dans sa chambre, où Helga, Charles et Donelle jouaient aux cartes. Pop entra à un moment et prit la main de ma grand-mère.

— Ça va aller, ma grande, dit-il, très ému.

Vers 1 heure de l'après-midi, elle ouvrit les yeux.

— Où est Sheppard ? demanda-t-elle.

J'échangeai un regard avec Riley.

— Tu le verras bientôt, lui répondis-je.

— Dites-lui…

Mais elle ne parvint pas à terminer sa phrase et referma les yeux.

Le médecin revint et ne constata aucune amélioration. Son cœur battait faiblement.

— Il faut vous préparer, nous dit-il. Elle s'en va doucement. Mais elle ne souffre pas.

Jamilah passa, ainsi que Beth. Calista appela deux fois, confirmant ce qu'avait dit le Dr Pinco. Les heures passaient. Miller revint, cette fois-ci avec d'énormes compositions florales provenant du Club des jardins, de Rose Hill, de la Société des amis du patrimoine et de l'épicerie de Franklin. J'hésitai à faire venir Hope mais y renonçai après avoir téléphoné à son pédiatre qui m'encouragea à la laisser en dehors de tout ça.

J'appelai ensuite Brooklyn Fuller, l'avocate de Geneviève, et lui demandai de prendre les dispositions nécessaires.

Cette attente était violente. Cet espoir qu'elle allait s'éclipser sans bruit, ou au contraire ressusciter et nous gronder tous d'avoir mis sa chambre dans un tel état. Il y avait des verres à moitié vides, des sandwichs seulement entamés et des poils de chiens partout. Pop ouvrit une fenêtre afin que Gigi puisse respirer l'air de l'océan et je posai une couverture supplémentaire sur le lit. Pour la première fois depuis des lustres, Donelle fit un peu de ménage dans la chambre.

Les Talwar arrivèrent, chargés d'une montagne de nourriture, et proposèrent d'accueillir Riley chez eux pour la nuit. Bien entendu, elle préféra rester.

— Je repasserai demain, déclara Saanvi en me serrant dans ses bras.

Elle posa un baiser sur le front de Geneviève et lui dit :

— Merci de nous avoir si gentiment accueillis chez vous, Geneviève.

Une larme tomba sur le front de ma grand-mère, qui ne bougea pas.

Vers 18 heures, je dis à tout le monde d'aller dîner et que j'allais rester dans la chambre. Gigi aimait le calme. Les chiens sortirent, à l'exception de ses deux préférés, Mac et Minuet.

Je m'allongeai à son côté et lui tins la main, sentant sa bague de fiançailles sous mes doigts.

On toqua doucement à la porte. Je levai les yeux : c'était mon père.

Il était plus enveloppé que la dernière fois que je l'avais vu, et ses cheveux plus gris, mais c'était toujours un bel homme.

Je sautai du lit, le saisis par le bras et l'entraînai dans le couloir.

— Elle est en train de mourir, lui dis-je sans préambule. Elle n'avait qu'un seul souhait : voir Sheppard une dernière fois.

Mon père leva les yeux au ciel. Il portait un pull en cachemire et sentait l'eau de Cologne. Son teint trahissait son goût pour l'alcool. La boisson de qualité, bien entendu, et toujours fournie grâce aux deniers de Geneviève.

— Clark, lui dis-je à voix basse. Tu n'as jamais rien fait pour qui que ce soit dans ta vie. Alors c'est maintenant ou jamais. Si tu n'entres pas dans cette chambre en faisant croire que tu es ton frère, je conteste le testament, et j'ai une bonne chance d'avoir gain de cause.

— Tu veux que je prétende être un garçon qui a disparu il y a plus de cinquante ans ?

— Oui.

Très étonnamment, je ne ressentais presque rien en le revoyant. En fait, la seule chose qui m'importait était de protéger Gigi. Mac se mit à grogner et je ne pouvais pas lui donner tort.

— Tu vas le faire ? insistai-je.

— D'accord, dit-il avec un soupir. De toute façon, elle l'a toujours préféré, n'est-ce pas ?

Je n'en demandais pas plus. Je l'accompagnai dans la chambre et je posai la main sur l'épaule de Geneviève.

— Gigi, réveille-toi. Devine un peu qui est là. C'est Sheppard. Ton fils est là.

Elle entrouvrit les yeux.

— Il est ici, Gigi, répétai-je en désignant mon père.

Puis j'avançai une chaise à côté du lit.

Elle tenta de se redresser, et j'ajoutai quelques oreillers. Elle essaya de lui tendre la main mais elle était trop faible. Clark la lui prit.

— Bonjour, maman, dit-il.

— Sheppard ?

— Oui, c'est moi. Ton fils préféré.

Le ton de sa voix était moqueur et je l'aurais frappé.

— Tu… tu vas bien ?

Je ne pus retenir mes larmes. Toutes ces années, elle n'avait souhaité qu'une chose : savoir que son fils était sain et sauf.

— Oui, je vais bien, répondit mon père sur un ton différent. Et je suis là, avec toi.

— Tu… tu m'as tellement manqué. Mon chéri… oh, mon chéri.

Sa voix était si faible, et sa respiration si laborieuse.

— Toi aussi, tu m'as manqué. Moi aussi… je t'aime, maman, dit mon père, ému.

Au moins, il jouait bien son rôle.

Les paupières de Geneviève se fermaient mais, égale à elle-même, elle continuait de lutter pour garder les yeux ouverts.

— Dis… dis à Clark que je suis désolée… mauvaise mère…

Mon père me regarda, et quelque chose en lui céda.

— Ne t'en fais pas, maman.

— Dis-lui… à Clark… désolée.

— On lui dira, Geneviève, fis-je en séchant mes larmes. On lui dira que tu es désolée.

— Clark aussi est désolé, maman, lança alors mon père. Je le sais.

Elle retomba contre ses oreillers et se rendormit.

Mon père ne lui lâcha pas la main avant que se furent écoulées de longues minutes.

Lorsque Riley, Donelle et Pop remontèrent, il se leva. Mon grand-père eut un grognement de désapprobation et se posta devant la fenêtre. Clark ne montra aucune surprise en le voyant, mais peut-être n'avait-il pas reconnu son ex-beau-père.

— Je suis contente de te voir, mon grand, dit Donelle, la seule à parler.

— Bonjour, Donelle. Je crois que je vais aller me trouver un hôtel.

— Reste dormir ici, lui proposai-je.

— Non. Je… euh, je vais dormir en ville. J'ai une réunion demain, mais je pourrai repasser dans l'après-midi.

J'avais compris : une fois de plus, il se dérobait. Il n'allait pas revenir.

— Viens avec moi, Clark, lui dis-je, et nous quittâmes la pièce pour rejoindre le bureau de mon grand-père en bas. Avant que tu partes, j'ai besoin que tu signes ceci.

Je lui présentai les papiers préparés par Brooklyn.

— Qu'est-ce que c'est ?

— C'est ton renoncement à tes droits parentaux sur Hope.

— Pourquoi ? fit-il d'un air surpris.

— C'est moi sa tutrice, désormais. Je ne veux pas que tu t'en mêles.

Il ne bougea pas.

— Est-ce qu'elle… va bien ? demanda-t-il, troublé, et j'eus alors un peu pitié de lui.

Tout le monde n'avait pas la même force. Tout le monde ne savait pas relever les défis, ni supporter les fardeaux de l'existence. La faiblesse était un fardeau en elle-même. Gigi, malgré ses imperfections, m'avait rendu un grand service en payant mon père pour qu'il se tienne éloigné de moi. Elle avait été forte, chaque jour de sa vie. Et moi, malgré tout ce que j'avais vécu, j'avais cette force et cet amour pour mes proches. Même pour cet homme pathétique en face de moi.

— Elle va vraiment bien, lui dis-je. Elle est heureuse et en sécurité, et je m'installe dans le Connecticut, donc je m'occuperai bien d'elle.

Il hésitait toujours.

— On sait très bien, toi et moi, que tu n'es pas fait pour être père, papa.

— Non, j'imagine que non, prononça-t-il en baissant les yeux, avant de se pencher pour signer les documents.

— Merci, lui dis-je.

— Je suis désolé. J'ai fait de mon mieux, répondit-il avec un haussement d'épaules.

— Tu n'as rien fait du tout, tu veux dire. Soyons honnêtes.

— Tu parles comme ma mère.

— Merci. Au fait, ajoutai-je. Il n'y a pas d'héritage. Geneviève est ruinée. La maison, ainsi que tout ce qu'elle contient, est hypothéquée.

— Mince alors. Je me demandais si elle m'avait déshérité, mais je ne pensais pas qu'il ne restait plus rien.

— C'est le cas.

Connaissant mon père, il trouverait quelqu'un d'autre pour le financer. Il épouserait une femme riche et continuerait à vivre comme il l'avait toujours fait.

Malgré tout, je l'avais aimé autrefois, même si je le connaissais mal.

— Prends soin de toi, lui dis-je.

Nous nous regardâmes longuement.

— Je suis sincère, repris-je.

— Toi aussi.

Il avança vers moi et, un instant, je crus qu'il allait me prendre dans ses bras, mais non.

— J'espère que tout va bien se passer pour toi, dit-il.

— Mais oui. Tu peux t'en aller, maintenant.

Il hocha la tête et quitta la pièce. Quelques secondes plus tard, j'entendis la porte d'entrée s'ouvrir et se refermer, puis le bruit du moteur d'une voiture de luxe, et mon père disparut.

40

Geneviève

Je suis dans le jardin derrière Sheerwater, où l'herbe est si verte. Dans l'air flottent de divins parfums de lilas et de glycine. L'océan brille de mille feux, et le fanion danse joyeusement dans la brise. Je porte une robe bleue qui m'effleure les jambes.

J'attends quelqu'un, mais je ne sais pas qui. Pourtant quelque chose de merveilleux est sur le point de se produire, je le sais.

— Est-ce que tu es prête pour ta surprise ? me demande Emma en souriant.

Riley est avec elle, toujours aussi jolie, et elle serre ma main. Alors, en bas, vers le mur de pierre, là où Garrison et moi nous asseyons chaque soir, le portail s'ouvre tout seul.

Un garçon arrive à vive allure, les cheveux blonds, les bras grands ouverts, et les yeux… les yeux si bleus ! Il rit en courant vers moi et je tombe à genoux pour l'accueillir. Enfin, enfin, mon petit garçon est là ! Il se recule pour me regarder, et il n'est pas comme dans mon souvenir. Je le serre dans mes bras et je suis comblée.

Puis Garrison passe le portail à son tour, si beau et l'air si heureux. Il traverse la pelouse, vêtu de son costume de lin et de sa cravate rouge. Je vois bien qu'il était de mèche.

— Est-ce que tout cela est bien vrai ? demandai-je à Emma.

— Mais oui, Gigi. Enfin !

Alors Garrison nous prend tous les deux, Sheppard et moi, dans ses bras puissants et nous nous envolons haut, très haut sous le soleil chaud et brillant. Enfin, enfin, nous sommes réunis !

41

Emma

Geneviève mourut cette nuit-là, juste avant minuit. Riley et moi lui tenions la main, et Donelle pleurait doucement à ses côtés. Mac poussa un hurlement douloureux et Minuet posa la tête sur ses pattes avec un soupir.

Nous la recouvrîmes d'une couverture en cachemire bleu ciel et la coiffâmes, puis lui croisâmes les mains. Ensuite, je pris ma fille dans mes bras et nous laissâmes libre cours à notre chagrin.

Un mois plus tard eurent lieu les obsèques.

Il avait fallu ce délai parce que nous voulions lui rendre un bel hommage… et parce que nous désirions que Sheppard soit enterré à ses côtés.

Le lendemain de sa visite, mon père avait envoyé une lettre à la police de l'État dans laquelle il donnait les détails sur cette fameuse journée, des années plus tôt. Je souffrais pour lui qui avait dû porter ce fardeau si longtemps. Je savais que rien ne guérit vraiment le traumatisme d'un jeune enfant qui ne peut rien dire à personne. Cette tragédie et cette peur étaient restées gravées dans le cœur de mon père, et elles l'avaient bousillé.

Je comprenais enfin tout.

Il vivait désormais en Europe. Aucune charge n'avait

été retenue contre lui, mais il préférait rester loin. Dans sa lettre, il avait indiqué à la police l'endroit exact où il avait poussé Sheppard. Trois jours plus tard, on retrouva les os de mon oncle sous plus de deux mètres de vase.

C'était un accident. Un enfant de cinq ans qui pousse son frère et le fait tomber. Mon pauvre père. Quelle vie différente il aurait eue s'il avait avoué !

Mais il ne l'avait pas fait et nous en étions arrivés là. Il ne vint pas à l'enterrement, et c'était mieux comme ça.

L'église était bondée. Le Metropolitan Opera, dont Geneviève avait été une généreuse donatrice, envoya une soprano pour chanter un extrait du *Requiem* de Verdi. Pop, Miller et moi aidâmes à porter le cercueil.

Riley fit un éloge funèbre magnifique, à la fois drôle et émouvant.

On servit un déjeuner à Sheerwater auquel vint la ville de Stoningham tout entière. Riley et moi resterions jusqu'à la fin de la semaine, avant que Sotheby's vienne récupérer les œuvres d'art et certains meubles, et que la banque nous demande de quitter les lieux. Nous irions nous installer ensuite dans un des immeubles que rénovait Miller, à l'emplacement de l'ancienne prison. Juste toutes les deux, pour la première fois, parce que Pop repartait, mais seulement le temps de vendre la maison dans l'Illinois. « Qu'est-ce que j'irais faire tout seul à deux mille kilomètres de mes chéries ? » avait-il dit.

Miller resta à mes côtés toute la journée et, lorsque le dernier invité fut parti et Riley couchée, nous nous assîmes dans la véranda et il me fit un massage des pieds.

— Tu as été une fille exemplaire, me déclara-t-il, et j'éclatai en sanglots parce que, en un sens, c'était vrai.

Geneviève avait été ma mère et, dans ses dernières heures, j'avais même été la sienne.

Lors de notre dernière soirée à Sheerwater, Riley et moi nous promenâmes dans le parc pour la dernière fois, sous la glycine nue avant l'hiver, à travers le patio et la roseraie, et autour de la piscine. Nous allâmes vers les fauteuils Adirondack de Gigi et Garrison, et je déposai une rose jaune sur chacun d'eux, ainsi qu'une autre pour Sheppard. J'eus la gorge nouée à l'idée de les savoir réunis, avec leur fils enfin retrouvé.

Je déposai sur la tombe d'Ashley un bouquet de lys. La banque avait promis de stipuler dans le contrat de vente que Miller y aurait toujours accès.

— Elle serait contente de vous savoir ensemble, toi et Miller, me dit Riley.

— Tu crois ?

— Mais bien sûr. Qui ça pourrait être de mieux que toi ? Sauf que tu vas hériter de Tess.

— Je l'aime beaucoup.

— Moi aussi. Mais je suis quand même contente d'entrer à la fac avant que vous vous installiez ensemble.

— Qui a dit qu'on allait s'installer ensemble ?

— Oh ! maman, il faut toujours que tu aies quelqu'un dont tu t'occupes. Bien sûr que vous allez vivre ensemble. Et sans doute vous marier.

Je ne la contredis pas. C'était peut-être vrai. Mais pas tout de suite. L'année prochaine, mon bébé serait à la fac, et je ne voulais pas me précipiter pour combler ce vide dans ma vie. J'aimais Miller et j'aimais Tess, mais il n'y avait aucune urgence.

Ma fille et moi marchâmes main dans la main jusqu'au ponton et nous nous assîmes. La lune n'était pas levée, mais les étoiles brillaient. Le bois du ponton craquait doucement et on entendit au loin le cri d'un canard sauvage.

— C'était bien d'habiter ici, dit Riley.

— Je suis désolée que tu sois obligée d'en partir.

— Non mais c'était sympa pour un temps, répliqua-t-elle en riant. Et je m'en souviendrai.

Elle se mit à jouer avec la chaîne qu'elle portait autour du cou désormais. Y était accrochée la bague de fiançailles de Geneviève, la seule qu'elle avait gardée pour la laisser à son arrière-petite-fille adorée.

Elle valait une fortune, sans doute de quoi payer deux ans d'études. Mais je savais que Riley ne la vendrait jamais, et elle avait raison.

— Elle était super, pas vrai ? dit ma fille.

— C'est vrai. Elle était forte. Elle a connu des tragédies, mais elle a toujours fait ce qu'elle avait à faire et du mieux qu'elle a pu. Ce qui n'était pas rien.

— Est-ce que tu as toujours peur que je ressemble à ta mère ? me demanda Riley après quelques instants.

Je lui lançai un regard noir.

— Oh ! allez ! On peut en parler, va !

Ma fille si perspicace. Je pris une grande inspiration et m'allongeai sur le ponton. Elle en fit de même et pressa sa tête contre mon épaule, dans un réflexe familier et affectueux. La meilleure chose au monde.

— Ma mère aussi était une femme super, dis-je. Elle n'était qu'amour, et tu tiens ça d'elle. Ça et tes cheveux roux. Mais tu as aussi du Geneviève en toi, sacrée tête de mule !

— Pas faux, répondit-elle, et nous nous mîmes à rire.

— Tu oublies la meilleure partie de moi.

— Laquelle ?

— Celle qui vient de toi, maman.

Je me mis à pleurer, mais ce n'était pas grave. Au lieu de me cacher les étoiles, mes larmes ne les rendirent que plus brillantes. Elles irradiaient une telle beauté, une telle générosité et une telle bienveillance qu'on ne pouvait qu'être infiniment reconnaissant.

Remerciements

Au cours de mes recherches pour ce livre, j'ai reçu l'aide précieuse des personnes et des organisations citées ci-après. Je les remercie pour leur générosité et le temps qu'ils m'ont consacré. Si j'ai commis des erreurs, j'en prends la responsabilité.

Merci à :
Jeff Pinco, docteur en médecine ;
Annette Willis, docteur en droit ;
Stacia Bjarnason, chercheuse ;
La Ligue de prévention du suicide ;
La clinique Mayo ;
L'Association des malades atteints de sclérose tubéreuse ;
La Fondation contre l'embolie de liquide amniotique.

Merci pour absolument tout à mon agent, Maria Carvainis, et à son équipe si compétente.

Ce fut une vraie joie de travailler chez Berkley avec ma brillante éditrice, Claire Zion. Merci au fabuleux Craig Burke et sa fabuleuse équipe publicitaire : Eric Galloway, Diana Franco, Roxanne Jones, Bridget O'Toole et Jin Yu. Comment ferions-nous, nous les auteurs, sans les services du marketing, de la création et de la vente ? Je vais vous le dire : nous passerions nos journées seuls et en pyjama, avec pour unique compagnon notre chien. Merci pour votre soutien constant et votre enthousiasme sans faille.

Questions à débattre

1. Geneviève fait face, et enseigne à sa famille comment faire face, en se battant malgré les épreuves de la vie. Pensez-vous que cela aide ou, au contraire, blesse sa famille ?

2. La façon dont Geneviève traite ses fils va d'un extrême à l'autre. Pensez-vous que certains parents favorisent l'un de leurs enfants ? Sommes-nous aveugles aux défauts de notre progéniture ? Et à nos propres défauts en tant que parents ?

3. Pourquoi, d'après vous, Geneviève possède-t-elle autant de chiens ?

4. En quoi Emma et Geneviève se ressemblent-elles ?

5. Quelle influence les tragédies et les difficultés ont-elles sur Emma en tant que personne ? En tant que mère ? En quoi la rendent-elles meilleure ?

6. Pourquoi pensez-vous qu'Emma accepte de revenir à Sheerwater à la demande de sa grand-mère ? Est-ce uniquement pour le bien de Riley ?

7. Comment Riley parvient-elle à rapprocher Emma et Geneviève ?

8. Comment Paul, le grand-père d'Emma, et Geneviève parviennent-ils à dépasser leurs différences ?

9. La parentalité est un thème majeur de ce livre, en particulier le rôle du père : Clark, le père d'Emma ;

Garrison, le père de Clark ; et Miller, celui de Tess. En quoi leur propre expérience affecte-t-elle leur façon d'être père ?

10. Le thème du choix est lui aussi crucial – la décision d'Emma de garder son bébé, de s'installer chez Paul, et d'accepter que Geneviève fasse la connaissance de Riley. Comment ces décisions influent-elles sur sa vie ? Désapprouvez-vous l'un de ces choix ?

11. Pourquoi, d'après vous, Riley et Geneviève s'entendent-elles mieux que Geneviève et Emma ?

12. Emma dit : « Ce que la vie vous prenait d'une main, elle vous le rendait de l'autre. » Plusieurs personnages soit traversent des tragédies, soit prennent des décisions qui affectent le cours de leur vie. Mais dans quelle mesure les situations finissent-elles toujours par se dénouer ? À quel point leur vie aurait-elle été différente sans ces événements ?

13. De quelle manière Geneviève montre-t-elle qu'elle se soucie réellement d'Emma ? Et à l'inverse, comment Emma montre-t-elle qu'elle se soucie de Geneviève ? Comment auraient-elles pu, l'une et l'autre, s'y prendre mieux ?

14. À votre avis, qu'est-ce qui rend possible la présence d'Emma aux côtés de sa grand-mère lorsque celle-ci meurt ?

15. Quatre générations de femmes sont représentées dans le roman : Geneviève, April, Emma et Riley. Quels sont leurs points communs en tant que mères

et filles ? Pourquoi, selon vous, l'autrice a-t-elle voulu cette dynamique familiale ? Comment utilise-t-elle ses personnages pour illustrer les diverses façons d'être mère ou d'être fille ?

Composé et édité par HarperCollins France.

Achevé d'imprimer en avril 2021.

CPi
BLACK PRINT

Barcelone

Dépôt légal : mai 2021.

FSC
www.fsc.org
MIXTE
Papier issu de sources responsables
FSC® C159065

Pour limiter l'empreinte environnementale de ses livres, HarperCollins France s'engage à n'utiliser que du papier fabriqué à partir de bois provenant de forêts gérées durablement et de manière responsable.

Imprimé en Espagne.